南方与北方

North and South

[英] 盖斯凯尔夫人 / 著

主 万 / 译

名著名译
丛书

人民文学出版社

Elizabeth Gaskell
NORTH AND SOUTH
图书在版编目(CIP)数据

南方与北方/(英)盖斯凯尔夫人著;主万译.—北京:人民文学出版社,2019 (2022.6重印)
(名著名译丛书)
ISBN 978-7-02-012471-8

Ⅰ.①南… Ⅱ.①盖…②主… Ⅲ.①长篇小说—英国—近代 Ⅳ.①I561.44

中国版本图书馆 CIP 数据核字(2017)第 039569 号

责任编辑　张海香
装帧设计　刘　静　陶　雷
责任印制　任　祎

出版发行　人民文学出版社
社　　址　北京市朝内大街 166 号
邮政编码　100705

印　　刷　三河市中晟雅豪印务有限公司
经　　销　全国新华书店等

字　　数　452 千字
开　　本　890 毫米×1290 毫米　1/32
印　　张　16　插页 3
印　　数　12001—15000
版　　次　1987 年 7 月北京第 1 版
印　　次　2022 年 6 月第 3 次印刷

书　　号　978-7-02-012471-8
定　　价　59.00 元

如有印装质量问题,请与本社图书销售中心调换。电话:010-65233595

盖斯凯尔夫人

盖斯凯尔夫人（1810—1865）

英国小说家。当时以哥特式灵异小说闻名，之后的评论家更推崇她的工业流派小说，主要写中等出身年轻女性的感情，也精细地描绘了英国社会不同阶层的生活。代表作有《玛丽·巴顿》《克兰福德》《南方与北方》等。生前与勃朗特姐妹和乔治·爱略特等女作家齐名。

《南方与北方》讲述了英国南部的玛格丽特一家搬到全然陌生的北方小镇米尔顿的故事。作者把经济落后的南方与工业发达的北方做了对比，并塑造了一个理想化的资本家——棉纺厂厂主桑顿先生，他既具有北方企业主的精明能干，又具有南方人的文化修养，并能调和劳资之间的对立，终于振兴了企业。2004年本书由英国广播公司改编成电视剧，大受欢迎。

译　者

主　万（1924—2004），原名叶治，安徽桐城人。上海华东师范大学外语系教授。1986年曾获美国哥伦比亚大学翻译中心颁发的桑顿·尼文·怀尔德奖。主要译作有《远大前程》《荒凉山庄》《巴塞特郡纪事》《阿斯彭文稿》《夜色温柔》《洛丽塔》等。

出 版 说 明

人民文学出版社从上世纪五十年代建社之初即致力于外国文学名著出版，延请国内一流学者研究论证选题，翻译更是优选专长译者担纲，先后出版了"外国文学名著丛书""世界文学名著文库""二十世纪外国文学丛书""名著名译插图本"等大型丛书和外国著名作家的文集、选集等，这些作品得到了几代读者的喜爱。

为满足读者的阅读与收藏需求，我们优中选精，推出精装本"名著名译丛书"，收入脍炙人口的外国文学杰作。丰子恺、朱生豪、冰心、杨绛等翻译家优美传神的译文，更为这些不朽之作增添了色彩。多数作品配有精美原版插图。希望这套书能成为中国家庭的必备藏书。

为方便广大读者，出版社还为本丛书精心录制了朗读版。本丛书将分辑陆续出版。

人民文学出版社
2015 年 1 月

前　言

　　十九世纪三十年代至五十年代，英国工业资本主义有了进一步的发展，工业资产阶级参加了统治集团，资本变得愈来愈集中，国内的阶级矛盾也一天比一天尖锐。工人阶级为争取自身的权利，展开了此起彼伏的斗争。一八三七年，他们提出了致议会请愿书，下一年以《人民宪章》名称公布，提出普选等六项政治要求。全国各地工人纷纷集会，热烈拥护大宪章。这就是所谓的宪章运动。

　　这场工人运动和劳资间的尖锐斗争，在当时英国批判现实主义的文学中自然也有所反映。一八五〇年，查尔斯·金斯利出版的《裁缝诗人奥尔顿·洛克》，一八五四年狄更斯发表的《艰难时世》和一八五五年盖斯凯尔夫人出版的《南方与北方》就是这类作品中的佼佼者。这三部长篇小说从不同的角度反映了英国十九世纪中叶的那场如火如荼的工人运动，对那一时代起了十分有益的作用。

　　盖斯凯尔夫人是十九世纪英国重要的现实主义小说家之一。她生于一八一〇年，原名伊丽莎白·克莱格亨·斯蒂芬逊。父亲威廉·斯蒂芬逊是一位颇有文化修养的基督教牧师，所以她从小就受到虔诚的宗教信仰的熏陶，所受的文化教育也比当时的一般少女为高，这为她后来从事文学创作打下了良好的基础。盖斯凯尔夫人诞生后的第二年，就被母亲弃养。在父亲的安排下，她只得到柴郡的小镇纳茨福德去跟着守寡的姨母生活。一八三二年，她二十二岁时，和曼彻斯特唯一神教会的副主持威廉·盖斯凯尔牧师结婚，此后她就一直居住在曼彻斯特。她丈夫不仅是一个热心宗教事务的牧师，还是一个有一定修养的文学爱好者。曼彻斯特是英国的工业大城市，又是当时工人运动的中心。她作为牧师的妻子，经常帮助丈夫做一些教区工作，与普通工人家庭可以说是每日都有接触。这使她对他们的生活疾苦,甚至他们的思想都有了第一手的了解,这一点是当时的其他现实主义作家,譬如狄更斯都难以望其项背的。

一八三七年,她和丈夫共同创作的一首诗《贫民素描》在《布莱克伍德》杂志上发表,从此她就认真开始写作,走上了文学创作的道路。她先后发表了六部长篇小说,一部传记和许多中短篇小说。一八六五年十一月,她在汉普郡霍利伯恩新购的住宅中突然去世,年仅五十五岁。

盖斯凯尔夫人早年曾写过一些诗篇,不过她主要是以小说家闻名于世的。她的小说基本上属于两大类:一类写她所熟悉的英国小市镇生活,另一类则写她生活在其中的工业大城市中工人和一般市民的生活以及工人与工厂主的斗争。属于前一类的有《克兰福德》(1851-1853)、《鲁丝》(1853)、《妻子与女儿》(1865)以及一部分中短篇小说。属于后一类的有《玛丽·巴顿》(1848)和《南方与北方》(1855)。另外,她还写有一部传记《夏洛特·勃朗特传》(1857)和一部历史小说《西尔维亚的情人》(1863)。《夏洛特·勃朗特传》被公认是一部出色的文学传记。盖斯凯尔夫人文笔优美、朴实,写情写景以及对所塑造人物的刻画和他们的心理活动都既真实可信又细致入微,往往还深刻有力且幽默风趣。

《南方与北方》曾经被当代一位学者称为"现代英国小说中最杰出的作品之一"(见克莱门特·肖特为本书所写序言)。它最初以长篇连载小说的形式继狄更斯的《艰难时世》后刊载在狄更斯主编的杂志《家庭箴言》上。一八五五年年初,出版了单行本,同年经作者修订和增补后又出版了重排的第二版。关于书名,作者最初考虑和《玛丽·巴顿》一样,用女主人公的姓名:《玛格丽特·黑尔》或是《南方与北方》,最后她听从了狄更斯的意见,采用了后者,因为故事主要是写习惯于南方乡村平静、保守生活的牧师女儿玛格丽特·黑尔移居北方工业城市米尔顿(即曼彻斯特)后生活方面的变化以及她和工厂主桑顿恋爱的波折。作者把经济落后的南方农村和当时正在蓬勃发展的工业城市作了鲜明的对比,并以十九世纪三十年代末和四十年代初宪章运动及工人斗争为背景写了工人阶级生活的悲惨状况和劳资之间的尖锐斗争,尤为难能可贵的是她还真实地描写了一场罢工,这在当时英国的现实主义文学中可以说是独一无二的。此外,本书还反映了英国国教教会牧师中当时广泛出现的信仰危机,军官对士兵残暴虐待所激起的兵变等,涉及的社会问题颇为广泛。

作者少女时期跟着姨母生活在小城镇纳茨福德,对于偏僻小镇的宁静生活知之甚详,婚后又长期居住在工业城市曼彻斯特,目睹了工厂主对工人阶级的残酷剥削,所以对现实生活的描写,对人物,如黑尔牧师、工人尼古拉斯·希金斯和鲍彻、女用人狄克逊以及女工贝西等都刻画得栩栩如生、十分真实。玛格丽特·黑尔更是一个有血有肉的妩媚女主人公;桑顿先生则很有几分勃朗特笔下严厉的工业巨子的派头,而黑尔太太也完全配得上奥斯汀笔下的人物。

本书是根据伦敦牛津大学出版社《世界古典名著丛书》一九二〇年的版本译出的,后来又根据牛津大学出版社一九八二年的新版本加以校订。译者虽然作了很大努力,但错误不当之处恐仍难免,尚祈广大读者不吝指正。

主　万

一九九二年十月

目 录

第 一 卷

第一章　婚前的忙碌 …………………………………… 003
第二章　蔷薇与刺 ……………………………………… 014
第三章　"欲速则不达" …………………………………… 022
第四章　怀疑和困难 …………………………………… 033
第五章　决定 …………………………………………… 044
第六章　告别 …………………………………………… 057
第七章　新的场景和新的面孔 ………………………… 064
第八章　思念故乡 ……………………………………… 072
第九章　茶会前的梳妆打扮 …………………………… 082
第十章　熟铁与黄金 …………………………………… 087
第十一章　最初的印象 ………………………………… 096
第十二章　午后的正式访问 …………………………… 105
第十三章　闷热地方的一阵清风 ……………………… 112
第十四章　兵变 ………………………………………… 119
第十五章　厂主与工人 ………………………………… 125
第十六章　死亡的阴影 ………………………………… 141
第十七章　罢工是怎么一回事？ ……………………… 149
第十八章　爱好与憎恶 ………………………………… 158
第十九章　天使光临 …………………………………… 167
第二十章　人和有教养的人 …………………………… 179
第二十一章　黑夜 ……………………………………… 189

第二十二章	一次打击及其后果	197
第二十三章	误会	211
第二十四章	误会消除了	219
第二十五章	弗雷德里克	225

第 二 卷

第一章	母与子	239
第二章	水果静物画	245
第三章	悲痛中的安慰	252
第四章	一线阳光	270
第五章	终于回家了	277
第六章	"故旧应给忘却吗?"	290
第七章	飞来横祸	301
第八章	安宁	306
第九章	真与伪	311
第十章	赎罪	316
第十一章	团结并不总是力量	331
第十二章	向往南方	343
第十三章	诺言履行了	354
第十四章	结为朋友	368
第十五章	不和谐的音调	377
第十六章	旅程的终点	391
第十七章	孤苦伶仃!	404
第十八章	玛格丽特移居伦敦	416
第十九章	舒适并非平静	425
第二十章	并非全是梦境	436
第二十一章	昔日与今朝	439
第二十二章	若有所失	459
第二十三章	"再也见不到他的踪影"	464

第二十四章　平静的休息 …………………………………… 471
第二十五章　米尔顿的变化 ………………………………… 477
第二十六章　重逢 …………………………………………… 487
第二十七章　"云开雾散" …………………………………… 494

第 一 卷

第一章　婚前的忙碌

有人钟情,出了阁,生活下去①。

"伊迪丝!"玛格丽特轻轻地喊了一声,"伊迪丝!"

但是,如同玛格丽特多少料到的那样,伊迪丝已经睡着了。她蜷曲着身体,躺在哈利街寓所后客厅里的沙发上,身上穿着细白布衣服,头上结着蓝缎带,显得非常妩媚。假如泰妲妮娅②曾经穿着细白布衣服,结着蓝缎带,在一间后客厅里的一张深红缎子沙发上酣睡过的话,那么人家也许会以为伊迪丝就是她哩。玛格丽特又给表妹的姿色吸引住了。她们俩是从小一块儿长大的。除了玛格丽特外,别的人一直都夸赞伊迪丝长得美,可是直到最近这几天以前,玛格丽特都从来没有想到这件事。最近这几天,眼看很快便要失去她的同伴了,她才强烈地意识到伊迪丝的种种亲切可爱的品质与魅力。她们俩一直在谈着结婚的仪式和礼服,谈着伦诺克斯上尉,以及上尉告诉伊迪丝的,她将来在科孚③的生活情形,他的一团人就驻扎在那儿。姐妹俩还谈到把一架钢琴的琴音调准是多么困难(伊迪丝似乎认为,这是她婚后生活中所会碰上的最棘手的困难),以及伊迪丝婚后到苏格兰去游历时,应该带些

---

① 这是苏格兰一首古歌谣中的一句,全篇是这样的:
　　有人钟情,出了阁,生活下去。
　　有人钟情,出了阁,生活下去。
　　他不是生活得挺好吗,
　　有人钟情,出了阁,生活下去。
② 泰妲妮娅(Titania):莎士比亚喜剧《仲夏夜之梦》(*A Midsummer Night's Dream*,1595)中仙王奥白伦(Oberon)的王后。
③ 科孚(Corfu):岛名,位于希腊西北部,1815年由英国军队占领,至1864年始并入希腊。

什么衣服,不过那种悄悄的话音后来变得越来越含糊,所以停了几分钟后,玛格丽特发觉自己一点儿也没有猜错,尽管隔壁房间里喊喊喳喳,伊迪丝穿着细白布衣服,结着蓝缎带,柔软的秀发鬈曲着,已经软绵绵地缩成一团,安安静静地在作晚餐后的小睡了。

玛格丽特的父母住在乡间的牧师公馆里。过去这十年,她虽然一直住在肖姨母家,但是快乐的假日一向都是到父母身边度过的。她正想把自己往后回到牧师公馆后打算如何生活、有些什么憧憬说给表妹听听,可是既然表妹睡了,她只好和先前一样,默默地沉思着自己生活中的变化。尽管她想到这次跟慈蔼的姨母和亲爱的表妹分别,不知多会儿才能再见面,未免有点儿怅惘,不过这种沉思终究还是令人快乐的。在她想着回到赫尔斯通牧师公馆去尽她这独养女儿的孝道的乐趣时,隔壁房间里的谈话断断续续地传进了她的耳里。肖姨母正在跟上这儿来吃饭的五六位太太谈天,她们的丈夫还待在饭厅里。她们都是肖家的熟朋友,其实也就是肖太太称作朋友的邻居们,因为肖太太不跟别人,单单常跟她们一块儿进餐,还因为遇到她和伊迪丝向她们要什么东西,或是她们向她要什么东西的时候,她们总毫不客气地在午餐前互相串门。那天,这几位太太和她们的丈夫都以朋友的身份,应邀前来吃一顿告别的筵席,庆贺伊迪丝即将举行的婚礼。伊迪丝起先不大赞成这种安排,因为伦诺克斯上尉搭乘一班很晚的火车当天夜晚就要抵达,可是她虽是一个娇生惯养的孩子,却非常马虎、随便,自己并没有坚决的主张,因此当她发觉母亲已经独断专行地安排好了后,也就算了。母亲吩咐预备了一些应时的珍馐美味,因为人们一向认为这是可以使别离宴会上不至于过分伤感的。伊迪丝在筵席上只是向后靠在座椅里,拨弄着盘子里的菜肴,神气既严肃又恍惚,四周的人们正在倾听格雷先生的妙论。这位先生在肖太太宴客的时候,向来敬陪末座。他总要请伊迪丝在客厅里给他们弹点儿音乐听听。在这顿告别的筵席上,格雷先生分外讨人欢喜,因此先生们在楼下待的时间比平日都长。他们这样倒也好——这只要从玛格丽特无意听到的片断谈话中就可以知道了。

"我自己过去太痛苦啦。这倒不是因为我跟故世的亲爱的将军过得不太快活，不过年龄的悬殊终究是美中不足的事。我决心不让伊迪丝碰上同样的情况。当然，一点儿不是做娘的偏心，我早就瞧出来，这个可爱的孩子很可能会早结婚的。真格的，我以前常说，她在十九岁以前管保会结婚。我早就有一种预感，打从伦诺克斯上尉……"说到这儿，声音低了下去，变成了窃窃私语，不过玛格丽特可以很轻易地就猜到她接下去说的是什么话。伊迪丝的真挚的恋爱进展得非常顺利。肖太太，像她自己所说的，顺从了那种预感，所以极力促成这场婚事，尽管这场婚事不大符合伊迪丝的许多朋友对她这位年轻美貌的女继承人所抱的希望。但是肖太太说，她只养了这么一个孩子，应该让她为爱情而结婚，——并且使劲儿叹了一口气，仿佛她当初嫁将军的动机就不是出于爱情似的。肖太太对于目前这个婚约的浪漫色彩甚至比女儿还要感兴趣。这并不是说，伊迪丝不是深深地恋爱着，然而她的确宁愿在贝尔格雷维亚①有一所好宅子，而不愿到科孚去过伦诺克斯上尉所说的那种生动有趣的生活。凡是玛格丽特听了觉得兴奋的那些话，伊迪丝听了都假装要哆嗦。这一半固然是因为她喜欢要那位怜爱的情人来哄劝她，叫她不要厌恶，一半也是因为她实在很不喜欢什么吉卜赛人的、漂流无定的生活。不过即使有人拥有一所漂亮的宅子、一大宗产业，而且还有一个好头衔，只要伦诺克斯上尉的魅力存在，伊迪丝还是会依恋着他的。等他的魅力消失以后，她也许会不自觉地流露出一些悔恨的情绪来，认为伦诺克斯上尉并没能具备一切值得想望的东西。在这方面，她不过是像她的母亲。她母亲对肖将军并没有什么热情，只是尊敬他的人品和地位，便决定嫁给了他，可是婚后，她却经常（虽然是暗地里）自叹命苦，嫁了一个自己无法深爱的人。

"我对于她的嫁妆一点儿也不吝啬。"玛格丽特又听到这一句，"将军给我的那些漂亮的印度围巾和披巾，我决不会再围啦，所以我全给了她。"

"她是个幸运的姑娘。"另一个人声回答。玛格丽特知道这是吉布

---

① 贝尔格雷维亚（Belgravia）：伦敦西区一处"高尚"住宅区，邻近海德公园（Hyde Park）。

森太太。这位太太对这个话题加倍感兴趣,因为她的一个女儿几星期前刚结婚。"海伦就想要一条印度围巾,可是说真的,我一看价钱太贵,只好没答应她。听到伊迪丝有好多条印度围巾,她一定会羡慕得了不得。您的围巾是哪一种的?德里①的吗?有那种挺美的窄边的?"

玛格丽特又听见姨母的声音,不过这一回,她好像是从半靠着的姿势上直起身来,正朝灯光较暗的后客厅张望。"伊迪丝!伊迪丝!"她喊道,接着她又向后靠下,仿佛这一着力使她感到很疲乏。玛格丽特走到前面去。

"伊迪丝睡着了,肖姨妈。有什么事要我做吗?"

太太们听到有关伊迪丝的这个使人怜惜的消息,异口同声地说:"可怜的孩子!"肖太太怀里抱的那只小巴儿狗也叫起来,仿佛给这一阵怜惜的声音激动了似的。

"嘘,泰妮!你这顽皮的小姑娘②!你会把你的女主人吵醒的。我只是想叫伊迪丝去唤牛顿把她的围巾拿下来。也许你乐意去一趟,玛格丽特,亲爱的?"

玛格丽特上楼到宅子最高一层从前的那间幼儿室去,牛顿正在那儿忙着整理婚礼时需用的一些花边。那些围巾那天已经给人看过四五次了。在牛顿嘟哝着抱怨了一声去取围巾时,玛格丽特朝那间房四面看了看。九年前,当她还很野气地从乡间被带到这儿来,住在表妹伊迪丝的家里,跟她一块儿玩、一块儿读书的时候,她最先熟悉的就是这间房。她记得伦敦这间幼儿室的阴沉、黑暗的外表,一个严厉而古板的保姆照管着她们,她特别讲究手的清洁和外衣的整饬。她回想起在这儿吃的第一顿茶点——没有跟着父亲和姨母,他们在楼下一间房里吃饭。这所宅子的楼梯简直长得不得了,当时她以为自己一定是到了天上,要不然他们一定是深深藏到了地底下。在家的时候——在她住到哈利街来以前——母亲梳妆的房间就是她待的房间。由于在乡下牧师公馆里他们早起早睡,玛格丽特一向总跟着父母一块儿吃饭。啊!这个娉娉、

---

① 德里(Delhi):印度的旧都。
② 指小狗泰妮。

端庄的十八岁大姑娘记得多么清楚,当她九岁初到这儿的那天晚上,她是怎样把脸蒙在被子里,那么伤心地哭天抹泪;保姆怎样吩咐她不准哭,因为那样会闹醒伊迪丝小姐的;她怎样继续伤心地哭泣,只是声音比较低点儿,直哭到她初见面的那位雍容华贵的姨母陪着她父亲黑尔先生悄悄地走上楼来,看看他的酣睡的小女儿。那时,小玛格丽特才止住了呜咽,设法静静地躺着,就好像睡熟了那样。她怕自己的伤心会使父亲很不快活,又不敢当着姨母的面流露出来。在家的时候,他们忙着筹划了那么久,才把她的衣服安排得适合这种比较华贵的新环境,才使爸爸可以离开教区到伦敦来上那么几天。她多少认为,经过了那么长时期的希望和筹划之后,再感到伤心,压根儿是不对的。

现在,她已经开始喜欢上从前的这间幼儿室了,虽然这地方如今已经一无陈设、四壁萧然。她四面看看,想到三天后便要永远离开这地方,不由暗暗起了一种惋惜之情。

"哎,牛顿!"她说,"我想我们离开这间可爱的老屋子,都会感到难受的。"

"说真的,小姐,我倒不这样。我的眼睛赶不上从前啦,这儿的光线太坏,除了靠近窗口,要不我拾掇起花边来就瞧不见,窗缝又老有一丝挺大的风——简直把人冷得要死。"

"哦,也许到了那不勒斯①,你会有充足的光线和暖和的天气。你应该尽可能多留点儿缝补的活儿到那会儿再做。谢谢你,牛顿,我会拿下楼去——你挺忙的。"

于是玛格丽特捧着围巾走下楼来,一面嗅着围巾上芬芳的东方气息。伊迪丝还在睡觉,姨母便叫她站着作为模特儿,在她身上展示一下那些围巾。谁都没有注意到这一点,不过玛格丽特的颀长、匀称的身个儿,穿着替父亲一位远亲戴孝所穿的黑绸衣服,把那些色彩鲜艳的围巾的美丽的长褶子全衬托出来了,而那些围巾要是披在伊迪丝的身上,简直会把她闷个半死。玛格丽特站在枝形灯架下面,默不作声、一动不动,听凭姨母在她身上摆弄着那些围巾。偶尔,在她给拨转身来的时

---

① 那不勒斯(Naples):意大利西南部的主要海港城市。

候,她从壁炉台上的那面镜子里瞥视了一下自己,对自己待在那儿的样子——自己这副熟悉的面貌,身上竟然披着一位公主日常的服装——觉得很好笑。她轻轻地摸摸披在身上的围巾,对它们质地的柔软和色彩的鲜艳觉得很喜欢,而且相当乐意穿戴着这么华丽的服饰——她嘴角露出一丝恬静、愉快的微笑,像一个孩子那样觉得怪有意思。正在这时,房门打开,仆人突然通报说亨利·伦诺克斯先生来了。有几位太太不禁一怔,仿佛为她们妇道人家对服装的兴趣有点儿害臊似的。肖太太向新来的客人伸出手去。玛格丽特想到自己也许还需要给围巾做一会儿木头人,所以一动不动地站着,一面又欢快、好笑地望着伦诺克斯先生,仿佛觉得他对自己这样给他突然跑来看见时的滑稽尴尬之感,一定也会深表同情似的。

亨利·伦诺克斯先生没有能来吃饭。姨母这会儿净忙着向他问这问那,问到他的弟弟那位新郎,问到他的妹妹(她跟上尉一块儿从苏格兰前来参加婚礼,给新娘当女傧相),还问到伦诺克斯家的许多别人,因此玛格丽特瞧出来,自己不需要再做围巾架子了。她于是专心去招待别的客人,因为姨母这时候已经把她们全忘了。就在这时,伊迪丝从后客厅走进来,眼睛在较亮的灯光下不断地眨着,一面把微微有点儿蓬乱的鬈发拂到后面去,那种神气活脱儿就像刚从梦中惊醒的睡美人①。她就连在瞌睡蒙眬中也本能地感觉到,一位姓伦诺克斯的人是值得她强使自己清醒过来的。她仔细地询问了半天一直还没会过面的未来的小姑儿,亲爱的珍妮特的情况,还表示自己非常喜欢她,因此,要不是玛格丽特自视很高的话,她也许会妒忌起这个突然出现的竞争对手来了。在姨母加入谈话以后,玛格丽特更加退到一旁。这当儿,她看见亨利·伦诺克斯瞥视着她身旁的一个空位子。她知道得很清楚,等伊迪丝一停止询问他后,他立刻就会坐到那张椅子上来。姨母原先东拉西扯地说过,他另外有些约会,所以玛格丽特拿不大准他那天晚上会不会来。这会儿瞧见他,真有点儿出乎意外,不过现在,她深信那一晚管保会过

---

① 睡美人(Sleeping Beauty):法国童话作家佩罗(Charles Perrault,1628—1703)所著同名童话中的女主人公,为一受魔法后酣睡了一百年的公主。

得很愉快的。他们俩的好恶几乎完全一样。这时候,她脸上诚实、开朗地现出了喜色。不一会儿,他走过来了。她对他微微笑了笑,一点儿也没有娇羞忸怩的意思。

"哦,我猜你们大伙儿都有事忙着——我是说,太太小姐们的事情。跟我的事情完全不同,我忙的是真正法律上的事务。摆弄围巾跟起草授产决定完全不是一回事。"

"哎,我知道你瞧见我们大伙儿那样忙着欣赏花围巾,准觉得多么好笑。不过说实在的,印度围巾的确是很美的围巾。"

"这倒的确。价钱也够高。一点儿不含糊。"

先生们一个个踱进房来,谈话的声音变得深沉了。

"这是你们的最后一场晚餐宴会吧,是不是呢?星期四以前不再举行了?"

"不错。我想过了今儿晚上,我们就会觉得安静了。我可以说我好多个星期都没有觉得安静了,至少没有这种安静——过了今儿,手头就不再有什么事要做啦,一件要人操心劳神的大事全都安排好了。我倒乐意有点儿时间想想,我想伊迪丝准也乐意。"

"我对她可拿不大准,不过我猜想你是会乐意的。最近,每回我看见你的时候,你总为别人的事忙得不可开交。"

"是的,"玛格丽特有点儿惆怅地说,她想起过去一个多月为一些琐琐碎碎的事情忙乱得就没有停,"我不知道一场婚礼之前是不是总得先有一阵所谓的大忙大乱,还是有时候,也可以先有一段相当平静的时期。"

"例如,像灰姑娘的教母①那样办嫁妆,写请帖,准备喜酒。"伦诺克斯先生哈哈一笑,说。

"不过这些都是必不可少的麻烦事吗?"玛格丽特问,一面抬起脸来正眼望着他,看他怎么回答。过去六星期,为了使面子好看,大伙儿一直唯伊迪丝的心意是从,忙于作种种安排。这会儿,一种无法形容的

---

① 灰姑娘的教母:灰姑娘(Cinderella)系西方童话中的人物,她在继母的驱使下,日夜在厨下操劳,其教母为一仙子,用仙法帮助她,使她成为王子的情人,终于和王子结为夫妇。

疲惫感还抑压住玛格丽特。她当真要有个人来给她说点儿有关婚姻的愉快、悠闲的想法。

"啊,当然啦。"他回答,音调变得严肃起来,"是有些礼节、形式方面的事是不得不办的。这倒不是为了要使自己满意,而是为了免得别人说闲话。生活中没有什么令人满意的事情能免于这种麻烦。不过如果你结婚,你要怎样安排呢?"

"噢,我从来就没有多想过这个问题。我只希望在一个晴朗的夏天早晨举行婚礼。我要穿过树荫步行到教堂去,不要有这么许多女傧相,也不要预备什么喜筵。也许我这只是对正给我招来极大麻烦的这些事极为反感的缘故吧。"

"不,我觉得你并不是为了这个。要求庄重朴实的想法本来就很符合你的性格。"

玛格丽特不大喜欢这句话。她想起以前有好几次他都想逗她谈论她的性格和生活态度(他谈起来总是一味赞美),便更想避开这个话题。她相当唐突地打断了他的话,说:

"我自然只是想到赫尔斯通的教堂和通向它的那条小路,而不是想到乘车驶往伦敦一条大街上的一座教堂去。"

"把赫尔斯通的情形说给我听听。你从来就没有对我细说过。哈利街九十六号在你们去后,就会显得阴暗、肮脏、萧条,仿佛冷落无人,所以我很想知道点儿你这就要去生活的那地方的情形。首先告诉我,赫尔斯通是个村庄,还是个镇市呢?"

"啊,不过是个小村子,我觉得压根儿不能称作村庄。那儿有一座教堂,附近草地上还有几所房屋——实际上只不过是村舍——墙上长满了蔷薇。"

"而且一年四季开花,尤其在圣诞节的时候——这就补足了你的这幅图画。"他说。

"不,"玛格丽特有点儿着恼地回答,"我可不是在描摹一幅图画。我是想把赫尔斯通的实际情形叙说出来。你不应该这么说。"

"我很抱歉,"他回答,"不过那听起来的确像故事里的村庄,不像现实生活中的。"

"的确是这样。"玛格丽特热切地回答,"我见过的英格兰所有其他的地方,似乎都非常冷落和乏味,仅次于新森林①。赫尔斯通却像一首诗里——丁尼生②的某首诗里——描摹的村庄。但是我不再说了。我要是告诉你,我认为那地方怎样——那地方的实际情形——你只会取笑我。"

"不会的,我绝不会取笑你。不过我瞧出来,你是决心不肯再讲了。哦,那么,把我更想知道的事情告诉我吧:那所牧师公馆是什么情形。"

"哦,我没法形容我的家。家就是家,我没法把它的魅力用话表达出来。"

"那我只好依你的。你今儿晚上相当严肃,玛格丽特。"

"怎么样?"她说,一面把柔媚的大眼睛翻起来盯着他,"我一点儿也不觉得我相当严肃。"

"哦,因为我说错了一句话,你就既不肯告诉我赫尔斯通的情形,也不肯谈谈你的家,虽然我告诉过你,我多么想听听这两件事,尤其是后面这一件。"

"可是我真没法告诉你我家里的情形。除非你熟悉那儿,否则我认为那不是一件可以谈谈的事。"

"好,那么,"——他踌躇了片刻——"告诉我你在那儿做点儿什么吧。在这儿,你午前看书,上课,或是怎样增进知识,午饭前出去散一会儿步,午饭后跟姨妈乘车出去玩一会儿,晚上参加一个约会。现在,把你在赫尔斯通一天做点儿什么说一说给我听听吧。你出外骑马,乘车,还是步行呢?"

"当然是步行。我们没有马,连爸爸也没有。他上教区最远的地方去都是步行。那些小路非常美,乘车走就太可惜了——就连骑马都未免可惜。"

"你打算常在园里栽种点儿花木吗?我想这是乡下年轻姑娘们做

---

① 新森林(the New Forest):英国汉普郡西南部的一处森林,占地约一百四十四平方英里。
② 丁尼生(Alfred Tennyson,1809—1892):英国诗人,作品多描绘美丽而古老的世界。

的一件很合适的事。"

"我不知道。我恐怕不会喜欢那种吃力的活儿。"

"有射箭比赛、野餐会、赛马会的跳舞会和猎人跳舞会吗？"

"哦，没有！"她笑着说，"爸爸的俸禄很少。而且就算我们花得起钱去参加这类事情，我大概也不会去的。"

"我瞧出来，你什么也不肯告诉我。你只肯告诉我你这样不会做、那样不会做。我想在假期结束以前来拜访你一次，瞧瞧你到底做点儿什么事情。"

"我希望你会来。到那时候，你就会亲眼看到赫尔斯通多么美了。现在，我非得去啦。伊迪丝坐下来准备弹琴了，我稍许懂点儿音乐，只配给她翻翻乐谱。再说，姨妈瞧见我们谈天，也会不乐意的。"

伊迪丝弹得动听极了。她正弹着那支乐曲时，房门给推开了一半，她看见伦诺克斯上尉站在那儿踌躇，不知道进来好还是不进来好。她放下琴不弹，奔出房去，撇下玛格丽特慌乱而害羞地站在那儿，向惊讶的客人们解释，是什么幻象出现了，才使伊迪丝突然一下逃跑了。伦诺克斯上尉来得比预料的时间早，再不然时间果真已经那么晚了吗？他们看了看表，全大吃一惊，连忙起身告辞。

伊迪丝这才回进房来，高兴得容光焕发，有点儿羞怯又有点得意地把她那位身材高大、容貌英俊的上尉也带进房来。他哥哥和他握了握手。肖太太以她那种温和亲切的态度来欢迎他。这种态度里总含有点儿忧郁的意味，这是由于她多年以来惯常认为，自己是一场意趣不投的婚姻的牺牲者而造成的。现在，将军既然去世了，她的生活又非常美满，很少有什么不称心的事，所以她觉得简直有点儿犯愁找不出一件忧虑的事情来，更不用说是伤心的事情了。不过最近，她想到以自己的健康作为忧虑的理由，想到的时候，便会神经质地小咳上一两声。有位殷勤随和的大夫劝她上意大利去过一个冬天，这正合了她的心意。肖太太和大多数人一样，意志很坚强，但是她从来不愿意坦白承认，她是因为自己欢喜做而自动去做一件事的。她要人家吩咐她或是请求她，逼她满足她自己的愿望。她的确要自己相信，她是在顺从一种外来的迫切需要。这样她便可以温和地叹息、抱怨，而实际上，她却始终在为所欲为。

她就是这样把自己要去旅行的事向伦诺克斯上尉说了。上尉义不容辞,只好对他未来的岳母所说的一切唯唯称是,可是他的眼睛却不住地瞟向伊迪丝。伊迪丝不顾他说过他刚吃完饭不到两小时,这会儿依然在忙着收拾茶点桌子,叫人端上各式各样好吃的来。

亨利·伦诺克斯先生紧挨着他的容貌英俊的弟弟,靠着壁炉台站在那儿,对这幕家庭景象感到很有意思。伦诺克斯一家容貌全非常漂亮。虽然亨利一人比较平庸,他的脸孔却也显得聪明、敏锐、灵活。玛格丽特不时暗自纳闷,不知道他到底在想些什么。他虽然默不作声,却明明带着一种微含讥讽的兴趣在观看伊迪丝和她正做着的一切。其实那种讥讽的情绪是给肖太太和她兄弟的谈话所引起的,跟他看着的事情所激起的兴趣毫不相干。他觉得看着她们表姐妹俩这么忙着过分琐细地安排桌子,真是一幅悦目的情景。伊迪丝决心大部分事情都要亲自做。她当时的心情使她很乐意做给情人看看,她可以当一个多么好的军人妻子。她发觉壶里的水凉了,便吩咐把厨房里的大茶壶拿上来。她在房门口迎着,想要亲自提进房。可是壶太重,她提不动。结果,她噘着嘴回进房来了,细布衣服上染上了一块黑斑,雪白圆润的小手上给壶柄压出了一道凹痕。她走去给伦诺克斯上尉瞧,就像一个受了委屈的孩子。当然,尽管没有办成,她还是同样得到了慰藉。玛格丽特迅速调节好了的那盏酒精灯就是最有效的办法,尽管房间里仍旧并不很像伊迪丝在一时兴头上老想象成极近似兵营生活的吉卜赛人的营地。

那一晚以后,大伙儿忙乱得就没有停,直到婚礼办完了为止。

第二章　蔷薇与刺

> 靠了林间空地上柔和的绿光，
> 在你童年游玩的满是青苔的河旁，
> 你的目光在家里那株大树下，透过叶丛
> 脉脉含情地第一次望着夏日的穹隆。
>
> 赫门兹夫人①

玛格丽特再一次穿上了便装，跟着父亲从容地上路回家，父亲是上伦敦来给这场婚礼帮忙的。母亲为了种种不很充足的理由不得不留在家里。那些理由除了黑尔先生以外，没有一个人能够充分理解。黑尔先生完全知道，他主张她穿上一件半旧不新的灰色软缎衣服的种种议论全都是白费气力，而且既然他没有钱替女人从头到脚备办一身新衣服，她就不肯前来参加她唯一的亲妹妹独养孩子的婚礼。要是肖太太猜到了黑尔太太不陪同她丈夫前来的真正原因，她就会给她姐姐送去大量的衣裳，可是自从肖太太还是那个可怜的、美貌的贝雷斯福德小姐到现在，将近二十年已经过去，她确实已经完全忘了其他一切憾事，只记得自己婚后生活中年龄悬殊所带来的不幸。在这个问题上，她可以一谈就是半小时。最最亲爱的玛丽亚嫁给了她心爱的男人，年纪只比她大八岁，情性十分温和，还长着那么难得见到的蓝黑色头发。黑尔先生是她有生以来聆听过的最讨人欢喜的传道士之一，又是一位模范的教区牧师。也许，这并不是根据所有这些前提理应得出的结论，但是当肖太太考虑着姐姐的命运时，这仍然是她独有的结论："既然是为爱情

---

① 赫门兹夫人（Felicia Dorothea Hemans, 1793—1835）：英国诗人，引文见她的诗篇《家乡的魅力》（*The Spells of Home*）。

结了婚,那么亲爱的玛丽亚在世上还会有什么不满足的呢?"黑尔太太要是肯说实话的话,在答复时可能会举出一份现成的单子来,"需要一件银灰色光滑的绸衣裳,一顶洁白的细草帽,啊!还有参加婚礼需要的几十种物件和家里需要的几百件东西。"

玛格丽特只知道母亲觉得不便前来。她想到跟母亲的团聚是在赫尔斯通牧师公馆里,而不是在过去两三天的那片混乱中在哈利街的寓所里,心里并不觉得惋惜,因为在哈利街的寓所里,她不得不扮演费加罗这一角色[1],各处同时全需要她去张罗。回想起过去四十八小时里她所做的和所说的一切,她的身心都感到疼痛。辞行告别,尤其是向这么多年来同她生活在一起的人们那么匆匆地告别,这会儿还使她心情十分沉重。她为那些消逝的流光感到惆怅、惋惜。那究竟是些什么样的时光倒并不重要,这些时光反正是一去不复返了。玛格丽特根本没有想到,回到亲爱的老家去,回到她渴望了多年的那个地方和那种生活中去——尤其在自己即将失去敏锐的知觉、蒙眬睡去以前的这一怀念、渴望的时刻——自己的心情竟然会这样沉重。她强行使自己的思想摆脱对往事的回忆,转到对充满希望的前途的欢快、平静的默想上去。她的眼睛不再看见已往事物的幻象,而是看到眼前的实际情景:亲爱的父亲在火车车厢里向后靠着,睡熟了,蓝黑色的头发如今已经斑白,稀稀疏疏地覆到了额头上,脸上的颧骨清晰可见——太清晰了,倘使他的脸形不是那么端正的话,那就会不大好看了。实在讲,他的容貌自有一种潇洒的风度,即便不说是漂亮的话。那张脸孔这时候很平静,不过它是疲劳后的休息,而不是过着安静、恬适的生活的人面貌上的那种怡然自得。玛格丽特看到他脸上那种疲惫、忧虑的神色,突然感到很痛苦。她于是回想了一下父亲生活中为人公然所知的种种情况,想找出那么清楚地表明他经常烦恼郁闷的皱纹的原因。

"可怜的弗雷德里克!"她想着,一面叹息了一声,"唉!要是弗雷德里克做了牧师,没有参加海军,使我们大伙儿全失去了他,那够多么

---

[1] 费加罗(Figaro):意大利作曲家罗西尼(G. A. Rossini,1792—1868)根据法国剧作家博马舍(Pierre Beaumarchais,1732—1799)的剧本《塞维利亚的理发师》(*The Barber of Seville*,1773)改编成的一部歌剧中的人物,他唱着说,人人都同时需要他去帮忙。

好！但愿我什么全都知道。肖姨妈始终就没有向我说明白。我只知道为了那件可怕的事,他不能回到英国来。可怜的亲爱的爸爸!他样子多么伤心啊！我真高兴我这就要回到家里去,可以从旁安慰安慰他和妈妈了。"

等父亲醒来时,她笑盈盈地望着他,没有露出一丝疲劳的痕迹。他也朝她笑笑,不过是淡淡的一笑,仿佛异常费力似的。他的脸上重又显出了那些经常忧虑的皱纹。他喜欢把嘴微微张着,好像要讲话那样,这使口型经常不固定,并且给了那张脸一种犹豫不定的神气。然而他生着和女儿一样柔和的大眼睛,——在眼窝里缓慢地,几乎是庄重地顾盼着的一双眼睛,又给明净的白眼皮深深地遮覆着。玛格丽特像他的地方比像母亲的地方多。有时候,人们感到很纳闷,父亲长得那么好看,养下的女儿竟然一点儿算不上特别标致,偶尔有人还说她压根儿并不标致。她的嘴相当大,不是只好张开一点儿,说出一声"是"和"不是",以及"请您如何如何"等的樱桃小口。不过这张大嘴的嘴唇却红艳艳的,微微有点儿弯曲,皮肤就算并不白皙,却娇嫩光滑得跟象牙一般。倘使就一个这么年轻的姑娘讲,她脸上的神情一般说来未免过分庄重和深沉的话,那眼前在跟父亲谈天的时候,它却像早晨一样欢快,——不时露出酒窝儿、表明娇憨高兴的眼色,其中充满着对前途所抱的无限希望。

玛格丽特是在七月的下半个月回到家乡的。林间的树木郁郁葱葱,呈现出一片苍翠的颜色,斜阳照亮了大树下的蕨草,天气是闷热的、沉寂的。玛格丽特总跟在父亲身旁大步走着,她以一种冷酷高兴的心情践踏着蕨草,感到蕨草在她的轻盈的脚下倒下,朝上发出它特有的那种芳香。他们走到开阔的公地上,步入温暖、芬芳的天光,看到许许多多自由自在的野生小动物在阳光下玩耍,以及阳光所唤醒的种种花草。这种生活——至少是这些散步——使玛格丽特的希望全部实现了。她为自己的森林感到自豪。森林里的人就是她的同胞。她和他们结成了知心的朋友,学会了,而且喜欢使用他们的特殊方言,在他们中自由自在,照料他们的婴孩,用缓慢而清晰的声音跟老年人聊天或者读书给他们听,把美味可口的食品送给生病的人吃,不久还决意到学校里去教课。她的父亲像办一件规定的工作那样，天天上学校去，可是她却常常想离开那儿去探望一下绿荫四覆的森林里一所小村舍内的某一位朋友：男人、女人，或是孩子。她的户外生活是完美无缺的，户内生活则有一些缺陷。她以做子女的正当的羞愧心情责怪自己目光锐利，看到家里一切全不像应有的那样。她的母亲——母亲一向对她百般爱护——似乎对他们的处境时常觉得十分不满，她认为主教不可思议地忽略了他的职责，没有派给黑尔先生一个俸禄较高的牧师职位，而且几乎嗔怪丈夫，因为他自己不肯说出来，他想离开这个教区去负责一个较大的教区。他总大声叹上一口气，回答说，如果在小小的赫尔斯通他能做自己该做的事，那么他就很快慰了，可是一天天他越来越沮丧，世上也变得越来越令人惶惑了。他妻子还是一再敦促说，他应该主动去谋求一个肥缺。玛格丽特看到每次她这样敦促以后，父亲总愈来愈向后退缩。遇到这种时候，她总尽力要母亲对赫尔斯通感到满意。黑尔太太说，附近一带树木这么多，影响到了她的健康。玛格丽特便想法引她朝前走到那片幽美、开阔、阳光斑驳、白云遮覆的高原公地上去，因为她深信母亲已经过分习惯于户内生活，难得走到教堂、学校和附近一些小村舍以外的地方去了。有一阵子，这样很有用处，但是快到秋天，天气变得乍冷乍热，母亲认为这地方不利于健康的念头增强了。她甚至更常抱怨说，她丈夫比休姆先生有学问，而且是一个比霍兹沃思先生更出色的教区牧师，却偏偏没有得到他们以前的这两位邻居所得到的那个肥缺。

这样长时间的不满破坏了家庭的安宁，这是玛格丽特所没有料到的。她知道自己不得不放弃多种享乐，对这个想头只有感到高兴，因为在哈利街，那些享乐反而给她的自由带来了烦恼和拘束。她对感官方面的种种乐事很善于欣赏，同时倘有必要，又能摆脱这些乐事，并且因为自己能够这么做而感到很得意，这种得意在很大程度上抵消了她那种敏锐的欣赏能力，即便不能压倒它的话。可是乌云向来不是从我们注视着的那面天边升起的。以前，玛格丽特回家来度假的时候，母亲为了和赫尔斯通有关的一件小事，为了父亲在那儿的职务，就曾经微微抱怨几句，或者偶尔惋惜一番，但是回忆那些日子时所产生的幸福感，使她忘却了那些不十分愉快的琐碎事。

九月的下半个月,秋雨霏霏,还时常刮风,玛格丽特不得不比先前更常待在家里了。赫尔斯通跟任何具有他们自身这种教养水平的邻居距离都相当远。

"这儿不用说,是英国最偏僻的一处地方啰。"黑尔太太在一次心情忧郁时这么说,"我禁不住常常觉得惋惜,爸爸在这儿实在没有一个可以来往的人。他简直与世隔绝。一星期一星期只见到农民和雇工。要是咱们住在教区的另一面,那就好多啦。咱们在那儿几乎走走就可以走到斯坦斯菲尔德家,戈尔曼家当然也可以步行了去。"

"戈尔曼家?"玛格丽特说,"就是在南安普敦①经商发了财的戈尔曼家吗? 哟! 咱们不去拜访他们,我可真高兴。我不喜欢生意人。我觉得我们只认识一些村民和雇农,认识一些毫不矫揉造作的人,反而好得多。"

"你不可以这么挑三拣四,玛格丽特,好孩子!"母亲说,心里暗暗想到她有次在休姆先生家遇见过的一位年轻、漂亮的戈尔曼先生。

"没有啊! 我认为我的爱好很广泛。我喜欢所有干着跟土地有关的工作的人,我喜欢军人和海员,以及人家所说的那三种有学问的职业②。我相信您管保不要我去喜欢屠户、面包师傅和烛台制造商吧,对吗,妈妈?"

"可是戈尔曼家既不是屠户也不是做面包的,他们是很体面的马车制造商人。"

"对啊。制造马车不也是一种生意吗,而且我认为是一种比屠户或是面包师傅无益得多的生意。啊! 我早先每天坐着肖姨妈的马车出去,总感到多么厌倦,我总多么渴望步行啊!"

尽管天气不好,玛格丽特还是出去走走。她在户外,待在父亲身旁,感到十分快乐,几乎手舞足蹈起来。在她踱过一片石楠丛生的荒地时,强劲的西风从身后吹来,似乎把她像秋风吹送落叶那样,轻盈而毫不费力地带着向前。不过晚上却不大容易很惬意地度过。吃完茶点

---

① 南安普敦(Southampton):英国汉普郡的一处港口城市。
② 指牧师、医生和律师这三种职业。

后,父亲总立刻退进他的小书房去,她和母亲便给单独撇下了。黑尔太太始终不大喜欢读书,在婚后很早的时期就拦住丈夫,不要他在她干活儿的时候大声读书给她听。有一阵子,他们下十五子①作为消遣,但是当黑尔先生对学校和教区居民日益感觉兴趣以后,他发觉妻子竟然把他为这些职务的分身看作是吃苦,她无法认为这是他的职业的正常情况,在他为了这些职务需要分别去照料时,她却认为这是应当表示惋惜和反对的。所以在孩子们还小的时候,他就退进书房去,把晚上(要是他待在家里的话)消磨在阅读他爱好的理论性的和玄学的书籍上。

以前,玛格丽特来这儿的时候,她总带回来老师或是家庭女教师推荐的一大箱书,总觉得夏天的日子太短,来不及阅读她回到伦敦以前非得读完的书籍。现在,只有从父亲的书房里清除出来以便摆满客厅里那几个小书架的装帧精美、不大阅读的英国文学名著了。汤姆森的《四季歌》②、海利的《考珀传》③、米德尔顿的《西塞罗传》④就算是其中最为轻松、最新出版、最有趣味的了。书架上提供不了多少娱乐。玛格丽特便把伦敦生活的详情细节说给母亲听,黑尔太太对这一切听得津津有味,有时候觉得有趣便寻根问底,有时候又有点儿想拿妹妹境况的舒适安逸和赫尔斯通牧师公馆的拮据情形相比较。在这种晚上,玛格丽特往往相当突兀地停下不说话,静听着雨点淅淅沥沥打在那扇小弓形窗的铝皮框上。有一两次,玛格丽特发觉自己呆板地数着那个一再重复的单调声音,一面心里纳闷,自己是否可以就经常萦绕在心头的一个问题探听上一两句,问一下弗雷德里克这时在哪儿,正在干些什么,以及他们有多少日子没有收到他的消息了。但是她意识到,母亲身体的虚弱和她对赫尔斯通的厌恶,都是从弗雷德里克参加了那场兵变以后才开始的,这就使她每次要谈到这个话题时又踌躇起来,回避开。玛

---

① 一种两人玩的游戏,双方各有十五枚棋子,掷骰子以决定走棋子的格数。
② 汤姆森的《四季歌》:指英国诗人汤姆森(James Thomson,1700—1748)于1726—1730年发表的无韵长诗《四季歌》(*The Seasons*)。
③ 海利的《考珀传》:指英国传记作家海利(William Hayley,1745—1820)为英国诗人考珀(William Cowper,1731—1800)著的传记。
④ 米德尔顿的《西塞罗传》:指英国神学家米德尔顿(Conyers Middleton,1683—1750)于1741年为古罗马雄辩家西塞罗所著的传记。

格丽特始终没有听到那场兵变的全部经过,现在看来这件事似乎注定得令人伤心地永远给湮没了。当她和母亲待在一起时,她总觉得似乎最好还是向父亲去探听,可是和父亲待在一起时,她又认为自己对母亲讲起话来比较随便。或许,并没有多少事是没有听说过的新闻。离开哈利街以前,她从父亲写给她的一封信上知道,家里收到了弗雷德里克的来信,他仍旧待在里约①,身体很好,非常想念她。这些是实实在在的情况,可并不是她渴想知道的内情。他们在家里难得地提到弗雷德里克的名字时,总是管他叫作"可怜的弗雷德里克"。他的房间保持得就和他初离开时一模一样,而且经常由黑尔太太的女用人狄克逊打扫和收拾。狄克逊不干其他的家务事,她总记得贝雷斯福德夫人雇她当约翰爵士②的监护人,拉特兰郡③的美人儿,俏丽的贝雷斯福德小姐们的贴身女仆的时候。她总认为黑尔先生是降临到她的年轻小姐生活前途上的阴影。要是贝雷斯福德小姐没有匆匆忙忙地嫁给一个贫穷的乡村牧师的话,那可不知道她什么好亲事不会攀上。然而,狄克逊忠心耿耿,决不肯在她小姐困苦倒霉的时候(也就是,在她的婚后生活中)抛开她。她仍旧跟着她的小姐,专心照料她的利益,总把自己看作是那个善良的保护仙子,分内的工作就是挫败那个恶毒的巨人:黑尔先生。弗雷德里克少爷是她心爱的、夸赞的孩子。每星期她走进去收拾那间房时,严肃的神情和态度总随和下来点儿,她仔仔细细地拾掇,就好像他那天晚上就会回家来似的。

　　这时候,玛格丽特禁不住认为,弗雷德里克方面新近有什么消息是母亲所不知道的,可是它却使父亲感到焦急不安。黑尔太太似乎并没有看出来,丈夫的神情举止方面有什么改变。他的情绪总是温和的、亲切的,关系到别人福利的一件随便什么小事都会立即影响到他。他看见一个人逝世或是听到一件犯罪的行为,就会沮丧上好多天。可是现在,玛格丽特注意到,他心不在焉,仿佛他的思想完全贯注在一个问题上,任何日常的行动,例如安慰幸存的人或是在学校讲课,希望减少未

---

① 指巴西旧都里约热内卢(Rio de Janeiro)。弗雷德里克曾在南美洲待了好几年。
② 按英国习惯,称呼爵士时,只能单提名字,或姓名同提,不可以单提姓。
③ 拉特兰郡(Rutlandshire):英国英格兰中部的一郡。

来一代人的罪恶，全不能使那种抑郁的感觉有所缓和。黑尔先生不像平日那样常到教区居民中去了，他多半自己关起门来待在书房里，急切地等着村里的邮差到来。邮差来到人家的信号，就是在后面厨房的百叶窗上敲敲——这个信号以往曾不得不一再重复地做，然后才有人会注意到天已到了什么时分，知道这种敲窗是怎么回事，连忙去从他的手里接过信来。可现在，要是上午天气晴朗，黑尔先生就总是在花园里逛来逛去，要是天气不好，他就出神地站在书房窗口，一直等到邮差来过了，或者走下那条小路，对着牧师恭敬而会意地摇摇头，在后者注视下走过那道小蔷薇花的树篱，越过那株大杨梅树，然后才转身回进房去，带着心情沉重、若有所思的种种迹象开始了一天的工作。

不过在玛格丽特这年龄，任何不是绝对根据实情而产生的疑虑，很容易在一个阳光明朗的日子，或是在一种外表快乐的情况下给一时排开。等十月间的那十四天晴朗灿烂的日子到来以后，她的烦恼全像飞絮那样轻飘飘地给吹跑了。她什么也不想，只想到森林里的壮丽景色。蕨草的收割已经结束。既然雨季已经过去，许多深邃的林间空地都可以走了进去，而在七八月那样的天气里，玛格丽特只朝那些地方觑了觑。她跟伊迪丝一起学过绘画。在天气还晴朗的时候，她曾一味对林地的艳丽景色那么悠闲地尽情赞赏，所以到了风雨晦暝的日子，她便感到十分惋惜，这使她决心在冬天完全到来以前，尽可能把一切全都速写下来。因此，有天早晨，当女用人萨拉把客厅的门大打开，通报说"亨利·伦诺克斯先生来了"时，玛格丽特正忙着在准备她的画板。

第三章 "欲速则不达"

学会赢得女人的信心，
　　要高尚，因为这件事很高超；
要勇敢，犹如关系到死生——
　　抱着忠诚而庄重的精神。

从筵席上把她领开，
　　指给她看那星光璀璨的天空，
用你诚恳的语言将她来照看，
　　绝不要有求爱时那种阿谀奉承。

布朗宁夫人①

"亨利·伦诺克斯先生。"玛格丽特仅仅一会儿工夫前还曾经想到他，记得他所问的自己在家里可能会做点儿什么事。这真是"Parler du soleil et l'on en voit les rayons"②。灿烂的阳光照亮了玛格丽特的脸，她放下画板，走上前去和他握手。"告诉妈妈，萨拉。"她说，"妈妈和我想问你许许多多关于伊迪丝的事情。你光临，我可真得感谢你。"

"我不是说过要来拜访的吗？"他这么问，音调比她讲话的音调要低。

"可我听说你在高地③那么远的地方，我压根儿没有想到你会上汉普郡来。"

---

① 布朗宁夫人（Elizabeth Barrett Browning，1806—1861）：英国诗人，引文见她的诗篇《女士的应允》(*The Lady's Yes*)。
② 法文，直译是："讲到太阳，就见到阳光。"即"说到曹操，曹操就到"意。
③ 指英国苏格兰西部与北部的高地。

"噢！"他声音更轻地说，"那小两口儿傻呵呵的那么瞎胡闹，冒上种种危险，攀登这座山，驶过那片湖，我真认为他们得有位门特①去照料。真格的，他们可真需要。我叔叔简直管不了他们，一天二十四小时他们有十六小时都使那位老先生感到惊慌。说真的，我发觉多么不能信任他们俩以后，顿时觉得有责任不丢下他们，直等到我瞧见他们平平安安地在普利茅斯②上了船为止。"

"你上普利茅斯去过了吗？哟！伊迪丝始终没有提起。当然啰，她新近的信全写得那么匆忙。他们当真是星期二乘船走的吗？"

"当真乘船走啦，使我摆脱了许许多多责任。伊迪丝托我捎给你各色各样的口信。我身上哪儿大概还有一个小小的便条，不错，在这儿。"

"哦！谢谢你。"玛格丽特喊着。随后，她有点儿想不给人瞧见，单独去看信，于是借口再去告诉母亲一声（萨拉一准是怎么弄错了），伦诺克斯先生来了。

等她离开那间房以后，伦诺克斯先生便用精细的目光四下看看。这间小客厅在晨曦照耀下显得非常洁净。弓形墙壁中间的那扇窗敞开着，一丛丛蔷薇和鲜红的忍冬在窗角那儿朝里窥视，那片小草地上长满了五颜六色、鲜艳夺目的马鞭草和天竺葵，煞是好看。不过外边的光明璀璨反而使室内的色彩显得阴沉暗淡了。地毯一点儿也不新，印花棉布窗帘已经洗过好多次了。玛格丽特本人那么气度雍容，这间房作为她的背景和框架，远比他原来预料的显得窄小和寒碜。他拿起桌上放着的一本书，是但丁的《天堂》③，——意大利特有的老式装订，白皮纸上烫金。旁边放着一部字典和玛格丽特的笔迹抄写下的一些单词。这是一单子很乏味的词，可是不知怎么，他却很喜欢看着那些词。他叹息了一声把那一张单子放下。

"这个牧师职位显然是像她所说的那么卑微。这似乎很奇怪，因

---

① 门特(Mentor)：古希腊史诗《奥德赛》中奥德修斯的益友和他儿子的良师。
② 普利茅斯(Plymouth)：英国英格兰西南部的一大港口城市。
③ 意大利诗人但丁(Alighieri Dante，1265—1321)的巨著《神曲》共分三部分：《地狱》《炼狱》和《天堂》。

为贝雷斯福德家可是名门望族啊。"

这当儿，玛格丽特已经找到了她的母亲。这正巧是黑尔太太心情不快的日子，一切事情都使她感到碍眼、难受。伦诺克斯先生的到来也是如此，不过暗地里她却因为他想着值得来拜访他们而感到高兴。

"真太不巧啦！咱们今儿饭吃得很早，除了冷冻肉以外什么也没有，因为我想让用人继续烫衣服。不过咱们当然非留他吃饭不可喽——是伊迪丝的大伯子嘛。你爸爸今儿早上不知为了什么事心绪很不好——我也不知道是为了什么事。我方才走进书房去，他两手捂着脸，伏在桌子上。我告诉他我可以肯定，赫尔斯通的空气对他和对我一样，也变得不合适了。他突然抬起头来，请我不要再说一句赫尔斯通的坏话，他说他实在受不了，要是世上还有一个他心爱的地方，那就是赫尔斯通。可是我相信，说虽这么说，这准是这种潮湿和使人乏力的空气所造成的。"

玛格丽特感到仿佛有一阵寒冷、稀薄的浮云来到了她和阳光之间。她一直耐心地听着，希望母亲这样诉说上一番以后多少可以轻松一点儿，但是这会儿是把她引回到伦诺克斯先生身上去的时候了。

"爸爸很喜欢伦诺克斯先生，他们上回在吃喜酒的时候谈得好极啦。我想他来了，或许会对爸爸有好处。别去为饭菜操心，亲爱的妈妈。午餐有冷冻肉就挺不错啦，伦诺克斯先生非常可能也是这样看待一顿两点钟的午餐的。"

"可是在两点钟之前，咱们怎么招待他呢？现在只有十点半。"

"我去请他跟我一块儿出去绘画。我知道他会画，这样就使他不至于妨碍您啦，妈妈。只是这会儿务必进来一下。要是您不出来，他会觉得挺奇怪的。"

黑尔太太脱下黑绸围裙，揉了揉脸。在她以接待一位几乎算是亲戚的人的那份热诚去欢迎伦诺克斯先生时，她显得是一位落落大方的贵妇人般的女子。显然，他指望他们邀他逗留一天，所以欣然接受了邀请，这使黑尔太太希望除了冷冻牛肉外，她还可以再添点儿什么菜。他一切全都喜欢，对玛格丽特提出的一块儿出去绘画的意见感到很高兴。既然吃饭的时候马上就要见到黑尔先生，他随便怎么也不肯这会儿就去打搅他。玛格丽特把绘画的用具拿出来给他挑选。在他选好了合用的纸笔以后,他们俩便兴高采烈地出发了。

"请你在这儿稍停上一两分钟。"玛格丽特说,"在那两星期阴雨连绵的日子里,老萦绕在我心头、责怪我没有把它们画下来的,就是这些村舍。"

"在它们倒塌下来,看不见之前,把它们画下来。真格的,如果要画——这些村舍真富有画意——咱们最好不要推迟到明年。可是咱们坐在哪儿呢?"

"哟!你敢情是直接从圣堂的事务所来的①,而不是在高地待了两个月!瞧瞧这个挺好看的树身,樵夫把它恰恰留在光线适合的地方。我把格子花呢外衣放在树身上,那就是一个正式的林间宝座。"

"你的脚就放在那个泥潭里,算是一个御用的脚凳!停下,我移开点儿,那么你就可以朝这边挨近点儿啦。谁住在这些村舍里?"

"这些村舍是五六十年前占用公地的人造的。有一所没有人居住,等住在另一所里的那个老头儿死了以后,管林子的人就要把它拆掉啦,可怜的老头儿!瞧——他就在那儿——我得过去跟他说几句。他耳聋得厉害,我们的秘密你全都会听见。"

老头儿拄着拐棍,光头站在村舍门前的阳光里。当玛格丽特走上前去,和他说话时,他那呆板的面容松弛下来,露出了一丝迟钝的微笑。伦诺克斯连忙把这两个人物画进了他的画里,顺带还勾勒出了他们后边的景色——正如后来,到了站起身,把水和废纸扔开,相互看看各自的绘画时,玛格丽特所看到的那样。她哈哈笑了,臊红了脸。伦诺克斯先生瞅着她的面容。

"我可得说这是不守信用的。"她说,"我真没想到你叫我去问他这些村舍的历史时,把老艾萨克和我全变成了你画里的主题。"

"我由不得不这样。你没法知道这幕景象多么吸引人。我简直不

---

① 圣堂(The Temple):12世纪时,为了保护耶路撒冷圣地,罗马教皇组织了圣堂武士团(Knights Templar)。圣堂是他们在伦敦的聚会地,1346年为法学生占用,1609年改为内圣堂(Inner Temple)和中圣堂(Middle Temple)两法学院,律师也多在该处设立他们的事务所。

敢告诉你我往后会多么喜欢这幅画。"

他拿不大准,她到小溪边去洗调色板之前,是否听到了他说的最后这句话。回来的时候,她脸上红扑扑的,不过显得十分单纯、一无所知。他觉得很高兴,因为那句话是他不知不觉说溜了嘴的。就一个像亨利·伦诺克斯这样遇事深谋远虑的人来说,这是很难得的事。

他们回到家里时,家里的外表很不错、很欢快。有位邻居恰巧送了两条鲤鱼来。在这种有利的影响下,母亲额上的乌云开霁了。黑尔先生从午前的日常巡视中回来,正在通花园的那扇小门外边等候着客人。他穿着相当敝旧的上衣,戴着使用了多年的帽子,看上去却十足是一位有教养的人。玛格丽特为父亲感到很自豪,她一向看到父亲给陌生人留下多么良好的印象时,总有一种清新而亲切的自豪感,不过她的锐利的目光仔细察看了一下父亲的眼神,还是看出了某种异乎寻常的烦恼痕迹,这种烦恼眼下只不过暂时给排开,并没有完全消失掉。

黑尔先生要看看他们的绘画。

"我觉得你把茅屋屋顶的颜色涂得太深啦,是不是呢?"他把玛格丽特的画还给她的时候这么说,一面伸手索取伦诺克斯先生的。他把画拿在手里一会儿,没有立即递过去,就只一会儿。

"没有,爸爸!我觉得我并没有。长生草和景天①的颜色在雨里总显得深得多。这像吗,爸爸?"她说,在他看着伦诺克斯先生绘画里的人物时,从他肩后瞥视着。

"哦,很像。你的外形和神态全画得像极啦。再说,这正是可怜的老艾萨克弯下患有风湿痛的长脊背的僵硬样子。挂在这个树枝上的这是什么?当然不是鸟巢喽。"

"哦,不是!这是我的帽子。我始终没法戴着帽子绘画。那样我头上就觉得挺热。我不知道我画不画得了人物。这儿有这么许多人我都很想把他们画一下。"

"我得说要是你很想画好一个人物,那么你总会画好的,"伦诺克斯先生说,"我对意志力非常有信心。我自认为在给你画的这幅画上

---

① 景天是一种多年生草本植物,叶长椭圆形,白绿色,花白色带红。

我相当成功。"黑尔先生领着他们走进屋子去。玛格丽特逗留在后边，想采几朵蔷薇花，用去装饰一下午餐时穿的常礼服。

"一个地道的伦敦姑娘会懂得我那番话的含意的。"伦诺克斯先生想着，"她会用心从年轻的男人向她说的每一句话里去搜索别有用意的奉承。但是我不相信玛格丽特……慢着！"他喊了一声，"我来帮你采。"他替她采了几朵她够不到的深红色天鹅绒般的蔷薇花，然后自己也取了两朵，别在纽扣洞里，把她高兴而快乐地送进屋子去佩戴她的花儿。

午餐时的谈话是平静的、欢畅的。双方都问了许多话——交换了每一个人所能提供的关于肖太太在意大利行踪的最新消息。伦诺克斯先生对他们的谈话很感兴趣，对牧师公馆内谦逊朴实的气氛也很感兴趣——特别因为自己又待在玛格丽特的身旁，所以他把那一点儿失望情绪完全忘了。玛格丽特曾经说过，她父亲的俸禄是微薄的。当伦诺克斯先生最初看到她所说的的确是实情时，他曾经感到有点儿失望。

"玛格丽特，孩子，你倒可以摘下几只梨子来给我们做餐后的水果的。"黑尔先生很殷勤地把新装满的一瓶葡萄酒这件奢侈品放到餐桌上后，这么说。

黑尔太太顿时忙碌起来。餐后吃点儿水果在牧师公馆内似乎是事先没有安排好的不寻常的事。其实只要黑尔先生回过头瞧瞧，他就会看见饼干和橘子果酱等全按着规定的顺序搁在餐具柜上。可是黑尔先生这时候一心只想着梨子，再不肯去想什么别的。

"南边墙那儿有些个褐色的嫩梨，抵得上所有外国的水果和罐头水果。玛格丽特，快跑去，给我们摘几只来。"

"我提议咱们上花园里去，在那儿吃梨子。"伦诺克斯先生说，"没有什么比用牙嚼阳光晒得热乎乎、香喷喷的倍儿脆、汁多的水果滋味更美的啦。最糟的大不了是等你吃得正津津有味的当儿，大黄蜂竟然会不顾一切地飞来跟你争夺。"

他站起身，仿佛想跟着玛格丽特一块儿去似的，玛格丽特这时已经穿过落地长窗走出去了。伦诺克斯先生静候着黑尔太太表示同意。可是她呢，她却宁愿按照正当的方式结束午餐，把先前一直进行得如此顺利的全套礼数维持到底,特别是她和狄克逊为了不辱没肖将军遗孀的姐姐这一身份,还从贮藏室里把洗手钵也取出来了。可是黑尔先生随即也站起身,预备陪同客人一块儿前去,她这才不得不依了他们的意思。

"我可要带一柄刀去。"黑尔先生说,"按你说的那种原始方式吃水果的日子,就我说来早已过去。我非得削了皮,切成四块,才能好好地吃。"

玛格丽特用一片甜菜根叶当盘子,托着那些嫩梨,把金褐色的梨皮挺美地衬托出来。伦诺克斯先生多一半是望着她,而不是望着梨子,但是她父亲极力想好好领略一下自己从忧虑中抽出来的这一个美满、有趣的时刻,伸手挑选了最熟的一只,在花园的长凳上坐下,悠闲自在地品尝。玛格丽特和伦诺克斯先生沿着南面围墙下斜坡上的那条小路走去。蜜蜂还在那儿嗡嗡叫着,在蜂巢内忙忙地干活儿。

"你在这儿过的是一种多么美满的生活啊!我以前总有点儿瞧不大起诗人,他们总希望'结庐在山下'①等那类事情,不过现在,我恐怕实际的情形是,我是个地地道道的伦敦佬。眼下我觉得,要是能过一年这种绝妙的宁静生活——这样的天空!"说着他抬起头来——"这样红艳艳的琥珀色的树叶,像这样肃静不动!"他指着圈在园子里、仿佛园子是一个安息地似的一些参天大树——"那么二十年勤苦攻读法学好像就受到了充分的酬劳。"

"一定得请你记住,我们这儿的天空并不总是像这会儿这样碧蓝。我们这儿也下雨,树叶也落下来,给雨水浸湿,不过我认为赫尔斯通大概跟世界上随便什么其他的地方一样好。记得有天晚上在哈利街你怎样嘲笑我的叙述吗:'一个故事里的村庄。'"

"我嘲笑,玛格丽特!这可说得太重了点儿。"

"也许是重了点儿。我只知道我那会儿很想把我心里充满着的感觉全说给你听,可你呢——我该怎么说呢?——你却很不礼貌地把赫

---

① 这是英国诗人罗杰斯(Samuel Rogers,1763—1855)所著《心愿》(*A Wish*)一诗中的一行。

尔斯通说成不过是故事里的一个村庄。"

"我决不再这么说啦。"他热忱地说。他们顺着小路转过弯去。

"我几乎希望,玛格丽特……"他停住,支吾起来。由于这位能言善辩的律师支吾其词是非常难得的,所以玛格丽特有点儿诧异地抬起头来望望他。可是一刹那——她也说不上来是因为他神态中的一点儿什么——她真希望自己是在屋子里跟着母亲——跟着父亲——是在随便哪个没有他待在一旁的地方,因为她可以肯定,他这就要说出一件她不知如何回答的事情来了。一会儿工夫,她的强烈的自尊心战胜了这阵突然感到的激动不安,她很希望他并没有看出自己的不安来。当然,她会回答,而且是正确的回答。害怕听到什么话,仿佛她没有力量用自己崇高的少女尊严去结束掉它,这是卑鄙可怜的。

"玛格丽特。"他冷不防使她吃了一惊说,同时突然握住了她一只手,以致她不得不站定了倾听,一面对自己心头的慌乱始终感到有点儿鄙夷,"玛格丽特,但愿你不这么喜欢赫尔斯通——但愿你在这儿不是这么绝对地安详、快乐。过去这三个月,我一直希望瞧见你有点儿怀念伦敦——以及伦敦的朋友们——使你可以比较同情地(因为她正静悄悄而坚决地使劲儿想把给他握住的那只手挣脱出去)听听一个按实在说,并没有什么可以献给你的人所说的话——他除去未来的前程外,什么也没有——不过他却是一个几乎不由自主地真正爱慕你的人,玛格丽特。我是不是叫你太吃惊了,玛格丽特?你说话呀!"因为他瞧见她的嘴唇在颤抖,就好像她要哭出来似的。她费了很大的劲使自己保持镇静。在她控制住自己的嗓音以前,她没肯开口。后来,她才说道:

"我是吃了一惊。我可不知道你对我有这样的感情。我一向把你看作一位朋友。请你知道,我宁愿继续把你看作一位朋友。我不喜欢有人对我像你刚才那样说话。我没法像你要我做的那样来回答你,可是要是我惹你生气,那我觉得非常抱歉。"

"玛格丽特。"他注视着她的眼睛说,那双眼睛以开朗、坦率的神色表达出极大的诚意和不愿使人痛苦的愿望,回望着他。"你爱……"他本来想要问——"别的哪个人吗?"但是这句问话就好像是对那双眼睛里纯洁、平静的神气的侮辱。"请你原谅!我太鲁莽啦。我受到了惩罚。只是让我抱着希望。给我一点儿可怜的安慰,告诉我你还从来没有见到一个可以……"他又停住,没能把这句话说完。玛格丽特因为惹得他这么苦恼而自怨自艾。

"唉!要是你脑子里从没有过这种想头,那该多好!有你这样一位朋友,真叫人高兴。"

"但是,玛格丽特,我可不可以希望你有天会把我当作一个情人呢?不是眼下,我知道——这并不急——是将来某一个时候……"

她沉默了一两分钟,想先弄清楚自己心坎儿上的真实情绪再回答。随后,她说:

"我始终都只把你——当作一位朋友。我乐意这样看待你,可我相信我决不会把你当作什么别的。请你让咱们两个都忘掉咱们之间有过这样一次(她本来预备说'不惬意的',但是猛地停住了)谈话。"

他在回答之前先踌躇了一下,然后用惯常的冷静口吻回答道:

"当然啦,既然你的情绪这么明确,既然这次谈话明摆着叫你这么不痛快,那么最好把它忘了。这个把不管什么令人痛苦的事全忘掉的办法,理论上讲是蛮不错的,可是就我来说,要实行这个办法至少是有点儿困难的。"

"你挺气恼,"她伤感地说,"但是我有什么办法呢?"

她说这句话的时候,真显得异常伤心,因此有一会儿他尽力想把失望的情绪排开,接下去虽然声调还有点儿冷漠,他却比先前高兴起来点儿,回答道:

"我这个人一般说来并不习惯于谈情说爱,我是像有些人说我的那样,精细而世故的,只是给一股热情支配着才一反平日的习惯,所以玛格丽特,不单是对一个钟情的人,而且是对一个这样的人满腹的懊丧之情,你是应该予以包涵的——好,咱们不要再提啦,不过,按实在说,在他为自己个性中比较深挚、比较高超的情绪所找到的唯一出路上,他遭到了拒绝。我往后不得不嘲笑自己干下的傻事,来安慰自己啦。一个努力挣扎着的律师竟然想要结婚!"

玛格丽特对这一席话无法回答。他说这一席话的腔调使她很烦恼。那种腔调似乎触及并提醒了以往常常使她对他感到不痛快的所有那些双方歧异之处，然而另一方面，他又是最愉快的人，最富有同情心的朋友和哈利街所有的人中最了解她的人。她觉得自己拒绝了他后所感到的痛苦中，夹杂有一丝轻蔑的意味。妩媚的嘴唇微微有点儿鄙夷地翘了起来。这时候，他们在花园里绕了一圈，突然一下碰上了黑尔先生，这倒很不错。他待在哪儿他们本来早已忘却了。黑尔先生很细致地把梨皮削成像锡纸那么薄的一长条以后，正在从从容容地领略滋味，所以到那会儿还没有把梨吃完。这就像那个东方国王的故事一样：他在术士的吩咐下把头浸在一盆水里，在他立刻抬起头来前，他已经经历了一世①。玛格丽特感到惊得有点儿眩晕，没有能充分镇静下来，加入父亲和伦诺克斯先生随即闲扯起的家常。她样子很严肃，不大乐意讲话，同时心里又十分纳罕，不知道伦诺克斯先生多会儿才会走，好让她松弛下来，细想想过去一刻钟内发生的事情。他几乎也像她巴望他走一样急切地想告辞，不过几分钟轻松随意的闲聊，不问费了他多大的气力，却是他对自己受了损害的虚荣心或是自尊心应当作出的牺牲。他不时觑上一眼她那张忧伤、愁闷的脸。

"她对我并不像她认为的那样毫无感情。"他暗自想着，"我还有希望。"

一刻钟还不到，他已经平静而尖刻地谈起天来，讲到伦敦的生活和乡下的生活，仿佛他意识到自己那喜欢冷嘲热讽的第二自我，很害怕自己的讥诮似的。黑尔先生觉得迷惑不解。他的客人跟他以前在喜筵上和今儿在午餐时见到的完全变了一个人，他比先前轻松、机敏、世故，因而和黑尔先生格格不入。等伦诺克斯先生说，如果他打算乘五点钟的那班火车，他就必须立即告辞时，三个人全感到很快慰。他们走到宅子里去寻找黑尔太太，他跟她说了再会。在临别的一刹那，亨利·伦诺克斯的本性透过外表，流露出来了。

"玛格丽特，不要瞧不起我。尽管我喜欢这样讲上一些毫无益处

---

① 这是土耳其的一篇民间故事，英国作家艾迪生（Joseph Addison, 1672—1729）和斯蒂尔（Richard Steele, 1672—1729）在他们办的《旁观者》（The Spectator）1771 年 6 月 18 日第 94 期上曾复述了这篇故事。狄更斯在《艰难时世》（Hard Times, 1854）第二卷第一章中也曾提及。

的话,我却不是没有情感的。为了证明这一点,我相信就因为过去这半小时里你这么轻蔑地听着我说,我会更爱你,如果我不恨你的话。再见吧,玛格丽特——玛格丽特!"

第四章 怀疑和困难

> 投我于一片光濯濯的海滨,
> 在那里仅仅可以找着
> 一艘凄凉的破船的踪迹,
> 倘若您在那里,大海即便呼啸,
> 我也不祈求更为平静的宁谧。
>
> 哈宾顿①

他走了。宅子傍晚又关闭起来。不再见到深蓝色的天空,或是鲜红与琥珀的色彩了。玛格丽特走上楼去,为吃下午的那顿茶点换衣服,她发觉狄克逊因为在一个忙碌的日子里来了客人,打搅了一番而变得脾气很不好。这表现在她借口急于要到黑尔太太那儿去,因而恶狠狠地替玛格丽特梳头发这一点上。然而,弄到最后,在母亲下楼来之前,玛格丽特却不得不在客厅里等候了很长的时间。她独个儿坐在炉火面前(没有点燃的蜡烛搁在身后的桌子上),心里思量着这一天,那次愉快的散步、愉快的绘画、欢乐的午餐,以及在花园中的那次不自在的、使人痛苦的散步。

男人和女人多么不同啊! 眼下,她心头感到烦恼不快,因为按照她的本性,除了拒绝以外,没有别的办法。这应该是他一生中最沉挚、最神圣的求婚,可是他呢,在他遭到拒绝后没有多一会儿,他却能够谈着说着,仿佛律师事务、业务成就、优裕生活的种种表面结果,以及机敏、惬意的交游,是他公开冀盼实现的唯一目的。哎呀! 要是他不是那样,

---

① 哈宾顿(William Habington, 1605—1654):英国诗人,引文见他的长诗《卡斯塔拉》(*Castara*)第三部。

她本可以多么爱他啊！这时回想起来,她感到他有一种鄙俗的特性——十分卑下。接着,她又想到,他的轻快毕竟有可能只是假装出来,遮掩内心的痛苦失望的。倘使她堕入情网,遭到拒绝,那么她自己心上也会深深感到这种失望的。

这股旋涡般的思潮还没有给理出一个头绪,母亲走进房来了。玛格丽特不得不摆脱对那一天所做的和所说的一切的回想,同情地听着母亲讲述狄克逊怎样埋怨说,烫衣服用的毯子又给烧焦了,苏珊·莱特富特怎样给人瞧见帽子上插着假花,从而证明她为人轻浮、爱好虚荣。黑尔先生沉默出神地呷着茶,玛格丽特把反应全保留在自己的内心里。她觉得奇怪,父母怎么会忘性这么大,这么不在意他们那一天的朋友,竟然绝口不提他的姓名。她忘了他并没有向他们求爱。

吃完茶点后,黑尔先生站起身,一只胳膊肘儿放在壁炉台上,手托着头,默想着什么事,不时还长叹息一声。黑尔太太走出房去跟狄克逊商议给穷人家一些寒衣的事。玛格丽特正在整理母亲的绒绳活计,想到漫长的晚上不禁有点儿畏缩,希望就寝的时刻这就到来,以便她可以再次去回想一下那一天发生的事情。

"玛格丽特!"黑尔先生最后以一种突兀、绝望的口气这么喊了一声,使她吓得一怔,"这个挂毯急等着用吗?我是说你能不能把它放下,上我书房里来一会儿?我有件对咱们大伙儿全很重要的事想跟你说。"

"对咱们大伙儿全很重要。"伦诺克斯先生在她拒绝了他以后,始终没有机会跟她父亲私下进行一次谈话,要不然那可真是一件很严重的事情。首先,玛格丽特感到内疚和害臊,自己竟然长成了这么一个大姑娘,已经让人想到嫁娶的事了。第二,她不知道父亲会不会因为她自行拒绝了伦诺克斯先生的求婚,而不很高兴。可是她不久便感到,父亲想要跟她谈的并不是一件新近突然发生的、会引起什么复杂思想的事情。他叫她在身旁的一张椅子上坐下,通了通火,把蜡烛花剪了,叹息了一两声,然后才拿定主意开口说。不过他的话终究一下子全说出来了——"玛格丽特!我要离开赫尔斯通了。"

"离开赫尔斯通,爸爸!因为什么呢?"

有一两分钟,黑尔先生没有回答。他紧张而慌乱地翻弄着桌上的一些文件,好几次开口想说,但总是又闭起嘴来,没有说话的勇气。玛格丽特经受不住这种悬而不决的情景,这对父亲甚至比对她更为苦恼。

"因为什么呢,亲爱的爸爸?务必告诉我!"

他猛然一下抬起头来望着她,然后迟缓而强作镇定地说道:

"因为我不可以再做一个国教教会①的牧师啦。"

玛格丽特本来推测,这不外是母亲那么盼望的一个那种好职位终于落到了父亲的身上——一个将要迫使离开优美、可爱的赫尔斯通,也许还使他不得不去居住在玛格丽特曾经在大教堂镇②上时常看到过的一个那种庄严、肃静的大教堂区里。那是些森严、堂皇的地方,可是倘若要上那儿去,就必须离开赫尔斯通,从此不再把它当作家乡,这是使人感伤、久久难以忘怀的一种痛苦。但是和黑尔先生最后这句话使她受到的震惊相比,那简直算不了什么。他究竟是什么意思呢?这么神秘只有更糟糕。他脸上那种可怜的烦恼神情,几乎像是在恳求自己的孩子作出宽厚仁慈的判决似的,这使她突然感到一阵难受。会不会是他给牵扯进了弗雷德里克所干的什么事情里呢?弗雷德里克是一名逃犯。父亲难道出于对儿子的骨肉之情,纵容他干了什么……

"哎!是怎么回事?您快说呀,爸爸!把一切全告诉我!您干吗不能再当牧师了?当然,要是人家把咱们所知道的关于弗雷德里克的一切全告诉主教,而那些冷酷的、不公正的……"

"这跟弗雷德里克毫无关系,主教对那件事也绝不会过问。这都是我自己的问题。玛格丽特,我来告诉你是怎么回事。这一次我什么问题都回答,可是过了今儿晚上。咱们就绝口不要再提啦。我可以应付我的痛苦难受的怀疑所带来的后果,但是要讲清楚是什么使我感到

---

① 国教(the Church of England):英国教会原为天主教教会之一支。1533 年,英国教士会议宣布承认英王亨利八世为英国教会的首脑,第二年又宣布正式脱离罗马教廷,于是自成一派,其教义为天主教与新教之折中,详见英国国教的《公祷书》(The Book of Common Prayer)及《三十九条教规》(The Thirty-nine Articles)。

② 按英国国教制度,全国宗教事务由大主教掌管,大主教下设若干主教,主教管辖的区域称为主教区,他的教堂称为大教堂,教堂所在镇市称为大教堂镇。

这么痛苦,那是我经受不起的。"

"怀疑,爸爸!对宗教感到怀疑吗?"玛格丽特问,心头觉得更为震惊。

"不是!不是对宗教感到怀疑,丝毫都不危害到这方面。"

他停住。玛格丽特叹了一口气,仿佛即将面临到某种新的恐怖事件似的。他又开口说话,这次说得很快,就像是想结束一项规定任务似的。

"就算我告诉了你,你也不会全明白的:过去几年,我一直感到很忧虑,我想知道自己是否有权继续担任我的牧师职务——我一直都在尽力,我想以教会的权力扑灭郁结在我心里的怀疑。嗐!玛格丽特,我多么爱护我这就要给排斥在外的神圣教会啊!"有一会儿工夫,他没法说下去。玛格丽特也说不上来,自己该讲点儿什么。在她看来,这件事神秘得令人可怕,就好像她父亲要变成回教徒那样。

"今儿我读了从自己教会中给驱逐出去的那两千人①,"——黑尔先生强笑了笑,继续说下去——"想取得一点儿他们的勇气,可是这毫无用处——毫无用处——我禁不住强烈地感觉到了这一点。"

"但是,爸爸,您好好考虑过了吗?嗐!这似乎挺可怕,挺糟糕。"玛格丽特忽然流下泪来,说。她的家,她对亲爱的父亲的看法,这一切的一个坚定的基础,似乎在摇摆晃动了。她能说什么话呢?得做点儿什么事?黑尔先生瞧见她这么苦恼,连忙振作起精神,想法来安慰她。他咽下了先前一直从他内心涌起的使人窒息的哽咽,走到书橱那儿去,拿出一卷书来。这是他新近常常看的一卷书。他认为自己就是从这卷书上获得了力量,走上了他这会儿开始走的路程。

"听着,亲爱的玛格丽特。"他说,一面用一只胳膊搂住了她的腰。她抓住他的手,紧紧握着,不过她没法抬起头来。说真的,她也没法细听他所读的文章,因为她内心太激动了。

"这是一个原先跟我一样在乡下教区当牧师的人的自我表白,是

---

① 1662年圣巴塞洛缪节(8月24日),约有1200名英国国教教会的牧师被迫离开了他们的神职,因为他们不赞同那一天生效的《同一性法令》(*Act of Uniformity*)。

由德比郡①卡辛顿的牧师奥德费尔德先生②在一百六十多年前写下的。他的苦难早结束了。他作了一场出色的战斗。"他把最后这两句话说得声音很低,仿佛自言自语似的。接着,他大声念道:

"当你无法继续做你的工作而不辱没上帝的荣誉,破坏宗教的名声,放弃自己的诚实,伤害良心,有损自身的安宁,并危及自己灵魂的拯救时,总而言之,当你必须据以继续从事(倘使你想要继续从事的话)你的职务的条件是罪恶的,是圣书所不允许的,那么你可以——诚然,你必须——相信,上帝将使你的沉默、停止工作、罢免以及离职成为他的荣耀,成为促进福音利益的途径。当上帝不以一种方式使用你时,他将以另一种方式使用你。凡是渴望为他效力和增添荣誉的人,绝不会缺乏这样做的机会,你也决不可以对以色列的圣人③这样加以限制,以为他只有一种方式可以让你去赞美他。他可以通过你的布道,也可以通过你的沉默,他可以通过你继续工作,也可以通过你离职来做到这一点。尽管罪恶使我们可以,或者有机会去尽某一种责,但是假装为上帝出了最大的力或尽了最重要的职责,并不会使最小的罪恶得到宽恕。啊,我的灵魂!如果人家指责你败坏上帝的名誉,发假誓时,你还假装必须如此,以便继续留下行使牧师的职务,那么你绝不会得到多少感谢。"

在他读了这一段,又看了更多他没有读出来的段落以后,他坚定下来,觉得自己似乎也能勇敢而坚决地做他自信是正确的事了。可是在他停下时,他听见玛格丽特痉挛地低声呜咽,他的勇气在他强烈意识到内心的痛苦后,又消逝了。

"玛格丽特,亲爱的!"他把她拉近点儿说,"想想早期的殉道者,想想成千上万受苦的人。"

---

① 德比郡(Derbyshire):英国英格兰中部的一郡。
② 奥德费尔德(John Oldfield,1627?—1682),英国德比郡卡辛顿的教区长。1662年,根据《同一性法令》,他被迫辞去了教区长的职务。他的自我表白一文收在1702年出版的英国神学家卡拉米(Edmund Calamy,1600—1666)著的《巴克斯特先生自传与同时代历史之概要》(*An Abridgement of Mr. Baxter's History of His Life and Times*)一书里。
③ 指基督。

"可是,爸爸,"她突然抬起红扑扑的、泪水沾满的脸说,"早期的殉道者是为了真理而受苦,可您……哦!最最亲爱的爸爸!"

"我为了良心而受苦,孩子。"他神情庄严地说,只是由于他个性分外敏感,所以才微微有点儿颤抖,"我非得照着良心办事。多少日子,我一直忍受着自己的责难,随便哪个不像我这么迟钝、这么懦弱的人早就会激动起来了。"他摇摇头,又说下去,"你的可怜的母亲的最大愿望,终于以这种嘲弄人的方式实现啦,过于不切实际的愿望往往就会以这种方式实现。它们是所多玛的果子①。她的这一愿望引起了这场危机,为了这一点我应该感激不尽,希望我是这样。不到一个月以前,主教派给了我另一个圣职。要是我接受了,我就得在就职典礼上重新宣布遵守《祈祷文》。玛格丽特,我尽力想这么做。我尽力想满足于仅仅拒绝另外那个好职位,悄悄地留在这儿,——这次也拼命压制住我的良心,就像我过去尽力压制它那样。愿上帝宽恕我!"

他站起身,在房间里来回踱着,低声说着责怪自己和羞辱自己的话。这些话玛格丽特觉得幸好自己没听到几句。最后,他说:

"玛格丽特,回到那个老的令人伤心烦恼的事情上来:咱们非得离开赫尔斯通。"

"是的!我明白啦。什么时间呢?"

"我已经写了一封信给主教——我大概跟你说过,不过眼下我常把事情忘啦。"黑尔先生说,他一讲到确切实际的细节,态度顿时便消沉颓丧起来,"我告诉他我决意辞去这个教区牧师的职务。他人非常好,使用了种种议论和劝告,可是全都无用——无用。那些议论和劝告不过是我自己对自己试用过、毫不生效的。我不得不去领一张辞职证书,亲自谒见一下主教,向他辞行。这将是一场考验。不过更糟的,糟得多的是,跟亲爱的教区人们的分别。他们派了一位副牧师②来读祈

---

① 根据《圣经》,所多玛(Sodom)是死海南岸的一座城市,上帝认为那里的居民罪孽深重,于是降火焚之。
② 英国国教中一种领薪水而不能享有圣俸的教士,其职务为协助教区长或教区牧师处理教区一般事务。19世纪时,教区长及教区牧师往往从不光顾教区,一切仪式概由副牧师主持。

祷文——一位布朗先生。他明儿就来跟我们待在一块儿。下星期日,我就去作一次告别的讲道。"

这么说,这件事就这么突如其来了吗?玛格丽特想着,然而这样也许倒好。拖延只会增加痛苦,最好是听到所有这种种安排,一下惊得麻木起来。这些安排在她听说以前,似乎已经差不多全弄停当了。"妈妈怎么说?"她长叹了一声,问。

使她惊讶的是,父亲在回答以前又来回踱了起来。最后,他停下,回答道:

"玛格丽特,说到头,我是一个懦弱可怜的人。我让人家痛苦,自己先受不住。我很知道你妈结婚后的生活并不完全像她希望的那样——并不完全像她有权指望的那样——这件事对她将是一个沉重的打击,所以我始终没有勇气,没有力量告诉她。不过如今,非告诉她不可啦。"他说,一面闷闷不乐地盯视着女儿。玛格丽特想到母亲对这一切一点儿也不知道,而事情却已经进展到这种地步,几乎觉得有点儿受不住了!

"是呀,的确非告诉她不可啦,"玛格丽特说,"也许,她毕竟不会——哎呀!她会,她一准会大吃一惊的……"她在设法认识到别人会如何接受这一打击时,重又感受到这一打击的冲力,"咱们上哪儿去呢?"她终于这么问,心里对未来的计划又起了一种新的疑虑,倘若父亲当真有什么未来的计划的话。

"上北米尔顿①去。"他带着迟钝而淡漠的神气回答,因为他看出来,尽管女儿对他的爱护使她依恋着他,并且有一会儿尽力用她的爱来安慰他,然而在她的思想上这种剧烈的痛楚却仍然丝毫没有减弱。

"北米尔顿!达克郡的那个工业城市吗?"

"是呀。"他以同样沮丧、淡漠的神气说。

"干吗上那儿去呢,爸爸?"她问。

"因为我上那儿可以挣钱养家。因为那儿我谁也不认识,谁也不

---

① 北米尔顿:盖斯凯尔夫人小说中达克郡的北米尔顿,实际上就是写的兰开夏的棉纺中心曼彻斯特(Manchester)。她曾经在该地区居住了多年。

知道赫尔斯通,谁也不会跟我谈起它来。"

"挣钱养家!我以为您和妈妈有……"说到这儿她停住,看见父亲眉头紧蹙起来,于是抑制住了自己对他们未来生活自然而然的关怀。可是他具有敏锐、直觉的感情,从她的脸上像从一面镜子里那样看出了自己郁闷沮丧的反映,于是连忙尽力把它排开。

"我会全告诉你的,玛格丽特。只是帮我去告诉你妈。我想我什么事都能办,就是这件事不成:想到她烦恼就使我害怕、难受。要是我把一切全告诉你,或许你明儿可以跟她全说一说。我明儿一天不在家,我要去跟农民多布森和布雷西荒原上的穷人们告别。你很不乐意把这件事告诉她吗,玛格丽特?"

玛格丽特确实不乐意这么做,她对这件事确实比对她有生以来不能不做的随便什么别的事全更为害怕。她猛一下子回答不上来。父亲又说道:"你很不乐意把这件事告诉她吧,玛格丽特?"这时,她才克制住自己,脸上露出坚强、开朗的神色说:

"这是一件痛苦的事,可是却非办不可。我一定尽力把它办好。您准有许多痛苦的事情得办。"

黑尔先生没精打采地摇摇头:他捏了一下她的手表示领会她的心意。玛格丽特几乎又给弄得心烦意乱,哭了出来。为了自行排解,她说:"现在,您告诉我,爸爸,咱们有些什么计划。除去牧师的俸禄外,您和妈妈还有一笔钱,是不是呢?我知道肖姨妈有一笔。"

"不错。我们自己每年大概有一百七十镑,其中七十镑汇给弗雷德里克,因为他待在海外。我不知道他是否需要那么多,"他有点儿踌躇地继续说下去,"他在西班牙军队里服役,准有点儿军饷。"

"务必别让弗雷德里克在外国受苦,"玛格丽特坚决地说,"他自己的国家待他这么不公正。剩下还有一百镑。您、妈妈和我每年仗着一百镑能不能在英格兰的一个生活水平很低、很僻静的地方过活呢?哎!我想咱们可以。"

"不啊!"黑尔先生说,"那样绝不成。我非得做点儿工作。我非得使自己有事干,这样好把不健康的思想排开。再说,在一个乡下教区里,我会挺痛苦地回想起赫尔斯通,以及我在这儿的职务。这我可受不了,玛格丽特。况且每年一百镑付却了家用必需的种种开支以后,就不会余下多少来供给你妈妈惯常享受的,也应该享受的那些好东西。不,咱们非上米尔顿去不可。这已经决定啦。我独个儿总能够作出较好的决定,不受我心爱的人们的影响。"他这么说,因为在他把自己的意图告诉家里任何人之前,他已经作下了这么许多安排,所以这会儿稍许解释一下,"我经受不起别人的反对。这样会使我老拿不定一个准主意。"

玛格丽特决计保持沉默。说到头,同这一个可怕的改变一比,他们上哪儿去又有什么关系呢?

黑尔先生继续说下去:"几个月以前,我的痛苦怀疑到了不讲出来就受不了的地步时,我写了一封信给贝尔先生——你记得贝尔先生吧,玛格丽特?"

"不记得。我大概从来就没见过他。不过我知道他是什么人。是弗雷德里克的教父——您在牛津大学的老指导教师,您说的是他吗?"

"是的。他是那儿的普利茅斯学院的评议员,大概还是北米尔顿人。不管怎样,他在那儿有好些地产,自从米尔顿成为这么一个大工业城市以后,他的地产增添了很不少价值。哦,我有理由认为——猜想——不过最好不去说它。只是我确实相信贝尔先生会表示同情的。我并不以为他曾给了我不少力量。他一直在大学里过着一种安逸的生活。不过他总是非常体贴。咱们就是亏了他才能上米尔顿去。"

"怎么呢?"玛格丽特问。

"你瞧,他在那儿有租户,有房产,有工厂,所以尽管他不喜欢那地方——对一个具有他那种习惯的人来说,太喧闹啦——他却不得不和那儿保持某种联系。据他告诉我,他听说那儿有人想要聘请一位家庭教师,待遇很不错。"

"家庭教师!"玛格丽特露出轻蔑的神色说,"厂主们要古典作品、文学或是一位有教养的先生的学问造诣究竟有什么用呢?"

"噢,"父亲说,"他们中有些人的确很不错,很知道自己的短处,这就比不少牛津的人还强。有些人一心想学习,尽管他们早已成年啦。有些人想使自己的儿女受到比自己好的教育。不论怎么说,像我讲的那样,那儿有人想要聘请一位家庭教师。贝尔先生把我推荐给他的一个租户,一位桑顿先生。据我从他的来信上看,他是一个理路很清楚的人。所以,玛格丽特,即使我在米尔顿不能过幸福的生活,我至少会发现生活很忙碌,再加上人地那么不同,以致我绝不会回想起赫尔斯通来。"

玛格丽特凭着自己的情感也知道,这就是父亲的秘密动机。那儿会是不同的。虽然那儿很嘈杂——她几乎憎恶自己过去听说过的英格兰北部的种种情况:工厂主人、当地人民,以及荒凉落寞的乡野——可是却有这一个可取之处——它跟赫尔斯通大不相同,绝不会使他们想起这个可爱的地方。

"咱们多会儿动身呢?"玛格丽特沉默了一会儿后,问。

"这我还说不准。我想跟你商量一下。你瞧,眼下你妈妈一点儿都不知道。不过我想在两星期内,大概就得动身——在我把辞职书递上去后,我就没有权留下了。"

玛格丽特几乎大吃一惊。

"在两星期内!"

"不——不,并不是整整两星期。什么事也还没有定。"父亲急切而踌躇地说,他注意到她眼睛里闪现出的蒙眬伤感的神情和她脸色的骤变。但是她顿时就恢复过来了。

"是呀,爸爸,最好很快就定下来,像您说的那样,明确地定下来。只不过妈妈一点儿什么都不知道! 这件事最叫人为难。"

"可怜的玛丽亚①!"黑尔先生温柔地说,"可怜,可怜的玛丽亚! 唉,要是我没有结婚——要是我在世上就只有我自己,那会多么轻松啊! 按实在说——玛格丽特,我不敢告诉她!"

"是啊,"玛格丽特伤感地说,"我来告诉她。让我在明儿晚上之前选择一个时间。啊,爸爸,"她突然热切恳求地喊起来,"哎——跟我说,这是一场噩梦——是一场可怕的梦——不是清醒时的真实情形! 您不会当真是说,您的确是要脱离教会——放弃赫尔斯通——永远跟

---

① 黑尔太太的名字。

我,跟妈妈分离——给一种错误的思想——一种诱惑力指引着！您并不真是这意思吧？"

她说这一席话的时候,黑尔先生僵直不动地坐着。

接下来,他望着她的脸,嘶哑、慎重地慢慢说道——"我是这意思,玛格丽特。你不可以自己骗自己,不相信我的话是真话——不相信我拿定的主意和决心。"他说完以后,以同样坚定、冷漠的神气朝她望了好一会儿。她也用恳求的眼睛回望着,随后才相信事情是无法挽回了。她于是站起身,没有再说一句话,也没有再望上一眼,直接朝房门走去。在她的手握着门把手时,他把她唤回去。他正站在壁炉旁边,弯着身子,萎靡不振,但是等她走近前时,他一下挺直身子,把两手放到她的头上,庄严地说：

"愿上帝降福给你,孩子！"

"愿上帝使您回到他的教会里来。"她感慨万分地回答。一刹那后,她又担心,怕自己对父亲祝福的这句回答,会是无礼的、错误的——因为是他女儿说的,也许会伤害他的感情。她于是张开胳膊搂住了他的脖子。他抱住了她一两分钟。她听见他暗自嘟哝道："殉道者和忏悔者忍受着甚至更大的痛苦——我决不退缩。"

他们听见黑尔太太在找女儿,才吃了一惊。父女俩连忙分开,心里完全明白眼前该办的是些什么事。黑尔先生匆匆地说——"快去,玛格丽特,快去。我明儿整天上外边去。晚上到来前,你总该跟你妈妈说过啦。"

"哦。"她回答,说完便头晕目眩地回到客厅里去了。

第五章 决 定

> 我请您体贴爱护,
> 　　经常留心来照顾,
> 欢笑着迎接快乐的人,
> 　　擦去伤心人眼中的泪痕,
> 安慰、同情,
> 　　使人心境得到安宁。
>
> 　　　　　　　　安·利·韦林①

玛格丽特耐心地听着母亲想对比较贫穷的教区居民增加点儿小慰问品的种种小计划。她不能不听,然而每一项新计划都刺痛了她的心。等寒冷的季节到来时,他们早已远离赫尔斯通了。老西蒙的风湿病可能会发得很厉害,他的视力可能会更差。往后不会有人再去读书给他听,不会有人再拿小碗的肉汤和上好的红法兰绒去安慰他了。再不然,要是有人的话,那也是一个陌生人。老头儿就会白白地老等候着她。玛丽·多姆维尔的跛脚的小男孩就会白白地爬到门口,等待她穿过树林前去。这些穷朋友永远无法明白,她为什么抛弃了他们。再说,另外还有许许多多别人。"爸爸总把他从教区牧师职位上得来的收入花在教区里。我也许要动用下一期的费用了,可是今年冬天很可能会特别冷,非得帮助一下贫穷的老年人。"

"哦,妈妈,咱们尽力而为吧。"玛格丽特热切地说,她没有看到这

---

① 安·利·韦林(Anna Letitia Waring, 1823—1910):英国诗人,引文见她的《赞美诗与冥想录》(*Hymns and Meditations*, 1850)中《父亲,我毕生都知道这件事》(*Father I Know that All My life*)一首诗的第二节。

问题的审慎的一面,只领会到这一个想法:他们正最后一次在给人家这种帮助,"咱们在这儿可能不会待上多久的。"

"你觉得不舒服吗,宝贝儿?"黑尔太太关怀地问,她误会了玛格丽特暗示说他们在赫尔斯通不一定会长待下去的这句话,"你脸色很白,人很疲倦。都是这种阴沉、潮湿、有害健康的空气造成的。"

"不是——不是,妈妈,不是这个。这空气很爽快。在烟雾腾腾的哈利街待过以后,这空气有着最清新、最纯洁的香味儿。可是我是倦啦,准是快到睡觉的时候了。"

"差不多——已经九点半啦。你最好马上就去睡吧,亲爱的。叫狄克逊弄点儿麦片粥。你上床以后我就来看你。我怕你是着凉了。再不然就是哪个死水塘里的臭味……"

"哦,妈妈,"玛格丽特说,她亲了亲母亲,一面勉强地笑笑,"我挺好——别为我担惊,我不过倦了。"

玛格丽特走上楼去。为了使母亲安心,她吃了一盆麦片粥。黑尔太太后来走上楼来又问了几句,亲了她一下,才走到自己房里睡觉去了。这当儿,玛格丽特一直疲倦无力地躺在床上。可是等她听见母亲的房门锁好以后,她立即从床上跳起身,披上一件睡衣,在房里踱来踱去,后来一块地板的吱嘎声才使她想起,自己绝不可以弄出声音来。她走过去,蜷起身体,坐在那扇深深凹进去的小窗子的窗台上。那天清早她朝外望去时,瞧见教堂钟楼上映射着灿烂闪亮的光辉,预示着这天天气晴朗,心情曾经十分欣快。可是同天晚上——至多不过过了十六小时——她却坐下,满心悲伤,连哭也哭不出,只感到有一种迟钝、冷漠的痛苦,似乎把蓬勃、轻快的心情排除出去,从此不再回来了。亨利·伦诺克斯先生的光临——他的求婚——犹如一场梦,是现实生活以外的一件事。铁一般的事实是,她父亲让那些诱惑人的怀疑充斥了他的思想,竟然成为一个教会分立论者——一个遭到放逐的人。由此所引起的种种变化,全集合在这一个重大的毁灭性的事实周围。

她望着窗外教堂钟楼的深灰色轮廓,笔直、四方,正处在视野的中心,后面衬着深蓝色半明半暗的苍穹。她朝那里注视着,觉得自己可以永远注视下去,每时每刻都愈来愈看到更远的地方,然而却并没有上帝的踪迹！此刻，在她看来，人世间就仿佛比有一座圆铁顶笼罩着还要荒凉寂寞，因为在圆铁顶下边还可能有上帝的磨灭不了的安宁与荣光；平平静静、一望无垠的太空，在她看来比任何物质界线更嘲弄人——物质界线还把人间受苦受难者的呼号笼罩在里面，而如今这些呼号却可以上升到那片茫无边际、光辉灿烂的空间而消失——在传到上帝的宝座之前，便永远消失无踪。就在这种心理状态中，父亲没给她觉察到地走进房来了。月光晶莹皎洁，使他可以看清女儿待在那个寻常不待的地方，保持着那种异乎寻常的姿势。他来到她的面前，碰了一下她的肩头，她才觉察到他来了。

"玛格丽特，我听见你爬起来。我禁不住要走来叫你跟着我一块儿祈祷——念念《主祷文》①，这样对咱们俩都会有好处。"

黑尔先生和玛格丽特在窗台旁边跪下——他抬起头来向上望着，她含羞带愧地低下头去。上帝就在那儿，就在他们周围很近的地方，听见她父亲小声说着的话。父亲可能是一个异教徒，但是不到五分钟以前，她在怀疑绝望中不是显示出来，她自己也是一个糟得多的怀疑论者吗？等父亲离开以后，她一句话也没有说，像一个为自己的过失感到羞愧的孩子那样，悄悄溜上床去了。倘若世上是充满了令人困惑不解的问题，她愿意相信，而且只求看清此时此刻所需要走的那一步。伦诺克斯先生——他的来访，他的求婚（当天随后发生的一些事情已经十分突兀地把对那些事情的回忆推到了一旁）——当天夜间萦回在她的梦境里。他正爬上一棵高得出奇的大树，想够到挂着她的帽子的那一根树枝，他摔了下来，她挣扎着想去救他，可是又被一只无形的强有力的大手拖住。他摔死了。然而，场面一变，她又一次回到了哈利街的客厅里，和从前一样在跟他谈天，不过始终都意识到自己曾经看见他那样吓坏人地摔死了。

痛苦不安的夜晚啊！

它为即将到来的一天作了很差的准备！她一下惊醒过来，疲软委顿，意识到某种现实甚至比狂乱的梦境还要糟糕。一切全回上她的心

---

① 《新约·马太福音》第六章第九节至第十三节。

头来,不只是悲伤,悲伤中还夹杂着那种可怕的纷乱。父亲给怀疑牵引着,彷徨到了哪儿,到了多远的地方? 在她看来,那些怀疑简直是魔鬼的诱惑。她一心想问,可是随便怎样也不会知道。

爽朗的清晨使母亲在早餐时感到分外高兴。她一个劲儿地说下去,安排在村中作出种种施舍,并没有在意丈夫的沉默和玛格丽特用一些单音节词所作的答复。在早餐撤去以前,黑尔先生站起身,一手撅在桌上,仿佛想支撑着身子似的:

"我得到晚上才回来。我这就上布雷西荒原去,我会请农场主多布森给我点儿东西当午餐,七点钟再回来吃茶点。"

他没有望着她们俩随便哪一个,可是玛格丽特知道他话里的意思。七点钟以前,必须把这件事对母亲说了。倘若是黑尔先生,那么他就会拖到六点半再讲,但是玛格丽特的为人可和他不同。让压在心头的精神负担拖上一整天,这是她经受不起的:最好把最糟的事情办了,白天太短,不够用来安慰她的母亲。不过当她站在窗前,考虑如何开口,一面等候仆人离开房间时,母亲又走上楼去换衣服,打算上学校去了。她收拾齐整,走下楼来,情绪比平日轻松一些。

"妈,今儿早上跟我上园子里去走一圈,就走一圈。"玛格丽特说,同时用一只胳膊搂住黑尔太太的腰。

她们穿过敞开的落地长窗走了出去。黑尔太太讲了些话——玛格丽特说不上来讲的是什么。她的目光瞥见一只蜜蜂飞进一朵铃形的花里去。等这只蜜蜂带着它的猎获物飞出来时,她就开口说——用这作为信号。它飞出来了。

"妈妈! 爸爸要离开赫尔斯通啦!"她猛不丁地说,"他要脱离教会,住到北米尔顿去。"这就是她好不容易才说出来的三个确凿不移的事实。

"你怎么会这么说?"黑尔太太用惊讶不信的声音问,"是谁把这些胡扯的话告诉你的?"

"是爸爸自己。"玛格丽特说,她很想说几句亲切、安慰的话,可是真不知怎么说才好。她们正挨近园中的一张长凳。黑尔太太坐下,哭泣起来。

"我不明白你的话。"她说,"不是你完全搞错了,就是我没有听明白你的话。"

"没有,妈,我没有弄错。爸爸写了信给主教,说他起了很大的怀疑,不能正大光明地继续担任英国国教的牧师,所以不得不放弃赫尔斯通。他还跟贝尔先生商议过——就是弗雷德里克的教父,您知道,妈妈。一切全都安排好,咱们要住到北米尔顿去。"在玛格丽特说这些话时,黑尔太太一直抬起眼来盯视着她的脸。她脸上的阴影说明了她至少认为自己说的是实话。

"我想这不会是真的。"黑尔太太最后说,"在事情闹到这步田地以前,他准会跟我说的。"

这时候,玛格丽特心里强烈地感觉到,应该早告诉母亲的。不论母亲有些什么老爱不满和抱怨的过错,父亲让知道得更多的女儿来告诉她他自己见解的改变,以及生活方面即将发生的改变,这是错误的。玛格丽特在母亲身旁坐下,把母亲的头搂到了自己的怀里,一面弯下自己柔嫩的脸蛋儿,很亲热地贴到了母亲的脸上。母亲并没有推拒。

"亲爱的好妈妈!我们太怕伤您的心啦。爸爸那么敏感——您知道,您身体又不够硬朗,经历上这些,心里一定会非常烦乱。"

"他什么时候对你说的,玛格丽特?"

"昨儿,不过是昨儿。"玛格丽特回答,她觉察到母亲问这句话是出于妒忌心。"可怜的爸爸!"她想把母亲的思想转到同情怜悯父亲所经历的种种痛苦上去。黑尔太太抬起头来。

"他说'起了怀疑'是什么意思?"她问,"真格的,他总不见得是说他有了不同的想法——他知道的东西比国教教会还要多?"

玛格丽特摇摇头,泪水涌上了她的眼睛,因为母亲触及了她自己也最感懊丧的地方。

"难道主教也不能纠正他吗?"黑尔太太有点儿急躁地问。

"恐怕不能。"玛格丽特说,"不过我并没有问。我实在不敢听爸爸会作出的回答。反正问题全都决定了。他要在两星期内离开赫尔斯通。我不能肯定他说没说,他已经把辞呈递上去了。"

"在两星期内!"黑尔太太喊起来,"我的确认为这很奇怪——压根儿就不正常。我说这也太没有情义啦。"她说,一面哭天抹泪地发泄一下,"你说,他起了怀疑,放弃了牧师职位,一切全没有跟我商量。也许,要是他一开始就把他的怀疑告诉我,我会在它们初露苗头时就把它们打消掉。"

尽管玛格丽特觉得父亲这次行事很不妥当,听见母亲责怪他,她又感到很不好受。她知道他保持沉默是出于对母亲的一种体贴。这可能是懦弱的,但并不是没有情义的。

"我差点儿以为您会乐意离开赫尔斯通哩,妈妈。"停了一会儿,她说,"您生活在这种空气里,身体老不好,您知道。"

"你总不见得会认为,一个像北米尔顿那样净是烟囱和灰尘的工业城市里烟雾弥漫的空气,会比这儿的空气好吧。这儿的空气即使过于温和、叫人困乏,总还是纯洁而清新的。想想看,生活在工厂中间,生活在办工厂的那些人中间的情形!不过当然啦,要是爸爸脱离了国教,咱们上哪儿也没有上流人士跟咱们往来。这对咱们是莫大的耻辱!可怜的亲爱的约翰爵士!他没有活着看见你爸爸落到什么地步,真是万幸!我小时候跟你肖姨妈住在贝雷斯福德街。每天饭后,约翰爵士的第一个祝酒词总是:'国教和王上万岁,打倒残余议会①!'"

母亲的思想在触及父亲必然认为十分重要的那一点上时,竟然从丈夫对自己保持沉默这件事上转开了,这使玛格丽特心中感到很高兴。她对于父亲所起的怀疑的性质极为忧虑。仅次于这一点,使玛格丽特感到最为痛苦的就是这件事。

"您知道,咱们在这儿交游也很少,妈妈。咱们最近的邻居戈尔曼家(要说到上流人士的话——而且咱们几乎就不大见到他们),不是跟那些北米尔顿人一样,也是做买卖的吗?"

"是呀,"黑尔太太几乎愤愤地说,"但是不管怎样,戈尔曼家给郡里一半的上流人士造马车,因而多少跟他们有些来往,可这些办厂的呀,穿得起亚麻布的谁会去穿棉布衣服呢?"

---

① 这是1648年和1653年间英国王党常用的一句祝酒词。残余议会是对长期议会的蔑称。在长期议会中,资产阶级和新贵族占有优势,他们在英国的资产阶级革命中成为立法机构和领导机构。

"哦，妈妈，我就不说纱厂厂主吧。我可不是替他们辩护，就像不会替随便哪一种商人辩护一样。只不过咱们跟他们简直不会有什么交往。"

"你爸爸究竟为什么决定要住到北米尔顿去？"

"部分因为，"玛格丽特叹息了一声，说，"它跟赫尔斯通那么不一样——部分因为贝尔先生说，那儿有一个家庭教师的职位。"

"在米尔顿当家庭教师！他干吗不到牛津去，当一个上流人士的教师呢？"

"您忘了，妈妈！他脱离国教，就因为他所抱的见解——他的怀疑在牛津对他不会有什么好处的。"

黑尔太太沉默了一会儿，悄没声地啜泣。最后，她说：

"还有那些家具——咱们到底怎样想法子搬走呢？我一生中从来没有搬过家，如今又只有两星期去考虑！"

玛格丽特发觉母亲的烦恼忧虑已经转到这么小的问题上去，心头说不出地松了一口气。这个问题在她看来毫不相干，而且她还可以出不少力。她于是安排筹划，作出保证，在比较确切地知道黑尔先生的意图以前，引着母亲把可以确定下的事情先充分布置好。那一整天，玛格丽特始终没有离开母亲的身边，她全神贯注地对母亲情感方面所起的种种变化表示同情，尤其是快到傍晚的时候，因为她愈来愈急切地希望，父亲一天烦愁劳累，归来时会发觉有一个安慰、欢迎的家在等着他。她说了半天父亲内心里有很长一个时期必然感到的痛苦，母亲只是冷冷地回答说，他应该早告诉她，那样一来他好歹就会有一个人帮他提提意见了。当玛格丽特听见父亲的脚步声在门厅里响起来时，她变得虚弱乏力。她不敢迎向他，把自己这一天所做的事全告诉他，唯恐母亲会感到妒忌、烦恼。她听见他逗留了一下，仿佛在等候她，或是她的某种迹象，可是她不敢动。从母亲嘴唇的抽搐和脸色的改变上她看出来，母亲也知道丈夫回来了。不一会儿，他把房门推开，游移不定地站在那儿，不知该不该走进房来。他的脸色苍白，眼睛里有一种胆怯、畏惧的神情，脸上的样子看来几乎使人可怜，不过这种游移沮丧、这种身心乏力的神气打动了妻子的心。她走到他面前去，伏在他的胸前，大声

说道:

"哎!理查德,理查德①,你该早点儿告诉我的!"

这时,玛格丽特才泪汪汪地离开了她,跑上楼去,扑在自己的床上,把脸伏在枕头里,抑制住那阵歇斯底里的呜咽。经过一天尽力的克制以后,这阵呜咽终于要发作出来了。

她说不上来她这样究竟伏了多久。尽管女用人走进来收拾房间,她却什么声音也没有听见。那个吃惊的姑娘踮着脚悄悄又退出房去,连忙去告诉狄克逊太太说,黑尔小姐仿佛心快要碎了似的在哭泣,她认为要是黑尔小姐这样哭下去,那么她管保会弄出一场大病来的。因为这样,玛格丽特受到了感动,一下坐起身来。她看见那间熟悉的房间,黑暗中狄克逊的外形,狄克逊站在那儿,把蜡烛稍许向身后伸过去点儿,唯恐照到黑尔小姐吃惊的眼睛上,光线太强,尽管玛格丽特的眼睛实际上已经肿了起来,看不大清楚了。

"噢,是狄克逊!我没有听见你走进房来!"玛格丽特颤巍巍地重新约束住自己,说,"很晚了吗?"她接着说,一面乏力地抬起身子爬下床来,可是脚虽然碰到了地,却没有完全站起身,她把揉乱了的湿头发从脸上向后拢拢,极力显得若无其事,就仿佛她不过睡熟了似的。

"我可说不上来现在是什么时候啦。"狄克逊用烦恼的音调回答,"吃茶点之前我给你妈妈梳头发时,她告诉了我这个可怕的消息。从那时候起,我就把时刻完全忘啦。我可真不知道我们大伙儿会落到哪步田地。刚才夏洛特告诉我你在哭,黑尔小姐,我心想,这也难怪,可怜的人儿!姑老爷这么大岁数还想着变成一个不信奉国教的人,他在教会中就说干得不是挺好,至少也是很不错的。小姐,我有一个表兄,五十岁以后变成了一个卫理公会②传道师,他一生都是个裁缝,可是尽管他干这一行那么久,却始终没能做出一条合穿的裤子,所以这并不奇怪。但是拿姑老爷来说,如同我刚才对姑奶奶说的,'故世的约翰爵士会说些什么呢?他始终不喜欢你嫁给黑尔先生,可是如果他知道会弄

---

① 黑尔先生的名字。
② 卫理公会:1728年,英国传教士约翰·韦斯利(John Wesley,1703—1791)创立卫理公会,为国教所摈弃。

到这地步,那么要是有可能的话,他管保会像从未有过的那样,拼命咒骂的!'"

狄克逊过去惯常对着姑奶奶议论黑尔先生的所作所为(黑尔太太听不听她说,要看自己高兴),所以她压根儿没有注意到玛格丽特的闪烁的目光和张大的鼻孔。一个用人当着她面这样讲到她的父亲,她实在听不下去了!

"狄克逊,"她低声说,遇到她心情十分激动时,她总用这种低声,不过声调里却好像有一种隐隐的骚动,或是远处风雨欲来的意味,"狄克逊!你忘了在跟谁说话啦。"这时,她挺直身子,坚定地站起来面对着这个女用人,同时用锐利、镇定的目光直盯着她,"我是黑尔先生的女儿。走吧!你做了一件叫人很不自在的错事,等你细想一下后,你自己善良的情绪一定会使你觉得后悔的。"

狄克逊进退失据地在房间里逗留了一两分钟。玛格丽特又说了一遍,"你可以去啦,狄克逊。我要你走。"狄克逊不知道该怨恨这些坚决的话呢,还是该哭泣。这两种办法对姑奶奶都成,可是如同她暗自所说的,"玛格丽特小姐有一点儿那位老先生的脾气,就跟可怜的弗雷德里克少爷一样。我可不知他们是打哪儿秉受来的?"倘若一个态度不是这么高傲和坚决的人说了这样的话,她就会感到怨恨,但是如今她却变得相当恭顺,用半卑怯半受委屈的音调说道:

"要我给你把衣裳解开,梳一下头发吗,小姐?"

"不用!今儿晚上不用,谢谢你。"说完,玛格丽特严肃地用蜡烛照着她走出房去,然后把门闩上。从这时候起,狄克逊便顺从并佩服玛格丽特了。她说这是因为她太像可怜的弗雷德里克少爷啦,可是实情是,狄克逊像许多别人那样,喜欢感到自己是给一个生性坚强果断的人支配着。

玛格丽特在行动方面需要狄克逊全力协助,而在语言方面又需要她保持沉默。有一阵子,狄克逊认为对年轻的小姐尽可能少说话,表示自己觉得受了侮辱,这是她的本分,所以她把精力全花在实干上,而不是花在讲话上。安排这么重大的一次迁移,两星期是一个很短的时间。正如狄克逊所说的,"除了一位有身份的人——真格的,几乎任何其他有身份的人——随便哪个……"可是刚说到这儿,她瞥见了玛格丽特的端正、严厉的眉头显露出来的神情,就咳了一声,把其余的话全咽了下去,恭顺地接过玛格丽特递给她的一粒咳嗽糖,去制止"我胸腔里的一阵发痒,小姐"。然而除了黑尔先生外,几乎任何人都会很切合实际地看出来,在这么短的时间里,要想在北米尔顿,真格的,在其他任何地方,找到一所宅子,好把必须搬出赫尔斯通牧师公馆的家具搬了去,这是很困难的。

黑尔太太似乎同时要在家务方面立即作出好些决定。这种种烦恼和困难使她经受不住,当真病倒了。母亲真的病倒下来,把事务的料理交给玛格丽特以后,她几乎反而感到松了一口气。狄克逊坚守着她的护理岗位,忠心耿耿地照料着她的姑奶奶,只是在走出黑尔太太的睡房以后才摇摇头,用玛格丽特不乐意去听的一种态度嘀嘀咕咕。因为,她眼前十分清楚的一件事就是:必须离开赫尔斯通了。接替黑尔先生担任牧师的人已经派定。不管怎样,在父亲作出这样的决定以后,为了他,也为了种种其他的原因,现在决不可以再游移不定了。因为,在他决定得去向教区的所有居民一个个辞行以后,他每天晚上总愈来愈沮丧地回到家里来。玛格丽特对于必须办理的各种实际事务毫无经验,也不知道应该向谁去请教。厨娘和夏洛特两人欣然而热心地动手帮着搬动和打包。就这件事的进展情况而言,玛格丽特令人钦佩的识见使她能看出来,什么是最得当的,并且能指点人应该怎么办。但是他们上哪儿去呢?一星期内,他们非离开不可了。直接上米尔顿去,还是上哪儿?许许多多安排都取决于这项决定,因此一天晚上玛格丽特拿定主意,不顾父亲明摆着疲劳沮丧,还是要问他一下。他回答说:

"亲爱的!我得考虑的事情实在太多啦,没法来解决这个问题。你妈妈怎么说?她想要怎样?可怜的玛丽亚!"

他忽然听到一个比他的叹息更响的应和声。狄克逊刚走进房来给黑尔太太再倒一杯茶,她听到了黑尔先生最后这句话,又因为有黑尔先生在场,不怕玛格丽特的斥责的眼睛,所以冒冒失失地说了一声,"可怜的姑奶奶!"

"她今儿身体没有变得更差点儿吧?"黑尔先生连忙回过身问。

"这我真说不上来,姑老爷。我没法来判断。毛病似乎主要是在精神方面,不是在身体方面。"

黑尔先生显得无限苦恼。

"狄克逊,你最好趁热把茶端去给妈妈。"玛格丽特用沉着命令的音调这么说。

"噢!对不起,小姐!我心里净想着可怜的——想着黑尔太太,想到别的地方去啦。"

"爸爸!"玛格丽特说,"就是这种悬而不决对你们俩都很不好。当然,妈妈准想到您改变了见解,这是咱们没有办法的,"她平和地说下去,"可是如今,去向已经明确了,至少就某一点讲,已经明确了。我想,爸爸,要是您可以告诉我为什么目标而筹划,我就可以请妈妈帮我一块儿来筹划了。她始终一点也没有表示出任何愿望来,她只考虑到不得不办的事。咱们是直接上米尔顿去吗?您在那儿租下了一所宅子吗?"

"没有。"他回答,"咱们大概非得先在哪儿暂住一下,再去找一所宅子。"

"还得把家具包扎起来,寄放在火车站上,直等到咱们找到一所合适的宅子,是这样吗?"

"大概只好这样。你认为怎么好就怎么办。只是记住,咱们往后可花的钱要少得多。"

玛格丽特知道,他们始终没有多少富余的钱。她感到这是突然压到她肩上来的一个沉重的负担。四个月以前,她需要作出的决定无非是,她该穿什么衣服去就餐,以及帮着伊迪丝拟定名单,在家里举行的宴会上,请谁去陪伴着谁。再说,她寄住的那个人家也不是需要作出许多决定的。除了在伦诺克斯上尉求婚的这件大事上,一切都像时钟那样有条不紊地进行着。每年有一次,姨母和伊迪丝总为她们该上怀特岛①、国外,还是苏格兰去,而进行长时间的讨论。不过这种时候,玛格丽特自己用不着怎样费心,肯定总会回到家里这个平静的避风港来。

---

① 怀特岛(the Isle of Wight):英吉利海峡中英国的一个岛屿,在汉普郡海岸以外。

自从伦诺克斯先生前来,使她大吃一惊地作出一项决定的那天以后,每天都带来一个问题,对她,对她心爱的人,都十分重要,必须加以解决。

吃完茶点后,父亲上楼去陪妻子谈谈。玛格丽特独自一个留在客厅里。忽然,她拿起一支蜡烛,走进父亲的书房去取一本大地图册。她用劲把它捧回客厅,对着英国地图细看起来,等她父亲下楼来时,她已经作好准备,欣然地抬起头来。

"我想出了一个极好的主意。您瞧——这儿,在达克郡,距离米尔顿几乎还没有我的手指这么阔,就是赫斯顿。我常听住在北方的人说,那是一个风光明媚的小海滨浴场。您看,咱们是不是可以把妈妈跟狄克逊先安顿在那儿,您和我去瞧瞧房子,在米尔顿给她找定一所,完全准备好?她可以吸点儿海滨空气,使她身体强壮起来好过冬天,而且还可以免去种种劳累。狄克逊也会乐意照料她的。"

"狄克逊也跟咱们一块儿去吗?"黑尔先生以一种无可奈何的沮丧神气问。

"自然啦!"玛格丽特说,"狄克逊挺想去,妈妈没有狄克逊,我真不知她会怎样。"

"但是我恐怕咱们不得不将就着过起一种大不一样的生活。在城市里,一切东西都贵得多。我很怀疑狄克逊会不会觉得很舒服。说实在话,玛格丽特,我有时候觉得那个女人似乎有点儿拿架子。"

"她的确是这样,爸爸,"玛格丽特回答,"不过要是她不得不将就着过起一种不同方式的生活,咱们也就不得不容忍她的一定会变得更讨厌的架势。可是她实际上很爱护咱们大伙儿,离开咱们肯定会十分伤心——尤其是在这次变动中,所以为了妈妈,为了她一贯忠心,我确实认为非得带她一块儿去。"

"好,亲爱的。就这么办。我全听你的。赫斯顿离米尔顿有多远?你一只手指的阔度并不能叫我对远近有一个清楚的概念。"

"哦,大概有三十英里,这不算远!"

"就距离来说,是不算远,可是就……这且不去管它!要是你当真认为这对你妈妈有好处,那就这么定下啦。"

这是一个重大的步骤。现在,玛格丽特可以认认真真地安排筹划,采取行动了。而且黑尔太太也可以从无精打采中振作起来,想到上海滨去的那份乐趣而忘却自己实际的痛苦。她唯一觉得惋惜的是,在她待在那儿的两周里,黑尔先生不能一直和她待在一块儿,就像从前他们订婚以后,他一直和她待在一块儿的那两周那样。当时,她跟着约翰爵士和贝雷斯福德夫人正待在托尔奎①。

---

① 托尔奎(Torquay):英国英格兰德文郡的一处海港城市,是一处疗养胜地。

第六章　告　别

园树的枝柯无人照管,拂动摇摆,
　　娇嫩的花朵儿俯下身来;
　　山毛榉无人爱护,日渐黄萎,
火红的枫树也逐渐凋零。

向日葵无人爱护,风姿烂漫,
　　火焰般的光辉环绕着结子的花盘,
　　繁多的蔷薇与康乃馨
以夏日的芬芳充溢了营营的空间。

直到从园中和旷野
　　吹来一股新的友情,
　　年复一年,景色常见,
使陌生人家的孩子渐渐熟稔。

一年年,长工耕种他那熟习的土壤,
　　或者开辟林间的空场;
　　一年年,我们的记忆
从四周的群山之间慢慢消失。

　　　　　　　　　　　　丁尼生[1]

---

[1]　这几节诗引自丁尼生的《纪念哈拉姆》(*In Memoriam*,1850)一篇。

最后一天到来了。房子里放满了粗板箱,正在前门装上车子,运送到最近的火车站去。就连房子侧面那片优美的草地上,也给敞开的门窗里吹到那儿去的麦秸弄得既难看又凌乱。房间里面发出一种奇怪的回声,——亮光通过下掉窗帘的窗子强烈、刺眼地照了进来,——似乎已经是陌生和异样的了。黑尔太太的梳妆室直到最后才去搬动。她和狄克逊在那儿收拾衣服,不时地嚷了起来,打断了彼此的工作,亲切爱护地翻拣着某一件遗忘了的宝贝:孩子们小时候留下的一件纪念品。她们的工作做得很慢。在楼下,玛格丽特镇定自若地站在那儿,准备向请来帮助厨娘和夏洛特的那些男人提供意见。厨娘和夏洛特哭一阵停一阵,一面感到纳罕,年轻的小姐怎么到最后一天都能保持这样,于是彼此认定,她在伦敦待了那么久,大概不大喜欢赫尔斯通了。她站在那儿,脸色苍白,态度平静,严肃的大眼睛察看着一切,——察看到当时的种种情况,不论这种情况多么琐细。她们无法知道她的心怎样在沉重的压力下一直感到疼痛,任何叹息都不能使她摆脱或减轻那种压力。她们也无法知道,她怎样经常使她的感官忙碌不停,是使自己不至于痛苦地哭泣出来的唯一办法。再说,要是她垮了,谁来办事呢?父亲正跟教会的执事在教堂办公室里查看文件、簿籍、登记册这一类东西。等他回来时,还有他自己的书需要打包,这是只有他自己才能做得使他满意的。此外,玛格丽特是一个肯在陌生人面前,甚至在厨娘和夏洛特这种家庭友人面前,垮掉的人吗?她可不是。后来,四个打包的人走进厨房去吃茶点。玛格丽特僵直、缓慢地从门厅里她站了那么久的那地方走开,穿过空荡荡的、发出回声的客厅,步入十一月初的一天傍晚的暮色中去。一阵朦胧的潮湿而阴沉的薄雾使所有的物体全显得很模糊,但是并没有把它们掩蔽起来,还给了它们一种淡紫的色彩,因为太阳并没完全落下。一只知更鸟正在啭鸣,——玛格丽特心想,也许就是父亲时常谈到,说是冬季他最喜爱的那只知更鸟,他还亲手为它在书房窗外造了一只知更鸟窝。树叶比以前任何时候更为绚丽,第一次降霜就会使它们全落到地面上。这时候,有一两片已经飘落下来,在西下的斜阳中成了琥珀色和金黄色。

玛格丽特沿着那一行梨树旁的小路走去。自从她在亨利·伦诺克斯的身旁走过这条小路以后,她一直没有再在这儿走过。这儿,就在这片百里香①花床的旁边,他讲起了她这会儿不必再去想到的事情。在她想着如何回答他时,她的眼睛就是望着那朵晚开的蔷薇的。他最后那句话刚讲到一半,她竟想到了胡萝卜那生动秀美的羽毛般叶子。仅仅两星期以前!一切这么大变了样!他如今上哪儿去了?在伦敦,——经历着那老一套:跟哈利街原来的那一群人,或是跟他自己的一些较为放肆的年轻朋友一块儿吃饭。就连这时,当她在薄暮中伤感地漫步穿过这个荒凉、潮湿的花园,看到一切在她四周落下、凋零和腐朽时,他可能心满意足地忙碌了一天后,正兴冲冲地把法学书籍放开,像他告诉她常做的那样,在圣堂花园②内跑上一圈来摆脱疲劳,一面听到近处可闻而不可见的好几万忙忙碌碌的人们汇合而成的雄壮有力、含糊不清的喧嚣声,并且在急转弯时总匆匆地瞥见一下从河流中央映射出来的都市灯火。过去,他常向玛格丽特谈起在学习与晚餐之间抽空进行的这些匆促的散步。他是在情况最佳、心境最好的时刻讲这些话的,这会儿想到这些话竟然勾起了她的幻想。这儿,一点儿声音也没有。知更鸟已经飞走,飞进晚间茫茫的沉寂中去了。偶尔,只听见远处村舍的一扇门打开、关上,仿佛是疲乏的工人转回家去,不过那听起来很遥远。园外树林间干脆的落叶中传来一种悄悄的、迟缓的沙沙声,听起来几乎近在咫尺。玛格丽特知道这是一个偷猎的人③。这年秋天,她常吹灭了蜡烛,坐在睡房里,完全沉浸在大地与天空的肃静之中。这种时刻,她曾经多次看见偷猎的人悄没声地轻轻一跃,翻过花园的围墙,快步走过月光照耀的带露的草地,消失在那面黝黑、寂静的暗处。他们的放任自由而又充满危险的生活,使她很喜欢,她想祝愿他们一切顺利,她并不害怕他们。但是今儿晚上,她却害怕起来,她也不知为了什么。她听见夏洛特把窗子关起,闩好,准备过夜,不知道有人走出来待在花园里。一个小树枝——可能是腐朽的,也可能是使劲儿折断

---

① 一种香料植物,又名麝香草。
② 圣堂花园(Temple Gardens):伦敦圣堂的花园,由维多利亚堤和泰晤士河分隔开。
③ 偷猎的人,原文是 Poacher,指潜入他人领地内进行偷猎的人。

的——在林间最近的地方沉重地落下。玛格丽特快得像卡米拉①那样跑到长窗外面,急促发抖地用力敲着窗子,使屋子里的夏洛特大吃了一惊。

"让我进来!让我进来!是我,夏洛特!"等她很安全地进了客厅,把长窗关紧,闩好,四周是熟悉的墙壁围绕着她以后,她的心才停止了乱跳。她在一个粗板箱上坐下。这间沉寂的、搬走了家具的房间里凄凉落寞——没有火,也没有其他的亮光,只有夏洛特那支没有掐熄的长蜡烛。夏洛特惊讶地望着玛格丽特。玛格丽特站起身来,并没有望她,可是却意识到她在望着自己。

"我担心你会把我关在外边啦,夏洛特,"她笑了笑说,"等你到了厨房里,你就绝听不见我的喊叫了。通进小巷和教堂院子的门早已锁上。"

"哎,小姐,不久我管保会想起你来的。那几个人会找你问问该怎么干下去。而且我已经把茶点放在老爷的书房里了,因为那儿可以说是眼下最舒适的房间。"

"谢谢你,夏洛特。你是个好心肠的姑娘。离开你是很不好受的。要是哪天我可以给你点儿小帮助或是给你提点儿有益的意见,务必想法写信给我。你知道,我将永远乐意收到从赫尔斯通寄去的信的。等我知道以后,我一定把地址寄给你。"

书房里已经完全安排停当,准备吃茶点了。壁炉里生有一炉熊熊的红火,桌上放有几支没有燃点的蜡烛。玛格丽特在壁炉前的地毯上坐下,部分是为了取暖,因为傍晚的潮气还逗留在她的衣裳上,而过度的劳累更使她感到寒浸浸的。她把两手扣到一起,抱住了膝盖,使自己坐稳,头朝着胸部稍许垂下一点儿。不论她当时的心境如何,那却是一个沮丧失意的人的姿态。可是等她听见父亲的脚步声在外边沙石上响起来时,她一惊站起,匆匆地把浓密的黑发往后一甩,还把她也不知怎么会出现在面颊上的几粒泪珠擦去,然后走出房去给他开门。他显得

---

① 卡米拉(Camilla):古罗马诗人维吉尔(Virgil,公元前70—前19)所著史诗《埃涅阿斯纪》(*Aeneid*)中写的一个伏尔西族的行走如飞的公主。

比她还要沮丧得多。她几乎无法逗得他说话,尽管她费了很大的气力(每次都认为是最后一遭了),极力讲上一些会使他感兴趣的话题。

"您今儿走了很长的路吗?"她瞧见他什么东西也不肯吃,忙这么问。

"我一直走到福德姆山毛榉①那么远。我去看了看莫尔特比寡妇,她因为没有跟你告别,感到十分伤心。她说过去这几天,小苏珊一直朝那条小路望着。——哦,玛格丽特,怎么啦,亲爱的?"可怜的玛格丽特想到那个小孩期待着她,连连失望——不是因为她忘了她,而是因为她干脆设法离开家——心里再也忍受不住了。她呜咽起来,仿佛伤心透了似的。黑尔先生觉得痛苦为难,他站起身,紧张不安地在房间里来回踱着。玛格丽特想抑制住自己,不过在她可以镇定地讲话以前,她不愿意讲话。她听见他好像自言自语那样说着。

"我真受不了。看见别人痛苦,我真受不了。我自己的痛苦我大概还可以耐心容忍。嗐,就不好回头吗?"

"不,爸爸,"玛格丽特盯视着他,用坚定的低声说,"认为您错了,这并不好受,可要是想到您是个虚伪的人,那更糟糕。"她说到这句话的后半句时,声音放低下来,仿佛忽然想到虚伪这个概念竟然和父亲有关系,含有不恭敬的意味似的。

"再说,"她说下去,"今儿晚上,我只不过累了。别认为您做的事叫我觉得很痛苦,亲爱的爸爸。今儿晚上,咱们俩大概都不能谈这件事,"她说,同时发觉自己会不由自主地落下眼泪,啜泣起来,"我最好把这杯茶端上楼给妈妈去。她很早就喝过了,我那会儿太忙,也没去陪她。我想她肯定乐意再喝上一杯的。"

第二天早上,火车行驶的时刻毫不容情地迫使他们离开了优美可爱的赫尔斯通。他们走了,他们朝这所狭长、低矮的牧师公馆看了最后一眼,它给月季花和山楂树半覆着——在早晨闪闪烁烁射到窗扉上的阳光下,显得家庭气息分外浓厚,每一扇窗扉都是属于一个亲爱的房间的。他们几乎还没有坐上从南安普敦派来接他们上火车站的那辆车

———————

① 地名。

子，便已经永远离开，不再回来了。玛格丽特心头的一阵刺痛，使她尽力朝外张望，想最后再瞥上一眼那座古老的教堂钟楼。她知道到转弯的地方，在一大片林木之上，是可以瞥见它的，可是她父亲也没有忘记钟楼，所以她默默地承认父亲更有权利据有可以看见钟楼的那扇车窗。她向后靠着，闭上眼睛。泪水涌了上来，有一刹那晶莹闪烁地挂在遮住眼睛的睫毛上，随后才缓缓流下面颊，没有给人注意到便落到了她的衣裳上。

他们要在伦敦一家僻静的旅馆里过上一夜。可怜的黑尔太太像她惯常的那样，差不多整天都在哭泣。狄克逊则火气十足，经常恼怒地不让自己的裙子甚至碰一碰毫未觉察的黑尔先生，这样来表示她的伤感。她认为所有这些痛苦都是黑尔先生一手造成的。

他们穿过那些熟悉的街道，经过他们从前常去拜访的一些人家，经过她曾经急躁不耐地在姨母身边逛过的一些店铺——当那位太太正在迟疑迁延地作一个重大的决定时——不但这样，的确还在街上经过好些熟人身边，因为虽然就他们来讲，这天的上午长得难以计算，他们认为好像早就应该结束，好让宁静的夜色到来，可是他们到那儿时，正是十一月一天下午伦敦最最热闹的时刻。黑尔太太已经多年不到伦敦了。她几乎像个孩子那样兴奋起来，在各条街上东张西望，朝着店铺和马车凝视并喊叫。

"哟，那就是哈里森的铺子嘛，我结婚的时候，许许多多东西都是在那儿买的。哎呀！大变了样子啦！他们装上了大玻璃橱窗，比南安普敦的克劳福德的还大。哟，那边，可不是吗——不，不是——噢，是的——玛格丽特，我们和亨利·伦诺克斯先生刚才迎面走过。在所有这些店铺中，他会上哪儿去呢？"

玛格丽特吃了一惊，探身向前，接着同样迅速地又向后靠下，对自己的这个突兀的举动有点儿好笑。这时候，他们相距已经有一个了，不过他似乎像是赫尔斯通的一件纪念品——他使人联想起一个晴朗的上午，一个多事的日子。她本来倒乐意在他没有瞧见她的情况下瞧见他的，——不要有机会彼此交谈。

那天晚上没有事做，在一家旅馆高高的楼上一个房间里消磨过去，显得漫长而郁闷。黑尔先生出外到他的书商那儿去,还去访问一两位友人。他们在旅馆里或者外边街上所看见的每一个人,都显得匆匆忙忙在走向一个约会地点去,有人期待着他或是他期待着某一个人。只有他们似乎是陌生的、没有朋友的、孤孤单单的。然而,在一英里内,玛格丽特就知道有一个个人家,他们看在她,也看在肖姨母的分上,全会欢迎她和母亲去的,只要她们高高兴兴地或者神闲气定地前去的话。要是她们伤心地、在一种像眼前这样纠缠不清的烦恼中需要同情而上人家那儿去,那么她们在所有这些熟人的家里就不会被当作朋友,而会被看成不速之客。伦敦的生活太繁忙、太毫无空暇,甚至都顾不上哪怕是表示一小时像当初约伯的朋友所表示出的那种沉默的同情。约伯的朋友曾经"就同他七天七夜坐在地上,一个人也不向他说句话,因为他极其痛苦"[①]。

[①] 《旧约·约伯记》第二章第十三节。

第七章　新的场景和新的面孔

薄雾遮住了阳光，
炊烟腾腾的矮屋
围绕着我的四方。

马修·阿诺德①

  第二天下午，在距离北米尔顿大约二十英里的地方，他们转进了通往赫斯顿的那条铁路支线。赫斯顿本身只是一条零乱的长街，和海滩平行。它具有自身的特征，跟英格兰南部的那些小海滨浴场就像那些浴场跟大陆上的海滨浴场一样不同。用句苏格兰话来说，一切显得比较"讲求实惠"。大车的马具那儿用的铁比较多点儿，用的木材和皮革比较少点儿。街上的人虽然喜欢玩乐，思想却很忙碌。色彩看来比较阴沉——比较耐久，一点儿也不花哨美丽。就连乡下人当中，也没有穿宽罩衫②的，因为它们使行动迟缓，很容易挂住机器，因此穿它们干活的习惯便逐渐消失了。在英格兰南部的这类小镇上，玛格丽特曾经看见店主们闲着的时候，总在店门口逛逛，呼吸一下新鲜空气和眺望一下街景。在这儿，即使没有顾客，他们得空的时候，也总在铺子里给自己找些事干——据玛格丽特猜想，甚至没有必要地把缎带打开再卷起来。第二天上午，她和母亲出去寻找住处时，这种种差异深深地印在她的心上。

  他们在旅馆里住了两晚，花去的费用比黑尔先生预料的要多，所以

---

① 马修·阿诺德（Matthew Arnold, 1822—1888）：英国诗人、散文家，引文见他的诗篇《安慰》（*Consolation*）。

② 原文是 smock-frock，系旧时英格兰农民干活儿时穿的工作服。

她们欣然租下了碰上的第一套空着可以让他们租用的整洁、宽敞的房间。在那儿,玛格丽特多少天里第一次感到安定下来。这种安定中还带有一种梦幻的意境,使人沉浸在里面觉得更为舒适和完美。远处的海水有节奏地拍打着沙滩,赶驴的人在近处吆喝,一些异常的景象像画片似的在她的眼前移动,她在懒散中并不想趁这些景象尚未消逝以前便去细察它的究竟。走到海滩上去呼吸海风的漫步,就连到十一月底海风在那片沙滩上也还是柔和的、温暖的;大海连接碧蓝天空的那道辽阔、迷茫的水平线;在一丝暗淡的阳光下变成银白色的远处一条小船上的白帆——看来她似乎可以在这种沉思默想中把一生如同做梦那样度过,把眼前变得最最重要,既不敢去回想过去,也不希望去细想将来。

但是不论将来多么冷酷、严峻,你却非迎上前去不可。一天晚上,他们商议好,玛格丽特和父亲第二天应当到北米尔顿去寻找一所宅子。黑尔先生收到贝尔先生写来的好几封信和桑顿先生写来的一两封信。他急于想立即弄清楚,他在那儿的职务和成功的可能性等许许多多详情细节,而要达到这一目的,他只有去跟桑顿先生会晤一次才成。玛格丽特知道,他们应该前去,不过她想到一座工业城市就很反感,她还认为母亲正从赫斯顿的空气中得到好处,所以原本很想把米尔顿之行延缓一下。

在抵达米尔顿前的好几英里路上,他们就看到一阵铅灰色的云层高悬在米尔顿所在的那一面的天边上空。同冬季天空淡淡的蓝灰色对比起来,它显得更为黑暗,因为在赫斯顿,寒冷天气的最早迹象已经出现了。离开镇上较近的地方,空气里隐隐有一种烟味。也许,说到头,主要是缺乏草木的芬芳,而不是实在有什么气味。他们迅速驶过一些无可救药的又长又直的街道,两旁净是造得齐齐整整的小砖房。四处,矗立着一座座长方形的、开有许多窗子的大工厂,像一只只母鸡待在小鸡当中那样。它们喷出"议会所不准许的"黑烟[①],这充分说明了玛格丽特本来以为预示着要下雨的那阵云气的由来。他们从火车站到旅馆

[①] 1847 年,英国议会通过了《改善城市环境条例》,要求所有工厂改建高炉,不准喷出黑烟,否则每周要缴纳罚款四十先令。狄更斯在《艰难时世》第二卷第一章里也曾提到这一问题。

去,驶过几条较为宽阔的大街,不得不经常停下,因为装满货物的大货车把不大宽阔的大街堵塞住了。以前,玛格丽特曾经跟着姨母不时上闹市区去。但是那儿的那些笨重的隆隆行驶的车辆似乎各有各的意图与目的。这儿,所有的货车,所有的运货马车和载重卡车全装着棉花,不是装在口袋里的原棉,就是一包包织成的白布。人们聚集在人行道上,大部分人穿的衣服质地全很不错,不过全具有一种马虎懒散的神气,使玛格丽特觉得和伦敦同一类人的那种破旧褴褛而又利落的神态截然不同。

"新街。"黑尔先生说,"这大概是米尔顿的主要街道。贝尔常向我讲到它。三十年前,就是把这条街从一条胡同开辟成一条大马路,才使得他的地产价值大大增高的。桑顿先生的工厂一定就在不太远的地方,因为他是贝尔先生的租户。不过他好像是从货栈做起来的。"

"我们的旅馆在哪儿,爸爸?"

"大概就在这条街快尽头的地方。我们先去看看在《米尔顿时报》上看到的那些宅子呢,还是吃了饭之后再去?"

"哦,我们把正事先办掉再吃饭。"

"好。那么我就只去瞧瞧有没有桑顿先生留给我的便条或是信件。他说要是他听到什么关于这些房屋的事情,就让我知道。我们随后立即出发,所以不把马车回掉。这样比自己走迷了路要稳当点儿,也免得搭不上今儿下午的那班火车回去。"

没有留下给他的信。他们于是出发看房子去了。他们每年只出得起三十英镑。在汉普郡,他们用这笔钱就可以租到一所宽敞的、有一片可爱的花园的住宅。这儿,就连必不可少的两间起居室和四间睡房似乎都不容易找到。他们按着自己抄下的那一张单子一所所看下去,看一所排除一所。接下来,他们灰心丧气地面面相觑。

"咱们大概非得回到第二所去。就是在克兰普顿的那所——他们管那片郊区是叫克兰普顿吗?有三间起居室。您记得吗,咱们拿这数目跟三间睡房作比较,曾经觉得很好笑?可是我已经全安排好啦。楼下前间给您做书房,又做咱们的饭厅(可怜的爸爸!),因为您知道,咱们已经决定,要尽可能给妈妈弄一间明净的起居室。楼上的那间前房,就是用那种挺难看的蓝色和粉红色纸裱糊的、有粗阔壁檐的那间,对着平原,看出去实在相当美,下面还有很大的一湾河水、运河,或是不管什么溪流。我可以住后边的那间小睡房,就是在第一段楼梯头上突出去的那间——您知道,就在厨房上边——您和妈妈就住客厅后面的那间,顶上的那间小房可以给你们做一间极好的梳妆室。"

"可是狄克逊和咱们打算找来帮忙的姑娘住在哪儿呢?"

"哦,待会儿。我发现自己在安排处理方面这么有天才,简直说不出话来了。狄克逊住在——让我想想,我刚才想好的——她住在后面的那间起居室里。她大概会喜欢那间房的。她很埋怨赫斯顿的楼梯。帮忙的姑娘就住在您和妈妈那间房上面斜顶的顶阁里。这样安排成吗?"

"敢情可以。不过那种糊墙纸,多么俗气!而且把那样一所宅子弄得那么花里胡哨,还镶上那么又粗又阔的壁檐!"

"且不去管它,爸爸!真格的,您可以说动房主人,请他把一两间房——客厅和你们的睡房——重新裱糊一下,因为妈妈跟这两间房接触最多。您的书架可以把饭厅里墙壁上的那种花哨而俗气的图案遮去一大部分。"

"这么说,你认为那儿最合适了?要是这样,我最好立刻就去拜访一下这位唐金先生,广告上是叫人去找他。我把你送回旅馆去,你可以在那儿叫好午餐,休息一下。等午餐准备好的时候,我也就回来啦。希望我能弄到些新的糊墙纸。"

玛格丽特也希望如此,不过她什么话也没有说。她还从来没大接触过爱好装饰——不论多么恶劣的装饰——胜于爱好朴实大方的这样一种审美力,而朴实大方本身就是优美的"外框"。

父亲领着她走进旅馆大门,在楼梯脚下撇下了她,到他们决定要租下的那所宅子的房主家去了。玛格丽特刚把手放在他们起居室的门上时,一个快步走上前的侍者紧跟过来。

"很对不起,小姐。先生走得太快,我没来得及告诉他。你们先前刚离开,桑顿先生几乎立刻就来啦。根据先生所说的话,我知道你们一小时就回来。我就这样告诉了他。大约五分钟前,他又来啦,说要等候黑尔先生。这会儿,他就在你们的房间里,小姐。"

"谢谢你。我父亲很快就会回来。那时候,你可以告诉他。"

玛格丽特把房门推开,以惯常的端庄、从容的态度走了进去。她并不感到忸怩不安,她对上流社会那么习以为常,不会感到那样。这是一位有事来找她父亲的人。由于他表现得很乐意帮忙,她准备用出全部礼数来招待他。桑顿先生要比她惊慌窘困得多。一个年轻的女郎而不是一位文静的中年牧师,坦率、庄重地走上前来,——跟他惯常看到的大部分女郎都不是一个类型。她的衣服很朴素:一顶合适的质地和式样全极好的草帽,装饰有一条白缎带;一件黑绸衣服,没有任何装饰或是荷叶边;一条大印度披肩拖垂下来,又长又大地裹住了她,她围着披肩,活像一位女皇穿了她的长衣服那样。在他瞥见那种端庄朴实、落落大方的神气时,他不知道她是什么人,因为她那种神气表明他的在场跟那个妩媚的面容毫无关系,并没有使那个淡淡的象牙色的脸庞上露出惊诧的红晕来。他听说过黑尔先生有个女儿,但是他以为是一个小姑娘。

"是桑顿先生吧?"玛格丽特稍微踌躇了片刻后,这么说。在那片刻时间里,他一点儿没有准备,不知该说什么是好。"您请坐。父亲方才把我领到这儿门口。不巧,他们没告诉他您在这儿。他有点儿事又走开了。不过他这就要回来。很对不住,劳您驾来了两次。"

桑顿先生一向惯于发号施令,可是她似乎顿时便有点镇住了他。在她走进房来前,他正变得急躁不耐,因为在一个交易日失去了不少时间,但是如今在她的邀请下,他却安安静静地坐下了。

"你知道黑尔先生上哪儿去了吗?我或许可以去找他。"

"他上卡奴特街一位唐金先生那儿去了。他是我父亲想在克兰普顿租下的那所房子的房主。"

桑顿先生知道那所宅子。他看见了那条广告,还遵照着贝尔先生的要求去看过那所宅子。贝尔先生要求他尽力给黑尔先生帮忙。黑尔先生是在那样的情况下放弃自己的牧师职务的,桑顿先生对这样一位牧师所感到的兴趣也促使他这么做。他曾经认为克兰普顿的那所宅子实际上正合适,但是现在见到玛格丽特,见到她的出众的举止与神态,他觉得惭愧起来,虽然在他去看那所宅子时,里面的某种鄙俗装饰曾经引起他的注意,他却仍然认为就黑尔家来说,它是很合适的。

玛格丽特无法改变自己的容貌。细小的弯曲的上嘴唇、丰满的向上翘起的下巴、昂着头的神态,以及充满女性温柔而又轻蔑的气质的一举一动,总给陌生人留下一种傲慢冷淡的印象。这时候,她很疲乏,宁愿默不作声,按着父亲给她安排好的那样休息一下,可是她本来是一位有身份的小姐,自然应该不时殷勤地向这位陌生人说上几句话。必须承认的是,这位陌生人费力地穿过米尔顿的街道,挤过那些人群以后,并没有着意修饰或是整理一番。她心里很希望他起身告辞,像他先前所说的那样,不要老坐在那儿,对她讲的话作出一些简略的回答。她已经把披肩取下,搭在她坐的那张椅子的背上,脸朝着他,朝着亮光,坐在那儿,妩媚的姿色完全呈现在他的眼前。圆润白皙的颈子从丰满而轻盈的身材上面显露出来;说话的时候,嘴唇那么微微动着,丝毫没有改变那个可爱而又高傲的小嘴的形状,从而破坏到她脸上那种冷漠平静的神情;温柔忧郁的双眸以少女悠闲自在的目光迎着他的两眼。在他们谈话还没有结束时,他几乎已经暗下告诉自己他不喜欢她。他想借此来尽力补偿他自己情感受到的伤害,因为他情不自禁很钦佩地看着她,而她却傲慢而冷淡地看待他,把她——据他认为——看作他在恼怒中自认为的那么一个人——一个大老粗,周身没有一点儿斯文高雅的风采。他把她的悠闲冷静的态度解释为傲慢轻蔑,内心里感到十分憎恶,几乎想站起身离开,不再跟这些姓黑尔的和他们目空一切的神气打交道了。

玛格丽特刚把最后一个话题说得没话可说——不过那几乎不能称作谈话,因为讲的话那么简短,那么少——父亲正好走进房来,以爽朗的、彬彬有礼的道歉使桑顿先生对他的名声和家庭又恢复了好感。

黑尔先生和客人关于他们共同的朋友贝尔先生有不少话可说。玛格丽特因为自己招待客人的任务已经结束,心里很是高兴,便走到窗前去,使自己熟悉一下街上的陌生景象。她对外边的街景看得那么入神,以致父亲向她说话,她简直没有听见。他不得不把话又说了一遍:

"玛格丽特!房主人很固执,他喜欢那种难看的糊墙纸。我恐怕咱们只好让它去啦。"

"哎呀！真糟糕！"她回答，心里一面盘算起来，不知可否至少利用自己的几张绘画把墙壁遮盖起一部分，不过最后，她又放弃了这个主意，认为它有可能使情况变得更糟。同时，父亲以他那种亲切友好的、乡间人士的殷勤，正在力促桑顿先生留下来，跟他们共进午餐。这样做就桑顿先生来说，会是很不方便的，然而倘使玛格丽特用语言或神色也赞同父亲的邀请的话，那么他就感到非留下不可了。他很高兴她并没有这样做，可是同时又因为她没有这样做而感到生气。他辞去时，她很郑重地朝他深深鞠了一躬。他感到一生中从来没有这么忸怩不安、手足失措过。

"好，玛格丽特，现在吃饭去吧，尽快吃。你吩咐他们预备了吗？"

"没有，爸爸。我回来，那个人就在这儿。我一直没有机会去吩咐。"

"那么咱们就只好有什么吃什么啦。他大概等了不少时候吧？"

"我觉得时间挺长挺长的。正到了我想不出话来说的时候，您走进来啦。他什么话题都不接口说下去，只是简单、粗率地回答一下你的问话。"

"不过我认为他说的话倒是很中肯的。他是个头脑清楚的人。他说（你听见吗？）克兰普顿的地是沙砾地，是米尔顿附近最有益于健康的一片郊区了。"

等他们回到赫斯顿以后，他们便把这一天的经过细说给黑尔太太听。黑尔太太问了许许多多话，他们全在喝茶的时候回答了。

"跟你通信的那个人，桑顿先生，是个什么样子？"

"你问玛格丽特，"她丈夫说，"我去找房主人谈的时候，她和桑顿先生凑合着谈了好半天。"

"哎！我也不大知道他是个什么样的人。"玛格丽特没精打采地说，她太疲乏了，不想出力去细细描摹一番。随后，她打起精神来说道，"他是一个高身个儿、阔肩膀的人，大约——大约多大岁数，爸爸？"

"我猜大约三十岁。"

"大约三十岁——生着一张既不是完全平庸的，又说不上是漂亮的脸孔,一点儿也不出众——样子也不大像一位有身份的人,不过也不大可能指望他像。"

"但是也不粗鄙俗气。"父亲插嘴说,他有点儿怕人贬低他在米尔顿独一无二的朋友。

"哟,不啊!"玛格丽特说,"他具有那样一种坚定有力的神情,一张那样的脸,不论相貌多么平庸,都既不会是粗鄙的也不会是俗气的。我可不乐意去跟他打交道,他显得坚定不移。总的说来,似乎是生来干他那一行的人,妈妈,精明强干,正是一个大商人应有的样子。"

"别管米尔顿的厂主叫商人,玛格丽特。"父亲说,"他们很不一样。"

"是吗?我用这个词指所有那些有有形商品出卖的人,不过要是您认为这个词不对,爸爸,我就不用。可是,哎,妈妈!讲到粗鄙俗气,您对咱们客厅里的糊墙纸思想上一定得有所准备。粉红色和蓝色的蔷薇,配着黄色的叶子!而且房间四周有一圈又粗又阔的壁檐!"

但是当他们搬进米尔顿的新宅子去时,那种讨厌的糊墙纸已经不见了。房主人不动声色地接受了他们的道谢,听凭他们去以为——倘使他们乐意的话——他已经软化下来,不像本来表示的那样决不把墙壁重新裱糊一下了。没有必要特地去告诉他们,他不乐意为米尔顿一个默默无闻的黑尔牧师先生所办的事,在富裕厂主桑顿先生提出一项简慢、严厉的抗议以后,只有太乐意照办了。

第八章　思念故乡

> 我欣然向往的，
> 就是家乡、家乡、家乡。①

他们需要用淡雅的糊墙纸把房间裱糊一下，好让自己能甘心在米尔顿安居下来。他们还需要更多的东西——更多的无法获得的东西。十一月的黄蒙蒙的浓雾来了。当黑尔太太到达她的新居时，窗外河水迂回曲折形成的那片平原，完全给大雾遮得看不见了。

玛格丽特和狄克逊已经忙了两天，打开行囊，收拾整理，可是屋子里的一切仍然显得很凌乱。外面，大雾一直侵袭到了窗前，并且形成了一团团使人哽噎、有碍健康的白色雾气，被赶着进入所有敞开的门户。

"哟，玛格丽特！咱们就住在这儿吗？"黑尔太太惊愕失色地问。

玛格丽特的内心里也起了和母亲问这句话的声调里同样伤心失望的情绪。她几乎无力强制自己勉强说了这么一句："唉，伦敦的大雾往往还要糟糕得多！"

"可是在那儿，你总还熟悉大雾后面的伦敦本身，还有那些朋友们。可这儿——嗐！咱们是孤孤单单的！哎，狄克逊，这是个什么样的地方啊！"

"真格的，姑奶奶，您不久管保会送了命的，到那时候，我知道谁会——慢着！黑尔小姐，这太重了，你提不动的。"

"压根儿就不重，谢谢你，狄克逊。"玛格丽特冷冷地回答，"我们可以给妈妈做的最好的事情就是，替她把房间收拾好，让她可以睡上床，

---

① 这是英国苏格兰诗人坎宁安（Allan Cunningham，1784—1842）的两行诗，司各特在长篇小说《尼格的家产》（*The Fortunes of Nigel*）中也曾引用。

然后我再去给她端杯咖啡来。"

黑尔先生同样没精打采,同样也要玛格丽特加以安慰。

"玛格丽特,我的确认为这是一个对身体有害的地方。要是你妈妈或是你的身体受到了损害,那可怎么好!我真但愿上威尔士的一个乡野地方去,这儿实在太糟糕。"他走到窗口说。

实在没有什么安慰的话可说。他们在米尔顿居住下来,只得容忍一段时期的浓烟和大雾。说真的,所有其他的生活似乎也给一阵同样浓密的环境之雾从他们眼前遮得看不见了。就在前一天,黑尔先生才吃了一惊地计算出来,他们的搬家和在赫斯顿待的两周花去了多少钱。他发觉自己的那点儿现款几乎全部用光了。不成!他们来到这儿,他们就必须留在这儿。

晚上,等玛格丽特知道这件事以后,她感到一阵麻木绝望,就想坐下。她的睡房在宅子后边那个窄长、突出的地方,房里弥漫着阴沉沉的烟气。在长方形房间一侧的那扇窗子,朝外望着不出十英尺以外的一堵同样突出的单调的墙壁。它就像堵塞住希望之路的一大障碍那样,朦朦胧胧地在雾气中呈现出来。房里,一切都很混乱。他们全力以赴的就是,首先使母亲的房间舒适安逸。玛格丽特在一只箱子上坐下,箱子上的签条使她想起是在赫尔斯通写的——美丽可爱的赫尔斯通啊!郁郁不快的思想使她想出了神。最后,她决心忘却现在,并且忽然想起伊迪丝有一封信给她,她在上午的忙乱中只看了一半。这封信报道了她们到达科孚岛的情形,她们在地中海上的航行——船上的音乐、舞蹈,她眼前展开的快乐的新生活,她的具有格子篷架的阳台的住宅,以及由住宅里望出去所看到的白色断崖和深蓝色的大海。

伊迪丝的信写得很流畅、很通顺,即便不是十分生动的话。她不仅能够抓住一个景象中引人注目的特点,而且能够列举出足够的详情细节,让玛格丽特自己去想象。伦诺克斯上尉和另一个新近结婚的军官合住着高悬在海上陡峭、壮丽的崖石上的一所别墅。尽管那时已经渐入冬季,他们的日子似乎还是消磨在船上或者岸上举行的野餐会上。一切全在户外,欣欣喜喜,尽情玩乐,伊迪丝的生活似乎像她头上蔚蓝的天空那样,无拘无束——毫无斑点或是云气。她的丈夫不得不参加操练,而她呢,她这个当地最擅长音乐的军官妻子,不得不从最新的英国乐曲中抄下一些最受欢迎的新曲调来帮助乐队指挥。这些似乎就是他们最繁重的工作。她表达了一个热情的希望,要是团队在科孚岛再驻扎上一年,那么玛格丽特便可以去看望她一次,待上一个长时期。她问玛格丽特是否还记得在她,伊迪丝,写信这一天的一年以前——他们待在哈利街,整天阴雨绵绵,她怎样不肯穿上新衣裳去参加一次无聊的宴会,怕在上马车时把衣裳全溅湿了,以及他们怎样就是在那次宴会上第一次遇见伦诺克斯上尉的。

不错啊!玛格丽特记得很清楚。伊迪丝和肖太太参加宴会去了。玛格丽特到晚上才去参加那场宴会。种种丰盛奢华的安排、富丽堂皇的家具、宏大的宅子,以及从容自在的宾客们——这一切的回忆全栩栩如生地来到了她的眼前,和目前成了鲜明而奇怪的对比。那种平静的海洋般的旧生活已经结束,并没有留下一丝痕迹来说明他们过去都曾置身其中。那些惯常的宴会、访问、买东西、晚间的舞会,全继续下去,永远继续下去,不过肖姨母和伊迪丝不在那儿罢了。当然,更少有人想念到她。除了亨利·伦诺克斯外,她很怀疑过去那群人里有谁会想起她的。而由于她在他心头惹起的痛苦,她知道他也会竭力把她忘了。以前,她常听见他夸口说,他有本事把任何不愉快的想头远远地排开。接下去,她进一步想到原来可能出现的情况。要是她当真爱上了他,接受了他的求婚,而随后父亲见解这样一变,因而地位也发生了变化,那么她毫不怀疑,伦诺克斯先生会很不耐烦地对待这一消息的。从一种意义讲,这对她是极大的损害,但是她可以耐心容忍,因为她知道父亲心地磊落,这就使她坚强起来,可以容忍他的错误,尽管在她眼里,这些错误是严重的。不过世上的人们在他们初步作出的总的评判中,不像先前那么尊重她的父亲了。这一事实会使伦诺克斯先生感到郁闷气恼。她认识到可能会出现的情况以后,对眼下的情形反而感到快慰。他们这时候正处在最低点,不可能再糟了。等伊迪丝和肖姨母的信到来时,前者的惊讶和后者的伤心都是不得不勇敢地加以对待的。这样,玛格丽特站起身,缓缓地脱去衣服。虽然时间已经很晚,可是经过一天的忙碌后,她这会儿却充分感觉到悠闲行事的舒适惬意。她抱着某种对内心的或是外界的美好前景的希望睡熟了。然而，倘若她知道这种美好前景要过多久才会实现，她准会心灰意懒的。一年中的这时候对人的情绪和对健康一样，极为不利。她母亲患了重感冒。狄克逊显然也不大舒服，不过玛格丽特想要帮她一下或是怎样照料她一下，给她的侮辱就会更大了。他们也找不到一个姑娘来帮助她，所有的姑娘都在工厂里干活儿，至少前来应聘的人都挨了狄克逊一顿臭骂，因为像她们那样的人竟然还会想着受到信任，在一个有身份的人家干活儿。因此他们几乎不得不经常雇用一个打杂的女用人。玛格丽特真想把夏洛特找来，但是她是一个他们这会儿用不起的用人，除了这一层障碍外，距离也太远了。

黑尔先生收了好几个学生，都是贝尔先生介绍给他的，或是在桑顿先生更为直接的影响下，介绍给他的。他们大多数人就年龄而言，本来应该是还在上学的小伙子，可是按照米尔顿当时盛行的而且似乎很有根据的见解，要使一个小伙子成为一个精明的商人，非得让他年轻的时候就接受训练，适应工厂、办事处或是货栈中的生活。就算他给送到苏格兰的那些大学去，他回来也不会安安稳稳地从事商业工作的。倘使他上了牛津或是剑桥大学，那么他更会多么不安心呢，况且他不到十八岁也进不了那两所大学。因此，大多数厂主在儿子十四五岁羽毛未丰的时候就把他们安置好，毫不容情地截断了所有的后代向文学或高深的智力修养方面的发展，希望使子孙的全部精力都放在商业上。不过也有些比较明智的父母，还有些颇有识见的年轻人，他们看到自己的缺陷，尽力加以补救。不仅如此，有几个年纪已经不轻，正当壮年的人，他们具有坚定的见识，承认自己不学无术，在较晚的时候开始学习他们本应在较早的年月学习的东西。桑顿先生或许是黑尔先生的学生中年龄最大的。他肯定是黑尔先生的得意门生。黑尔先生养成了一种习惯，那么时常、那么敬重地引用他的意见，以致家里流传着一个小笑话，不知在规定教课的时间里有多少时刻可以完全用于学习，因为那么多时刻似乎都花在谈话上了。

玛格丽特多少鼓励人家这样轻松愉快地看待父亲和桑顿先生的来往，因为她感到母亲倾向于以猜忌的目光看待丈夫的这种新友谊。只要他的时间完全用在读书和教区居民上,像在赫尔斯通那样,她似乎就不大在意自己是否常见到他,可是既然他热切地盼望着跟桑顿先生的每一次重新接触,她似乎就受到损害,有些烦恼,仿佛他第一次轻视了她这老伴儿似的。黑尔先生的过分夸赞,对于听他讲话的人通常具有过分夸赞所产生的那种影响:他们总不十分赞同阿里斯蒂德斯老给说成是"正直的"。①

在乡间一所牧师公馆中度过了二十多年恬静的生活以后,黑尔先生觉得,那种轻而易举地便克服种种巨大困难的精力,具有一些使人眼花缭乱的地方。米尔顿机器的力量,米尔顿工人的力量,使他深深地产生了一种宏伟之感。他为这种感觉所折服,而并不想去深究这种力量如何发挥作用的详情细节。可是玛格丽特不大上外边去置身于机器和工人当中,没大看到这种在公开发生作用的力量。事有凑巧,她碰上了一两个在影响到广大群众的各项措施中,为了许多人的幸福,必然大受其苦的人。问题永远是,有没有想方设法使这些例外的人的痛苦尽可能小一些呢?再不然,在蜂拥而前的胜利行列中,无依无靠的人是否遭到了践踏,而没有给轻轻扶到他们已没有力量携手并进的胜利者的大道旁边去呢?

找一个用人来帮助狄克逊的这项任务,后来落到了玛格丽特的身上。起先狄克逊答应去找一个她需要的干家里种种粗活儿的人。但是狄克逊脑子里所想的有用的姑娘,是以她回忆中赫尔斯通学校里那些整洁、年长的学生为模子的,她们在忙碌的日子获准上牧师公馆去帮忙,实在太得意了,而且对待狄克逊太太毕恭毕敬,对待黑尔先生和黑尔太太更是战战兢兢。狄克逊对于人家对她所抱的那份敬畏心情并非无所察觉,而且也并不感到讨厌。真格的,她感到的那份得意,不下于

---

① 阿里斯蒂德斯(Aristides,公元前530? —公元前468?):古希腊将领和政治家,号称为人正直。史学家普鲁塔克(Plutarch,46—120)在为他写的传记里曾记载了一则故事。有一个目不识丁的选民不认识阿里斯蒂德斯,请他把阿里斯蒂德斯这个姓名写在纸条上,使他可以投票要求放逐阿里斯蒂德斯。阿里斯蒂德斯听后大为惊讶,问他受到了什么损害。这个选民说,并没有,不过他老听见人说阿里斯蒂德斯是"正直的",实在觉得恼火。

路易十四因为朝臣手搭凉篷,避开他的耀眼的光彩而感到的那份得意①。可是前来应征这个用人职务的米尔顿姑娘,都是以那种粗鲁的、独立不羁的方式回答她就她们是否合格所进行的询问。要不是她对黑尔太太忠心爱护,她是说什么也无法容忍那种方式的。她们甚至还反过来问她一些话,因为她们对这个家庭偿付工资的能力也有些怀疑和担心。这个人家住在一所年租只三十英镑的房子里,却偏偏还要摆架子,又要请两个用人,其中之一还竟然这么神气活现。人家已经不再把黑尔先生看作赫尔斯通的牧师了,只把他看作一个节俭度日的人。狄克逊不断来说给黑尔太太听,这些想当用人的人态度如何如何,这些叙述使玛格丽特感到厌倦不耐。尽管玛格丽特也对这些人的粗鲁无礼的举止觉得不快,尽管她也以过分自尊的心情避开她们亲热的招呼,并且十分憎恶她们对于住在米尔顿、又不从事某种买卖的一份人家的收入和身份毫不掩饰地感到的好奇。可是玛格丽特愈感到他们鲁莽无礼,便愈不去谈论这个问题。不论怎么说,如果她承担起寻找用人的工作,她总不至于把自己的失望和自己所受的假想的或真实的侮辱全去说给她母亲听。

因此,玛格丽特上各处卖肉的和食品商那儿去,寻找一个绝好的姑娘。每星期她都降低她的条件和希望,因为在一个工业城市里,要遇上一个宁愿不要工厂工作较高的工资和较大的独立性的人,是很困难的。对玛格丽特说来,在这个喧嚣忙乱的地方独自一个人走出去,多少是一种考验。肖姨母的礼节概念和她自己就事事必须依赖别人这一点,一向使她坚持认为,要是伊迪丝和玛格丽特走出哈利街或是附近一带地方去,就应该有一个男仆人陪伴着她们。姨母的这条规矩曾经限制了玛格丽特的独立行动,这种限制当时曾经受到她悄悄的反抗。而且,由于呈现出的鲜明对比,她加倍欣赏林间生活中的随意散步和闲逛。在那儿,她用大胆、跳跃的步子一路走去,倘使很匆忙的话,还偶尔忽的一下奔跑起来,偶尔在她站住脚细听或观看一个在枝叶茂密的庭院中歌

---

① 法国国王路易十四(Louis XIV,1638—1715)在公众中造成一种形象,使人认为他是"太阳国王",这儿所以这么说。

唱,或者用锐利的、炯炯的眼睛从矮树林或纷乱的荆豆花丛中朝外张望的野生小动物时,她又会完全静止下来。那种行动或那种静止,完全取决于她自己一时的意愿。从那种动止中一下改变成在街道上行走所必需的这种平稳、规矩的步伐,这是一种考验。但是如果这种改变不是还带来一种令人更加烦恼的情况的话,那么她对于自己不喜欢这一改变本来是会觉得可笑的。

克兰普顿所在的那一面市区,主要是一条工人们来往的大道。在四周的一些小街上,有许许多多工厂,男女工人每天有两三次川流不息地从那里拥了出来。在玛格丽特知道他们进出的时间以前,她很不幸经常碰上他们。他们横冲直撞地走来,一脸鲁莽、大胆的神气,还高声欢笑、戏谑,特别是针对着所有在身份或地位方面似乎比他们高的人。他们的无拘无束的话音和毫不在意所有普通行路规矩的做法,起先使玛格丽特有点儿吃惊。姑娘们常常以她们那种粗野而不是不友好的放肆态度评论她的衣服,甚至来摸摸她的围巾或是衣裳,以确定一下实际的质地。有一两次,她们还问她一些和她们特别赞赏的一件衣饰有关的问题。她们那么纯朴地信任她,信任她会以女性的同情心看待她们对衣服的爱好,还信任她为人亲切和蔼,因此等她明白了她们的意思以后,她立刻欣然地回答了那些询问,并且微笑着回答了她们的评论。虽然这些姑娘会大声讲话,闹闹嚷嚷,她却并不在意碰上任何数目这样的姑娘。不过她对男工人却时而感到害怕,时而恼怒起来。他们以同样开朗、大胆的态度不是评论她的衣服,而是评论他的容貌。以前,她觉得,对她外表的最最文雅的议论也是不礼貌的。如今,她却不得不容忍这些直率的人们毫不掩饰的赞美。然而,那份直率就表明了他们丝毫也没有想要损害她情绪的意思,这一点她本来会看出来的,如果那阵喧哗混乱没有使她十分惊慌的话。当她听到他们说的一些话时,她的惊慌中又闪现出了一阵愤怒,使她的脸色变得绯红,黝黑的眼睛里也露出了火光。可是他们还说了一些别的话,等她回到家里安安静静的环境中后,那些话尽管一面使她生气,一面又使她好笑起来。

例如,有一天,她从许多工人身旁走过,其中有几个朝她说了通常的那套恭维话,希望她是他们的情人。后来,有一个在那儿闲荡的人加说道:"姑娘,你的美丽的脸孔使白天显得更明朗啦。"另一天,她对一时出现的一个想头不自觉地感到好笑。这当儿,一个衣着破旧的中年工人对她说道:"你是可以笑笑,姑娘。生着这么一张美丽的脸孔,许多人都会笑的。"这个人显得那么饱经忧患,因此玛格丽特禁不住朝他笑了笑作为回答,一面很高兴地想到,自己的这副容貌竟然有力量唤起一个愉快的想头来。他似乎很明白她的感激的目光,从此每逢他们彼此偶然相遇时,他们尽管默不作声,却都认识。他们始终没有交谈过,除了第一次的那句恭维话以外,一句话也没有说过,但是不知怎么,玛格丽特抱着比看待米尔顿任何别人都大的兴趣看待这个人。有一两次在星期日,她看见他带着一个姑娘一起走,那姑娘显然是他的女儿,而且如果可以这样说的话,比他本人更不健康。

有一天,玛格丽特和父亲去市区周围的田野间那么远的地方。那时候是初春,她从树篱和沟间采集了一些小花,山慈菇,较小的白屈菜,以及诸如此类的花儿,内心里对南方芬芳蓊郁的草木感到一种黯然的思念。父亲因为一件事情离开了她,先回米尔顿市区去了。她在回家的路上又遇见了她的卑微的朋友。那姑娘恋恋地望着这些花儿。玛格丽特突然一阵冲动,把花儿全给了她。她接过花儿时,浅蓝色的眼睛闪亮起来。她父亲替她说道:

"谢谢你,小姐。贝西①会很珍重这些花儿的,她会这样。我也会记住你的好意。你不是这地方的人吧?"

"不是!"玛格丽特微微叹息了一声,说,"我是从南方——从汉普郡来的。"她补充了一句,有点怕伤害到他,使他意识到自己知识贫乏,如果她使用了一个他不知道的名称的话。

"那大概是在伦敦还要过去的地方吧?我是打伯恩利②方面来的,由这儿往北四十英里路。你瞧,南方和北方全在这个烟雾腾腾的大地方碰到了一块儿,多少还交上了朋友。"

玛格丽特放慢了脚步,跟这个工人和她的女儿并排走,他们的步伐

---

① 伊丽莎白的爱称。
② 伯恩利(Burnley):英国兰开夏的一座城市。

受到那个虚弱乏力的女儿的限制。这时候,她对那个姑娘说话,话音里有一种亲切怜悯的腔调,深深打动了这位父亲的心。

"你身体好像不很壮实。"

"是呀,"姑娘说,"也永远不会好。"

"春天这就要到啦。"玛格丽特说,仿佛想提出一些充满希望的快乐想头似的。

"春天、夏天对我都不会有什么好处。"姑娘平静地说。

玛格丽特抬起头来望着那个工人,几乎指望他反驳一下,至少是说一句会冲淡他女儿这种绝望情绪的话。但是相反地,他却添上两句道:

"她说的多少是实话。她的身体已经虚弱得太厉害啦。"

"在我不得不去的地方,会有春天,还有鲜花、不凋花①和绚丽的礼服。"

"可怜的姑娘,可怜的姑娘!"她父亲低声说,"这种事我可不能肯定,不过这对你是一种安慰,可怜的姑娘,可怜的姑娘。可怜的爸爸!这不会太久啦。"

他的话使玛格丽特感到惊骇——感到惊骇,可是并不厌恶,只是唤起了相当的关怀与兴趣。

"你们住在哪儿?我猜咱们一定是邻居,咱们在这条路上这么经常地碰见。"

"我们住在弗朗西丝街九号,过了金龙街第二条横街向左转。"

"你们贵姓?我一定得记住才好。"

"我对自己的姓可不感到害臊。我叫尼古拉斯·希金斯。她叫贝西·希金斯。你干吗要知道?"

最后这句问话使玛格丽特感到很惊讶,因为在赫尔斯通,经她这样询问过以后,她打算去拜访问过姓名和住处的一位穷邻居,这本是一件不讲自明的事。

"我原来想着——我原来打算来看看你们。"除了对一个陌生人的

---

① 不凋花,原文为 amaranths,系西方传说中的一种花,据传永不凋谢,所以是不朽的象征。

体贴关怀外,她对自己想去拜访他们并举不出任何其他的理由来,所以她突然又有点儿不敢提出了。一刹那,这件事显得好像是她这方面不太懂礼貌,她从这个男人的眼睛里也看出了这种意思。

"我不大喜欢陌生人上我家里来。"可是他瞧见她脸红起来,又温和下来,补说道,"你是外地人,像人家会说的那样,在这儿大概并不认识许多人,你又亲手给了我的闺女这些花儿,——乐意的话,你可以来。"

玛格丽特对这个答复感到又好笑,又好气。答应她去拜访就像是给予她什么恩惠似的,她倒拿不准自己愿意不愿意去了。但是等他们走进市区,步入弗朗西丝街时,那姑娘站住了一会儿,说道:

"别忘了你要来看我们的。"

"是呀,是呀,"父亲很不耐烦地说,"她会来的。眼下,她有点儿摆架子啦,因为她认为我本来应当说得更客气点儿才对。不过过后她会不放在心上,仍旧上我们家来的。我看得出她的高傲、美丽的脸上的神情,就像看本书一样。来吧,贝斯①,厂里的铃在响啦。"

玛格丽特返回家去,一面对她的新朋友感到惊奇,一面又对那个男人看透了她的心思觉得好笑。从这天起,就她来说,米尔顿成为一个比较光明的地方了。并不是春天的漫长、寒峭、晴朗的日子来了,也还不是时光使她逐渐习惯了她所居住的城市,而是因为她在这里找到了一种人的兴趣。

---

① 这也是伊丽莎白的爱称。

第九章　茶会前的梳妆打扮

> 让中国的大地丰富多彩,
> 描上金花,绘上天蓝色的文采,
> 欣然地接下印度叶子可喜的芳香,
> 再不然就接下莫乔晒熟了的浆果儿。
>
> 巴鲍尔德夫人①

这次会见希金斯和他女儿后的那天,黑尔先生在一个罕有的时刻到楼上那间小客厅里来了。他走到房里各个不同的物件面前,仿佛是在仔细看看它们似的,不过玛格丽特看出来,这只是心神不安的一种表现——是把他希望的而又怕说出的一件事推迟一下的做法。最后,他终于说了。

"亲爱的!我邀请桑顿先生今儿晚上来吃茶点。"

黑尔太太正闭着两眼,向后靠在安乐椅里,脸上露出她最近惯常露出的一种痛苦神情。但是她听到丈夫的这句话后,一下发作起来。

"桑顿先生!——今儿晚上!这个人究竟要上这儿来干吗?狄克逊在洗我的细布衣服和花边。这种讨厌的东风②,水也不会很软和。在米尔顿,咱们一年到头大概都得碰上这种东风。"

"风向在变啦,亲爱的。"黑尔先生望着窗外的烟雾说,烟雾正从东方漂浮过来,只不过他还不明白罗盘上的刻度,完全根据情况随意排列它们。

---

① 巴鲍尔德夫人(Anna Letitia Barbauld,1743—1825):英国诗人,引文见她的诗篇《酒杯吟》(*The Groans of the Tankard*)。
② 英国的东风犹如我国的西北风,甚为寒冽,西风倒像我国的东风。

"不见得吧!"黑尔太太颤抖了一下说,一面用围巾把自己裹得更紧点儿,"可是,不管东风还是西风,这个人大概总是要来的。"

"哎,妈妈,这说明您始终没有瞧见过桑顿先生。他样子就像一个乐意跟他可能碰上的种种不顺遂的事搏斗的人——跟敌人、逆风或逆境搏斗的人。雨越大、风越猛,咱们就越发肯定得接待他。不过我去帮一下狄克逊。我这就要成为一个出名的上浆能手啦。除了跟爸爸谈天外,他不会需要什么娱乐。爸爸,我真渴望瞧瞧您这位达蒙的皮西厄斯①。您知道我就只见过他一次。那一次我们全很为难,不知互相得说点儿什么,所以我们相处得并不特别好。"

"我不知道你哪天会喜欢他或是认为他不讨厌,玛格丽特。他不是一个喜欢跟女人厮混的男人。"

玛格丽特轻蔑地把颈子一扭。

"我并不特别赞赏喜欢跟女人厮混的男人,爸爸。不过桑顿先生是作为您的朋友上这儿来的——作为一个很知道您的为人的人……"

"是米尔顿唯一的一个。"黑尔太太说。

"所以咱们要欢迎他一下,请他吃点儿椰子饼。要是咱们让狄克逊做几块,她会很高兴的。我负责去给您把帽子熨一熨,妈妈。"

那天上午,玛格丽特曾经多次希望,桑顿先生待得远远的。她本来已给自己安排好几件其他的工作:写一封信给伊迪丝,读一段但丁的精彩作品,去看望一次希金斯父女。然而,恰恰相反,她现在却熨起帽子来,同时还听着狄克逊的埋怨,心里只希望通过对狄克逊过分表示一下同情,可以阻止她把她的烦恼事再去向黑尔太太倾诉。每隔一会儿,玛格丽特就不得不提醒自己,父亲对桑顿先生多么尊重,这样来把悄悄涌上心头,并带来一阵剧烈头痛的疲倦恼怒情绪抑制下去。新近,她常常容易这样头痛。当她最后坐下的时候,她几乎说不出话来了。她告诉母亲,她不再是洗衣姑娘佩吉②,而是大小姐玛格丽特·黑尔了。这句话她原来是想作为一个小小玩笑的,所以当她发觉母亲当真看待这句

---

① 达蒙和皮西厄斯(Damon and Pythias)是希腊神话中结为刎颈之交的两个朋友。

② 佩吉是玛格丽特的昵称。

话以后，又对自己嘴快了一点儿感到很烦恼。

"是呀！要是我还是郡里的一位美人儿贝雷斯福德小姐，有谁告诉我，我的一个孩子得在一间简陋的小厨房里站上大半天，像一个用人那样干活儿，就为了咱们可以做好适当的准备，接待一位商人，这位商人竟然是唯一……"

"哎，妈妈！"玛格丽特站起身来说，"别因为我随便说上一句就这样惩罚我。替您和爸爸熨衣服或是做随便什么活儿我全不在意。就连到了要擦地板，洗碟子，我本人生来也还是一位小姐。眼下，我不过有点儿累啦，再过半小时，我又可以把同样的事再做上一遍。至于桑顿先生是做买卖的，哦，这件事他现在也没有办法了，可怜的人儿。我想他所受的教育使他也不适合干什么别的。"玛格丽特慢慢站起身，走到自己的房里去。这当儿，她再也忍受不住了。

就在这一时刻，桑顿先生的家里也出现了一个类似的而又不同的场面。一个早已过了中年的大骨骼的女人坐在一间陈设漂亮的阴森森的饭厅里做活计。她的外貌像她的骨骼一样，也是硬朗的、粗粗大大的，而不是迟钝的。她的脸缓缓地从一种果断的神情变成另一种同样果断的神情。她的面容没有多大变化，不过凡是看过它一眼的人，一般总要再看上一眼。就连街上的过路人也微微侧过头来，多看上一会儿这个坚定、严肃、高傲的女人。她在街上从来不忙着去跟人家打招呼，或者停下步来，不朝着她自己明白定下的那个目的地笔直走去。

她落落大方地穿着一身结实的黑缎子衣服，丝毫也没有破损或是褪色。这会儿，她正在补一块质地极为精美的又长又大的桌布，偶尔把它提起来对着亮光，想看出需要她细心对付的稀薄的地方。除了马修·亨利的《圣经诠释》①以外，房间里一本书也没有。《圣经诠释》有六卷放在那个大餐具柜的中央，一边是一个茶壶，一边是一盏灯。在一个较远的房间里，有人正在练习弹钢琴。他练的是一支 morceau de

---

① 马修·亨利的《圣经诠释》：马修·亨利（Matthew Henry，1662—1714）是英国不信奉国教的神学家，他于 1704 年开始著述他的《新旧约评注》（*Exposition of the Old and New Testament*），于 1811 年分六卷出版。

salon①,弹得很快,总的说来每逢第三个音符不是弹得不清楚,就是完全漏掉了,结尾的很响的和音有一半全是走调的,不过弹琴的人依然感到十分满意。桑顿太太听见一个在果断方面很像她自己的脚步,由饭厅门外走过。

"约翰!是你吗?"

她儿子把房门推开,站在门口。

"什么事使你今儿这么早就回家来?我还以为你要去跟贝尔先生的那位朋友——那个黑尔先生共进茶点哩。"

"我是要去,妈,我回家来换换衣服。"

"换换衣服!哼!我年轻的时候,小伙子们每天打扮一次也就心满意足啦。你去跟一个老牧师一块儿喝杯茶,干吗还得换衣服呢?"

"黑尔先生是一位有身份的人,他的太太和女儿全是有教养的女人。"

"太太和女儿!她们也教书吗?她们做点儿什么?你始终没有提起过她们。"

"是呀,妈,因为我始终就没有见过黑尔太太,我只遇见过黑尔小姐半小时。"

"当心,别给一个连一文钱都没有的姑娘迷住啦,约翰。"

"我可不容易给人迷住,妈,这一点我想您是知道的。不过您不可以这样说黑尔小姐。您知道,这样说叫我挺不痛快。我还从来不知道有哪个年轻女人想来迷住我,我也不相信有哪个曾经这样白白地操心劳神过。"

桑顿太太不乐意向儿子认输,要不然的话,她一般倒总是为女性感到相当自豪的。

"哎!我只是说,要当心。也许,咱们米尔顿的姑娘很有志气和高尚的情感,不至于追求男人,可是这位黑尔小姐是从那些势利的郡里来的。如果传说全都实在的话,阔绰的男人是大伙儿追逐的对象。"

桑顿先生皱起眉来。他朝房间里走了一步。

---

① 法文,意思是:"沙龙小曲"。

"妈,"(轻蔑地哈哈一笑,)"您叫我不得不承认。我见到黑尔小姐的那次,她以一种高傲而客气的态度对待我,里边有一股很强的看不起人的意味。她和我保持着一定距离,仿佛她是女王,我是她的低下卑贱的小臣仆似的。您放心,妈。"

"不啊!我既不放心,也不甘心。她,一个背叛国教的牧师的女儿,凭什么该瞧不起你!要是我是你,我才不特地为他们换衣服呢——一伙没规没矩的人!"在他离开房间时,他说:

"黑尔先生为人忠厚、文雅,很有学问。他并不是没规没矩的。至于黑尔太太,您要是乐意听的话,我今儿晚上就可以告诉您她是什么样子。"他把门关上,走了。

"瞧不起我的儿子!真格的,待他像她的小臣仆!哼!我倒想知道,她上哪儿能找到另一个这样的人!在小伙子和男子汉当中,他是我所知道的最崇高、最坚强的人了。我可不管我是不是他的母亲,我能辨别得出好歹,我并不是瞎子。我知道范妮是什么样的人,也知道约翰是什么样的人。瞧不起他!我真不喜欢她!"

第十章　熟铁与黄金

我们是愈摇撼愈牢固的树木。

乔治·赫伯特①

桑顿先生没有再走进饭厅便离开了家。他稍许晚了点儿,所以迅速朝郊外克兰普顿走去,唯恐自己迟到失礼,使他的新朋友受到了怠慢。他站在前门口等候狄克逊缓慢地走来开门时,教堂的大钟正打着七点半。狄克逊遇到不得不贬低身份前来应门时,总加倍迟缓。他给领进了那间小客厅,受到了黑尔先生的亲切欢迎。黑尔先生领他上楼去会见自己的妻子,她的苍白的脸和用披肩紧裹着的身子为她无精打采的欢迎提供了无言的辩解。他走进房的时候,玛格丽特正在点灯,因为天色渐渐黑下来了。那盏灯向昏暗的房间中央投下了一道荧荧的亮光。按着乡间的习惯,他们并没有把夜空和外面黑暗的空间遮挡起来②。不知怎么,这间房跟他刚离开的那间房成了鲜明的对照。那间房陈设漂亮、沉闷,除了母亲坐的那个地点外,没有女性居住的痕迹,除了吃喝外,也没有供人做其他工作的设备。当然,那是一间饭厅,母亲却喜欢坐在那里,她的意志在家里就是法律。但是这间客厅却不是那样。它精致上两倍——二十倍,可是在舒适方面却及不上那儿四分之一。这儿没有镜子,甚至也没有一小块玻璃来反映亮光,起着溪水在一片景色中所起的相同作用。没有金碧辉煌的东西。一片朴素、柔和的暖色调,被陈旧可爱的赫尔斯通印花棉布窗帘和椅套衬托得更为悦目

---

① 乔治·赫伯特(George Herbert, 1593—1633):英国诗人、神学家,引文见他的《苦难》第五篇(*Affliction*, V)。
② 意谓没有放下窗帘。

宜人。一张敞着桌面的有罩小书桌放在正对着房门的那扇窗子前边。另一扇窗子前边是一个小架子，上面放着一只高大的白瓷花瓶，一丛丛英国常春藤、淡绿色的桦树枝和古铜色的桦树叶垂挂下来。一只只很美的针线活计篮子放在房里不同的地方。还有些书放在一张桌子上，好像是新近刚放下的，并不是单因为它们的装帧而受到特别的青睐。房门后边放着另一张桌子，安排停当，准备吃茶点，桌上铺了一条白桌布，上面陈列着椰子饼和堆在绿叶上的满满一篮橘子和红通通的苹果。

在桑顿先生看来，这种种雅致而精心的布置是这份人家习以为常的，尤其是跟玛格丽特和谐一致的。她穿着一件浅色的、淡红花的细布衣裳，站在茶点桌旁边，看上去好像没在听他们谈话，而是一心忙着安排茶杯，一双圆润的、象牙色的手轻巧美妙地安放着茶具。一只纤细的胳膊上戴有一个手镯，时常掉下来，落到滚圆的手腕上。桑顿先生看着她把这个麻烦的装饰品推回原处，比听她父亲的谈话还要留神注意得多。看来瞧着她急躁不耐地把手镯推上去，箍住自己细腻的肌肉，然后再注视着它逐渐松开——落下，似乎使他意乱神迷。他几乎可能喊叫出来——"又松开啦！"在他到后，茶点的准备工作已经差不多全部安排停当，因此他对自己这么快就不得不喝茶吃点心，不能去注视着玛格丽特，几乎感到有点儿惋惜。她带着一种被迫伺候人的勉强、傲慢的神气把他的一杯茶递给他，不过等他准备再喝一杯时，她的目光立刻便注意到了。他几乎渴望请她也替自己做他瞧见她不得不替她父亲所做的事。她父亲用自己的手握着她的小手指和大拇指，把它们用作糖夹子。当这幕哑剧在这父女俩之间进行着时，桑顿先生瞧见她的美丽的眼睛抬起来望着父亲，里面洋溢着光彩，半是笑意半是爱护，他们以为自己的这种神态没有给任何人注意到。玛格丽特的头还在作痛，她那苍白的脸色和沉默无言就可以证明这一点，不过要是谈话出现任何长时间、不得当的停顿的话，她总尽力来打破那片沉默，不愿意让父亲的朋友、学生和客人有理由认为自己受到了怠慢。但是谈话继续下去。在茶具全撤走以后，玛格丽特拿着活计缩到靠近母亲的一个角落里，感到自己可以随意想想，不必担心突然得去填补谈话的一个闲隙了。

桑顿先生和黑尔先生两人全专心致志地继续谈着上次会面时谈起

的一个话题。后来,母亲低声说出的一句不相干的话,才使玛格丽特重新意识到了眼前。她从活计上兀地抬起眼来,注意到父亲和桑顿先生外表方面的差别,认为这种差别表明了判然相反的性格。父亲生着瘦长的身个儿,这使他在不跟人比较的时候——像目前这样,不跟另一个人的高大、魁伟的身个儿比较的时候——显得比实际要高点儿。父亲脸上的纹路是温和的、起伏的,时常有一种波状的颤动在它们上面掠过,表明种种变动不定的情感,眼睑又大又弯,使那双眼睛具有一种特殊的、无神的、几乎温柔的美。眉毛是弯弯的,不过从蒙眬的眼睑的大小看来,离开眼睛稍微远了点儿。再说,在桑顿先生的脸上,两道笔直的眉毛低低地盖在一双清朗、真挚、深陷进去的眼睛上面。那双眼睛并不锐利得令人不快,不过却似乎致力于看透他所望着的任何事物的本质。脸上纹路不多,却很坚定,仿佛是在大理石上雕刻出来的,它们主要分布在嘴角两旁,嘴微微遮着一口洁白无瑕的牙齿。遇到他难得露出一丝开朗的微笑,眼睛粲然发光时,那一口牙齿就给人一种阳光忽然闪现的影响,使整个儿容貌从一个什么事都准备干,什么事都敢于干的人的严厉、坚决的神情,变为热诚欣赏那一刹那的乐趣的神情。这种神情除了孩子外,很少由人这么大胆而迅速地显露出来。玛格丽特喜欢这种微笑。这是父亲这位新朋友身上她所赞赏的第一件事。而她方才注意到的所有这些容貌特征方面显示出的相反的个性,似乎恰恰是他们对彼此显然感到吸引力的原因。

她整理好了母亲的绒线活计,自己又陷入了深思——桑顿先生也完全忘却了她,就仿佛她不在房间里那样。这时候,他全神贯注在向黑尔先生说明,汽锤的宏伟的力量,以及力的巧妙的调节。这使黑尔先生想起《一千零一夜》里那些卑躬屈节的妖怪的故事[1]来——一刹那顶天立地,充斥了整个天边,一刹那又乖乖地缩进一只小到孩子的手都可以拿的瓶里去。

"这种力量的想象,一个宏伟思想的这一实现,都是我们这个上好城市中一个人的脑子想出来的。这个人的脑子里具有从他完成的每一

---

[1] 见《一千零一夜》中《渔翁的故事》。

个奇迹上一步步登上更高奇迹去的本领。我还不得不说,倘使他死了,我们当中还有许多人都可以挺身而出,继续进行这场强迫——一定要强迫——一切物质力量向科学屈服的战争。"

"你这样夸耀,使我想起那两行老诗句来——

'我在英格兰有上百名队长,'他说,
'全都和他一样出色。'"

玛格丽特听见父亲引用这两行诗,禁不住抬起头来望望,眼睛里露出诧异好奇的神色。他们究竟怎么会从嵌齿轮谈到《切维山狩猎》①去了?

"这不是我夸耀,"桑顿先生回答,"这是很明白的事实。我不否认我因为自己属于一个城市——再不然也许不如说,属于一个地区——而感到自豪,因为这个地区的贫困产生出了这么宏伟的构想。我宁愿在这儿做一个劳碌受苦——甚至连连失败、一事无成的人,也不愿在南方你们所谓贵族气息较浓的社会中古老陈腐的常规下,过一种沉闷、富裕的生活,享受他们那种行动缓慢、无忧无虑的日子。你也许会给蜂蜜黏住,无法飞起②。"

"你这话错啦,"玛格丽特说,她因为人家这样诽谤她心爱的南方而很傻气地激动起来,于是出面热烈地进行辩护,同时面颊因此也泛上了红晕,气愤的泪水涌进了眼眶,"你对南方什么也不知道。商业的冒险投机精神似乎是促使这些惊人的发明出现的必要条件。倘使南方缺少点儿这种冒险精神或是进取精神——我大概不可以说缺少点儿刺激吧——那里也少了一些痛苦。在这儿,我瞧见街上有些行人显得好像被某种难受的烦恼忧愁折磨垮了——他们不只是受难的人,而且是憎恨的人。在南方,我们也有我们的穷人,可是他们的脸上没有我在这儿所看到的那种可怕的愁苦不堪、深受委屈的神情。你不了解南方,桑顿先生。"她结束了她的话,决计不再作声,一面对自己说了这么许多话

---

① 《切维山狩猎》(*The Ballad of Chevy Chase*):英国最古老的一首民谣,故事叙说珀西和道格拉斯两个家族之间的斗争。
② 《圣经》中用"牛奶和蜂蜜"代表繁荣,代表舒适安逸的生活。

又感到气恼。

"我可不可以说,你也不了解北方呢?"他问,音调听起来说不出多么平和,因为他瞧出来,自己实在伤了她的情感。她继续下定决心保持沉默。她对于撇在遥远的汉普郡的那些可爱去处的殷切渴望与怀念,使她感到,倘使说话的话,自己的声音就会颤动发抖。

"不论怎么说,桑顿先生,"黑尔太太说,"你总承认,米尔顿比你在南方所会见到的随便哪一座城市都烟雾弥漫、都肮脏得多。"

"我恐怕只好不谈清洁了。"桑顿先生带着一种机敏、粲然的微笑说,"不过议会命令我们烧掉自己的烟①,所以像听话的小孩儿那样,我们大概得遵命——在往后某一个时候。"

"可是你不是跟我说过,你已经改装了你的烟囱,好把烟烧光吗?"黑尔先生问。

"我的是在议会干涉这件事之前,自己改装的。这是一笔直接的支出,不过节约燃煤使我得到了好处。倘使等到这项法令获得通过以后,我倒拿不准我会不会这么做了。无论如何,我就会等到人家告发我,罚了款,并且招惹起根据法律我在照办之前可以招惹起的种种麻烦以后再说。可是所有依靠告密和罚款来实施的法律,由于那些蹩脚的机器,全变得不起作用。虽然米尔顿有些烟囱经常把三分之一的燃煤变成这儿所谓的议会不准许的黑烟喷了出来,我很怀疑在过去五年中有没有一个烟囱给人告发过。"

"我只知道,在这儿没法使细布窗帘一连挂上一星期还很干净。在赫尔斯通,我们总把窗帘挂上一个多月。一个多月后,它们也并不显得很肮脏。至于手——玛格丽特,你刚才说你今儿上午十二点钟以前洗过几次手? 三次,是不是呢?"

"是的,妈妈。"

"你似乎对议会法令和牵涉到你们在米尔顿这儿管理方式的全部立法,都抱有强烈的反感。"黑尔先生说。

"不错,我是抱有反感,许多别人也是这样。而且我认为是有道理

---

① 参看第 65 页注①。

的。棉纺业的全部机器——我不是说那种铁木机器——棉纺业的全部机器都非常新式,因此要是各部分不能一下子配合得很好,那并不足奇怪。七十年以前,那是什么情形?现在,什么情形没出现呢?各种原料聚到了一块儿。就教育和身份而言,水平相同的人,由于天生的机智——随着各种机遇——突然站到了厂主和工人的不同地位上。天生的机智使有些人显露头角,并且使他们很有远见,看到了理查德·阿克赖特爵士①的那种简陋的模型中蕴藏着多么宏伟的未来。当时一种可以称之为新行业的事业的迅速发展,使早期的那些厂主具有巨大的财力与支配力。我可不是说仅仅支配工人,我是说还支配买主——支配全世界的市场。哦,举例来说,我可以给你看,不到五十年以前刊登在米尔顿一份报纸上的一则广告,它说某某人(当时的六七个棉布印花商之一)每天将在中午把他的货栈关起来,因此所有的买主必须在那一时刻之前前去。想想看,一个人竟能这样随意规定售货与停止售货的时刻。现在,我相信,如果有个好顾客乐意在半夜前来,我也会爬起身,拿着帽子站在那儿接受他的订货。”

玛格丽特的嘴唇撇了撇,但是不知怎么,她却不得不听下去,她不能再专注在自己的思想上了。

"我举出这种事情来只是想表明,在本世纪初期,工厂主具有几乎无限的权力。那些人全给它弄得晕头转向。一个人在投机事业上一帆风顺,并没有理由就认为他的智力在所有其他的事情上就是正常的。与此相反,他的正义感,还有他的单纯朴实,往往就在落到他身上的大宗财富下完全泯灭了。人家还讲到一些奇怪的传说,说到这些早期的棉纺巨头在节日里纵情过着的狂热放肆的生活。他们对工人实行的专横统治,也是无可怀疑的。黑尔先生,你知道那句老话,'叫化子发了财,什么坏事都干得出'——哦,这些早期的厂主中有些人的确大干坏事——毫不后悔地压榨工人。可是不久,一场反作用来了。工厂和厂主越来越多,需要的工人也越来越多。厂主和工人的力量变得较为平

---

① 理查德·阿克赖特爵士(Richard Arkwright,1732—1792):英国发明家,1767年制造了第一架精纺机,开创了现代的棉纺业。

衡。现在,这场战斗在我们之间相当公正地进行着。我们不大会听从一个仲裁人的判决,更不会听从对于事实真相只一知半解的一个爱管闲事的人的干涉,即使这个人给称作议会也罢。"

"有必要把它称作两个阶级之间的一场战斗吗?"黑尔先生问,"我知道,从你使用这个词来看,这在你心目中是能够说明事实真相的一个词。"

"这话对。我认为有必要这么说,就跟精明仔细与品德优良总和无知无识与缺乏远见正相反,并且和它们战斗一样。一个工人凭着自己的努力和举动可以使自己上升到具有厂主的权力和地位,这是我们这种制度中最大的优点之一。事实上,凡是约束住自己、洁身自爱、冷静沉着、忠于职守的人,总是会到我们的行列中来。并不一定总是当厂主,也可以当监工、出纳、会计、职员,一个站在权力与秩序这一边的人。"

"那么,如果我没有误解你的意思,你是认为所有在世上没能出头露脸的人,不管是为了什么缘故,全是你的敌人喽。"玛格丽特用清晰、冷淡的声音说。

"是他们自己的敌人,这可一点儿不错。"他很快地说,丝毫没有因为她的表达方式和说话腔调中暗含着的傲慢不满意味而不高兴。但是一刹那后,他的爽直诚实的个性使他觉得,他这句话只对她所讲的话作了一个拙劣的、模棱两可的回答。而且不管她乐意怎样轻蔑,他自己却有义务尽可能诚实地说明自己实在的意思。然而,要想把她的解释跟自己的意思分清,并且使它显得跟自己的意思大有出入,这是很困难的。他只有告诉他们一些他自己生活中的细节,这样最足以说明他想要说的话,可是对陌生人谈这些,是不是谈一个过分关系到个人的话题了?不过那却是说明他的用意的直截了当的方法,因此尽管他感到有点儿羞怯,黝黑的面颊还红起来的一刹那,他仍然撇开羞怯,说道:

"我不是凭空这么说的。十六年前,我父亲在很凄惨的环境下去世了。我离开了学校,不得不在几天之内尽力成为一个大人。幸好没有几个人有一位像我那样的母亲,——一位精明强干、意志坚决的女人。我们搬到乡间一个小城镇去,那儿的生活费用比米尔顿便宜。我在一爿布店里（顺带说一下，那是获得商品知识的一个极好的地方）找了个工作干。过了一星期又一星期，我们的收入到了十五先令。靠这数目，我得养活三个人。我母亲作好安排，使我从这十五先令里经常放开三先令。这就开了个头，还教给了我自己要有节制。如今，我能够提供给我母亲她的年纪而不是她本人的意愿所需要的种种安慰，我每次总默默地感谢她早年给予我的那种训练。所以当我感到，就我本人的过去来说，不是运气好，不是有专长，也不是有才干，——不过是靠了生活中的种种习惯，我就看不大起不是凭自己能力挣得来的那种种放纵行为，——真格的，对它们决不去想上第二遍——因此我觉得这种痛苦，就是黑尔小姐说的表现在米尔顿人民脸上的那种痛苦，不过是对他们早年生活中某一时期内不正当享乐的自然惩罚。我并不把纵情好色的人看作是值得我去憎恶的，我只不过因为他们个性卑劣而瞧不起他们。"

"但是你受过良好的基础教育。"黑尔先生说，"你这会儿阅读荷马的这股热乎劲儿就使我看出来，它对你并不是一部毫不熟悉的书。你以前读过，现在不过是重新唤起过去的知识。"

"这倒是对的，——我在学校读书的时候，曾经胡乱地看过。不瞒你说，那时候我甚至给认为是一个相当不错的古典文学学生，不过从那以后我的拉丁文和希腊文全忘光啦。可是我问问你，它们对于我不得不过的这种生活有什么用？根本没有用。根本毫无用处。就教育来说，凡是能读能写的人，在我当时所获得的真正有用的知识方面，都跟我是不相上下的。"

"咳！我不同意你的看法。不过在这上面，我也许多少是一个迂腐的学究。荷马时代的生活高尚、朴实，对那种生活的回忆难道没有振奋过你的精神吗？"

"一点儿也没有！"桑顿先生哈哈一笑，大声说，"活人一个个紧挤在我的身旁，为生存而挣扎，我一直太忙啦，压根儿想不到什么死人。现在，既然我把母亲安安稳稳地安顿在她这年纪理应享受的宁静生活中，使她早先的操劳得到了适当的报酬，我便可以回过身来阅读从前的那些故事，好好地欣赏一下了。"

"我那么说大概是因为我有一种职业上的情绪，认为自己搞的这一行总是天下第一。"黑尔先生回答。

等桑顿先生站起身告辞的时候，他先跟黑尔先生和黑尔太太握了握手，然后朝着玛格丽特走了一步，打算也和她握手告别。这是当地真诚坦率的风俗习惯，但是玛格丽特对此却毫无准备。她只鞠了一躬和他告别。虽然等她瞧见那只半伸出来、迅速又缩回的手时，她顿时感到抱歉，自己事先没有知道他的用意。然而，桑顿先生一点儿也不知道她的抱歉，连忙挺直身子，走了。他离开这所宅子时，喃喃地自言自语道：

"我可从没见过一个比她更骄傲、更脾气坏的姑娘啦。那种轻蔑无礼的态度，甚至把她的娇艳的姿色也从人的记忆中抹杀了。"

第十一章　最初的印象

> 人家说，我们的血液里有铁质，
> 也许有一丁点儿倒是好事；
> 可他却使我强烈地感觉到，
> 他血液里的钢质过多了。
>
> 佚名①

"玛格丽特！"黑尔先生把客人送下楼又上来以后，说，"桑顿先生坦白承认他曾经当过店伙计的时候，我禁不住有点儿担心地看着你的脸。我从贝尔先生那儿早就知道了，所以知道他要说的是什么话，可我又有点儿担心你会站起身走出房去。"

"啊，爸爸！您总不见得是说您认为我会那么愚蠢吧？说实在的，他那番关于自己的叙述，比他所说的所有别的话都叫我喜欢听。所有别的话全那么刻薄无情，叫我很起反感，但是他把自己讲得那么简单——简直不大有店伙计们把自己弄得鄙俗不堪的那种矫揉造作，而且对他母亲又那么亲热尊敬，因此我不大可能会在那时候走出房去，不像在他夸赞米尔顿的时候，他说得仿佛世上就不再有一个米尔顿这样的地方了，或者在他平静地承认，因为人们漫不经心、挥霍浪费而瞧不起他们的时候，他似乎始终就没有想到，他有义务设法使他们不那样，——给他们一点儿他母亲给他的那种训练，他如今的地位显然就是亏了那种训练，不管那种训练是什么。真格的！他说自己当过店伙计的那一番话，是我最喜欢听的。"

"你真叫我觉得奇怪，玛格丽特。"母亲说，"在赫尔斯通，你不是老

---

① 书中"佚名"的引文，往往即作者自己的作品。

指摘人家商人气息太重吗！黑尔先生,你没有先告诉我们他从前当过什么,就把这样一个人介绍来给我们,我觉得你做得也不大妥当。我实在很担心,生怕会让他瞧出来,我对他所说的一部分话感到多么震惊。他的父亲'是在很凄惨的环境下去世的'。咳,很有可能是待在济贫院里。"

"会不会比待在济贫院里还要糟,这一点我可拿不准。"她丈夫回答,"我们上这儿来以前,我从贝尔先生那儿就听到不少他从前生活的情形。既然他告诉了你们一部分,我就来把他省略的部分补充说一下。他的父亲疯狂地做投机买卖,结果失败,便自杀了,因为他忍受不了那种耻辱。他以前的朋友全畏缩不前,怕来揭露他的不诚实的投机而这却是非做不可的——用别人的钱作一些疯狂的、绝望的挣扎,想重新获得他自己的一小部分财富。没有人出面来帮助这位母亲和这个孩子。另外大概还有一个孩子,一个姑娘,年纪太小,没法挣钱,不过当然也得养活。至少没有一个朋友立刻出面来帮助,而桑顿太太大概也不是一个等着人家找上门来勉强施恩的那种人。所以他们离开了米尔顿。我知道他进了一家店铺工作,他挣的钱,除了一小部分交给母亲保管外,在很长一段时期内都不得不用来养活他们。贝尔先生说,有好多年他们完全就靠吃稀薄的麦片粥生活——怎样生活,他可不知道,不过在债主们早已放弃了希望,认为老桑顿先生欠下的债务绝偿还不了以后(说真的,倘使在他自杀以后,他们对这件事还存过一线希望的话),这个年轻人回到米尔顿来,私下上每一个债主那儿去,把第一期应还的欠款付给了他。没有吵闹——债主们也没有聚在一起——全是静悄悄地偿付掉的,但是终于全部付清了。一个债主,一个执拗的老家伙(据贝尔先生说),把桑顿先生拉进去,作为一种合伙人,这件事从物质方面帮助他发达起来。"

"这倒实在很不错。"玛格丽特说,"多么可惜,一个这种性格的人竟然因为成了米尔顿的一个厂主而受到了影响。"

"怎么受到了影响?"父亲问。

"嗐,爸爸,受到了凭财富的标准来检验一切的那种影响。当他讲到机械力的时候,他显然把这种力仅仅看作扩大贸易和赚钱的新途径。

而他周围的穷人——他们贫穷,因为他们自身有些坏习气——全不在他的同情范围之内,因为他们没有他那种刚强的性格,也没有那种性格给予他的发财致富的能力。"

"不是自身有坏习气,他始终就没有这么说。他说的是缺乏远见、放纵任性。"

玛格丽特正在收拾母亲的活计,预备睡觉去了。她刚打算离开房间,又踌躇起来——她想要认个错,这样大概会使父亲高兴点儿,可是要说得详尽确切,就免不了又要引起一点儿烦恼。然而,她还是说了。

"爸爸,我确实认为桑顿先生是一个很出色的人,不过我私下一点儿也不喜欢他。"

"我倒很喜欢!"父亲哈哈一笑,说,"私下里,像你说的这样,以及其他方面。我并不把他看作一个英雄或是那一类的人物。但是晚安,孩子。你妈妈今儿晚上显得非常困倦,玛格丽特。"

过去一阵子,玛格丽特就很忧愁地注意到,母亲的外表总显得疲乏困顿。父亲这句话使她暗暗担忧、心情沉重地走去睡觉。黑尔太太住在赫尔斯通时,经常在清新、爽朗的空气中进进出出。米尔顿的生活跟她过去习惯了的那种生活截然不同,空气本身也大不一样。这儿的空气里似乎失去了全部提精益神的那种要素。家里的种种烦心事紧紧压上身来,而且是以十分不快的新形式压在家里所有的妇女身上,因此很有理由担心,母亲的健康也许会受到严重的影响。还有几个其他的迹象也表明了黑尔太太有点儿失常。她和狄克逊在她的睡房里很神秘地互相商议,狄克逊走出房来总性气急躁、哭哭啼啼。遇到她的姑奶奶有什么烦心事要她加以宽慰时,她惯常总是这样。有一次,狄克逊走出房后,玛格丽特立刻走进房去,发觉母亲跪在那儿。在玛格丽特悄悄退出房时,她听到了几句话,明明是在念一篇祈祷文,祈求上帝给予力量和耐心,以便忍受身体上剧烈的痛苦。由于玛格丽特长期居住在肖姨母家,母女间那种亲密无间的关系早已中断。现在,她渴望重新恢复那种关系,尽力通过亲昵的接触和体贴的言语悄悄进入母亲心里最最温暖的深处。可是虽然她再次获得了莫大的抚爱和心疼的叮咛(这要在从前就会使她满心欢喜了),但是这时候她却觉得有一件秘密事瞒住了她,而她深信这件事跟母亲的健康有重大关系。这一夜,她躺在床上,久久不能入睡,思量着怎样来减轻米尔顿生活对母亲的不良影响。首先,应该找一个用人来经常帮助狄克逊,即使她不得不把全部时间都用在寻找上的话。到那时候,母亲无论如何总可以得到她个人所需要的、她一生中习惯了的全部照拂了。

一连好几天,玛格丽特上职业介绍所去,接见了各种各样不大可靠的人,以及极少几个稍许显得可靠的人,这占去了她的全部时间和思想。有天下午,她在街上遇见了贝西·希金斯,停下来跟她谈话。

"哟,贝西,你好吗?我希望你稍许好点儿啦,因为风向已经变了。"

"好点儿,又没有好点儿,假如你知道这话是什么意思的话。"

"我可不太清楚。"玛格丽特微笑着回答。

"我没有给夜晚的咳嗽拖垮,这是好点儿了。可是我已经厌倦了米尔顿,巴望离开这儿上安乐土①去,当我想到自己越走越远的时候,我的心就沉了下去,我又没有好点儿,我是更不好了。"

玛格丽特转过身,在这姑娘有气无力地走回家去时,和她并排走上一程子。不过有一两分钟,她没有说话。最后,她低声问道:

"贝西,你希望死吗?"因为她自己像健康的青年人自然而然的那样,渴望生活下去,惧怕死亡。

贝西这一回也沉默了一两分钟,随后才回答道:

"要是你过着我这样的生活,对生活变得像我这样厌倦,有时候还会想着,'也许这种生活得持续上五六十年——有些人就是这样。'——于是感到头晕目眩,烦闷不堪。六十年中的每一年似乎全围着我转,用漫长的时刻和没完没了的时间来嘲笑我——嗐,姑娘!我告诉你,当大夫说他担心你恐怕不会再过上另一个冬天时,你会感到很高兴。"

"咳,贝西,你过的是什么样的生活呢?"

"大概并不比许多别人的更糟点儿。只不过我对它感到烦躁,人

---

① 安乐土,原文为 the land of Beulah,见《旧约·以赛亚书》第六十二章第四节。

家却并不。"

"是怎么个情形呢？你知道，我在这儿是个陌生人，所以我也许不能马上就明白你所说的话的意思。要是我一直住在米尔顿，那可就不同啦。"

"要是你上我们家里来一趟，像你答应过的那样，我也许已经告诉你啦。不过爹说你就像其余的那些人一样，事过境迁，早已忘啦。"

"我不知道其余的那些人是谁，最近我一直很忙。说实在的，我把自己答应的事已经忘了……"

"是你提出的，我们并没有要求你来。"

"我已经忘了我当时说什么来着。"玛格丽特平静地说下去，"我要是不太忙的话，应该会想起来的。这会儿可以跟你一块儿去吗？"

贝西迅速地对着玛格丽特的脸瞥了一眼，想瞧瞧她表达出的这个愿望是否是真诚的。在她看到玛格丽特的亲切友好的目光时，锐利的眼神变成了殷殷的渴望。

"我可没有多少可顾忌的，你要是乐意，尽可以来。"

她们于是默默无语地一块儿朝前走去。在她们从一条肮脏的街上转入一个小巷时，贝西说道：

"要是爹在家，要是他开头说话有点儿粗暴，你可别给他吓住。他很看重你，你知道。他常想到你会来看我们的。正因为他喜欢你，他才觉得烦恼、生气。"

"别担心，贝西。"

可是她们走进去时，尼古拉斯并不在家。一个高大、邋遢的姑娘，年纪比贝西小点儿，身材却比她高、比她结实，正在水槽旁边忙着，粗鲁而能干地拍打着家具，造成了一片那么吵闹的声音。玛格丽特出于对可怜的贝西的同情，有点退缩不前。贝西在第一张椅子上就坐下，仿佛走得筋疲力尽似的。玛格丽特向那个妹妹要一杯水。她奔去取水时（一路上冲倒了火钳等等，还在一张椅子上绊了一跤），玛格丽特替贝西把帽子的带子解开，让她好透过气来。

"你认为这样的生活值得喜欢吗？"贝西终于喘息着这么说。玛格丽特没有说话，就把水递到了她的唇边。贝西急切地喝了一大口，朝后靠下,闭上眼睛。玛格丽特听见她暗自嘀咕道:"不饥不渴,炎热和烈日必不伤害他们。"①

玛格丽特弯下身,说道:"贝西,不论你今天的生活怎样——或者过去曾经是怎样——别对生活感到不耐烦。记住,是谁赐给你生命,并使它成为眼下这样的!"

这时候,她听见尼古拉斯在她身后说话,不禁吃了一惊。他在玛格丽特没有注意到的时候,已经走进屋子来了。

"哦,我可不要人来向我的姑娘讲道。实际上,她的情形很糟糕,满脑子梦幻和卫理公会的空想,还胡想到什么有金城门和宝石的城市。但是如果这叫她觉得有意思,我也就让她去,可我不要人把更多的废话灌输进她的脑子去。"

"可是,"玛格丽特回过脸来说,"你当然也相信我所说的话了,是上帝给了她生命,并且安排好她的生活该是怎样的。"

"我只相信自己所看见的。这也就是我所相信的,年轻的娘儿们。我不相信自己所听到的一切——不!一点儿也不相信!以前,我听见一个年轻的姑娘煞费气力地想要知道我们住在哪儿,好来看看我们。我的这个姑娘想了不少时候,听到陌生人的脚步声,好多次连脸都涨红起来,她可不大知道我在瞅着她。可是她到底来啦,——而且只要她不来宣讲她并不知道的事情,她总是很受欢迎的。"

贝西一直注视着玛格丽特的脸。这时候,她稍许朝前坐起来点儿,一手放在玛格丽特的胳膊上,做出一种恳求的姿势,说道:"别跟他生气——有许多人的想法全跟他一样,这儿的许许多多人。你要是能听见他们讲话,就不会对他感到大吃一惊啦。他是个难得的好人,爹是的——不过,嗐!"她绝望地朝后靠下说,"他有时候所说的话使我更渴望死,因为我想知道那么许多事情,惊诧得心头忐忑不安。"

"可怜的姑娘——可怜的大姑娘,——我不喜欢惹你生气,真格的不喜欢,不过一个人必须说实话。眼下,我瞧见世道满不对头,为一些

---

① 《旧约·以赛亚书》第四十九章第十节。

自己一点儿不知道的事情操心,一面又把手边上乱糟糟的事情完全撇下不做——嗨,我得说,扔开这一大套关于宗教的话不要谈,动手对你瞧见的和知道的情况做一点儿事吧。这是我的信条。它很简单,不难掌握,也容易实行。"

那姑娘更为焦急地央告玛格丽特不要介意。

"别认为他人很坏——他是个好人,是的。我有时候心想,要是爹不在那儿,那么就算到了天国里,我也会闷闷不乐的。"热病的红潮泛上了她的面颊,热病的光芒从她的眼睛闪射出来,"可是您会上那儿去的,爹!您一定会去!嗳!我的心啊!"她一手捂着心,脸变得刷白。

玛格丽特连忙把她搂到了怀里,让那个疲惫的头偎到了自己的胸前。她把柔软、细腻的头发从鬓角上拢开,用水擦洗太阳穴。尼古拉斯带着迅速涌起的慈爱之心明白了玛格丽特索取种种不同什物的手势,甚至那个圆眼睛的妹妹在玛格丽特"嘘"了一声后,也竭力轻轻地行动。不一会儿,预兆着死亡的那阵痉挛消失了。贝西强打起精神,说道:

"我上床睡去,——那是最好的地方,不过,"她捏住玛格丽特的衣裳,"你还要来啊,——我知道你会来的——只是希望你明说一声!"

"我明儿再来。"玛格丽特说。

贝西向后倚在父亲的身上。他正准备把她搀扶到楼上去。但是在玛格丽特站起身要走时,他尽力想说几句话,"但愿有个上帝,就算只是为了请求他降福给你的话。"

玛格丽特满腹心思、十分伤感地走了。

她回到家已经过了平日吃茶点的时候。在赫尔斯通,母亲总认为不准时来进餐是一个大过错,可是现在,这一点,如同许多其他的小过错一样,似乎已经失去了使人气恼的力量。玛格丽特几乎渴望听到她像从前那样埋怨了。

"你找到了一个用人吗,亲爱的?"

"没有,妈妈。那个安妮·巴克利绝对不成。"

"我来试试看。"黑尔先生说,"别人在这个困难问题上全都试过一下了。现在让我来试试。也许,我正是穿得上那只鞋的灰姑娘①。"

玛格丽特听到这个小笑话几乎笑不出来,她到希金斯家的这次访问,使她感到心情那么沉重。

"您打算怎么办呢,爸爸?您怎样来着手?"

"哦,我打算去找一位好心肠的家庭主妇,请她推荐给我她自己或是她的用人知道的一个人。"

"那很好。不过咱们非得先找到这个家庭主妇。"

"你已经找到啦。或者不如说,她这就要自己送上门来,你明儿就可以找到她,要是你有本事的话。"

"你这话什么意思,黑尔先生?"他妻子起了好奇心,连忙这么问。

"哦,我的模范学生(像玛格丽特所说的那样)跟我说,他母亲明儿打算来拜访黑尔太太和黑尔小姐。"

"桑顿太太吗?"黑尔太太喊起来。

"他向我们讲起的那位母亲吗?"玛格丽特说。

"就是桑顿太太。他大概就只有这么一位母亲。"黑尔先生平静地说。

"我倒乐意见见她。她准是一位不寻常的人。"母亲补说道,"或许,她有个亲戚可能合咱们的意,而且也乐意接下咱们这份工作。听起来她似乎是一位非常善于精打细算的人,我倒喜欢用一个来自同一个家庭的人。"

"亲爱的,"黑尔先生惊慌起来,说,"千万别这么想。我猜桑顿太太为人骄傲自信,并不下于咱们家的小玛格丽特,她完全抛开了桑顿先生那么公然讲到的从前的那种贫穷、困苦、节俭的日子。不管怎么说,我相信她一定不喜欢外人知道这件事。"

"请您注意,爸爸,要说我有点儿心高气傲,她的骄傲可和我的不一样。再说,我也不同意您这么说,尽管您老指责我高傲。"

"我也并不确切地知道她是那样,不过从我打他那儿听来的一些

---

① 见第9页注①。王子在皇宫舞会上对灰姑娘一见钟情,命人携带她所失落的舞鞋在全国寻访她的下落。

小事情上,我猜想是那样。"

她们这会儿一点儿也不在意,并没有细问她的儿子是怎样提到她的。玛格丽特只是想知道,自己是否必须待在家里接受这次访问,因为那样一来,她在傍晚之前就无法去看看贝西了。早上,她总要忙着做一些家务事。接下来,她又想起,不能撇下母亲一个人肩负起招待客人的全副重担。

第十二章　午后的正式访问

哦——我们敢情非这样不可。

《友人聚谈录》①

桑顿先生很费了一番力，才说动母亲像他希望的那样讲究礼节。她不常出去访问，而到她外出的时候，她总是严肃郑重地尽她应尽的一切礼数。她儿子给她预备了一辆马车，但是她不肯让他就此养上几匹马。遇到午后或晚上出去访问时，她总为这种正式的时刻租上几匹马。不到两星期以前，她租用了三天马匹，舒舒服服地把她要去探望的熟人全部"一扫而空"。如今，该轮到他们去操心花钱了。然而，克兰普顿路途过远，她无法步行前去。她曾经一再询问儿子，他是否非常希望她去访问黑尔家，以至于乐意负担雇一辆马车的费用。倘若他并不是十分希望她去，那么她真会满心快慰，因为如同她所说的，她"认为跟米尔顿的所有教师联络往来是没有益处的。嘻，下一回，他就会要她去访问范妮的舞蹈老师的太太了！"

"妈，我是会这样的，如果梅森先生和他太太是待在外乡，一个朋友也没有，就像黑尔家这样的话。"

"哟！你用不着这么急忙辩解。我明儿就去。我不过是要你理解这一点。"

"您要是明儿去，我就去租好马匹。"

"胡说啦，约翰。人家会以为你是钱铸造的。"

"眼下还不是。不过马儿我是租定啦。上一次，您乘一辆出租马

---

① 《友人聚谈录》(*Friends in Council*, 1847—1849)：英国作家阿瑟·赫尔普斯(Arthur Helps, 1813—1875)发表的两卷各种主题的论文和对话的集子。

车出去,回家来头都给颠簸得发痛。"

"我可始终没有抱怨。"

"没有!我的母亲是不喜欢抱怨的。"他有点儿自豪地说,"可是正因为这样,我更得照护着您。至于范妮,生活艰苦点儿对她会有好处的。"

"她的性格跟你的不一样,约翰。她受不了苦。"

桑顿太太说完这句话便沉默了,因为最后这句话涉及一个损害到她情感的话题。她不自觉地看不起性格懦弱的人,而范妮偏偏在母亲和哥哥十分坚强的那些方面全十分懦弱。桑顿太太不是一个惯于推理的人。她的敏捷的判断力和坚定的决心,很有力地取代了自己跟自己进行的任何长时间的争议与讨论。她本能地感到,随便什么都无法加强范妮的个性,使她耐心地忍受苦难或是勇敢地面对困难。虽然她这样承认自己女儿懦弱,心里十分难受,可是这一承认反而使她对女儿起了一种怜惜爱护的心情,就跟人家叙述的其他母亲惯常对待她们的软弱有病的儿女的态度一样。一个陌生人,一个漫不经心的旁观者,可能会以为桑顿太太对儿女的态度,表明了她对范妮的爱护远远超出了对约翰的。这样的人就大错特错了。母子俩彼此这么大胆地讲出令人不快的实情,这一点就说明了他们内心里多么坚定地相互信赖。桑顿太太对女儿在态度方面所显出的怜惜不安,女儿缺乏那种种崇高品质——她本人却不自觉地具有这些品质,并且把具有这些品质的人看得十分难能可贵——使她含羞带愧地想到要替她掩饰起来——这种羞愧心情,嗐,就不知不觉地泄露出来,她对女儿的爱情缺少一个可靠的基础。她管儿子从来不叫什么别的名称,只叫他约翰,"亲爱的","好孩子",以及诸如此类的称呼都是专门用在范妮身上的。不过她心里却日日夜夜都为儿子感谢上帝,而且在出入于妇女之间时为他而感到自豪。

"亲爱的范妮!我今儿要租几匹马来拉车,好去访问黑尔家。你要不要趁便去瞧瞧保姆?正是同一个方向,她瞧见你总是那么高兴。我待在黑尔太太家的时候,你就可以上她那儿去。"

"哎!妈妈,路这么远,我人又这么疲倦。"

"怎么会疲倦了?"桑顿太太问,眉头微微蹙了起来。

"我也不知道——大概是这种天气吧。这种天气叫人这么有气无力。您难道不能把保姆接到这儿来吗,妈妈?可以派车去接她,她可以上这儿来度过今儿余下的时间,我知道她会喜欢这样的。"

桑顿太太没有再说话,她把活计放在桌上,似乎沉思起来。

"晚上她走回去路可很远哩!"她最后这么说。

"噢,我雇一辆出租马车送她回家。我始终就没有想着叫她走回去。"

这当儿,桑顿先生走进房来,他这就要到工厂去了。

"妈!用不着我来说,要是有什么小东西可以对黑尔太太那位病人有些好处,您管保会送给他们的。"

"要是我能知道的话,我会送的。不过我自己从来没有生过病,所以我对于病人的心理不大知道。"

"哎!范妮不是在这儿吗?她难得没有这儿那儿感到不舒服的。她也许能提出点儿什么来——是吗,范①?"

"我并不老是不舒服,"范妮发脾气地说,"我又不跟妈妈一块儿去。今儿我头痛,不出去。"

桑顿先生显得有点儿烦恼。母亲的眼睛盯视着她的活计,她这会儿正忙着把它缝合起来。

"范妮!我希望你去。"他用命令的口气说,"这对你有好处,不会有坏处。为了我,你去一次,不要我再多啰唆啦。"

说完这话,他马上就走出房间去了。

要是他再多留下一分钟,即使他用了"为了我"这句话,范妮听到他那种命令的口气,还是会哭出来的。按实在说,她喃喃抱怨起来。

"约翰说起话来总好像我在想着自己有病。我可的确从来没有这样胡想过。这些姓黑尔的是些什么人,他为了他们怎么这样大惊小怪?"

"范妮,别这样议论你哥哥。他总有某种正当的理由,要不然他不

---

① 范妮的昵称。

会希望咱们去的。赶快准备一下,把衣服穿穿好。"

但是儿女之间的这场小口角,并没有使桑顿太太对"这些姓黑尔的人"多有了几分好感。她的猜疑的心里也重复了一遍女儿问的那句话,"他们是些什么人,他竟然这么急着认为我们应当对他们大献殷勤?"范妮戴上了一顶新帽子,高兴而激动地对着镜子照了又照。在这种心情下,她早把这件事完全忘了,可是它却一再涌上桑顿太太的心头。

桑顿太太是怕生的。她只是近年来才在生活中有空进入社交界。作为交际,她并不喜欢。至于设宴款待和批评别人举行的晚餐会,她却感到相当满意。然而这次去跟陌生人交朋友,这可大不一样。她觉得局促不安,走进黑尔家的小客厅时显得比平时更为严厉可怕。

玛格丽特正忙着在一小块细布上绣花,预备替伊迪丝未来的婴孩做一件小衣服——"一件没价值、没用处的活计。"如同桑顿太太暗自所说的。她对黑尔太太的双针编结要喜欢得多,这种活儿本身很实用。总的说来,这间房里净是一些琐碎的什物,必须花上长时间才能打扫干净。可是对收入有限的人来说,时间就是金钱。

她一面很气派地和黑尔太太谈话,一面这样默默想着,嘴里讲出了大多数人不动脑便能讲出的那一大番陈腐的客套话。黑尔太太给桑顿太太穿戴的一种真正老式的花边吸引着,正比平日更为尽力地回答人家的询问。她后来对狄克逊说:"那种老式的英国针绣花边,近七十年都没有生产过,如今要买也买不到。那一定是家传的旧东西,说明她祖先很有地位。"黑尔太太本来是会无精打采地勉力应酬,使客人感到不太惬意的,但是一个装饰有祖传花边的人,自然理应受到不仅仅是这样的款待。玛格丽特绞尽脑汁,想出话去跟范妮谈。不一会儿,她听见母亲和桑顿太太谈起找用人这个漫无止境的话题来了。

"你不大喜欢音乐吧?"范妮说,"我瞧你们没有钢琴。"

"我喜欢听弹得好的乐曲,自己可弹不好。爸爸和妈妈全不大喜欢,所以我们上这儿来的时候,就把旧钢琴卖掉了。"

"我不知道没有一架钢琴你们怎么可以生活。琴在我看来几乎是一种生活必需品了。"

"每星期十五先令,从这里边还存起三先令来!"玛格丽特暗自想着,"不过她年纪一定很小,大概已经把自己亲身的经历忘了。可那些日子她一定也知道。"等玛格丽特接下去再说话的时候,她的态度里有一丝分外冷淡的味道。

"你们这儿大概常举行出色的音乐会吧?"

"哦,是呀!动听极了!只是过于拥挤,这一点最糟。指挥不加区别地随便谁都让进去。不过你在那儿肯定可以听到最新的乐曲。在一场音乐会后的一天,我总把一大张订单交给约翰逊商行。"

"这么说,你喜欢新乐曲,就是因为它新了?"

"嗯,你知道这是伦敦时兴的,要不然歌唱家们不会把它带到这儿来唱。你当然上伦敦去过啦。"

"是呀,"玛格丽特说,"我在那儿住了好几年。"

"哎呀!伦敦和阿尔汉布拉①是我渴望见识一下的两个地方!"

"伦敦和阿尔汉布拉!"

"是呀!自从我看了《阿尔汉布拉的故事》以后。你知道那些故事吗?"

"我可不知道。不过,说真的,上伦敦去很方便。"

"不错,可是不知怎么,"范妮放低声音说,"妈妈自己始终也没有到过伦敦,所以无法理解我的渴望。她对米尔顿很自豪,我觉得这是一个肮脏的、烟雾弥漫的地方。她大概就为了这些特点更喜欢它。"

"如果好多年它都是桑顿太太的家乡,我完全可以理解她为什么喜爱它。"玛格丽特用清朗的、银铃般的嗓音说。

"你在说我什么,黑尔小姐?我可以问一声吗?"

这句问话使玛格丽特有点儿冷不防,她并没有准备好一句答复,因此桑顿小姐回答道:

"哟,妈妈!我们只是想找出您这么喜欢米尔顿的原因来。"

"谢谢你们。"桑顿太太说,"我觉得我对自己出生和长大的地

---

① 阿尔汉布拉(Alhambra):西班牙摩尔人的一座故宫。美国作家华盛顿·欧文(Washington Irving,1783—1859)曾著有《阿尔汉布拉的故事》(*Tales of the Alhambra*, 1832)。

方——而且多少年来一直还是我居住的地方——自然而然感到喜欢,并不需要找出什么原因来。"

玛格丽特觉得很气恼。如同范妮所说的那样,她们的确似乎很不礼貌地在议论桑顿太太的情感了。不过那位太太表示气恼的那种态度,也使她大起反感。

停了一会儿,桑顿太太说下去道:

"你对米尔顿知道点儿什么吗,黑尔小姐?你去看过我们的哪一家工厂吗?还有我们的富丽堂皇的货栈吗?"

"没有!"玛格丽特说,"我还没有看见过一处您说的那样的地方。"

接下去,她感到,为了遮掩自己对所有这类地方的漠不在意,她把话说得有点不够真实,于是往下说道:

"爸爸先前大概会领我去看的,要是我乐意去的话。可是我实在觉得参观工厂没有多大意思。"

"工厂是一些稀奇古怪的地方,"黑尔太太说,"不过总是那么嘈杂、那么肮脏。我记得有一次穿了一件浅紫色的绸衣裳去看工人们制造蜡烛,结果我那件衣裳完全毁了。"

"那很可能。"桑顿太太用一种简慢不快的态度说,"我只是想到,你们新来居住在国内一个赫赫有名的城市里,根据它的特殊商业的性质和发展,你们可能乐意去参观一下某些经营这种业务的地方,据人家告诉我,在王国①内是独一无二的地方。要是黑尔小姐改变了主意,对米尔顿的制造业肯屈尊感到好奇,那么我只会满心乐意帮她获得许可,去参观一下印染厂、钢筘②制造,或是在我儿子厂里进行的比较简单的纺织工作。各种改良的机器以最最完善的形式,在那儿大概都可以看见。"

"我很高兴你也不喜欢各种工厂和所有这类地方。"范妮站起身陪母亲离去时,稍许放低一点儿声音说。她母亲这时候正淬缫作声、十分庄重地向黑尔太太告辞。

---

① 指英国,英国的国名是:"大不列颠及北爱尔兰联合王国"。
② 钢筘:织机上的一种装置,把经线分隔开来。

"假如我是你,我大概乐意知道关于工厂的一切。"玛格丽特平静地回答。

"范妮!"她们乘车离去时,母亲说,"咱们对黑尔家得客客气气,不过别匆匆忙忙跟那个女儿交上朋友。我瞧出来,她对你不会有什么好处。那个母亲满脸病容,似乎倒是一个文静厚道的人。"

"我可没想跟黑尔小姐交朋友,妈妈。"范妮噘起嘴来说,"我原来以为跟她谈话,想法让她高兴,是在尽我的本分。"

"好!无论如何约翰现在准觉得满意了。"

第十三章　闷热地方的一阵清风

烦恼与疑虑,悲痛与恐惧,
加上苦难等,都是空虚的黑影,
死亡本身也无法来长存。

我们会走过使人厌倦的流沙,
会穿过落寞荒凉的迷途,
给人领着经过地下幽暗的路途;

然而,如果我们紧跟着一位引路人,
最荒凉的途径,最幽暗的路途,
终将通向极乐的白昼;

如今我们给抛弃在不同的海滨,
等我们危险的航行全程完毕,
最终将在天父的宅子里大家团聚!

理·切·特伦奇[1]

等客人走后,玛格丽特立刻飞也似的奔上楼去,戴好帽子,围好围巾,跑去询问贝特西·希金斯[2]的情况,并且在晚餐之前尽可能多陪上她一会儿。她在拥挤、狭窄的街上走着,心里感到,通过努力照顾这些

---

[1] 理·切·特伦奇(Richard Chevenix Trench,1807—1886):英国诗人,国教大主教,引文见《上帝的王国》(*The Kingdom of God*)一篇中。
[2] 贝特西也是伊丽莎白的爱称。

街上的一个居民这一简单的事实,这些街道对她已经有了多大的重要性。

那个邋遢的妹妹玛丽·希金斯知道她要去,已经尽力把屋子里拾掇齐整。房间中央的地上已经用磨石和沙擦过了,可椅子、桌子和墙脚下的石板则仍旧保持着未曾洗刷过的黝黑外表。尽管这天天气很热,炉格里却烧着一大炉火,使整个地方热得像只大火炉。玛格丽特并不知道,这样浪费燃煤是玛丽向她表示殷勤欢迎的意思,她还以为这种闷热也许是贝西所需要的。贝西本人躺在窗口放着的一张短沙发上。她比前一天显得虚弱得多,一听见脚步声,就撑起身来朝外张望,看看是不是玛格丽特来了,这也弄得她很疲乏。这时候,既然玛格丽特到了,在她身旁的一张椅子上坐下,她便默不作声地躺着,心满意足地望着玛格丽特的脸,用手抚摸她的衣着,还露出孩子气的神色赞赏着她的衣着的优美质地。

"我以前始终不知道《圣经》上的人为什么喜欢穿柔软的衣服。不过穿得像你这样出来一定挺好。这样跟一般人全都不同。大多数上流人士总穿得很花哨,叫我眼睛都看乏了,可是不知怎么,你的衣服却使我觉得很安静。你是打哪儿弄来这件外衣的?"

"在伦敦。"玛格丽特说,她觉得挺有意思。

"伦敦!你上伦敦去过吗?"

"是呀!我在那儿住了好几年。不过我的家是在一片树林里,在乡下。"

"你说给我听听。"贝西说,"我喜欢听人家讲到乡下、树木和这类事情。"她向后靠着,闭上眼睛,两手合抱起来放在胸前,十分平静地躺着,仿佛准备接受玛格丽特可能会提出的各种想法似的。

除了偶尔提到赫尔斯通这个地名外,玛格丽特离开那儿后,始终就没有讲到它。她在梦里比在现实生活中更为生动地看见它。夜间,她睡着以后,记忆力使她在所有那些愉快的地方遨游。但是她却愿意向这个姑娘倾吐衷情。"啊,贝西,我非常喜欢我们离开的那个家乡!我真希望你能去瞧瞧。我无法把它的美丽景色稍许说给你听听。它四周全是参天的大树,树枝平行地伸得很远,就连在中午也形成了一片宁静的树荫。然而,尽管每一片叶子看来可能都寂静不动,四周——并不很近的地方——却有一种持续不断的奔腾的声音。再说,有时候草场柔软细致得像天鹅绒,有时候又显得青翠欲滴,因为附近经常有一条看不见的淙淙作响的小溪散发出的水汽在滋润着它。在其他的地方,还有一些巨浪般的羊齿草——一整片一整片的羊齿草,有的在苍翠的树荫下,有的上面有一道道黄澄澄的、很长的阳光——就像大海一样。"

"我从来没有看见过大海。"贝西咕哝说,"请你说下去。"

"四处,有一些辽阔的公地,在很高的地方,仿佛在树梢上……"

"这真叫我喜欢。我过去常感到窒息,像给人压在下边那样。遇到我上外边去,我总想登上一个高地方,好瞧得老远,好深深地、充分地吸上一口那种空气。我在米尔顿给闷得够呛的。我想你所讲的,树木间永远、永远发出的那种声音,会使我感到很迷茫。在工厂里,就是那种声音使我头痛得厉害。在那种公地上,我想总没有什么嘈杂声吧?"

"没有,"玛格丽特说,"什么声音也没有,只不过这儿、那儿常会有一只云雀在高空飞翔。有时候,我常听见一个农场主人大声而严厉地对他的仆人说话。不过那是在老远老远的地方,它只叫我愉快地想起,别人正在一个相当远的地方辛勤地工作,可我却就坐在石南①地上,什么事也不做。"

"以前,我常想到,要是可以有一天什么事也不用做,就让我休息——有一天待在你说的这么一个宁静的地方——那也许会使我身体又好起来。可是现在,我已经闲了好多日子,我对这种日子跟对我的工作同样觉得厌倦。有时候,我疲乏极啦,因此我想,不先稍许休息一下,我就没法享受天国的乐趣。不先在坟墓中好好睡一觉,使我精神振作起来,我简直就不大敢直接上那儿去。"

"别害怕,贝西。"玛格丽特说,一面把一只手放在这姑娘的手上,"上帝给予你的安息,甚至比世上的空闲或是坟墓中的沉睡所能给予你的还要完美。"

贝西不安地动了一下,随后说道:

---

① 一种常青灌木。

"但愿爹不像他那样说话。他的用意是好的,像我昨儿跟你说过、今儿又一再告诉你的那样。不过你瞧,虽然我白天一点儿也不相信他,可是夜晚——当我发烧,半醒半睡的时候——这件事又回到我的心上来——嗐!挺糟糕!我就想到,要是这是最后的结局,要是我生来就该把我的生命和情感这样消耗光,在这个阴郁的地方生病,耳朵里永远听到工厂里的那种声音,听得我简直想要尖声喊叫,叫它们停下来,容我有一点儿宁静——我的肺里充满了绒毛,所以我渴得要死,就巴望深深地吸上一大口你所说的那样清新的空气——而且我妈也去世了,我永远没法再告诉她我多么爱她,还有我的种种烦心事——我想,如果这种生活就是结局,没有上帝来从大伙儿的眼睛上把所有的泪水揩去——你这姑娘,你啊!"她坐起身说,一面用劲地,几乎是恶狠狠地握着玛格丽特的手,"我会发起疯来,杀了你的,我会这样的。"她朝后躺下,一时的激动使她力尽筋疲。玛格丽特在她身旁跪下。

"贝西——天国里是有一位天父。"

"这我知道!这我知道!"她呻吟着说,同时不安地把头从一边转到另一边,"我很恶劣。我话讲得很恶劣。嗐!别给我吓得从此不敢再来啦。我不会损害到你一根头发的。再说,"她睁开眼睛,恳切地望着玛格丽特,"对于未来的事情,我也许比你更相信,我读过《启示录》①,后来都背出来了。清醒的时候,精神正常的时候,我对自己升入天国从不怀疑。"

"咱们不要谈你发烧的时候脑子里所起的种种幻想。我倒宁愿听你讲点儿你身体好的时候常做的事情。"

"我妈去世的时候,我身体好像还好,不过大概就从那时候起,我一直都不很健康。在那以后不久,我开始在一个梳棉间里干活儿,绒毛进入了我的肺,使我受到了损害。"

"绒毛?"玛格丽特好奇地问。

"绒毛。"贝西又说了一遍,"梳棉的时候,从棉花上飞起来的一小

---

① 指《约翰启示录》,《新约》中的一篇。

块一小块棉花。它们充满了空中,看起来像一片纤细的白灰尘①。人家说这种白灰尘缠绕着肺,把肺越裹越紧。不管怎样,在梳棉间里干活儿的人有许多全成了废人,吐血、咳嗽,就因为他们给绒毛伤害了。"

"难道就没有办法吗?"玛格丽特问。

"我不知道。有些人在梳棉间的一头装上一只大轮子,转出一股风,把灰尘吹走,不过那种轮子得花许多许多钱——也许要五六百镑,又生不出利润来,所以只有几个厂主乐意装上一只。我也听见人家说,有些人不乐意在有轮子的地方干活儿,因为他们说吞绒毛吞了那么久,早已习惯了,不吞它反而觉得肚子饿,所以要是他们得在这种地方干活儿,他们的工资也应该提高。这么一来,装轮子的事在厂主和工人之间就无法实现啦。可我知道,我倒希望我们那地方有一只轮子。"

"你父亲知道这事吗?"玛格丽特问。

"知道!他很难受。不过我们的厂总的说来还算不错,是一伙稳健可靠的人。爹不敢让我上一个陌生的地方去,因为尽管你如今不会这么想,许多人过去总说我是一个挺漂亮的大姑娘。而且,我也不喜欢给人家看作是娇小软弱的。妈说过,一定要让玛丽上学,爹呢,他又老喜欢买书,还去参加这种那种演讲会——这全需要钱——所以我就做下去,后来耳朵里就永远听见呼呼转的声音,喉咙里就永远有绒毛。就是这么回事。"

"你多大岁数啦?"玛格丽特问。

"到七月就十九啦。"

"我也是十九岁。"她比贝西更为伤感地想到了她们之间的差别。她尽力抑制住情感,有好一会儿说不出话来了。

"说到玛丽,"贝西说,"我想请你跟她做个朋友。她十七岁,不过她是我们家最小的人。我不想让她进工厂干活儿,可我又不知道她适合干什么。"

"她不大会做……"玛格丽特不自觉地朝房间四下肮脏的角落里瞥了

---

① 狄更斯在《艰难时世》第二卷第一章里也说,"有一个工人,似乎用什么毛茸茸的东西洗了一次淋浴,那大概就是纺织的原料吧。"

一眼——"她大概干不大来一个用人的活儿吧?我们有一个忠心的老用人,几乎是一位朋友啦,她需要一个帮手,可是她很喜欢挑剔。给她找一个帮手,实际上倒会招她烦恼生气,这样去折磨她是不大恰当的。"

"是呀,我明白。我想你说得对。我们的玛丽是个好姑娘,但是一向有谁来教她怎样拾掇一所屋子呢?她没有妈妈,我早先又在工厂里,后来我成了废人,除了因为她把我也一点儿不知道该怎么做的事做糟了而责备她以外,什么也不能做。不过虽说这样,我还是希望她能跟着你一块儿生活。"

"但是尽管她也许不挺适合作为一个用人来跟我们一块儿生活——这一点我可不知道——为了你,我一定永远尽力跟她做朋友,贝西。现在,我非走不可啦。一有机会,我会再来的,不过要是明儿、后儿,甚至往后一两星期里我不能来,别认为我把你给忘了。我也许挺忙。"

"我知道你不会再忘了我啦。我决不再疑心你。可是请你记住,在一两星期内,我可能就会死掉,埋葬了!"

"我能来立刻就来,贝西。"玛格丽特说,一面紧紧握着她的手,"可要是病情恶化了,你得让我知道。"

"哦,我会让你知道的。"贝西也紧握了一下她的手说。

从那天起,黑尔太太的病情愈来愈严重。这时候已经快到伊迪丝结婚一年的纪念日了,玛格丽特回想着这一年里饱经的种种忧患,不知道自己是怎样忍受过来的。倘使她事先能够预料到,那么她会怎样畏缩起来,躲避开未来的时日啊!可是一天天本身单独是可以容忍的——一星星强烈、欢快而又渺小的真正乐趣,曾经闪闪发光地闯进种种伤心事的中央。一年以前,或者不如说,当她第一次上赫尔斯通去,第一次默默无言地意识到母亲变得容易发怒时,她如果想到将在一个无亲无友、嘈杂喧嚣的异乡长期侍病,家庭生活各个方面也都不及从前舒适,那么她准会痛苦地呻吟的。但是随着确实有理由深深埋怨的事情日见增多,母亲心里却产生了一种新的耐性。她在身体忍受着剧烈痛苦时,反倒温和平静起来,几乎恰恰就和她当初没有真正伤心的理由时却感到沮丧不安一样。黑尔先生正处在那种忧心忡忡的精神状态,这在他这种性格的人身上就常常表现为故意地无视眼前事实。他对女儿表示出的担心大为气恼,玛格丽特还从来不曾见到他生过那么大的气哩。

"真格的,玛格丽特,你变得喜欢胡思乱想啦!上帝知道,要是你妈妈当真病了,我该是第一个着慌的。在赫尔斯通,就算她不告诉我们,我们也总瞧得出她多会儿头痛。她不舒服的时候,脸色总显得十分苍白。现在,她脸上有一种健康的光彩,正像我最初认识她的时候她惯常的那样。"

"但是,爸爸,"玛格丽特踌躇地说,"您知道吗?我想那是身上有病痛的红晕。"

"胡说啦,玛格丽特。我告诉你,你太喜欢胡思乱想啦。我想不大舒服的是你。你明儿自己先找大夫来瞧瞧,然后,如果可以让你安心点儿的话,不妨也请他给你妈妈瞧瞧。"

"谢谢您,亲爱的爸爸。这样真会使我高兴起来。"说着,她走上前去亲亲他。可是他把她推开——轻轻地推开,不过仍旧好像她提出了什么令人不快的想法,以致他乐意马上就摆脱它们,就像摆脱她一样。他在房间里不安地来回踱着。

"可怜的玛丽亚!"他有点儿像自言自语地那样说,"但愿一个人可以行事正当,而又不牺牲别人。我将恨这个城市,也恨我自己,要是她……快告诉我,玛格丽特,你妈妈常常跟你谈起那些老地方吗,我是说谈到赫尔斯通吗?"

"没有,爸爸。"玛格丽特伤感地说。

"所以,你瞧,她不会为了那些老地方感到烦恼,对吗?想到你妈妈这么朴实直率,她的种种小烦恼我全都知道,我心里就总感到安慰。她决不会把什么严重影响到她健康的情况瞒着我,她会吗,哦,玛格丽特?我想她肯定不会。所以别把这些傻气的、病态的想法来说给我听。来,跟我亲一下,快睡觉去吧。"

但是在她缓慢无力地脱好衣服后许久——在她躺在床上开始倾听后许久,她还听见父亲来回踱着(像浣熊那样,如同她和伊迪丝过去常说的)。

第十四章　兵　变

> 以往，
> 我总像孩子那样酣睡，——
> 如今若是风声迅猛，就会使我惊醒，
> 想到在汹涌的海上，我可怜的孩子
> 正颠簸激荡。我于是似乎感到，
> 为了如此一个小过失就使他离开我，
> 实在叫我难熬。
>
> 骚塞①

大约就在这时候，玛格丽特发觉，从童年起，母亲始终没有像现在这样慈祥亲热地和她接近过，这使她感到十分快慰。母亲什么话全跟她说，就像对一位知心的朋友那样。这正是玛格丽特一向渴望在家里担负的地位，过去因为母亲比较喜欢接近狄克逊，她还曾感到有点儿忌妒哩。她对于要求她同情宽慰的事件件都竭力作出反应，而这种事实在很多——有些甚至是毫不相干的。她对它们本来会毫不留意，就像大象看到脚下的一只小别针并不会在意，然而在饲养人的吩咐下，它会小心翼翼地把别针拾起来。她不知不觉地接近了一宗报酬。

有天晚上，黑尔先生不在家，母亲跟她谈起了她哥哥弗雷德里克。这正是玛格丽特有多少话想要问的话题——几乎也是胆怯抑制住了她那生来坦率的个性的唯一话题。她越想听到他的情况，越是不愿多问。

"哎，玛格丽特，昨儿晚上风真大！它从我们房间的烟囱里呜呜叫

---

① 骚塞（Robert Southey, 1774—1843）：英国诗人，引文见他的《英格兰田园诗》（*English Eclogues*）第四篇内《水手的母亲》（*The Sailor's Mother*）一首中。

着直刮下来!我睡不着。遇到这种大风天,我总睡不着。可怜的弗雷德里克在海上的时候,我就弄出了一种容易惊醒的毛病。如今,就算我不是猛然一下惊醒,我也梦见他在一片波涛汹涌的大海上,船的两侧都是清澈的、玻璃般碧绿的巨浪,浪头远比桅杆要高,用无情的、可怕的白色浪花像一条有冠饰的巨蟒那样在船上面盘了起来。这是一场旧梦,可是到了刮风的夜晚就总回来,直到我谢天谢地,终于清醒过来,惊吓得在床上直挺挺地坐起身。可怜的弗雷德里克!他现在在陆地上啦,风再也不能伤害到他了。不过我的确想到,风也许会把有些高烟囱刮倒。"

"弗雷德里克现在在哪儿,妈妈?我知道咱们的信是由加的斯①的巴伯商行转交的,但是他人在哪儿?"

"我记不清那个地名啦,不过他不用黑尔这个姓了。你非得记住这一点,玛格丽特。注意来信的角上总有'弗·迪··'两个字。他用了迪金森这个姓。我本来想叫他用贝雷斯福德的,他多少有权使用这个姓,可是你爸爸却认为他最好不要用。他也许会给人认出来的,你知道,如果他用了我的姓的话。"

"妈妈,"玛格丽特说,"出事的时候,我待在肖姨妈家,而且那会儿我年纪还小,大概没法明明白白地说给我听。但是现在,我倒想知道一下,要是我可以——要是讲起来并不使您感到太痛苦的话。"

"痛苦!不啊,"黑尔太太回答,面颊顿时红了起来,"只是想到我或许再也瞧不见我的宝贝孩子了,这倒很痛苦。除了这一点,他并没有做错事,玛格丽特。人家乐意怎么说就怎么说,但是我可以拿出他亲笔写的信来。尽管他是我的儿子,我宁愿相信他,也不愿相信世上的任何军事法庭。上我那个日本小漆橱那儿去,亲爱的,在左首的第二只抽屉里,你瞧有一束信。"

玛格丽特去了。那里果然有好多封海水浸过的发黄的信,散发出海外寄来的信件独具的那股气味。玛格丽特把它们拿回来交给母亲。母亲用颤巍巍的手指把那条缎带解开,细看了看信上的日期,然后递给

---

① 加的斯(Cadiz):西班牙西南部的一个海港城市。

玛格丽特去看，接着几乎在女儿还没有看明白信的内容时，便匆忙、急切地就信里的事情议论起来。

"你瞧，玛格丽特，他打一开头就不喜欢里德舰长。他是船上——'奥利安号'上的少尉。弗雷德里克第一次出海就是乘那条船。可怜的小家伙，他穿上海军准尉的军服，显得多么神气，手上还拿着他那柄短剑，用它把所有的报纸裁开，仿佛那是裁纸刀似的！可是这个里德先生，他似乎从一开头就不喜欢弗雷德里克。后来——且慢！这几封是他在'拉塞尔号'上写的信。当他奉派到那艘船上服役时，他发现是他的老对头里德舰长在指挥，他当时的确就打算耐心容忍他的凶暴的管辖。你瞧！就是这封信。你只要读一读，玛格丽特。他在信上说来着——停下——'父亲可以相信我，我一定以适当的耐心容忍一个军官和上流人士可以容忍另一个所做的一切。不过根据我以前对这位现任舰长的了解，我承认自己很担心，在"拉塞尔号"上会有一个长时期的暴虐统治。'你瞧，他保证耐心容忍，我相信他管保这样做啦，因为他不着恼的时候，真是可能会有的最最好性情的孩子了。那是他提到里德舰长因为水兵没有像'复仇者号'那么快速地进行操练，便急躁不耐的那一封吗？你瞧，他说，'拉塞尔号'上有许多新兵，可'复仇者号'在军港里已经服役了将近三年，除了不让贩卖奴隶的船只驶近前来外，就没有事干，所以就让它的水兵老不闲着，直到他们能像耗子或猴儿那样在绳索上跑上蹿下。"

玛格丽特慢腾腾地看着那封信，由于墨迹变淡，有一半已经不容易看出来了。它可能是——大概是——关于里德船长在琐碎事情上专横无礼的一篇叙述，叙述人大大渲染了一番，因为他是在那场争吵的场面刚过去，情绪还很激烈的时候写的。有些水兵正高兴地待在主一接帆①的绳索上，舰长命令他们展开竞赛，滑了下来，还威胁说要用九条鞭处分最后的人。待在桅杆最上面的那个人觉得自己无法超过他的同伴，可是又十分害怕受到鞭打的耻辱，竟然奋不顾身地跳下来抓住较低的一根绳索，结果没有抓住，摔得昏死在甲板上。他后来只活了几小

---

① 帆船主桅主帆上面的一片帆。

时,所以年轻的黑尔写信的时候,船上水兵们的愤慨情绪正到了沸腾的地步。

"不过我们听到那次兵变后好久好久,才收到了这封信。可怜的弗雷德①!把一切全写出来在他一定是一种安慰,即使他当时也许不知道该怎么投递它,可怜的孩子!当时,我们在报上瞧见了一篇报道——也就是说,在我们收到弗雷德的信之前很久——说'拉塞尔号'上发生了一场恶劣已极的兵变,叛变的水兵夺取了那艘船,据信是逃走当海盗去了,又说里德舰长和一些人——大概是一些军官——给放在一条小船上,在海上漂浮。他们的姓名全举了出来,因为一艘西印度轮船救起了他们。嗐,玛格丽特!你爸爸和我没有看到弗雷德里克·黑尔的姓名后,对那份名单变得多么懊丧啊。我们认为一定是有错误,因为可怜的弗雷德人那么好,只是可能稍微容易激动了点儿,我们希望名单上的卡尔这个姓,是黑尔这个姓印错了——报纸是那么粗心大意的。下一天快到收递信件的时刻,爸爸出发步行到南安普敦去买报。我在家里也待不住,于是走出去迎接他。他回来得很晚——比我原来以为的时刻要晚得多。我只得在树篱旁边坐下等他。他终于来了,两只胳膊松弛无力地垂着,头耷拉下,步履沉重,仿佛每走一步都很艰难困苦似的。玛格丽特,我现在还瞧见他那时的样子。"

"别说下去了,妈妈。我全明白啦。"玛格丽特说,同时亲热地凑上前去,偎在母亲的身旁,亲了亲她的手。

"不,你不会明白的,玛格丽特。当时没有看见他的人,谁也不会明白。我几乎没法站起身,迎上他去——一切东西突然一下似乎全在我的四周旋转。后来,等我走到他面前时,他一句话也没说,看到我在那儿,在离开家三英里多路的地方,待在那棵奥德姆山毛榉树旁,也不觉得奇怪,可是他挽着我的胳膊,不停地抚摸我的手,仿佛想安慰我,要我在一个沉重的大打击下十分镇静似的。我浑身上下直哆嗦,连话也说不出来了。这时候,他两只胳膊抱着我,把头低下来对着我,用一种奇怪的压抑的呻吟声哭了出来,不住地颤抖。这一来,我出于惊吓,一

---

① 弗雷德里克的爱称。

动不动地站着,只请他快告诉我听到了什么消息。接下去,他一只手抽搐着,就像有个别人不顾他的意志推动他的手那样,他把一份恶劣的报纸递给我看,报上把咱们的弗雷德里克说成是一个'穷凶极恶的叛国贼','是他那种职业中一个卑鄙无耻、忘恩负义的家伙'。嗐!我可说不上来有什么坏字眼他们没有用。我看完报后,把它拿在手里——撕成了一小片一小片——我撕了它——哎!玛格丽特,我大概是用牙咬着扯碎的。我并没有哭。我哭不出,脸蛋儿热得像火一样,两眼也在燃烧。我瞧见你父亲阴沉沉地望着我。我说这是谎话,也的确是这样。好几个月以后,这封信来啦。你瞧,弗雷德里克受到了什么样的挑衅。他反抗,并不是为了他自己,或是他自己受到的损害,不过他想要把自己的意见向里德舰长明说出来,这一来事情竟然变得更糟。你瞧大多数水兵全支持弗雷德里克。

"我想,玛格丽特,"停了一会儿,她用虚弱乏力、十分委顿的嗓音颤抖地说,"我对他这样做很高兴——弗雷德里克能站出来反抗非正义的行为,比他要是仅仅当一个好军官,更使我感到骄傲。"

"我确实也感到是这样。"玛格丽特用斩钉截铁的音调说,"对英明公正的命令忠诚服从,是很不错,但是不为了自己,为了无力反抗的别人反抗蛮横霸道的权力,不公正地、残暴无情地滥用的权力,那就更好。"

"虽说这样,我还是希望能再看到弗雷德里克一次——就只一次。他是我的第一个孩子,玛格丽特。"黑尔太太想念地说,就仿佛为自己这个殷切渴望的意愿感到歉疚,好像她这个意愿是轻视留在身边的这个孩子似的。但是玛格丽特的心头始终就没有过这样的想法。她正在想着怎样才能让妈妈的愿望实现。

"这是六七年以前的事啦——他们还会对他起诉吗,妈妈?要是他回来接受审问,那么他会受到什么样的惩罚呢?当然,他可以提出证据,证明里德舰长惹是生非。"

"那不会有好处的。"黑尔太太回答,"有几个跟弗雷德里克一块儿的水兵后来被逮住了,在'艾米西亚号'上对他们进行了军法审判。我相信他们在为自己辩护时所说的一切,可怜的人儿,因为他们说的话跟弗雷德里克所说的完全一致——但是那并没有用……"黑尔太太在这次谈话中第一次哭了起来,然而不知什么使玛格丽特一心想要从妈妈这儿问出她预料到而又惧怕的那种情况来。

"他们遭到了什么,妈妈?"她问。

"他们全在桅杆上边给绞死啦。"黑尔太太严肃地说,"最糟的是,军事法庭在判处他们死刑时说,他们听任自己被上级军官从自己的职守上带上了歧路。"

她们沉默了好半天。

"弗雷德里克到南美洲待了好几年,是不是呢?"

"是的。他现在待在西班牙。在加的斯或是靠近那儿的一个地方。要是他上英国来,他就会给绞死。我再也瞧不见他的脸了——因为如果他上英国来,他就会给绞死。"这是一件无法加以宽慰的事。黑尔太太转过脸去对着墙壁,在慈母的绝望中一动不动地躺着。没有什么话可以说了去安慰她。她用一个微微有点儿急躁的动作把自己的手从玛格丽特的手中抽出去。仿佛她乐意不受人打搅,独个儿去回想儿子似的。等黑尔先生走进房来后,玛格丽特退了出去,满心忧伤,四下里看不到一线光明的希望。

第十五章　厂主与工人

思想与思想斗;从剑和盾的碰撞中
闪现出了一点儿真理。

沃·萨·兰道①

"玛格丽特,"父亲第二天说,"咱们得去回访一下桑顿太太。你妈妈身体不好,自己认为没法走上这么远的路。你跟我今儿下午去一趟吧。"

在去的路上,黑尔先生带着一种掩饰起的焦急心情谈起了妻子的健康情况。玛格丽特看到父亲终于警觉起来,有些焦急,反倒感到很高兴。

"你找大夫看过吗,玛格丽特?你去请过他吗?"

"没有,爸爸,您说要他来给我看。我现在身体很好。不过要是我知道有个好大夫,我今儿下午就去请他来,因为我觉得妈妈一定病得很厉害。"

她把真情实况这么明白有力地说出来,因为上次她提到自己的忧虑时,父亲曾经那么断然地拒不接纳这种意见。可是如今情况变了。他用沮丧的音调回答道:

"你认为她有什么病瞒着我们吗?你认为她当真不舒服了吗?狄克逊说了什么话没有?哎,玛格丽特!我老感到担心,咱们搬到米尔顿来会送掉她的命的。可怜的玛丽亚!"

---

① 沃·萨·兰道(Walter Savage Landor,1775—1864):英国散文家、诗人,引文见他的诗集《老树上落下的最后果实》(*The Last Fruit off an Old Tree*,1853)中的《警语》(*Epigram*)第二十三篇。

"哎,爸爸!别胡想这样的事情。"玛格丽特大吃一惊地说,"她身体不好,就是这么回事。许多人都会有一阵子身体不太好,经过有效的诊视,就又养得比先前结实和健康啦。"

"狄克逊说了什么关于她的话吗?"

"没有!您知道,狄克逊喜欢把不相干的事情搞得很神秘。她对妈妈的健康也显得有点儿莫测高深,这使我相当着慌,就是这么回事。我想大概并没有什么真正的理由。您知道,爸爸,您那天不是说我变得喜欢胡思乱想了吗?"

"我希望而且相信你是这样。不过别去想我那会儿所说的话。我喜欢你对妈妈的健康胡思乱想。别不敢把你的胡思乱想告诉我。我喜欢听,虽然我说得大概就像着恼了似的。咱们得问一下桑顿太太,她能不能介绍给咱们一位好大夫。除了一位第一流的大夫外,咱们决不把钱浪费在随便哪一位大夫身上。慢着,咱们转进这条街去。"

这条街看起来好像不会有什么大宅子可以当作桑顿太太的寓所。她儿子的外表从来没有使人对他居住的宅子有任何强烈的印象,可是玛格丽特却不知不觉地想象,身材高大、衣着漂亮的桑顿太太一定住在一所跟她自己的性格相称的宅子里。且说马尔巴勒街上两旁都是一大排小房子,到处还有一大堵光濯濯的围墙,至少从他们转入的那地方起他们所看见的就是这种情形。

"他告诉我他住在马尔巴勒街,这一点我可以肯定。"黑尔先生带着十分困惑的神情说。

"也许,住在一所很小的房子里,是他还在实行的节约办法之一。这儿有不少人,让我来问一下。"

她于是向一个过路人打听,获悉桑顿先生住在靠工厂很近的地方。那个人还把他们注意到的那一大堵阴沉沉的围墙尽头地方、工厂门房的那道门向她指了出来。

门房的门像一道普通的花园门那样。在小门的一边有两扇关闭着的大门,供卡车和货车进出。看门人让他们走进了一片长方形的大院子,院子一边是办理业务的办事处,另一边是一座有好多扇窗子的大工厂,从那里传出来机器的不停的隆隆声和蒸汽机经久不息的、嘤嘤的轰响,简直可以把住在厂内的人们震得耳聋。正对着这堵沿街的围墙,在长方形院子狭窄的一边,有一所式样美观的石顶房子,——当然已经给烟熏黑,不过上了油漆的窗子和门阶都保持得十分干净。它显然是一所造了大约五六十年的宅子。石头的饰面——狭长的长窗、窗子的数目——通上前门、两边都可以走上去、有栏杆护着的那几段台阶——这一切都证实了它建造的年代。玛格丽特只是感到纳闷,住得起这么一所好房子、把它保持得这么整洁的人,为什么不喜欢住在乡下,甚至住在一片郊区内一所小得多的住宅里,而宁愿住在工厂的这片持续不断的混乱与嘈杂声中。当他们父女俩站在台阶上等候开门时,她的耳朵不习惯于那片轰响,几乎听不出父亲的话音来了。那个院子,由阴沉沉墙壁上的那两扇大门作为界限,从宅子里各间起居室看出去,只构成了一片阴暗的外景——如同玛格丽特和父亲登上那道老式的楼梯,被领进客厅以后所发现的那样。客厅的三扇窗子就开在前门和门右首那间房的上面。客厅里并没有人。家具全异常仔细地用套子套上,仿佛这所宅子会遭到熔岩淹没,一千年后再给人发现。从家具套上套子的那天起,好像就没有人到这间房里来过。墙壁是粉红色镶金色的,地毯的花纹是一束束花朵织在浅色的底子上,不过中央却用一条光溜的本色亚麻布粗毯子仔细覆盖起来。窗帘是透孔的织品,每张椅子和沙发全有特殊的网眼的或编织的套子。巨大的石膏像放在所有平坦的地方,在玻璃罩子下面灰尘根本进不去。房间中央,正在套子套住的枝形灯架下面,有一张大圆桌,一些装帧精美的书籍在光滑的圆桌面上每隔一定距离就放上几本,像车轮的花哨的轮辐似的。件件陈设都反射出光彩来,没有一件吸收光彩的。整个房间具有一种着意点缀装饰、使之闪闪发光的外表,这给了玛格丽特一种极为不快的印象,以致她简直没有觉察到需要用来使一切在这样一种空气中如此洁白的那种特殊的清洁工作,也没有意识到主人必然自愿着力来取得这种雪白冰冷但并不舒适的效果的那份操劳。不论她朝哪儿看去,都有操心劳神的痕迹,不过不是操心劳神去追求安逸,促成在家里清静过日子的习惯,而完全是为了装饰,然后再保持着这种装饰,使它不遭到破坏或是灰尘的污染。

在桑顿太太走出来以前,他们有时间仔细看了一下,彼此低声谈了几句。他们谈的是世上的人们都可以听的话，但是这种房间的共同影响是，使人在里面低声说话，仿佛不愿唤起那种怪异的回声似的。

最后，桑顿太太像惯常的那样，穿着漂亮的黑缎子衣裳，窸窸作响地走进房来。她的细布上衣和花边尽管在洁白方面没有胜过房间里的细布和网眼纱椅套，却和它们相匹敌。玛格丽特连忙为母亲不能和他们一块儿前来回访解释了一下，可是因为她急于不想过分强烈地重新唤起父亲的忧虑，所以只草草地解释了几句，这使桑顿太太得到的印象是，黑尔太太患的是一种临时性的或者异想天开的贵妇人的"清恙"，倘使动机够强，本来可以摆脱开的，否则如果她确实病得很厉害，当天不能前来，那么这次访问原可以改期的。同时，桑顿太太还想起自己为了去访问黑尔家雇用的马匹，以及桑顿先生怎样为了向他们致意，还吩咐范妮前去，于是微微有点儿气恼地挺直身子，对玛格丽特并没加以宽慰——真格的，几乎没有因为她说她母亲不舒服而稍加慰问。

"桑顿先生好吗？"黑尔先生问，"看了他昨儿匆匆写的那封短信，我还怕他不舒服了。"

"我儿子难得生病。真有病的时候，他也从来不去多说，或是把病当作什么事也不做的借口。他跟我说，昨儿晚上他抽不出空来去跟您读书，先生。我想他一定觉得很抱歉，他很重视跟您一块儿度过的时间。"

"对我来讲，跟他一块儿度过的时间同样也是很愉快的。"黑尔先生说，"瞧见他欣赏和爱好古典文学中的精华，使我又感到年轻了。"

"我认为古典文学对于有空闲的人来说，无疑是很值得一读的。不过我承认我儿子重新去研究它们，是我没有料到的。他生活的时代和地点在我看来，需要他的全部精力和注意力。古典文学对于在乡下或者在大学里把一生闲混过去的人可能很有好处，但是米尔顿的人该把思想和力量全花在今天的工作上。至少这是我的意见。"她带着"故作谦恭的那份得意神色"①说出了最后这句话。

---

① 英国诗人柯勒律治（Samuel Taylor Coleridge, 1772—1834）的诗篇《魔鬼的想法》(*The Devil's Thoughts*) 和骚塞的《魔鬼行径》(*The Devil's Walk*) 中均有此一行。

"不过,倘使把脑力过久地单用在一个目标上,脑力肯定会变得僵化,不能接受多种多样的兴趣。"玛格丽特说。

"我可不大明白你所说的脑力变得僵化是什么意思。我也并不羡慕那些见异思迁的人,他们今儿满脑子净想着一件事,明儿对一件别的事感觉兴趣,又把这件事完全忘了。感兴趣的事情很多,并不适合一个米尔顿工厂主的生活。他有一个重大的愿望,把一生的全部意图都用去实现这个愿望,这也就够了,也该够了。"

"这个愿望就是……?"黑尔先生问。

她淡黄色的面颊红了起来,眼光倏的一下变得发亮,一面回答道:

"就是在国内的商人中——在他家乡的人士中——保有并维持一个高尚、体面的地位。我儿子已经给自己挣得了这样一个地位。不论你上哪儿去——我不是说仅仅在英国,而是说在欧洲——米尔顿的约翰·桑顿这个姓名在所有的商人中是众所周知和受到尊敬的。当然,上流社会并不知道他。"她嘲弄地说下去,"悠闲自在的老爷太太们不大可能知道许多一个米尔顿工厂主的事情,除非他进了议会,或是娶了一位爵爷的女儿。"

黑尔先生和玛格丽特全不安而又可笑地意识到,在贝尔先生写信告诉他们说,桑顿先生是他们在米尔顿可以结识的一个好朋友之前,他们都从未听说过这个了不起的姓名。这位高傲的母亲的天地既不是哈利街上流社会的那种天地,也不是乡村教士和汉普郡乡绅的那种天地。虽然玛格丽特竭力做得神色自若,细心在听,可是感觉灵敏的桑顿太太还是从她脸上看出了她的这种情绪。

"你准在想你就从来没有听说过我的这个好儿子,黑尔小姐。你认为我是一个老婆子,思想局限于米尔顿,以为自己的儿子就是从未有过的最好的人儿。"

"没有。"玛格丽特相当着力地说,"不错,我刚才想着,在我上米尔顿来以前,我几乎就没有听说过桑顿先生的姓名。可是从我到这儿以后,我听到的话已经够叫我尊重他,钦佩他,觉得您所说的关于他的话是多么公正和真实的了。"

"谁向你说到他的?"桑顿太太问,她感到稍许平和下来点儿,然而又有点儿不放心,生怕哪个别人的话会对他作出还不够公允的评价。

玛格丽特踌躇着没有一下回答。她不喜欢这种命令式的追问。这时黑尔先生连忙插言,自以为是前来解围。

"就是桑顿先生自己说的话,才使我们知道他是一个什么样的人的,是吗,玛格丽特?"

桑顿太太挺直了身子,说道:

"我儿子是不会讲到他自己的所作所为的。黑尔小姐,我可不可以再问你一声,你是根据谁说的话才认为他很好的呢?一个做母亲的对于人家称赞她儿女的话总很好奇,很渴望知道,你明白。"

玛格丽特回答说:"贝尔先生先前告诉了我们不少桑顿先生早年的生活,从桑顿先生闭口不谈这些事上我们就对他的为人有所了解,——这一点比他所说的话更使我们大伙儿感到,您为他自豪是很有理由的。"

"贝尔先生!他对约翰能知道点儿什么呢?他在一个使人瞌睡的大学里过着一种懒散的生活。不过我很谢谢你,黑尔小姐。许多年轻的大小姐都不会乐意让一个老婆子高兴,听见人家夸奖她的儿子。"

"这是为什么呢?"玛格丽特问,一面迷惑不解地直盯着桑顿太太。

"为什么!因为她们心里准知道自己是在挺有把握地使这个老母亲变成她们的一个赞助人,万一她们打算要使她的儿子爱上她们的话。"

她阴森森地笑了笑,因为玛格丽特的坦率使她很高兴。也许,她感到自己话问得太多,好像有权盘问似的。玛格丽特听完向她提出的这种想法,立即笑出声来。她笑得那么欢,竟然使桑顿太太感到有点儿刺耳,仿佛惹起这阵笑声的话一定是十分荒谬可笑的。

玛格丽特看到桑顿太太的着恼神色,立即止住了笑。

"很对不住,伯母。不过真谢谢您,没把我算在打算要使桑顿先生来爱自己的人中间。"

"以前的确已经有过一些年轻的小姐有这样的打算的。"桑顿太太不很自在地说。

"桑顿小姐身体敢情很好。"黑尔先生插嘴说,他急切地想改变一下谈话的趋向。

"她跟平日一样好。她身体一向不壮实。"桑顿太太简慢地回答。

"那么桑顿先生呢？星期四我大概可以见到他吧？"

"我儿子的约会我可没法担保。市里正进行着一种令人不快的事情,有人威胁要罢工。如果真是这样,那么他的阅历和见识就会使他的朋友们时时要找他商量了。不过我想他星期四大概能来。无论如何,要是他不能来,他管保会通知您的。"

"罢工！"玛格丽特问,"为什么呢？他们为什么要罢工？"

"为了控制和占有别人的产业。"桑顿太太恶狠狠地用鼻子哼了一声说,"他们罢工一向就是为了这件事。要是我儿子的工人罢工,那么我就只好说,他们是一伙忘恩负义的卑鄙家伙。但是我肯定他们会罢工的。"

"他们大概是要求提高工资吧？"黑尔先生问。

"这是表面的情况。实际的情形是,他们想当厂主,使厂主在自己的厂地上变成奴隶。他们老想做到这一点,心里老惦记着这件事。每隔五六年,厂主和工人之间就要展开一场斗争。这一回,他们大概会发觉自己错了,——有点儿出乎他们的预料。倘使他们罢起工来,他们可能会发现不容易再复工啦。厂主们脑子里准有一两种对策,可以教训工人不要匆匆忙忙地再罢工,如果他们这回试一试的话。"

"罢工是不是使市里变得很不平静呢？"玛格丽特问。

"这当然喽。不过你肯定不是一个胆小鬼吧？米尔顿不是胆小鬼待的地方。我就经历过这样一回,不得不穿过一群脸色苍白、满腔愤怒的人,他们全发誓说,要是麦金森胆敢露面,走出工厂,他们立刻就要他的命。麦金森一点儿也不知道,所以得有个人去告诉他,要不然他准死无疑。去的人必须是一个女人,——所以我去了。可是我进去以后,又走不出来啦。出来就等于要送命。我于是爬到屋顶上去。屋顶上堆了好些石子,万一人们想冲进工厂的大门,就朝他们头上扔下。我本来会像那地方最好的人那样举起那些大石头来,瞄得很准地扔下去,但是我心情那么激动,竟然晕了过去。你如果生活在米尔顿,就非得学会勇敢大胆,黑尔小姐。"

"我一定尽我的力。"玛格丽特脸色相当苍白地说,"在我试过以前,我可不知道我勇敢不勇敢,不过我恐怕我会是一个胆小鬼的。"

"我们达克郡的男女仅仅唤作生活和奋斗的事情,往往使南方人大吃一惊。可是这儿的人总怨恨比自己好的人,就等着机会来报复一下。等你在这种人当中生活了十年以后,你就会知道自己是不是胆小鬼了,这一点管保没错。"

那天晚上,桑顿先生到黑尔先生家来。他给领上楼,进了客厅,黑尔先生正在那儿大声读书给妻子和女儿听。

"我来既是把母亲的一封信送来给你,也是为我昨天没有按时前来向你道歉。信上写了你要的唐纳森大夫的住址。"

"谢谢你!"玛格丽特急忙说,同时伸出手去接信,因为她不希望母亲听到他们在打听大夫。她很高兴,桑顿先生似乎立即明白了她的意思,他没有再解释一句就把信递给了她。

黑尔先生开始谈起了罢工。桑顿先生的脸上露出了一种很像他母亲的那种凶狠神色。这立刻使从旁注视着的玛格丽特感到不快。

"是呀,那些傻子要举行罢工。让他们罢去。这很合我们的意思。不过我们给他们一个机会。他们以为买卖很兴隆,就跟去年一样。我们却看到风暴就在天边,连忙把风帆收了起来。但是因为我们没有说明原因,他们不相信我们的做法是合理的。对于我们决定用钱和省钱的办法,我们非得向他们提供书面说明。亨德森在市外阿什利那儿对工人采用了一种搪塞的办法,结果失败了。他宁愿要他们罢工,罢工会很合他的意的。所以当工人们前去索取他们要求的那百分之五的增加工资时,他对他们说他要考虑一下,到发工资的那天再答复他们。其实,他早就知道自己的答复是什么,不过他想着这样可以使他们自行去加强他们的自满情绪。然而,他们太狡猾了,他应付不了他们。他们听到一点儿买卖前途不好的消息。于是这个星期五他们又去,收回了他们的要求。现在,他们不得不继续干下去了。可是我们米尔顿的厂主今儿已经宣布了我们的决定。我们一便士也不加。我们告诉他们,可能还不得不降低工资,绝对没法提高。我们就保持这样的立场,等候他们的下一次攻击。"

"下一次会是什么样的攻击呢?"黑尔先生问。

"我猜是各厂同时罢工。你大概会看见米尔顿几天都不冒烟的,黑尔小姐。"

"但是你们为什么不能说明,"她问,"你们预料买卖会不好,有什么可靠的理由呢?我可不知道用的字眼对不对,不过你总明白我的意思。"

"你对自己的开支或是自己在用钱方面的节约问题向你的用人举出理由来吗?我们这些资本所有人,有权决定如何使用资本。"

"这也是一种人权。"玛格丽特声音很低地说。

"对不住,我没有听清你说的话。"

"我不想再重复一遍。"她说,"我的话跟一种感情有关,你大概不会有那种感情。"

"你乐意试我一试吗?"他恳请着,突然变得一心想要知道她刚才说的话是什么。她对桑顿先生的固执很不高兴,可是又不想使自己的这句话变得过分重要。

"我说的是,你有一种人权。我的意思是,除去宗教理由外,似乎没有理由说你不应该对自己的东西做你乐意做的事情。"

"我知道我们的宗教见解不同,但是你是不是认为我也有某种宗教见解呢,尽管跟你的可能不一样?"

他正用一种压低了的声音说,仿佛单对她讲似的。她不希望人家这样单独对她说话,于是用通常的声调回答道:

"我可不认为我有什么理由来考虑你在这件事上的特殊宗教见解。我要说的只是,人类并没有一道法律制止雇主把他们的钱全部浪费掉,倘使他们乐意这么做的话,可是《圣经》上有些段落的意思似乎是——至少我认为是——他们忽略了他们作为总管的职责,倘使他们这么做的话。不过我对罢工、工资标准、劳资关系等知道得太少,所以最好还是不要对一个像你这样的政治经济学家唠叨吧。"

"不啊,你更有理由该说说。"他热切地说,"在一位局外人看来可能是反常的或神秘的事情,我只有太乐意向你解释啦,特别是在一个这样的时候,每一个能拿起笔杆子来的小文人肯定会详细议论我们的所作所为的。"

"谢谢你。"她冷冷地回答,"当然啦,如果我生活在这个陌生的社会里觉得有什么事迷惑不解,我首先要向我的爸爸去请教。"

"你认为这个社会陌生。因为什么呢?"

"我并不知道——大概是因为从表面看来,我看到两个阶级在一切可能的方面全相互依存,然而每一个阶级显然又把另一个阶级的利益看作是跟自己的利益对立的。我以前从来没有住在这样一个地方:这儿有两派人老在互相诽谤。"

"你听见谁在诽谤厂主们?我不问你听见谁在辱骂工人,因为我瞧你坚持曲解我那天所说的话。可是你听见谁在辱骂厂主?"

玛格丽特脸红起来,接着笑了笑说:

"我不喜欢受到盘问。我拒绝回答你问的话。再说,它跟事实根本没有关系。这一点你得相信我的话。我听见有些人,或者说得更恰切一点儿,只是工人中有人说得仿佛不让工人多得钱是符合雇主的利益的——又说假如他们在储蓄银行里有一笔存款,那就会使他们过于独立了。"

"我猜大概是那个工人希金斯告诉你这一切的。"黑尔太太说。桑顿先生看来仿佛并没有听见玛格丽特明摆着不希望他知道的事。可是他还是全听见了。

"我还听说,雇用一些无知无识的工人,据认为是对厂主有好处的——不用一些半瓶醋的法学家,像伦诺克斯上尉管他连里那些对每道命令都要质问、都要知道理由的人所说的那样。"

她这后半句话是对她父亲而不是对桑顿先生说的。伦诺克斯上尉是个什么人?桑顿先生带着一种莫名其妙的不快情绪暗自这么问,这使他一时没有回答她的话。她父亲接口说了下去。

"你始终就不喜欢学校,玛格丽特,要不然你在这以前就会看到和知道,米尔顿为教育正做着多少事情啦。"

"是呀!"她突然很温顺地说,"我知道我对学校不够关心。不过我刚才讲的知识与无知跟读书写字毫无关系,——跟我们可以给予一个孩子的教导和知识毫无关系。我的意思肯定指的是,缺乏指导男女的那种智慧。我不太知道那是什么。但是他——也就是告诉我这种情况的人——讲得仿佛厂主乐意要他的雇工仅仅是一些身高体大的孩子——他们活着只顾眼前——只知道不假思考地盲从。"

"总之,黑尔小姐,显而易见的是,告诉你这番话的人对于他想说了来诽谤厂主的话,找到了一位乐意洗耳恭听的人。"桑顿先生用着恼的声音说。

玛格丽特没有回答。桑顿先生把她所说的事弄得带上了个人色彩,这使她很不高兴。

黑尔先生接下去说:

"我必须承认,虽然我不像玛格丽特那样,没有跟哪些工人变得特别熟悉,可就表面情况看,雇主和受雇者之间的对立情绪使我很吃惊。我甚至从你自己不时所说的话里也获得了这种印象。"

桑顿先生踌躇了一会儿才开口说话。玛格丽特刚刚走出房间去了,他对于自己和玛格丽特之间的感情状况很是气恼。然而,使自己冷静点儿和沉着点儿以后,这一点儿烦恼反而使他所说的话里具有更为庄重的意味。

"我的意见是,我的利益跟我的工人的利益是相符的,反过来也是这样。我知道黑尔小姐不喜欢听见工人给唤作'雇工',所以我就不用这个词儿,不过这个词儿作为专门用语说惯了,我总脱口而出。不论这个词起源于什么,它反正不是在我这一生中才开始使用的。未来有一天——在一个太平盛世——在乌托邦①里,这种和谐一致可能会实现——正如同我可以想象共和政体是最完善的政府形式一样。"

"我们读完荷马②的作品后,就读柏拉图的《理想国》③。"

"哦,到了柏拉图理想的时代,我们大伙儿——男人、女人和儿童——也许全适合生活在一个共和政体下,但是在我们目前的道德与智力情况下,我拥护君主立宪制。在幼年时期,我们需要一种开明的专

---

① 乌托邦(Utopia):英国作家莫尔(Thomas More,1478—1535)在所著的《乌托邦》一书中描绘的一个具有完美的政治和社会制度的岛国。
② 荷马是古希腊大诗人,希腊史诗《伊利亚特》和《奥德赛》的作者。
③ 柏拉图(Plato,公元前427?—前347):古希腊哲学家,《理想国》是其名著。

制来统治我们。真格的,即使在幼年时期过去以后好多年,儿童和青年人在一种贤明、坚定的权力所实施的可靠法律下也最最幸福。在认为我们的工人还处于儿童状态这一点上,我同意黑尔小姐的看法,但是我否认我们厂主跟使工人永远处于儿童的状态有什么关系。我坚持认为,专制对他们说来是最好的一种政府形式,所以在我跟他们接触的时刻,我就非得是一个独断独行的人不可。我得尽力斟酌、决定——不是出于欺骗或是博爱,因为欺骗或是博爱在北方全太多了点儿——我得这样在经营业务方面制定明智的规则,作出公正的决定——施行起来首先对我自己有好处——其次对他们有好处的规则和决定。不过我决不会被迫说明我的理由,也不会从我宣布出来的我的决议上后退。让他们罢工!我和他们一起受到损害,可是结果他们会发现,我一点儿也不退让或是改变。"

这时候,玛格丽特已重新走进房来,坐在那儿做活计,但她并没有说话。黑尔先生回答道:

"我恐怕说的净是外行话,不过根据我所知道的一点儿,我得说,民众就个人的生活以及大众的生活而言,已经在迅速进入童年和成年人之间的那个爱吵爱闹的时期。而这时候,许多父母在对待个人方面所犯的错误就是,仍坚持那种不合理的服从,像过去一样要求他的本分只是服从这些简单的家规:'叫你你就来',以及'吩咐你做什么你就做什么!'可是精明的父母却总是顺应儿女想要独立行动的欲望,以便到'专制'失效时,可以成为儿女的朋友与顾问。如果我的推论有错误的话,请记住,是你采用这种类推法的。"

"新近,"玛格丽特说,"我听说,仅仅三四年前纽伦堡①发生的一件事。那儿有个阔人,独个儿住在一所那种先前既是住宅又是货栈的大宅子里。据说,他有一个孩子,但是并没有人确切地知道。有四十年,这个谣言时起时落——始终没有完全消失。在他死后,这件事竟然是真的。他有一个儿子——一个过分高大的人,具有孩子那种未经历

---

① 纽伦堡(Nuremberg):德意志联邦共和国巴伐利亚州的一个城市。所谓三四年前发生的事,未详所指。

练过的智力。他用这种古怪的方式把那个儿子养大,为的是不让他受到诱惑和犯下错误。当然啦,等这个大孩子不受约束,踏入社会以后,所有恶劣的顾问都能够支配他。他辨别不出善良与邪恶来。他父亲犯下了大错误,使他愚昧无知地长大成人,还把这种愚昧无知当作是天真无邪哩。他过了十四个月的放荡生活以后,市政当局不得不看管起他来,以免他挨饿。他甚至话都说不大好,没法顺顺当当地当一名乞丐。"

"我方才(根据黑尔小姐的说法)用了这个比较,把厂主的地位比作父母的,所以你把这个比喻变成一个武器来攻击我,我不应该抱怨。可是黑尔先生,当你树立起精明的父母作为我们的榜样时,你说他们顺应了儿女想要独立行动的欲望。但是雇工们在工作时间里采取任何独立行动的时代,自然还没有到来。我也几乎不太知道,到那时候你这话会是什么意思。我得说,厂主们是按着一种我个人认为做起来不太公正的办法,侵犯到雇工们的独立性,倘使我们过多地去干涉他们在厂外所过的生活的话。由于他们每天为我们劳动十小时,我瞧不出我们有任何权利对他们其余的时间加上任何管束。我非常珍重我自己的独立性,因此要是有另外一个人经常来指导、劝告和教训我,甚至用任何方式过分周详地来安排我的行动的话,我可想象不出有比这更大的耻辱了。即使这个人可能是最聪明的或最坚强的人——我也同样反对和厌恶他的干涉。我猜想这在英格兰的北方是一种比在南方强烈得多的情绪。"

"请你原谅,但这是不是因为顾问阶级和接受指导的阶级之间丝毫没有平等友谊的缘故呢?因为每一个人不得不站在一个极为不恰当的、孤立的地位上,跟其他的同胞毫无关系,同时又十分猜忌其他的同胞,经常担心自己的权利遭到侵犯,是不是这样呢?"

"我不过讲明实际情形。说来很抱歉,我八点钟有个约会,今儿晚上我只好仅仅举一举我所见到的实际情形,不去说明这些实情的原因。说真的,这些原因在决定根据实际情形如何行动方面,并不会造成任何差别——事实是必须接受的。"

"可是,"玛格丽特低声说,"在我看来,似乎大有差别……"父亲对她做了一个手势,叫她不要说话,让桑顿先生把要说的话说完。他已经站起身来,准备离去了。

"你们必须承认我说的这一点。假定达克郡的人全有一种强烈的独立自主情绪,我有没有权利把我的看法,我认为另一个人应该怎么行事的看法,强加给他(换了我本人,也准会非常厌恶这一点),就因为他有劳动力出售,我有资本购买呢?"

"一点儿也不是,"玛格丽特决心就说上这一点,"一点儿也不是因为你们的劳资关系,不问这种关系怎么样,只是因为你作为一个人正在跟一大伙人打交道,不管你拒绝不拒绝使用,反正你对他们掌握有巨大的权力,因为你们的生活与福利全如此经常、如此密切地结合在一起。上帝创造了我们,因此我们必须相互依存。我们可以忽视我们自己的依赖性,或是拒绝承认别人在许多方面全依赖我们,不仅仅是每周支付工资这一件,然而,说虽这么说,情况却不得不是这样。你或是任何一个别的厂主全逃避不了这一点。最独立不羁的人,也依靠他周围的人们对他的性格——他的生活,不知不觉产生的影响。达克郡所有自我主义的人中,最孤独的人也有一些家属从四面八方紧紧依附着他,他无法摆脱他们,正像他好比是一块大岩石,无法摆脱……"

"你不要打比吧,玛格丽特。你已经把我们引得离开正题一次啦。"父亲笑嘻嘻地说,可是想到他们使桑顿先生违反本意逗留下来,又很不安。这一点他却错了,因为只要玛格丽特乐意说话,桑顿先生就高兴留下,尽管她说的话很叫他生气。

"请你告诉我,黑尔小姐,你自己曾经受到过什么影响吗——不,这么说不太好,——不过如果你曾经觉得受到别人的影响,而不是受到环境的影响,那么那些别人是在直接还是间接起影响作用呢?他们究竟是为了树立榜样,而一直在努力告诫,吩咐,循规蹈矩地行事,还是他们本来就是一些朴实正直的人,肩负起自己的责任,毫不畏缩地躬行实践,根本没有想到他们的行动是要使这个人勤奋,那个人节俭呢?哦,如果我是一个工人,那么知道我的厂主在所作所为方面规矩正派、坚决灵活(雇工是比贴身仆人还要厉害的坐探),要比厂主对我在下班以后的生活方式所进行的任何干涉(不管这种干涉用意多么好)使我获得的印象深刻上二十倍。我并不乐意过分仔细地去考虑我自己是个什么样的人,不过我认为我能信赖我的雇工们的直爽诚实,以及他们提出的反对的坦率性质,这跟某些工厂里处理罢工工人的方式形成了对比,这正是因为他们知道我自己决不屑利用任何一个不光彩的机会,或是做一件什么卑劣的勾当。这比宣讲上一大套'诚实才是上策'效果更好——那是用语言软弱无力地把生活表达出来。不成啊,不成!厂主是什么样的人,工人也就是什么样的人,用不着厂主过分去操心。"

"这是一篇了不起的坦率表白。"玛格丽特哈哈笑着说,"我瞧见工人们激烈而顽强地追求自己的权利时,就可以很有把握地推断出来,厂主也是如此。对于那种恒久忍耐,又是仁慈,不求自己的益处的精神,他是不大知道的。"①

"黑尔小姐,你就和不明白我们制度如何运行的所有局外人一样。"他急忙说,"你以为我们的工人是面粉揉成的小人儿,我们乐意把他们做成什么可爱的形象就可以做成什么形象。你忘了我们只跟他们一生中不到三分之一的时间打交道,你似乎没有了解到,厂主的责任比仅仅是劳工雇主的责任要广泛得多。我们得维持一个广大的商业名声,这使我们成了文明的重大先驱。"

"这使我想起,"黑尔先生笑嘻嘻地说,"你在家乡可以稍许有所开倡。你们米尔顿这儿的这些人,他们可是一些粗鲁、野气的人。"

"他们是这样的人。"桑顿先生回答,"优柔寡断的外科手术对他们可不成。克伦威尔②准会成为一个极好的厂主的,黑尔小姐。但愿由他来为我们把这场罢工压制下去。"

"克伦威尔可不是我心目中的英雄。"她冷冷地说,"不过我正在想法把你对专制的赞赏和你对别人独立自主的品质的尊重调和起来。"

他听到她的语调,脸红起来了。"在我雇用的工人替我劳动的时间里,我乐意成为他们的公认的、不承担任何责任的厂主。可是在这些时间以外,我们的关系终止了。于是我对他们的独立性,我自己所需要

---

① 《新约·哥多林前书》第十三章第四、第五节。
② 克伦威尔(Oliver Cromwell,1599—1658):17世纪英国资产阶级革命中,资产阶级—新贵族集团的代表人物。1653年,他建立军事独裁统治,自任"护国主"。

的那种独立性,同样加以尊重。"

有一会儿,他没有再说话,他太气恼了。但是他摆脱了这种不快,向黑尔先生和黑尔太太告辞。接下来,他走近玛格丽特,用较低的声音说道:

"今儿晚上,我曾经有一次对你话说得很急,而且恐怕还说得相当没礼貌。不过你知道我仅仅是米尔顿的一个粗鲁的厂主,请你原谅。"

"这没什么。"她笑了笑,抬起眼来望着他的脸说,他脸上的神情显得有点儿急切烦恼。这种神情在他迎上她那亲切愉快的脸庞时,几乎并没有完全消失,可是在玛格丽特的脸上,他们这场讨论所造成的冷冰冰的影响已经丝毫不存在了。不过她并没有伸出手,他又感觉到这一忽略,认为这是由于她心高气傲。

第十六章　死亡的阴影

> 听凭那只隐蔽的手，
> 领人走上违心之路，
> 须对变幻时刻作好准备，
> 人世间兴衰本是常规。
>
> 　　　　　　　　引自阿拉伯文

　　第二天午后，唐纳森大夫头一回来给黑尔太太看病。黑尔太太又变得讳莫如深了。玛格丽特新近经常和妈妈很亲近，她本希望这种隔膜已经打破。没想到她却给打发到房外，而狄克逊倒走进房去。玛格丽特不是一个轻易会倾心相爱的人，可是一旦她动了感情，她总是热情相爱，而且嫉妒的情绪可并不小。

　　她走进客厅后面妈妈的睡房去，来回踱着，等待大夫退出来。每隔一会儿，她总停下听听，她想象自己听到了一声呻吟，于是紧捏着两手，屏住呼吸。她确信自己听到了一声呻吟。随后，一切又寂静了几分钟，再就是椅子的挪动声、提高了的嗓音，以及告别时的种种小活动。

　　等她听见房门打开时，她迅速走出了睡房。

　　"我爸爸不在家，唐纳森大夫。他这时候得去教一个学生。我可不可以劳您驾到楼下他的房间里去坐一会儿？"

　　她看到并且克服了狄克逊设下的种种障碍，以大哥哥[①]的那种气

[①] 大哥哥，原文是 Elder Brother，见《新约·路加福音》第十五章："耶稣又说，一个人有两个儿子，小儿子对父亲说，'父亲，请你把我应得的家业分给我。'他父亲就把产业分给他们。过了不多几日，小儿子就把他一切所有的……耗尽了……就穷苦起来，……于是起来，往他父亲那里去，……说，'父亲，我得罪了天，又得罪了你，从今以后，我不配称为你的儿子。'父亲却吩咐仆人说，'把那上好的袍子快拿出来给他穿，……把那肥牛犊牵来宰了，我们可以吃喝快乐。'那时，大儿子正在田里，……听见作乐跳舞的声音……生气不肯进去。父亲就出来劝他，……说，'儿啊，你常和我同在，我一切所有的，都是你的，只是你这个兄弟是死而复活，失而又得的，所以我们理当欢喜快乐。'"

概端起了自己在家中的合法女儿身份,这竟然很有效地把那个老用人好多事的脾气压下去了。玛格丽特意识到,自己对狄克逊摆出了这种异乎寻常的尊严态度,这使她在忧虑中有一刹那又感到很有趣。从狄克逊脸上流露出的惊讶神色上,她知道自己准显得多么庄重可笑。她这样想着一路走下楼到了那间房里。这使她一时忘却了原来耿耿于怀的当前的这件实际工作。这当儿,这件事又回上了心头,似乎使她吐不出气来。她过了好一会儿才能够说话。

可是等她开口的时候,她却是以一种命令的神气问道:

"我妈妈怎么啦?请您务必把简单的实情全告诉我。"接下去,她看到大夫稍微有点儿踌躇,便又说道:

"我是她唯一的孩子——我的意思是说,在这儿。我恐怕爸爸没有像应有的那样感到惊慌。因此,要是有什么严重的令人不安的情况,那必须慢慢告诉他。这件事我可以做。我可以去照顾我的母亲。请您说吧,大夫。看着您的脸又没法看出实情来,这使我感到更为担心,我相信您要说的话倒不会使我感到这么担心的。"

"亲爱的小姐,你母亲似乎有一个非常关心、非常得力的用人,她倒更像是她的知心朋友……"

"我是她的女儿,大夫。"

"可是我告诉你,她曾经明白表示,希望不要让你知道……"

"我可没那么听话,也没那份耐心接受这道禁令。再说,我相信您很精明——很有经验,绝不会答应她保密的。"

"哦,"他半笑不笑,但是又很伤感地说,"你这可说对啦。我并没有答应。事实上,恐怕用不着我说,这个秘密也很快就会给人知道的。"

他停下。玛格丽特脸色变得刷白,嘴唇抿得更紧了点儿。除此之外,她的容貌一点儿也没有改变。唐纳森大夫能够敏捷地看透一个人的个性,没有这种眼力,任何医生也达不到他那种显赫地位的。这时候,他就是以这种眼力看出来,玛格丽特会强行问出全部实情的,就是瞒起一丁点儿不说,她也会知道,而且瞒起来不说会比知道实情造成更大的痛苦。他低声说了两句简短的话,两眼一直盯视着她。她眼睛里

的瞳孔在极度恐惧下张大开来,脸上的苍白变成了青灰色。他停下不说,等候那种神色过去,——等候她喘息过来。接着,她说道:

"您这样相信我,真非常谢谢您,大夫。这件可怕的事好多星期来一直就萦绕在我的心头了。这是一种真正的、实在的痛苦。可怜、可怜的妈妈!"她的嘴唇颤抖起来。他让她用泪水去发泄一下,深信她的自制力能够止住自己的眼泪的。

她落下了几滴泪水——仅仅落下了几滴后,立刻就想到自己渴望询问的许多话。

"会有很大的痛苦吗?"

他摇摇头。"这一点我们可没法说。这取决于体质,取决于上千种情况。不过医学中最新的发明,给了我们很大解痛能力。"

"我爸爸!"玛格丽特浑身颤抖着说。

"我不认识黑尔先生。我的意思是说,提意见是很困难的。但是我得说,在知道了你逼我这么突然一下告诉你实情以后,忍耐下去,直到你多少熟悉了我没法瞒住不说的这一事实,这样你用不着花太大的气力,就可以尽力去安慰你的父亲了。在那以前,——我还要来给她诊治,我当然会常来的,不过除了减轻痛苦以外,我恐怕也做不了什么事,——在那以前,会出现上千种微小的情况来唤醒他的惊慌,加强他的惊慌——这样他就会更加有所准备。——再说,亲爱的小姐——再说,亲爱的小姐,——我会见过桑顿先生,不管我认为你父亲多么错误,我很尊重他自己所作的那种牺牲。——好,就谈这一次,要是这么说会叫你高兴的话,亲爱的。只不过记住,等我再来的时候,我是以朋友的身份前来。你一定得逐步把我看作朋友,因为在这种境况下彼此见面——彼此渐渐熟悉起来,是抵得上多少年正式访问的。"

玛格丽特哭泣得说不出话来了。分别的时候,她使劲儿握了一下大夫的手。

"这才是我所谓的好姑娘!"唐纳森大夫坐上自己的马车,有时间细看看自己那只戴有戒指、给握得有点儿疼痛的手时,心里这么想着,"谁会想到那只小手会握得这么有力呢? 可是骨节生得很匀称,这就给了她巨大的力量。她是一个多么出色的女人!起先昂着头硬逼我把实情全说出来，随后又那么热切地倾心细听。可怜的人儿！我一定得照料着，不让她过度劳累，尽管这些有教养的人能做出多少事、忍受多少痛苦是令人惊奇的。这个姑娘个性真强。换个别人，脸色变得那么死白以后，不昏倒或者歇斯底里地发作一番，就绝不能恢复过来。但是她两样都不干——她不是那样的人！是她的意志力使她恢复过来的。倘使我年轻三十岁的话，这样一个姑娘准会使我爱上的。如今可太晚啦。哟！已经到了人马宫①了。"他跳下马车，满腹识见、阅历、同情和深思熟虑，随时准备在这些方面为这个人家效力，就仿佛世上再没有其他人家可与之相比似的。

同时，玛格丽特回进父亲的书房去了一会儿，好在上楼走到母亲身边以前先恢复一下精力。

"主啊，主啊！这真可怕。我怎么忍受得了呢？这样一种绝症！毫无希望！唉，妈妈，妈妈，但愿我没有上肖姨妈家去，那些宝贵的岁月一直都待在您的身边！可怜的妈妈！她准忍受了很大的痛苦！嗟，上帝啊，我求求您，愿她的痛苦不要太厉害、太受不了。瞧见她痛苦，我怎么忍受得了呢？我又怎么受得了爸爸所感到的痛苦呢？眼下还不能告诉他，不能一下全告诉他。那样会要了他的命的。不过我决不再放过跟亲爱的好妈妈同待在一起的一寸时光了。"

她奔上楼去。狄克逊不在房间里。黑尔太太躺在一张安乐椅上，因为大夫来给她看病，所以围了一条柔软的白围巾，戴了一顶合适的帽子。她脸上淡淡地有一点儿血色，大夫检查带来的劳累使她脸上反有了一种平静的神情。玛格丽特看到她神色这么镇定，觉得很惊奇。

"哟，玛格丽特，你样子多么古怪！是怎么回事？"接下来，她心里一动，想到实情果真会是什么时，便仿佛不高兴地说道，"你总没有去找唐纳森大夫，问过他什么话吧，——孩子？"玛格丽特没有回答——只满怀渴望地瞅着她。黑尔太太变得更不高兴了。"真格的，他绝不会反悔答应我的话，把……"

"哎，妈妈，他说了。是我硬逼他说的。是我——责备我吧。"她在

---

① 酒店名。

母亲的身旁跪下,一把握着母亲的手——她不肯把母亲的手放开,尽管黑尔太太尽力想要挣脱。她不停地亲着母亲的手,落下的热泪沾湿了它。

"玛格丽特,你这么做是很错误的。你知道我并不希望你知道。"不过她仿佛给这场争论弄累了似的,听任玛格丽特紧紧地握着她的手。过了一会儿,她也乏力地回握了一下。这使玛格丽特胆大起来,开口说话了。

"哎,妈妈!让我来照护你。我愿意学习狄克逊可以教给我的随便什么。可是您知道我是您的孩子,我的确认为我有权利给您做种种事情。"

"你不知道你在要求的是什么。"黑尔太太颤抖了一下说。

"不,我知道。我知道的比您所晓得的要多得多。让我来照护您。让我好歹试一试。谁也不曾,今后也绝不会像我这么尽力学着做的。这将是很大的安慰,妈妈。"

"可怜的孩子!好,你就试试吧。你知道吗?玛格丽特,狄克逊和我本来以为,要是你知道了,你会吓得躲开我的……"

"狄克逊以为!"玛格丽特撇了一下嘴说,"狄克逊就不会认为我有足够的真挚的爱——有和她一样的爱!她大概以为我是一个那种贪图享乐,整天要人侍候的可怜、有病的女人。别再让狄克逊的胡思乱想使您和我疏远开来,妈妈。请您别再这样!"她恳求着。

"你不要生狄克逊的气。"黑尔太太急切地说。玛格丽特镇静下来。

"是!我不生她的气。我一定极力虚心学习她的办法,只要您让我尽力服侍您的话。让我待在最前面的地位上,妈妈——我就渴望这样。以前,我常想着,我待在肖姨妈家的时候,您会忘了我的,于是夜晚脑子里就这么想着,哭泣到睡着为止。"

"我也总想着,在哈利街那么舒服、快乐以后,玛格丽特对我们凑合着过的贫穷的生活会怎么忍受下去呢?后来,有多少次我都觉得,让你看到我们在赫尔斯通的那些家具设备,比让随便哪个陌生人发现它们还要叫人不好意思。"

"唉,妈妈!实际上,我非常喜欢。它们比哈利街的单调无聊的那一套有趣多啦。那个有把手的衣橱搁架,遇到重要的时刻就可以用作晚餐的托盘!还有那个塞上些东西、加个罩子就可以当作大凳子用的老茶叶箱!我想您所说的可爱的赫尔斯通的那些凑凑合合的家具设备,正是那地方生活中最可爱的一部分。"

"我再也看不见赫尔斯通了,玛格丽特。"黑尔太太说,泪水涌上了她的眼睛。玛格丽特没法回答。黑尔太太说了下去。"在那儿的时候,我一直想要离开。所有别的地方似乎全比那儿好。如今,我就要在离开它老远的地方死了。我受到了应受的惩罚。"

"您不可以这么说。"玛格丽特说,她有点儿忍受不住了,"他说您还可以活上好多年。哦,妈妈!我们还要陪您回到赫尔斯通去哩。"

"不,绝回不去啦!我非得把这看作是一种公正的赎罪行为。可是玛格丽特——弗雷德里克!"

一提到这个名字,她突然放声哭了出来,就像感到一阵剧烈的痛苦那样。看来仿佛想到他就搅乱了她的平静,破坏了她的安宁,使她忘掉了疲惫似的。一声狂热的喊叫紧接着一声——"弗雷德里克!弗雷德里克!上我这儿来啊。我就要死啦。我的最大的孩子,再上我这儿来一次吧!"

这时候,她变得异常歇斯底里。玛格丽特吓得忙去把狄克逊叫来。狄克逊气冲冲地走进房,责怪玛格丽特使她母亲过分激动起来了。玛格丽特顺受着一切,只是相信父亲这时大概不会回来。她虽然十分惊恐——就当时情况说甚至超过了必要——却仍旧敏捷而得当地照办了狄克逊的全部吩咐,没有替自己分辩上一句。这样一来,她使责怪她的人平和下去。她们把她母亲扶到床上睡下,玛格丽特坐在她身边,直到她睡着了。随后,狄克逊招招手把她唤出房去,仿佛做了什么违反本性的事情那样板起脸来,吩咐玛格丽特喝下她在客厅里替玛格丽特准备好的一杯咖啡,并且在她喝着时摆出一副发号施令的架势站在她面前。

"你不该那么盘根究底的,小姐。再说,没有到时候,你也不必烦恼。烦恼的日子很快就会到来的。现在,你大概要去告诉姑老爷,那么家里大伙儿都会弄得愁眉不展啦!"

"不,狄克逊,"玛格丽特忧伤地说,"我不去告诉爸爸。他不能像我这样忍受这件事。"但她一面表明自己多么能容忍,一面却不禁落下泪来。

"是吧!我知道会是怎么个情形。你妈妈刚安安静静地睡着,你又要把她闹醒啦。玛格丽特小姐,宝贝儿,这多少星期,我不得不把这件事藏在心里。虽然我并没有自认为能够像你这样爱她,可是我的确比随便哪个别的男人、女人、孩子都爱她——除了弗雷德里克少爷外,我心爱的人里没有谁能比得上她的。自从贝雷斯福德夫人的女用人第一次领我进去,瞧见她穿着白绉绸的衣服,戴着麦穗和鲜红的罂粟花——我当时把一根针扎进了手指,断在肉里,等人家把针弄出来后,她把自己绣的一条小手绢扯碎了给我包扎,参加完舞会回家又走来用洗涤药水把绷带洒湿——她在舞会上是最最美丽的小姐了——自从那时候起,我就从来没有爱哪个别人像爱她这样。那时候我真没有想到,我竟会活着看到她给弄得这么贫困。我可不是责怪谁。许多人都说你长得标致,长得美,这样那样。就连在这个简直把人的眼睛弄昏花了的烟雾腾腾的地方,猫头鹰也能瞧出这一点。但是你绝赶不上你妈妈那么美——绝赶不上,就算活到一百岁也赶不上。"

"妈妈还是很美。可怜的妈妈!"

"你快别又哭啦,要不然我也要忍不住了。"她也呜咽起来,"照这样,你绝对经受不起姑老爷回家来的询问的。快出去散一会儿步,让自己稍许镇定点儿再回家来。有好多次我都渴望出去走走,把心思忘掉——忘掉她患的是什么病,以及结局肯定会是怎样这种种心思。"

"哎,狄克逊!"玛格丽特说,"我时常向你乱发脾气,不知道你不得不隐瞒着一个多么可怕的秘密!"

"愿上帝降福给你,孩子!我喜欢瞧见你露出点儿勇气来。这是古老、优良的贝雷斯福德家的血液。嘿,倒数上去的第三位约翰爵士,就因为总管对他说他压榨了佃户,当场就在总管站的地方开枪把他打倒。他继续压榨佃户,直到他从他们身上再也榨不出一个钱来才罢休。"

"哦,狄克逊,我可不会开枪打你,我要尽力不再向你乱发脾气了。"

"你从来也没有向我乱发脾气。要是我有时候这么说的话,那也总是私下对我自己说,为的是一个人很惬意地聊聊,因为这儿没有一个人和我谈得来。再说,你发起火来时,神气活脱儿就像弗雷德里克少爷。我随便哪天都乐意惹你发火,就为了想看看他那种急躁的神气像一大片乌云那样出现在你的脸上。好啦,小姐,现在出去吧。我来守着姑奶奶。至于姑老爷,他的书可够他看的,万一他回家来的话。"

"我这就去。"玛格丽特说。她在狄克逊身旁又逗留了一会儿,仿佛有点儿害怕和踌躇不决似的。接下去,她突然亲了一下狄克逊,快步走出房去了。

"愿上帝降福给她!"狄克逊说,"她可真叫人喜欢。我心爱的人有三个:姑奶奶、弗雷德里克少爷和她。就他们三个人。没有别人啦。其余的人全见鬼去,我真不知道他们到世上来是为了什么。姑老爷生来大概是为了和姑奶奶结婚的。要是我认为他非常爱她,到时候我也许会喜欢他的。不过他应该更多地照顾她一点儿,不要老是看书看书,想呀想的。瞧瞧这使他落到了什么地步!许多人从不看书,也从不去想,却当上了教区长、教长等等这样的职务。姑老爷只要关心关心姑奶奶,不老是叫人厌倦地看书默想,那么他可能也会当上这种职务的。——她出去啦。"她听见关前门的声音,朝窗子外边望望,"可怜的小姐!她的衣服跟一年以前她回赫尔斯通去的时候所穿的比起来,显得多寒碜。那时候,她的衣服里根本就没有一只缝补过的长袜或是一副洗涤过的手套。可现在呢……"

第十七章　罢工是怎么一回事？

> 条条小径荆棘丛生，
> 　　要人耐心时刻留神；
> 种种遭际皆有苦难，
> 　　要人真诚祈求禳除。
>
> 安·利·韦林①

玛格丽特心情沉重、十分勉强地走了出去。但是在她到达第一个拐弯处以前，那一条长街——是呀，米尔顿街道上的气氛——使她这年轻人的情绪欢畅起来。她的步伐变得比先前轻快了，嘴唇也变得红润了些。她开始留神细看，不再把思想那么全神贯注在内心里了。她看到街上有些与众不同的闲人：两手插在衣袋里沿街闲逛的男人；聚集在一起放声大笑和高声谈话的姑娘，她们似乎全心情激动，兴高采烈，脾气和举止中都透出了一种闹闹嚷嚷的独立性。神情较为粗暴的男人——那少数不很体面的人——逗留在啤酒店和金酒②店的台阶上，一面抽烟，一面相当随意地评论每一个过路人。玛格丽特原来打算走到外面乡野去，可是想到在到达乡野之前，一定得穿过这些街道作一次长时间的步行，心里又不很喜欢。她于是改变了主意，决计去瞧瞧贝西·希金斯。那不会像一次宁静的乡野漫步那么令人精神爽适，不过话得说回来，那也许会是做上一件较为厚道的事情。

在她走进屋子时，尼古拉斯·希金斯坐在炉火旁抽烟。贝西正在

---

① 韦林，见第 44 页注①。引文见他的《赞美诗与冥想录》中《父亲，我毕生都知道这件事》一首诗的第七节。

② 金酒，即杜松子酒。

另一边晃动着身体。

尼古拉斯从嘴里取出烟斗,站起身,把自己的椅子推过来让玛格丽特坐。当玛格丽特询问贝西的身体情况时,尼古拉斯以一种懒洋洋的姿势靠在壁炉架上。

"她口头上说精神相当差,可她身体倒比先前好点儿啦。她不喜欢这场罢工,一心就想不惜任何代价得到和平和清静。"

"这是我所见到的第三次罢工了。"她叹息着说,仿佛这句话就足以答复和说明一切似的。

"嘿,第三次会给大伙儿带来补偿。瞧我们这次准叫厂主们活见鬼去。瞧他们来不来请我们按我们自己订的价钱回去。就是这样。过去,我们错过了时机,这我承认,不过这一回我们把计划定得非常周密。"

"你们为什么罢工呢?"玛格丽特问,"罢工就是停止工作,直到你们得到自己所要求的工资,是不是呢?你对我的缺乏知识绝不可以感到奇怪。在我原来待的地方,我就从没有听说过罢工。"

"但愿我待在那儿。"贝西疲乏无力地说,"不过我不该厌恶罢工。这次会是我见到的最后一次了。在这次罢工结束以前,我就已经到了那座伟大的城市里——那个神圣的耶路撒冷①里。"

"她满心净想着未来的生活,没法想到现在。你瞧,我眼下在这儿非得做我能做的最有利的事情。到手的东西总比还没有到手的好。这就是我们在罢工问题上意见不同的地方。"

"可是,"玛格丽特说,"在我原来待的地方,如果人们像你说的这样罢工,那么种子就不播,干草也不收,麦子也不割,因为那儿的人大多数全是农业工人。"

"那又怎样呢?"他说。他已经又在抽烟斗,用反问的口气问了这么一句。

"嗐,"她说下去,"那农场主怎么办呢?"

他抽了几口烟。"我认为他们要么放弃农场,要么就得出公平合

---

① 耶路撒冷(Jerusalem):巴勒斯坦的古城,是伊斯兰教、犹太教和基督教的圣地。

理的工资。"

"如果他们不能或是不愿做后一件事,他们又不能一下子把自己的农场全放弃掉,不论他们多么希望这么做的话,可他们那年既没有干草又没有谷物出卖,那么下一年付工人工资的钱打哪儿来呢?"

他还是抽烟。后来,他说:

"我一点儿也不知道你们南方的情形。我听说他们是一伙儿没精打采、受到糟践的人,简直饿得要命,饿得两眼发花,连自己上当受欺时都不知道。这儿可不是这情形。我们上当受欺时自己知道,而且我们身上血气旺盛,绝忍受不了这种情况。我们就不去开织布机,说,'你们可以使我们挨饿,但是你们不能欺骗我们,厂主们!'他妈的,他们这回可骗不了我们啦!"

"但愿我住在南方。"贝西说。

"那儿也有不少得容忍的事情。"玛格丽特说,"到处都有伤心的事情得忍受。有很艰苦的体力劳动得干,可是没有多少粮食来给人增加气力。"

"不过是在户外,"贝西说,"远离这种没完没了的嘈杂声和使人难受的闷热。"

"有时候是在大雨里,有时候是在严寒之下。青年人可以经受得起,但是老年人就患上了风湿病,痛苦不堪,没到年纪腰也弯了,人也老了,可是他还是得照常工作,要不然就得上济贫院去。"

"我还以为你非常喜欢南方乡下的生活哩。"

"我是喜欢。"玛格丽特说,她发现自己给人这样问住,不禁微微笑了,"我只是说,贝西,在这个世界上,一切全有好的一面,也有坏的一面。既然你感到了这儿的坏的一面,我就认为你也该知道那儿的坏的一面,这样才公正。"

"你还说他们在那儿从来不罢工吗?"尼古拉斯出其不意地问。

"是呀!"玛格丽特说,"我认为他们非常有见识。"

"我认为,"他回答说,一面那么使劲儿地把烟斗里的灰敲出来,结果把烟斗敲断了,"并不是他们非常有见识,是他们太没有勇气啦。"

"哎,爹!"贝西说,"你们罢工得到了什么好处呢? 想想看妈妈去世时的那第一场罢工——咱们大伙儿全不得不挨饿——您是所有人里境况最糟糕的。结果,每星期都有人按同样的工资回去干活儿,到后来有活儿可干的人全回去了。有些人后来一生都靠乞讨过日子。"

"是呀,"他说,"那场罢工组织得很不好。负责组织那场罢工的人不是傻瓜就是不可靠的人。这次,你瞧,就不一样了。"

"可你始终没有告诉我你们为什么罢工。"玛格丽特又说。

"哦,你瞧,有五六个厂主一心不想按照过去两年里他们所付的工资付给工人。过去两年里,他们自己生意兴隆,越变越富。哟,他们上我们这儿来,要我们少拿点儿钱。我们不肯少拿。我们就先把他们饿死,瞧瞧有谁再给他们干活儿。他们这大概是要把自己的摇钱树挖掉。"

"这么说,你打算拼死拼活对他们进行报复吗?"

"不是这样,"他说,"我并不打算死。我只是希望有机会死在自己的岗位上,而不后退。人家说这是一个军人的优秀和体面的品质。一个穷织布工干吗就不能也是这样呢?"

"可是,"玛格丽特说,"军人是为国捐躯呀——是为了别人的缘故。"

他冷笑了笑。"姑娘,"他说,"你不过是个年轻的女孩儿,但是你有没有想过,我每星期拿十六先令,可以养活三个人——那就是贝西、玛丽和我自己?你想没想过,我在这时候罢工,这是为了我自己吗?这就跟你所说的军人一样,也是为了别人——只不过他的死是为了一个他从来没有看见过的、活在世上的日子里也从来没有听说过的人,可我却是为了约翰·鲍彻。他就住在隔壁第二家,有个生病的老婆和八个孩子,没有一个孩子到了可以进厂做工的年龄。我也不单单是为了他,虽然他是一个可怜无用的人,每回只开得了两架织布机。我还为了主持公道。我得问问,我们为什么现在得比两年前少拿点儿工资呢?"

"你可别问我,"玛格丽特说,"我什么也不懂。问问你们的一些厂主。他们肯定会向你说出一个原因来。这不只是他们的一个专横的决定,毫无理由就作出来的。"

"你只是一个局外人,就是这样。"他轻蔑地说,"你知道的可真不少。去问问那些厂主！他们会叫我们别多管闲事,他们的事他们会管。我们分内的事就是,你知道,领取减少了的工资,感激不尽。他们分内的事就是,把我们的工资削减到饥饿线上,好让他们增加利润。事情就是这样。"

"不过,"玛格丽特说,她决心毫不退让,尽管她看出来自己正使他感到很生气,"买卖的情况可能使他们无法发给你们同样的报酬。"

"买卖的情况！这可正是厂主们骗人的鬼话。我刚讲到的是工资标准。买卖的情况就掌握在这些厂主自己的手里。他们把这当作一个吓人的妖怪推到前边来,吓唬顽皮的孩子,使他们规规矩矩。我告诉你,压垮我们,扩大他们的财产,这是他们的本分,——是他们的方针,如同有些人所说的。站起来奋力搏斗,这可是我们的本分,——这并不是单为了我们自己,还为了我们周围的人——为了正义和公道。我们帮助他们获得利润,我们也应该帮助他们花掉。这一回倒并不是我们想要他们的钱,像早先好多次那样。我们有钱放在一旁,我们决心大伙儿同进退、共患难,要是工资比工会说我们应该领的数目少的话,我们就一个人也不复工。所以我说,'罢工万岁',让桑顿、斯利克森、汉珀和他们那一伙人瞧着吧！"

"桑顿！"玛格丽特说,"是马尔巴勒街的桑顿先生吗？"

"是呀！马尔巴勒工厂的桑顿,我们全这样叫唤他。"

"他也是你们正在展开斗争的一个厂主吧？他是个什么样的厂主呢？"

"你看见过叭喇狗①吗？叫一只叭喇狗坐下,拿衣服和裤子给他穿上,那么你就可以看到约翰·桑顿的神气了。"

"不对,"玛格丽特哈哈笑着说,"这我可不同意。桑顿先生的相貌是很普通,不过并不像一只叭喇狗,叭喇狗鼻子又阔又短,上嘴唇总是那么气势汹汹。"

"不！不是就外表的神气来说,这我承认。但是如果约翰·桑顿动了一个什么念头,那么他就会像叭喇狗那样坚守着它。你不拿干草

---

① 一种大头粗颈、生性凶猛的狗。

权撑他,他决不放下走开。他可很值得斗一斗,这个约翰·桑顿。至于斯利克森,我想他有天会用一些好听的保证把工人骗回去复工,等他们又落到他的权力下后,就再欺骗他们。真格的,他准会让他们拼命干活来把多付的钱捞回去的。他跟条黄鳝一样狡猾,他是这么个人,像只猫一样——圆滑、阴险、凶狠。跟他绝不是一场正大光明的斗争,像跟桑顿那样。桑顿像门环一样执拗,是一个地地道道顽固不化的家伙,——那个老叭喇狗!"

"可怜的贝西!"玛格丽特转身对着她说,"你为这些事唉声叹气,你不喜欢挣扎搏斗,像你父亲这样,是吗?"

"是啊!"她心情沉重地说,"我都厌倦啦。我真希望在我去世以前的日子里能够听到一些别的谈话,不只是使我一生都感到厌烦的干活儿、工钱、厂主、雇工、工贼这些话,说他们怎样乒乒乓乓、稀里哗啦地打呀、斗呀。"

"可怜的姑娘!让什么'去世的日子'活见鬼去吧!你已经显得好点儿,可以稍许走动走动、换换空气了。再说,我在家待的时间也要多点儿,要叫你快活点儿。"

"烟斗的烟叫我直呛!"她发脾气说。

"那么我往后就不在屋子里抽!"他怜爱地回答,"你先前为什么不跟我说呢,你这傻丫头?"

有一会儿她没有说话,后来她说得声音那么低,只有玛格丽特能听见。她说:

"我猜他总要尽情把烟抽足,把酒喝够,直到再也抽不进、喝不下才肯完事。"

她父亲走出屋子去,显然是去把烟抽完。

贝西热烈地说:

"唉,我是不是个大傻子,——是不是,小姐?——嗐,我明知道该让爹留在家里,避开那些在罢工的日子随时随刻都准备引诱一个人去喝酒的家伙,——可我的嘴却偏要去责怪他的烟斗,——这样他就要走了,我知道他要走的,——就像他常常想抽烟那样——谁也不知哪天会有个结局。但愿我先让自己给呛坏。"

"你父亲老爱喝酒吗?"玛格丽特问。

"不——就不说老爱喝吧,"她仍旧用同样热烈激动的声调这么回答,"可是你总有俩钱吧?一个人有些日子就像别人那样,早上起身,一个钟点一个钟点混过去,就渴望稍许改变一下——可以说是渴望找一点儿刺激。我知道,遇到这种日子,我总从另一个面包房去买一只四磅的面包来吃,就因为我想到一天天眼前永远是同样的景象,耳朵里永远是同样的声音,嘴里永远是同样的滋味儿,头脑里永远是同样的想头(或者就这件事来说,并没有想头),人都感到厌烦了。我一直巴望是一个出外玩乐的人,即便只是上一个新地方去寻找工作的流浪人。而爹——所有的工人——对于永远干同样工作的那份单调比我更容易觉得厌倦。那么他们怎么办呢?倘使他们到金酒铺去,让自己的血液流得快点儿,人精神点儿,瞧瞧他们在其他的时候绝瞧不见的东西——图画、镜子等——这并没有什么好责怪他们的。但是爹始终不是一个好酒贪杯的人,虽然他偶尔也喝得大醉。只不过你瞧,"说到这儿,她声音变成了一种悲伤、恳求的腔调,"在罢工的时候,尽管开头希望那么大,有不少事都会把人拖垮。安慰打哪儿来呢?他变得生气发狂——他们全都这样——接下来他们因为生气发狂,人都疲惫了。也许,他们在愤怒中做了什么乐意忘却的事。愿上帝降福给你这张美丽、同情的脸!可是你还不知道罢工是怎么个情形哩。"

"唉,贝西,"玛格丽特说,"我不会说你夸张,因为我对这件事知道得不多,不过你也许因为自己不舒服,所以只看到一面,另外还有一面,比较光明的一面,也应该看到。"

"你自然尽可以这么说,你一生都生活在四季常青的温暖环境。就这方面说,你始终不知道贫穷、忧虑或是邪恶。"

"你得小心别这么随便下判断,贝西,"玛格丽特说,脸蛋儿绯红起来,眼睛闪闪发亮,"我这就要回家看我母亲去,她病得挺厉害——挺厉害,贝西。她非常痛苦,但是除了死外,没有其他的解脱办法。然而,我非得高高兴兴地对我父亲说话,他一点儿也不知道她的真情实况,非得逐步逐步慢慢让他知道。能够同情我、帮助我的唯一的人——他的到来比世上随便什么别的都能使我母亲获得安慰的唯一的人——受到了诬告——要是来看看他的快要去世的母亲,就会冒生命的危险。这件事我就告诉你——只告诉你一个人,贝西。你决不可以告诉别人。米尔顿没有一个别人——英格兰几乎也没有一个别人知道这件事。我没有忧虑吗?尽管我穿得很好,吃得很饱,我没有烦恼吗?哎,贝西,上帝是公平的。虽然只有他知道我们内心里的痛苦,可是我们的命运却是由他仔细分派定的。"

"请你原谅。"贝西恭顺地说,"有时候,想到我的生活,想到我在生活中享有的那一点儿乐趣时,我就认为,我也许是一个那种天上落下一颗星就注定得死的人。'这星名叫茵陈。众水的三分之一变为茵陈,因水变苦,就死了许多人。'①假如一个人认为痛苦和悲伤是早就安排定的,那么他就会觉得容易忍受点儿。因此,我的痛苦多少好像正是为了使预言应验而需要的,要不然这种痛苦就似乎是不为了什么而加上身来的了。"

"不啊,贝西——想想看!"玛格丽特说,"上帝并不乐意使人蒙受痛苦。别过多地去琢磨预言书,细读读《圣经》里比较清楚的部分。"

"也许这样比较聪明,可是我上哪儿可以听到这么富有希望的崇高的话呢——听到有人讲出什么(像在《启示录》中那样)跟这个阴郁的世界,尤其是跟这个城市这么不一样的事情呢?有多少次,我都把第七章里的诗背诵给自己听,就为了听听声音。那声音跟风琴一样美,也跟每一天那么不同。不,我不能放下《启示录》不读。《启示录》比《圣经》中任何一部其他的书更能叫我感到安慰。"

"让我改天来念几段我最喜欢的章节给你听听。"

"好,"她渴望地说,"你来读吧。爹可能也会听见你读的。他根本不听我的话,他说我的话跟今天的情况毫不相干,而他关心的就是今天的情况。"

"你妹妹上哪儿去啦?"

"剪粗斜纹布去了。我不想让她去,可我们非得想法生活,工会又给不了我们多少钱。"

---

① 《新约·启示录》第八章第十一节。

"现在我非走不可啦。你真对我做了好事,贝西。"

"我对你做了好事!"

"是呀。我上这儿来的时候很伤心,简直认为我自己的伤心事是世上唯一叫人伤心的事情。现在,我听见你多少年来一直不得不怎样容忍,这使我变得坚强起来点儿。"

"愿上帝降福给你!我本来以为只有上等人才能做好事。要是我想到我对你也可以做好事,那么我会感到很得意的。"

"要是你老想着它,你就不肯做啦,即便是你做了,你也只会感到不自在的,幸好不去想它。"

"你不像我所见过的别人。我真不知道怎样来看待你。"

"我也不知道怎样来看待我自己。再见!"

贝西停止晃动,在她身后凝视着。

"我不知道南方是不是有许多人全像她这样。她不知怎么就像一阵清风,叫我精神振作起来点儿。谁会想到那张脸——跟我梦见的那位天使一样聪明、坚强——竟然会经历过她所说的那种悲伤?我不相信她怎么会犯罪恶。可我们每个人都必然有罪的呀。我的确很想念她。爹也是一样,这我瞧得出。甚至玛丽也是这样。她给激动起来,殷勤招呼,这不是常有的事。"

第十八章　爱好与憎恶

> 我满心不快,有两个声音
> 在我胸中清晰可闻。
>
> 　　　　　　　　《华伦斯坦》①

玛格丽特回家以后,发现桌上有两封信:一封是写给她母亲的一份帖子,——另一封是邮寄来的,显然是肖姨母写的信——上面净是外国邮戳——薄薄的、银白色的、捏在手里沙沙作响。她拿起那另一封来,正在细看的时候,父亲突然走进房来了。

"你妈妈倦啦,很早就上床睡了吗?我恐怕这样一个雷电交加的日子,绝不是请大夫来给她看病的好日子。他怎么说的呢?狄克逊告诉我,他跟你谈了她的情况。"

玛格丽特踌躇起来。父亲的神色变得比先前更严肃、更关切。

"他并不认为她的病很严重吧?"

"眼下还不严重,他说她需要好好照料。他人很好,说他还要再来看望,瞧瞧他用的药见效不见效。"

"只需要好好照料——他没有建议更换一下空气吗?——他没有说这个烟雾弥漫的城市对她有什么害处吗,玛格丽特?"

"没有!一句也没有说,"她一本正经地回答,"他大概感到很忧虑。"

"大夫们总显得很担忧,这是职业性的。"他说。

---

① 《华伦斯坦》(Wallenstein):英国诗人柯勒律治根据德国诗人、剧作家席勒(Johann Friedrich von Schiller,1759—1805)的同名三部曲改写的一个剧本(1800)。引文见第二幕第九场。

玛格丽特从父亲紧张不安的态度上看出来,尽管他极力不想重视她告诉他的话,他的思想上还是初步认识到了可能有危险。他忘不了这个话题,——没法从这个话题上转到别的事情上去。那天晚上,他一再回到这件事情上来,就连最最微小的不好的猜想也不愿意接受。这使玛格丽特感到说不出的伤心。

"这是肖姨妈写来的信,爸爸。她到了那不勒斯,觉得那儿天气太热,所以在索伦托①租下了一套房间。不过她大概不喜欢意大利。"

"大夫对饮食没有说什么吧?"

"饮食应该有营养,好消化。我觉得妈妈的胃口挺好。"

"是呀!他竟然想起来要讲到饮食,这更加叫人觉得奇怪了。"

"是我问他的,爸爸。"又停了片刻。接着,玛格丽特往下说道,"肖姨妈说,她送了些珊瑚首饰给我,爸爸,不过,"玛格丽特勉强笑了笑,又说道,"她又怕米尔顿不信奉国教的人会不喜欢这种首饰。她是从教友会会友那方面获得对不信奉国教的人的种种看法的,您说对吗?"

"要是你听见或者注意到你妈妈想要什么,一定要让我知道。我真担心,她没有总把她想要的东西告诉我。你务必去看看桑顿太太说的那个姑娘。如果咱们找到一个得力的好用人,狄克逊就可以经常陪伴着她,那么我可以担保,咱们很快准就可以使她恢复健康了,倘使好好照料就能做到这一点的话。她新近太累啦,天气又热,又不容易找到一个用人。稍许休息休息,会使她完全好起来的——是吗,玛格丽特?"

"希望如此。"玛格丽特说,——但是她说得那么伤感,她父亲也觉察到了。他捏了一下她的脸蛋儿。

"唉,你脸色这么苍白,我非得来使你稍许红润点儿。你自己好好当心,孩子,要不然接下来就轮到你找大夫啦。"

那天晚上,他没法定下心来做随便什么事。他不停地尽力踮起脚走来走去,想瞧瞧他的妻子是否还在睡觉。玛格丽特对他这样坐立不安,心头感到十分难受——他是在把自己内心里阴森森地悄然出现的

---

① 索伦托(Sorrento):意大利南部那不勒斯湾的一个海滨城市。

那种可怕的疑虑尽力抑压下去。

后来,他走了回来,感到宽慰了点儿。

"她醒啦,玛格丽特。看见我站在一旁,她笑了。就是她一贯的那种微笑。她还说她觉得精神好多了,准备吃点儿茶点。寄给她的那份帖子在哪儿?她想瞧瞧。你去沏茶,我去把帖子念给她听。"

那份帖子原来是桑顿太太邀请黑尔先生全家在本月二十一日前去吃饭的一份正式请柬。玛格丽特觉得很惊讶,那天白天知道了可能出现的种种令人悲痛的结果以后,这时候竟然又考虑接受这项邀请了。可是事情就是这样。在玛格丽特还没有听到帖子的内容以前,黑尔太太想到由丈夫和女儿前去赴宴,就已经感到满心欢喜。这是一件使病人的单调生活有所改变的事。当玛格丽特不肯前去时,黑尔太太甚至烦躁而固执地坚持要他们去。

"不去,玛格丽特?要是她希望咱们去,我想咱们俩都乐意去。如果她觉得身体当真还不够强健,她决不会希望咱们去的——实际上比咱们以为的情况要好,是吗,玛格丽特?"下一天,玛格丽特预备写封短信接受邀请时,黑尔先生这么说。

"是吗,玛格丽特?"他紧张不安地把两手挥了挥,问。拒绝把他渴望的安慰给予他,那似乎太狠心了。再说,他热切地拒不承认有什么可以忧虑的情况,这几乎使玛格丽特自己也有了希望。

"我的确认为打昨儿晚上起,她是好点儿啦。"她说,"她的眼睛也亮了,气色也好了。"

"愿上帝降福给你。"父亲热切地说,"是真的吗?昨儿天气那么闷热,人人都觉得不舒服。唐纳森大夫在那样一个日子来给她瞧病,真很不巧。"

说完,他便去做他的日常工作了。由于他答应写几篇讲稿在附近的一个会堂里①向工人们演讲,他的工作又增多了。他选了教会的建筑作为他的讲题。这主要是根据他自己的兴趣与学识,而不是为了照

---

① 会堂,原文为 Lyceum,原为希腊哲学家亚里士多德讲学之地,到 19 世纪初英国成立的许多学术机构都借用这个名称。

顾到那地方的性质或是听讲人对某种特殊知识的渴望。至于那个学会本身,它负下了债务,所以不管讲题是什么,只要能请到一位像黑尔先生这样受过教育、学有专长的人来免费讲学就太令人满意了。

"哦,妈,"那天晚上桑顿先生问,"哪些人接受了您二十一日的邀请?"

"范妮,回帖在哪儿?斯利克森家接受了,科林布鲁克家接受了,斯蒂芬斯家接受了,布朗家辞谢了。黑尔家——父女两个来,——母亲病得太厉害——麦克弗森家来,还有霍斯福尔先生和杨先生。我刚想着去邀请波特家,因为布朗家不能来。"

"很好。您知道吗?根据唐纳森大夫所说的,我实在担心黑尔太太的病可不轻。"

"要是她病得很重,他们又接受邀请来吃饭,那倒很奇怪。"范妮说。

"我并没有说很重。"她哥哥相当严厉地说,"我只是说她的病不轻。他们或许还不知道哩。"这时,他忽然想起,根据唐纳森大夫告诉他的话,玛格丽特至少知道她母亲的确切的病情。

"很可能,他们十分清楚你昨儿所说的那一番话,约翰——这次宴会对他们会大有好处——我是说,通过介绍,认识了斯蒂芬斯家和科林布鲁克家,对黑尔先生会大有好处。"

"我想他们绝不会受到这种动机的影响。决不会。我大概明白是怎么个情形。"

"约翰!"范妮娇憨而胆怯地哈哈一笑说,"你总说自己多么了解这些姓黑尔的,又总认为我们不会知道什么他们的情况。难道他们当真和我们会见的人大不相同吗?"

她并无意惹他气恼,可是要是她存心想这么做的话,那么她不可能做得更彻底了。然而,他只是生着闷气,不屑去答复她问的这句话。

"我觉得他们并没有什么与众不同。"桑顿太太说,"他似乎是一位很可尊敬的人,只是过分朴实了点儿,不适合做买卖——所以他先前是一位牧师,如今又是一位教师,这也许倒好。她虽然体弱多病,至少是一位高尚的太太。至于那个姑娘——想到她的时候——我并不常想到她——她是唯一叫我迷惑不解的人。她似乎很喜欢端架子。我没法明白这是为了什么。有时候我几乎认为,她觉得自己太好啦,朋友们全不配和她来往。但是他们又没有钱。根据我所听说的,他们始终就没有钱。"

"而且她也不是多才多艺的,妈妈。她不会弹琴。"

"你说下去,范妮。要使她合乎你的标准,她还得具备点儿什么别的才能?"

"哎!约翰,"他母亲说,"范妮这么说说并没有什么不好。我亲耳听见黑尔小姐说她不会弹琴。如果你不来干涉我们,我们也许反而会喜欢她,瞧出她的优点来。"

"我相信我决不会瞧出她什么优点来!"范妮在母亲的庇护下嘟哝说。桑顿先生听见了,但是他不乐意来回答。他正在饭厅里来回踱着,指望母亲会吩咐人点起蜡烛来,让他可以开始工作,或是看书或是写东西,从而结束这次谈话。不过他从来没有想到要干涉桑顿太太在家里奉行着的任何一条小规矩,桑顿太太奉行着这些规矩,为的是好惯常记着过去省吃俭用的日子。

"妈,"他停下,叫了一声,毅然把实情明说出来,"我希望您会喜欢黑尔小姐。"

"为什么?"她问,儿子的真挚而温和的态度使她吃了一惊,"你总没有想着要娶她吧?——一个分文没有的姑娘。"

"她决不会要我的。"他哈哈一笑说。

"是呀,我想她也不会,"母亲回答,"上次她讲了几句贝尔先生夸奖你的话,我称赞了她,她就当着我的面笑了出来,我喜欢这姑娘举止这么坦率,因为这叫我相信她心里绝没有想到你。可是一会儿工夫后,她又似乎想到了,弄得我很烦恼——嗐,且不去谈这些!不过你说她把自己看得太高,并没有想到你,这可说得对。这个没规没矩的大妞儿!我倒想知道,她上哪儿能找到一个更好的人!"

假如这些话伤害到她儿子的感情,昏暗的光线也使他没有流露出一丝情绪来。过了一会儿,他很高兴地走到母亲面前,一手轻轻放在她的肩上,说:

"哦,我对于您刚才说的话的确和您一样深信不疑,而且我也从来没有想到或是指望向她求婚,所以您往后应该相信,我讲到她的时候是毫无成见的。我预见到那个姑娘会有烦恼——也许是缺乏母亲的照料——我只是希望您乐意和她交个朋友,万一她需要朋友的话。范妮,"他说,"我相信你很体谅人,一定明白,要是你认为我有什么理由——不只是我现在所举的理由——请你和妈对她殷勤亲切,那么这对黑尔小姐的伤害就和对我的伤害一样大——事实上,她会认为伤害更大。"

"我没法原谅她的傲慢自大。"母亲说,"倘使有需要,既然你又要我这样,我会和她交朋友的,约翰。只要你要我做,就算是杰泽贝尔①,我也会和她交朋友。不过这个姑娘,她瞧不起咱们大家——她瞧不起你……"

"不,妈,我还从来没有让自己,也从来没打算让自己受到她的轻视。"

"真格的,轻视!"——(桑顿太太用鼻子哼了一声,这是她富有含义的强烈表情之一)——"不要一个劲儿地老谈到黑尔小姐,约翰,倘使往后要我好好待她的话。我跟她待在一块儿的时候,不知道是喜欢她呢,还是讨厌她,不过当我想到她,再听你谈到她时,我真厌恶她。我瞧得出来,她对你也很傲慢,就仿佛你全告诉了我一样。"

"要是她曾经对我傲慢,"他说——接下去又停顿了一下——然后往下说道,"我又不是个小伙子,会给一个女人的傲慢神色吓唬住,或者会在意她对我和我的地位的误解。我会打个哈哈,一笑了之的!"

"当然啦! 也对她本人一笑了之,笑她那些美妙的空想和她那样傲慢地昂起头的神气!"

"我只是不知道你为什么净这样谈到她。"范妮说,"我的确对这个话题已经厌倦啦。"

"好!"她哥哥带点儿讽刺地说,"咱们就找一个比较合意的话题

---

① 杰泽贝尔(Jezebel):《圣经》上译作"耶洗别",是犹太王亚哈的王后,一个高傲凶悍的坏女人,见《旧约·列王纪》上第十六章、第十九章以及《旧约·列王纪》下第九章。

吧。作为一件谈起来挺有趣的事,你觉得罢工怎么样?"

"工人们当真罢工了吗?"桑顿太太极感兴趣地问。

"汉珀的工人已经罢工啦。我的要等到这一周的活儿干完,因为他们怕破坏合同会受到控告。凡是没做满日子就离开工作的,每一个我都得找出来惩罚一下。"

"诉讼费用会比这班工人们本身的价值还高——这伙忘恩负义的废料!"他母亲说。

"当然啦。不过我得让他们知道,我是说话算数的,我要他们也说话算数。现在,他们知道我的为人啦。斯利克森的工人也出来了——他十拿九稳不会花钱使他们受到惩罚。罢工看起来很难避免,妈。"

"手头的订货单总不太多吧?"

"当然有不少。这一点他们全知道。不过虽然他们自认为很懂,其实他们并不太懂。"

"你这话什么意思,约翰?"

这时候,蜡烛已经拿来,范妮把她那件老结不完的绒线活计也已经拿上楼来,正对着它在打哈欠。她不时向后靠在椅子里,凝视着空间,舒舒坦坦地什么也没有去想。

"嗐,"他说,"美国人正在把棉纱大量送进普通市场上来,所以我们唯一的机会就是按较低的价格来生产棉纱。要是我们做不到这一点,那么我们不如把厂马上关闭起来,工人和厂主同样四处去漂泊。可是这些傻子重新提出三年前付的价钱——不仅如此,他们有些领袖还举出迪金森的价钱——尽管他们和我们一样也知道,由于从工资中挤出了罚款——这是体面人决不会肯去勒索的——还由于拿我来说就决不屑去使用的一些其他办法,迪金森厂里所付的工资实际比我们的要低。说实在的,妈,但愿从前的结社法①还有效。发觉傻瓜们——这些无知无识、任意胡来的人——把自己的愚蠢、迟钝的脑力合在一起,竟然想要来统治具有知识和阅历,往往还具有苦苦思索和多方操劳所能

---

① 结社法(combination laws):1799年和1800年,英国议会通过的一系列法律,禁止工人以任何形式结合起来,要求提高工资,减少工作时间,煽动罢工,或阻止雇主雇用未经训练的工人。这些法令于1824年废除。

赋予的智慧的那些人的财产,这真太糟糕啦。下一件事就是——真格的,我们如今快落到这地步啦——我们不得不去请求——摘下帽子站着——卑躬屈节地请求纺纱工人工会的书记行行好,按着他们自己定的价钱为我们提供劳工。这就是他们想要做的事——他们就没有知识,看不出来,如果我们在英国这儿得不到一分公平的利润来补偿我们的操劳,我们可以迁移到一个别的国家去。而且,由于国内外的竞争,我们没有谁有可能赚到比公平的利润更多的钱。要是在平均若干年里我们能赚到那样的利润,那么我们就已感激不尽了。"

"你不能从爱尔兰去弄些工人来吗?要是我一天都不乐意留着这些家伙,我要教训教训他们,让他们知道我是厂主,乐意雇用哪种工人就可以雇用哪种工人。"

"是呀!我当然可以这么做。要是他们罢工罢上很久,我也的确会这么做。这么做很麻烦,很花钱,而且我担心还会有点儿危险,不过我宁可这么做,也不会让步。"

"要是得付出这么一笔额外费用,那么我很抱歉,我们偏偏在这时候要举行一次宴会。"

"我也觉得这样,——倒不是因为这笔费用,而是因为有不少事情得加以考虑,还有许多意料不到的事会来占去我的时间。不过咱们非得请请霍斯福尔先生,他在米尔顿不会待多久的。至于别人,人家全邀请过我们,麻烦也就只一次。"

他继续不安地踅来踅去——没有再说什么,只是不时深深吸上一口气,仿佛极力想摆脱一个烦恼的想头似的。范妮问了她妈许多许多不相干的小问题。一个比较聪明的人就会看出来,她妈心里正盘算着一件事,而她问的这些话跟那件事毫无关系。因此,她只得到些简短的答复。所以到十点钟,用人们列队走进来做祷告时,她一点儿也不觉得惋惜。祈祷向来是由母亲念的,——先念一章。这时候,他们正在一章章念《旧约》。等祈祷完毕以后,母亲带着那种多年的沉着神色,向桑顿先生说了一声,愿他夜间睡得好,那种神色里并没有表达出她内心的慈爱,但是具有强烈的祝福意味。桑顿先生仍然来回走着。这次即将发生的罢工使他的业务计划完全受到了阻碍,突然一下全停顿了。事先多少时刻的深思熟虑全是白费,全因为他们这种癫狂愚蠢的行为而给彻底浪费了。这种行为对他们自身的损害要比对他的大,虽然没有人能对他们的胡闹定下任何极限。而这些人却认为自己有资格来指挥厂主如何处理他们的资本!汉珀就在那天曾经说过,要是这场罢工把他毁了,他就要从头再来,因为有一个信念叫他很感安慰,那就是:促成这场罢工的人们的境况,比他本人的还要糟,——因为他既有手又有头脑,可他们却只有手。倘使他们赶跑了对他们的需求,他们既无法再追回它,也无法求助于别的。不过这个想头对桑顿先生说来,并不是什么安慰。很可能,报复并不叫他感到高兴,也有可能他十分珍惜自己用汗水得来的地位,因此强烈地感到,别人的愚蠢无知正使自己的地位有了危险,——他如此强烈地感到这一点,以致压根儿没有心思想到他们的行为会给他们自身带来什么后果。他来回踱着,不时把牙关稍许咬紧一点儿。后来,时钟打了两点。蜡烛在插座上闪烁晃动。他把自己的一支点亮,暗自咕哝道:

"他们这一回一准会知道,得跟什么人来打交道了。我可以给他们两星期的时间,——不再多给了。倘使他们在两星期结束前还看不到自己的癫狂,那么我就只好从爱尔兰去招募工人了。这大概全是斯利克森所干的事,——他和他的诡计真见鬼!他以为他的存货太多啦,所以代表团上他那儿去时,他起先似乎接受了,——当然,他只像原来打算做的那样,批准了他们的愚蠢行为。这次罢工就是打那里蔓延开的。"

第十九章　天使光临

> 犹如天使在光明的美梦里
> 　向睡着的人的灵魂发出召唤，
> 一种古怪的思想超越了惯常的主题，
> 　窥察到了光轮。
>
> 　　　　　　　　亨利·沃恩①

黑尔太太想到桑顿家要举行宴会，显得非常好奇，挺感兴趣。她不停地猜测着种种细节，有几分像一个天真朴实的小孩，想人家把这次宴会上料想会有的种种娱乐事前先叙说上一番似的。但是病人所过的单调生活往往使他们变得像孩子，因为他们对事情谁也没有一点儿得当的意识，每一个人似乎全认为，把他们的境界遮挡起来、把一切别的全隔在外边的墙壁与帷幔，必然要比隐藏在外边的任何事物全宽阔些。此外，黑尔太太还是一个大姑娘时，曾经有过一些虚荣心。等她成为一个穷牧师的妻子以后，她也许曾经过分感到受了屈辱，那些虚荣心都给抑制下了，不过并没有消失。她喜欢想到看见玛格丽特穿着整齐去参加宴会，于是便以一种急切不安的心情讨论着她应该穿戴点儿什么。这种心情使玛格丽特感到好笑，在哈利街待的一年使她比在赫尔斯通待了二十五年的妈妈更习惯于社交生活了。

"这么说你打算就穿那件白绸的衣服。它肯定合身吗？伊迪丝结婚都快一年啦！"

---

① 亨利·沃恩（Henry Vaughan，1622—1695）：英国威尔士诗人。引文见他的诗集《燧石火花》（*Silex Scintillans*，1650）中《他们全进入了光明世界》（*They Are All Gone into the World of Light*）一篇。

"不错,妈妈!那是默里太太做的,一定很合身。要是我长胖了点儿或者瘦了点儿,那么腰身也许会稍微紧点儿或是稍微松点儿。不过我觉得我一点儿也没有变。"

"是不是最好让狄克逊瞧瞧。这件衣服可能放得太久,发黄了。"

"您要是乐意这样,那也好,妈妈。但是万一这件衣服不能穿,我还有一件很好的粉红纱的,是在伊迪丝结婚前不过两三个月肖姨妈给我的。那件衣服绝不会变黄。"

"不会!不过也许会泛色啦。"

"哦,要是那样,我还有一件绿绸的。我觉得这倒像财富多了所带来的麻烦。"

"但愿我知道你该穿什么。"黑尔太太神经质地说。

玛格丽特的态度立刻变了。"要不要我去把一件件穿上,让您瞧瞧您最喜欢哪一件,妈妈?"

"可是——好吧!也许这样最好!"

于是玛格丽特去了。她在这么一个不寻常的时刻穿得齐齐整整,自己很想怎样开一个玩笑:把身体一转,突然蹲下,使华丽的白绸裙子一下膨起,然后从母亲的面前后退,像女王那样,但是等她发现自己的这些玩笑全给看作是妨碍了正经事,因而使母亲感到烦恼时,她又变得严肃安静了。她没法明白究竟为了什么,母亲究竟为了什么,为她的衣服这么心神不安。不过那天下午,她把这次约会说给贝西·希金斯听的时候(讲到桑顿太太答应打听的那个仆人时顺带提起的),贝西听到这消息,也十分激动。

"哟!你要到马尔巴勒工厂桑顿家去吃饭吗?"

"是呀,贝西。你为什么这么惊讶呢?"

"哦,我也不知道。不过他们来往的都是米尔顿的第一流人士。"

"你认为我们不算是米尔顿的第一流人士吗,贝西?"

贝西因为自己的思想这么轻易地就给人家看出来,脸蛋儿上微微泛起了一阵红晕。

"哦,"她说,"你瞧,这儿的人把钱看得很重。我猜你们并不挺有钱。"

"对,"玛格丽特说,"这话一点儿不错。可是我们受过教育,一直生活在受过教育的人当中。一个自认为不及我父亲有学问、向他讨教的人邀请我们去吃顿饭,这有什么非常可怪的地方吗?我并不是要找桑顿先生的差错。他早先是个布店的伙计,没有几个布店伙计能爬到他今天这样的地位。"

"但是在你们狭小的宅子里,你们能回请吗?桑顿家的宅子比你们的要大三倍。"

"我想我们大概可以凑合着回请一下桑顿先生,像你所说的这样。也许不是在那么一间大房里,也许没有那么许多客人。不过我们大概根本就没有这么想过。"

"我可压根儿没有想到你们会上桑顿家去吃饭。"贝西又说了一遍,"嘿,市长本人在那儿吃过饭,还有议会议员等。"

"会见米尔顿市长的这份荣誉我大概也经受得起。"

"可是那些夫人小姐全穿得那么华丽!"贝西关切地瞥了一眼玛格丽特穿的印花布衣裳说。根据她这个米尔顿人的目光来估计,这种印花布大概每码七便士。

玛格丽特的脸上露出酒窝,欢乐地笑了。"贝西,你这么好心,想着要我在所有那些漂亮的人里不显得寒碜,真谢谢你。但是我有好多件华丽的衣裳,——一星期前,我原来会说那些衣服过分华丽,我再也用不着啦。既然我要上桑顿先生家去吃饭,而且也许还会遇见市长,那么你放心,我会穿上我的最好的衣裳的。"

"你穿什么呢?"贝西多少放下心来,问。

"白绸的。"玛格丽特说,"是一年前,我为了参加一个表妹的婚礼做的一件衣裳。"

"那还成!"贝西向后靠在椅子里说,"我挺不乐意有谁瞧不起你。"

"哎!要是那件衣服能使我在米尔顿不至于给人瞧不起,那真很不错。"

"但愿我能瞧见你穿起来。"贝西说,"我想你并不是人家所说的那种标致人儿,你皮肤不像那种人那样红里透白、白里透红,可是你知道吗?早在我瞧见你之前,我就梦见过你。"

"又胡说啦,贝西!"

"不,我是梦见过你。梦见过你这张脸,——用你这双明亮、坚定的眼睛从黑暗中朝外望着,头发从额角那儿吹散开,像一道道亮光那样围绕着前额向外伸去,前额就像现在这样光滑、端正,——你总来给我增加力量,我也似乎总从你的深奥、宽慰的眼睛里得到了力量,——你当时穿的是闪闪发光的衣服——就像你过几天要穿起来的那样。所以你瞧,是你!"

"不是啊,贝西,"玛格丽特轻声说,"不过是一场梦。"

"我在痛苦中为什么不可以像别人那样做梦呢?《圣经》里不是有许多人全做梦吗? 是呀,还瞧见过显圣哩! 哎,就连我爹也很重视所做的梦! 我再告诉你,我同样清楚地看见你,飞快地朝我走来,你走得那么快,所以头发给吹得往后飘拂,就像天生的那样,多少有点儿飞扬起来,衣服就是你要穿的那件闪闪发光的白衣服。让我来看看你穿上那件衣服后的神气吧。我想看看你,摸摸你,就像我梦见你时那样。"

"亲爱的贝西,这完全是你的胡思乱想。"

"乱想不乱想,——你反正来啦,就像我在梦中看见你行动时,知道你会做的那样,——而且当你来到我身边时,我心里就觉得好像轻松点儿,觉得好像受到了安慰,就如同一炉火在一个阴郁的日子给人带来安慰那样。你说日期是本月二十一日。要是上帝容我,我就来看看你。"

"哎,贝西! 你可以来,也欢迎你来,不过别这么说——这么说真使我不好受。真格的,是不好受。"

"那么我就紧闭住嘴,藏在心里。不过这的确是真的。"

玛格丽特默不作声了。后来,她说:

"要是你认为是真的,那么咱们往后再说吧。现在且不去管它。告诉我,你爹罢工了吗?"

"罢了!"贝西心情沉重地说——那种态度跟一两分钟前她说话的态度很不一样,"他和许多别人全罢了,——都是汉珀的工人,——另外还有不少人。这一回,女人和男人一样凶悍。粮食价钱很高,——我猜他们非得有粮食给他们的孩子吃。倘使桑顿家把他们的晚餐送出来给工人们,——同一笔钱花在土豆和面粉上就会使许多哭哭啼啼的婴孩儿安静下来,使他们妈妈的心镇定一点儿!"

"别这么说!"玛格丽特说,"你这么说使我觉得去参加这次宴会是不道德的、犯罪的。"

"快别这么想!"贝西说,"有些人注定该享受奢华的宴会,注定该生在富贵人家,——也许你就是这种人里的一个。别人一辈子辛苦劳碌——狗儿在咱们这时代就不像在拉撒路那时代那么有同情心①。不过要是你要我用手指尖蘸点儿水凉凉你的舌头,那么我一定不顾咱们之间的巨大差别照着你的话办,就因为我想到你在世上是怎样待我的。"

"贝西!你又发烧发得很厉害!摸着你的手,听到你在说的话,我就知道啦。到了那个可怕的日子②,我们有些人在世上是乞丐,有些人又很富裕,这并不足以分隔开我们,——我们不会为了这件可怜的偶然事情而受到审判,我们只会根据我们是否虔诚地追随基督而接受审判。"

玛格丽特站起身,找到了一点儿水。她把手绢在水里浸湿,然后把阴凉的湿手绢放在贝西的前额上,一面用手揉搓那双冰冷的脚。贝西闭上眼睛,听任玛格丽特安抚。后来,她说:

"要是一个接一个人走进来问你爹在哪儿,并且待下来把他们每个人的事说给你听,你也会跟我一样烦得六神无主的。有些人讲到切齿的痛恨,他们说到厂主的那些可怕的事情,使我血全冷了下去,——可是这还不算,因为她们是女人,她们不停地埋怨,埋怨(泪水顺着脸蛋儿淌了下去,根本就不去揩,也不在意),埋怨鲜肉的价钱,还说她们的孩子夜晚饿得简直睡不着。

---

① 《新约·路加福音》第十六章:"又有一个讨饭的,名叫拉撒路,浑身生疮,被人放在财主门口,要得财主桌子上掉下来的零碎充饥,并且狗来舔他的疮。后来那讨饭的死了,被天使带去放在亚伯拉罕的怀里,财主也死了,并且埋葬了。他在阴间受痛苦,举目远远地望见亚伯拉罕,又望见拉撒路在他怀里,就喊着说,'我祖亚伯拉罕哪,可怜我吧,打发拉撒路来,用指头尖蘸点水,凉凉我的舌头,因为我在这火焰里极其痛苦。'"

② 指死后。

"那么她们认为这次罢工会改善这种情况吗?"玛格丽特问。

"她们这么说来着。"贝西回答,"她们说买卖早就很不错,厂主们赚了不知多少钱。爹并不知道他们赚了多少,不过过上一阵子,工会会知道的。如今,既然粮食价钱贵了,她们自然也要她们应得的一份利润。工会说要是不使厂主们把她们的一份利润给她们,那么工会就没有尽到自己的职责。但是厂主们不知怎么占了上风。我担心他们从今往后会一直占了下去。他们这样斗下去,互相龇牙咧嘴,攻击对方,临了斗着斗着,一个个全摔进坟坑去,就像哈米吉多顿①的那场争战一样。"

正在这时,尼古拉斯·希金斯走进来了。他听到了女儿说的最后那句话。

"当然啦!我也要斗下去,这回我会成功的。使他们让步用不着多少时间,因为他们得到的订货单很不少,都签了合同。他们很快就会发觉,把我们要的百分之五给我们,总比损失掉他们所会得到的利润好,更甭提没能履行合同得缴的那笔罚款了。嘿嘿,我的厂主们!我知道谁会获胜的。"

从他的态度上,玛格丽特猜想他准是喝过酒了。这倒并不是因为他所说的话,而是因为他说话的那种激动神气。贝西显然露出了巴望她赶快离开的样子,这多少证实了她的这种想法。贝西对她说道:

"到二十一日——就是下星期四,我可能会来瞧瞧你穿好衣服上桑顿家去。晚饭约的是几点钟?"

玛格丽特还没有来得及回答,希金斯就嚷起来:

"桑顿家!你要到桑顿家去吃饭吗?叫他把你的酒杯满上,好祝他的订货一切顺遂。到二十一日,他大概就会慌张起来,不知怎样按期完成那些订货了。你告诉他,给了那百分之五,第二天上午就会有七百

---

① 《新约·启示录》第十七章:"我又看见三个污秽的灵,好像青蛙从龙口、兽口并假先知的口中出来。他们本是鬼魔的灵,施行奇事,出去到普天下众王那里,叫他们在上帝全能者的大日聚集争战。(看哪,我来像贼一样。那警醒,看守衣服,免得赤身而行,叫人见他羞耻的,有福了。)那三个魔鬼便叫众王聚集在一处,希伯来话叫作哈米吉多顿。"

人开进马尔巴勒工厂去,立刻帮他把合同问题解决了。他们这伙人全在那儿。我的厂主就是汉珀。他是一个那种老式的厂主。遇见人就赌咒发誓。要是他客客气气地讲到我,那他大概就快死啦,不过说到头,他的心地倒并不像嘴那么恶。乐意的话,你可以告诉他,是他的一个罢工工人这么说的。哼!可是在桑顿家你会碰上许多了不起的厂主!等他们饭后想静静坐着,要了他们的命也跑不动时,我倒想叫他们听听我的话。我要把我的意见告诉他们。我要再说一下他们强迫我们干活儿的那种刻薄方式!"

"再会!"玛格丽特匆忙说,"再会,贝西!我二十一日等你来,要是你身体还可以的话。"

唐纳森大夫给黑尔太太开的药和订下的治疗方法起先大为见效,以致不仅她自己,就连玛格丽特也开始希望,他也许诊断错了,她可以就此完全恢复健康。至于黑尔先生,他虽然始终并不知道她们惧怕的严重性质,却以明显的快慰心情嘲笑她们的疑虑。这表明了他对她们性情的窥察是多么严重地影响了他。只有狄克逊老像一只乌鸦那样在玛格丽特耳边说些丧气话。但是玛格丽特不顾这只乌鸦,还是抱着希望。

他们在家里倒是很需要这一线光明,因为就连在他们这样无知的眼光看来,外面也的确有一种阴沉沉的郁闷不满的气氛。黑尔先生在工人中自己也有一些熟人,他们挚诚地说给他听的种种苦难和长期容忍的事情,使他感到意气沮丧。要是有人由于所处的地位,不用他们说就理应理解他们不得不忍受的苦难,那么他们本来是会不屑一说的。可是这个人是从老远的地方来的,对于自己接触到的这种制度的运行感到迷惑不解,于是每一个工人都急切地想使他成为一个公正的人,并为自己气恼的原因提出证据来。接着,黑尔先生把他收集的全部苦情拿出来,放在桑顿先生面前,请他凭着厂主的经验整理一下,并且说明这些苦情的根源。这一点后者总是根据振振有词的经济原则加以照办,说明在做买卖时,商业上必然总有盈亏,而在萧条的时候,有些厂主,有些工人,必然会沦落下去,毁灭掉,在幸福成功的行列中就此不见。他讲得仿佛这种后果是非常合乎逻辑的,雇主和雇工全无权抱怨,倘使他们的命运就是如此:雇主带着无能和失败的沉痛感觉,离开了他不能再参加的这场竞赛——在挣扎中负了伤——被同伙的人在急匆匆地发财致富中践踏到了脚下——在他先前受到尊敬的地方遭到了怠慢——伸出一只堂堂的手,低声下气地去要求工作,而不是派给人工作,不用说,既然对自己作为一个厂主在商业界的浮沉中可能遭到的命运都这样直言不讳,他当然不大可能会对工人的命运具有更大的同情心了。这些工人在快速无情的改进中被抛到了一旁。他们只好躺下,悄悄地从不再需要他们的这个世上消失,只是心里觉得,在撇下来孤苦伶仃的亲人依依不舍的哭喊声中,自己好像到了坟墓中也绝不能安息。他们羡慕野鸟的本领,因为野鸟还能用自己心头的血去喂小鸟①。当他这样议论着的时候——就仿佛商业最为重要而人性却无关紧要似的——玛格丽特对他满心起了反感。她几乎无法为他那天晚上特意前来单独对她提出的那件好事向他道谢。他出于殷勤体贴,感到必须私下来告诉她。根据他从唐纳森大夫那儿听说到的,黑尔太太可能需要一些医疗用品,这些东西他家里全有,因为他自己的经济情况和他母亲的先见远虑,使他们家备置了患病时所需要的种种用具。在他那样议论了一气以后,他的到来,他这样向她提起死亡——她正在徒然无益地极力想使自己相信,母亲也许还不会死——这一切凑到一起,使玛格丽特在眼望着他,听他说下去时,感到十分腻味。她把这个可怕的秘密深藏在自己内心中最隐秘、最神圣的地方——不敢加以正视,除非她要祈求上天给她气力,使她能容忍这样的情景:不久后的某一天,她就会为母亲而放声恸哭,可是从那片茫然无语的黑暗中她不会听到任何回答。然而,除去唐纳森大夫和狄克逊以外,桑顿先生凭什么该是知道这个秘密的唯一的人呢?但是他却一切全都知道。她从他这双怜悯的眼睛里就看出来了。她从他的庄重、踌躇的声音里也听出来了。这双眼睛,这种声音和他说明商业原则,沉着地全面贯彻实行那些原则的那种冷漠无情、凶狠推理的方式,如何协调起来呢?就是这种不协调使她感到说

---

① 企鹅颔下有大喉囊,能涉水取鱼,先连水吞入喉囊,后吐水而食之。幼者用嘴伸入大鸟喉囊取食,嘴端呈红色。因而引起企鹅用胸中的血喂小鸟的传说。

不出的不痛快,尤其还因为她从贝西那儿听到了这场即将发生的灾难。当然,尼古拉斯·希金斯老爹说的话可不一样。他奉派当了一名委员,说他知道一般工人根本不知道的秘密。就在桑顿太太举行宴会的前一天,玛格丽特走去找贝西说几句话,她发现尼古拉斯正在跟鲍彻辩论这一点,他把这件事说得更明白、更详细。鲍彻就是她常听见他们提起的那个邻居,他有时候很叫希金斯怜悯,因为他是一个得养活一大家子的非熟练工人,有时候又使这个精力旺盛、乐观自信的街坊——希金斯——感到生气,因为他缺少希金斯所谓的气魄。玛格丽特走进去的时候,希金斯显然正在大发脾气。鲍彻用两手抓住相当高的壁炉台站在一旁,他因为两只胳膊这样支撑着,所以能够让身体稍许晃动晃动,同时脸上露出一种绝望的神气狂热地注视着炉火。希金斯尽管对他这种绝望的神气满心难受,却又感到十分气恼。贝西正在使劲儿前后摇着。玛格丽特这会儿已经知道,遇到心情激动时,贝西惯常总是这样。她妹妹玛丽正在结上帽带(她的手指又粗又大,所以结出来的蝴蝶结也又粗又大),准备去干剪粗斜纹布的活儿,嘴里还不住大声哭着说着,显然渴望离开使她痛苦烦恼的这个场面。

玛格丽特走进去正好碰上这个场面,她在门口站了一会儿——接着,她把一个手指放在嘴上①,悄悄地坐到了贝西身旁的一个厚坐垫上。尼古拉斯看见她走进来,粗率而并不是不友好地点了点头和她打招呼。玛丽趁房门开着,急匆匆地走出屋子去,等背着父亲的面以后,竟然放声哭了出来。这时候,只有约翰·鲍彻压根儿没有注意谁走进走出。

"没啥用,希金斯。她这样活不长的。她只是一天天虚弱下去——倒不是因为她自己没东西吃——而是因为看到孩子们挨饿她受不了。唉,挨饿! 一星期五先令对你说来也许蛮不错,你只要养活两口人,而且一个还是个大姑娘,差不多可以挣钱养活自己啦。我们可就是挨饿。我明白地对你说吧——要是她死啦,我担心我们还没有得到那百分之五,她就会死,那我就把钱朝着厂主的脸扔回去,说,'你真该

---

① 意思是叫贝西和玛丽不要作声。

死,你代表的残酷的世界真该死,你们不能让为男人生儿育女的最好的女人给我留下来!'还有,你瞧,老哥,我还会恨你和工会的所有那伙人的。哦,我会一直恨你们恨到死,——我一定会,老哥!我一定会,要是你们在这件事上把我领错了路的话。尼古拉斯,上星期三——如今已经是第二个星期的星期二啦——你说,不出两星期,厂主们就要来求我们按着我们自己定的工资回厂去干活儿——现在,时间就快到啦——我们家的小杰克躺在床上,连哭都没有气力哭,只是每过一会儿饿得伤心地抽抽搭搭,——这就是我们家的杰克,我告诉你,老哥!自从生下他以后,我家里那口子就始终没有好起来,她喜欢这孩子,就仿佛他是她的性命似的,——他可也是,——我恐怕他是会使我付出失掉她这个重大代价的,——我们的小杰克,他每天早上总吵醒我,把可爱的小嘴搁在我这脏脏的老脸上,寻找一个光滑的地方好亲亲,——他就躺在那儿挨饿。"说到这儿,悲痛的呜咽使这个可怜人哽噎得说不下去了。尼古拉斯抬起头来,两眼泪汪汪地瞅了玛格丽特一眼,然后才鼓足勇气说话。

"忍耐一下,兄弟。小杰克不会挨饿的。我有俩子儿,我们这会儿就去给那孩子买点儿牛奶和一只足足有四磅重的面包当饭吃。倘使你还短少什么,我的当然也就是你的。只不过别灰心丧气,兄弟!"他说下去,一面在一只茶壶里去把他所有的那一点儿钱掏出来,"我全力担保,咱们还是会斗赢的,只要再忍耐一星期,那么你就会瞧见厂主们怎样改变样子,请求咱们回到厂里去了。工会——也就是说我——会照料着使你有足够的钱养活孩子和老婆。所以不要变得胆小泄气,上那些霸道的家伙那儿去找工作。"

这个人听到这一番话,回过脸来,——把一张异常苍白、憔悴绝望、涕泪纵横的脸回过来,以致他脸上这时的平静神色使玛格丽特不能不哭泣。

"你知道得很清楚,有个比厂主们还要霸道的人说过,'饿死,瞧他们全饿死,看看谁再敢反对工会。'你知道得很清楚,尼古拉斯,因为你是他们中的一个。你们一个个人可能心肠很好,但是聚在一起,你们就跟一只饿疯了的野狼一样,对工人不再有怜悯心了。"

尼古拉斯一手刚放到门锁上——他停住脚,回过身来对着紧跟在身后的鲍彻说:

"上帝在上!哎呀——我可是诚心想着为你,为我们大伙儿出大力呀。如果我以为自己做得对,可实际却做错了,那是他们的罪恶,他们在我不知道的时候,把我撇在眼下这种境况里。我左思右想,头都想疼啦,——请你相信我,约翰,我是想疼啦。我再说一遍,除了相信工会,要不我们就得不到什么支持。那一来,他们肯定就会获胜的!"

玛格丽特和贝西一句话也没有说。她们的眼睛都彼此对望着,期待着对方从内心深处抒发出来的那一声叹息,但是她们几乎都没有发出。最后,贝西说:

"我从没有想到会听见爹再喊叫上帝。可是你听见了吧?他说,'上帝在上!'"

"是呀!"玛格丽特说,"让我把我可以省下的钱全拿来给你,——让我还拿点儿吃食来交给你,给那个可怜人的孩子吃。别让他们知道是从什么别人那儿来的,就说是你父亲给的。因为东西也不会很多。"

贝西往后靠下,并没有注意玛格丽特所说的话。她没有哭泣——只抖抖索索地叹出一口气来。

"我的心全干枯啦,眼泪也流不出来了。"她说,"过去这些日子,鲍彻一直在告诉我他所担心的事和他的种种烦恼。我知道他是个软弱的人,但是尽管如此,他总是个男子汉。虽然我以前好多次都对他和他女人生气,她女人跟他一样,也不知道怎样安排,可是你瞧,一般人全不聪明,上帝却让他们活下去——是呀,还使他们有一个心爱的人,也受到人家爱护,就跟所罗门①一样。而且如果他们心爱的人有什么伤心的事情,他们受到的损害也和所罗门受到的损害一样痛苦。这叫我真搞不明白。也许,像鲍彻这样一个人有工会照料他只有好。不过我真乐意去找组成工会的那些人,让他们一个个来和鲍彻面对面谈谈。我想,要是他们听了他说的情况,他们大概会告诉他(要是我找到他们一个

---

① 所罗门(Solomon):《圣经》记载的古代以色列王国国王大卫之子,以英明著称,深受人民爱戴。

个人的话),他可以回去上工,拿他可以拿到的工资,即使工资没有他们要求的那么多的话。"

玛格丽特一语不发地坐在那儿。从今往后她怎么能离开这儿去过舒适的生活,而把那个人的声音,那种说不出的痛苦的音调,忘却呢?那种声音比所说的话更为透彻地表明了他不得不忍受的痛苦。她取出钱包来,钱包里并没有多少可以算是她自己的钱,但是她却把自己所有的一点儿默默无语地全放进了贝西的手里。

"谢谢你。他们有许多人收入并不比他多,过得却没这么糟,——至少没有像他这样明说出来。不过爹知道以后,不会让他们生活困难的。你瞧,鲍彻是给子女拖垮的,——他女人身体又那么虚弱,能典当的过去这一年全典当完啦。你可别认为我们让他们挨饿,尽管我们自己手头也很紧。要是邻居不照顾邻居,我不知道谁会来照顾。"贝西似乎有点儿担心,生怕玛格丽特会认为他们没有意志,多少也没有力量,帮助一个她显然认为他们应该帮助的人,"再说,"她继续说下去,"爹十分肯定,厂主们在往后这几天里必然会让步,——他们没法再支撑上多久啦。但是我还是得谢谢你,——我代表自己,也代表鲍彻,谢谢你,因为这使得我的心对你越来越热乎了。"

贝西这天似乎比往日安静得多,不过疲惫乏力得叫人担心。等她说完这一席话以后,她显得十分虚弱困顿,玛格丽特不禁惊慌起来。

"没什么,"贝西说,"还不会死。我过了一个可怕的夜晚,乱梦颠倒——也就是说多少像在做梦,因为我完全清醒着——今儿我一直恍恍惚惚,——那个可怜的人儿才使我又活过来啦。是啊!还不会死,但是也没有多少日子啦。哦,请你给我盖上,要是咳得不厉害,我也许会睡着。晚安——还是下午,我搞错啦——不过今儿光线很暗,又有雾。"

第二十章　人和有教养的人

> 茶房,老老少少,都让他们吃,我有的是;
> 让他们每人都有十副牙齿,我并不在乎。
>
> 《诺曼底公爵罗洛》①

玛格丽特回到家里,满心痛苦地惦念着她刚听到和瞧见的情形,以致她几乎不知如何打起精神来办理等着她办的事。她必须经常找出一些愉快动听的话说给母亲听,因为母亲自从不能出去以后,总指望玛格丽特从最短暂的散步中回来会带给她一些新闻。

"工厂的那位朋友星期四能来瞧你穿好衣服吗?"

"她病得那么厉害,我压根儿就没有想到叫她来。"玛格丽特愁眉不展地说。

"哎呀!如今大伙儿好像全病啦。"黑尔太太带着一个病人对另一个病人往往会起的嫉妒心情说,"不过待在一条那种僻静的小街上生病,那一定是很糟糕的。"(她的宽厚的性格占了上风,早先在赫尔斯通的那种思想习惯又回来了。)"这地方真糟。你能怎样帮她一下呢,玛格丽特?你出去的时候,桑顿先生送了些他的陈葡萄酒来给我。一瓶葡萄酒会不会对她有好处呢?"

"用不着,妈妈!他们家大概不太穷,——至少他们并没有说得好像很穷。说到头,贝西患的是肺结核病——她不需要喝酒。也许,我可以拿点儿用咱们可爱的赫尔斯通水果做的蜜饯去给她。不啊!另外有

---

① 《诺曼底公爵罗洛》(*Rollo, Duke of Normandy*, 1639):据信是英国剧作家弗莱彻(John Fletcher, 1579—1625)等人写的一个剧本,又名《残忍的兄弟》(*The Bloody Brother*)。引文见第二幕第二场。

一家人我倒想要给点儿东西——哦,妈妈,妈妈!今儿看了那幕叫人伤心的情景以后,我怎么能穿上我的华美的衣服,跑去参加时髦的宴会呢?"玛格丽特喊着说,一下越出了回家以前她自己预先定下的范围,把她在希金斯的小屋里看到和听到的事情全告诉了她母亲。

这件事使黑尔太太极为苦恼。她在想出一个办法以前,感到烦躁不安。后来,她吩咐玛格丽特就在客厅里装满一篮子东西,立即送给这个人家去。玛格丽特知道希金斯已经把他们迫切需要的东西给了他们,她自己又留下些钱在贝西那儿,所以说第二天早上送去也没有关系,可是母亲几乎对她生起气来。她说,玛格丽特这样讲是冷漠无情的,而且在那只篮子送出他们家以前,一刻也不肯休息。接下去,她说:

"到头来,咱们也许做得并不对。就在上次桑顿先生到这儿来的时候,他曾经说过,帮助罢工工人,使这场斗争延长时间的,全不是真正的朋友。这个姓鲍彻的是个罢工工人,是不是呢?"

黑尔先生教完课后,习以为常地总跟桑顿先生谈上一会儿。等他结束了教学走上楼来时,他太太向他提出了上面这个问题。玛格丽特并不在意他们的礼品会不会使罢工延长下去,在她目前这种激动的状态中,她没有想到那么远。

黑尔先生听她们说了这件事,竭力像法官那样冷静沉着。他回想着不到半小时以前自己听桑顿先生讲着时,认为非常清楚的那一套大道理。他随即作出了一个不很满意的折中解释。他的太太和女儿在这件事上不但做得十分对,而且他也丝毫看不出她们会有什么别的办法来。虽然如此,桑顿先生讲的话总的说来还是很正确的,罢工倘使延长下去,厂主最终必然不得不从远处去招募工人来(真格的,倘使结果不是像以前常常出现的那样,发明出一种机器来,可以减少所需要的工人的话),唉,所以很清楚的是,拒绝给予可能会支持工人们干他们的傻事的种种帮助,是最厚道的。至于这个鲍彻,他明天早上立刻就去看他,想法找出可以帮助他的办法来。

第二天早上,黑尔先生像他所说的那样去了。他在鲍彻家里没有找到鲍彻,但是跟鲍彻的妻子倒谈了好半天,答应替她弄一张医院住院证①。他还看到黑尔太太提供的、孩子们多少有点儿糟践的那许多食品,父亲不在家的时候,孩子们在楼下就成了主人。因此,黑尔先生回家来叙述的情形,比玛格丽特胆敢指望的要令人欣慰得多。真格的,她前一天晚上所说的话,使她父亲准备看到恶劣得多的情况,所以这时候,凭着他自己的想象力作出的反应,他又把一切叙说得比实际情况要好。

"不过我还要再去一次,会会鲍彻本人。"黑尔先生说,"我眼下还不大知道怎样拿一所那种小屋子去和赫尔斯通的村舍比较。在这儿,我看到的家具是赫尔斯通的长工们决不会想着买的,通常吃的食物是他们会看作奢侈品的东西。可是既然这些人家每周的工资停发了,对他们说来,除了当铺以外,似乎没有其他的财源了。在米尔顿这儿,你应该学一种不同的语言,并且凭一种不同的标准来衡量了。"

这天,贝西的身体情况也好多了。但是她还是十分虚弱,因此似乎完全忘了想看玛格丽特穿起那身衣服来的那一愿望——说真的,倘若那并不是半昏迷状态中的一种狂热的欲望的话。

玛格丽特禁不住要拿自己这次古怪的梳妆打扮——穿戴起来到她并不喜欢去的地方去,而且心情沉重,满腹净是种种不同的忧虑——跟她和伊迪丝不过一年前所作的那次欢快、娇憨、老式的装扮相比较。如今,她打扮起来的唯一乐趣就是想到,母亲看见她穿上盛装会满心欢喜的。当狄克逊一下把客厅的门推开,要求准许她也来看看时,玛格丽特的脸红起来了。

"黑尔小姐真好看,姑奶奶,——你说是吗?肖太太给的珊瑚首饰配上去再好也不过啦。颜色正合适,姑奶奶。要不然,玛格丽特小姐,你就显得过分素净啦。"

玛格丽特的黑头发太浓密,不好编成辫子,只得一圈一圈盘了起来,把细致光滑的秀发扎成很大的几卷,像王冠似的盘在头上,然后在

---

① 此处医院指济贫法医院,是根据《济贫法》设置的医疗机构,病人需有住院证才可以免费住院,接受免费治疗。参看作者的另一部小说《玛丽·巴顿》第六章。

头后面聚集拢来,形成一个螺旋形的大结。她用两只大珊瑚饰针把头发紧紧扣住,长短像小箭那样。白绸的袖口用一条条相同的料子做成一圈一圈;颈子那儿,恰恰在乳白色的、弯弯的喉咙下面,戴着一大串珊瑚项链。

"哦,玛格丽特!我多么乐意跟你一块儿去参加一次从前巴林顿府上的那种集会,——带着你就像贝雷斯福德夫人从前总带着我那样。"

玛格丽特为妈妈这样稍稍流露出慈母的自负心情亲了妈妈一下,但是她几乎笑不出,她感到太打不起精神来了。

"我宁愿跟您一块儿待在家里,——真宁愿这样,妈妈。"

"胡说啦,宝贝!你一定得好好留神注意着这场宴会。我倒乐意听听他们在米尔顿这儿是怎样安排这种事情的。亲爱的,特别是第二道菜。瞧瞧他们不用野味用什么。"

说实在的,黑尔太太不仅会很感兴趣,——她还会大吃一惊,要是她看到菜肴和餐具的丰盛奢华的话。玛格丽特在伦敦养成了她的口味,所以觉得大菜太多,一半的数量便绰绰有余,效果反而会显得比较清淡、比较精致。可是桑顿太太款待客人的严格规矩之一就是,每一样好吃的菜分量必须预备充足,使所有的来宾都可以吃够,倘使他们想大吃一饱的话。尽管她日常的生活习惯随便到了饮食很俭朴的地步,但把一桌丰盛的筵席摆到爱吃的客人面前,却是她自鸣得意的一件事。她儿子对这也有同感。除了依靠用精美的饮食相互款待的这种交游以外,他始终就不知道有任何别种交游,尽管他本来可以想象出来,而且也有能力欣赏的。就连这次,虽然他个人多花一枚六便士都不肯,而且不止一回还因为这场晚宴的请帖已经发出去而感到惋惜,但是说实在的,他还是乐意看到一向的那种丰盛安排的。

玛格丽特和她父亲最先到达。黑尔先生急于要严格遵守约定的时间。除了桑顿太太和范妮以外,楼上客厅里还没有别人。所有的套子全都去掉了,房间里光彩灿灿,一色黄澄澄的缎子,加上一张花纹鲜明的地毯。四下里似乎摆满了装饰品,使人眼睛都看乏了,而且和窗外工厂那个大院子里的光濯濯的、丑陋的景象成了古怪的对照。在那个院子里,宽阔的双扇门大开着,以便马车可以驶入。工厂在窗子的左侧阴森森地高耸起来,从那许多层楼上投下一片暗影,使夏日的傍晚没到天黑已经黑下来了。

"我儿子直到最后一刻都在为业务忙着。他这就要回来啦,黑尔先生。您请坐下吧。"

桑顿太太这么说着时,黑尔先生正站在一扇窗子前面。他回过脸来说道:

"靠厂房这么近,您有时候觉不觉得不太惬意呢?"

她顿时挺直了身子。

"绝对没有。我可没有变得那么高雅,想把我儿子财富和力量的来源忘掉。再说,米尔顿也没有另外一家这样的工厂。单单一间房就有两百二十个平方码。"

"我意思是指浓烟和嘈杂声——工人们经常出出进进,这也许会叫人厌烦!"

"我同意您的话,黑尔先生!"范妮说,"这儿经常有蒸汽和油乎乎的机器的味道——而且那种嘈杂声简直闹得人耳聋。"

"我听见过一种叫作音乐的声音,那才真闹得人耳聋哩。机房在工厂这条街尽头的地方。除了夏天窗户全打开的时候,否则我们简直就听不见它的声音。至于工人们经常不断的喊喊喳喳,那只不过像一窝蜜蜂的嗡嗡声那样不太吵人。要是我想到这种声音的话,我也是把它跟我儿子联系起来,觉得一切怎样全属于他,他就是指挥这一切的首脑。这会儿,工厂里没有声音传来,工人们不知感恩图报,全都罢工了,这件事您或许也听说啦。不过您进来时我讲到的业务,关系到他要采取了去使他们知道自己本分的那些步骤。"她说这话时,脸上一向严厉的神情变成了阴沉沉的怒色。等桑顿先生走进房来时,她脸上的怒色都还没有消逝,因为她一眼就看出了他无法摆脱掉的忧虑和烦恼的迹象,尽管他做得既高兴又亲切地来招呼他的客人。他和玛格丽特握了握手。虽然她丝毫没有觉察到,他却知道这是他们第一次握手。他还问候了黑尔太太的健康情况,听了黑尔先生的乐观的、抱有希望的叙说。接着,他瞥了玛格丽特一眼,想看看她究竟有几分同意她父亲的话，可是他从她脸上没看出一丝不同意的阴影。在他抱着这种用意看着时，他再一次给她的艳丽的姿色迷住了。他以前从来没有看见她穿着这种衣裳，但是现在看来，这种雅致的服装似乎非常适合她这雍容华贵的身材和高傲安详的面貌，因此她应该总是这样穿戴起来。她正在跟范妮谈话，谈点儿什么他听不清楚，不过他看到了妹妹那种局促不安的样子，她频频用手整理自己衣裳的某一部分，两眼迷茫，东张西望，没有一定的目标。他于是不很自在地拿妹妹的眼睛去跟那双温柔的大眼睛比较，那双眼睛定定地朝前望着一个目标，仿佛从目光中闪射出一种平和恬静的感化力似的。那张弯弯的、鲜红的嘴在她很感兴趣地听她同伴讲话时微微张开，头稍许朝前低下，使头顶心到细腻光滑、象牙一般的肩头形成了一道长长的、曲线分明的线条。亮光照到了乌溜溜的头发上，丰腴洁白的胳膊和纤纤的两手轻盈地合抱着，不过在这种美妙的姿态中纹丝不动。桑顿先生用急遽的目光一扫，把这一切全看到了眼里。他叹息了一声，然后转过身，背对着年轻的姑娘们，尽力而又热诚地跟黑尔先生谈起话来。

　　更多的人到来了——越来越多。范妮离开了玛格丽特的身边，帮助她母亲去接待客人。桑顿先生感到在客人这么纷至沓来的时刻，没有人陪玛格丽特谈话，于是在这种似乎怠慢了她的情况下觉得有些不安。但是他自己始终没有走到她身边去，也没有望她一眼。只是他对于她在做什么——或是没在做什么——比对于房间里任何一个别人的行动知道得都清楚。玛格丽特自己却一点儿也不知道，她看别人正看得十分出神，以致始终没有想到自己是不是给撇在一旁，没有人理睬。有人陪她走下楼去吃饭，她没有听明白那个姓，那个人似乎也不大想多跟她谈。先生们之间正进行着很热烈的谈话，太太小姐们大多数全默不作声，净忙着注意菜肴和议论彼此的服装。玛格丽特听明白了大家谈话的思路，不禁发生了兴趣，十分注意地听着。这次宴会原来是因为那个陌生人霍斯福尔先生来到本市而举行的。霍斯福尔先生正在询问当地工商业的情况，其余的人——全是米尔顿人——正在回答和解释他所提出的问题。接着，起了一场争执，大家争得很激烈，最后问到了桑顿先生，因为他先前几乎没有开腔。可是他这时发表了他的看法，把理由讲得那么清楚,连反对的人都认输了。这一来,玛格丽特的注意力便集中到了主人的身上。他作为主人和来宾的款待者,整个态度爽直坦率而又朴实谦逊,实在是很有气派的。玛格丽特想到,自己还从来不曾瞧见他显得这么出色。当他到他们家去时,他看起来不是有点儿过分热切,就是有点儿那种生气恼怒的样子,使人往往推测他是受到了不公正的判断,但又十分自负,不屑于想法使人家更好地来理解一下自己。然而这时候,他待在同行们当中,对于自己的处境并没有什么犹豫不自信的地方。他们全把他看作一个个性十分坚强的人,一个多方面很有魄力的人。他并不需要努力去取得他们的尊敬。他们全尊敬他,这一点他知道。这种把握使他的嗓音和举止从容大方,这是玛格丽特以前所没有见到过的。

他平日不习惯于跟妇女谈话,而他所说的话总是有点儿拘谨。对玛格丽特本人,他简直就没有说话。她想到自己多么欣赏这顿晚餐,感到十分惊讶。这时候,她知道的事情已经不少,能够理解当地的多种利害关系——是呀,甚至能够理解热切的厂主们使用的一些行话。她默不作声地坚决参与了他们正在讨论的问题。不管怎么说,他们全异常认真地谈论着,——不是以老式的伦敦宴会上使她感到那么厌倦的那种疲疲沓沓的方式。她心里有点儿纳闷,这样详尽无遗地议论了当地的工商业情况以后,竟然没有人提到迫在眉睫的这次罢工。她还不知道厂主们多么冷静地看待这种事,认为只有一个可能会出现的结局。当然,工人们正在自杀,就和以前他们做过多少次的那样,但是如果他们是傻子,让一伙儿恶劣的、拿钱的代表支配他们①,那么他们就只好自食其果。有一两个人认为,桑顿显得郁郁不快。当然,这次罢工一定会使他蒙受损失。不过这是一件他们自己随便哪天都会遭到的意外事情。桑顿应付罢工的手腕跟任何人一样好,因为他跟米尔顿的随便哪个人一样顽强。工人们对他使用这一招是找错人了。内心里,他们想到工人企图稍许改变一下桑顿公布的办法所必然会遭到的挫败,不免

---

① 指工会职员。盖斯凯尔夫人和狄更斯当时都不大以他们为然,参看《玛丽·巴顿》第十六章,以及狄更斯的《艰难时世》第二卷第四章中对斯拉克布瑞其这个人物的描写。

暗暗得意。

晚餐以后,玛格丽特觉得相当无聊。等先生们回进房来时①,她十分高兴。这倒不只是因为她看到了父亲的眼光,使自己的倦意顿时消失,而且是因为她可以听到某一件比较宏大、比较重要的事情,不是像太太小姐们所谈的那种琐碎事。米尔顿的这些人对自己掌握着的权力感到很得意。玛格丽特很喜欢他们的这份得意。这种情绪表现出来时,可能是相当放肆的,而且含有夸耀的意味,但是说虽这么说,他们想到自己已经取得的成就和还应取得的成就,不禁起了一种微妙的陶醉之感。在这种感情的支配下,他们似乎对事物可能性的种种旧限度都加以蔑视。倘使在比较冷静的时刻,她可能不会赞同他们在一切事物上所显示的气魄,可是在他们忘却自己、忘却眼前的这种精神中,在他们预期将来某一时候会制服一切无生命物质的希望中(这是他们没有一个人会活着看见的),还是有不少可以赞美的地方。等桑顿先生走到她身旁向她讲话时,她相当吃了一惊。

"我瞧得出在餐桌上的讨论中,你是站在我们这一方的——是不是呢,黑尔小姐?"

"当然啦。不过我对这种事情知道得非常少。可我觉得很奇怪,根据霍斯福尔先生所说的话,有些人的想法竟然恰恰正相反,就像他所说的那位莫里森先生。他不可能是一位有教养的人——对吗?"

"我这个人可不大有资格来决定另外一个人有没有教养,黑尔小姐。我的意思是说,我不太明白你对这个词的用法。不过我得说,这个姓莫里森的可不是个真正的人。我并不知道他是谁,我只是根据霍斯福尔先生的叙述来判断的。"

"我所说的'有教养的人'大概也包括你讲的'真正的人'。"

"你的意思里还可以包括许多别的。我跟你意见可不一样。在我看来,'人'比'有教养的人'更高超、更完备。"

"你这话什么意思?"玛格丽特问,"我们对这些词的理解一定很不同。"

---

① 指先生们餐后去主人的书房吸烟、饮酒后,又回进客厅里来。

"我认为'有教养的人'这个名称只是讲到一个人和其他人的关系,可是当我们讲到他是'人'的时候,我们不仅仅是就他和其他人的关系来考虑,而且是就他和他自己,——和生活——和时间——和永生等的关系来考虑。一个像鲁滨孙·克鲁索①那样孤孤单单的落难人——一个终生给囚禁在地牢里的犯人——是呀,甚至是拔摩海岛上的一位圣徒②,都因为被人家称做是'人'而把他的耐性、他的力量、他的信心最为恰当地表达出来了。我相当讨厌'有教养的'这个词。在我看来,这个词常常给人用得很不恰当,而且往往意思也给人夸大和误解了,同时'人'这个简单朴实的名词和'像一个人'这个形容词全没有得到正式承认——因此我很想把'有教养的'这个词归入今天流行的时髦话这一类里去。"

玛格丽特想了一下——但是她还没来得及把自己缓缓形成的信念说出来,桑顿先生已经给几个急巴巴的厂主唤走了。她没法听清楚他们所讲的话,不过从桑顿先生的简短、清晰的答复中,她可以猜得出他们讲的话的大意。桑顿先生的答复像远处一门小炮的隆隆声那样,平稳有力地传了过来。他们显然在谈论这次罢工,提出最好遵循的方针。她听见桑顿先生说:

"这件事已经办啦。"接着,传过来一阵急促的喊喊喳喳声,两三个人同时说话。

"种种安排全做好啦。"

斯利克森先生为了更为有力地表明他所说的话,抓住桑顿先生的胳膊,讲出了一些怀疑,举出了一些困难。桑顿先生稍许站开了点儿,把眉毛微微扬起,然后回答说:

"我承担这种风险。除非你乐意,要不你用不着加入。"可是那个

---

① 鲁滨孙·克鲁索(Robinson Crusoe):英国作家笛福(Daniel Defoe,1660—1731)所著著名小说《鲁滨孙飘流记》(The Life and Strange Surprising Adventures of Robinson Crusoe,1719)中的主人公。
② 拔摩海岛上的一位圣徒(a saint in Patmos):《新约·启示录》第一章第九节:"我约翰就是你们的弟兄,和你们在耶稣的患难、国度、忍耐里一同有份,为上帝的道,并为给耶稣作的见证,曾在那名叫拔摩的海岛上。"

人又竭力说了一些他所担心的事。

"我可不怕什么像纵火那样卑劣的行径。我们是公开的敌人,我能保护自己,免遭我所担心的暴力行为。而且我肯定会保护所有到我这儿来要求工作的人。他们这会儿对我的决心知道得跟你一样清楚、一样透彻。"

霍斯福尔先生把他稍许拉开一点儿,按玛格丽特的猜测,是问他一个关于这次罢工的其他问题。但实际上,他是向桑顿先生打听她本人是谁——这么安详、这么庄重、这么秀丽。

"米尔顿的一位小姐吗?"桑顿先生说出她的姓名后,霍斯福尔先生这么问。

"不是!是英格兰南方来的——大概是汉普郡。"这就是他的冷淡的回答。

同时,斯利克森太太正在就同一个话题询问范妮。

"那个文雅的、仪态出众的姑娘是谁?霍斯福尔先生的妹妹吗?"

"哟,不是啊!她父亲就是正在跟斯蒂芬斯先生谈话的那位黑尔先生。他教书,也就是说,跟青年人一块儿读书。我哥哥约翰每星期上他那儿去两次,所以他请妈妈邀他们来,希望大伙儿认识认识他。我们有一些他们的教学大纲,倘使您乐意要一份的话。"

"桑顿先生在读书!他业务那么忙,当真抽得出时间来跟一位家庭教师读书吗?而且这场可恶的罢工又刚刚开始。"

根据斯利克森太太的态度,范妮心里可拿不准,她应该为哥哥的行为感到得意呢,还是应该觉得害羞。同时,像所有竭力拿别人的"该不该"作为自己好恶的准则的人那样,她为随便什么异常的行动都会臊红了脸。幸好客人纷纷辞去,打断了她所感到的害羞情绪。

第二十一章 黑　夜

　　世上谁曾见过
　　不与眼泪结伴同生的微笑。

　　　　　　　　　　艾略特①

　　玛格丽特和父亲步行回家。夜晚是清朗的,街上打扫得很干净,她穿着漂亮的白绸衣服,像民谣中利齐·林赛的绿缎子衣裳那样"捋齐膝盖"②和父亲一块儿步行而去——准备随着清新微凉的夜晚空气给人带来的振奋心情翩跹起舞。

　　"我多少认为桑顿先生心里对这次罢工并不很踏实。他今儿晚上似乎很忧虑。"

　　"他要是不这样,那倒怪啦。就在咱们离开以前,别人向他提出了种种不同的问题,他却以平日那种冷静的态度和他们说话。"

　　"晚餐以后他也是那样。要使他丢开那种冷静的讲话态度,激动起来,那可很费力,不过他的脸色使我觉得他很忧虑。"

　　"我要是他,也要发愁。他一定知道他厂里工人愈来愈愤怒,几乎压制不住他们的怨恨了。他们全把他看作《圣经》上所说的一个'忍心

---

① 艾略特(Ebenezer Elliott,1781—1849):英国作家,号称"谷物法诗人"(参看第197页注①)。引文见《背井离乡的人》(*The Exile*)中《完人彼得致西蒙大哥……黑夜的作者著》(*Peter Faultless to His Brother Simon…By the Author of Night*,1820)一篇。
② 英国古歌谣《利齐·林赛》(*Leezie Lindsay*)中的最后一节是:
　　她把绿缎子衣裳捋起,
　　　她把衣裳捋齐膝盖,
　　跟着罗纳德·麦克唐纳勋爵离去,
　　　就要成为他的爱人与新娘。

的人'①,——主要是冷酷无情而不是不公正。他判断很精明。只要想想,我们和我们的全部渺小的权利在上帝看来又算得了什么,可他却超出一切人所该做的那样坚守着他的'权利'。我很高兴,您认为他显得很忧虑。当我想起鲍彻的有点儿发狂的讲话和举动时,想到桑顿先生多么冷静地说话我就受不了。"

"首先,我并不像你这样,深信那个工人鲍彻是穷困到了极点。眼下,他是很糟糕,这我并不怀疑。但是这些工会总令人不可思议地提供给工人们一些钱,而且根据你所说的,这个人显然生性急躁、易动感情,总把自己的感触强烈地表达出来。"

"哟,爸爸!"

"哦,我不过希望你对桑顿先生别存偏见。他的个性大概恰恰正相反,是一个过于自负的人,不愿意把自己的感情流露出来。正是你会赞赏的那种性格,这一点我事先早该想到了,玛格丽特。"

"这种性格我是赞赏——我应该赞赏,不过我并不像您这样,确实相信他具有这种种感情。他是一个性格十分坚强的人,而且考虑到他并不具备多少有利的条件,还是一个智力出众的人。"

"有利的条件倒也不算少。他从年纪不大的时候就过着一种切合实际的生活,就不得不经常作出判断,自我克制。这一切全使他的智力有一部分得到了发展。当然,他需要一些历史知识,因为这种知识提供了最可靠的基础,让人可以对未来作出推测。但是他知道他有这种需要,——他看出了这一点,这就不简单。你对桑顿先生很有偏见嘛,玛格丽特。"

"他是我有机会仔细观察的第一位典型的厂主——一个从事于商业的人,爸爸。他是我尝到的第一个橄榄:让我吞下去的时候扮一个苦脸吧。我知道他在他这类人里很不错。不久,我会喜欢这类人的。目前,我可能已经开始这么做啦。男人们刚才谈的话使我挺感兴趣,尽管我有一大半都不太明白。后来,桑顿小姐来把我领到房间的另一头去,我倒觉得很可惜。她说这么许多男人中就我一个女人,我管保觉得很

---

① 见《新约·马太福音》第二十五章第二十四节。

不自在。其实,我根本就没有想到这一点,我太忙着听啦,女人们全那么无聊,爸爸——嘻,非常无聊!不过大概也可以说是很聪明。它叫我想起要每一个人在一句话里用上许许多多名词的那种老游戏来了。"

"你这话什么意思,孩子?"黑尔先生问。

"嘻,她们用上许多代表财物的名词来证明自己很阔气:什么女管家呀、小花匠呀,什么镜子的大小、华贵的花边、钻石等这种种玩意儿。每一个人讲起话来总想法把这些字眼全用进去,并且尽可能做得完全是偶然的。"

"要是桑顿太太说的关于那个用人的话全都实在,那么等你把她找来以后,你对自己唯一的用人也会同样很自负的。"

"这当然啦。我今儿晚上觉得就像一个地地道道的伪君子,穿着白绸衣裳坐在那儿,两手闲搁在前面,同时想到他们今儿精细而周到地安排好的种种家务事。他们管保把我当作一位文雅的小姐啦。"

"就连我也错误地认为你样子就像一位大小姐,亲爱的。"黑尔先生平静地笑着说。

可是等狄克逊打开前门,父女俩看到她脸上的情形时,笑容顿时变成了苍白、颤抖的神色。

"哎呀,姑老爷!——哎呀,玛格丽特小姐!谢谢上帝,你们回来啦!唐纳森大夫在这儿。隔壁人家的用人去把他请来的,因为那个打杂的女用人回家去了。她这会儿已经好点儿,但是哎呀!一个钟点前,我还以为她就要去啦。"

黑尔先生一把抓住玛格丽特的胳膊,好稳住身体,不至于摔倒。他望望她的脸,看到她脸上是一种惊讶和极端伤心的神情,不过并不是使他自己毫无准备的心紧缩起来的那种惊恐而痛苦的神情。她知道的情况比他要多一些,然而她还是以畏惧不安的绝望神态听着。

"嘻!我不该离开她的——我真是一个坏女儿!"玛格丽特搀扶着颤巍巍的父亲快步走上楼时,这样呜咽着说。唐纳森大夫在上面楼梯口迎着他们。

"她现在好点儿啦。"他小声说,"麻醉药生了效。她抽搐得很厉害,难怪使你们的用人大吃了一惊,不过这一回她会恢复过来。"

"这一回！让我去看看她！"半小时以前,黑尔先生是一个中年人,这会儿他两眼呆滞,神思恍惚,步履蹒跚,就仿佛他已经七十岁了。

唐纳森大夫握住他的胳膊,领他走进睡房。玛格丽特紧跟在后边。母亲躺在那儿,脸上的神气十分清楚。她这会儿可能已经好点儿,正昏昏睡去,但是死神已经把她看作是他的人了。显然,他不久就会再来把她带走。黑尔先生一语不发地盯着她望了好一会儿。随后,他浑身哆嗦起来,转身避开唐纳森大夫的关怀照料,摸索着寻找房门。虽然在那阵突如其来的惊恐中,曾经拿进房来好几支蜡烛,这时全在那儿闪闪发光,他却看不见房门。他蹒跚地走进了客厅,用手去摸索一张椅子。唐纳森大夫推了一张椅子给他,扶他在上边坐下,然后摸了一下他的脉搏。

"跟他说话呀,黑尔小姐。我们非使他振作起来不可。"

"爸爸！"玛格丽特哭声哭气地说,音调里满含着痛苦的意味,"爸爸！跟我说话呀！"他眼睛里又露出了那种揣测的神情,他费了很大的劲才终于开了口。

"玛格丽特,这种情况你早就知道了吗？嘿,你太狠心啦！"

"不,黑尔先生,这不是狠心！"唐纳森大夫迅速而果断地回答,"黑尔小姐是根据我的嘱咐这么做的。可能是一个错误,不过并不是狠心。明儿,你太太的情况大概会大不一样。她像我料到的那样,有一阵阵的痉挛,可是我事先并没有把我担心的事情告诉黑尔小姐。她吃下我带来的麻醉药,会好好睡上很长时间。明儿,使你们十分惊慌的那种神色就会不见啦。"

"但是病不会好了吗？"

唐纳森大夫瞥了玛格丽特一眼。她低垂着的头,以及随后抬起来、并不恳求他暂时宽慰一下的那张脸,使这位洞察人情的医生明白,她认为最好还是把实情全说出来。

"病不会好了。我们用尽了我们过分吹嘘的贫乏的技术,也治不了这种毛病。我们只能延缓它的发展——减轻它所造成的痛苦。像个大丈夫那样坚强起来吧,先生——像个基督徒那样。相信灵魂是不朽的,这是任何痛苦、任何人世间的疾病所不能侵袭,不能触及的！"

然而,他所得到的答复就是这几句哽哽噎噎的话,"您始终没有结过婚,唐纳森大夫。您不知道是怎么个情形。"接着便是一阵沉痛的、男子汉的哽咽,像悲痛的绝叫声那样在寂静的夜空中传播。

玛格丽特跪在他的身旁,眼泪汪汪地抚慰着他。所有的人,甚至连唐纳森大夫也说不清,这段时间究竟如何度过的。最后还是黑尔先生大胆讲到当前的种种需要。

"我们得做点儿什么呢?"他问,"告诉我们两个。玛格丽特是帮我拿主意的人——我的左右手。"

唐纳森大夫作了一些明确、切实的指示。这天夜晚用不着担心——是呀,甚至下一天,以及往后好多天,都会很平静。不过没有持久的恢复健康的希望。他劝黑尔先生上床睡觉,就留下一个人来守着黑尔太太,他希望黑尔太太的睡眠不受到任何打扰。第二天一早,他答应再来。说完,他热诚亲切地握了握手后,便离开了他们。

他们也没有讲几句话。内心的惊恐使他们感到过度疲惫,因此除了就眼前必需的行动作出决定以外,他们再也顾不上别的。黑尔先生决计整夜守着。玛格丽特所能做到的只是,说服他在客厅的沙发上歇着。狄克逊坚决而率直地拒绝去睡。至于玛格丽特,即使世上所有的医生全讲到要"节省精力","只需要一个人守着",她也根本不会离开她母亲的。因此,狄克逊坐在那儿,先睁大两眼,后来霎霎眼睛,垂下头去,猛地一下又强打起精神来,最后终于放弃了挣扎,鼾声大作。玛格丽特脱下那件白绸衣裳,急躁而厌烦地把它扔到一边,把睡衣披上。她觉得仿佛绝对没法再睡了,仿佛为了护理这一目的,自己的全部知觉都极为重要,一切全变得加倍灵敏。每一个迹象、每一个声音——是呀,甚至每一个念头,全会深深触动某一根神经。整整有两个多小时,她一直听见父亲在隔壁房间里不安地走动。他不断走到母亲房门外边来,停下脚静听。后来,她因为没有听到他待在门外很近的地方,便走过去打开房门,把一切情况告诉了他,以回答他那焦干的嘴几乎问不出的种种问话。最后,他也睡着了,房子里一片寂静。玛格丽特坐在窗帘后边想心思。往日关心在意的种种事情,由时间方面看来,由空间方面看来,似乎全都是遥远的。不出三十六小时以前,她很关心贝西·希金斯和她父亲,她还为鲍彻感到满心苦恼。现在,那全像某种过去生活的梦幻般的回忆。一切在家门口外面发生的事,似乎全跟母亲毫无关联,因而全是不真实的。它们甚至还不及哈利街显得清晰。那儿她还记得,就仿佛是昨天一样,记得自己怎样兴致勃勃地去从肖姨母的脸上找出母亲的容貌来,——以及收到家信以后,自己怎样怀着热爱与思念的心情惦记着家。赫尔斯通本身虽淹没在朦胧的过去中,前一年冬天和春天显得那么平凡和单调的那些沉闷、阴暗的日子,却似乎和她现在珍视得比一切都宝贵的事情更为密切相连。她真乐意拉住流光的裙裾,恳求它回来,把自己享有时不知珍惜的时光再还给她。人生似乎是一出多么空幻的戏啊!多么虚无缥缈,多么转瞬即逝!就好像在远离世上嘈杂声的高空,有一口大钟不停地从空中的一座钟楼上鸣响,"一切全是幻影!——一切全在消逝!——一切全已过去!"黎明到来了,像从前的许多比较快乐的清晨那样,凉爽、灰白——等玛格丽特依次看看那几个睡着的人时,那个可怕的夜晚就像一场梦一样不真实。它也是一个幻影。它也已经过去。

黑尔太太醒来时,并不知道自己前一晚病得多么厉害。她看到唐纳森大夫那么早就来看病,感到相当惊讶,而丈夫和孩子脸上的焦急神色也使她觉得迷惑。她同意那天睡在床上不起来,说她的确感到很疲乏;可是下一天,她硬要起来,唐纳森大夫答应让她回到客厅里去。她烦躁不安,随便怎样都觉得不舒服,还没到夜晚便高烧起来。黑尔先生困顿不堪,什么事都拿不出一个准主意。

"我们可以做点儿什么事,让妈妈不至于再经历这样一个夜晚?"第三天,玛格丽特这么问。

"在某种程度上,这是我不得不使用的那剂烈性麻醉药的反应。她实际上大概并不像你们从旁瞧着的人这么痛苦。不过我认为,要是我们可以弄到一张水垫①,那也许有好处。当然,她明儿就会好点儿了,几乎又会恢复到像她在这次发病前的样子,可是她如果有一张水垫,那会更好些。我知道桑顿太太有一张。我今儿下午想法上那儿去

---

① 一种供病人用的部分充水的床垫。

一趟。慢着,"他说,同时目光瞥到了玛格丽特的脸上,这张脸因为在病房护理而显得很苍白,"我可拿不准我能不能去,我今儿有好多出诊。你轻快地走到马尔巴勒街去,问一声桑顿太太可不可以暂借一下,这对你不会有什么坏处。"

"这当然啦。"玛格丽特说,"今儿下午,妈妈睡觉的时候,我可以去。我想桑顿太太管保会借给我们的。"

唐纳森大夫根据经验作出的推测果然不错。那天下午,黑尔太太似乎摆脱了这次发病的影响,显得比玛格丽特希望会再见到的样子还要高兴和精神。午餐以后,女儿撇下她坐在安乐椅上,一只手由她丈夫握着。黑尔先生看来比她要疲乏和痛苦得多。然而,他这会儿笑得出来了——真格的,是相当迟钝、相当暗淡的笑,不过一两天以前,玛格丽特根本就没有想到会再看见他笑。

从克兰普顿新月街他们家到马尔巴勒街大约有两英里路。那天天气太热,不能走得很急。八月的阳光在午后三点钟直射到了街心上。玛格丽特一路走去,在开头的一英里半路上没有注意到有什么和平日大不相同的情形,她净顾着自己想心思,而且这时候也已经习惯于穿过米尔顿街上那道忽多忽少的滚滚人流了。可是不久,在她刚转进一条拥挤的街道时,街上的人群中发出了一阵异常的声音,这引起了她的注意。这些人似乎并没有在朝前走,他们人声鼎沸,有的在谈论,有的在倾听,却老停留在他们当时恰巧站定的地点不怎么走动。不过他们却让开一条路给她,而她呢,她净想着自己这趟出来的目的,以及使她来办这件事的紧要情况,所以没有像心情安闲时观察力那么敏锐。只是到她走上了马尔巴勒街,她才充分意识到,人群中沸腾着一种不安的、难熬的愤怒情绪。在她周围是一种肉体上和精神上全暴躁不安的气氛。通向马尔巴勒街的所有小巷里,都传出一种低沉、隐约的汹汹声,犹如有无数愤怒凶狠的人在讲话。每一所贫穷、肮脏的住宅中的居民全聚集在门口和窗口,如果他们没有当真站到狭窄的路中央的话——大伙儿都全神注视着一处地方。马尔巴勒街便是所有那多少双人眼的焦点。这多少双眼睛流露出了种种极为强烈的关注神情:有的愤怒凶狠,有的目光低沉、冷酷无情,还有的犹疑不定或央告恳求地大睁着两眼。玛格丽特走到马尔巴勒工厂大院那堵阴沉沉的大墙上、双扇门旁边的那道小门外,等候看门人听见门铃声前来开门。这时候,她回过头去,听到了这场风暴中的第一阵隐约的、经久不息的呐喊声,——看到了第一批黑压压的人群缓缓地汹涌而来,走在最前边的人凶神恶煞,在街道较远的一头翻翻滚滚,一会儿又退下。街道那头不久以前似乎充满了压抑住的嘈杂声,但是这时候却静得叫人害怕。这种种情况不由得玛格丽特不去注意,不过它们并没有深深印在她那给烦恼缠绕着的心上。她并不知道这种种情况是什么意思——它们内在的含义究竟是什么,可是她却知道,深刻地感到,不久即将一再刺痛她、使她失去慈母的那柄匕首的尖锐锋利的压力。她极力想认清这一情况,这样等这种情况出现时,她便能够去安慰一下她的父亲。

看门人小心翼翼地把门拉开点儿,几乎都不够容她走进去。

"是您吗,小姐?"他长长舒了一口气说,一面把门再开大点儿,不过仍旧没有完全拉开。玛格丽特走了进去。他连忙又把门闩上。

"那伙人大概全要上这儿来了吧?"他问。

"我不知道。似乎发生了一件不寻常的事,但是这条街上却空荡荡的。"

她走过院子,登上台阶,到了住宅的前门外面。近处,什么声音也没有,——没有一架蒸汽机在轰轰开动,——没有机器的咔嗒声或是混杂在一起的许多激烈的人声与龃龉声。可是远处,那种不祥的、愈来愈响的汹汹声却沸沸扬扬。

第二十二章　一次打击及其后果

工作日少,粮食日贵,
　　工资也遭到削减,
　大群爱尔兰人蜂拥到了这里,
　　你出半价,他们就干。

《谷物法之歌》①

玛格丽特给领进了客厅。客厅里一切全还了原,全用套子又罩上了。由于天热,窗子都半开着,软百叶帘把窗玻璃遮了起来,——因此从下面人行道上反射上来的阴森可怕的灰暗光线,使所有的阴影全不正常,再结合上面微微发绿的亮光,使玛格丽特自己的脸,像她偶然从镜子里所看到的,甚至也显得苍白可怕。她坐下等候,没有一个人走来。每隔一会儿,风似乎把远处各种各样的声音带得更近点儿,然而说实在的,当时并没有风! 风声时时平息下去,使四处万籁俱寂。

后来,范妮终于走进房来了。

"妈妈这就来,黑尔小姐。事实上,她叫我先来向你道歉。你也许知道,我哥哥从爱尔兰招募了些工人来。这使米尔顿的工人非常生气——仿佛他没有权上他可以找到工人的地方去招募似的。这儿的这帮笨蛋不肯给他干活儿。如今,他们又恐吓威胁,使这些可怜、挨饿的爱尔兰人吓得了不得,因此我们不敢放他们出去。你可以瞧见,他们全聚集在工厂顶上的那间房里,——他们就睡在那儿,这样好保护他们,不至于碰上那些蛮不讲理的家伙,那些家伙既不干活儿,也不让人家干

---

① 《谷物法之歌》(*Common Law Rhymes*,1828)是号称"谷物法诗人"的艾略特所著,引文见《死亡宴会》(*The Death Feast*)一篇中。

活儿。妈妈在照料爱尔兰人的伙食,约翰①在对他们讲话,因为有些女人哭着要回去。啊!妈妈来啦!"

桑顿太太走进房来,一脸愠怒而严厉的神色。这使玛格丽特感到她这会儿来打搅人家,要借东西,很不是时候。然而,在母亲患病期间来借用随便什么可能需要的东西,这只是依从桑顿太太明白表示过的愿望。玛格丽特谦逊而大方地讲到母亲如何坐卧不安和唐纳森大夫如何想用一张水垫使她痛苦得好点儿。这时候,桑顿太太的额头蹙了起来,嘴唇紧紧抿着。玛格丽特说完以后停下。桑顿太太没有立即回答。接着,她一下惊跳起来,嚷道:

"他们到了大门外啦!快去叫约翰,范妮,——叫他从工厂回来!他们到了大门外啦!他们会砸门进来的!喂,快去叫约翰!"

同时,聚拢来的脚步声——她先前并没有注意听玛格丽特讲话,一直在倾听这阵脚步声——可以听见已经到了那堵大墙的外面,一片不断增强的愤怒、鼓噪的人声,在木栅栏外汹涌澎湃。木栅栏摇撼起来,仿佛那群看不见的、发狂的人正用自己的身体做攻城槌,他们往后退下一点儿,只是为了以更为坚定、一致的动力来冲撞,直到他们的巨大冲击使那两扇牢固的大门摇动起来,像芦苇在风中那样。

妇女们聚集在窗口,看着使她们惊吓的这幕情景而呆住了。桑顿太太、女用人们、玛格丽特——大伙儿全在那儿。范妮已经回进房来,她一路尖叫着奔上楼梯,仿佛每一步都有人在追赶似的。接着,她扑在沙发上,歇斯底里地呜咽。桑顿太太留神等待着她的儿子,他那会儿还待在工厂里。后来,他走出来,抬脸望望她们,——那一群苍白的脸庞——鼓舞人心地朝她们笑笑,然后把工厂的门锁上。他这才叫唤一个女人下楼去给他把自己住宅的门打开,因为范妮在拼命逃上楼来时,把前门闩上了。桑顿太太亲自走下楼去。他的熟悉的、威严的声音在门外那一大群愤怒的人听来,似乎正投合了他们嗜血若狂的心情。先前,他们一直是沉默无言的,需要把全部气力用去干撞开大门这件艰苦的工作。但是这时候,听到他在门里说话,他们发出了一阵那么凶狠可

---

① 桑顿先生的名字。

怕的叫骂声,以致桑顿太太在他前面回进房来时,脸色也吓得发白。桑顿先生走进房来,脸上有点儿发红,不过面临迫近前来的危险,他两眼却炯炯发光,脸上有一种目中无人、高傲自负的神色,这即便没有使他显得很漂亮,却使他显得仪表堂堂。玛格丽特一向就怕遇到什么意外事情时,自己会失去勇气,成为一个她就怕成为的人物——一个胆小鬼。可是,在这个理应惧怕的、近乎恐怖的重大而现实的时刻,她忘却了自己,只对眼前的利害关系感到一种强烈的同情——强烈到了痛苦的地步。

桑顿先生走上前来,真诚地说道:

"黑尔小姐,很抱歉,你恰巧在这个不幸的时候上我们家里来,也许这会使你牵连到我们不得不经受的随便什么风险里去。妈!你们是不是最好上后面房间里去。他们会不会从平纳巷冲进马房前的院子,我可拿不准。要是不会的话,那么你们待在那儿要比待在这儿安全。去呀,简!"他对着管家说下去。简去了,其他的人全跟随着她。

"我留在这儿!"他母亲说,"你待在哪儿,我也待在哪儿。"真格的,退进后面房间里去并没有用。这一群人已经把后面的外屋也包围起来,正从后面发出十分吓人的呐喊。用人们尖声喊着叫着退到顶楼上去。桑顿先生听见她们喊叫,轻蔑地笑了。他瞥了玛格丽特一眼,她正独自一个站在靠工厂最近的那扇窗口,眼睛闪闪发亮,脸蛋儿和嘴唇全显得绯红。她仿佛觉察到他在望她,于是转脸对着他,问出了她心里想了好一会儿的一句话:

"那些可怜的从外地招募来的工人在哪儿?在那边工厂里吗?"

"不错!我留下他们躲在上面一间小房里,正对着一道后楼梯。我还吩咐他们,要是听到有人攻打工厂的前门,就冒一切危险,由那儿逃走。不过这些人要找的不是他们——他们要找的是我。"

"兵士们什么时候能到这儿?"他母亲低声而镇静地问。

他以处理任何事情时的那种镇定自若的神情掏出表来,稍许估摸了一下。

"假定我叫威廉斯去的时候,他立刻就去啦,并不用在他们中躲躲闪闪——那么还得要二十分钟。"

"还要二十分钟!"他母亲说,音调中第一次露出了惊恐的意味。

"立刻把窗子全关上,妈,"他大声说,"大门经不住这样再冲撞一次了。把那扇窗子关上,黑尔小姐。"

玛格丽特把她面前的那扇窗子关上,然后去帮助手指发抖的桑顿太太。

不知为了什么缘故,那条看不见的街上的人们停顿了好一会儿。桑顿太太万分焦急地望着儿子的脸色,仿佛想从他那儿对这片突然的寂静得出一个解释似的。他的脸板着,只看见一条条僵直的轻蔑傲慢的纹路。我们从那里既看不出希望,也看不出恐惧。

范妮撑起身子来。

"他们走了吗?"她小声问。

"走了!"他回答,"你听!"

她果真听了听。他们全能够听见那一大阵紧张的喘气声,木料缓缓折裂的吱嘎声,铁栓拧断的声音,笨重的大门轰然的倒塌声。范妮趔趔趄趄地站起来——朝着母亲走了一两步,在一阵眩晕中向前摔进了母亲的怀里。桑顿太太用与其说是凭肉体,还不如说是凭意志所赋予她的一股力量扶起她来,把她抱出房去了。

"谢天谢地!"桑顿先生看她走出房后,说,"你是不是最好也到楼上去,黑尔小姐?"

玛格丽特嘴里说了一句"不用"——可是他没法听见,因为这当儿,无数脚步的践踏声就在这所房子的墙脚下响了起来,低沉、愤怒的人声恶狠狠地咆哮着,里面含有一种凶狠满意的意味,比刚才他们遭到挫折时发出的鼓噪声更为可怕。

"不用怕!"他说,想为她打一下气,"我真抱歉,你竟然陷在这场惊吓里,不过这不会持续很久的。再过几分钟,兵士们就到来啦。"

"哎呀,上帝!"玛格丽特突然喊起来,"鲍彻在那儿。我认得出他的脸,尽管他这会儿气得发青——他挣扎着要挤到最前边来——瞧呀!瞧呀!"

"鲍彻是谁?"桑顿先生冷漠地说,一面走近窗口来看看玛格丽特这么感觉兴趣的这个人。工人们一看见桑顿先生,立刻发出了一声喊叫,——要说这声喊叫不像人发出的,那可一点儿也不过分——它就像一个可怕的野兽穷凶极恶地想要获得不让他捕食的食物那样。就连他也往后退了一下,对自己招致的强烈怨恨感到惊愕。

"让他们喊叫!"他说,"再过五分钟……我只是希望,我那些可怜的爱尔兰人不会给这样一阵恶魔般的吵闹声吓得不知所措。勇敢地再坚持五分钟,黑尔小姐。"

"别替我担心。"她连忙说,"但是五分钟会怎么样?你不能做件什么事去安慰一下这些可怜的人吗?看到他们这样,真叫人难受。"

"兵士们立刻就到,那一来就会使他们恢复理智了。"

"恢复理智!"玛格丽特急促地说,"什么理智?"

"使那些把自己变成野兽的人头脑清醒的那种理智。天呀!他们转向工厂前门去啦!"

"桑顿先生,"玛格丽特激动得浑身直哆嗦,说,"这会儿马上下楼去,要是你不是胆小鬼的话。下楼去,像个男子汉那样面对着他们。搭救搭救你引到这儿来的那些可怜的外地人。把你的工人看作人那样对他们讲话。对他们亲切地讲。不要让兵士们前来干预,把逼得发疯的可怜人砍倒。我看见有一个人就给逼得发了疯。你要是还有一点儿胆量和高尚的品质,那么就走出去,像一个人对另一人那样对他们讲话。"

她说这番话的时候,他转过脸来望着她。在他听下去时,一阵阴沉的暗影笼罩住了他的脸。等听完她的话以后,他咬了咬牙。

"我这就去。也许,你可以陪我一块儿走下楼,把门替我闩上。我得这样保护着我的母亲和妹妹。"

"唉!桑顿先生!我可不知道——也许我错啦——只是……"

但是他已经走了。他到了楼下门厅里,把前门的门闩拉开。她所能做的只是快步跟随着他,在他身后把门闩好,然后心烦意乱、头晕目眩地又走上楼梯,站到了最边上的那个窗口。桑顿先生正站在下面的台阶上。她从那上千只愤怒的眼睛注视的方向便知道了这一点,可是除了那一阵粗暴地表示满意的愤怒、抱怨的轰轰声外,她既看不见也听不到什么别的。她于是把窗子打开。人群中有许多人只不过是小伙子，他们恶狠狠的，不细思量，——恶狠狠的，就因为他们不细思量。有些人则是成年男子，瘦削得像豺狼一样，狂热地在寻求牺牲品。她知道这是怎么回事。他们就像鲍彻那样，——家里有些挨饿的儿女——一心想靠这次努力的最后成功来取得较高的工资，所以发觉厂主要招募一些爱尔兰人来夺走他们孩子的粮食以后，全感到无比愤慨。这一切玛格丽特全都知道，她从鲍彻脸上那种不顾死活、气得发青的神色上就看出来了。如果桑顿先生肯对他们说上几句话——就算只让他们听听他的声音——那似乎也会比这样空向着一片沉寂乱挣乱嚷，却得不到一句回话，哪怕是一声怒吼或一阵责骂，要好受点儿。不过或许，他此刻已经在说话了，他们那就像一群动物的吼声那样模糊不清的叫喊声暂时平息了下去。她摘下帽子，探身向前静听。她只能看见下面的情形，因为要是桑顿先生当真企图讲几句话，想听他讲话的那阵短暂的本能却已经过去，那些人比先前叫嚷得更凶。他合抱着两只胳膊站在那儿，像一个塑像那样岿然不动，由于抑制住内心的激动，他的脸色变得苍白。他们想恫吓他——使他畏缩。每一个人都在怂恿别人立即做出一件人身攻击的暴力行为来。玛格丽特直觉地感到，所有的人一刹那后都会鼓噪起来，局势一触即发，那时待在这几百名愤怒的男人和轻率的小伙子当中，就连桑顿先生的性命也会是很不安全的，——而且再过一会儿，激烈的情绪便会发展到不可收拾的地步，冲垮理性的一切防线，使他们不顾后果。在她看着时，她瞧见后面的一些小伙子已经弯下身去，脱下笨重的木底鞋——他们可以随手拿到的最方便的投掷物。她把这看作是点燃炸药的火花，于是谁也没有听见，她喊了一声，冲出房去，往楼下跑。她使劲儿猛地一下举起门上的大铁闩，把门一下拉开，面对着那片愤怒的人海站在那儿，眼睛里朝他们射出炽热的喷怪光芒。木底鞋全停留在手里没有扔出来——一刹那前那么恶狠狠的脸色，这当儿全显得踌躇不决，仿佛在询问这是怎么一回事似的。因为她站到了他们和他们的敌人之间。她一句话也说不出，只把两只胳膊伸向他们，等着自己能喘过气来。

"哎，别动武！他就一个人，你们人这么多。"可是她的话渐渐听不见了，因为她嗓子发不出音来，它只是一种嘶哑的沙沙声。桑顿先生稍许挪动了一下身子,在她身后向一边移了移,仿佛不喜欢有什么人来把他和危险阻隔开似的。

"快走!"她再一次说(这次,她的嗓音就像哭喊),"去叫兵了,他们这就要来啦。平静地走。快走。不论你们有什么委屈,总会得到解决的。"

"那些爱尔兰恶棍会给再装上船送回去吗?"人丛中有一个人问,声音凶恶可怕。

"决不会听你们的吩咐!"桑顿先生喊道。顿时,这场风暴终于发作了。哄声四起,充斥了空中,但是玛格丽特并没有听见。她目不转睛地盯视着刚才用木底鞋武装起来的那群小伙子。她看到他们做的手势,知道这种手势是什么意思,也明白了他们的目的。再过一刹那,桑顿先生就会给打倒,——是她怂恿和敦促他走到这个危险境地来的。这时候,她只想着怎样才可以搭救他。接下去,她张开胳膊遮住他,使自己的身子成为保护他不受对面那群凶恶的人们攻击的盾牌。可是他合抱着两只胳膊,摆脱了她。

"快走,"他用深沉的声音说,"这不是你待的地方。"

"是我待的地方!"她说,"你没有看见我所看见的情况。"倘使她认为自己是女人,这会是一种保障,——倘使她移开目光,转脸避开这些愤慨已极的人,希望在她再回身来看之前,他们会停下细想想,悄悄地溜得无影无踪,——那么她就想错了。工人们不顾一切的愤怒情绪,使他们到了欲罢不能的地步——至少使他们中有些人到了这样的地步,因为带头起哄的,向来是那些爱好残忍刺激的粗暴的小伙子,他们对流血可能导致的后果毫无顾忌。一只木底鞋嗖的一声破空而来。玛格丽特惊呆了的眼睛看着它飞向这边。它没有打中。她惊吓地感到满心厌恶,不过并没有改变她的位置,只不过把脸伏到了桑顿先生的胳膊上。接着,她回过脸又说道:

"上帝在上!别这样动武来破坏你们自己的大事。你们不知道自己在干点儿什么。"她尽力把话说得清清楚楚。

一块尖石子从她脸旁掠过,擦伤了她的前额和面颊,使她感到眼前一片漆黑。她像死了那样伏在桑顿先生的肩上。他连忙张开胳膊,用一只手把她抱住了一刹那。

"你们干得真不错!"他说,"你们来揍无辜的外地人。你们——你们好几百人——来攻击一个人。等一个女人走到你们前边,请求你们为了你们自己讲讲道理时,你们的卑怯的怒气就出在她身上!你们干得真不错!"他说话的时候,他们全默不作声,只瞪起眼睛,大张开嘴瞅着。那一丝深红的鲜血把他们从愤怒恍惚中惊醒过来。站得靠大门最近的人惭愧地溜了出去,人群中起了一阵骚动——一阵往后退下的行动。只有一个人嚷道:

"石子是打你的,可你却躲在一个女人的后边!"

桑顿先生气得浑身发抖。流血倒使玛格丽特清醒过来了——模模糊糊地醒了过来。他把她轻轻地放在门前的台阶上,让她头靠着门框。

"你能待在这儿吗?"他问。他没有等她回答,便缓缓地走下台阶,到了那群人当中。"现在把我杀了,要是这是你们的蛮横无理的意愿的话。这儿没有女人遮挡着我。你们可以把我打死——你们绝不能使我从我作出的决定上移动一步——你们绝不能!"他站在他们当中,合抱着两只胳膊,就和他先前站在台阶上的态度一模一样。

然而,朝大门外的退却开始了——就和他们的愤怒同样不合理,或许也同样盲目。再不然,也许这是因为他们想到兵士们就快到来,又看到那张两眼紧闭、向上仰起的苍白的脸孔,那张脸孔平静、悲伤,像大理石一样,尽管泪水从缠结起的长睫毛那儿涌了出来,向下落去,而伤口里流出的那一滴滴鲜血甚至比泪水流得还要沉滞,还要缓慢。就连最不顾死活的人——鲍彻本人——也向后退去,紧绷着脸,跟跟跄跄,终于嘟嘟囔囔咒骂着厂主走掉了。厂主依然那样站在那儿,目中无人地看着他们退去。等退却变成了逃跑时(根据退却的性质来看,必然会变成这样),他才奔上台阶,到了玛格丽特的身旁。

她竭力想不靠他搀扶站起身来。

"没关系。"她虚弱地笑了笑说,"表皮擦破了。我当时是吃了一惊。嚱,真谢谢上帝,他们走啦!"说完,她抑制不住地哭了出来。

他无法安慰她。他的怒气还没有全消。相反地,由于他感到眼前已经没有危险,他的怒火反而在上升。兵士们从远处发出的铿锵声这时已经可以听到。整整晚了五分钟,没有能让那群四散的暴民感觉到权力与秩序的威势。他希望他们看到军队,那么想到自己侥幸逃走,会使他们安静下去。当这些思想掠过他的心头时,玛格丽特正抓着门框来稳住身体,可是一层薄雾遮住了她的眼睛——他恰好一下扶住了她。

"妈——妈!"他喊着,"快下楼来——他们去啦。黑尔小姐受了伤!"他把她抱进餐厅,放在那儿的沙发上。他轻轻地把她放下,同时望着她的洁白的脸,心头异常强烈地意识到自己对她的感情,因此在痛苦中不禁说道:

"哎,我的玛格丽特——我的玛格丽特!谁也说不出我多么爱你!即使你像死了……那样浑身冰凉,躺在那儿,你也是我曾经爱上过的唯一女人!哎,玛格丽特——玛格丽特!"

他跪在她的身旁,含糊不清地说着,与其说是讲话,不如说是呻吟。当他母亲走进房来时,他惊得连忙站起身,自己觉得很羞愧。桑顿太太什么也没有看见,只看到儿子的脸色比平日稍许苍白点儿、稍许严厉点儿。

"黑尔小姐给打伤啦,妈。一块石子擦伤了她的鬓角那儿。她大概流了不少血。"

"她看起来好像伤势很重,——我几乎以为她已经死啦。"桑顿太太大为惊慌地说。

"只是一时晕过去了。她方才还跟我说话来着。"不过在他说着时,他身上的血液似乎全涌向他的心头,他竟然颤抖起来。

"快去叫简来,——她会给我拿来我要的东西。你快上爱尔兰工人那儿去,他们在又哭又喊,仿佛吓疯了。"

他去了。他从她身旁走开时,手脚全好像缚上了铅那么沉重。他去唤了简,又唤了他的妹妹。玛格丽特应该获得女性的全部照拂,全部温柔体贴的看护。可是当他想起她怎样走下楼,站到了最危险的地方时,他浑身都激动起来,——会不会是就为了搭救他呢?当时,他曾经把她推到一旁,粗声粗气地说话。他当时想到的只是,她使自己没必要地冒险。他走到爱尔兰人那儿去,想着她心头就怦怦直跳,简直没法听明白爱尔兰人所说的话,好安慰安慰他们,打消他们的恐惧。他们全说不愿在这儿再逗留下去了,要求把他们遣送回去。

因此,他不得不思考、讲话、劝说。

桑顿太太用科隆香水洗涤了玛格丽特的鬓角那儿。她和简都一直没有发现伤口。直到酒精碰到伤口时,玛格丽特睁开了眼睛,不过她显然并不知道自己在哪儿,也不知道她们是谁。眼前的黑圈圈加深了,嘴唇颤抖起来,越抿越紧,于是她再一次失去了知觉。

"她挨的这一下可不轻。"桑顿太太说,"有谁愿意去请一位大夫来吗?"

"太太,很对不住,我可不去。"简吓得朝后退了一步,说,"那伙暴民可能还分散在各处。太太,伤口也许并不像看起来那么深。"

"我不能存在侥幸心理。她是在我们家受伤的。你胆小,简,我可不胆小。我去。"

"太太,我来打发一名警察去。有不少警察上这儿来啦,还有兵。"

"可你却不敢去! 我决不让他们把时间花在办理我们的私事上。他们要逮捕那伙暴徒中的一些人,有很不少工作得做。待在这所屋子里,你总不见得害怕吧?"她轻蔑地问,"继续擦洗黑尔小姐的前额,好吗? 我不到十分钟就回来。"

"可不可以叫汉纳去呢,太太?"

"干吗叫汉纳去? 干吗叫随便哪个别人去,就是你不能去? 不,简,要是你不去,我就去。"

桑顿太太先走进她方才撇下范妮躺在床上的那间房去。母亲走进去的时候,范妮吓得一怔。

"哟,妈妈,瞧您怎么吓了我一大跳! 我把您当成一个冲进屋子来的工人啦。"

"胡说啦! 那伙人全走了。这地方四面都是兵,打算来执行任务,可这会儿已经太晚了。黑尔小姐躺在餐厅里的沙发上,伤势很重。我这就去请大夫来。"

"哎呀! 妈妈,快别去! 他们会杀了您的。"她一把揪住了妈妈的衣裳。桑顿太太用手使劲儿把衣裳挣脱开。

"那你给我找一个别人去,决不能让那姑娘流血流死。"

"流血吗！哟,吓坏人啦！她怎么受伤的呢？"

"我也不知道,——我没来得及问。下楼上她那儿去,范妮,务必做点儿事情。简在那儿守着她。我相信她实际的伤势没有外表看来那么重。简不肯离开这所屋子,胆小的娘儿们！我也不乐意再去招惹随便哪个用人的拒绝,所以我自己去。"

"唉,唉！"范妮哭声哭气地说。她准备走下楼去,因为想到屋子里有人受了伤,在流血,她宁愿下楼去,也不愿单独给撇下在这儿。

"哎呀,简！"她蹑手蹑脚地走进餐厅,说,"是怎么回事？她脸色显得多么白啊！她怎么受伤的？他们朝着客厅扔石子吗？"

虽然玛格丽特逐渐恢复了知觉,她的脸色的确还显得苍白、憔悴。昏倒时的那种难受的眩晕,使她仍然有气无力。她意识到周围人们的行动,意识到科隆香水给她带来的舒适感觉,并且渴望这种擦洗一刻不停地继续下去,然而当她们停下讲话时,她却无法睁开眼睛,或是说上一句,请她们继续给她擦洗,就像那些像死了一般昏迷僵卧的人那样,尽管不仅完全知道周围人们的行动,而且还知道这些行动的用意,可是就是无法动弹或发出声音去阻止为他们的葬礼所进行的可怕的准备工作。

简停止擦洗去回答桑顿小姐的问话。

"小姐,要是她留在客厅里,或是跟我们一块儿上楼去,那么她本会平安无事的。我们待在前边顶楼里,一切全能够看到,而又没有危险。"

"那么她是待在哪儿的呢？"范妮逐步凑近前去这么问,她已经渐渐看惯玛格丽特那张刷白的脸了。

"就待在前门外面——跟少爷一块儿！"简意味深长地说。

"跟约翰一块儿！跟我哥哥一块儿！她怎么会上那儿去的？"

"是呀,小姐,这可不该由我来说。"简把头微微一扭,这么回答,"是萨拉说……"

"萨拉说什么来着？"范妮急切而好奇地问。

简又去擦洗玛格丽特的伤口,仿佛萨拉所做的事或是所说的话不是她乐意照讲一遍的事情。

"萨拉说什么来着?"范妮发急地问,"别这样半句半句讲,要不我根本就没法听明白你的话。"

"哦,小姐,既然您一定要知道——您瞧,萨拉待的地方看得最清楚,她待在右首那个窗口。据她说,她当时就这么说来着,她瞧见黑尔小姐用胳膊搂住少爷的脖子,当着所有的人就那样紧紧地抱着他。"

"这话我不相信。"范妮说,"我知道她喜欢我哥哥,这一点谁都瞧得出。也许,她会不惜任何牺牲,要是他乐意娶她的话,——这是我哥哥决不会做的,这一点我可以告诉她。不过我不相信她会这么大胆、孟浪,竟然用胳膊搂住他的脖子。"

"可怜的黑尔小姐!要是她果真那么做了!她付出的代价真不小。我认为这一石子使她的血大量涌上头来,所以她大概绝好不了啦。她现在看上去就像死人一样。"

"哎,但愿妈妈快回来!"范妮使劲儿拧着两手说,"我以前可从来没有跟一个死人同待在一间房里。"

"慢着,小姐!她并没有死,她眼皮还在颤动。您瞧,湿漉漉的眼泪淌下她的脸蛋儿来啦。您跟她说句话,范妮小姐!"

"你觉得好点儿了吗?"范妮用颤抖的声音问。

没有回答,也没有认识的迹象,不过一丝淡淡的粉红色重新泛上了她的嘴唇,虽然她脸上其他地方还是一片死灰色。

桑顿太太领着她在最近的地方可以找到的外科大夫,急匆匆地走进房来了。

"她怎么样?"玛格丽特睁开蒙眬的眼睛,神情恍惚地注视着她,她连忙问道,"亲爱的,你好点儿了吗?这位是洛先生,来给你瞧瞧。"

桑顿太太大声而清晰地说,像对一个聋子那样。玛格丽特想站起身,同时本能地把揉乱了的浓密的头发抹过来遮住伤口。

"我现在好点儿啦。"她用极其虚弱的低声说,"我刚才有点儿不舒服。"

她让洛先生握住她的手,诊了诊脉。当他要求看看她额上的伤口时,她脸上有一刹那泛起了红晕。她抬眼瞥了一下简,仿佛简从旁看着要比大夫检查更令人羞怯似的。

"大概没有什么。我现在好点儿啦。我非回家去不可。"

"等我贴上几块膏药,你再休息一会儿,才可以回去。"

她没再说一句话,连忙坐下,让大夫把伤口包扎好。

"真对不住,"她说,"我非得走啦。妈妈大概不会看到的。是在头发里边,是吗?"

"正是,谁都看不出来。"

"但是你这会儿不可以走。"桑顿太太急躁地说,"你还走不大动。"

"我非得走啦,"玛格丽特坚决地说,"想想妈妈。万一他们听说……再讲,我也非得走啦,"她激动地说,"我不能待在这儿。可以帮我去叫一辆出租马车吗?"

"你脸很红,好像有点儿发烧。"洛先生说。

"这只是因为我待在这儿,心里又急着想回去。空气——走到外边,会比随便什么别的对我都有好处。"她恳求着。

"真格的,我也认为是像她说的这样。"洛先生回答,"要是她母亲是像您在上这儿来的路上告诉我的那样,正病得挺厉害,那么倘使她听到这场骚动,到时候又不看见女儿回去,她的病也许会一下变得很重。伤口并不很深。我去叫一辆出租马车来,如果您的用人还不敢出去的话。"

"真谢谢您!"玛格丽特说,"这对我比随便什么别的都有好处。是这间房里的空气使我感到这么不好受的。"

她向后靠在沙发上,闭上了眼睛。范妮招招手,把母亲叫出房去,对她说了一些话,使她和玛格丽特同样急切地巴望玛格丽特离开。这倒并不是说,她完全相信了范妮的话,可是她听信的那一点儿已经使她在和玛格丽特告别时,态度显得十分勉强了。

洛先生乘坐出租马车回来了。

"你要是同意,我来送你回去,黑尔小姐。街上还不十分平静哩。"

玛格丽特这时对眼前的情况已经想得很周到,因此她急于想在到达克兰普顿新月街以前就摆脱掉洛先生和这辆马车,唯恐不这样会使自己的父母惊慌起来。她心中想到的就是这个目的。人家侮辱她的那些话,那场丑恶的梦,是绝对无法忘却的——但是可以暂且撇在一边,等她身体强壮点儿再说——因为,嗐!她身上太没有气力了。她尽力想寻找一件眼前的实事以便集中思想,稳住自己,使自己不至于在另一阵可怕的、虚弱的昏晕中完全失去知觉。

第二十三章 误 会

> 他母亲见到此情此景,心中
> 十分烦恼,也不知该如何想才好。
>
> 斯宾塞①

玛格丽特走了还不到五分钟,桑顿先生便走进房来,激动得满脸通红。

"我没法早点儿回来:监工要……她上哪儿去了?"他朝餐厅四下瞥了一眼,然后几乎是气势汹汹地望着母亲。母亲正在平静地整理拖乱了的家具,并没有立即回答。"黑尔小姐上哪儿去了?"他又问了一声。

"回家去了。"她相当简慢地说。

"回家去啦!"

"是呀。她人好多啦。真格的,我可并不认为她受的是什么大伤,只不过有些人为了一点儿小事就会晕倒。"

"她回家去了,这可真抱歉。"他说,一面不安地来回踱着,"她身体还支持不了。"

"她说她能行。洛先生也说她成。我亲自去请他来的。"

"谢谢您,妈。"他站住脚,把手稍稍伸出来点儿,准备和她握握手表示感谢。但是她并没有注意到这个动作。

"你把那些爱尔兰人怎么样啦?"

"我派人到飞龙饭店去要了一顿好饭菜来给他们吃,可怜的人儿。

---

① 斯宾塞(Edmund Spenser,1552—1599):英国诗人,引文见他的重要作品《仙后》(*The Faerie Queene*,1589—1596)第四卷第十二章。

后来,很幸运,我找到了格雷迪神父,邀请他来跟他们谈谈,劝他们不要大伙儿全走①。黑尔小姐怎么回家去的?她肯定走不动。"

"她乘了一辆出租马车回去。一切都安排得妥妥当当,连车钱也付啦。咱们不要老去谈她。她已经惹起够多的慌乱啦。"

"要不是她,我真不知道我如今会在哪儿。"

"你难道真变得这么一筹莫展,得由一个姑娘保护着吗?"桑顿太太轻蔑地问。

他脸红起来。"人家扔来打我的东西——明明白白是一心扔过来打我的东西——没有几个姑娘会不躲避开的。"

"一个恋爱着的姑娘会做出很不少事情来。"桑顿太太简短地说。

"妈!"他朝前走了一步,站住了脚,激动得直喘息。

她看到他明明很费了一番力才使自己镇定下来,不免有点儿吃惊。她还捉摸不准自己所激起的这种情绪的性质。这种情绪异常强烈,这一点是很清楚的。是愤怒吗?他的两眼炯炯发光,身体挺直起来,呼吸变得又粗又急。实在说,这是欢乐、愤怒、傲慢、惊喜、犹疑、喘息交织在一起的表现,不过她当时并没有能看出来。话虽如此,这种神情却使她感到不安,——正如起因不十分明白,没能充分唤起同情的种种强烈情绪,总会产生这样的影响。她走到餐具柜前面,拉开一只抽屉,取出一块揩布来。这是她收在那儿以备偶尔需用的。她看到沙发光滑的扶手上有一滴科隆香水,于是本能地想把它擦掉。不过她没必要地长时间背过脸去不对着儿子。等她再讲话的时候,她的声音似乎是异样的、不很自然的。

"你对那些闹事的人大概总采取了什么措施吧?你不再担心还会有什么暴力行为了?警察刚才都到哪儿去了?遇到要找他们的时候,总不在近边!"

"正相反,大门给冲开的时候,我瞧见有三四个警察很神气地在进行搏斗。等院子里的人逐渐散去时,又有更多的警察赶到。我要是当时头脑清醒,本来可以逮住几个家伙交给警察的。不过这并没有多大

---

① 爱尔兰人大多是天主教徒,所以找一位神父来和他们谈谈。

困难,许多人都认得出他们来。"

"可是他们今儿晚上会再回来吗?"

"我这就照料着使厂房有足够的警卫。我约好汉伯里上尉,再过半小时到警察局去会见他。"

"你得先吃点儿茶点。"

"茶点!哦,我大概是得吃点儿。现在是六点半,我出去可能要很长时间。妈,您先睡,别等我。"

"你要我看到你平安无事之前,就上床睡觉吗?"

"哦,也许不成。"他踌躇了一会儿,"不过跟警察把事情安排好,见过汉珀和克拉克森以后,倘若有时间,我还要兜到克兰普顿去。"母子俩的眼光遇到了一块儿。他们彼此凝视了一刹那。随后,她问道:

"你干吗要兜到克兰普顿去?"

"去问候一下黑尔小姐。"

"我派人去问一下得了。威廉斯①要把她来借的水垫送去。叫他去问一下她的情况。"

"我得亲自去。"

"不只是问问黑尔小姐的情况吗?"

"是呀,不只是问候一下她。我得去谢谢她,那样站在我和那些暴徒之间。"

"你究竟为什么走下楼去呢?这简直是把脑袋伸进狮子的嘴里去!"

他目光锐利地瞥了母亲一眼,瞧出来母亲并不知道自己和玛格丽特在客厅里谈的那一席话,于是提出另一个问题回答道:

"我不在家,您害怕吗?要不要我去叫一些警察来,还是最好这会儿就差威廉斯去叫他们,那么等我们吃完茶点,他们就可以来了。时间紧迫,一刻不能耽搁。我在十五分钟内就得走。"

桑顿太太走出房去。用人全感到很纳闷,她的吩咐通常总那么直截了当,这一回竟然是混乱的、含糊的。桑顿先生留在餐厅里,竭力去

---

① 男仆的名字。

想自己到警察局得办的事,可实际上他却在想着玛格丽特。除了她的胳膊抱住他脖子的那种感觉外,除了想到使他脸上一阵红一阵白的那种温柔的偎依外,前前后后,一切似乎全是模糊不清的。

要不是因为范妮不停地叙说她自己的心情,他们本来会默不作声地吃完那顿茶点的。范妮讲到她怎样先是大吃一惊——后来又以为他们全都走了——接着就感到人发晕,发软,手脚发抖。

"得了,别再说啦,"她哥哥从餐桌旁站起身来,说,"就我来说,现实已经够呛的啦。"他正准备走出房去时,母亲一手搁到了他的胳膊上,止住了他。

"你上黑尔家去以前,先回家来一下。"她用急切的低声说。

"我心里有数。"范妮暗自说。

"为什么?那样再去惊吵他们会不会太晚了?"

"约翰,就今儿这一晚,回到我身边来。就黑尔太太讲,是太晚了点儿。不过问题并不在这儿。明儿,你会……今儿晚上先回来,约翰!"她难得这样恳求儿子,因为她太高傲了,不大肯这么做,但是她从来没有这么做而不奏效的。

"我办完正事立刻就回家来。您务必叫人问候一下他们——问候一下她,好吗?"

对范妮来说,桑顿太太根本不是一个爱说话的同伴,而儿子不在家的时候,更不是一个爱听她谈天的人。可是等儿子回来以后,她全神贯注地察看和倾听他所能讲述的种种详情细节:他采取了来保护自己,保护他乐意雇用的人,不让白天的暴力行为重演的那些措施。他看清楚了自己的目标。对于参加这次骚动的人,惩罚和受罪是自然的结果。为了保护产业,为了使业主的意志可以像刀剑那样锋利而彻底地直捣要害,这一切全都是必要的。

"妈!您知道我明儿要对黑尔小姐说什么来着?"

这句话问得很突兀,因为在谈话暂停下的一刹那,她至少已经把玛格丽特忘了。

她抬起头来望着儿子。

"知道!我知道。你也不能不这么做。"

"不能不这么做？我不明白您的意思。"

"我的意思是,在她那样情不自禁地流露出她的感情来以后,我认为你在道义上不得不……"

"在道义上不得不。"他轻蔑地说,"我恐怕道义跟这件事毫无关系。您说,'她情不自禁!'您的意思是说什么感情?"

"哎,约翰,你没有必要生气嘛。她难道不是奔下楼,抱着你,把你从危险中救出来的吗?"

"她是这样!"他说,"可是,妈,"他猛地一下停止踱步,恰恰在母亲的面前站住了脚,继续往下说道,"我真不敢希望。以前,我从来不是优柔寡断的,但是我没法相信那样一个人儿会喜欢我。"

"别傻气啦,约翰。那样一个人儿！嘿,听你这么说,她简直像是一位公爵的女儿啦。我真不知道你还要点儿什么证据来证实她喜欢你?我可以相信,她跟自己看待问题的那种贵族气派曾经进行过一场斗争,不过她终于看清楚了,这倒叫我比先前喜欢她点儿。我这么说,话是说得太多啦,"桑顿太太迟缓地笑笑说,泪花闪现在她的眼睛里,"因为过了今儿晚上,我就退居第二位。我叫你等明儿再去,就是因为我单独,独自一个,好和你再多守上几小时!"

"亲爱的妈妈!"(说虽这么说,爱情还是自私的。一刹那后,他又那样想到自己的希望和忧虑,以致使一片寒森森的阴影悄悄地覆盖上了桑顿太太的心头。)"但是我知道她并不喜欢我。我要拜倒在她的脚下——我非这么做不可。即使只有千分之一的机会——甚至只有一百万分之一的机会——我也要这么做。"

"别担忧!"他母亲说,她因为儿子对自己难得流露出的母爱——泄漏出她自己遭到忽视的强烈爱护之情的那阵苦闷与嫉妒没大在意而有些伤感,一面又尽力想把个人的这种伤感压抑下去,"别发愁。"她冷静地说,"单就爱情来说,她也许配得上你。她一定费了很大一番力才把她的傲慢压下去的。别发愁,约翰。"她亲了亲他,说愿他晚上睡得好。说完,她缓缓地、庄严地走出房去了。可是到了自己的房间里后,她把门锁上,坐下来,流下了罕见的泪水。

玛格丽特走进房间时(她的父母还坐在那儿,低声交谈),脸色显得十分苍白。她一直走到靠他们很近的地方,才勉强镇定下来开口说话。

"桑顿太太这就派人把水垫送来,妈妈。"

"亲爱的,你样子多么累啊!天气挺热吗,玛格丽特?"

"挺热,而且街上因为罢工也相当乱。"

玛格丽特脸上的血色恢复过来,变得跟平日一样鲜艳,不过一刹那便又褪下去了。

"这是贝西·希金斯送来的一封信,请你上她家去。"黑尔太太说,"可是你的确显得太累啦。"

"是呀!"玛格丽特说,"我累啦,这会儿没法去。"

她安排茶点的时候默不作声,索索发抖,心里十分快慰地看到,父亲全神贯注在母亲身上,并没有注意到她的脸色。甚至在母亲就寝以后,他也不肯离开她,而是要读书给她听,直读到她睡着。玛格丽特这才能独自待在房里。

"现在,我来想想这件事——现在,我来把所有的情况回想一下。先前我不能想——我不敢想。"她平静地坐在椅子上,两手合抱着膝盖,紧抿着嘴,像看到某种幻象的人那样直瞪瞪地朝前注视着。接下来,她深深吸了一口气。

"我一向不喜欢戏剧性的场面——我一向看不起人家流露出情感来——认为他们缺乏自我克制——可我跑下楼去,偏像一个传奇式的傻子那样投身到那场混战中去!我那么做有什么好处吗?我不下去,他们大概也会离开的。"但是这是扔开合理的结论——她的正确的判断力马上便觉察到了,"不,他们也许不会。我那么做是有点儿好处的。可是,是什么迷住了我的心窍,使我去保护那个人,仿佛他是一个无依无靠的孩子!哎!"她把两手紧捏在一块儿,说,"我自己做出那么丢脸的举动以后,难怪那帮人还以为我爱上了他哩。我在恋爱——而且是爱上了他!"苍白的面颊上突然火辣辣地热了起来。她用两手把脸捂起。等她把手放下去时,两只手心里全沾满了热泪。

"唉,我变得多么低下啊,人家竟然那样说我!我对随便哪个别人都不会那么勇敢,正因为我对他丝毫也不在意——说真的,就算我并不是绝对厌恶他的话。我心里更加关切的是希望每一方都光明磊落,而且我很知道光明磊落应该是怎样。他那样站在那儿,"她十分激动地说,"躲在宅子里,等候兵士们到来,兵士们也许会像从陷阱里那样逮捕那些可怜、发疯的人的——他也不尽力去使他们恢复理性,那样做是不公正的。可他们呢,他们像威胁的那样去攻击他,那就他们来说,比不公正还要糟。我还会那样做的,别人乐意说我什么就让他们说吧。要是说,我防止了一次打击,一次要不然便会干出来的残酷、愤怒的行为的话,那我也不过是尽了一个女人的本分。他们乐意怎样侮辱我这未婚少女的自尊心,就由他们去吧——我在上帝面前是清清白白的!"

她抬起头来朝上望着,一种崇高的宁静似乎降临到她的脸上,使她显得很镇定,后来那张脸简直"比大理石上雕琢出的还要平静"①。

狄克逊走进房来说:

"对不住,玛格丽特小姐,这是桑顿太太差人送来的水垫。今儿晚上大概太晚了,姑奶奶都快睡着啦。不过明儿正好用。"

"正好用。"玛格丽特说,"你务必去说一声我们非常感谢。"

狄克逊走出房去了一会儿工夫。

"对不住,玛格丽特小姐,他说他奉命还特意要问问你身体好吗。我想他一定是问候姑奶奶,可是他说,嘱咐他的最后一句话是:问问黑尔小姐身体好吗。"

"问我吗?"玛格丽特挺直身子,说,"我很好。告诉他我非常好。"但是她的脸色却和手绢一样刷白,头里也疼得很厉害。

这时候,黑尔先生走进房来了。他离开了睡着的妻子身边,想要像玛格丽特看出来的那样,听她讲点儿有趣的、可乐的事情。她于是一句没有抱怨,平心静气地强忍住自己的痛苦,尽力想出无数的小事情来谈说——就是没有谈那场骚动,这件事她一次也没有提,因为想到这件事就使她不舒服。

"好好睡吧,玛格丽特。我今儿晚上很可能会睡得好。你因为陪夜,脸色显得苍白。要是你妈妈需要什么,我会叫狄克逊。你快上床睡

---

① 见丁尼生(参看第 11 页注②)《佳人梦》(*A Dream of Fair Women*)。

去,酣睡上一觉。我知道你很需要睡眠,可怜的孩子!"

"晚安,爸爸。"

她听任自己脸色发白——听任自己强作出的欢笑消失——听任两眼由于剧烈的疼痛而变得滞钝。她放松了坚强的意志尽力作出的约束。直到明天早晨,她都可能会感到不舒服,感到疲软乏力。

她躺下身去,一动也没有动。移动手脚,甚至动一下手指,都会是意志或动作能力所难以胜任的一种很费劲儿的事。她疲乏已极,头晕目眩,因此她认为自己始终就没有睡着。狂热的思绪一次又一次反复萦绕在睡眠与清醒之间,那种令人痛苦的滋味始终不变。虽然她虚弱无力,筋疲力竭,她却无法一个人安静独处,——一大群人脸在仰望着她,使她并不感到强烈的激怒或是个人的危险,而只因为自己竟然这样成为众目睽睽的目标而产生一种深切的羞愧感——一种剧烈的羞愧感,使她仿佛自恨无地洞可钻,却又逃脱不了那许多人目不转睛的瞪视。

第二十四章　误会消除了

>你的秀色首先迷住了我,
>打动了我这不知畏惧的心扉,
>我的心为你所慑,在幽禁中苦苦思慕,
>无情无义地遭到严厉的惩罚;——
>然而,不顾粗鲁的拒绝或沉默的傲气,
>你的奴仆仍将一往情深,坚贞不渝。

威廉·福勒①

第二天早晨,玛格丽特挣扎着起身,欣然感到那一夜已经过去,——虽然并不觉得神清气爽,却已经休息过了。家里的一切全都很好。母亲只醒过一次。炎热的空气中有一丝微风吹拂着。尽管没有树木来使人感到风吹树叶那种摇摆、戏耍的动作,玛格丽特却知道在某处地方,在路旁,在小树丛中或者在葱密苍翠的大树林里,有一种愉快、跃动的飒飒声,——一种奔腾倾泻的声音,想到这种声音就在她心中唤起了已往的欢乐情绪。

她坐在黑尔太太的房间里做活计。等午前的那一觉睡过以后,她就要帮母亲穿起衣服来。午餐后,她要去看看贝西·希金斯。她要把桑顿家留下的回忆全都忘掉,——除非他们亲身出现在她的面前,否则没有必要去想到他们。可是,当然啦,尽力不去想到他们,反而使他们更强有力地来到了她的眼前。时时,苍白的脸上会热辣辣地泛起一阵红晕,使脸蛋儿一下变得通红,就像一线阳光从乌云之间迅速射下,掠

---

① 威廉·福勒(William Fowler, 1560? —1612):英国诗人,引文见他的《恋爱蜘蛛》(*The Tarantula of Love*)中第九首十四行诗。

过海面。

狄克逊轻轻把房门推开,蹑手蹑脚走到了玛格丽特的面前,她正坐在窗帘遮起的窗子旁边。

"桑顿先生来了,玛格丽特小姐。他待在客厅里。"

玛格丽特放下了针线活计。

"他找我吗?爸爸回来了吗?"

"他找你,小姐。姑老爷也出去啦。"

"好,我这就去。"玛格丽特平静地说。但是她很奇怪地拖延了一会儿。

桑顿先生站在一扇窗子前面,背对着门,似乎全神贯注地在看着街上的什么情景。可是实在说,他很害怕自己。他的心想到她就要走进房来,便怦怦直跳。他没法忘却她用胳膊抱住他脖子的那种感觉,而当时他的心情却是急躁不耐的,但是现在回想起她为了保护他而紧紧抱住他,他浑身上下便一再激动起来,——使所有的决心、所有的自我克制力全都化为乌有,仿佛蜡碰上了火那样。他心里担忧,唯恐自己会走上前去迎着她,张开胳膊,默默无言地恳求她走过来,偎在那儿,就像她前一天毫不在意地所做的那样,不过从今往后她决不会不在意了。他的心急速地怦怦直跳。尽管他个性坚强,想到自己不得不说的话,以及这一番话会得到什么反应,他就不住地颤抖。她也许会垂下眼睛,脸红起来,心慌意乱地投入他的怀抱,如同投向她的自然的归宿处那样。一霎时,他想到她可能会这么做,就急不可耐地脸红起来,——可是下一刹那,他又怕碰上一次愤激的拒绝,这个想头使他的前途那么彻底地枯萎下去,因此他不肯去想到这种情况。这时候,他意识到房间里有了一个别人而大吃一惊,连忙回过身来。玛格丽特已经轻轻地走进了房,以致他根本没有听见。在他的疏忽的耳朵听来,街上的嘈杂声比她穿着柔软的细布衣裳款款的走动要清晰得多。

她站在桌子旁边,并没有邀请他坐下,两眼的眼皮垂了下来,半遮着她的眼睛;牙齿合在一起,并没有咬紧;嘴唇微微张开,使人可以看到弯弯的嘴唇里那排洁白的牙齿。缓慢、深长的呼吸,使狭小、秀丽的鼻孔张了开来,这是她面部唯一可见的活动。细腻的肌肤、鹅蛋形的脸、轮廓分明的嘴,以及嘴角旁的两个深深的酒窝,——这天全显得苍白憔悴。深色的头发浓密地披拂下来,把鬓角那儿她所受的伤口完全遮盖起,这也使她脸上失去通常那种生来健康的颜色显得更为突出。她虽然垂着眼睛,头却依然按着往日那种高傲的神气,微微昂着。长长的胳膊一动不动地垂在身旁。总而言之,她那种神气就像是一个犯人,被人诬告犯下了一项她非常厌恶和鄙视的大罪,可是又太感愤慨,不屑来进行辩白。

桑顿先生急促地朝前走了一两步,定住了神,平静而坚定地走到房门那儿(她没有把门掩起来),把门关上。然后,他回过来,跟她面对面站了一会儿,对她的妩媚动人的风采获得了一个总的印象。他不敢立即用自己不得不说的话去扰乱这种印象,甚至说不定还会打消这种印象。

"黑尔小姐,昨儿我太不知感谢……"

"你没有什么要感谢的。"她说,一面抬起眼来,直盯盯地注视着他,"你大概是说,你认为应该对我做的事情谢谢我。"这时候,羞愧的情绪——不顾她心头的怒火——使她脸上不自觉地变得绯红,眼睛里也闪射出炽热的光芒来,不过并没有搅乱那种严肃沉着的目光,"那只不过是一个人生来的本能,随便哪个女人都会做出同样的事情来。我们看到危险时,全认为女性的尊严是一种崇高的特权。相反地,"她急促地说,"我倒应该向你道歉,因为我说了一些没有头脑的话,使你走下楼去,碰上了危险。"

"并不是你说的话,是你话里表达出的实情,尽管你的话说得很尖锐。但是你那样并不能把我撵走,从而逃避听我表达一下我衷心的感激,我……"他要说的话已经到了嘴边,他不愿在热情洋溢中急匆匆地说了出来,他要好好斟酌一字一句。他要这样,而他的意愿终于战胜了,因此他说到一半便停住。

"我并没有想逃避什么。"她说,"我只是说,你没有什么应该感谢我的。我还可以加上一句,任何表示感激的话都会叫我觉得不好受,因为我并不认为我应该受到感激。可是倘使这样可以使你哪怕是摆脱一种假想的义务,那么你往下说好了。"

"我并不想摆脱什么义务。"他说,她的镇静的态度刺痛了他,"假想的或者不是假想的——我并不扪心自问,想要知道——我宁愿认为是你救了我的性命——是呀——乐意的话,你只管笑,只管认为这是夸大。我却认为的确是这样,因为这给我的生命增加了一种价值,使我想到——哎,黑尔小姐!"他说下去,把嗓音放低到一种亲昵恋慕的腔调,以致她在他面前不禁颤抖起来,"使我想到情况竟然是这样:往后,每逢我生活快乐的时候,我就可以对自己说,'生活中的这种喜悦,世上工作给我带来的诚实自豪感,生命的这种强烈的意识,这一切全都亏了她!'这样就使我加倍感到喜悦,使自豪感焕发出来,使生活的意识更为强烈,直到我简直不知道是苦是乐,想到我这一切全都亏了一个人——不,你一定得听下去,你非得听下去——"他毅然决然地朝前走了一步说——"亏了一个我爱慕的人,我不相信以前有人对哪个女人曾经像我这样爱慕过。"他紧紧地握住了她一只手,一边喘息,一边听她怎样回答自己的话。等他听到她那冷若冰霜的话音时,他气得一下扔开了她的手。因为她的话虽然说得踌躇支吾,仿佛不知道怎么说才好似的,可是音调却是冷若冰霜的。

"你这样说话真吓了我一大跳。这是侮慢我。尽管这是我未假考虑的直觉,但我没法不这么说。要是我理解你所说的那种情感,那我也许不会这样说了。我并不想使你气恼。再说,我们说话得轻声一点,因为妈妈睡着了,不过你的态度自始至终叫我生气……"

"怎么!"他大声说,"叫你生气!我的运气真是非常不好。"

"是的!"她恢复了庄重的神态说,"我的确觉得很生气,而且我认为也是很正当的。你似乎以为我昨天的举动——"说到这儿,她脸上又泛起了那种鲜艳的红晕,但这一次眼睛里闪耀着的是愤怒而不是羞愧——"是你我之间的一件私事,为了这件事你可以跑来谢谢我,而不像一位有教养的人——不错!一位有教养的人——"她重复了一遍,暗暗提到他们上次关于这个词的谈话——"所看到的那样,那就是:随便哪个不愧于妇女这个名称的女人,都会走上前去,凭她那受人尊重的软弱无力的身份,保护一个正受到许多人的暴力行为威胁的男人。"

"这样得救的先生就不可以来表示一下谢意吗?"他傲慢地插嘴

说,"我是个男子汉。我要求有权来表达我的情感。"

"这种权利我也同意,我不过是说,你坚持要这么做只叫我难受。"她高傲地说,"你似乎以为我那么做,不仅仅是出于女性的本能,而是——"说到这儿,气恼的热泪(她忍了好半天,拼命在抑制)涌到了她的眼睛里,使她哽哽噎噎发不出声来——"而是出于我对你——对你的某种特殊的情感!哎,我对那一大群人里随便哪一个人——随便哪一个绝望的可怜人——都具有更大的同情心——都更为热诚地乐意尽我所能尽的那一点儿力。"

"你只管说下去,黑尔小姐。我知道你寄托错了地方的这种同情心。我现在相信,使你做出那么崇高的行为来的,只是你生来具有的一种对压迫的反感——不错,我虽然是个厂主,也会受到压迫。我知道你瞧不起我。请允许我说,这是因为你不了解我。"

"我也不想了解。"她回答说,一面抓着桌边来稳住身体。她认为他太狠心了——真格的,他是非常狠心——而她则气愤得浑身无力。

"这我知道,我瞧得出你不想了解。你这是很不公正的。"

玛格丽特抿紧了嘴唇。她不愿意说什么话来答复这样的指摘。尽管如此——尽管他说了这些粗鲁无礼的话,他却会拜倒在她的脚下,吻她衣裳的绲边的①。她没有说话,也没有动。自尊心受到伤害的泪水热辣辣地迅速落了下来。他等了一会儿,渴望她说一句话,甚至是骂他一声,这样他可以回答。可是她默不作声。他只好拿起了帽子。

"还有一句话。你的样子就好像认为,我爱上你是侮辱了你。这你可没法避免。没法啊,我就算乐意,也不能帮你洗涤干净。不过即使我能够,我也不这么做。我以前从来没有爱过哪一个女人:我的生活太忙,思想太集中在别的事情上啦。现在,我恋爱了,还将恋爱下去。但是别担心我这方面会有过多的表示。"

"我并不担心。"她回答,一面把身体挺得笔直,"到目前为止,还没有人敢对我无礼,往后也没有人敢。不过桑顿先生,你对我父亲一直很好,"她使整个语调和态度全变得非常温柔、委婉地这么说,"别让我们

---

① 《新约·马太福音》第九章:"有一个女人……来到耶稣背后,摸他衣裳的繸子。"

继续惹得彼此生气吧。请你不要这样!"他没有在意她这几句话,有一会儿只管用上衣的袖口擦着帽子上的绒毛。接下去,他拒绝了她伸出来的手,装得仿佛没有看见她脸上那种严肃、遗憾的神色,蓦然一下转过身,走出房去了。在他走出去以前,玛格丽特瞥了他的脸一眼。

等他走后,她想到自己在他眼睛里看到了润湿的泪花闪光。这使她的高傲厌恶的心情变得稍许有所不同,变得温和了些,尽管差不多也同样地不好受——她责怪自己不该给任何人造成这么大的伤害。

"可是我有什么法子呢?"她暗自这么问,"我始终不喜欢他。我一直很讲礼貌,却并没有竭力去掩饰自己的冷淡。说真的,我压根儿就没有去想到他或是想到我自己,所以我的态度毫无疑问是心口如一的。昨儿的那些事他可能误会了。但那是他的过错,不是我的过错。倘使有必要的话,我还会那么做的,尽管那么做使我陷进了这种种耻辱和麻烦中去。"

第二十五章 弗雷德里克

> 仇诚可报；
> 重振的军规却要公开维护它自己，
> 受害的舰队，强行实施遭到破坏的法纪。
>
> 拜伦①

玛格丽特心头纳闷起来，不知道所有的求婚是不是都像她遇上的这两次这样，事先全是一点儿也没有料到的，——发生的时候，都像她这两次这么令人烦恼。她心里不自觉地拿伦诺克斯先生和桑顿先生进行了比较。当时的情况促使亨利·伦诺克斯表达出了超出友谊的其他情感，这是她深为惋惜的。这种遗憾就是她第一次受到求婚时的主要情绪。那时并未感到当桑顿先生的嗓音还在房间里回响时，她所感到那种震惊——和那种强烈的印象。在伦诺克斯那一次，他似乎是偶尔不知不觉越过了友谊与爱情之间的界限，而在那一刹那以后，他几乎立刻就和她一样感到遗憾，虽然是为了不同的理由。在桑顿先生这一次，就玛格丽特所知道的，中间并没有一个友好交往的时期。他们的交往是一系列持续不断的意见相左。他们的意见相互抵触。说真的，她始终就没有看出来他尊重她的意见，认为那些意见是她个人的。既然它们公然对抗他那岩石般顽强的个性，他那强烈的情感，他就似乎总是把那些意见很轻蔑地抛开了事，直到她最后都懒得再去那样徒劳无益地着力表示异议了。可现在，他却跑来，以这种莫名其妙、狂热急切的态度，吐露出了他的爱情！因为，虽然她最初想到，他是过分怜悯她的自

---

① 拜伦(George Gordon Byron, 1788—1824)：英国诗人，引文见他的诗《海岛》(*The Island*, 1823)第一章，该诗写的是"恩情号"军舰上的兵变。

动流露真情,——他像其他的人那样,或许也误会了这件事的意义——因而被迫不得不来向她求婚,可是,甚至在他离开那间房以前,——肯定在他离开那间房五分钟还不到,她便开始很确切地相信,很清晰地看明白,他是真爱上了她,他早就爱上了她,往后还会爱她的。她于是畏缩、颤抖,像在某种强大的蛊惑力之下那样,这股力量和她以前的全部生活是无法相容的。她悄悄溜开,想逃避他的身影。但是这办不到。我们不妨来模仿一下费尔法克斯译的塔索作品中的一句①:

> 他的强有力的身影,在她的思绪中徘徊不去。

她因为他支配了她内心的意志力而更为不喜欢他。尽管她很轻蔑地摆脱了他,他怎么竟然还敢说,他还要爱她呢?她但愿自己当时再多说几句——说得更强硬一点儿。现在,既然再说也太晚了,她就在脑子里想出许多锋利、果断的话来。这次会面给她留下的深刻印象,就像一场噩梦中的一个妖魔,虽然我们清醒过来,揉揉眼睛,嘴角勉强露出一丝不自然的微笑,那个妖魔却依然逗留在房间里,不肯离开。它在那儿——在那儿,缩到房间的一个角落里,叽里咕噜,直瞪着一双鬼眼,留神听着我们敢不敢当着它面告诉别人。我们可不敢,我们是些多么可怜的胆小鬼啊!

这样,她打了一阵寒战,摆脱了他要忠贞不渝地爱她的这一威胁。他那话是什么意思呢?她难道没有力量使他气馁吗?她倒要瞧瞧。一个男人这样威胁她是过分放肆而不合适的。他不是把敢于这样做归因于昨天那桩令人难受的事吗?如果有必要的话,她明儿还会做同样的事,——去跟一个跛脚的乞丐站在一起,甘心乐意,——但一定去跟他站在一起,即使引起他作出这样的推论,即使妇女们那么冷酷无情、令人作呕地进行诽谤,她还是会同样勇敢地这么做的。她这么做,因为在可以搭救人的时刻去搭救,哪怕仅仅是试图搭救,总是正当的、简单的、

---

① 塔索(Torguato Tasso, 1544—1595):意大利诗人,他的长诗《收复耶路撒冷》(*La Gerusalemme Liberata*, 1581)曾由英国诗人费尔法克斯(Edward Fairfax, 1580? —1635)译成英文,于1600年出版。引文见第一章第四十八行,原句是:
> 她的美妙的身影在他的思绪中徘徊不去。

盖斯凯尔夫人这里作了更改。

理所当然的。"Fais ce gue dois, advienne gue pourra。"①

到这会儿为止,她还站在他离开她时她所站的地方没有动。他最后说的那几句话,以及他那双热切凝视的眼睛里的神色,使她深思得出了神,外界的任何情况都没有把她从这种心境中唤醒过来,——那双眼睛里的热焰先前曾经使她自己垂下了眼睑。这当儿,她走到窗前,把窗子推开,好把笼罩着自己的那片压抑气氛驱散。随后,她走过去,拉开房门,多少有点儿急躁地想要和别人待在一块儿,或者尽量活动活动,来忘却过去的这一小时。但是这所宅子里有个病人,她因为夜间睡不着缺觉,正在补睡一会儿,所以在晌午这片寂静中,一切都毫无声息。玛格丽特不愿独自一人待在那儿。她该怎么办呢?"自然是去瞧瞧贝西·希金斯喽。"她想着,因为这会儿她心里忽然想起前一晚送来的那封信,于是她便去了。

她到那儿后,发现贝西躺在高背的长靠椅上,紧挨着炉火,尽管那天天气十分闷热。贝西正平平地躺着,仿佛经历过一阵突发的疼痛以后,正恹恹无力地在歇息。玛格丽特觉得,贝西应该靠坐起来,使她的呼吸可以比较匀停。她一句话也没有说,就把贝西扶得靠坐起来,并且把枕头重新安放了一下。贝西比较舒适点儿了,虽然还是恹恹无力。

"我以为不会再见到你啦。"她最后这么说,一面眷恋地注视着玛格丽特的脸。

"我恐怕你的病又加重多啦。可我昨儿实在没法来,我妈妈也病得很厉害——为了许多原因。"玛格丽特脸红起来说。

"你也许会认为我不该打发玛丽去请你来。可是那场争吵和那阵叫嚷声简直要把我扯得粉碎。爹离开以后,我想到,唉!但愿我可以听到她的声音,给我读一点儿让人平静和充满希望的话,那么我就可以安安静静地死去,到上帝那儿去安息,就像一个婴孩儿给妈妈的催眠曲哄睡着了那样。"

"要我这会儿读一章给你听吗?"

"好,读吧!也许,我开头听不大懂,它会显得很遥远——但是等

---

① 法国谚语,意思是:"不问结果如何,做你应做的事。"

你读到我喜欢的词句时——读到使人安慰的经文时——我会觉得近在耳边,仿佛穿透了我似的。"

玛格丽特读了起来。贝西来回折腾。如果她很费力地听上一会儿工夫的话,那么下一刹那她就似乎加倍不安地翻腾起来。最后,她冲口说道:"别读下去啦。没有用。我脑子里一直在亵渎神明,老生气地想到无法挽回的事情。你大概听说了昨儿在马尔巴勒工厂闹出来的乱子吧?就是桑顿家的工厂,你知道。"

"你的父亲没有去,是吗?"玛格丽特说,脸色变得通红。

"他才不去呢。要是能不闹出那样一场乱子来,要他作出什么样的牺牲他都情愿。就是这件事使我心里很烦。他为了这事感到很沮丧。跟他说'傻子总要越出常轨的'也没有用。你绝没见过一个人像他那样垂头丧气。"

"为了什么呢?"玛格丽特问,"我可不明白。"

"咳,你知道,他是这场罢工专门成立的那个委员会的委员之一。工会派他去,因为,我实在不应该说的,他们认为他是一个有心眼的人,绝对可靠。他和委员会的其他委员一块儿制定了计划。他们在随便什么情况下都要团结一致。大多数人认为怎样,其他的人不管赞同不赞同也得认为那样。首先,决不干什么犯法的事情。人们会跟着他们走,如果看见他们默不作声地耐心奋斗和挨饿的话,可是如果出一点儿殴打和斗争的乱子——哪怕是跟不肯罢工的人——那么一切就全完了,这一点他们根据以前好多次的经验知道得很清楚。他们得尽力去说动那些不肯罢工的人,劝导他们,向他们讲道理,或许还警告他们不要上工。但是不论会出什么事,委员会责成全体工会会员,倘使有需要,躺下牺牲,不要动手。他们认为那样一来,公众肯定会支持他们。除了这一切以外,委员会还知道,自己的要求是正确的,他们不想把正确的和错误的搅和到一块儿,使人们无法分辨是非,就像我无法分辨出药粉和你给我让我调和到里面去的那种果子冻一样,果子冻要多得多,不过里面却净是药粉的味儿。哦,我总算把这全说给你听了,但是我可累坏啦。你自己想想,把爹的工作全给弄糟了,而且是由鲍彻那样一个傻子弄糟的,这准叫他觉得非常不好受。鲍彻偏要去违反委员会的命令,就像要做一个犹大①那样把这场罢工完全破坏掉。唉！爹昨儿晚上狠狠骂了他一顿！他甚至说,他要去报告警察,上哪儿可以逮住闹出这场乱子来的头头,他要把他交给厂主们,听候他们去发落。他要让世上的人们看到,这场罢工的真正领袖们并不是鲍彻那样的人,而是一些稳健的、有头脑的人,是一些优秀的工人和优秀的市民,对法律和舆论是支持的,是会维持秩序的。他们只要求得到自己应得的工资,不得到它,即使挨饿,也不上工,不过他们绝不会损害产业或是生命。因为,"她放低了嗓音说,"他们说,鲍彻当真朝着桑顿的妹妹扔了一块石子,险些儿把她给打死。"

"这话不是真的。"玛格丽特说,"扔石子的并不是鲍彻……"她的脸色起先发红,后来又变得发白。

"这么说,你当时也在场,是吗?"贝西恹恹无力地问。说真的,她讲这一番话时停顿了许多次,好像她讲话特别费力似的。

"是的。且别去管它。往下说吧。只不过扔石子的并不是鲍彻。但是他怎样回答你的父亲呢?"

"他没有说话。他在过分激动以后,浑身就那么颤抖。我都不忍心去看他了。我听见他的呼吸很急促,有一会儿还以为他在哽咽哩。可是当爹说他要向警察去揭发他时,他大喊了一声,用拳头在爹脸上打了一下,闪电般跑走了。爹开头被他那一下打蒙住了,尽管鲍彻给激动的情绪和饥饿折磨得很虚弱。爹坐下一会儿,一手遮着眼睛,随后站起身朝门口走去。我可不知我当时哪儿来的气力,我从长靠椅上跳起来,一把揪住了他。'爹,爹!'我说,'您千万不要去揭发那个挨饿的可怜人。我绝不放开您,直到您说了您不去。''别这么傻,'他说,'对大多数人说来,讲讲要比实际去做容易。我始终就没想到真要去向警察告发他,虽然,上帝在上,他该受到这样的对待。要是别人干了这件卑鄙的事,给抓了起来,那我可不在意。可是现在,他打了我,我更不会这么做了,因为那一来,就会使其他的人全卷进我的争吵中来。不过要是他有天摆脱了这种饥饿,身体很好了,我和他就要连踹带踢,你来我往大

---

① 犹大(Judas):出卖耶稣的耶稣门徒,借指叛卖、变节者。

打一场。到那时我倒要瞧瞧我能给他点儿什么。'这么说着,爹挣脱了我,——因为,说真的,我实在虚弱无力,他的脸色一片红一片白,看起来叫我很不舒服。我也不知道我是醒是睡,还是完全昏晕过去,直到玛丽走进房来。我叫她给我去请你。这会儿,别跟我说话,就把这一章读完。我把话全说出来,心里反倒舒服点儿,不过我要点儿天国里的思想,好把这件事令人发腻的滋味儿从嘴里清除掉。读给我听——不要读一章讲道文,读一章有故事的,故事里有些画面,我闭上眼睛就可以看到。读一些讲新天新地①的章节,也许我会把这件事忘了。"

玛格丽特用柔和的低声读着。贝西虽然闭着眼睛,实际上却听了好一会儿,因为泪水沾湿了她的眼睫毛。后来,她睡着了,在睡梦中不时惊动,喃喃地央告。玛格丽特替她把被子盖好,便离开了,因为她很不安地意识到,家里也许会需要她,然而在这以前,离开这个垂死的姑娘,似乎是冷酷无情的。

女儿回家来的时候,黑尔太太正待在客厅里。这是她精神较好的一天。她对水垫赞不绝口。它比这些年来她曾经睡过的随便什么床铺更像约翰·贝雷斯福德爵士家的那些床。她不知道是怎么回事,不过她年轻的时候人们惯常做床的那种手艺,似乎失传了。我们会认为那很容易,同样的羽毛还可以弄到,然而不知怎,在昨儿这一晚以前,她不知道自己多会儿酣睡过一夜好觉。

黑尔先生说,从前的鸭绒床垫所以显得好,部分也许可以归因到青年人活泼好动这件事上,因为这使他们容易睡得香。但是他妻子不大赞同这个见解。

"说真的,不是这么回事,黑尔先生,是约翰爵士家的那些床。玛格丽特,你很年轻,白天忙来忙去。这些床舒服吗?你倒来给我说说。你躺在上面的时候,这些床使不使你感到完全松弛下来,还是你要翻来覆去,白费力地想找一个舒适的位置,到早上醒过来,和你上床的时候一样疲乏呢?"

---

① 《新约·启示录》第二十一章第一节:"我又看见一个新天新地。"《旧约·以赛亚书》第六十五章第十七节和《新约·彼得后书》第三章第十三节也均提到"新天新地"。

玛格丽特哈哈笑了。"老实说,妈妈,我压根儿就没有想到我睡的床是什么样子的。我晚上非常倦,不管在哪儿只要一躺下,马上就睡着啦。所以我认为我没有资格做证人。而且,您知道,我从来就没有机会去试试约翰·贝雷斯福德爵士家的床。我从来就没有到过奥克斯南。"

"你没有去过吗?是啊!当然啦。我想起来了,我是带可怜的宝贝弗雷德和我一块儿去的。在我结婚以后,我只上奥克斯南去过一次,——去参加肖姨妈的婚礼。那会儿,可怜的小弗雷德还是个毛孩子。我还知道,狄克逊不乐意从小姐的贴身女仆变成保姆。当时我很担心,要是我把她带到她老家附近,到了她自己的亲人当中,她也许想要离开我。可是那个可怜的毛孩子在奥克斯南因为长牙病啦。在安娜结婚以前,我常常陪伴着她,我自己身体又不很好,所以他比先前更多的时间全是由狄克逊照料的。这使狄克逊那么喜欢上了他。当他揪紧了她,不肯要任何别人时,她那么得意,我想她从那以后就没有再想到要离开我了,尽管这和她惯常的做法大不一样。可怜的弗雷德!人人全疼他。他生下来就赢得人家的欢心。所以我很厌恶里德舰长,因为我知道他不喜欢我的亲爱的孩子。我认为这的确证明,他心地恶劣。哎!你的可怜的父亲,玛格丽特。他走出房去了。他听见人家讲到弗雷德,就受不了。"

"我喜欢听您说到他,妈妈。您喜欢说就全说出来吧,我决不会嫌您讲得太多了。告诉我他是个毛孩子时是什么样子。"

"哟,玛格丽特,你听了可别怄气,他比你小时候长得美多啦。我记得第一次瞧见狄克逊抱着你的时候,我说,'哎呀,多么丑的一个小家伙啊!'她当时说,'并不是每个孩子都长得像弗雷德小少爷,愿上帝降福给他!'哎呀!我记得多清楚啊。那时候,我每天都可以一直抱着弗雷德,他的小床就在我的床旁边。可如今,如今——玛格丽特——我不知道我的孩子在哪儿,有时候我认为我再也看不见他了。"

玛格丽特在母亲沙发旁边的一张小凳子上坐下,轻轻地握住她的手,摩挲着,亲了亲,仿佛安慰她似的。黑尔太太尽情地哭泣。最后,她硬僵僵地、笔直地坐在沙发上,转身对着女儿,老泪纵横,几乎是严肃而恳切地说：“玛格丽特，我要是身体能好点儿，——要是上帝让我有机会身体复原，那一定得通过再看见一次我的儿子弗雷德里克。那样会把我身上剩下的一点儿可怜的活力唤醒的。”

她停住，似乎想鼓起气力来再说一些还没有说出来的话。在她往下说时，她的嗓音有点儿哽咽——不住颤抖，就像动了一个奇怪的、近在眼前的念头似的。

"还有，玛格丽特，如果我要死——如果我命中注定活不了多少星期就得死——我非得先见我的孩子一面。我可想不出该怎么安排一下，不过我责成你，玛格丽特，就像你自己上次生病时希望得到安慰那样，把他领到我的面前来，我好为他祝福。只要五分钟，玛格丽特。五分钟不会有什么危险。哎，玛格丽特，让我在临死之前见他一面吧！"

玛格丽特认为这一席话里并没有什么绝对不合情理的地方：我们向来不在病得垂危的人的热情恳求中去寻找情理或逻辑，我们总回想起我们放过了多少次机会，没有履行不久即将离开我们的亲人的愿望，而深感痛心。倘使他们要我们献出未来生活中的幸福，我们也总会放到他们面前，忍心让幸福离开我们。可是黑尔太太的这个愿望对两方来讲，都非常合理，非常公正，非常正当，因此玛格丽特觉得为了母亲，也为了弗雷德里克，她似乎应该忽略这中间的种种危险，保证尽力促使这件事实现。那双睁大了的央告的大眼睛渴望地、眼巴巴地凝视着她，虽然可怜的刷白的嘴唇却像一个孩子的嘴那样颤抖。玛格丽特轻轻地站起身来，站到虚弱的母亲对面，让她从女儿脸上那种从容平静的神色中可以看出，她的愿望十拿九稳是会得到满足的。

"妈妈，我今儿晚上就写信，把您说的话告诉弗雷德里克。我可以绝对肯定，他管保会立刻上咱们这儿来的。您放心，妈妈，世上要是有什么事我可以保证，那就是您一定会见到他。"

"你今儿晚上就写信吗？啊，玛格丽特！邮车五点钟出发——你五点前写好，成吗？我活不了多少日子啦——亲爱的，我觉得好像不会好了，虽然你爸爸有时候说得那么好，使我又有了点儿希望。你这就写，成吗？不要错过一班邮车，因为错过一班，我也许就见不到他了。"

"但是，妈妈，爸爸出去啦。"

"爸爸出去啦！那又怎么样？你意思是说他会不答应我的这个最后的愿望吗，玛格丽特？咳，要是他没有使我离开赫尔斯通，跑到这个空气混浊、烟雾弥漫、没有阳光的地方来，我也不会生病——也不会死……"

"哎，妈妈！"玛格丽特说。

"是的，真是这样。他自己知道，他这么说过好多次啦。他什么事都愿意给我做。你总不见得认为，他会拒绝我的这个最后的愿望吧——你要是乐意的话，说恳求也成。真格的，玛格丽特，想见到弗雷德里克的这种愿望，把我和上帝分隔开。在我做到这一点以前，我无法祈祷。说真的，我无法祈祷。别耽搁时间吧，亲爱，亲爱的玛格丽特。写好信，这一班邮车就递出去。那么他也许会来——在二十二天内就上这儿来！因为他管保会来的。随便什么绳索铁链也束缚不住他。在二十二天内，我就会见到我的孩子了。"她朝后靠下，有一会儿工夫没有注意到这一事实：玛格丽特用一手遮着眼睛，一动不动地坐在那儿。

"你不写吗？"她母亲最后说，"把钢笔和纸拿来给我，我自己写。"她坐起来，热切激动得浑身直哆嗦。玛格丽特把手从眼睛上放下，伤感地望着母亲。

"等爸爸回来就写。我们先问问他该怎么写最好。"

"不到一刻钟以前，你答应过我，玛格丽特，——你说他应该来。"

"他是会来的，妈妈，您别哭，亲爱的妈妈。我马上就写，——您看着我写——信由这班邮车就带走。如果爸爸认为合适，他回来后可以再写一封，——那只不过耽搁上一天。啊，妈妈，别这么伤心地哭，——您这样叫我心里多难受。"

黑尔太太没法止住自己的泪水，泪水歇斯底里地直流下来。实在说，她也没有着力去止住哭，反而一味在想着幸福的过去与可能有的未来的种种情景——描绘出自己尸体横陈、生前一心想见到的儿子对着她在哭泣的场面，那时她已经不知道儿子回家来了——后来她由于自哀自怜，弄得力竭神衰，不住呜咽，使玛格丽特感到满心痛苦。最后，她镇定下来，在女儿开始写信时，热切地看着她。女儿用急迫恳求的口气很快地把信写好，匆匆地封上，唯恐母亲要看信。接着，为了使这件事十分可靠,她在黑尔太太的吩咐下,亲自送到邮局去。在回家的路上,父亲赶上了她。

"你上哪儿去了,我的标致的大姑娘?"他问。

"上邮局去了,——发一封信,发一封给弗雷德里克的信。哎,爸爸,我也许做错了,可是妈妈一时那么热切地渴盼着见到他——她说见一面会使她好起来的,——后来又说,她临死以前非得再见他一面,——我没法告诉您,她多么急切!我是不是做错了呢?"

黑尔先生起初没有回答。过了一会儿,他说:

"你应该等我回来再写的,玛格丽特。"

"我是想说服她……"说到这儿,她默不作声了。

"我也不知道。"黑尔先生踌躇了一会儿后,说,"要是她这么想见一面,就该让她见。我相信,这会比大夫用的种种药对她都大有益处,——也许会使她完全好起来,不过我恐怕,他所冒的危险是很大的。"

"那场兵变已经过了这么多年,还会出事吗,爸爸?"

"会。政府当然有必要采取很严厉的措施去镇压违抗上级的罪行,尤其是在海军里,因为在海军里,需要让士兵们清清楚楚地知道,国内的权力是完全支持他们的指挥官的,是绝对站在他一方的,需要的话,是会为他所受到的损害替他进行惩罚的。咳!他们一点不在乎他们的权力是如何蛮横地滥用了,——把脾气急躁的人激得发狂,——换句话说,即使事后可以拿别人发狂作为滥用权力的借口,它开头总是绝不应该的。他们不惜任何代价,派军舰出去,——在海上搜索,想逮住罪犯,——就是事隔多年,也不会把这个罪行从记忆中抹掉,——它在海军部的档案中还是一项清晰记载着的新罪行,得用鲜血才可以把它抹掉。"

"啊,爸爸,我做了一件多大的错事啊!可当时,它似乎一点儿也没错哩。我相信弗雷德里克自己也准会这么冒险走上一趟的。"

"他会这么做的,他也该这么做!不啊,玛格丽特,我很高兴这件事这么做了,尽管我自己没有这么做。事情既然是这样,我也很高兴。要是我,或许会踌躇不决,直到后来要做什么有益的事,时间已经太晚了。亲爱的玛格丽特,这件事你这么做是对的,至于结果如何,咱们也无法控制。"

一切都蛮不错,不过父亲关于残酷惩罚兵变的那篇叙述,使玛格丽特提心吊胆,不寒而栗。要是她把哥哥引回家来,用鲜血去抹掉他犯的过失留下的回忆,那可怎么好!她看出来,爸爸后来说的几句鼓起她兴致的话里,深深地隐藏着他的焦虑。她挽着父亲的胳膊,在他身旁忧郁、疲惫地走回家去。

第二卷

第一章　母与子

> 我已发觉,那个神圣的安息之地
> 依然毫无改变。
>
> 　　　　　　　　　　赫门兹夫人①

那天上午,桑顿先生离开那所宅子的时候,失恋的痛苦使他几乎什么也看不见。他感到头晕目眩,仿佛玛格丽特在谈吐、举止、神态上全不像一个温柔娴雅的女人,倒像是一个壮实的女鱼贩子,还用两手狠狠揍了他一顿。他真的感到身上疼痛,——一种剧烈的头痛,以及脉搏的间歇性的悸动。他经受不住街上的嘈杂声、鲜艳夺目的光彩和持续不断的隆隆声与熙熙攘攘。他因为自己这么痛苦,管自己叫作一个大傻子,然而眼前他却无法回想起自己痛苦的原因,以及它究竟是否理应引起它所产生的后果。要是他能够在门阶上一个正在为自己受到某种损害而号啕痛哭、尽情发泄的小孩儿身旁坐下,大哭上一场,那他倒是会感到十分舒畅的。他竭力对自己说,他痛恨玛格丽特,可是就在他想要找出一些能表示痛恨的词句时,一种炽热、强烈的爱慕之感像电光那样把他的阴沉、愤慨的心情劈得粉碎。他的最大的安慰就是,紧抱住自己的苦恼不放。正如同他对她说过的那样,尽管她也许会瞧不起他,蔑视他,以她那种高不可攀的冷淡傲慢的态度对待他,他在情感方面也丝毫都不会改变。她也无法使他改变。他过去爱她,往后还将爱她。他不管她怎样,也不管自身忍受着多大的痛苦。

他一动不动地站了一会儿,使这个决心坚定不移。这时,有一辆公

---

① 赫门兹夫人,见第14页注①,引文见她的长诗《希腊岛上的新娘》(*The Bride of the Greek Isle*)。

共汽车恰巧驶过——驶往乡间去。售票员以为他想要上车,把车子在人行道旁停下。解释、道歉未免太麻烦了,他于是就上了车,给载着驶走了,——驶过一长排一长排房屋,——然后驶过有整齐的花园的单幢别墅,最后到了一排排真正的乡间树篱之间,不久便驶到了一座乡间小镇上。这时候,车上的人全下了车。桑顿先生也下去了。因为那些人全走开去,他也就这么做了。他走进了田野,步伐很轻快,这种急剧的活动使他的思想松弛下来。他可以把一切全回忆起来了。他自己当时必然显得多么可怜。过去他时常在头脑里一旦赞同自己的想法,就不管三七二十一地去干某件事,这种荒唐的作风可能会是世上最愚蠢的行径,而且这回也恰恰正碰上了自己在头脑清醒时早料到必然会产生的后果——要是他老干这种蠢事的话。他是不是给那双俏丽的眼睛,以及前一天挨他肩膀那么近的那张半开半闭、温柔叹息的嘴,迷惑住了呢?他甚至无法摆脱这一回忆:她曾经待在那儿,两只胳膊抱住了他,抱住了一次——就算往后永远不会再有一次的话。他只瞥了她几眼,他完全不了解她。有一个时候她那么勇敢,另一个时候又那么胆怯,一会儿非常温柔,一会儿又非常傲慢,像帝王一样自尊自大。接下去,为了最终把她忘却,他再次回想着自己每一回看见她的情景。他看到她穿着一件件衣服,具有种种不同的情绪,也不知哪一件、哪一种对她最为合适。就拿这天早上来说,她显得多么出众,——当她听说,因为她前一天分担了他的危险,就被看成是对他有了一点意思的时候,她两眼朝他闪射出了那么愤怒的光芒!

　　如果桑顿先生午前是个大傻子,像他自己至少这么说过二十遍那样,那么他到午后也并没有变得聪明多少。他花六便士乘公共汽车出去一次所得的报酬只是,有了一个更为鲜明的信念,认为绝没有,也绝不会有,一个女人能比得上玛格丽特,她不爱他,也绝不会爱他,但是她——不,哪怕全世界也不能——绝不能阻止他爱她。这样,他回到了那个小市场上,重新上了公共汽车,返回米尔顿来。

　　当他在货栈附近下车时,已经是下午较迟的时候了。熟悉的地方带回来熟悉的习惯与思绪。他知道自己有多少工作得做——由于前一天的骚动,得做的工作比平日还要多。他得去会见他的司法同僚,他得去完成午前只做好一半的安抚与保护新招募来的爱尔兰工人的种种安排,他还得使他们没有机会和米尔顿不满的工人们进行任何接触。最后,他还得回家去见见母亲。

桑顿太太整天都坐在餐厅里,随时期待着黑尔小姐同意和她儿子结婚的消息。有好多次,房子里突然传来一阵响声,她便连忙打起精神。她把做了一半的活计补做起来,细心地拿针缝着,尽管是戴着朦胧的眼镜,用一只颤巍巍的手在缝!房门打开过好多次,总是一个无关紧要的人进房来办一件毫不相干的事。随后,她的刻板的脸上松弛下来,摆脱了那种苍白的、严霜般的神情,容貌也变得温和了些,显得有点儿沮丧,这和它们平时的那种严厉的神色相比,是很特别的。她竭力不容自己去想到儿子成家以后,会给自己带来的那种种使人快快不乐的变化,硬把心思转到熟悉的家庭常轨上来。即将成婚的夫妇,可能会需要一些新的家用亚麻布制品。桑顿太太把一只只放满桌布和餐巾的口袋拿进来,着手计算一下有多少。她的,上面标明有乔·汉·桑(代表乔治和汉纳·桑顿)字样的和儿子的——用他的钱购买的,上面标明有他的名字缩写——这两类之间有点儿混乱。有些上面标明乔·汉·桑的是老式的荷兰花布,质地极其细密,如今可没有像它们这样的货色了。桑顿太太站在那儿对着它们望了好半天,——她初结婚时,这些荷兰花布曾经是她很得意的东西。接着,她皱起眉头,抿紧嘴唇,仔细把乔·桑两字拆掉。她甚至去寻找那种火红的粉线,想另外绣几个新的缩写字母,可是粉线已经用光,——眼下她也无心派人再买些来。于是她便直瞪瞪地凝视着空间,一系列幻象在她的眼前掠过,在这些幻象中,主角,唯一的对象,就是她的儿子,——她的儿子,她引以为自豪的孩子,她的宝贝。他还是没有回来。毫无疑问,他准和黑尔小姐待在一块儿。新的情人已经取代了她,成为他心头最先想到的人了。她顿时感到一种剧烈的痛苦——一种徒然无益的嫉妒:她简直不知道是身体方面的还是精神方面的,不过它却迫使她坐下。一刹那,她又笔直地站起来,——脸上那天第一次露出了一丝苦笑,静等着房门给推开,静等着那个欢天喜地、得意扬扬的人,她决不可以让他知道他母亲对他结婚所感到的惋惜、懊丧。在这一切思绪中,她简直没大把未来的儿媳妇当作一个独立的人来考虑。她这就要成为约翰的妻子了。在家里代替桑顿太太成为女主人,这还不过是装点那份至高荣誉的丰硕果实之一。家里的富裕安逸,考究的服饰,名誉、爱护、家人的服从,大群的朋友,这一切都会像国王长袍上的珠宝那样,自然而然跟着全来了,并且也同样不大会被想到它们各自的可贵价值。由约翰选中的一个厨房里的姑娘,也会和世上其余的人不同。再说,黑尔小姐也并不那么糟。要是她是米尔顿的一个大姑娘,桑顿太太肯定会很喜欢她的。她为人很爽利,有情趣,有胆量,有风度。不错,她成见很深,愚昧无知,不过她生长在南方,这一点本是可以料想到的。桑顿太太思想上拿范妮和她进行着一种奇怪的、令人不快的比较。这一回,她对女儿严厉地讲话,狠狠地骂了她一顿。接下去,她仿佛表示忏悔,又拿起亨利的《圣经诠释》来,想把注意力集中在那上面,而不去做自己感到得意和高兴的事情:继续翻检桌布。

他的脚步声终于传来了!甚至在她认为自己刚巧正在读完一个句子时,她便听见了他。在她目光掠过那个句子,脑子里凭记忆可以机械般地一个字一个字重复一遍时,她听见他从前门走了进来。她的变得敏锐了的知觉可以辨别出每一个动作的声音。现在,他是在帽架子那儿——现在,他到了这房间的门口。他为什么踌躇呢?最坏的情况也应该让她知道。

然而,她的头伏到了那本书上,她没有抬起头来望。他走到桌子旁边来,一动不动地站在那儿,等着她读完这一段,这一段文字似乎吸引了她。她很费了一番力才抬起脸来。"怎么样,约翰?"

他知道这短短一句话是什么意思。但是他已经坚定下来,想说一句玩笑话来回答,心头的怨恨使他可以说出一句来,可是他对母亲不应该这样。他在她身后绕过去,这样她看不到他脸上的神色,然后托起母亲苍白的、毫无表情的脸,亲了亲,咕哝道:

"除了您,妈,没有人爱我,——没有人喜欢我。"

他转过身去,把头抵着壁炉台站在那儿,泪水止不住涌上了他那双男子汉的眼睛。她站起身,——步履蹒跚。这个坚强的女人一生中第一次步履蹒跚。她把两手放在他的肩上。由于她身材很高,她正视着他的脸,使他也望着她。

"母爱是上帝赐予的,约翰。它永远、永远牢牢地保持下去。姑娘的爱就像一阵烟,——它随风变化。她不愿意嫁给你,孩子,是不是呢?"她咬牙切齿,像一只狗龇露着它满口的牙齿似的。他摇摇头。

"我不配她,妈。我早就知道我不配。"

她咬牙切齿地从牙缝间说话。他听不清她说的是什么,不过她两眼里的神色表明,她说的是一句咒骂话,——即便措辞不是从来未有的粗鄙,至少用意是从来未有的恶毒。然而,她心里却感到很轻快,因为她知道,儿子又是她自己的了。

"妈!"他匆促地说,"我可不能听见一句责骂她的话。宽恕我,——宽恕我!——我这颗受伤的心十分脆弱,——我还是很爱她,我比先前更爱她。"

"可我恨她。"桑顿太太用恶狠狠的低声说,"当她站到你和我之间的时候,我曾经竭力想不恨她,因为,——我对自己说,——她会使他快乐。我情愿牺牲自己,使你快乐。可是现在,为了你的痛苦,我恨她。是呀,约翰,把你内心的痛苦隐藏起来,不让我知道,是没有用的。我是你的亲生母亲,你的伤心事也就是我的痛苦。如果你不恨她,我可恨她。"

"这样,妈,您反而使我更爱她。您这样待她是不公正的,我非得公公正正。不过咱们干吗谈到爱和恨呢?她不喜欢我,这就够了,——太够瞧的了。咱们永远不要再提起这件事吧。这是您在这个问题上可以为我做的唯一的事情。咱们永远不要再提到她。"

"我很乐意这样。但愿她和她所有的一切,全被一阵风刮回原来的地方去。"

他一动不动地站着,朝着炉火又注视了一会儿。她望着他,干涸、昏花的眼睛里充满了罕见的泪水,但是等他再说话时,她似乎和平日一样严厉、平静。

"已经对三个人发出了阴谋闹事的逮捕令,妈。昨儿的那场骚动,帮助我们把罢工打消啦。"

接下去,桑顿太太和儿子都没有再提起玛格丽特的名字。他们又按平时的那种方式谈论起来,——只谈事实,不谈自己的意见,更不去多谈自己的情感。他们的声调是镇定的、冷静的。一个陌生人离开时也许会认为,自己从来没有见过在这么亲的亲人之间,举止会如此冷淡呆板的。

第二章　水果静物画

因为朴实忠诚贡献的礼品，
是绝不会有任何疵病的。

《仲夏夜之梦》①

桑顿先生直截了当地忙着去安排第二天的一些重要事情。眼下各种制成品都还有些销路。既然这也涉及他这一行，他便抓紧机会，竭力讨价还价。他准时去出席了治安法官同僚们的会议，——凭着自己极强的判断力和一眼便能看到后果的才能，给了他们极大的帮助，因而迅速作出了一项决定。比他年长的人、多年来在市里一直具有名望的人、财产比他多得多的人——变卖了财产，购进了土地，可他的却全是流动资本，用了去从事他的买卖——这些人全指望从他这儿听取精明、果断的意见。大家推他做代表去会见警方，和警方作出安排——带头采取所有必要的步骤。然而，他对这些人不自觉地推崇他，就和对柔和的西风②一样不在意，柔和的西风几乎没有使那些高大的烟囱里笔直向上冒出的浓烟稍许倾斜一点儿。他并没留意人家对他默默表示出的尊敬。要不他倒可能会觉得这是自己追求眼前那个目标的一大障碍。说实在的，他眼里就只看到要迅速实现那个目标。可他母亲那留神注意的耳朵却从这些治安法官和阔人家的妇女那儿听说，某某先生多么重视桑顿先生，说要是没有他在那儿，情况会变得大不一样，——说真的，变得很糟。那天，他办好了很不少自己业务方面的事情，仿佛前一天的大耻辱，以及后来头晕目眩、茫无目的地虚度掉的时光，把他脑力中的

---

① 引文见莎士比亚《仲夏夜之梦》第五幕第一场。
② 英国的西风犹如我国的东风，参看第82页注②。

全部迷雾都驱散了似的。他感到了自己的才能,觉得满心欢喜。他几乎可以不为自己的心境所左右。可惜他不曾听到过,否则他真可能会唱起住在迪河河畔那个磨坊主人的那支歌来:

> 我不牵挂谁
>
> 谁也不牵挂我。①

指控鲍彻和这场骚动的其他头领的证据,全送到了他的面前。指控其他三个犯有阴谋闹事罪的人的证据全不能成立。不过他严厉地责成警方密切监视他们,因为法律的左右手到了可以证明一个过失时,应该迅速发出打击。接着,他离开了市法院那间热气腾腾的房间,走到了外面空气较为清新但依然很闷热的街上。他似乎突然一下垮掉了,他人很乏力,简直控制不住自己的思想。他的思想总浮游到她身上去,把那一幕情景又带回他的眼前,——不是前一天他遭到的严词拒绝,而是再前一天的那些神态、那些行动。他沿着拥挤的街道呆板地走着,在人丛中挤来挤去,可是始终就没有看见他们,——心头简直是懊丧地渴盼着那一个半小时——她紧紧揪着他、她的心就贴着他的心在跳动的那一个短暂的时刻——再一次到来。

"哟,桑顿先生!我得说,您待我太冷淡啦,见到我假装没瞧见。桑顿太太好吗?今儿天气真美!我们做大夫的可不喜欢这样的天气,这我可以告诉您!"

"很对不住,唐纳森大夫。我真没有瞧见您。我母亲挺好,谢谢您。今儿天气很不错,对收获大概很有好处。要是小麦全顺利地收割下来,那么不管你们大夫的生意是好是坏,我们明年的买卖管保会很兴隆。"

"是呀,是呀,人人都为了自己。您的坏天气,您的坏季节,就是我的好天气、好季节。遇到买卖不好的时候,健康就大受损害,还有人准备死,这种事情在你们米尔顿人中发生的比你知道的要多。"

---

① 爱尔兰剧作家艾萨克·比克斯塔夫(Isaac Bickerstaffe,1735?—1812?)于 1762 年发表了他的喜歌剧《村中之恋》(*Love in a Village*),其中有一首歌即以迪河河畔的磨坊主人为主题。

"我可不是这样,大夫。我是铁打成的。我负下了最大的债务的消息,始终就没使我脉搏跳快一些。这场罢工对我的影响比对米尔顿随便哪个别人都大,——比对汉珀的影响都大,——可它始终就没有妨碍到我的食欲。您要是找病人,那得上别的地方去找,大夫。"

"顺带说一下,您给我介绍了一个挺好的病人,可怜的太太!别再说这些玩世不恭的话吧,我当真认为黑尔太太——就是克兰普顿的那位太太,您知道——她没有多少星期好活啦。我想我告诉您,我始终就不认为她的毛病有希望给治好,不过我今儿去看过她,情况很严重。"

桑顿先生默不作声了。他自吹自擂的脉搏情况,有一刹那并不那么平稳。

"我能做点儿什么事吗,大夫?"他用改变了的声音问,"您知道——您会瞧得出的,他们钱并不是很宽裕。有什么可以使病人舒服点儿的东西或是有什么精美的食品,是该提供给她的吗?"

"没什么,"大夫摇摇头回答,"她很想吃水果,——她经常有热度,不过早梨①也蛮不错,市场上这种梨眼下正多。"

"我想,要是有什么事我可以做,您一定会告诉我的,"桑顿先生回答,"这全仗着您啦。"

"是啊!别担心!我不会给您省钱的,——我知道您有的是钱。但愿您会给我一些空白支票,替我所有的病人和他们所有的开销付账。"

然而,桑顿先生并不是对所有的病人都宽厚仁慈,——并不是全面的乐善好施,甚至也不会有几个人称赞他富有同情心。不过他立即到米尔顿的第一家水果铺去,拣选了一束结有最鲜美的果实的紫葡萄,——颜色最鲜艳的桃子,——还带有最新鲜的藤叶。它们全给盛在一只篮子里。店伙计等待着他问的这句话的答复,"要我们送到哪儿去,先生?"

他没有回答。"是送到马尔巴勒工厂去吗,先生?"

---

① 早梨,原文为 jargonelle pears,系一种早熟的黄梨。

"不是！"桑顿先生说，"把篮子给我，——我自己拿去。"

他不得不用两手捧着，还不得不穿过市内妇女们购买商品的最热闹的地区。许多认识他的年轻女人都回过脸来望着他，看见他像一个搬运工人或是小听差那样，都觉得很奇怪。

他心里想着，"我决不会因为想到她而感到气馁，不做我乐意做的事情。我喜欢把这篮水果送去给那位可怜的母亲。我这么做就是对。她绝对没法奚落我，惹得我不做我高兴做的事情。如果为了害怕一个高傲的姑娘，我就不对我喜欢的一个男人做一件好事，那岂不是一个大笑话！我是冲着黑尔先生这么做的，压根儿不去管她。"

他以不寻常的步伐朝前走去，不一会儿便到了克兰普顿，一步跨两级走上楼梯，在狄克逊还没来得及通报以前，已经走进了客厅，——他脸色很红，两眼闪耀着热忱亲切的光彩。黑尔太太躺在沙发上，正在发烧。黑尔先生在大声读着什么。玛格丽特正在母亲身旁的一张矮凳上做活计。这次会面就假令没使他心头怦怦跳动，也使她很不安宁。不过他没有去注意她，——简直也没有注意黑尔先生本人。他捧着篮子直接走到黑尔太太面前，压低了嗓音很柔和地说话。当一个健壮的男人用这种声调对一个身体虚弱的病人说话时，这种声调是很感动人的。他说：

"我刚才碰见唐纳森大夫，太太。他说您吃点儿水果有好处，我就很冒昧地——十分冒昧地——给您送来点儿我觉得还不错的水果。"黑尔太太感到分外惊讶，也分外高兴，热切激动得哆嗦了一阵。黑尔先生用短短的一句话表示了衷心的感激。

"拿只盘子来，玛格丽特——拿只篮子来——什么都成。"玛格丽特在桌子旁边站起身来，有点儿担心自己一走动或者发出一点儿声音，就会使桑顿先生觉察到她也在房间里。她心想，让他们两人意识到彼此正对立着，那是很尴尬的，所以以为自己起先坐在一张矮凳上，这会儿又站在父亲的身后，桑顿先生在匆忙中可能没有注意到她。就仿佛他真的自始至终并没有意识到有她在那儿似的哩——尽管他两眼的确一直没有去看她！

"我得告辞啦，"他说，"我不能多耽搁。希望您原谅我这么冒昧,——原谅我的鲁莽作风,——我恐怕我来得太突然,——不过下一次我不会这么莽撞的。请您允许我再给您送点儿来,要是我看到什么很不错的水果的话。再见,黑尔先生。再见,太太。"

他走了,没再说一句话,也没有朝玛格丽特望上一眼。她认为他没有看见自己。接着,她默默地走去拿了一只盘子来,用纤纤的手指指尖仔细地把水果从篮子里取出来。他送些水果来,真太好了,而且是在昨天的那件事以后!

"啊!真好吃!"黑尔太太用虚弱的声音说,"他多么周到啊,想到了我!玛格丽特,亲爱的,你来尝尝这些葡萄!他这样做真是太周到了,对吗?"

"是呀。"玛格丽特平静地说。

"玛格丽特!"黑尔太太有点儿不满地说,"桑顿先生做的事你总不喜欢。我从没有见过有谁这么有偏见的。"

黑尔先生正在给太太削一只桃子的皮,他切下一小块自己吃,一面说:

"我要是有什么偏见,送来这么好吃的水果也会把偏见全打消了。我还没有尝过这么好的水果——没有!就连在汉普郡——打我是个孩子的时候起,也没有尝过。对孩子来说,我想什么水果都好吃。我记得自己津津有味地吃黑李子和酸苹果。你记得家里花园西面墙脚下的那些丛生在一起的红醋栗丛吗,玛格丽特?"

她怎么会不记得呀?她怎会不记得那堵旧石头围墙上风吹雨打留下的每一个痕迹,怎会不记得使它显得像一幅地图的那些灰黄两色的地衣、长在缝隙间的那些纤小的老鹳草?过去两天里发生的事情使她心乱如麻。她眼前的整个生活对她坚忍不拔的精神是一个严峻的考验。父亲随意说出来的这几句话,使人回忆起从前所过的美好时日,不知怎么竟然使她一怔,把缝纫的活计掉到了地上。她连忙走出房去,到了她自己的小房间里。她刚一开始禁不住哽噎着呜咽起来时,立刻发觉狄克逊站在她的衣橱前面,显然在寻找什么。

"哎呀,小姐!您真吓了我一跳!姑奶奶的情况没有变得不好吧?出了什么事吗?"

"没有,没有什么事,只不过我很蠢,狄克逊,我要喝杯水。你在找什么?我把我的细布衣服全收在那只抽屉里。"

狄克逊没有说话,继续在那儿翻检。薰衣草的香味散发出来,使房间里香气四溢。

最后,狄克逊找到了她想要的东西。玛格丽特看不出来究竟是什么。这时候,狄克逊回过脸,对她说道:

"我可不乐意告诉您我要什么,因为您已经够烦心的了。我知道这件事也会使你烦心的。本来,我想也许到晚上或是那种时候再让您知道。"

"什么事?请你马上告诉我,狄克逊。"

"您去看的那个年轻女人——我是说希金斯。"

"她怎么样?"

"咳!她今儿早上死啦。她妹妹在这儿——来讨一件奇怪的东西。原来死去的那个年轻女人想要穿戴着您的一件东西下葬,所以她妹妹来讨,——我刚才正在找一顶送掉不太可惜的睡帽。"

"噢!让我来找一件,"玛格丽特眼泪汪汪地说,"可怜的贝西!我再也没有想到就此看不见她了。"

"哦,还有一件事。楼下的这姑娘要我问您,您乐意不乐意去看看她。"

"可是她已经死啦!"玛格丽特说,脸色变得有点儿发白,"我从来没有看过一个死人。不!我不打算去。"

"您要是没走进房来,我决不会问您的。我告诉她您不会去。"

"我下楼去跟她说。"玛格丽特说,唯恐狄克逊的生硬的态度会伤害到那个可怜姑娘的情感。因此,她一手拿起帽子,走到厨房里去。玛丽哭得满脸浮肿,一看见玛格丽特,立刻又哭起来。

"小姐啊,她很爱您,她很爱您,她真的是这样!"有好半天,玛格丽特无法使她说出什么别的话来。最后,玛格丽特的同情和狄克逊的责骂,终于迫使她说出了几件事实。尼古拉斯·希金斯上午出去了,撇下贝西好好的,就和前一天一样。但是一小时后,她病情恶化了,有个邻居跑到玛丽在干活儿的那间房里去,他们不知道上哪儿去找她的父亲,玛丽也只是在她去世前几分钟才赶回家里的。

"一两天以前,她要求死后让她身上穿戴一点您的东西下葬。她一谈起您就从来不觉得厌倦。她总说您是她瞧见过的最美的人儿啦。她非常爱您。她最后说的话是,'替我亲切地向她问候。别让爹喝酒。'您去看看她,小姐。我知道,她会认为这是给她很大的面子。"

玛格丽特踌躇了一下,没立刻回答。

"是呀,我也许可以去。对,我一定去。我在吃茶点之前去。可是你父亲在哪儿,玛丽?"

玛丽摇摇头,站起身准备离去。

"黑尔小姐,"狄克逊低声说,"您去看那个可怜的人儿躺在那儿有什么用?要是对那姑娘有什么好处,我决不会说一句不赞成的话。而且,要是会使她满意,我去一趟也一点儿没关系。他们这些普通人只是有一种想法,认为这是对去世的人表示敬意。来,"她急骤地一转身,说,"我去看看你的姐姐。黑尔小姐很忙,她没法去,要不然她会去的。"

那姑娘恋恋不舍地望着玛格丽特。狄克逊去一趟也许是表示一下敬意,但是在这个可怜的妹妹看来,这却大不一样,虽然在贝西生前,她对贝西和这位年轻小姐的亲密来往,曾经有点儿妒忌不快。

"不,狄克逊!"玛格丽特坚决地说,"我去。玛丽,你今儿下午等着我。"她怕自己一时胆怯,连忙走开,不容自己有任何机会改变她的决心。

第三章　悲痛中的安慰

> 通过苦难走向光荣！——虽然你遭到
> 　　精神生活磨难的有力袭击，
> 欢欣鼓舞！鼓舞欢欣！痛苦的冲突即将结束，
> 　　你最终将与基督胜利安息。
>
> 科泽加滕①

> 唉，的确，当我们幸福得意时，在那条道上并不需要您，但一旦祸事临头，就心灵发不出声音，甚至无法呼喊"上帝"。
>
> 布朗宁夫人②

那天下午，她快步走到希金斯家去。玛丽正在等候她，脸上显得有点儿疑虑。玛格丽特望着她的两眼笑笑，使她放下心来。她们很快穿过房间走上楼，到了寂静安详的死者面前。这时，玛格丽特对自己赶来觉得很庆幸。那张脸过去那么痛苦疲惫，那么思虑不安，这会儿却带有一种长此安息的淡淡的、平和的笑容。泪水缓缓地涌进了玛格丽特的眼睛，可是内心里，她却感到了一种深沉的安宁。这便是死亡。它看起来比人活着时要平静。她心里于是想起了《圣经》中所有美妙的词句来。"他们息了自己的劳苦。"③"困乏人得享安息。"④"唯有耶和华所

---

① 科泽加滕（Ludwig Gotthard Kosegarten，1758—1818）：德意志诗人、小说家，引文见他的诗篇《十字架之路乃光明之路》(*Via Crucis Via Lucis*)。
② 布朗宁夫人，见第 22 页注①，引文见她的长诗《褐色念珠之歌》(*The Lay of the Brown Rosary*)第四部。
③ 见《新约·启示录》第十四章第十三节。
④ 见《旧约·约伯记》第三章第十七节。

亲爱的,必叫他安然睡觉。"①

玛格丽特徐徐地从床边回身走开。玛丽正站在后面低声啜泣。她们一句话也没有说走下楼去。

尼古拉斯·希金斯一只手撑在桌子上,站在房间中央。他从那条小巷一路走进来时,从许多快嘴的人那儿听到了这个噩耗,这使他惊得睁大了眼睛。他的眼睛干瘪无泪、凶狠可怕,正在琢磨她是否当真死了,并且竭力要自己明白,家里再也看不到她了。因为她一向多病,这么久又一直要死没死,因此他曾经认为她不会死,会"闯过去的"。

玛格丽特觉得自己已经知道了死亡的情况(他这位父亲却刚知道),似乎没有必要待在那儿了。她初看见他时,在那个又陡又歪的楼梯上站了一会儿,但是现在,她想从他那滞钝的目光前溜过去,撇下他待在自己家庭的痛苦、严肃的气氛里。

玛丽在自己碰到的第一张椅子上坐下,用围裙遮着脸,哭了起来。

哭声似乎唤醒了他。他猛地一把抓住了玛格丽特的胳膊,拉住她,直到他能说出话来。他的嗓子似乎是干焦的,话音嘶哑、粗浊、哽哽噎噎地传来:

"你和她待在一块儿的吗? 你看见她死的吗?"

"没有!"玛格丽特回答。这会儿既然被他看见了,她便极其耐心地站在那儿,一动也不动。他过了好一会儿才又说话,不过他一直抓住她的胳膊,没有放开。

"人总得死,"他最后带着一种莫名其妙的严肃神气说,这使玛格丽特起先以为他是喝了酒了——并没有完全喝酒,只不过使他思想有点儿迷糊,"但是她比我年轻。"他还在深思着这件事,没有望着玛格丽特,虽然他依旧紧紧抓住她。突然,他抬起头来望着她,两眼里有一种狂热、探索的炯炯光芒。"你们肯定她是死了吗——不是睡着了,晕过去了吗? ——她以前时常会这样。"

"她是死了。"玛格丽特回答。她对他说话并不觉得害怕,尽管他的手把她的胳膊握得很痛,而且那双愣呆呆的眼睛里还闪射出狂热的

---

① 见《旧约·诗篇》第一百二十七篇第二节。

光芒来。

"她是死了!"她说。

他仍旧用那种炯炯的目光望着她,但一面凝视,一面那种目光似乎从两眼中逐渐消失。接着,他突然放开了玛格丽特的胳膊,把上身一下伏到桌子上,痛哭失声,使桌子和房里的每一件家具都颤动起来。玛丽哆哆嗦嗦地朝他走过去。

"你走开!——你走开!"他喊着,一面狂暴而盲目地朝她乱打,"我哪儿在意你!"玛格丽特握住玛丽的手,轻轻地握着。他扯自己的头发,把头在坚硬的桌面上直撞,然后力尽筋疲,昏昏沉沉地伏在那儿。他的女儿和玛格丽特仍然没有动。玛丽浑身直哆嗦。

后来——也许过了一刻钟,也许过了一小时——他撑起身子,两眼红肿、充血。他似乎忘了有人待在一旁。等他看到她们时,他绷起脸对着注视他的人。他剧烈地颤动了一下,愠怒地又看了她们一眼,一句话也没有说,径直朝门口走去。

"哎,爹,爹!"玛丽说,同时扑上去抓住了他的胳膊,"今儿晚上不要去!随便哪天晚上都成,就是今儿晚上不要去。嗐,帮帮我!他又要去喝酒啦!爹,我决不离开您。您可以打我,但是我决不离开您。她最后对我说的话就是,别让您喝酒!"

可是玛格丽特已经站到了房门口,一语不发,但神色凛然。他轻蔑地抬起脸来望着她。

"这是我自己的家。站开,姑娘,要不然我可要让你站开啦!"他粗暴地摔开玛丽,看来好像准备要揍玛格丽特了。可是她脸上纹丝不动——深沉、严肃的眼睛一直盯视着他。他用阴郁可怕的目光回瞪着她。倘若她一举手、一抬脚,他便会比一贯对待自己女儿更为粗暴地把她推到一旁。他女儿因为方才摔到一张椅子上,脸上正在出血。

"你为什么这样望着我?"他给她那种严厉而镇定的神气威慑住,最后这么问,"你要是认为可以使我不按着我的意思出去,因为她喜欢你——而且还是在我自己的家里,我又从来没有邀请你来,——那么你可错啦。一个人要是不能去取得他剩下的唯一安慰,那对他也太狠心啦。"

玛格丽特觉得他这是承认了她自己的力量。接下去,她能做点儿什么呢?他自己已经在紧靠着门的一张椅子上坐下,有点儿气馁,有点儿怨恨,打算等她一离开那地方立刻走出去,却不愿意使用他五分钟不到前威胁要使用的暴力。玛格丽特把一只手放在他的胳膊上。

"跟我来,"她说,"去瞧瞧她!"

她说话的声音很低、很严肃,但是声音里对他,对他会听从,没有表示出一点儿惧怕或是怀疑。他郁郁不快地抬起身,犹豫不定地站在那儿,一脸执拗而又踌躇不决的神气。她站在一旁等着他,平静地、耐心地等着他迟早总会开始走动。他从让她等候中似乎获得了一种莫名其妙的乐趣。最后,他朝楼梯走过去了。

她和他站在尸体旁边。

"她临终前对玛丽说的话是,'别让爹喝酒。'"

"喝酒如今也伤害不到她了。"他咕哝说,"如今没有什么会伤害到她了。"接下去,他把嗓音提高,变成了一种哭喊声,往下说道,"我们可以争吵不和——我们可以友好和睦——我们可以饿成皮包骨头——我们的种种伤心事都绝不会再影响到她了。她已经受够了苦。开头是工作劳累,后来又生病,她一直过着悲惨的生活。一生中没有碰上一件高兴事就死啦!不,姑娘,不论她说过点儿什么,她现在什么也不会知道了。我非得去喝一口酒,好使我定住神,不太悲痛。"

"不,"玛格丽特说,随着他的态度平和下来,她也变得平和了,"你不要去。如果她的一生是像你说的这样,她至少并不像有些人那么怕死。咳,你应该听听她是怎样讲到来世的——隐藏起来,跟着上帝生活,她现在就到那里去了。"

他摇摇头,同时抬起眼来斜瞅着玛格丽特,那张苍白、憔悴的脸使她感到很难受。

"你非常累啦。这一整天你在哪儿——没去上工吗?"

"没有去上工,这当然啦。"他简慢地冷笑了一声说,"没去干你所谓的工作。我在委员会开会,想使傻子们听点儿理智的话,到后来我都弄得厌烦了。今儿早上七点以前,我就给叫到鲍彻的老婆那儿去。她睡在床上爬不起来,可是她气得又嚷又骂,想知道她的那个愚蠢、蛮横的汉子上哪儿去了,就好像是该由我来收容他——就好像他配归我管似的。那个该死的大傻子,他把我们的计划弄得一团糟!如今已经对我们采取了法律行动,我到处奔走去找那帮人,脚都走痛啦,可他们全躲藏起来。我的心也痛,这比脚痛更糟糕。就算我确实遇到了一个乐意请我喝一杯的朋友,那我也绝不曾知道她躺在这儿就要死了呀。贝斯①,妞儿,你相信我,你会相信的——是不是呢?"他狂热而恳求地转过身去,对着那个可怜的声息全无的形体。

"我相信,"玛格丽特说,"我相信你确实不知道。这件事来得很突然。但是现在,你瞧,那就不同啦。你现在知道了,你瞧见她躺在这儿,你也听见了她用最后一口气所说的话。你不会去了,对吗?"

他没有回答。事实上,他到哪儿去寻找安慰呢?

"跟我一块儿回家去,"她最后大胆试探地说,对自己提出来的提议又有点儿担忧,"你至少可以吃到点儿可口的饭食。这我相信你一定很需要。"

"你父亲是一位牧师吗?"他问,脑子里突然这么一转。

"他以前是的。"玛格丽特简短地说。

"既然你邀我去,我就去和他一块儿吃一顿茶点。我有许多话常常想对一位牧师讲。他现在讲道不讲道,我倒不在乎。"

玛格丽特感到不知如何是好。她父亲对于接待这位客人完全没有准备——母亲又病得那么厉害——他去和她父亲一块儿喝茶,这似乎是完全办不到的,然而如果她这会儿往后退却,那就会非常糟——肯定会把他赶到小酒店去。她认为只要能把他拖到自己家里去,那就赢得了一大步,下一步就得依靠一连串偶然的事情了。

"再见吧,老姑娘!我们终于分手了,分手了!但是从你生下来后,你一直给你爹带来幸福。愿上帝保佑你这洁白的嘴唇,妞儿,——你嘴上现在挂着一丝微笑!我很乐意再瞧见这丝微笑,尽管我从今往后永远孤独绝望了。"

他弯下身,很疼爱地亲了亲女儿,然后把她的脸遮盖起来,转身跟

---

① 伊丽莎白的爱称。

着玛格丽特走去。玛格丽特已经匆匆地走下楼,去把这一安排告诉玛丽,说这是她能够想出来阻止他上小酒店去的唯一办法。她劝玛丽也一块儿去,因为想到把这个可怜可爱的姑娘单独撇下,她的心就感到难受。可是玛丽说,她在邻居们当中有些朋友,他们会来陪她坐上一会儿。她没有问题,但是父亲……

她本来还要再说几句的,可是他已经到了她们身旁,摆脱了自己的情感,仿佛他因为流露出情感来而感到害臊似的。他甚至做过了头,装出一副强颜欢笑的神情,"好像锅下烧荆棘的爆声"①。

"我这就去和她父亲一块儿喝茶,我这就去!"

然而,等他走到外面街上时,他把便帽拉下来遮住前额,既不朝左看,也不朝右看,就跟在玛格丽特身旁大踏步走去,因为他怕给同情的邻居们的语言,尤其是他们的神色,惹得心烦意乱。这样,他和玛格丽特默不作声地走去。

他知道她住在哪条街上。在他们走近那条街时,他低头看看自己的衣服、两手和鞋子。

"我也许应该首先清洁一下,是不是呢?"

这样的确是十分需要的,不过玛格丽特告诉他,可以先走进院子,再给他拿毛巾和肥皂来。这当儿,她不能让他从自己的手中溜走。

他跟着仆人走过走道,穿过厨房,小心翼翼地一步步全踏在漆布地毯花纹的深色图案上,以便遮掩起自己肮脏的脚印来。这时候,玛格丽特跑上楼去,在楼上楼梯口碰见了狄克逊。

"妈妈好吗?——爸爸在哪儿?"

姑奶奶倦啦,回自己房间去了。她原来想上床睡觉的,可是狄克逊劝她先在沙发上躺下,把茶点端到那儿去给她吃。这样要比在床上躺得太久,变得烦躁不安好。

到此为止,一切都很不错。但是黑尔先生在哪儿呢?在客厅里。玛格丽特带着她不得不讲的事情上气不接下气急冲冲地走了进去。当

---

① 见《旧约·传道书》第七章第六节:"愚昧人的笑声,好像锅下烧荆棘的爆声,这也是虚空。"

然,她没有全说。父亲想到有个喝醉了酒的织工在他的寂静的书房里等候他,也相当吃了一惊。他还要和这个织工一块儿喝茶,玛格丽特为了他正在苦苦央告。谦和、宽厚的黑尔先生对他的悲痛本来会欣然设法去吊慰一番的,不过玛格丽特最着力讲述的一点不幸是说,他一直在喝酒,她把他领回家来,是作为不让他到小酒店去的最后一招。一件不相干的小事从另一件中自然而然地引申出来,因此玛格丽特起先几乎并不知道自己所做的是什么事,后来她从父亲的脸上看出了那种微感厌恶的神色。

"嘻,爸爸!他实在并不是一个您会讨厌的人——要是您不是一开头就觉得大吃一惊的话。"

"可是,玛格丽特,你怎么把一个醉汉领回家来——你妈妈又病得这么厉害!"

玛格丽特的脸色沉了下来。"很对不住,爸爸。他为人很安静——根本就没有喝醉。只不过开头显得有点儿古怪,但是这也许是可怜的贝西的去世给了他很大的打击。"玛格丽特的两眼里充满了泪水。黑尔先生用两手捧住她那张恳求、可爱的脸庞,在她的前额上亲了亲。

"没关系,孩子。我这就去,尽力让他安安逸逸。你去照顾照顾妈妈。只是,如果你也能到书房里来,三个人一块儿,那我会很高兴的。"

"噢,好——谢谢您。"不过在黑尔先生离开房间的时候,她又追上去,说:

"爸爸——他说的话,您千万不要感到惊讶,他是一个——我的意思是说,他不大相信咱们所相信的一切。"

"哎呀!是一个不信上帝的好酒贪杯的织工!"黑尔先生惊愕地暗自说。可是他对玛格丽特却只说,"要是你妈妈要睡了,你务必立刻就来。"

玛格丽特到母亲房里去了。黑尔太太从打盹儿中清醒过来。

"你是哪天写信给弗雷德里克的,玛格丽特?昨儿还是前儿?"

"昨儿,妈妈。"

"昨儿。信寄了吗?"

"寄了。我自己去寄的。"

"玛格丽特啊,我如今又非常怕他来!要是他给认出来,那可怎么好!要是他给他们捉去,那可怎么好!这么多年他都安安稳稳住在国外,要是他给处决了,那我怎么办!我老睡着了就梦见他给逮住,受到审讯。"

"哟,妈妈,您别担心。这件事无疑是要冒一点风险的,不过咱们要尽可能使风险小一点儿。而风险也的确是很小的!如果咱们住在赫尔斯通,那么风险就要大二十倍——一百倍。那儿,人人都记得他。要是知道咱们家来了个陌生人,他们肯定会猜到是弗雷德里克。在这儿,谁也不太知道,不大关心咱们,不会在意咱们做点儿什么。他在这儿的时候,狄克逊就会像个监护人那样把住门——是吗,狄克逊?"

"他们要是能由我身旁走进来,那就太机灵了!"狄克逊单是想到这一点,便露出了她的牙齿。

"除了天黑以后,他不要出去,可怜的人儿!"

"可怜的人儿!"黑尔太太应和了一声,"不过我真希望你没有写那封信。要是再写一封信去拦住他,会不会太晚了,玛格丽特?"

"恐怕太晚了,妈妈。"玛格丽特说,同时想起自己信里是多么迫切地恳请他立刻回来,如果他希望再见母亲一面的话。

"我向来不喜欢这么匆匆忙忙地做事。"黑尔太太说。

玛格丽特默不作声了。

"哎,姑奶奶,"狄克逊带着一种欢快、不容置疑的口气说,"您知道,看见弗雷德里克少爷是您最希望做到的事情。玛格丽特小姐没有犹豫不决,马上就写了信,这我挺高兴。我自己一直就很想这么做。你们可以相信,我们管保会使他很安逸。家里只有马撒,遇到紧急情况,她不会做多少事来搭救他的。我在想着,到那时候,也许可以让她去看望她的妈妈。她说过一两次她很想去,因为在她到这儿来后,她妈妈中风啦,不过她又不肯提出来。等我们一知道弗雷德里克少爷多会儿来,我就会安排好让她安安稳稳地走开,愿上帝降福给他!所以,姑奶奶,您舒舒坦坦地喝茶吧,只管相信我。"

黑尔太太确实对狄克逊比对玛格丽特还要信任。狄克逊的话使她暂时安静下来。玛格丽特默不作声地把茶倒出来,竭力想找出一些愉快的话来说,但是她头脑作出的反应却有点儿像丹尼尔·奥罗克的①。当月亮上的人叫丹尼尔放开镰刀时,他说,"你越叫我动,我越不动。"这时候,玛格丽特越想找出一件事来说说——除了弗雷德里克所会遭到的危险以外,随便什么事都成——她的想象力就越紧紧揪住呈现在她眼前的这个不幸的想头。母亲和狄克逊闲聊着,似乎把弗雷德里克可能会受审和处决的事完全忘了——完全忘了,弗雷德里克是出于她的愿望——就算是玛格丽特写的信——才被召唤到这场危险中来的。她母亲经常喜欢说出种种吓人的可能情况、痛苦的可能后果与不幸的偶然事件,就像一枚火箭喷出火花来那样,可是如果火花真点着了一件易燃物,它们是会起先闷烧,临了便烧成了一场可怕的大火的。等玛格丽特从容细致地尽完孝道,可以下楼到书房里去时,她感到很高兴。她不知道父亲和希金斯两人相处得如何。

首先,那位有教养的、朴实和善的老派先生,凭借自身殷勤文雅的举止,已经不知不觉地把另一人身上内在的谦恭有礼的态度都唤醒了。

黑尔先生待所有的同胞全都一样,他从来没有想到由于他们的身份,需要作出什么区别。他给尼古拉斯放好一张椅子,在他应邀坐下以前,自己一直站着,并且一直称呼他"希金斯先生",而不用那个简短的"尼古拉斯"或"希金斯"——这是那个"不信上帝的、好酒贪杯的织工"所习惯的。不过尼古拉斯既不是一个惯常喝得烂醉的人,也不是一个地地道道不信上帝的人。他喝酒,是为了摆脱烦恼,像他自己所说的那样。他不信上帝,是因为到这时候为止,他始终还没有找到可以全心全意皈依的任何一种信仰。

当玛格丽特发现父亲和希金斯认认真真在谈话时,她感到有点儿惊讶,同时又十分高兴。不论他们的意见会如何抵触,他们每一个都是文质彬彬地在对另一个讲话。尼古拉斯——洁净整饬(就算只是在去过水槽那儿以后),说话文静——在她眼里成了一个新人,因为她只看

---

① 丹尼尔·奥罗克(Daniel O'Rourke):19世纪中叶英国民间小故事中的人物。他是一个爱尔兰人,喝醉了酒后,发觉自己手握镰刀柄钩住在月球上,硬不肯放开。后来,月亮上的人不耐烦了,把刀柄砍断,使他一头栽进了大海。

见过他在自己家里那种独立不羁、粗犷无礼的神气。他用清水已经把自己的头发"抹得"很平贴,还把颈巾整理了一下,并且借了一个蜡烛头把木底鞋也擦光了。不错,他这会儿坐在那儿,用很重的达克郡口音着力地对着她父亲说出他的一个见解,但是他嗓音很轻,而且一脸和善、诚恳的安详神色。她父亲对同伴的讲话也很感兴趣。她走进房时,他回过头看看,笑了笑,平静地把自己的椅子让给她坐,然后尽快重新坐下,还为这一打搅对着客人哈了哈腰表示歉意。希金斯朝她点了点头,表示欢迎。她轻轻地把桌上她做的活计放好,预备听他们谈话。

"像我刚才说的那样,牧师,我认为要是您住在这儿,——要是您在这儿长大的,您也不会有多少信念。我要是用词错误,请您原谅。不过我这会儿所说的信念,意思是时时想着你从来没有见过的人所说的话、所讲的名言和所作的承诺,都是关于你或是随便哪个别人始终没有见过的事情和生活的。现在,您说这些全是真实的事情、真实的话、真实的生活。试问,证据在哪儿? 在我周围,有许许多多人全比我聪明,还有很多人全比我有学问,——他们是有时间考虑这些事情的人,——可我的时间不得不用去谋生糊口。哦,我看见这些人。他们的生活我全相当清楚。他们是真正的人。他们可不相信《圣经》——他们不相信。他们为了做做外表,可能说他们相信,但是哎呀,牧师,您想没想到,他们早晨的第一句话究竟是:'我得做点儿什么,才能得到永生呢?'①还是:'我得做点儿什么,才能在这个有福的日子把钱包装满? 我该上哪儿去? 我该做点儿什么交易呢?'钱包、黄金和钞票才是实在的东西,是可以感觉到、抚摸到的东西,它们是现实的物品。永生不过是说说罢了,很适合……请您原谅,牧师。我猜您是一位暂时没有工作的牧师。嗨! 我决不会很无礼地讲到一位和我自己一样,处境也很困难的人。可是我就再问您一件事,牧师。我并不要您回答,只是您好好考虑考虑,别先就把我们看作傻子和笨蛋,我们不过相信我们所看到的。假如灵魂的拯救、未来的生活等等是真实的——不是在人们的语

---

① 《新约·马太福音》第十九章、《新约·马可福音》第十章和《新约·路加福音》第十八章都曾提到"永生"。

言中,而是在人们的心坎里——那么您难道不认为他们会来对我们竭力唠叨那番道理,像他们对我们唠叨政治经济学那样?他们全非常急切地想让我们相信这套至理名言,但是如果另一番道理是真实的,那岂不会是一次更重大的信仰改变吗?"

"可是厂主跟你们的宗教信仰毫无关系。他们跟你们的关系就是业务,——他们是这么想,——因此他们所关心的,想来纠正你们的见解的,就是业务这门学问。"

"我很高兴,牧师,"希金斯很奇怪地霎霎眼,说,"您加了一句'他们是这么想'。要是您没有加,我恐怕就会认为您是一个伪君子啦,尽管您是一位牧师,或者不如说,因为您是一位牧师。您瞧,如果宗教信仰是真实的,而你讲到它时却仿佛它并不需要所有的人都去竭力促使别人相信它比别的一切都重要,特别是在这个大地上,那么我就会认为您这位牧师是个坏蛋。可我宁愿认为您是傻子,也不愿认为您是坏蛋。我希望您不生我的气,牧师。"

"哪儿的话,你认为我错了,我认为你错得更厉害。我并不指望在一天之内就说得你相信,——也不是在一次谈话里,不过让我们彼此熟悉起来,就这些事情彼此畅所欲言,那么真理总会获胜的。如果我不相信这一点,我也就不会相信上帝了。希金斯先生,我相信,不论你放弃了什么别的,你总相信"(黑尔先生为了表示尊敬,放低了嗓音)——"你总相信上帝。"

尼古拉斯·希金斯猛地一下站得笔直。玛格丽特惊得也站起来,——因为从他脸上的神色看,她认为他就要纵声大笑了。黑尔先生很惊愕地望望她。最后,希金斯终于说出话来:

"咳!为了您引诱我,我真可以把您打翻在地。您凭什么要拿您的怀疑来考验我?想想看我女儿过了那样的生活以后,竟然躺在那儿。再想想看您怎样不给我我剩下的唯一安慰——说有一位上帝,说上帝决定了她的死活。我不相信她有一天会复活,"他坐下来说,接着凄凉地说了下去,仿佛对着那炉冷漠无情的火说似的,"她在现世受了这么大的苦难,碰上这么许多没完没了的烦恼。我可不相信任何来世。我也不能容忍人家认为我女儿的遭遇完全是事有凑巧,一丝微风就可以使它改变。有多少次,我都认为我不相信上帝,不过我还从来不曾像许多人那样,用话把它明明白白说出来。我也差一点对那些这么做的人哈哈一笑,同样不顾一切硬说出来——不过我后来四下看看,怕上帝——,如果果真有一个上帝的话——会听见我说。但是今儿,我给孤零零撇下来的时候,我可不想听您问的这些话和您的怀疑。在这个动荡不定的世界上,只有一件事是稳固的、平静的。有理也好,无理也好,我就要紧守着这个。快乐的人尽可以……"

玛格丽特轻轻地按了一下他的胳膊。她先前一直没有说话,他也没有听见她站起身来。

"尼古拉斯,我们并不想讲一番大道理,你误解了我父亲的意思。我们并不讲大道理——我们相信,你也是这样。这是这种时候的唯一安慰。"

他回过身,一把抓住她的手,说,"对!是这样,是这样。"(一面用手背把泪水拭去。)——"可是你知道,她死了,躺在家里。我几乎伤心得发愣。有时候,我简直不知道自己在说些什么。就好像我有时候觉得别人说得非常聪明机灵的那些话,在我这会儿几乎伤心透了的时候,不知不觉地自己冒了出来。罢工也完全失败了,这件事你知道吗,小姐?我当时正走回家去,像个乞丐那样——我也是个乞丐——想她在这场烦恼中给我点儿安慰。有人告诉我她死了,——就是死啦,我简直像当头挨了一棒。就是这么回事,不过这对我说来也就够啦。"

黑尔先生擤了擤鼻子,站起身去剪烛花,以便把自己的情感遮掩起来。"他并不是不信上帝的,玛格丽特,你刚才怎么可以这么说呢?"他嗔怪地咕哝着,"我真想为他念一念《约伯记》第十四章。"①

"我想暂时还不要,爸爸。也许压根儿就不要。咱们还是先来问问他罢工的事情,把他本来需要的、并且希望从可怜的贝西那儿得到的那份同情给予他。"

他们于是询问并细听了罢工的经过。工人们的估计(像厂主们的

---

① 英国国教用《旧约·约伯记》第十四章作为葬礼仪式中常读的经文,它开头是:"人为妇人所生,日子短少,多有患难。"

许许多多估计那样)是以错误的前提为根据的。他们完全信赖其他的工人,以为他们简直具有机器那么可靠的力量,他们一点儿没有估计到人类的激情会战胜理智,像鲍彻和那些闹事的人的那种情形。他们认为诉说自己所受的损害(不管是假想的还是真正的),对于远处的陌生人会具有和这些损害在他们身上所产生的相同的影响。因此,他们对那些可怜的爱尔兰人感到惊讶和愤怒,因为这些人竟然听任厂主把他们载运了来,取代他们。不过他们对"那帮爱尔兰人"的蔑视,以及他们想到爱尔兰人工作拙笨所感到的那份高兴,多少冲淡了点儿他们的怒气。这些爱尔兰人开始干活儿时,会以他们的愚蠢无知使他们的新雇主感到困惑不解的。好些传说他们拙笨不堪的不可思议、言过其实的描述已经在市内四下流传。但是最厉害的打击是来自米尔顿的工人,他们违抗了工会要求他们不论出现什么情况都保持平静的那道命令,他们在自己阵营里引起了不和,并且把对方对他们采取的法律行动所造成的惊慌,传播开去。

"这么说,罢工结束了?"玛格丽特说。

"是呀,小姐。这是千真万确的。工厂的门明儿就要开得很大,好让所有要求工作的人进去,尽管这只是说明那些人根本不想去采取什么办法。倘使我们性格坚强的话,那么那种办法本来是可以把工资提高到这十年来从没有到过的最高数目的。"

"你会有工作的,是吗?"玛格丽特问,"你不是个很有名气的工人吗?"

"要指望汉珀会让我在他的厂里工作,就等于指望他会自己砍断自己的右手。"尼古拉斯平静地说。玛格丽特没有再作声,心头很伤感。

"关于工资,"黑尔先生说,"你不会生气吧,可我认为你犯下了一些大错误。我倒想从我的一本书里读几段有关的说法给你听听。"他站起身,向书架走去。

"您用不着操心,牧师,"尼古拉斯说,"书本里的东西我总是一只耳朵进,一只耳朵出。我从它里面得不出什么来。在汉珀和我这样决裂以前,监工告诉过他,我在煽动工人要求提高工资。汉珀有一天在工厂院子里遇见了我。他手里拿着薄薄的一本书,说,'希金斯,我听说你是一个那种大傻子,以为你们一提出,就可以得到较高的工资。对,而且等你们强行提高工资以后,你们就可以使工资一直很高。现在,我给你一个机会,试试看你有没有头脑。这是我的一位朋友写的一本书。你如果读一读,就会知道,工资是怎样自行定出它应有的水平来,厂主和工人全没法去影响它,那班工人只不过在用罢工来自己害自己,就像一些该死的傻子那样,他们也确实是傻子。'嗐,牧师,您是牧师,专门讲道,老在设法想使人们具有您认为正确的想法,我现在来问您——您一开始就管他们叫傻子等等的名称呢,还是您起先对他们说些亲切友好的话,使他们肯听您的,肯相信您的,如果他们能听信的话?在您讲道的时候,您是不是每过一会儿就停下,一半对他们,一半对您自己说,'可是你们是这么一帮大傻子,我强烈地感到,想使你们有头脑是毫无用处的?'我承认我当时并没有什么心思去听汉珀的朋友要说的话,——我对他那样朝我说,也非常气恼;——不过我想,'来吧,我倒要瞧瞧这些家伙有什么话说,试试看究竟是他们还是我才是傻子。'于是我就拿起那本书,勉强读了读。但是愿主降福给您,书里讲的净是什么劳动呀,资本呀,到后来简直要使我睡着啦。我心里始终搞不清,它究竟说的是些什么。它上面讲到劳动和资本就仿佛它们是善或者恶那样。可我想要知道的是人的权利到底怎样,不管他们是贫是富——只要他们是人。"

"可是尽管如此,"黑尔先生说,"就算汉珀先生向你推荐他那位朋友的书时,说话的方式十分讨厌、愚蠢、不合规矩,但是倘若那本书上的确像他说的那样,告诉了你工资会自行定出水平来,而且最成功的罢工也只能迫使工资上升一个短时期,而随后就会因为这场罢工本身更大幅度地下降,那么那本书也许当真告诉了你事实真相哩。"

"哦,先生,"希金斯相当固执地说,"也许是这样,也许不是这样。到底怎样回答这问题有两种不同的见解。不过就算它是两倍可靠的真理,要是我不能接受,那就我来说也不是真理。我想您书架那边的拉丁文书里是有真理的,但是除非我知道那些话的意思,要不然它们对我只是瞎胡扯,不是真理。如果,牧师,您或是随便哪个别的有知识、有耐心的人上我这儿来,说是要把那些话的意思教给我,而且如果我有点儿愚蠢,或是忘了一件事如何取决于另一件事,您也不朝我发火——嗯,到时候,我也许会看出它的真理来,也许不会。我可不能一定说我的想法最后会和随便谁的一样。我可不认为真理是可以用语言干净利索地表达出来的,就像铸工厂里裁剪铁板那样。同样的骨头并不是每个人都会吞下。它会卡在这个人或那个人的喉咙里。这且不谈,等它给吞下以后,它也许会对一个人太硬,对另一个人又太软啦。人们想当大夫,用他们那套真理来医治世界,就该让想法不同的人受到不同的对待。而且提出的方式也应该稍许体贴点儿,要不然那些可怜的病病歪歪的傻子也许会朝着他们脸上吐唾沫。汉珀先给了我一嘴巴,接着又把他的大丸药朝我扔过来,又说他认为那对我也不会有什么好处,因为我是个大傻子,可事情就是这样。"

"我希望有些心地最厚道、思想最开明的厂主肯会见你们有些人,大家就这些事情好好地谈谈。这样肯定是解决困难的最好办法。我的确认为这些困难是由于你们对某些问题缺乏知识才出现的,——希金斯先生,请你原谅我这么说——有些问题为了厂主和工人双方的利益,双方都应该很好地理解。我不知道——"(这句话一半是对女儿说的,)"桑顿先生会不会给说动了来做这样一件事?"

"您总记得,爸爸,"她用很低的声音说,"他有天所说的话——关于政府的话,您知道。"她不愿意更加清楚地提到他们就管理工人的方式所进行的那次谈话①——通过给予工人们足够的智力,使他们可以自行管理,或者通过厂主方面的开明的专制——因为她看出来,希金斯已经听到了桑顿先生的姓名,即使没有听到整句话的话。果真,他开口讲起他来了。

"桑顿!他就是立刻写信去把那些爱尔兰人找来的家伙,结果就闹出了那场乱子,把这次罢工给毁了。汉珀为人强横霸道,可就连他本来也会等上一阵子的——但是桑顿却干脆就是一句话和一下打击。眼下,工会本来会感谢他去彻底追究鲍彻和那些直接违反我们命令的人

---

① 见第一卷第十五章。

的。可桑顿却又挺身出来冷冷地说,既然罢工结束了,他作为受害的一方,不想坚持对那些闹事的人进行控告。我原来以为他会更有勇气一点。我原来以为他会使自己的论点得到赞同,公开进行报复的,可是他说(有一个在法庭上的人把他说的话全告诉了我),'大家都知道他们,他们在找工作方面碰到的困难,会使他们的行为受到应受的惩罚的。这种惩罚就够严厉的了。'我只希望他们逮住鲍彻,把他带到汉珀面前。我想象得出那个老恶棍攻击他的样子!他会放过他吗?决不会!"

"桑顿先生是对的。"玛格丽特说,"你是对鲍彻还在生气,尼古拉斯,要不然你第一个就会看出来,对过错的必然惩罚既然已很严厉,那么任何进一步的惩罚就会像是报复了。"

"我女儿可不是桑顿先生的好朋友。"黑尔先生说,一面笑嘻嘻地望着玛格丽特。玛格丽特的脸红得像一朵康乃馨,她开始加倍着力地做起活计来。"不过我想她说的是实情。我为这一点倒很喜欢桑顿先生。"

"哦,牧师,这场罢工对我说来,是一件使人厌烦的事。可要是我看到它失败,有点儿气恼,您不会觉得奇怪吧?它失败了,只因为有几个不肯默默容忍苦难的人,他们勇敢、坚决,不肯退让。"

"你忘啦!"玛格丽特说,"我对鲍彻的为人可不太知道,不过我见到他的那一次,他所说的并不是他自己的苦难,而是他那患病的妻子——他的小儿女们的苦难。"

"对!可是他本人也不是铁打的。接下去,他就会为自己的伤心事哭泣啦。他不是一个忍受得了的人。"

"他怎么会加入工会的?"玛格丽特天真地问,"你似乎不十分看得起他,而且邀他加入,也没有得到多少好处。"

希金斯的额上显得有点儿阴沉。他静默了一两分钟,然后十分简捷地说:

"不该由我来议论工会。他们怎么做就怎么做吧。同一个行业的人必须团结起来。如果他们不愿意跟其余的人一起试试运气,工会可有它的办法。"

黑尔先生看出来,希金斯对话题的转变感到很烦恼,于是便默不作声了。玛格丽特虽然也和他一样清楚地看出了希金斯的情绪,却没肯说下去。她本能地感到,只要能让他用明白的语言把心思表达出来,就一定可以得出一个清楚的论点,好为公平合理的事情辩白。

"那么工会的办法又是什么呢?"

他抬起头来望着她,仿佛准备顽强地抵制她想要知道内情的愿望。但是她那张平静的脸耐心而坦率地对着他,迫使他不能不回答。

"嗯!要是一个人没加入工会,那么在周围织布机上干活儿的人,奉命全不准和他讲话①——要是他觉得难受或是不自在,那也是一样,他是局外人,不是我们中的一个。他来到我们当中,在我们当中干活儿,可是他不是我们中的人。在有些地方,和他说话的人全得罚款。你试试看,小姐。试着在他们中生活上一两年,你去望他们,他们就望着别的地方。试着在一群群工人的近旁干活儿,可这些人,你知道,心里全对你十分怨恨——如果你对他们说你很高兴,没有一个人的眼睛发亮,也没有一张嘴张开,——如果你心情沉重,你也没法对他们说什么,因为他们绝不会在意你的叹息或是悲伤的神气(再说要是有人大声呻吟,指望人家问他为了什么,他也算不得是个人了)——你只要试试这滋味,小姐——三百天里每天十小时都是这样,那你就会稍许知道点儿工会是怎么回事啦。"

"哟!"玛格丽特说,"这多么霸道啊!哦,希金斯,我可一点儿也不在意你生气。我知道,即使你想要生气,你也不会真和我生气的,我非得告诉你实话:在我读过的所有历史书里,我从来没有读到过比这么做更为缓慢而持久的折磨了。可你就是工会会员!你还讲到厂主们的霸道哩!"

"嘻,"希金斯说,"你乐意说什么尽管说什么!不管我想说什么气话,那个去世的人都会阻止我说出来。你想我会忘了谁还躺在那儿,以及她多么爱你吗?如果工会是一种罪恶,那也是厂主们使我们犯下的。

---

① 读者可以参看狄更斯《艰难时世》第二卷第四章中讲到斯梯芬·布拉克普儿受到孤立的情形。

也许不是这一代人,是他们的父亲。他们的父亲把我们的父亲碾成了齑粉,把我们碾成了粉末!牧师!我想我曾经听见我母亲读过一段经文,'父亲吃了酸葡萄,儿子的牙酸倒了。'①他们就是这样。工会就是在那些痛苦、压迫的日子里开始组织的,这是一种需要。由我看来,现在还是需要的。它是过去、现在和未来抵制不公正行为的一种手段。它可能像一场战争,随着它会出现各种犯罪行为,不过我认为听其自然是更大的犯罪行为。我们唯一的机会就是把工人们在一项共同的利益下团结起来。即使有些人是胆小鬼,有些人是傻子,他们也非得一块儿来加入这次重大的进军,因为他们唯一的力量就在于人数。"

"唉!"黑尔先生叹息着说,"你们的工会本身会是美好的、光荣的,——它本身会和基督教一样——要是它果真是为了一个影响到大众福利的目的,而不是仅仅为了一个阶级反对另一个阶级的话。"

"时间不早,我大概该走啦,牧师。"希金斯说,这时候大钟刚打完十点。

"回家吗?"玛格丽特很温和地问。他很明白她的意思,一把抓住她伸出来的手。"回家,小姐。你可以相信我,尽管我是工会的一员。"

"我完全相信你,尼古拉斯。"

"再待一会儿!"黑尔先生说,一面匆匆地走到书架面前,"希金斯先生!我相信你一定会加入我们家,一同来祈祷吧?"

希金斯疑疑惑惑地望着玛格丽特。她的庄重、温柔的眼睛接触到了他的,眼光里并没有强制的意思,只有深深关切的神色。他没有说话,但是也没有动。

于是国教女教徒玛格丽特、不信奉国教的她的父亲,以及不信上帝的希金斯,一块儿跪下。这对他们并没有什么害处。

---

① 见《旧约·耶利米书》第三十一章第二十九节。

第四章　一线阳光

>有些愿望掠过了我的心头,使我的心微微有点儿振奋,
>还有一两件抑郁乏味的乐事,
>在希望那暗淡、清冷的亮光里,
>每一件都把脆弱的羽翼涂成了银白色,悄悄飞过——
>成为月光下的飞蛾!
>
>　　　　　　　　　　　　　柯勒律治①

第二天,玛格丽特收到伊迪丝的一封信。信写得很亲热,不过东拉西扯,不大连贯,就像写信人本人。但是那份亲热在玛格丽特待人亲切的个性看来,是令人欣慰的。再说,她是在充满矛盾不一贯的气氛中长大的,所以并没有看出这一点。信的内容如下:

玛格丽特啊,从英国出来走一趟,看看我的男孩儿是很值得的!他是一个绝好的小家伙,特别是戴着便帽的时候,尤其是戴着你送给他的那一顶,你这位手指灵巧、百折不回的娇小、贤惠的小姐!我使得这儿的母亲全感到嫉妒以后,很想把他抱给一位新的亲友看看,听人家说一番新的夸赞话。或许,这就是全部理由,或许不是,——哎,很可能还有点儿表姐妹的爱夹杂在里面,可是我真非常想你到这儿来,玛格丽特!我相信,这对黑尔姨妈的健康最有帮助。这儿的人个个年轻、健康,我们的天空永远是碧蓝的,我们的太阳永远在照耀,乐队从早到晚演奏得十分动听。再回到我最爱唱的老调上来吧——我的婴孩儿老是爱笑。我经常

---

① 柯勒律治,见第 128 页注①,引文见他的《杂记》第二册未完成诗篇第三十四篇。

想要你来替我给他画几张像,玛格丽特。他在做什么并没有多大关系,这孩子是最最美、最最文气、最最出色的。我想我爱他远远超过我爱我的丈夫。我的丈夫变得肥胖和暴躁,——他管这叫作"忙碌"。不!他并不是这样。他刚回家来,带来消息说,在下面海湾里停泊的"冒险号"上的军官们,要举行一次非常美好的野餐会。因为他带回来一件这么令人高兴的消息,我把刚才说的话全部收回。不是有人因为说了或做了一件自己懊悔的事,而烧了自己的手吗①?嗨,我可不能烧我的手,因为那样会伤害到我,那个伤疤会很难看的。不过我愿意尽快收回我所说的一切。科斯莫②真像个孩子一样,是一个大宝贝,一点儿也不肥胖,而且和随便哪位丈夫一样不暴躁,只不过他有时候很忙很忙。我可以这样说,一点也不会违背为妻之道……我刚才写到哪儿了?——我知道我曾经有件很特殊的事要说。噢,就是这件事——最最亲爱的玛格丽特!——你非得来看看我,这对黑尔姨妈会有好处的,如同我前面说过的那样。请大夫嘱咐她这么做。告诉大夫就是米尔顿的浓烟损害了她的健康。我毫不怀疑实在就是这原因。在这里舒适的气候下待上三个月(你们要是来,起码得待这么久)——尽是灿烂的阳光,葡萄和黑莓一样普通——那准会把她的病治好的。我并不邀请姨夫来——(到这儿,信写得比较拘谨,但文字倒比较委婉。黑尔先生因为放弃了他的牧师职,正像个顽皮的孩子那样陷在窘境里)——因为他大概不赞成战争、军人和乐队。我至少知道有许多不信奉国教的人全是和平协会③的成员。我恐怕他不会乐意前来,但是如果他肯来,亲爱的,请你告诉他,科斯莫

---

① 指英国坎特伯雷大主教克兰默(Thomas Cranmer, 1489—1556),他在玛丽一世即位后,签署了一份放弃信仰的声明,承认罗马教皇为最高权力和天主教教义为真理。后来等他被判受炮烙刑时,他先把签署声明的右手伸入火焰,以便让自己身上犯有罪恶的部分先受苦。
② 盖斯凯尔夫人对于有些人物的名字很随便。伦诺克斯上尉后来出现时,和他的儿子一样,又叫肖尔托。
③ 和平协会(the Peace Society):1816年在英国成立的一个团体,目的在于通过仲裁解决各项争端,放弃诉诸战争或暴力行为。

和我会尽力使他过得快活的。我会把科斯莫的红上衣①和军刀藏起,使乐队演奏各种各样严肃庄重的乐曲。再不然,即使他们还是演奏一些浮夸无聊的玩意儿,那么节拍也要加倍缓慢。亲爱的玛格丽特,倘使他乐意陪伴你和黑尔姨妈来,我们会设法使生活过得很愉快,尽管我对于全为了自己良心而去做某件事的人是有点儿害怕的。我希望你从来没有这样。告诉黑尔姨妈,不用带许多厚衣服来,虽然到你们能来的时候,恐怕已经快到岁末年终了。不过你们不知道这儿多么热!有一次,野餐会上,我试着围上我的华丽的印度披肩。我竭力想用一些谚语使自己能尽量支持下去。"体面决不能丢,"——以及诸如此类有益的教训,可是毫无用处。我当时就像妈妈的小狗泰妮围上了大象的全身披挂,我给自己的华丽的服饰包裹起来,窒息得透不了气,简直要丧命。于是我把围巾当作一张大地毯,让我们大家全在上面坐下。我的这个男孩儿就在这儿,玛格丽特,——你收到这封信以后,要是不立即收拾起行李,马上来看看他,我就会认为你是希律王②的后代了!

玛格丽特的确渴望过一天伊迪丝的那种生活——她的无忧无虑,她的欢乐的家庭,以及她的阳光灿烂的天空。倘若她听凭愿望的驱使,她就会马上动身前去,就算只去一天也好。她企盼这样一个改变所会给予她的那股力量,——哪怕只在那种光明的生活中过上几小时,再一次感到年轻。她还不到二十岁哩!可她不得不经受这么难耐的重压,以致自己觉得十分衰老了。这就是读完伊迪丝的信后,她最初的感觉。接着,她把信又读了一遍,忘却了自己,对于这封信就像伊迪丝的为人,觉得很有趣。等黑尔太太倚在狄克逊的胳膊上走进客厅来时,她正对着信欢快地在笑。她连忙奔过去把靠垫放放好。她母亲似乎比平日更为虚弱。

---

① 当时英国陆军的军服是红色。
② 希律王(King Herod,公元前74?—公元前4?):犹太国王,以残杀儿童闻名,见《新约·马太福音》第二章。

"你在笑什么,玛格丽特?"她在沙发上坐定,从这次吃力行动中恢复过来以后,立刻这么问。

"我在笑今儿早晨刚收到的伊迪丝的一封信。要我读给您听听吗,妈妈?"

她把信大声读了出来。有一会儿,母亲似乎很感兴趣,母亲不断觉得纳闷,不知伊迪丝给她的男孩取了一个什么名字,她提出了可以取的种种名字,并且举出了一切可以举的理由,为什么该取这一个或那一个名字。正在猜测得起劲的当儿,桑顿先生恰巧闯了进来,给黑尔太太又送来了一些水果。他不能——或者不如说,他不愿——放过见到玛格丽特的机会。而在这件事上,除了眼前一时感到的喜悦以外,他并没有什么其他的目的。这是一个平时非常有理性、有节制的人坚决固执的行为。他走进房间,一眼便看到玛格丽特在场,可是在最初远远地、冷漠地鞠了一躬以后,他似乎始终没有再看上她一眼。他把桃子送了——说了几句温和亲切的话——便起身告辞,在离开房间时,他的冷漠的、不快的眼睛才很严肃地又看了玛格丽特一眼,向她告别。她脸色苍白、默不作声地坐下。

"你知道吗,玛格丽特,我实在开始很喜欢桑顿先生了。"

玛格丽特起先没有回答,接下去冷冰冰地勉强挣出这么一句:"是这样吗?"

"是的!我想他的态度实在已经变得相当文雅了。"

这时候,玛格丽特的嗓音已经变得比较平稳。她回答道:

"他是很殷勤、很厚道,——这一点是无可怀疑的。"

"我很奇怪,桑顿太太怎么始终没有来过。她一定知道我在生病,因为我需要用那个水垫。"

"我想她大概从她儿子那儿听说了您的情况。"

"可我还是乐意看见她。你在这儿朋友这么少,玛格丽特。"

玛格丽特感觉到母亲心里是在想些什么,——一种亲切的渴望,想让女儿将来能得到一个女人的亲切关怀,因为女儿也许很快就会失去慈母了,但是她又不能明说。

"你想想,"黑尔太太踌躇了一下说,"你能不能去请桑顿太太来看看我呢？就只一次，——我不想给人家添麻烦。"

"只要您希望，我什么事都乐意做，妈妈，——不过要是——不过等弗雷德里克来了……"

"噢，当然啦！咱们非得把大门紧闭，——咱们决不可以让随便谁进来。我简直不知道我敢不敢希望他来。有时候，我又想到最好他不要来。有时候，我又做了些关于他的那么可怕的噩梦。"

"啊，妈妈！我们加倍小心。我一定死守门户①，决不让他受到一点儿危害。把照顾他的事交给我吧，妈妈。我一定像母狮照料小狮那样留神注意着。"

"咱们多会儿能收到他的回信呢？"

"眼下的确还要等不止一星期，——也许还得等更长一些时间。"

"咱们得趁早把马撒打发走。他来了，马撒还留在这儿，随后才匆匆忙忙打发她走，那样绝不成。"

"狄克逊管保会提醒咱们这一点的。我在想着，如果他在这儿的时候，家里要人帮忙，咱们也许可以找玛丽·希金斯来。她活儿很清淡，又是个好姑娘，一定会尽力把家里的活儿做好的。她还会住在她家里，绝对用不着上楼来，知道有谁待在屋子里。"

"随便你。随便狄克逊。不过，玛格丽特，别学着用米尔顿的这些讨厌的话。'活儿很清淡。'这是地方俗语。肖姨妈回来要是听见你这么说话，她会说些什么呢？"

"哟，妈妈！别拿肖姨妈来吓唬人。"玛格丽特哈哈笑着说，"伊迪丝从伦诺克斯上尉那儿学去了种种军队里的俚语。肖姨妈始终就没有在意。"

"可你用的是工厂里的俚语。"

"如果我生活在一座工厂城市里，那么必要的时候，我就得用工厂里的语言。噢，妈妈，我可以用许多您一生中从来没有听说过的话使您大吃一惊的。我想您绝不知道工贼是什么。"

---

① 我一定死守门户，原文是 I will put my arm in the bolt，直译是："我就把我的胳膊放在门闩上。"这是暗指宫女凯瑟琳·道格拉斯（Catherine Douglas）的逸事，她用自己的胳膊作为门闩，想阻止人家杀死苏格兰国王詹姆斯一世。

"我可不知道,孩子。我只知道这个词听起来很粗鄙。我不愿意听见你使用它。"

"好,亲爱的妈妈,我就不用。只是那一来,我就不得不用一整句话来说明一下了。"

"我不喜欢这个米尔顿。"黑尔太太说,"伊迪丝说的一点儿也不错,就是这种浓烟使我病成这样的。"

玛格丽特听见母亲这么说,不禁一怔。父亲正走进房来,所以她十分急切,不希望父亲思想上的一种模糊的印象有所加深,——不希望它得到任何证实。她早就看出来父亲思想上也认为,是米尔顿的空气损害了母亲的健康。当时她说不上来父亲是否听到了黑尔太太刚说的话,不过她连忙急匆匆地讲起别的事情来,完全不知道桑顿先生就跟在父亲的身后。

"妈妈在责备我,说自从咱们来到米尔顿以后,我学会了许多粗鄙的话。"

玛格丽特讲到"粗鄙",纯粹是指自己使用了一些地方方言,这个词儿是从母女俩刚才的谈话中引出来的。但是桑顿先生的额头却阴沉下来。玛格丽特突然感到,自己的话可能会遭到他的误解。因此,她自然很亲切地想要避免给人家带来一些不必要的痛苦,于是接着便勉强招呼了他一下,并且把自己的话继续说了下去,很明显地是对着他说的。

"你瞧桑顿先生,尽管'工贼'这个词儿声音不很好听,它是不是很能把意思表达出来呢?在讲到它所代表的那类人时,我能够不用它吗?如果用地方话就算粗鄙,那么我在森林①里倒是很粗鄙的,——是不是呢,妈妈?"

且说,把自己的话题强行说给别人听,这在玛格丽特是不常见的,可是在当时的情况下,她非常急于想使桑顿先生不至于因为偶然听到她说的话而感到气恼,所以等她把话说完以后,她才羞得涨红了脸,尤其因为桑顿先生似乎不大明白她所说的话的确切意义。他以冷漠、拘

---

① 指赫尔斯通。

谨的动作从她身旁走过去,对黑尔太太说话。

黑尔太太看见他,又想起自己的心事来,她希望会见一下他的母亲,好托她照料玛格丽特。玛格丽特脸上热辣辣地坐在那儿,一语不发。桑顿先生待在一旁时,她很不容易泰然自若,和平日一样,这一点使她感到羞愧、烦恼。她听见母亲低声请求桑顿太太来看她一次,早些来看她一次,办得到的话,就是明天。桑顿先生答应说她会来的——接下去稍许谈了几句以后,便告辞了。玛格丽特的动作和声音似乎立刻全从某种无形的锁链中解放出来。他始终没有望她一眼,然而他把两眼很细心地避开,这表示他多少知道得很清楚,他的眼睛只要偶然往哪儿一望,他便准会看到她。如果她开口说话,他也没有露出一点儿注意的迹象,但是他对随便谁讲的下一句话,总脱不了跟她刚说的话有关。有时候,有句话明明是答复她刚说的话的,却有意对着另一个人说,仿佛并非由她的话所引起。这并不是因为他真不知道而有所怠慢,这是由于他深感气恼而存心不礼貌,——当时存心那样,事后又感到悔恨。可是没有什么周密的计划,没有什么狡猾的用心,能够对他如此有帮助的了。玛格丽特比以前任何时刻更常想到他,不是带有一点儿所谓爱情,而是带有一种惋惜的情绪,懊悔自己这么深深地伤害了他的感情,——同时还带有一种温和、宽容的意向,想尽力恢复先前的那种相互对立的友谊,因为她发觉他在自己心里,就和在家里其他人的心里一样,不过是一位朋友。她这时待他的态度中有一种相当谦和的意味,仿佛默默无言地为那些过分强烈的话表示歉意似的。其实那些话只不过是发生骚动那天的那些行为的反作用。

然而他心里十分怨恨那些话。那些话经常在他的耳朵里鸣响。他为自己的正义感觉得很自负,就是这种正义感才使他对她的父母给予他所能给予的种种照顾的。每回当他能够想出什么行动,可以给她的父母一些乐趣时,他总对自己表现出的、强迫自己去面对着她的力量感到得意。他曾经想到自己不喜欢看到一个如此沉重地伤害了他的人,可是他错了。和她同待在一个房间里,觉察到她待在一旁,竟然是一种令人心头激动的乐事。不过他并不善于分析自己的动机,所以如同上文已说过的,他完全错了。

第五章 终于回家了

最伤心的鸟儿也有歌唱的时节。

索思韦尔①

绝不要用长袍裹住内心的痛苦,
绝不要再被回忆的迷雾压抑住
而垂下了头!你已经回家来了!

赫门兹夫人②

  第二天上午,桑顿太太来看黑尔太太了。她的病情恶化了不少。那天夜里,发生了一个那种突然的变化——一个走向死亡的那种显而易见的大步子。她自己家里的人也给那十二小时的痛苦使她容貌上显出的苍白、委顿的神色,感到大为吃惊。桑顿太太好几星期没有看见她了,一见到她成了这样,心肠顿时软了下去。本来,她来拜访,因为儿子请她作为照顾儿子本人来上一次,不过她来虽来,对于玛格丽特是其中一分子的这个人家,却满肚子怀着她生性常易爆发的那种高傲、怨恨的情绪。她对黑尔太太是否当真生病感到有些怀疑。她疑心除了应付那位太太一时的幻想以外,并没有什么必要使她不去从事她预先为这一天安排好的各项工作。她对儿子说,她希望他们始终没有到这地方来,他也始终没有结识他们,世上也始终没有发明过拉丁文和希腊文这种毫无用处的语言。他默不作声地容忍着这一切,但是等她骂完了那两

---

① 索思韦尔(Robert Southwell, 1561?—1595):英国诗人,耶稣会教友,引文见《日月轮流》(*Times Go by Turns*)。
② 赫门兹夫人,见第14页注①,引文见她的诗篇《两种声音》(*The Two Voices*)。

种过时的语言以后,他平静地回到自己简洁而又坚决地表示出的那个愿望上来:她应当在说定的那时刻去看看黑尔太太,因为那时刻大概对病人最方便。桑顿太太尽力勉强地依了儿子的愿望,一面又因为他希望自己这么做而更加喜欢他。她自己心里还把和他相同的一种想法加以夸大,认为他这么坚持要和黑尔家来往,是他心地异常善良的一种表现。

他的善良接近于软弱(她脑子里对所有比较宽厚的德行都是这样看法)。桑顿太太一心想到的就是,自己多么瞧不起黑尔先生和他太太,以及多么肯定地厌恶玛格丽特。后来,到了死亡天使翅膀的阴影面前,她才给激动得什么也不想了。黑尔太太躺在那儿——像她自己一样,也是一位母亲——而且是一个比自己年轻得多的女人——她躺在床上,没有迹象表明她有希望从床上再爬起来了。在那间黑暗的房里,她感受不到光影的变幻,自己没有行动的力量,简直无法改变自己的姿势,听到的不是微弱的低声细语,就是刻意保持的沉默,然而就连这种单调的生活,似乎也太过分了!当桑顿太太身体硬朗、生气勃勃地走进房来时,黑尔太太一动不动地躺着,虽然从脸上的神情看来,她显然知道是谁来了。可是她甚至没有张开眼一两分钟。在她抬眼朝上看以前,眼睫毛全给泪水濡湿了,接下来她用手虚弱无力地在被窝上摸索,想摸到桑顿太太坚定的大手,一面挣扎着提高了一点儿声音——桑顿太太不得不弯下笔直的身子倾听——说道:

"玛格丽特……您有一个女儿……我妹妹在意大利。我的孩子就会没有母亲了,——又待在一个陌生的地方,——如果我死了——您可不可以……"

说着,她用一双蒙眬、迷茫的眼睛万分渴望地凝视着桑顿太太的脸。有一会儿,那老脸硬僵僵地没有变化,它是严厉的、无动于衷的,——啊,不,可惜这个生病的女人的眼睛随着缓缓泛上的泪水,正变得模糊不清了,要不然她也许就会看到一片乌云掠过了那副冷漠的面容。最后使她心头终于受到打动的,倒不是想到她的儿子,也不是想到她自己的女儿范妮,而是由于房间里的某种布置,使她突然想起——多年以前——一个小女儿——幼年时就夭折了——它像一线突然射入的阳光,把凝冰的外壳融化了,而在外壳里面,则是一个真实、宽厚的女人。

"您希望我待黑尔小姐很友好。"桑顿太太用慎重的声音说,她的声音还不肯随着心情柔和下来,听上去清晰、响亮。

黑尔太太两眼依旧盯视着桑顿太太的脸,紧握了握被子上自己手下面的那只手。她说不出话来。桑顿太太叹息了一声,"如果情况需要,我一定做一个真正的朋友。不是一个亲切体贴的朋友。我不能做那样的朋友……"("对她不能",她本想添上一句,可是看到那张焦急可怜的脸,她心软下去了。)"我生性是,就连动了怜爱的感情时,也从不流露出来。再说,我一般也不主动提出意见。不过既然您要我这样,——如果能给您几分安慰的话,那么我就答应您。"接下去,停顿了一下。桑顿太太为人太诚实正直了,决不肯答应她不打算实行的事,而为玛格丽特去做什么亲切照顾的事,那是很困难的,几乎是办不到的,因为她当时正特别厌恶玛格丽特。

"我答应。"她庄重严肃地说。这毕竟使这个垂危的女人仿佛对一件比生命更为具体而可以捉摸的事有了信心,——闪烁不定、一掠而过的生命啊!"我答应,倘若黑尔小姐碰上什么困难……"

"就叫她玛格丽特!"黑尔太太喘息着说。

"她在困难中来找我帮助,我一定竭尽全力帮助她,就和她是我的亲生女儿一样。我还答应,万一有天我瞧见她做了什么我认为是错误的事情……"

"但是玛格丽特从来不做什么错事——从来不存心做什么错误的事。"黑尔太太为她辩白。桑顿太太像先前一样说了下去,就好像没有听见似的。

"万一有天我瞧见她做了什么我认为是错误的事情——不涉及我本人或和我有关的人的什么错误的事情,因为那样人家就会认为我有私心杂念了——那么我就忠实、明白地全告诉她,如同我希望对自己女儿所说的那样。"

她们静默了好半天。黑尔太太觉得这项保证并没有包括一切,然而它却也不少。它里面有些保留,这是她不明白的,可是她当时身子虚弱,头晕目眩,疲惫无力,桑顿太太则在细想一下自己保证要采取行动的各种可能会出现的情况。她预想到自己作为履行义务,把一些对方不爱听的真话告诉玛格丽特时,心里就涌起了一种强烈的快意。黑尔太太开口说道:

"我谢谢您。愿上帝保佑您。我在世上绝不会再见到您啦。不过我最后的话是,谢谢您答应亲切地待我的孩子。"

"不是什么亲切!"桑顿太太声明说,她直到最后都诚实得不近人情。但是她说完这句话,使自己良心释然以后,对于黑尔太太没有听见倒并不感到惋惜。她紧握了一下黑尔太太的软弱无力的手,站起身,没有看见一个人便走出了那所房子。

在桑顿太太和黑尔太太举行这次谈话时,玛格丽特和狄克逊正在一块儿商量,她们应当如何严守秘密,绝对不让外人知道弗雷德里克回来了。眼前,随便哪天都可以指望收到他的来信,而他本人肯定会紧跟着信就到的。必须打发马撒去休假。狄克逊必须严密地把守着前门,只让到家里来的那少数几个客人进入楼下黑尔先生的房间——黑尔太太病得很重,是她这么做的很好的借口。如果要玛丽·希金斯来在厨房里给狄克逊帮忙,也尽可能要少让她看到弗雷德里克和听到他的声音。必要的时候,他将以迪金森先生的身份对她讲话。不过她那生来懒散、冷漠的个性却是最大的保障。

她们决定,当天下午就让马撒离开她们,去探望她的母亲。玛格丽特希望前一天就把她打发走的,因为她认为,在女主人病情需要这么多的照料时,让一个用人去休假,也许会给人觉得是很奇怪的。

可怜的玛格丽特!那天下午,她一直得充当一个罗马人的女儿①,自己力量已经不足了,还要给父亲鼓劲儿。黑尔先生在妻子的疾病一次次发作之间总抱着希望,不肯绝望,他在妻子的痛苦每次有所缓和的时刻,总振作起来,认为这是最后恢复健康的开端。因此,当一阵阵疾病又发作起来,一阵比一阵厉害时,它们便给他带来了新的痛苦和更大的失望。那天下午,他坐在客厅里,不能忍受书房里的寂寞,也不能怎

---

① 古罗马人以诚实、坚强著称,所以这么说。

样自我排遣一下。他把两只胳膊合抱起来,搁在桌上,把头伏在两只胳膊里。玛格丽特看见他这样,心里很痛苦,然而他并不说话,她也不喜欢主动去安慰他。马撒已经走了。狄克逊在黑尔太太睡去时,坐在一旁陪着她。宅子里十分寂静,天色已经黑了下来,没有人走去取蜡烛。玛格丽特坐在窗口,望着窗外的灯火和街道,可是什么也没有看见,——她只留神注意着父亲的长叹息。她不乐意下楼去取灯,唯恐自己走开,不这么沉默克制地守在一旁,父亲也许会让更为激烈的情绪发作出来,而没有她从旁加以宽慰。不过她又想着,自己应当去照料一下厨房里的炉火,因为除了她以外,没有人去照料。这当儿,她听见包裹住的门铃给人十分使劲儿地拉响起来,铃线被拉得在整所宅子里叮当作响,虽然实际的声音并不很大。她一下惊站起来,从父亲身旁走过去,父亲听到那个闷闷的、迟钝的声音一动也没动,——她又回过身,亲热地吻了他一下。他仍旧一动也没动,也没有注意到她的亲热的拥抱。随后,她轻轻走下楼去,穿过黑暗,到了门前。狄克逊在开门之前,总要把链条先挂上,但是玛格丽特满腹心思,一点儿也没有害怕的念头。在她和灯光明亮的街道之间,站着一个男人的高大身个儿。他正在朝远处看,可是听到门闩的声音,他迅速回过脸来。

"黑尔先生是住在这儿吗?"他用清晰、响亮而又柔和的声音问。

玛格丽特浑身战抖起来。她起先没有回答。一刹那后,她低声喊道,"弗雷德里克!"一面伸出双手去握着他的手,把他拉进了屋子。

"哟,是玛格丽特!"他说,同时和她互相亲了一下,接着抓住她的肩膀,把她推开了点儿,仿佛就连在那片黑暗中,他也能看出她的脸,看清她脸上神情对他问的话所作的比语言还要迅速的答复,——

"妈妈!她还活着吗?"

"活着,她活着,亲爱、亲爱的哥哥!她——她病得挺厉害,不过还活着!她还活着!"

"谢谢上帝!"他说。

"爸爸给这件伤心透顶的事拖垮啦。"

"你们在盼着我,是吗?"

"没有,我们没有收到你的信。"

"这么说,我比信先到了。不过妈妈知道我要来吧?"

"啊!我们都知道你会来的。可是待会儿!先走进这间房来。让我搀着你。这是什么?噢!是你的手提包。狄克逊把百叶窗全关上了。这是爸爸的书房,我可以把你搀到一张椅子上,你好坐下休息几分钟。我这就去告诉他。"

她摸索着走到蜡烛和安全火柴那儿。等那个微弱的小烛光使他们彼此可以看清对方时,她突然感到有点儿羞怯。她所能看到的是,哥哥脸上的肤色分外黝黑,同时她还瞥见一双特别修长的蓝眼睛露出来的怯生生的神情,那双眼睛突然闪烁了一下,很滑稽地意识到他们彼此都在打量对方。但是尽管兄妹俩在相互的目光中立刻全看出了同情的神色,他们却没有说话。不过玛格丽特相信,自己管保乐意把哥哥当作一个好同伴,就像她已经把他当作手足那样来爱护一样。她走上楼去,心情比原来不知轻松了多少。这并不是说实际的悲伤缓和了点儿,而是因为有一个身份恰恰和自己相同的人前来分担它,因而变得不像先前那么难以忍受了。现在,父亲的那种沮丧的态度也不会使她抑郁不快了。他伏在桌子上,和先前一样一筹莫展,可是她如今有法子来使他振作起来。在自己的莫大快慰中,她也许把那法子使用得太过分了。

"爸爸,"她说,一面用胳膊很亲热地一下抱住了他的脖子,实际上是温和而激动地把他那疲乏的头抱了起来,直到它靠到了她的胳膊上,她可以注视着他的眼睛,同时让他的眼睛从她这儿得到力量与信心。

"爸爸!您猜猜谁来啦!"

他望着她,她从他那双蒙眬、悲痛的眼睛里看到,他有一刹那也想到了这一实情,但是接下去立刻又给当作一种狂热的幻想而排开了。

他把身子朝前一扑,把脸再一次伏在伸出去的两只胳膊上,像先前那样伏在桌上。她听见他小声说话,连忙很温柔地弯下身倾听。"我不知道。别告诉我是弗雷德里克来啦——不是弗雷德里克吧?我可受不了,——我太虚弱了。而且他母亲快要死啦!"

说着,他像一个孩子那样恸哭起来。这和玛格丽特原来指望的大不一样,因此她失望而懊丧地回过身,沉默了一刹那。接着,她又说话了——和原来大不一样——不是欢欣鼓舞地,而是更加温柔和关心地。

"爸爸,是弗雷德里克回来了!想想妈妈,她会多么快乐啊!啊,为了她,我们应该多么快乐!也为了他,——咱们家可怜、可怜的小伙子!"

她父亲并没有改变他的姿势,不过他似乎想来理解这一事实。

"他在哪儿?"他最后问,把脸仍旧伏在平放着的胳膊上。

"独自一个待在您的书房里。我把蜡烛点亮了,就跑上楼来告诉您。他就一个人,这会儿准会纳闷,不知道为什么……"

"我这就去。"父亲打断她的话说。他撑起身,倚在她的胳膊上,像倚着一个向导那样。

玛格丽特把他领到书房门口,她的心情那么激动,因此她觉得自己实在经受不住从旁看着这次会面。她于是转身走开,跑上楼去,尽情地痛哭了一番。这是好多日子来她第一次敢让自己这样发泄一下。那阵拼命克制是十分不好受的,如同她这时候感到的那样。但是弗雷德里克终于回来了!她自己唯一亲爱的哥哥到了这儿,安安稳稳的又到了他们当中!她几乎不能相信这件事。这当儿,她止住了哭,拉开自己睡房的房门。她没有听见一点儿人声,几乎担心自己也许是在做梦。她又走下楼,到书房门口听听。她听见了喊喊喳喳的说话声,这就够了。接着,她走进厨房,把炉火捅了捅,把蜡烛点亮了,给这个游子预备点心。母亲当时睡着了,这多么幸运!她知道母亲睡着了,她从母亲睡房门上钥匙眼里还塞着点火纸捻①,就知道了这一情况。从旅途中归来的人可以先消除疲劳,使自己容光焕发,和父亲会面最初感到的激动也会平息下去,然后母亲才会知道家里有了一件不寻常的事。

等一切安排停当以后,玛格丽特推开书房房门,像个女用人那样张开胳膊,端着一只沉重的托盘走了进去。她对于为弗雷德里克做一点儿事感到很高兴。可是他看见她,立刻跳起身来,把她端的东西接过去。这是一个典型的实例,一种迹象,表明他回家来会给她带来什么样的安慰。兄妹俩一块儿把桌子安放好,互相没说什么,不过他们的手相

---

① 点火纸捻,当时尚无电灯,黑尔家还点蜡烛和灯火,所以塞些纸捻在钥匙眼里,黑尔太太醒后唤人时,拿着烛火来到房门口的人可以用纸捻一下就把房里的灯点亮。

互碰到,他们的眼睛说出了惯常的语言,这是同胞兄妹非常容易明白的。炉火早已熄灭了。玛格丽特亲自去把它生起,——因为这季节傍晚总很冷,——然而又需要使所有的声音尽可能远一点儿,不传进黑尔太太的房去。

"狄克逊说,生火是一种天赋的本领,不是一门可以学会的艺术。"

"Poeta nascitur non fit."①黑尔先生嘟哝说。不管这句引语说得多么无力,玛格丽特听见他又引上这么一句,还是感到很高兴。

"亲爱的老狄克逊!我们互相该怎么亲一下啊!"弗雷德里克说,"她早先总亲亲我,然后望望我的脸,好确定是我,接着又亲起来!可是,玛格丽特,你怎么这么笨手笨脚的!我可从来没有见过一双这么笨拙无用的小手。快跑开去洗一洗,好给我切面包涂黄油,别来生火。让我来生。生火是我天生的一种本领。

玛格丽特于是走开,然后又回进房来。她在一种快乐而不安的心情中一会儿走出、一会儿走进那间房,就是不能满足于安安静静地坐着不动。弗雷德里克需要的东西越多,她就越感到高兴。他凭直觉也知道这一点。这是在一个悲伤人家可以得到的一线欢乐。这种欢乐心情变得分外强烈,因为他们内心深处知道,一件多么无可挽回的伤心事正等候着他们。

就在这时,他们听见狄克逊下楼来的脚步声。黑尔先生坐在大扶手椅里,从无精打采的姿势中一下惊起。本来,他正那样梦幻般地望着他的儿女,仿佛他们在扮演一幕皆大欢喜的戏剧,看看很有意思,可是又和现实判然不同,他自己在里面并没有角儿。他站起身,面对着房门,突然露出了异常奇怪的焦虑神气,想要把弗雷德里克藏起来,不让走进房来的任何人看见,尽管来的人不过是忠心耿耿的狄克逊。玛格丽特看到他这种神气,心里打了一阵寒战。这使她想起了他们生活中新的恐惧。她一下抓住弗雷德里克的胳膊,紧紧地握着,同时一个严峻的想头使她蹙起眉来,咬紧了牙关。然而,他们全都知道,这不过是狄克逊平稳的步伐。他们听见她走过走道,——进了厨房。玛格丽特站

---

① 拉丁文,意思是:"诗人是生就的,不是养成的。"

起身来。

"我去告诉她。我还可以听到妈妈的情形。"黑尔太太清醒过来了。她起先有点儿说胡话,后来他们给她吃了点儿茶点,她精神恢复过来,虽然还不想多说,所以最好还是过了这一晚再告诉她儿子回家来了。那天晚上,唐纳森大夫说好要来诊视,这就会带来不少的紧张和激动。他也许会告诉他们,如何让她在看见弗雷德里克以前,思想上先有所准备。他如今已经来了,就在家里,随时随刻都可以给唤了来。

玛格丽特没法安安静静地坐着。帮同狄克逊为"弗雷德里克少爷"做种种准备工作,这对她是一件安慰事。看来她似乎决不会再感到疲乏了。弗雷德里克坐在房里父亲身旁和父亲谈心,谈些什么玛格丽特并不知道,也不想知道,她每次朝房里瞥上一眼,便增添了几分力量。她自己谈话和倾听的时刻,最终会到来的。这一点她十分肯定,因此并不急着这会儿就得到。她端详了一下他的外表,觉得很喜欢他。他生着文弱的容貌,可是黝黑的肤色和反应敏捷的神情抵消了那种文弱的外表。两眼一般总显得很欢快,不过眼睛和嘴有时会突然一变,使她联想到内在的激情,几乎使她觉得害怕。然而,这种神情总是只不过出现一刹那,里面既没有固执,也没有恶意。它不过是未开化的或南方的那些国家所有的国民脸上常见的那种刹那间凶恶的神情——这种神情可能慢慢会变成一种孩子般的娇憨,并且加强了那种娇憨的魅力。玛格丽特可能会害怕他偶尔流露出的这种一时十分激烈的性情,但是宅里面并没有什么使她稍许不信任或是稍许惧怕这个新获得的哥哥的地方。相反,他们的接触从一开始就使她感到特别融洽。她在弗雷德里克的面前总感到十分轻松。这当儿,她从这种轻松微妙的感觉中才知道,自己本来肩负着多么重大的责任。弗雷德里克知道他的父母——知道他们的个性、他们的弱点,并且以一种漫不经心的放肆加以看待,然而那种放肆又是极其精细留神的,不去如何伤害到他们的情感。他似乎本能地知道,自己的态度和谈话什么时候自自然然地焕发一下,并不会加深父亲的抑郁沮丧,或者倒会缓和一下母亲所感到的痛苦。每逢他如果那么做会不大和谐、不合时宜时,他的耐心、体贴与挚爱便发挥作用,使他成为一个出色的护理人员。还有,玛格丽特因为他常常提到他们在新森林度过的童年,几乎感动得落下泪来。他在遥远的外国和外国人当中彷徨的时候,始终并没有忘了她——也没有忘了赫尔斯通。她可以向他谈说那个老地方,永远不必担心会使他感到厌烦。在他到来以前,尽管她一面渴望他回来,一面却又害怕他。她感到七八年在自己身上造成了这么大的变化,因此忘了原来的玛格丽特还剩下有多少,她曾经推论说,如果就连待在家里,她生活中的爱好和情感都有了这么大的变化,那么他的不平静的生活(她对那种生活知道得很不详细),必然会几乎以另一个弗雷德里克取代了身穿海军军官学校学员制服的那个身材颀长的小伙子,——她记得,自己过去曾经那么钦佩而敬畏地望着那个小伙子。但是在互相阔别的时期,他们在年龄方面,就像在许多其他事情方面那样,反而变得彼此接近了。因此,这个负担,这个伤心的时刻,就玛格丽特说来,反而轻松了点儿。除了弗雷德里克的到来以外,她一线其他的光明也没有。有好几小时,母亲看见儿子以后,精神很振奋。她握着他的手坐在那儿,就连睡着了也不肯放开。玛格丽特于是只好把他当婴孩儿那样喂他吃喝,而不叫他把手抽走,以免惊动他们的母亲。他们正这么忙着时,黑尔太太醒了。她在枕头上慢慢地回过头来,朝孩子们笑笑,因为她知道他们在干什么,以及为什么这么干。

"我很自私,"她说,"不过这也不会有多久了。"弗雷德里克弯下身去,亲了一下紧握住他手的那只虚弱无力的手。

这种平静的状态并不能持续多少天,也许甚至不能持续多少小时,唐纳森大夫这样告诉玛格丽特。等那位和蔼的大夫走了以后,她悄悄地走下楼到弗雷德里克那儿去。在大夫来诊视时,他受到嘱咐,静悄悄地藏在后客厅里。那里早先是狄克逊的睡房,现在已经让给他了。

玛格丽特把唐纳森大夫所说的话告诉了他。

"我不相信!"他喊着说,"她病势很重,也许病情很危险,而且马上就会出危险,不过我无法想象她会像眼下这样,如果她就要死的话。玛格丽特!应该请一位其他的大夫再来看看——请一位伦敦的大夫。你始终就没有想到这么做吗?"

"想到过,"玛格丽特说,"想到过不止一次。不过我认为也不会有什么好处。还有,你知道,我们也没有钱去请伦敦的一位著名的内科大夫来。我还相信,唐纳森大夫在医道方面并不比第一流的大夫差多少,——如果,说真的,他真比他们差点儿的话。"

弗雷德里克开始在房间里很烦躁地踱来踱去。

"我在加的斯有存款,"他说,"可是由于不幸,得这样改名换姓,在这儿什么也没有。爸爸干吗要离开赫尔斯通呢?这是个大错误。"

"这不是个大错误,"玛格丽特郁闷地说,"而且,办得到的话,千万不要让爸爸听见像你刚才所说的这类话。我可以瞧出来,他想到,如果我们待在赫尔斯通,妈妈就决不会病倒,精神上已经十分苦恼啦。你不知道爸爸会多么令人痛苦地责怪他自己!"

弗雷德里克走开去,就仿佛他在舰艇的后甲板上那样。最后,他在玛格丽特的正对面停住,朝着她的颓丧、绝望的姿态望了一会儿。

"我的小玛格丽特!"他说,一面用手来抚慰她,"只要办得到的话,让我们抱着希望吧。可怜的小姑娘!怎么,你脸上满是泪水吗?我一定抱着希望。我一定抱着希望,不管上千位大夫怎么说。不要绝望,玛格丽特,应当很勇敢地抱着希望!"

玛格丽特想要说话,可是又哽噎得说不出话来。等她说出来时,声音也很低。

"我必须极力很恭顺地抱着信心。哦,弗雷德里克!妈妈这些日子这么疼我!我也越来越理解她。现在,死亡竟然要来把我们强行分开!"

"来吧,来吧!来吧!我们这就上楼去,做点儿事情,别浪费可能是非常宝贵的时间。思想有多少回都使我很伤心,好妹妹,但是行动在我的一生中从来没有使我那样。我的理论可说是故意歪改这句谚语,那就是:'挣钱,孩子,办得到的话,诚诚实实地挣钱,不过总得去挣。'我的格言是:'做点事,小妹妹,办得到的话,做有益的事,不过无论如何总得做点儿事。'"

"恶作剧也可以吗?"玛格丽特眼睛里噙着泪水,淡淡地笑着说。

"当然可以。我认为不可以的就是,事后的悔恨。一有可能就做件好事,把你做的错事抹杀掉(要是你特别正直的话)。这就和我们上学时在石板上计算出一个正确的数目来一样,一个不正确的数目在石板上不过给擦去了一半。这比用泪水去沾湿我们的海绵好。既可以节约一点儿时间,因为先得等泪水淌下来,最后效果又比较好。"

倘使玛格丽特起初认为弗雷德里克的理论有点牵强,她却看到他事实上是如何运用这种理论不断地做出一些好事来。他陪伴母亲度过了很痛苦的一夜以后(他坚持也要加入值夜班),第二天早餐以前又忙着给狄克逊设计一张搁腿的矮凳,因为狄克逊已经开始感到陪伴病人的疲劳了。早餐时,他生动、详尽、兴致勃勃地讲述了他在墨西哥、南美洲和其他地方过的不安定的生活,这使黑尔先生很感兴趣。要是玛格丽特,那么她就会很绝望地放弃努力,不想法去使黑尔先生从沮丧中振作起来,因为那样甚至会影响到她自己,使她根本就无法讲下去。但是弗雷德里克谨守着他的理论,经常在做一件事。早餐时,除了吃以外,唯一可做的事就是谈话了。

那天夜晚到来以前,唐纳森大夫的意见就证明是极有根据的了。黑尔太太不断地痉挛,等痉挛停止以后,便人事不省了。她丈夫伏在她的身旁,哽哽噎噎,使床不住地摇动,儿子的强壮的胳膊亲切地扶起她来,让她可以靠得舒适一点儿,女儿的两手揩拭着她的脸,可是她什么也不知道。到他们在天堂中再次相遇以前,她不会再认出他们来了。

早晨还没有到,一切已经全完了。

随后,玛格丽特从震颤和悲伤中振作起来,成为父亲和哥哥的一位坚定的安慰天使。因为这时候,弗雷德里克却垮下了,他的全部理论对他毫无用处。夜晚,他独个儿待在小房间里,关起门来,放声痛哭,吓得玛格丽特和狄克逊慌忙下楼去叫他要轻声点儿。房子的隔墙很薄,隔壁邻居很容易就可以听出他的年轻、激动的呜咽声,这和人到晚年的那种比较迟缓的战栗的悲啼完全不同。到了晚年,我们对人生的种种悲伤已经习惯,不敢反抗无情的命运了,因为我们知道是谁主宰命运。

玛格丽特和父亲坐在房间里,守着去世的人。如果他哭了,她倒会感到很宽慰。可是他却静悄悄地坐在床旁边,只是不时把死者脸上覆盖的床单揭起,轻轻地抚摸一下那张脸,同时发出一种柔和、含糊的声音,像一只母兽安抚幼兽时发出的那种。他没有注意到玛格丽特待在一旁。有一两次,她走上前去亲亲他。他容她这么做,等她亲好,便轻轻把她推开,仿佛她的爱护打搅了他,使他不能全神贯注在死者身上似的。当他听见弗雷德里克恸哭时,他怔了一怔,又摇摇头:——"可怜的孩子!可怜的孩子!"他说,说完便不再去注意了。玛格丽特内心感到很痛苦。她想到父亲的情况,便无法顾到自己的损失。那一夜渐渐就要过尽,白天就快到来了。这时候,玛格丽特事先没说一句话,突然在屋子里的那片寂静中开腔了。她声音十分清晰,连自己也吃了一惊。"你们心里不要忧愁。"①她说。接着,她平稳地背下去,背完了那个令人无限宽慰的章节。

---

① 见《新约·约翰福音》第十四章。

第六章 "故旧应给忘却吗?"①

> 不要露出这种神态,这种面目,
> 是毒蛇的狡猾,还是罪人的堕落?
>
> 克雷布②

寒峭的十月清晨来了:不是乡间的十月清晨,有一片银白色的薄雾,在阳光下渐渐散去,显露出种种绚丽的色彩,而是米尔顿的十月清晨,它的银白色的薄雾就是弥漫的大雾,当阳光穿过雾气,照射下时,也只能照出阴沉沉的长街。玛格丽特疲惫无力地走来走去,帮助狄克逊料理家务。她的眼睛不断地给泪水遮住了视线,但是她没有时间经常哭泣。父亲和哥哥全要靠她。他们沉溺于悲恸,她却非得干活儿、筹划,思考。就连葬礼的必要安排,似乎也全交给了她。

等炉里的火劈劈啪啪烧得通明——等早餐的一切全准备停当,茶壶也在嘶嘶作响时,玛格丽特最后朝房间四面看了一眼,然后才去请黑尔先生和弗雷德里克。她想要使一切尽可能显得愉快点儿,然而等一切果真显得那样时,那种气氛和她自己思绪的差别,使她禁不住突然哭泣起来。她跪在沙发旁边,把脸伏在靠垫上,不让人听见她哭。这时候,狄克逊一手放到了她的肩上。

"哎,黑尔小姐——哎,亲爱的!你千万不要管不住自己,要不然我们大伙儿怎么办呢?家里没有另外一个人适合来拿主意,可要做的事情又这么多。这些事有:谁来安排葬礼,谁来参加,以及葬在哪儿。

---

① 这是苏格兰诗人彭斯(Robert Burns,1759—1796)《往日》(*Auld Lang Syne*)诗中的一行。

② 克雷布(George Crabbe,1754—1832):英国诗人,引文见《自治市》(*The Borough*)第十四封书简《布兰奈传》(*Life of Blaney*)。

这一切全得解决。弗雷德里克少爷像一个哭得发了狂的人，姑老爷又从来不善于安排。可怜的先生，他如今踅来踅去，就好像六神无主啦。好小姐，我知道这很叫人难受，不过我们都要死的。到这会儿，你还一直没有失去过一位亲人，这很幸运。"

也许是如此。但是这本身似乎就是一种损失，使人无法用世上任何其他不幸事件来与眼前遭遇相比。玛格丽特听了狄克逊所说的话，并没有感到任何安慰，不过这个拘谨、规矩的老用人分外亲切的态度，却深深打动了她的心。她主要就是为了想对这一点表示感激，而不是为了什么其他的原因，才强行振作起来，微笑了一笑，对狄克逊望着她的焦急的神色表示回答，接着便去告诉父亲和哥哥，早餐已经准备好了。

黑尔先生来了——仿佛在做梦，或者不如说，一举一动毫无意识，就像一个梦游人那样，他的眼睛和脑子里没有看见在场的人，倒像是在注意着别的什么东西。弗雷德里克轻快地走进房来，勉强装得兴冲冲的。他握住了她的手，盯视着她的眼睛，不禁落下泪来。进早餐时，她不得不竭力想出一些不相干的小事情来讲，为了好使父亲和哥哥的思想不至于过分强烈地回想到他们上次共进的那一餐。当时，他们一直都很紧张，倾听着病房里传来的一个声音或是一种信号。

早餐之后，她决心和父亲谈谈葬礼的事。他摇摇头，同意了她所提出的一切，虽然她的提议有许多是绝对互相矛盾的。玛格丽特从他这儿没有得到真正的决定，正无精打采地想要离开房间，去找狄克逊商议时，黑尔先生又抬了抬手，唤她回到自己的身边。

"问一下贝尔先生。"他用空洞的声音说。

"贝尔先生！"她有点儿惊讶地说，"牛津的贝尔先生吗？"

"贝尔先生。"他又说了一遍，"对。他是我的男傧相。"

玛格丽特知道这一层关系。

"我今儿就写信。"她说。他又变得失魂落魄了。那天上午，她一直忙忙碌碌，很想休息一下，可是又不停地在悲伤的工作中打转。

快到傍晚，狄克逊对她说道：

"我已经全办啦，小姐。我真为姑老爷担心，怕他会伤心得中风。

今儿一整天,他一直坐在可怜的姑奶奶身旁。我在门口听听,听见他一直对她说话,对她说话,就仿佛她还活着。等我走进房去,他就一声不吭,不过就像给什么事迷惑住了。我心里想到,应当使他清醒过来。如果开头使他吃上一惊,也许往后反倒好。所以我就告诉他,我认为弗雷德里克少爷待在这儿不大安全。我是认为这样。就在星期二那天,我出去,碰上了一个南安普敦人——自从来到米尔顿以后,我第一次见到的一个。我想他们不大上这儿来。哦,这个人就是小伦纳兹,也就是布商老伦纳兹的儿子,一个从来没见过的大坏蛋——他几乎把他父亲折磨死,后来又跑到海上去。我始终受不了他。我知道,他和弗雷德里克少爷同时待在'奥利安号'上,尽管我记不清兵变时他在不在那儿。"

"他认识你吗?"玛格丽特急切地问。

"嗐,最糟的就是这一点。如果不是我太傻,叫唤出他的姓名,我不相信他会认识我的。他是南安普敦人,来到了一个陌生的地方,要不然我决不会跟那样一个卑鄙、窝囊的家伙攀同乡的。他说,'狄克逊小姐!谁会想到在这儿见到你呢?不过我也许搞错了,你已经不再是狄克逊小姐了?'我告诉他,他仍旧可以像对一个没结婚的女人那样称呼我,虽然要不是我特别挑剔,我是大有机会可以结婚的。他倒很有礼貌,说,他看着我,就不怀疑我说的话。但是我是不会受到他那样一个家伙的这种欺骗的。我就这样告诉了他。接下去,作为回答,我也问了问他的父亲(我知道他父亲把他撵了出来),仿佛他们非常友好似的。接着,为了使我生气——因为你瞧,我们全变得粗暴无礼啦,尽管我们本来互相都很客气——他问起了弗雷德里克少爷,说他陷进了多大的困难(就好像弗雷德里克少爷的困难有朝一日会把乔治·伦纳兹洗得清清白白,或者使他看起来不是卑鄙龌龊、黑不溜秋的),又说要是他给逮住,他就会因为叛变而被绞死,还说为了逮住他,政府悬赏了一百镑,他给他家带来了多大的耻辱啊——你瞧,好小姐,这些话全是为了使我生气的,因为以前在南安普敦,我曾经帮着老伦纳兹先生骂过乔治一次。我于是说,我知道有些别的人家,为了他们的儿子更有理由感到害臊,倘若他们能够想到他们的儿子远离家,正正当当地在谋生,那么他们就会感激不尽了。他听到这话,像个冒失的小子——他本来就是一个冒失的小子——回答说,他的工作很受上面的信任,要是我知道有哪个年轻人十分不幸,走上了歧途,想要变得安稳可靠,他可不反对给他帮点儿忙。他,真是的! 嗐,他会使圣徒也堕落。那天我站在那儿和他说话时,多少年都没有感到那么不痛快了。想到我没法使他更加生气,我真哭得出来,因为他老朝着我的脸笑,就好像他把我的种种恭维话都当成真的似的。我没法看出来他对我说的话稍许有点儿在意,同时我却对他说的话气得了不得。"

"你没有告诉他什么我们的事情——弗雷德里克的事情吧?"

"我没有。"狄克逊说,"他始终没有费心来问我住在哪儿。而且就算他问了,我也不会告诉他。我也没有问他,他的宝贵的工作是什么。他在等公共汽车。正在那时,车来了,他连忙招呼车停下。但是,为了最后还折磨我一下,上车前他又回过身来说,'你要是能帮助我定计逮住黑尔上尉,狄克逊小姐,我们就共同来分奖金。我知道你乐意和我合作的。是不是呢? 别不好意思,说声好。'说完,他跳上公共汽车,我瞧见他的丑恶的嘴脸带着一丝狞笑斜瞥了瞥我。他大概想到,他最后这句话会怎样折磨我。"

狄克逊的这篇叙述使玛格丽特非常不安。

"你告诉了弗雷德里克吗?"她问。

"没有。"狄克逊说,"我知道恶劣的伦纳兹在市里,心里很不安,可是得考虑的事情又那么多,我压根儿没有老钉着它想。但是看到姑老爷硬僵僵地坐在那儿,两眼悲伤、呆滞,我于是认为让他稍许想想弗雷德里克少爷的安全问题,也许可以唤醒他。所以我就把一切全对他说了,尽管说出有一个年轻人和我说过话,我的脸都红起来了。这一说对姑老爷大有好处。如果我们要把弗雷德里克少爷藏起来,那么在贝尔先生到来以前,他就得走,可怜的人儿。"

"噢,我倒不怕贝尔先生,不过我很怕这个伦纳兹。我一定得告诉弗雷德里克。伦纳兹长得什么样子?"

"我可以告诉你,小姐,是一个样子很难看的人。我要是生着那样的络腮胡子,准觉得害臊——它们那么红。尽管他讲到有一个很受上面信任的工作,他却穿着粗斜纹布衣服,就像一个工人。"

显而易见,弗雷德里克非走不可了。他本来一跃又回到了他在家庭里的地位上,而且保证要尽力照料好父亲和妹妹,可正在这时,又得走了。母亲活着时他的照拂,去世后他的悲伤,似乎使他成为一个那种特殊的人,这种人凭着和我们对去世的人的共同感情,和我们紧密地结合到了一起,可正在这时,却又得走了。玛格丽特坐在客厅里炉火前面想着这一切——父亲在这种新出现的恐惧的压力下,感到忧虑不安,尽管他还没有对她说——这时弗雷德里克走进房来了,他不像初回来时那么精神焕发,不过剧烈的悲痛也已经过去。他走到玛格丽特面前,亲了亲她的前额。

"你脸色多么苍白啊,玛格丽特!"他低声说,"你一直在为大伙儿着想,可谁也没有想到你。在这张沙发上躺下——眼下没有什么事要你去做。"

"这最糟糕。"玛格丽特伤感地低声说。不过她还是走过去躺下,哥哥用一条大围巾覆盖住了她的脚,然后在她身旁的地板上坐下。兄妹俩用压低了的嗓音谈起来。

玛格丽特把狄克逊所讲的她和小伦纳兹会面的情形全告诉了他。弗雷德里克惊愕地长长"噢"了一声,把嘴闭上。

"我真想跟那个年轻的家伙把事情解决掉。船上可从来没有过一个比他更恶劣的水兵——也没有过一个比他更恶劣的人啦。——我说,玛格丽特——你知道事情的全部经过吗?"

"知道,妈妈全告诉了我。"

"哦,那些稍微具有一点儿是非感的水兵全对舰长感到愤慨时,这个家伙却拍舰长的马屁——呸!想想看,他会在这儿!哦?他要是想到我就待在附近,准会搜查出我来偿还过去对我的怨恨的。我宁愿随便哪个别人得到他们认为我值的那一百英镑,也不愿让他得到。多么可惜,他竟然没有能说服可怜的老狄克逊出卖我,为她的老年弄一笔养老金!"

"哎,弗雷德里克,嘘!快别这么说。"

黑尔先生急切而颤抖地朝他们走来。他已经听见了他们刚说的话,这时候用双手握住了弗雷德里克的手,说:

"孩子,你非得走啦。这的确很不好受——可是我看你非走不可了。能做的事你已经全做了——你给她带来了安慰。"

"爸爸啊,他难道非走不可吗?"玛格丽特说,仿佛是在对她自己也深知他必须走的信念进行争辩。

"老实说,我真想一干到底,接受审讯。要是我能拿到我的证据,那该多好!想到我得听凭伦纳兹那样一个恶棍摆布,我就受不了。我本来——在其他的情况下——几乎可以把这次偷偷回国的访问当作一件乐事的。这简直就跟法国女人心目中的非法偷欢具有一样大的魅力。"

"我记得的最早的一件事就是,"玛格丽特说,"你因为偷苹果而大大丢了脸,弗雷德。我们自己有许多苹果——树上全结满了,可是有人对你说,偷来的水果味道最甜。你就 aupi ed de la lettre① 听了进去,跑出去偷啦。从那时以来,你没有大改变你的看法。"

"是呀——你非得走啦。"黑尔先生又说了一遍,回答玛格丽特先前所问的那句话。他的思想钉在一个问题上,要他听着儿女们东拉西扯的插话,这要他费很大的气力——他并不想去做。

玛格丽特和弗雷德里克彼此对望着。如果他走了,那么那种迅速的彼此心领意会他们就再也享受不到了。有那么许多事都是无法用语言表达的,只可以通过眼睛来领会。两人的心里全都这么想着,后来才渐渐化作了满腹伤感。弗雷德里克首先摆脱了它。

"你知道吗,玛格丽特,今儿下午我险些儿使狄克逊和我自己全大吃了一惊。我待在睡房里,先听见有人拉了一下前门门铃,可我以为拉铃的人一定早把事情办完走了,于是我打算走到走道上来。我刚把房门拉开,就看见狄克逊走下楼来。她蹙起眉头,逼着我赶快又藏起来。我没把房门关上,听见她把一个口信告诉爸爸书房里的一个人,那个人这才走了。那会是谁呢?一个买卖人吗?"

"很可能,"玛格丽特不以为意地说,"有一个矮小的、话不多的人两点前后曾来问我们要买点儿什么。"

---

① 法文,意思是:"按照字面的意义。"

"但那不是一个矮小的人——是一个身材高大结实的人,而且他上这儿来的时候已经四点过了。"

"是桑顿先生。"黑尔先生说。他们都觉得很高兴,因为他们引得父亲也谈起话来了。

"桑顿先生!"玛格丽特有点儿惊讶地说,"我还以为……"

"哦,小妹妹,你还以为是什么呢?"她没有把话说完,所以弗雷德里克这么问。

"噢,只不过,"她脸红起来,盯视着他说,"我以为你是说一个不同阶级的人,不是一个有教养的人,是一个别人差他来办事的人。"

"他看上去像一个那样的人。"弗雷德里克漫不经意地说,"我原以为他是一个店主,结果他是一个厂主。"

玛格丽特没有作声。她想起来,在她了解他的性格以前,她起先也曾经像弗雷德里克这样讲到他和看待他。这是自然而然会给他留下的印象,然而又使她有点儿烦恼。她不愿意讲话,她想要使弗雷德里克知道,桑顿先生是一个什么样的人——不过她又说不出话来。

黑尔先生说下去。"他准是想来给咱们一些力所能及的帮助的。可是我没法见他。我叫狄克逊问他乐意不乐意会见你——我当时大概叫她去找你,由你会会他的。我不知道我当时说了些什么。"

"他是一位很不错的朋友,是不是呢?"弗雷德里克说,他把这句问话像只球那样抛给任何一个乐意接下的人。

"一位很厚道的朋友。"父亲没有回答,玛格丽特于是这么说。

弗雷德里克沉默了一会儿。最后,他说道:

"玛格丽特,想到我没法向那些待你厚道的人致谢,心里真很痛苦。你的交游和我的交游必须是分隔开的。说真的,除非我冒军法审判的危险,或者除非你和爸爸肯到西班牙来。"他把最后这个建议试探性地抛了出来,随后突然果断地说道,"你们不知道我多么希望你们来。我有一个很好的职位——还有机会得到一个更好的,"他继续说下去,脸红得像个大姑娘那样。"我跟你说过的那个多洛雷丝·巴伯,玛格丽特——我只希望你认识她。我相信您一定会喜欢——不,应该说疼爱,喜欢太不够了——您一定会疼爱她,爸爸,要是您认识她的话。

她还不满十八岁,不过要是她再过一年不变心,那么她就要成为我的妻子了。巴伯先生不让我们管它叫作订婚。可是您要是肯来,您会发现除了多洛雷丝以外,到处都是朋友。考虑一下吧,爸爸。玛格丽特,站到我这边来。"

"不——我不再搬动啦。"黑尔先生说,"一次搬动已经使我失去了我的妻子。这一生我不再搬动啦。她就待在这儿。我也就待在这儿度完我的天年。"

"啊,弗雷德里克,"玛格丽特说,"再多给我们说说她的事情。我压根儿没有想到这件事,不过我太高兴啦。你在国外可以有个人爱护你,照应你。把一切全告诉我们吧。"

"首先,她是罗马天主教徒。这是我原来料想会遇到反对的唯一的事。但是爸爸既然已经改变了见解——不,玛格丽特,别叹息。"

在这次谈话结束以前,玛格丽特很有理由稍许再叹息一下。事实上,弗雷德里克本人已经是天主教徒了,虽然这时候他还没有明说出来。父亲脱离国教以后,玛格丽特曾经感到极端烦恼,他在信里那么轻描淡写地表达了一下他的同情,原来这就是原因。本来她还以为这是一个水兵的粗枝大叶,但是实际的情况是,就连那时,他自己也就已经想放弃他曾受了洗礼,给接纳进去的这种形式的宗教了,只不过他的见解倾向于和父亲恰恰相反的方向。这一改变中爱情起了多大的作用,连弗雷德里克本人也没法说。玛格丽特最终放弃了谈论这一问题,回到订婚这件事上去,开始用某种新的眼光去看待它。

"不过,为了她,弗雷德,你一定得想法洗清对你提出的夸大的指控,就算发动兵变的那项罪名是实在的话。如果得进行军法审判,你可以找几个见证人,那么你无论如何总可以表明,你不服从上级命令,因为那项命令发布得很不得当。"

黑尔先生打起精神来听儿子怎么回答。

"第一,玛格丽特,谁去找出我的见证人来呢?他们全是水兵,早给派到其他的船上去了,剩下来的就是参加了或者同情这件事的人,他们的证词不会起多大作用。第二,让我来告诉你,你不知道军事法庭是怎么个情形,你以为它是一个执法的会议,不是它实在是的那么一个组织——一个官方权力所起作用在比重中占十分之九、证据只占十分之一的法庭。在那种情况下,证据本身几乎免不了会受到官方威信的影响。"

"可是试试看可以找出多少证据,罗列出来为你辩白一下,这难道不值得吗?目前,过去知道你的人,都以为你没有一点儿理由,完全是有罪的。你始终没有设法来辩白一下。我们也始终不知道,上哪儿去找为你辩白的证据。现在,为了巴伯小姐,把你的行为在世人眼里尽可能弄得清清楚楚。她也许对这件事并不在意,我相信她一定非常信任你,就和我们一样,不过你不应当让她和一个受到这么重大罪名指控的人结婚,而不向世人确切地表明一下你的立场。你违抗上级——这是很不好的,可是上级滥用权力,你却站在一旁一声不吭,也不行动,那就恶劣上不知多少倍。人家知道你做了什么,但是人家并不知道你的动机。你的动机使你的行为不是犯罪,而是对软弱的人英勇地进行保护。为了多洛雷丝,你应当让他们知道。"

"可是我得怎样让他们知道呢?即使我可以请来一大批说实话的证人,我自己向军事法庭去投案,我也无法充分相信将来审判我的那些法官是廉洁公正的。我不能差一个敲钟报事的人出去,在街上大喊大叫,说明你乐意称之为我的英勇事迹的那种行为。那件事过去了这么许多年,没有人肯读一篇自我辩白的小册子,即使我写出一篇来的话。"

"关于你摆脱罪责的机会,你要找一个律师谈谈吗?"玛格丽特脸色变得很红,抬起眼来问。

"我非得先见到我的律师,看看他是什么样子,我是不是喜欢他,然后再把实情告诉他。许多没有生意的律师也许会心地不正,想着他只要采取一个有利的行动——向司法当局检举我这个罪犯——就可以轻而易举地得到一百英镑。"

"胡扯啦,弗雷德里克!——我认识一个律师,他的正直是可以信赖的,他在业务方面的精明,也是人家大加夸赞的,而且我想,他对——对肖姨妈的任何亲戚都会大大出力的。我说的就是亨利·伦诺克斯先生,爸爸。"

"我想这倒是个好主意。"黑尔先生说,"不过不要提出什么意见来,使弗雷德里克在英国多耽搁下去。为了你们的母亲,不要提出来。"

"你可以搭乘明儿晚上的夜车到伦敦去。"玛格丽特对自己的计划热衷起来,这么说下去,"爸爸,我恐怕他明儿非走不可啦,"她温柔地说,"因为贝尔先生,还因为狄克逊的那个讨厌的熟人。这事我们已经安排定了。"

"对。我明儿非走不可啦。"弗雷德里克坚决地说。

黑尔先生苦哼了一声,"和你再分开我很难受,可是只要你待在这儿,我又忧虑烦恼。"

"哦,那么,"玛格丽特说,"先听听我的计划。他星期五一早到达伦敦。我来——你可以——不啊!还是我来写一封信交给他带去给伦诺克斯先生,这样比较好。你在圣堂内他的事务所里会找到他的。"

"我来把'奥利安号'上我记得起的人的姓名开一张名单。我可以请他去把这些人找出来。他是伊迪丝丈夫的胞兄,是吗?我记得你在信上提到过他。我有钱在巴伯的手里。倘使有成功的希望,我可以付一大笔账款。亲爱的爸爸,这笔钱我原来是想作一个不同的用途的,所以只当是我向您和玛格丽特借的。"

"别这样。"玛格丽特说,"要是这样,你就不肯用它来试试啦。这是试试运气,只不过很值得一试。你从伦敦就和从利物浦一样,也可以搭上船吧?"

"当然啦,小傻子。不论在哪儿我觉得跳板下面有水在汹涌起伏,我在那儿就觉得很自在。我会搭上一条船,载着我走的,你们别担心。既然一方面离开了你们,一方面又离开了另外那个人,我在伦敦不会待上二十四小时的。"

玛格丽特写信给伦诺克斯先生时,弗雷德里克想到从她肩后来看看,这使玛格丽特感到相当快慰。他和伦诺克斯先生的交往,结果发生了那样一件事,使双方都很不痛快。现在,由她首先来恢复这种交往,她感到相当窘。如果不是弗雷德里克这样看着,迫使她从容简洁地写了下去,她也许会为许多词一再踌躇,对许多话的选用感到为难了。然而,她甚至还没有来得及看上一遍,信已经从她手里拿走,收进了一只皮夹。这时候,一长绺黑发从皮夹里落下,弗雷德里克一看到它,高兴得两眼闪亮起来。

"你乐意看看这个吗?"他说,"不!你一定得等着看到她本人。她太完美了,不是凭什么片断的东西可以知道的。任何一块普通的砖,绝不是我的王宫建筑的样本。"

第七章　飞来横祸

怎么！仍然要遭到
告发——也许还遭到锁链的拖曳。

《沃纳》①

第二天,他们整天坐在一块儿——他们三个人。黑尔先生简直不大说话,除非孩子们问他什么,——可以说是迫使他回到现实生活中来。他们已经不再看得出或是听得出弗雷德里克的伤心了,感情的第一阵发作已经过去。现在,他因为自己给感情那么打垮了,还觉得很羞愧。虽然他失去母亲所感到的伤心是一种真挚的感情,毕生都不会消失的,但是他却从此不再去提起它了。玛格丽特开头尽管不十分激动,这时候却愈来愈痛苦了。有时,她狠狠哭上一阵。她的态度,就连在讲到不相干的事情时,也有一种悲伤、温柔的神气,而遇到她望着弗雷德里克时,这种神气更为强烈,因为她想到他很快就要离开了。不管她为了自己,对他的离去觉得多么伤感,可是为了父亲,她却很高兴他这就要走。黑尔先生这几天一直在惊恐忧虑中生活,唯恐儿子被人发现后逮住。这种惊恐远远超出了儿子在家给予他的乐趣。自从黑尔太太去世以后,他的紧张不安有所增加,这大概是因为他一心尽想着这件事。他听到所有不寻常的声音总惊吓起来,而且除非弗雷德里克坐在人家一走进房不会马上就看到的地方,要不然他便会一直感到不安。快到傍晚,他说:

"你陪弗雷德里克一块儿上车站去,好吗,玛格丽特?我想知道他安安稳稳地离开了。你至少会回来告诉我,他已经离开了米尔顿,是不

---

① 《沃纳》(*Werner*):英国诗人拜伦1823年发表的一个剧本,引文见第五幕第二场。

是呢?"

"当然啦,"玛格丽特说,"只要我不在家您不觉得寂寞的话,爸爸,我很乐意去送他。"

"我不寂寞,我不寂寞!除非你告诉我你看见他上车走了,否则我会老想着有人认出了他,他给截住了。你们到奥特伍德车站去。它也相当近,四周人又不太多。乘一辆出租马车上那儿去。这样他给人看见的危险就比较小。你的火车几点钟开,弗雷德?"

"六点十分,天色几乎全黑了。你怎么办呢,玛格丽特?"

"噢。我有办法。我已经变得很勇敢、很坚强啦。如果天全黑了,回家的路上一路灯光全很亮。上星期,我比这时间晚得多也出去过。"

当别离——弗雷德里克跟去世的母亲和生存的父亲的别离——过去以后,玛格丽特感到很快慰。她催促弗雷德里克赶快坐上出租马车,以便缩短那个场面的时间,因为她看出来,那个场面对父亲十分痛苦。父亲在儿子最后看上母亲一眼时,一直陪伴着儿子。部分由于这一点,部分由于《铁路指南》上对于火车到达小站的时刻常出差错,他们到达奥特伍德时,发觉还有将近二十分钟。售票处还没有开门,所以他们甚至连车票也不能买。因此,他们走下通往铁路下面平地上去的那道石级。那儿有一条很阔的煤屑路,斜越过马车道旁边的一片田野。他们在火车还没有到站的那几分钟里就在那儿踱来踱去。

玛格丽特一手挽着弗雷德里克的胳膊。他很亲热地握着她的手。

"玛格丽特!我这就去找伦诺克斯先生商议一下,看看有没有机会辩明我没有罪,这样我乐意什么时候回英国来,就可以什么时候回来。这主要是为了你,而不是为了哪个别人。要是父亲遭到什么事,想着你孤零零的情况,我实在受不了。父亲的神气大变了样——他受到了极大的打击。为了许许多多原因,我希望你能使他考虑一下到加的斯来的那个计划。万一他蒙主召,走了,你怎么办?你在附近又没有朋友。我们的亲戚又非常少。"

过去几个月的烦愁对黑尔先生产生了那么强烈的影响,所以玛格丽特自己也觉得,弗雷德里克这么亲切而忧虑地向她提起的这件事,并不是完全不可能的,因此她对他这种亲切忧虑几乎忍不住要哭出来。

但是她极力定住了神,说:

"过去这两年,我的生活里有了些这么奇怪而又意想不到的变化,因此我特别觉得,过分认真地去估计万一往后有件什么事发生了,我该怎么办,那是不大值得的。我尽力只想到眼前。"她停住了。有一会儿,他们静静地站在从田野跨上大道的石磴①边上。落日的斜阳照到了他们的脸上。弗雷德里克握着她的手,关切而愁闷地盯视她的脸,从她的脸上看出了比她肯用语言表达出的更多的忧虑烦恼。这时候,她往下说道:

"我们常常通信。我保证——因为我瞧这可以使你放心——我保证把我的一切烦心事全告诉你。爸爸是……"她微微怔了一下,几乎看不出地微微一怔——不过弗雷德里克却感觉到了他握着的那只手突然的一动,于是转过脸望着大道。一个骑马的人骑着马缓缓走来,正经过他们站在一旁的那处石磴。玛格丽特欠了欠身,对方也硬僵僵地回了一礼。

"这是什么人?"弗雷德里克几乎在他还听得见的时候就这么问。

玛格丽特有点儿沮丧,又有点儿激动地回答道:"这是桑顿先生,你早先瞧见过他,你知道。"

"只瞧见过背部。他这个人样子不大讨人喜欢。脸绷成那样!"

"出了一件事使他有点儿气恼。"玛格丽特解释说,"你要是看见他对妈妈的样子,就不会认为他不讨人喜欢了。"

"我想现在是该去买车票的时候了。我要是知道天色会变得这么黑,我们就不把马车打发走了,玛格丽特。"

"噢,别为这件事不安。我要是乐意,在这儿也可以叫一辆出租马车,再不然就乘火车回去,那么由米尔顿车站走回家,一路上尽是店铺、行人和灯光。别老想到我,自己多保重。我想到伦纳兹也许会和你同乘坐一列火车,心里就不自在。你走进车厢前,先仔细看看。"

他们回到车站上。玛格丽特坚持要走进车站里闪亮的煤气灯灯光下去替他买票。有几个样子很懒散的青年人正跟站长一块儿在那儿闲

---

① 指特地造来供人跨越树篱或围墙的石磴。

混。有一个毫不掩饰自己对玛格丽特的爱慕,相当无礼地瞪眼望着她。玛格丽特认为她以前看见过那张脸,于是气恼而又庄重、高傲地回望了他一眼。她急忙回到站在车站外面的哥哥那儿去,挽住了他的胳膊。"你把你的包拿好了吗?我们在这儿月台上走走。"她说,心里想到自己这么快就要给单独撇下,不禁有点儿发慌,她的勇气比自己乐意承认的还要快就泄掉了。她听见有个脚步声沿着那些石板跟随着他们。当他们停下,沿着铁路线向远处张望,听着驶近的火车的隆隆声时,那个脚步声也停住了。他们满腹心思,彼此都没有说话。再过一刹那,火车就到站了。再隔一会儿,他就走了。玛格丽特几乎后悔自己那么急切地恳求他到伦敦去,这样做是在他的道路上设置下更多的被人发觉的机会。如果他由利物浦乘船去西班牙,那么他在两三小时内就可以离开了。

弗雷德里克回过身,正对着煤气灯,这当儿灯火通明闪亮,期待着火车的到来。一个身穿铁路搬运工人服装的人突然走上前。他是一个样子很讨厌的人,似乎喝醉了酒,变得很蛮横,虽然他的神志明明很清楚。

"对不住,小姐!"他说,同时很粗鲁地把玛格丽特往旁边一推,一把揪住了弗雷德里克的衣领。

"你大概姓黑尔吧?"

说时迟那时快——玛格丽特并没有看清是怎么回事,因为一切全在她的眼前晃动——不过弗雷德里克不知怎么很利落地一摔把那个人摔翻了。月台比那片松软的土地高出三四英尺,他从月台上跌下去,跌到了铁路旁边,就那样躺在那儿。

"快跑,快跑!"玛格丽特喘息着说,"火车到站啦,是伦纳兹,对吗?哦,快跑!我来提着你的包。"说着,她抓住他的胳膊,用自己微弱的气力推着他向前跑。一节车厢的车门打开——他跳上了车。在他探身出来说,"愿上帝降福给你,玛格丽特!"时,火车掠过了她,又驶走了。她给撇了下来,独个儿站在那儿,人感到十分虚弱,十分不适,因此她对于自己能走进妇女候车室,坐下一会儿,觉得很高兴。开头,她除了喘息以外,什么事也不能做。一切全那么匆促,是一场令人非常厌恶的惊慌,一次千钧一发的逃脱。如果当时火车还没有到站,那个人就会又跳起来,叫人帮着逮弗雷德里克了。她心里想着,不知那个人有没有爬起身,她竭力去回想,自己看没看见他动弹,她不知道他会不会受了重伤。这时候,她鼓足勇气走了出去,月台上还是灯火通明,不过空空荡荡的。她走到月台尽头,有点儿害怕地四下看看。四下里一个人也没有,她对于自己强行走去查看一下感到很高兴,因为要不然她在梦中就会经常有些可怕的想头了。就连这样,她还是浑身哆嗦,心惊肉跳,因此她觉得无法顺着大道走回家去。在她从灯火通明的车站上凝视着大道时,大道似乎黑暗、冷清。她要等到下行的火车驶过时搭上车去。但是如果伦纳兹认出她是弗雷德里克的同伴,那可怎么好!她四下细看看,才大胆走进售票处去买票。只有几个铁路职员站在那儿,大声地彼此交谈。

"这么说,伦纳兹又喝酒啦!"一个似乎是主管的人说,"这回,他得靠他自己老吹嘘的那种势力,才能保住他的工作了。"

"他在哪儿?"另一个人问。这时候玛格丽特背对着他们,用哆哆嗦嗦的手指数着找的零钱,她在听到人家回答这句话以前,不敢回过身去。

"我不知道。不到五分钟以前,他走进来,破口烂骂,说了一大篇关于他摔了一跤的话,又要向我借点儿钱,搭乘下一班上行的火车到伦敦去。他作出了种种醉鬼的保证,可是我才没那么多闲工夫去听他的哩。我叫他去忙他自己的活儿,他就由正门走出去了。"

"他管保在最近的小酒店里。"第一个人说,"你的钱也会花在那儿的,要是你是个大傻子,把钱借给他的话。"

"我才不会哩!我很知道他说的去伦敦是什么意思。嗐,上次那五先令,他始终就没有还给我……"他们就这样继续说下去。

现在,玛格丽特最关心的事就是希望火车快来了。她再一次躲进妇女候车室去,把种种声音都想象成是伦纳兹的脚步声——一切响亮喧闹的说话声都是他的。可是在一列火车停下以前,没有人走近她。一个搬运工人彬彬有礼地把她搀扶上了一节车厢。在车子开动以前,她一直不敢看那个人的脸,后来才瞧见他并不是伦纳兹。

第八章 安 宁

> 在你冰凉的床上,我亲爱的,继续睡吧,
> 决不要烦恼!
> 容我最后说声"晚安"——在我赶来
> 与你同命运之前,你不会醒来。
>
> 金博士[①]

在这场惊恐和喧扰纷乱之后,家里似乎异常清静。她父亲在她回来以前,照料着为她的茶点做了适当的安排,接着又在他惯常坐的椅子上坐下,陷入了一场他的那种伤心的冥想。狄克逊把玛丽·希金斯找来,在厨房里听候她叱责和吩咐。她的叱责和先前一样沉着有力,因为她是用愤怒的低声发出的。她认为只要去世的人还躺在屋子里,出声地讲话就会是大不敬的。玛格丽特决定不把临了的那场最大的惊恐告诉她父亲。这会儿去讲到它是无益的,它已经很好地结束了。唯一令人担心的事是,万一伦纳兹好歹借到足够的钱,可以实现他的目的,跟踪弗雷德里克去伦敦,在那儿把他寻找出来。不过阻止这样一项计划成功的可能性还是非常大。玛格丽特决计不去想自己无法做什么来防止的意外事故,以折磨她自己。弗雷德里克不用她提醒,也会留神提防的。他至多在一两天内就会平安无事地离开英国了。

"我猜我们明儿就会收到贝尔先生的消息了。"玛格丽特说。

"是呀,"父亲回答,"我想是这样。"

"如果他能来,明儿晚上大概就会到。"

[①] 金博士(Dr. Henry King, 1592—1669):英国奇切斯特的主教、诗人。引文见他的《葬礼》(*An Exeguy*)。

"如果他不能来,我就请桑顿先生陪我一块儿去办理下葬的事。我不能独个儿去。我会完全控制不住自己的情感的。"

"别找桑顿先生,爸爸。让我陪您一块儿去。"玛格丽特急促地说。

"你!亲爱的,女人一般总不去的。"

"是的,因为女人控制不住自己的情感,可是流露出来后,又觉得很害臊。贫穷的女人可去,如果人家看见她们悲恸欲绝,她们也不在意。不过我向您保证,爸爸,要是您让我去,我决不会使您为难的。别找个外人,把我撇在一旁。亲爱的爸爸!要是贝尔先生不能来,我就去。要是他来,我决不会违背您的意思,硬要去的。"

贝尔先生患了痛风,不能前来。那是一封十分亲切的信,对自己不能前来参加,表示了莫大的、诚挚的歉意。他希望不久能来看望他们,如果他们乐意接待他的话。他在米尔顿的产业也需要一些照料,他的代理人曾经写信给他说,他本人来一趟是绝对必要的。原来,他总尽可能避免走近米尔顿,现在,使他肯作这次必要的访问的唯一事情就是想到,他会见到,也许还可以安慰一下,他的老朋友。

玛格丽特费了极大的力,想说动父亲不去邀请桑顿先生。她说不出自己多么厌恶采取这样一步。下葬的前一天,桑顿太太写了一封郑重的信给黑尔小姐,说根据她儿子的意思,他们将派马车送葬,倘使这样做不使他们家感到不合意的话。玛格丽特把信掷给父亲看。

"嗳,咱们不要这些虚礼节。"她说,"咱们——您和我,爸爸——独自去。他们并不关心我们,要不然他会提议亲自去,而不会提出派一辆空马车去了。"

"你好像极端反对他去,玛格丽特。"黑尔先生有点儿惊讶地说。

"我是这样。我压根儿不想要他去,特别不喜欢邀他一块儿去的这个主意。不过这似乎是对哀悼的莫大的嘲弄,我可没有料到他会这样。"她突然落下泪来,使她父亲大吃了一惊。她先前一直那样抑制住自己的伤心,那样体贴别人,在件件事上全那样温和而有耐心,因此他不明白她这天晚上为什么这么急躁不耐。她似乎烦恼不安,而且这回尽管轮到她父亲来对她万般安慰,她却哭得更加伤心。

那一夜,她睡得非常不好,所以对于弗雷德里克写来的一封信引起的分外忧虑,几乎毫无准备。伦诺克斯先生当时不在京城里,他的办事员说,他最迟下星期二就回来,很可能星期一就到家。因此,弗雷德里克经过一番考虑以后,决计在伦敦多待上一两天。他本来想再回到米尔顿来的,这股诱惑力很强,但是想到贝尔先生住在父亲的宅子里,又想到在车站上最后一刹那受到的惊恐,他决心还是待在伦敦吧。玛格丽特可以放心,他会采取种种办法提防伦纳兹跟踪他的。玛格丽特觉得很快慰,她收到这封信的时候,父亲正在母亲的房间里。倘使他在场,他就会指望她大声念给他听,那一来就会在他心里引起一种惊慌紧张的情绪,她会发现自己简直无法加以宽慰。信上不仅有使她异常烦恼的弗雷德里克在伦敦逗留下的这一事实,而且还暗暗提到在米尔顿的最后一刻有人认出他来,以及那个人可能跟踪他,这使她浑身都变凉了。那对父亲会有什么影响呢?好多次,玛格丽特都为自己提议并怂恿他去请教伦诺克斯先生的这项计划感到后悔。当时,这项计划似乎不会造成多少耽延——他被人发觉的机会本来就似乎很小,这样也不会增加上多少,然而最近发生的一切全使这项计划显得如此不妥。不过现在后悔已经于事无补了,所以她拼命抑制住这种后悔,这种自怨自艾。她当时说出那一番话来显得很聪明,后来的一些事情却证明那些话是十分愚蠢的。父亲身心两方面全过分沮丧,不能健全地进行挣扎。这些事情都已经无法挽回,可是他却会被这些使人感到万分遗憾的事压垮。玛格丽特鼓起全身的力量来支持着自己。父亲似乎忘了,他们那天上午有理由指望收到弗雷德里克的来信。他心里当时只专注在一件事上——妻子存在的最后一点儿可见的形迹,即将从他身旁抬走,使他看不见了。在殡仪馆的人来给他整一整身上的黑纱时,他很可怜地不住颤抖,急切地望着玛格丽特。等人家放开他以后,他蹒跚地朝她走去,嘟哝说,"替我祈祷,玛格丽特。我身上一点儿气力也没有啦。我无法祈祷。我放开了她,因为我非放开不可。我极力容忍着,说真的,我是竭力容忍着。我知道这是上帝的意愿。但是我无法明白她为什么要死。替我祈祷,玛格丽特,这样我可以有信心祈祷。这是一种莫大的痛苦,孩子。"

玛格丽特在马车里坐在他身旁,几乎把他抱在怀里来支撑着他,一面念着她记得起的所有那些崇高神圣、使人宽慰的诗句,或是表示虔诚恭顺的经文。她的声音始终没有打战,她自己还从做着这件事中得到了力量。父亲的嘴也跟着她动,重复念着她的背诵使他想起的那些熟悉的经文来。看着他耐心地挣扎着,想获得他心里没有力量接受下的那分恭顺,这是使人痛苦的。

尼古拉斯·希金斯和他女儿孤单单地站在稍远一点的地方,不过对葬礼的仪式却全神贯注。狄克逊用手微微指了指,使玛格丽特注意到他们,这时候玛格丽特正忍不住要哭出来了。尼古拉斯穿着他平日穿的粗斜纹布衣服,帽子上缝了一小块黑布——这是他连对女儿贝西的去世也没有作出过的哀悼的表示。但是黑尔先生却什么也没有看见。主持葬礼的牧师读着殡葬的经文,黑尔先生机械般地跟着他读了一遍。等仪式结束以后,他叹息了两三声,接着一手抓住玛格丽特的胳膊,默默无语地要求她把他领开,仿佛他是个瞎子,而她是他的忠实的向导似的。

狄克逊大声地呜咽。她用手绢遮着脸,一心尽想到自己的悲恸,并没有看到这种时刻聚集而来的那群人正在渐渐散去。后来,她身旁的一个人对她说了一句话。原来是桑顿先生。他一直都低下头站在一群人的身后,因此,事实上,谁也没有认出他来。

"很对不住,——你能告诉我黑尔先生好吗?还有黑尔小姐?我很想知道他们两人身体都好。"

"当然啦,桑顿先生。他们的情形是可以料想到的。姑老爷完全垮了。黑尔小姐比料想的要经受得起点儿。"

桑顿先生宁愿听见她像正常的那样,感到万分悲痛。首先,他相当自私,乐意想到自己的伟大爱情可以有机会起到安慰她的作用。当一个精神萎靡的婴孩儿紧紧偎着他的母亲,件件事都依赖母亲时,母亲心里也会感到几乎同样奇怪而热烈的喜悦。可是他想到仅仅几天以前自己在奥特伍德车站附近看到的那一幕,心头的这个本来可能会实现的美妙的幻象——尽管他遭到玛格丽特的拒绝,他本来还是会沉迷在这种幻象里的——便受到了极大的妨碍。"极大的妨碍!"这么说还不够强有力。他经常想起那个漂亮的年轻小伙子,玛格丽特当时正态度十分亲密地和他站在一起。这个回忆像一阵剧痛那样掠过了他,使他把两手紧紧攥起,以便把这种痛苦抑制下去。在那么迟的时刻,待在离家那么远的地方!他需要在精神上作出极大的努力,去激发起自己对玛格丽特这位纯洁、优美的少女的信心——这种信心前不久还是不可动摇的;可是只要他的这种努力一中止,他的信心马上消失了,变得一点儿力量也没有。种种杂乱的奇想像噩梦那样,互相追逐着掠过了他的心头。方才又听到了一件令人痛苦糟心的小事:她在这种悲痛下,"比料想的要经受得起点儿"。这么说,她抱有某种希望,这种希望十分光明,就连在她的富有情感的个性中,也可以来照亮一个新近失去了母亲的女儿的黑暗时刻。是啊!他知道她会怎样去爱。他先前曾经爱过她,本能上完全意识到她能怎样去爱。如果有任何男人凭他恋爱的能力,值得获得她的爱情,那么她的心灵便会光明正大地坦然显露。就连在悲伤中,她也会带着平静的信心从他的同情中得到安宁。他的同情!谁的同情?那另一个男人的。是另一个男人的同情这一点,就足以使桑顿先生听到狄克逊的回答以后,苍白严肃的脸上变得加倍暗淡而严厉了。

"我想我可以来拜访吧?"他冷冷地说,"我是说来拜访黑尔先生。他过了明后天也许会接见我。"

他这么讲,仿佛回答对他无关紧要似的。但是事实上又并非如此。尽管他感到痛苦,他却渴望见到造成这份痛苦的那个人。他虽然有时候想到那种温柔亲切的态度和当时的种种情况,不禁要恨玛格丽特,可是他又急切地希望在心头上重新印上她的倩影——渴想着她所呼吸的那种气氛。他陷在热恋的大旋涡①中,不可避免地要旋转得愈来愈接近那个倒霉的中心。

"姑老爷也许乐意见您,桑顿先生。前一天,他不得不挡驾,自己觉得很抱歉,不过那会儿情况是不很合适。"

不知为了什么原因,狄克逊始终没有向玛格丽特提起她和桑顿先生的这次谈话。也许,这只是偶然不巧,不过玛格丽特却始终没有听说他曾经来参加过她母亲的葬礼。

---

① 原文为 Charybdis,据希腊神话,是意大利墨西拿海峡内的一处大旋涡。

第九章 真与伪

真理永远、永远不会使你失望！
尽管你的小舟遭到暴风的吹打，
尽管每块船板都折裂敲碎，
真理将载着你长此前往！

佚名

所谓"比料想的要经受得起点儿"，实际上使玛格丽特费了莫大的气力。有时候，甚至在她表面上高高兴兴和父亲谈话时，她会突然一下强烈地意识到，自己已经失去了母亲，于是想到自己非垮下去，痛哭失声不可。她为弗雷德里克也感到十分不安。星期日停止分发邮件①，耽搁了伦敦寄来的信件。可是到星期二，玛格丽特发觉仍然没有信来，心里便觉得惊讶、沮丧。她对他的计划一无所知，父亲则对这种捉摸不定感到痛苦。他新近习以为常，总在一张安乐椅上静静地一坐就是大半天。这件事竟然打断了他新近的这种习惯。他在房间里踅来踅去，然后走出房。她听见他在楼梯上面显然毫无目的地把睡房的房门推开又关上，玛格丽特高声朗读，想使他安定下来，但是很明白，他不能长时间静听。她和弗雷德里克碰见了伦纳兹，产生了令人分外焦虑的原因，不过这种原因她并没有告诉他，这使她多么庆幸啊！她听说桑顿先生前来拜访，也觉得很高兴。他的来访会使父亲的思想不得不转到另一个方向去。

桑顿先生直接走到了她父亲的面前，抓起他的两手，一语不发地紧紧握了握——他握住了一两分钟，脸上、眼睛里和神色方面全表达出了

---

① 星期日是休息日，停止分发邮件，所以星期六较晚发出的信，要到星期一才分发。

语言所不能表达出的那么多同情。接下去,他转脸对着玛格丽特。她并不显得"比料想的好"。端丽的姿色,因为长时间照料病人和多次淌眼抹泪,显得暗淡失色了。脸上的神气是温和的、耐心而又哀伤的——哦,不,是当前内心肯定还在十分痛苦的神气。他本来只打算以新近故意做出的那种冷漠的态度去招呼她,可是由于她站在稍远一点儿的地方,他不由得只好走到了她的面前。她因为他新近的态度使人捉摸不定而有点儿畏怯,只用那么柔和的声音说了几句必要的客套话,同时两眼里充满了泪水,所以只好把脸避开,掩饰起自己的情感。她拿起她的活计,静悄悄地坐下,一语不发。桑顿先生的心跳得又急又有力,这时候他把奥特伍德小路上的那件事完全忘了。他找话和黑尔先生谈。他的到来一向总给黑尔先生带来某种乐趣,因为他的精力与决心使他,以及他的见解,成为一个安全可靠的避风港,这次,如同玛格丽特看出来的,更使父亲觉得分外愉快。

不一会儿,狄克逊走到房门口来,说:"黑尔小姐,你来一下。"

狄克逊的态度那么慌慌张张,所以玛格丽特心头变得很不自在。是弗雷德遭到了什么事了。她对这一点毫不怀疑。父亲和桑顿先生正专心致志地在谈天,这倒很好。

"什么事,狄克逊?"玛格丽特把客厅的门关上以后,立刻这么问。

"上这儿来,小姐。"狄克逊推开玛格丽特睡房的房门,说。这间房本来是黑尔太太的,在黑尔太太去世以后,黑尔先生不肯再住在那里了。"没什么,小姐,"狄克逊有点儿哽噎地说,"不过是一个警官。他想要见你,小姐。不过我猜压根儿没什么大事。"

"他提到……"玛格丽特声音几乎听不大见地问。

"没有,小姐,他没有提到谁。他就问你是否住在这儿,他可不可以跟你谈谈。马撒去开的门,领他进来的。她把他带进了姑老爷的书房。我亲自去见他,想试试看那样成不成,可是没用——他要见的是你,小姐。"

玛格丽特在把手放到书房门钮上以前,没再说话。到那儿,她回过身说,"照料着别让爸爸下楼来。桑顿先生这会儿正在和他谈天。"

在她走进书房时,警官几乎给她那种高傲的态度威慑住了。她脸上露出了几分愤慨的神色,不过却尽量抑制下去,因而使她有了一种轻蔑傲慢的神气。她并没有感到惊讶,也没有觉得好奇,就站在那儿等候他开始谈他的公事。她一句话也没有问。

"很对不住,小姐,我的职责使我不得不来问您几个很简单的问题。有一个男人因为摔了一跤,在医院里死了。他是在本月二十六日星期四傍晚五点到六点间在奥特伍德车站那儿给人摔倒的。当时,那一跤似乎并没有多大影响,可是大夫们说,由于内部本来就有的一种毛病和这个人自身爱喝酒的习惯,那一跤竟然是致命的。"

那双乌黑的大眼睛本来笔直地凝视着警官的脸,这会儿稍许张大了点儿。除此之外,他的老练的观察力并看不出什么动静。由于肌肉用力、紧张,她的嘴唇嘟了出来,显得比平日更为卷曲,但是他并不知道她嘴唇平日的样子,无法看出那些坚定、果敢的线条中那种异常愠怒、盛气凌人的神情。她始终没有畏缩或是颤抖,只把目光盯视着他。这时——因为他停顿了一下,没再往下说,她就仿佛鼓励他把事情讲完那样,说道——"哦——往下说呀!"

"据信不得不进行一次验尸调查。有一点小证据证明,造成那次摔跤的是有人打了他,推了他,或者和他扭打了一下,因为这个死去的人酒喝得半醉,对一位年轻的女士粗鲁无礼。有个男人当时正陪着那位女士在走,他把死者推下了月台。月台上另外有一个人看到了这一切,不过事后也就没再去想到这件事,因为推上那么一下似乎并没多大道理。我们有某种理由认为那位女士就是您。要是这样……"

"我当时并不在那儿。"玛格丽特带着梦游人的那种无知无觉的神色说,仍旧用那双毫无表情的眼睛盯视着他的脸。

警官哈了哈腰,并没有说话。他眼前站着的这个女人没有露出一丝情感,没有露出一点儿慌张畏惧的神色,也没有急于想要结束这次会谈的意思。他得到的情报相当含糊。有个搬运工人奔出来,准备迎接那列火车,他看见了月台另一头伦纳兹和一位先生之间的一场扭打,不过并没有听见争吵声。那位先生是由一个女人陪着。等火车重新开动,还没有全速行驶以前,这个搬运工人险些儿给盛怒的、酩酊的伦纳兹撞倒。伦纳兹拼命奔跑,嘴里恶狠狠地又咒又骂。那个搬运工人没再去想这件事,直到警官去问出了他的证词。警官到车站去进一步作了一些调查之后,从站长那儿听说有个年轻的女人和一位先生那时刻曾经待在那儿——那个女人长得特别俊俏——还说据当时在场的一个食品商的店伙计讲,那个女人就是住在克兰普顿的一位黑尔小姐,她们家常到他的铺子去买东西。他并不能肯定这对男女正是上述那一对,不过还是很有这种可能的。伦纳兹本人又气又痛,简直有点儿要发疯了。他随即跑到最近的小酒店去寻求安慰,那里的忙忙碌碌的跑堂的,并没有在意他醉醺醺的讲话。然而,他们记起,他曾经一下坐正,咒骂自己没有早点儿想到去打电报——不知为了一个什么目的。他们相信,他离开酒店就是想去打电报的。路上,他不知是由于疼痛还是由于酒醉,在大道上躺下了。警察在大道上发现了他,把他送进了医院。在医院里,他神志始终没有完全恢复过来,没有能对他的摔跤叙说清楚,尽管有一两次,他稍许有点儿清醒,所以警方把最近的治安法官找去,希望他也许能够记录下垂死的人对自己死亡原因的证词。可是等治安法官来到以后,他正胡扯着航海的事,把舰长和军官的姓名和其他铁路搬运工人的姓名不清不楚地搅和到了一起。他临死前的一句话是诅咒那手"康沃尔鬼招式"①,结果,据他说,使他更穷,没得到原来该得到的一百英镑。警官心里把这一切仔细考虑了一下——证明玛格丽特当时在车站上的证据这么含糊——她对这样一个推测又这么镇定爽利地加以否认。她站在那儿,显得十分安详,静等着听他接下去要说的话。

"那么,小姐,您否认您就是陪同那位打人的先生的那位女士啰?那位先生么一打或是一推,结果使这个可怜人送了性命。"

玛格丽特的头脑里猛地起了一阵剧烈的疼痛。"上帝啊!但愿我知道弗雷德里克很安全!"一个善于很透彻地观察别人脸色的人,可能会看到一阵痛苦的神色刹那间从那双幽暗的大眼睛里闪射出来,像一个陷入困境的动物所感到的折磨。但是这位警官虽然目光锐利,却不是一个很透彻的观察人。不过这句答话的方式却使他心头一动,因为

---

① 康沃尔(Cornwall)是英格兰西南部的一郡,当地人以摔跤比赛闻名。这里是指弗雷德里克把他打倒而言。

她的回答听起来就像是无意识地重复一遍她最初的那句答复——形式上并没有改变一下来回答他最后问的这句话。

"我当时并不在那儿。"她慢吞吞地、迟钝地说。这时候,她始终没有闭上眼睛,或是停止那样失神地、梦幻般地朝前瞪视。这样呆板地重说上一遍她先前的那句否认的话,马上引起了他的疑心。这就仿佛她在强迫自己说一句谎话,心头又十分震惊,根本没有能力来改变一下。

他很精细地把自己的笔记簿收起来,然后抬起脸。她一动也没有动,就像是埃及的一座大塑像那样。

"我要是说我也许会再来找您,希望您别认为我不礼貌。我也许不得不在验尸调查时传您到场,证明您当时不在现场,倘使我的证人们"(其实只有一个人认识她)"坚持作证说,在那件不幸的事情发生时,您是在场的话。"他目光炯炯地望着她。她仍然十分平静——高傲的脸上毫不改色,也没有一丝较为黯然的有罪的阴影。他认为曾经看见她畏缩了一下,他真不知道玛格丽特·黑尔的为人。她的庄重安详的神气使他有点儿困窘。这一定是认错了人啦。他于是往下说道:

"我也不大可能会硬做什么那样的事,小姐。我希望您会原谅我,我不过是尽我的职责,虽然这样是会显得很不礼貌的。"

玛格丽特在他朝门口走去时,点了点头。她的嘴唇焦干僵硬,甚至无法说出普通送别的话来。但是突然,她朝前走去,拉开书房房门,在他前面领路走到前门口,把前门打开,让他走了出去。她两眼仍旧呆板、凝滞地盯视着他,直到他完全离开了他们的宅子。她关上前门,朝书房走去,半路上又回过身,仿佛被某种一时的激情驱使着,去从门里把前门锁上。

随后,她走进书房,停了下来——趔趔趄趄地朝前走了几步——又停下来——在她站的地方晃动了一下,完全昏晕过去,扑跌在地板上。

第十章　赎　罪

再没有什么比这编造得更精细,
但它依然暴露在光天化日之下。

桑顿先生继续坐下去。他感到自己待在那儿,使黑尔先生觉得很高兴。黑尔先生请他多留一下的那个吞吞吐吐、充满希望的要求——那句可怜巴巴的"再坐一会儿"——也感动了他。他的可怜的朋友时时说出这句话来。玛格丽特没有再回进房来,他感到很纳闷,不过他逗留下去,倒不是为了想再见到她。在这时刻里——当着一个如此彻底地认为世上万事皆空的人的面——他是有理性、有节制的。他对她父亲所说的话深感兴趣。他

说到死亡,说到那种郁闷的暂息,
还说到变得木然的脑力。①

黑尔先生的这些秘密想头,就连对玛格丽特也从来没有说过。桑顿先生的到来怎么会竟然有力量使他吐露出这些思想,这是很奇怪的。是因为玛格丽特的同情心会那么强烈,并会以那么鲜明的方式表现出来,因此他怕它对他自己所起的反作用,还是因为各种各样的怀疑全在这样一个时刻呈现在他的沉思默想的脑子里,大声争辩、喊叫,想要成为确凿的事实,而他知道,玛格丽特会感到畏惧,害怕他竟敢表示出任何这样的怀疑——哦,不,甚至害怕他这个人,因为他竟会抱有这种怀疑——不论原因是什么,他对桑顿先生比对玛格丽特可以较好地吐露出所有那些直到现在一直凝结在他的头脑里的思想、幻觉和疑惧。桑

---

① 这两行诗可能是作者本人所作,待查。

顿先生没说多少话,不过他所说的每一句都增加了黑尔先生对他的依赖与尊重。他在表达某种记忆犹新的痛苦时停顿下来,而桑顿先生用两三个词就会把那句话说完,并且显示出来那句话的意义已经多么深入地得到了理解。一种怀疑——一种忧虑——一种寻求安息而又得不到安息的纷乱不定的想头——使他两眼泪水迷蒙,什么也看不清——而桑顿先生不但没有大吃一惊,反而似乎自己也经历过那种思想过程,可以提出那一线光明究竟该到什么地方去寻找,而那线光明应该可以使黑暗的地方变得清晰。是因为这些吗?桑顿先生虽然是一个实干家,忙于世上的重大战斗,但是尽管他在自己犯下的种种错误中全固执己见,内心里他却有一种极为深厚的信仰,使他信奉上帝,这是黑尔先生做梦也没有想到的。他们从此没有再去谈这种事,不过这一次谈话使他们对彼此都成为特殊的人,把他们俩结合到了一起,那种方式是兴之所至随意地谈谈神圣的事物所不能做到的。要是那么容易闯进去,也就无所谓"至圣殿堂"了!

这时候,玛格丽特一直和死去一样寂静、苍白地倒在书房的地板上!她是在沉重的负担下垮掉了。这个负担既沉重,又在肩头压了那么久。她一直都很温柔、很耐心,直到她的信心突然一下消失了,她白费气力地摸索着,寻求帮助!在她美丽的额头上,有一种可怜的痛苦抽搐的表情,尽管此外并没有任何其他尚有知觉的迹象。那张嘴——一会儿工夫前,还在盛气凌人中那么愠怒地噘了起来——现在却显得青紫而毫无生气。

> E par che de la sua labbia si mova
> Uno spirto soave e pier d'amore,
> Chi va dicendo a l'anima:sospira!①

她苏醒过来的最初征兆,是嘴唇的一下颤动——是默默无声的试图说出一句话来,不过眼睛还是闭着,那一下颤动随即又归于平静。接着,玛格丽特软弱无力地用胳膊撑起身的一刹那,使自己的身体稳住,

---

① 这是引自但丁的诗集《新生》(*La Vita Nuova*,1300?)第二十六章,大意是:"一种温柔的精神,似乎由她的唇间传出,对那个灵魂说,'呼吸!'"

然后才鼓足气力站起身。发梳从头发里落下。她本能地想要消除软弱无力的痕迹,使自己重新显得整洁,于是便去寻找发梳,虽然在寻找中她不得不时时坐下,恢复力气。她的头向前垂下——两手很平和地一只放在另一只上——她尽力去回想自己所受的考验的压力,试图记起使她陷入那样万分惊恐的种种细节,但是她没有能这么做。她心里只明白两个事实——弗雷德里克在伦敦有危险被人家跟踪和发现,认为他不仅犯有过失杀人罪,还是那次兵变更不可宽恕的头领,她为了搭救他,撒了一个谎。这件事里有一点可告慰的地方,她的谎话搭救了他,即令只是多争取到一点儿时间。等她收到渴望的那封信,知道哥哥已经绝对安全以后,那么倘若这个警官明天再来,她就会不顾羞耻,沉痛地进行忏悔——她这个心高气傲的玛格丽特进行忏悔——需要的话,在一个拥挤的法庭上,承认自己曾经像"一条狗,干下了这件事"①。可是如果她还没有收到弗雷德里克的信,他就来了,如果他像他多少是威胁性地所说的,再过几小时就来,那可怎么好!她就会把那个谎话再说上一遍。虽然经过这么糟糕地停下沉思一番,自我责备一番之后,那句话如何能再说出来而不露马脚,她可不知道,也说不上来。不过她重复一遍就会争取到时间——为弗雷德里克争取到时间。

狄克逊走进房来,才把她惊醒。她刚开门送桑顿先生出去。

桑顿先生在街上刚走了不到十步,一辆过路的公共汽车在他身旁停下,一个男人跳下了车,走到他面前,边走过来,边用手碰了碰帽子。原来正是那个警官。

桑顿先生替他在警察局谋到了他的第一个差事,而且不时听说自己保举的人工作方面的进展,但是他们不常见面,所以起先桑顿先生想不起他来了。

"我姓沃森——乔治·沃森,桑顿先生,就是您帮……"

"噢,对!我想起来了。哟,我听说你干得很不错嘛。"

"是的,桑顿先生。我应当谢谢您。不过眼下我是为了一件小公

---

① 《旧约·列王纪》下第八章第十三节:"……你仆人算什么,不过是一条狗,焉能行这大事呢?"这句话大概即本此。

事,这么冒昧地跑来跟您说说。昨儿晚上,有个可怜人在医院里死了。您大概就是到场去记下证词的那位治安法官。"

"不错,"桑顿先生回答,"我去了,听到了一些杂乱无章的陈述,书记官说那没多大用处。我恐怕他不过是个醉汉,虽然他最后无疑是因为暴力致死的。我母亲有个用人大概就和他订了婚。她今儿非常痛苦。他怎么样?"

"哦,桑顿先生,我瞧您刚由那所宅子里走出来。这个人的死亡和那所宅子里的一个人很离奇地搅和到了一起。我相信那是一位黑尔先生的住宅。"

"是呀!"桑顿先生说,同时急骤地转过身,忽然很感兴趣地注视着警官的脸,"是怎么一回事?"

"哦,桑顿先生,在我看来,我掌握着一系列相当清楚的证据,指控那天晚上在奥特伍德车站上陪着黑尔小姐散步的一位先生,就是把伦纳兹打下或推下月台,从而造成他死亡的那人。可是那位年轻的小姐否认她当时在那儿。"

"黑尔小姐否认她当时在那儿!"桑顿先生用改变了的声音重复了一遍,"告诉我是哪天晚上?是什么时候?"

"二十六日星期四晚上,大约六点钟光景。"

他们并排朝前走去,沉默了一两分钟。警官首先开了腔。

"您瞧,桑顿先生,大概要举行一次验尸调查。我找到了一个年轻人,他十分肯定,——至少他开头十分肯定——自从听说那位年轻的小姐否认以后,他说他也不能宣誓证明了,不过他还是相当肯定,认为他当时看见黑尔小姐在车站上,跟一位先生走来走去,时间并不比一个搬运工人看到一场扭打早五分钟。那个工人认为那场扭打,是伦纳兹的冒失无礼所惹起的——然而那场扭打却使伦纳兹摔了一跤,结果导致了他的死亡。我瞥见您刚打那所宅子里走出来,桑顿先生,所以我想也许可以很冒昧地请问您一声,是否——您瞧,处理证人身份有争议的案件一向是很为难的。除非你有强有力的证据,否则你总不乐意去怀疑一位有身份的年轻女士所讲的话。"

"那么她否认那天晚上曾经到车站那儿去了!"桑顿先生用深思的

低声重复了一遍。

"是的,桑顿先生,两次都十分清楚地否认。我告诉她我会再去访问的。我又去问过那个年轻人,他说是她。我由他那儿回来,恰好看见您,所以想着来请教您一下,您既是在伦纳兹临终前看见他的治安法官,又是帮我在警察局找到我的工作的先生。"

"你做得很对。"桑顿先生说,"在我们再见面以前,你不要采取任何步骤。"

"根据我先前所说的话,那位年轻的女士会等着我再去的。"

"我只想让你推迟上一小时。现在是三点。四点钟到我的货栈里来。"

"很好,先生!"

说完,他们分手了。桑顿先生匆匆地赶到他的货栈去,严厉地吩咐他的职员们不准任何人进去打扰他,然后走到自己私人的房间里去,把门锁上。接着,他便很苦闷地埋头细想起来,想到了所有的细节。不到两小时以前,她的眼泪汪汪的形象曾经映在他那坦然不疑而十分平静的心上,使他软弱地可怜她,恋慕起她来,忘却了上次看见她时——和他不认识的那个人——在那样一个时刻——在那样一个地方——曾经在他心里激起的那种剧烈的猜疑和妒忌。现在,他怎样才能使自己镇定下来,恢复那种坦然不疑而十分平静的心情呢!一个那么纯洁的人儿怎么会自贬身份,丢开了自己端庄高尚的举止!可是是端庄的吗——是不是呢?有一刹那——只不过一刹那——他为自己脑子里又不由自主地想念起她来而怨恨自己,然而只要那个念头存在,它就总是以使他为她的形象所吸引的那股强大力量使他心头激动不已。再说,这次撒谎——她必然多么惧怕一件丑事会被暴露出来啊,——因为,说到头,一个像伦纳兹那样的人,酒喝得微醺以后出外寻衅惹事,很可能会使任何人出面毫无保留地公开说明当时的情况是非常正当的!这种畏惧心理必然多么厉害,多么使人毛发悚然,才会使一贯诚实的玛格丽特竟说起谎话来!他几乎有点可怜她。这件事结果会闹成怎样呢?她一定不曾考虑过自己即将碰上的一切,万一举行一次验尸调查,那个年轻人也到场的话。突然,他心头一惊。决不能举行什么验尸调查。他要救一救玛格丽特。他来承担起制止这次验尸调查的责任。由于医生们提出的证据含糊不明(前一晚,他从在场的外科大夫嘴里依稀模糊地听说了),验尸所得的结果只会是令人怀疑的。医生们发现,那个人内部有一种已经十分严重、肯定会致命的毛病。他们曾经说,那一跤或是随后的饮酒与受寒,都可能加快他的死亡。要是他那时知道玛格丽特会牵扯在这件事里——要是他预见到她会说谎去玷污她的纯洁,那么他早就会说一句话来搭救她了,因为就在前一天晚上,调查不调查这个问题本来还是犹豫未决的。黑尔小姐可能爱上另外一个人——待他冷淡、傲慢——但是他还是要忠实地为她出力,决不让她本人知道。他如今也许会看不起她,不过不可以让他先前爱过的女人蒙受耻辱,在一个公开的法庭上,宣誓以后撒谎,再不然站起来承认她有理由希望掩饰真相不让人家知道,这也就是耻辱。

桑顿先生走出房间,穿过那些深感惊讶的职员们中间时,脸色的确显得十分阴沉、严厉。他离开了大约半小时。回来时,脸色几乎和先前同样严厉,虽然他去办的事倒办得很顺当。

他在一张纸条上写了两行,把它放进一只信封,然后封起来,递给一个职员,说:

"我约好沃森——他本来是货栈里的一个打包工,后来当了警察——我约好他四点钟来见我。我刚才遇见利物浦来的一位先生,他希望在离开本市以前会会我。沃森来的时候,代我把这封信交给他。"

信上写的是这样几句话:

> 将不举行任何验尸调查。医生们的证据不足以说明应该举行一次。不要再采取任何进一步的行动。我没去见验尸官,不过我将对此负责。

"嗨,"沃森心里想,"这使我摆脱了一件为难的工作。除了那个年轻的女人外,我的证人似乎没有一个对什么事是十分肯定的。那个女人说的话清楚、明白。铁路上的那个搬运工人看到了一场扭打,或者不如说,当他发觉有可能传他出庭作证时,那就又可能不是一场扭打,只是一场瞎胡闹了,伦纳兹也可能是自己跳下月台的,——他什么事都不愿确认。再说,那个食品店伙计詹宁斯,——哦,他倒没有那么坏,但是在他听说黑尔小姐直截了当地否认了以后,我很怀疑我能不能使他站起来宣誓了。那将是一件繁难的工作,不会令人满意的。现在,我得去告诉他们,不需要他们作证了。"

因此,他当天晚上又去了黑尔先生的家里。父亲和狄克逊本来很想劝说玛格丽特上床就寝的,可是他们俩谁也不知道,她为什么不断地低声拒绝去睡。狄克逊知道了一部分实情——不过只知道了一部分。玛格丽特不肯把自己所说的话告诉任何人,她也没有泄露出伦纳兹从月台上跌下去,送了性命这件事。因此,狄克逊忠心耿耿地催促玛格丽特去安息的同时,又感到十分好奇。玛格丽特躺在沙发上,她的神态极为清楚地表明,她很需要休息。除了他们对她说话以外,否则她就不开腔。她对父亲焦急的神色和亲切的询问竭力想笑笑来回答,但是苍白的嘴非但没有笑出来,反而吐出了一声叹息。因为黑尔先生十分痛苦不安,她最终才同意到自己的睡房去,准备上床就寝。说真的,由于已经九点过了,她正打算放弃警官那天晚上还会再来访问的想法。

她站在父亲的身旁,扶着他的椅背。

"您这就去睡吧,爸爸,好不好?别独个儿坐着不睡。"

他的回答是什么,她并没有听见。那句话在那个轻微得多的短促的声音中淹没了,因为那个声音在她的恐惧下扩大了许多倍,充满了她的脑子。门铃轻轻响了一下。

她亲了亲父亲,快步走下楼去,一分钟以前看见她的人,谁也不会认为她的行动会那么迅速。她撇开了狄克逊。

"别来。我去开门。我知道是他——我能够——我非得亲自去处理。"

"随便你,小姐!"狄克逊烦躁地说,不过一刹那后,她又加说道,"可是你不适合下楼去。你简直没有气力。"

"是吗?"玛格丽特说,同时回过脸,显示出来她两眼里正闪烁着异样的光芒,她的脸蛋儿也激动得发红,尽管嘴唇还是焦干发青。

她替警官把门打开,领着他走进了书房,把蜡烛放在桌子上,小心地把烛花剪去,然后才转过身,面对着他。

"你来得很晚嘛!"她说,"怎么样?"她屏住呼吸,等他答复。

"我很抱歉,造成了一些没必要的麻烦,小姐,因为说到头,他们已经完全放弃了举行一次验尸调查的想法。我还有些其他的工作得做,还得去找一些其他的人,要不然我早就上这儿来了。"

"这么说,这件事结束了,"玛格丽特说,"不再进行什么调查啦?"

"我想桑顿先生的信我还带在身上。"警官忙乱地在笔记本里翻检着,说。

"桑顿先生的信!"玛格丽特说。

"对!他是一位治安法官——噢!在这儿。"她无法看清楚,把信读出来——无法看清楚,尽管她站得靠近蜡烛,她却无法看清楚。那些字在她的眼前晃动。不过她把信握在手里,望着它,仿佛她正全神贯注地在读。

"我可以肯定,小姐,这从我心头搬走了一桩大心事,因为证据那么不明确,您瞧,那个人到底也不知挨没挨人家打,——而且如果有什么查明证人身份的问题横插进来,那就会使这件案子十分复杂,像我对桑顿先生所说的那样……"

"桑顿先生!"玛格丽特又说了一遍。

"我今儿早上遇见了他,他正从这所宅子里走出去。因为他是我的一位老朋友,又是昨儿晚上看见过伦纳兹的那位治安法官,我于是很冒昧地把我的困难告诉了他。"

玛格丽特长长舒了一口气。她不想再听下去了。她对于自己听到的话和可能会听到的话同样感到害怕。她希望这个人离开,于是迫使自己说话。

"谢谢你又来一趟。时间已经很晚了。恐怕已经十点过啦。噢!信在这儿!"她继续说下去,突然明白了他伸出来取信的那只手的用意。他正要把信收起来,她又说,"我认为他的字写得很不易辨认,使人看了眼花缭乱。我看不太清楚,你读给我听听,成吗?"

他把信大声读出来给她听。

"谢谢你。你告诉了桑顿先生我当时并不在那儿吗?"

"当然啦,小姐。我很抱歉,我根据得到的情报就采取了行动,可那些情报似乎大错特错了。起先,那个年轻人十分肯定,现在他又说,他一直都有些怀疑,希望他犯下的错误不至于惹得您十分气恼,使他们的店铺失去了您的光顾。再见,小姐。"

"再见。"她打铃叫狄克逊领他出去。等狄克逊由走道走回来的时候,玛格丽特从她身旁疾速奔了过去。

"没有问题啦!"她没有望着狄克逊,这么说。那个女人还没有来得及跟着她进一步细问,她已经飞快跑上楼,进了她的睡房,把门插上了。

她没有脱衣服,一下扑到了床上,人感到力尽筋疲,连想也不乐意去想。半个多小时过去了,她那不舒服的姿势和由于疲劳过度而感到的寒冷,才终于唤醒了她麻木了的官能。接着,她开始回想,把一件件事综合起来,感到很奇怪。她最初想到的是,为弗雷德里克所起的那种令人不快的惊慌已经过去,那种紧张不安全都结束了。接下去想到的是,希望记起警官所讲的每一句和桑顿先生有关的话来。他什么时候看见桑顿先生的?他说了什么话?桑顿先生做了些什么?他的信上究竟写了些什么话?在她能够回想起来以前,能够回想起什么地方有冠词,什么地方把冠词省却,以及他在信上使用的词句以前,她的思想拒绝继续想下去。不过她的下一个信念是十分清楚的:在那个倒霉的星期四晚上,桑顿先生曾经看见她待在靠近奥特伍德车站的地方,可是警官却告诉了他玛格丽特否认她曾经待在那儿。她在桑顿先生的眼里成了一个撒谎的人。她也的确撒了谎。但是当着上帝,她并没有想到要忏悔。除了混乱与黑夜笼罩着一个亮得可怕的事实外,什么别的都没有。这个事实就是,她在桑顿先生的眼里是品德恶劣的。她就连对自己也不乐意想到,她可以提出多少辩解的理由来。这和桑顿先生毫无关系,她连做梦也没有想过,他——或是任何别人——能从她陪着自己哥哥到车站去这么自自然然的一件事上,找出怀疑的理由来,然而他却知道了确实是撒谎错误的行为,因此他是可以谴责她的。"唉,弗雷德里克!弗雷德里克!"她喊着说,"我为了你作出了多大的牺牲啊!"甚至当她睡着了以后,她的思想还是被迫兜着同样的圈子,只不过是在夸张的、莫大的痛苦情况下进行的。

等她醒来,一个新的念头像早晨那样光辉灿烂地闪现在她的脑海里。桑顿先生在到验尸官那儿去以前,就知道她撒了谎。这使她想到,他这么做,可能是为了想要使她避免重复一遍她的否认。可是她以一个孩子病态的固执,把这个念头撇到一旁。如果真是这样,她也并不感激他,因为这只向她表明,在他这样异常着力地来让她避免使她已经大打折扣的诚实受到进一步考验以前,他必然多么强烈地看到,她已经使自己丢了脸。她甘愿经受这一切——为了搭救弗雷德里克,她甘愿发假誓,却不愿——非常不愿——让桑顿先生知道这一情况,促使他进行干预来搭救她。是什么噩运使他遇到了那个警官?是什么使他恰恰成为被请去听伦纳兹证词的治安法官呢?伦纳兹说了些什么?桑顿先生听明白了多少他的话?她不知道桑顿先生是否通过他们两家的朋友贝尔先生,已经知道过去对弗雷德里克的那项指控了。如果是这样,那么他是尽力搭救在母亲临终以前、不顾法律前来探望一次母亲的儿子了。在这样一种设想下,她倒是可以感激他的——可是,就算她应当感激,可要是他的干预是出于轻蔑,她也仍旧是不感激他的。哦!有谁有这么正当的理由来轻视她呢?桑顿先生比谁都更有理由!到现在为止,她一直从虚构的高度上朝下望着他!突然,她发觉自己到了他的脚下,对自己的一落千丈感到莫名其妙的痛心。她思想上感到畏缩,不敢去从结论探究它们的前提,从而自我承认自己多么重视他的尊敬与好感。每逢经过一次长时间的思考使她得出这样一个念头时,她总避开不顺着这种思路想下去——她不乐意相信这种想法。

时间比她以为的要晚一些,因为在前一晚的激动不安中,她忘记开表了。黑尔先生曾经特地嘱咐过用人,不要按通常醒来的时刻去打扰她。不一会儿,房门轻轻给推开,狄克逊把头伸进来看看。她看到玛格丽特已经醒了,便拿着一封信走近前来。

"这儿有一件对你有好处的东西,小姐。是弗雷德里克少爷写来的一封信。"

"谢谢你,狄克逊,时间多么晚啦!"

她懒洋洋地说,听凭狄克逊把信放在她面前的床罩上,而没有伸出手去接。

"你管保要吃早饭啦。我马上就去给你端来。姑老爷的托盘已经拿去了,我知道。"

玛格丽特没有回答,她让狄克逊去了,因为她觉得她非得等独自一个时才能把这封信拆开。最后,她把信拆开了。一眼看去,第一件事就是,写信日期在她收到信的前两天。这么说,他是在答应的时间写信的,他们本可以不必惊慌。但是她要看完信再说。信写得很仓促,不过却令人十分满意。他见到了亨利·伦诺克斯,伦诺克斯先生对这个案件的不少情况全都知道,所以起先只是摇头,告诉他回英国来实在太大胆了。他给人家指控犯了那么大的罪,控告人身后又有那么强大的势力。可是等他们把事情详谈了以后,伦诺克斯先生承认,他可能有机会得到开脱,只要他能够请几个可靠的证人来证实他的供词的话——又说在这样的情况下,也许值得接受审讯,要不然就会是冒很大的危险了。他愿意调查一下——愿意竭尽全力。"我觉得,"弗雷德里克说,"你的介绍大有帮助,亲爱的小妹妹。是不是这样呢?我可以告诉你,他细问了不少情况。他似乎是一位精明机智的人,而且从工作的忙碌和身边办事员的人数这些迹象上看,他的业务也很不错。不过这也许只是律师的搪塞手段。我刚好赶上一艘即将起航的邮轮——五分钟内即将离开。为了这件事,我也许不得不再回到英国来,所以我这次回来探望一定得保密。我要寄给父亲一种罕有的陈雪利酒①,这是在英国绝买不到的(就是放在我面前瓶里的这种)!他需要这样的酒——代我亲切地向他问安——愿上帝降福给他。我想——肯定是我叫的马车来了。再者,那是一次什么样的死里逃生啊!务必不要泄露出去我曾经回来过——就连对肖家也不要提。"

玛格丽特转脸对着信封。信封上标明"太迟了"几个字。这封信大概是托给一个马马虎虎的侍者的,他忘记寄出了。哦!在我们和"诱惑"之间真是一发千钧啊!弗雷德里克安全了,二十,不,三十小时以前已经离开了英国,也就是在她说了谎话,阻碍人家追赶他以后大约十七个小时,其实就连她撒谎时追赶也不会有效了。她多么不诚实啊!

---

① 西班牙南部产的一种葡萄酒。

她的自鸣得意的座右铭,Fais ce gue dois, advienne gue pourra①,给抛到哪儿去了?假如她有胆量,很勇敢地就自己的事说出实情,不让他们发觉她拒绝说的有关另一个人的事情,那么她的心情这会儿会感到多么轻松啊!她就不会因为没有信任上帝而在上帝面前自卑自愧了,也不会在桑顿先生的心目中显得品德恶劣、低下了。她发觉自己在这样想,痛苦地颤抖了一下。她竟然把桑顿先生轻视自己和上帝的震怒相提并论了。他这么持续不断地老出现在她的思想里,这是怎么回事呢?这究竟会是什么原因?尽管她高傲自负,她为什么不由自主地要去在意他的想法呢?她相信上帝震怒的这种感觉是可以容忍的,因为上帝无所不知,到时候总会觉察到她的忏悔,听见她求救的呼声的。可是桑顿先生——她干吗要颤抖,干吗要把脸藏在枕头里呢?她到底给什么强烈的情感支配着?

她从床上跳起来,热诚地祈祷了很长时间。这样使自己获得了安慰,可以把心事倾吐出来。可是等她回顾了一下自己的情况后,她发觉刺痛依然存在:自己并没诚实和纯洁到对于一个同胞看轻自己能够毫不介意;一想到他必然如何轻蔑地看待自己,她无法对自己所干的坏事进行清醒的自责。她把衣服穿好以后,立刻把信拿去给父亲看。信上对火车站上的那场惊恐只那么暗暗地提了一句,因此黑尔先生没有在意便看过去了。说真的,除了弗雷德里克没给人发现,没遭到人怀疑,已经起航这一事实外,他当时从信上并没有看出什么来,因为他正为玛格丽特的苍白脸色感到非常不安。玛格丽特似乎经常要哭出来。

"你劳累过度啦,玛格丽特。这并不奇怪。不过现在,你非得让我来照护你了。"

他让她在沙发上躺下,走去拿了一条大围巾来,替她盖上。他的慈祥体贴使她止不住自己的泪水了。她伤心地痛哭。

"可怜的孩子!——可怜的孩子!"他怜爱地望着她说。她脸朝着墙躺在那儿,呜咽得浑身直颤动。过了一会儿,她停住了哭,开始想到,把自己的烦恼全告诉父亲,是否会使自己心里感到安慰。但是反对她

---

① 法文,意思是:"不问后果,尽你的本分。"

这么做的理由,要比赞成她这么做的理由多。这么做,唯一的好处就是使自己感到安慰,坏处是想到这样会大大增加父亲的紧张不安,如果弗雷德里克当真有必要再回到英国来的话。父亲会净想着儿子伤害了一个人性命的这件事,不论儿子是多么不乐意、多么无心的。这个想头还会以种种夸大实情、歪曲实情的形式不断浮现出来,使他烦心。再说,关于她自己的大过错——他会对她缺乏勇气与信心感到无限烦恼,然而又不断操心来为她寻找借口。以前,玛格丽特总把他既看作父亲又看作牧师,总把自己受到的诱惑和所犯的罪恶全告诉他,可是近来,他们不常讲到这些问题了。她不知道在他的见解改变了以后,要是她心灵深处向他发出呼号时,他会怎样来答复。不,她得保住她的秘密,独个儿背着这副担子。她要独个儿走到上帝面前去,恳求他赦罪。她要独个儿容忍自己在桑顿先生眼里的那种不名誉的身份。父亲竭力想显得慈祥体贴,这使她的心说不出地给打动了。他尽力想出一些愉快的话题来说,这样好使她不去老想着新近发生的种种事情。有好几个月,他都没有像那天话那么多了。他不肯让她坐起来,而且坚持要亲自照护她,这大大伤害了狄克逊的感情。

最后,她笑了,一丝可怜的淡淡的微笑,不过这却给了他最最真诚的喜悦。

"想到使咱们对未来抱有最大希望的人儿,竟然叫多洛雷丝,这似乎很怪。"玛格丽特说。这种讲法很像她父亲平日的为人,不大像她自己,可是这天他们似乎互换了性格。

"她母亲大概是西班牙人吧,这说明了她为什么信奉天主教。我过去认识她父亲的时候,他是一位倔强的长老会教徒。不过这是一个声音很柔和、很美的名字。"

"她多么年轻啊!——比我小十四个月。正是伊迪丝和伦诺克斯上尉订婚时的年龄。爸爸,咱们要到西班牙去看看他们。"

他摇摇头。但是他说,"你要是想去,就去一趟,玛格丽特。只是咱们还是要回到这儿来。我猜你母亲一直都挺不喜欢米尔顿,她如今安息在这儿,不能跟咱们一块儿走,要是咱们现在离开这儿,那对你母亲似乎不公正——不体贴。不,亲爱的孩子,你去看看他们,给我带回一份关于我的西班牙儿媳妇的报告来。"

"不,爸爸,您不去,我也不去。我走了,谁来照护您呢?"

"我倒很想知道,咱们哪一个是在照护另一个,可是如果你去了,我就说动桑顿先生,让我加倍给他讲课。我们就把古典作品好好读一读。那会是一件永远使人很感兴趣的事。乐意的话,你可以再往前走,到科孚去看看伊迪丝。"

玛格丽特没有立刻说什么。接下去,她相当郑重地说:"谢谢您,爸爸。不过我不想去。让咱们希望伦诺克斯先生会把事情办得非常好,那么等弗雷德里克和多洛雷丝结婚以后,他就可以把多洛雷丝带来见我们。至于伊迪丝,那一团人驻扎在科孚的时间不会过于长的。也许,不到一年,咱们就会在这儿见到他们俩了。"

黑尔先生的愉快的话题全谈完了。某些痛苦的回忆悄悄地掠过了他的心头,使他变得默不作声。过了一会儿,玛格丽特说:

"爸爸——举行葬礼的时候,您看见尼古拉斯·希金斯吗?他当时在场,玛丽也在那儿。可怜的人儿!他就是那样表示他的吊慰的。他尽管作风生硬、粗率,内里却有一颗温暖善良的心。"

"这我完全相信。"黑尔先生回答,"我一直都认为是这样,就连你想说动我认为他怎么怎么不好的时候,我都认为是这样。咱们明儿去看看他们,倘使你身体壮实起来,可以走那么远的路的话。"

"是啊。我是想要去看看他们。我们没有付钱给玛丽——或者不如说,她不肯拿,狄克逊这么说来着。咱们去,要在他刚吃完饭还没有去上工的时候找到他。"

快到傍晚,黑尔先生说:

"我原来料想桑顿先生也许会来的。他昨儿提到他有一本书,我很想看看。他说他要想法今儿把它带来。"

玛格丽特叹息了一声。她知道他不会来的。在他脑子里对她干的可耻的事记忆犹新的时候,冒着会遇见她的风险前来,这对他是很难处置的。父亲一提到他的姓名,顿时使她的烦恼又涌上了心头,于是她又变得心情沮丧,神思恍惚,疲惫无力了。她显得无精打采。突然,她想到,这是表示自己很有耐心,或是报答父亲整天关心照料她的一种很不相称的方式,因此连忙坐起来,提议为父亲朗读。父亲的眼睛不及从前了,他欣然接受了她的提议。她读得很好,该重读的地方就重读,可是等她读完以后,要是有人问她读的东西的大意,她却说不上来。她心里给一种自己对桑顿先生忘恩负义的感觉折磨着,因为他曾经对她表示了一番好意,通过向医生们进一步询问,避免了举行一次验尸调查,但是今天早上她却拒绝接受他这一番好意。哦!她其实是很感激的!她曾经胆小、虚伪,并且通过无法挽回的行动,表现出了自己的胆小虚伪,然而她并不是不知感激的。知道自己对一个有理由看不起自己的人,居然会抱着一种什么样的情绪,这使她心头有了一种温暖的感觉。他看不起她的理由那么公正,因此要是她认为他并不看不起她,那么她反而会不像现在这么敬重他了。感到自己多么敬重他,这是令人快慰的。他无法阻止她这么做。这是在这场苦难中唯一的安慰。

那天晚上较迟的时候,黑尔先生想看的那本书送来了,"还带来了桑顿先生的亲切问候,他希望知道黑尔先生身体健康。"

"说我好多啦,狄克逊,可是黑尔小姐……"

"可别,爸爸,"玛格丽特急切地说——"别提到我。他也没有问。"

"亲爱的孩子,你怎么这样哆嗦!"父亲几分钟后说,"你非得立刻上床去睡觉。你脸色变得这么白!"

玛格丽特并不拒绝去睡,虽然她很不愿意把父亲单独撇下。经过一天忙碌的思考和更为忙碌的忏悔以后,她很需要享受一下孤独的宁静。

但是第二天,她似乎又和平日差不多了。在悲痛的最初日子里,长时间显得严肃、伤感,偶尔还显得精神恍惚,这并不是不自然的迹象。玛格丽特健康的逐步恢复,几乎和父亲陷入深思发生在同时,父亲心不在焉地默想到亡妻,以及他生活中永远阖上的那个过去的时期。

第十一章　团结并不总是力量

> 抬棺人的步伐沉重、迟缓,
> 送葬人的哭泣悲痛、低沉。
>
> 　　　　　　　　　　雪莱①

到他们前一天说定的那时刻,他们出发步行去看望尼古拉斯·希金斯和他的女儿。他们的新衣服上有一种奇怪的令人羞怯的气息。这是他们好多星期里第一次从从容容地一块儿走出去。这两件事使他们俩全想起了新近失去的亲人。他们默默无语、互相安慰地紧紧挨到了一块儿。

尼古拉斯坐在炉火旁边他惯常坐的地方,但是他并没有拿着他惯常拿的烟斗。他把一只胳膊放在膝盖上,一手托着脸。当他看见他们的时候,他并没有站起身,尽管玛格丽特从他的目光里可以看出欢迎的神色。

"你们请坐,你们请坐。火都快要熄灭了。"他说,一面使劲儿通了一下,仿佛要把注意力从自己的身上引开似的。当然,他的外表相当邋遢,黑胡须已经好几天没有剃了,这使那张苍白的脸显得更白,一件短上衣要是修补一下,就会显得更好点儿。

"我们认为饭后这时候,最有可能找到你。"玛格丽特说。

"自从我们见到你以后,我们也遭到了伤心事。"黑尔先生说。

"是呀,是呀。眼下伤心的事情比午饭还要多。我想我的午饭时间长到足足有一整天,你们肯定可以找到我的。"

---

① 雪莱(Percy Bysshe Shelley,1792—1822):英国诗人,引文见《敏感的植物》(*The Sensitive Plant*)第三章第八节。

"你失业了吗?"玛格丽特问。

"是呀。"他简慢地回答。接着,静默了一会儿后,他第一次抬起头来,又说道:"我并不缺钱。你们可别这么想。贝斯那个可怜的姑娘,枕头下存了点儿钱,预备在最后的时刻悄悄交到我的手里。玛丽又在剪粗斜纹布。不过说虽这么说,我还是失业啦。"

"我们欠玛丽一点儿钱。"黑尔先生说。玛格丽特使劲儿捏了一下父亲的胳膊,可是没有来得及拦住他。

"她要是拿了,我就要把她赶出去。我就住在这四面墙里,她就住在外边。就是这么回事。"

"可是她那么好心地帮助我们,我们应该好好谢谢她。"黑尔先生又开口说。

"您的女儿出于爱护对我去世的闺女所做的事,我始终也没有谢谢她。我始终就找不出话来。要是你们为了小玛丽给你们做的一点儿事,就忙着要来做什么,那么我也就不得不马上试着来表示一下啦。"

"你丢了工作,是因为那场罢工吗?"玛格丽特轻声问。

"罢工已经结束啦。这一回它全完了。我失业,因为我始终没有去要求工作。我始终没有去要求工作,因为好话目前很少,坏话倒很多。"

他当时的心情使他喜欢很粗暴地作出一些像谜语似的回答来。不过玛格丽特瞧出来,他喜欢人家请他解释。

"好话是……?"

"要求工作。我想这大概是人可以说的最好的话。'给我工作'意思就是说,'我会像个男子汉那样干。'这些就是好话。"

"那么坏话就是你要工作,不给你工作啰。"

"不错。坏话是说,'呀,我的好朋友!你对于你们的命令一向严格遵守,我对于我奉到的命令也得严格遵守。你为了需要帮助的人尽了你的力,这是你对你那帮人表示忠诚的方式,我也要对我的人表示忠诚。你是个可怜的大傻子,不知道别的,只知道做一个守信用的忠诚的傻子。所以活见鬼去吧。这儿没有你干的活儿。'这就是坏话。我并不是个傻子。如果我是,人家也该教我怎样按照他们的方式变得聪明点儿。要是有谁想法来教我,我也许会学会的。"

"去问一下你的老厂主,他乐不乐意让你回去,"黑尔先生说,"那样是不是值得呢?那也许不是个太有希望的机会,但总是一个机会。"

他又抬起头来,目光锐利地望着问他话的人,随后低声、挖苦地嗤笑了笑。

"厂主!要是您不动气,我也来问您一两句话。"

"非常欢迎。"黑尔先生说。

"我猜您也同样在谋生。人们倘若有别的地方可住,他们很少会只是为了玩乐而住到米尔顿来的。"

"你说得很对。我有一些足够维持生活的产业,不过我住到米尔顿来的用意是,想要成为一个家庭教师。"

"来教人。嗨!我想他们对您的教课付钱给您,对不对呢?"

"对。"黑尔先生微笑着回答,"我教课就为了得到一笔收入。"

"付钱给您的人,他们告不告诉您,用他们为您的辛苦很正当地付给您的钱——可以说是一笔公平交易——该做什么、不该做什么呢?"

"不,当然不会这么做啦!"

"他们不说,'你也许有个兄弟,或是一个亲如手足的朋友,他为了一个你和他全认为很正当的用途需要这笔钱。可是你非得答应不给他。你可能看到一个你认为花这笔钱的很好的用途。然而,我们却认为那不好,因此如果你那么花了,我们就不和你打交道啦。'他们不说这些话吗?"

"不,当然不说啦!"

"如果他们这么说了,您受得了吗?"

"要使我哪怕是想一想去接受这样一道命令,也需要很大的压力才成。"

"在这片大地上,没有什么压力能使我接受这样一道命令。"尼古拉斯·希金斯说,"现在,您明白啦。您可正说到节骨眼儿上了。汉珀家——我就是在那儿干活儿——要他们的工人保证,不拿出一便士去帮助工会或是让罢工的人不至于挨饿。他们尽可以让人保证,宣誓,"他轻蔑地说下去,"可他们只不过是在叫人撒谎,叫人作假。这在我看来,甚至比让人们全变成铁石心肠,不去为需要人家帮助的人做一件好事,或者不去协助反抗霸道的正当公道的事业更坏。不过我,就是为了王上可以派给我的随便什么工作,我也决不发假誓。我是工会会员,我认为那是对工人有好处的唯一组织。再说,我做过罢工工人,知道挨饿是什么滋味,所以如果我得到一先令,那么只要他们向我要,六便士就归他们。结果是,我瞧不出可以上哪儿去挣到一先令。"

"不向工会捐款的这条规定,对所有的工厂都有效吗?"玛格丽特问。

"这我可说不上来。这是我们厂里的一条新规定。我想他们会发现没法坚持下去的。但是眼下它却有效。不久,他们就会发现霸道就产生出说谎的人来。"

大伙儿静默了一会儿。玛格丽特踌躇不决,不知该不该把自己心里想到的事明说出来。她不愿意使一个已经抑郁、沮丧的人生气。最后,她还是说出来了。可是她的音调那么平和,态度又那么勉强,表明她很不愿意说出什么惹人不快的话,因此她的话似乎并没有使希金斯气恼,只叫他感到迷惑。

"你记得可怜的鲍彻说过,工会是一个霸道的人吗?他好像说,工会是最最霸道的人了。我记得当时我还同意了他的看法。"

他过了好半天才开口说话,这会儿,他用两手托着头,垂下眼望着炉火,所以她看不出他脸上的神情。

"我不否认,工会是觉得有必要强迫一个工人做有益于他自己的事。我要讲讲实情。一个不是工会会员的人,过着一种凄苦的生活。但是加入工会以后,他的利益要比他为他自己,或者靠他自己所能做到的,受到更好的照顾。大伙儿团结起来,这是工人们能获得他们权利的唯一方法。会员人数越多,每一个个别的成员得到公道的机会就越多。政府照管傻子和疯子。要是有人想要伤害自己或是他的邻居,政府就对他加以限制,不管他喜欢不喜欢。我们在工会中就是这么做的。我们不能把人关进牢里去,不过我们可以使一个人的生活沉闷难受,于是他不得不加入进来,不自觉地变得聪明而有帮助。鲍彻一直是个傻子,最后便成了一个糟不可言的大傻子。"

"他给你造成了损害吗?"玛格丽特问。

"是呀,他是造成了一些损害。在他和他的那帮人开始骚动,开始破坏法律以前,舆论本是在我们这一边的。可那样一来,罢工就全完啦。"

"那么撇开他不管,不去强迫他加入工会,会不会反倒好得多呢?他对你们没有好处。你们也把他逼得发疯。"

"玛格丽特。"父亲用一种告诫的低声说,因为他看到希金斯的脸色渐渐沉了下来。

"我喜欢她。"希金斯突然说,"她把自己心里的想法全都明说出来,尽管她还是不明白工会的情形。工会是一股重大的力量:是我们唯一的力量。我读过一首小诗,说到一只犁压过一朵雏菊①,在我后来有其他理由哭泣以前,那首诗可使泪水来到了我的眼睛里。可是那家伙管保始终没有停止推犁,尽管他也可怜雏菊。他生来具有足够的智力,不会那么做的。工会就是犁,为了收获的季节把地先翻好。鲍彻那样一个人——把他比作雏菊,就把他抬得太高了,他就像个杂草横躺在地面上——必须让人家拿定主意把他除掉。眼下,我对他非常生气。所以我说的话对他也许不很公正。尽管我热爱生命,我还是会亲自用犁去压过他的。"

"为什么?他干了什么事呢?有什么新情况吗?"

"当然有啰。那个人,他老在捣乱。首先,他非要去像个发了疯的傻子那样乱发火,闹出了那场乱子来。接下去,他又不得不躲藏起来,如果桑顿一直追究他,像我希望他会做的那样,那他到现在还会藏在那儿。可是桑顿达到了他自己的目的后,不乐意把对那场乱子的起诉工作进行下去了。鲍彻于是又悄悄溜回家来。有一两天他从来没有在外边露面。这总算承他的情。可后来,你猜他到哪儿去了?咳,上汉珀的工厂去啦。真该死!他带着一脸油嘴滑舌的相——我一看就感到厌恶——跑去要求工作,虽然他很知道这条新规定,得发誓一个钱也不捐给工会,也不去帮助那些挨饿的罢工工人!咳,他真会饿死,要是工会

---

① 这是指彭斯《致大山中的一棵雏菊》(*To a Mountain Daisy*)这首诗中的一行。

在他困难的时候没有帮助他的话。可他去啦,主动答应什么都干,什么都宣誓保证——还把他所知道的我们的行动全都说了,这个没出息的犹大!不过我得替汉珀说这么一句,到死都要谢谢他,因为他把鲍彻赶走,压根儿不听他说——一句话也不听——尽管据站在一旁的人说,那个叛徒哭得像个毛娃子!"

"唉!多么叫人吃惊!多么可怜啊!"玛格丽特喊着说,"希金斯,我今儿可不明白你。你难道瞧不出吗,你不顾鲍彻的意愿,逼着他加入了工会,这就使他成了现在这样——他的心并不跟着工会。是你使他成了现在这样的!"

使他成了现在这样!那他原来是什么样的呢?

一个空洞的、整齐的声音沿着那条狭窄的小街由远而近,这时候引起了他们的注意。许多人声都是悄悄的、低沉的:可以听见许多脚步声,不是在往前走,至少不是迅速、平稳地在往前走,可是却仿佛绕着一个地点在转动。不错,有一个清晰、迟缓的脚步声,很响亮地由空中传来,传入了他们的耳里。那是好几个人抬着一个沉重的东西,吃力而整齐地行走的声音。他们不由自主地全想朝门口走去,全给吸引到那儿——不是给一种无聊的好奇心,而仿佛是给一股森严的气流。

六个人在路当中行走,其中有三个是警察。他们肩上抬着一扇从铰链上拆下来的房门,上面放着一个死人。门板的两边,经常有些水滴了下来。一条街的人全跑出来看,看见这情形后,全跟随着这个行列,人人都询问抬门板的人,他们最后几乎是勉强地回答,因为他们已经把这件事讲过那么许多遍了。

"我们是在那边田里的那条小河里发现他的。"

"那条小河!——哦,河里的水很浅,淹不死他的!"

"他这家伙下了决心啦,脸朝下伏在水里。他已经生活得厌烦了,且不管他为了什么要死。"

希金斯悄悄走到玛格丽特身边,用一种微弱的尖声说:"该不是约翰·鲍彻吧?他没有这样的胆量。当然啦!绝不是约翰·鲍彻。嗨,他们在朝这边望!听呀!我脑子里嗡嗡直响,我什么也听不见。"

他们把门板很当心地放下来,搁在石地上。大伙儿都可以看见那个可怜的淹死的人——呆滞的眼睛有一只还半睁着,朝上直瞪着天空。由于他给发现时是趴着,所以他的脸肿胀而没有血色。此外,他的皮肤也给小河的河水染上了色,因为那条河一直给印染业在使用。头的前半部是秃的,后面的头发生得很细、很长,每一绺都在滴水。尽管容貌有这种种变形,玛格丽特还是认出了约翰·鲍彻。她当时似乎觉得,凝视着那张痛苦可怜、变了样子的脸孔,是亵渎不敬的,因此刹那间,出于本能,她走上前去,用自己的手绢轻轻把死人的脸遮盖起来。在她做完这件值得称许的事情,转身走开时,看着她这么做的人们的眼睛全盯着她,从而跟着她看到了尼古拉斯·希金斯站的地方。他像生了根那样一动不动地站在那儿。那些人聚在一块儿谈了一会儿,然后有一个人走到希金斯的面前来。希金斯本来很想退进他的屋子里去。

"希金斯,你认识他!你一定得去告诉他的妻子。得讲得很平和,喂,不过得快去讲,因为我们不能把他在这儿放上很久。"

"我不能去!"希金斯说,"别叫我去。我无法去见她。"

"你和她最熟。"那个人说,"我们把他抬到这儿来,已经费了很大的气力——你也该分担一份。"

"这我可没法做。"希金斯说。"我看到他,险些儿昏倒了。我们本来并不是朋友,如今他死啦。"

"咳,你不肯去,就不去吧。不过总得有个人去。这是一件伤心事,可是目前却是一个机会,让她不是骤然一下听说到,而是由一个人可以说是逐步告诉她。"

"爸爸,您去吧。"玛格丽特低声说。

"我要是能去——我要是有时间先想好最好说点儿什么,那么我就去,但是突然一下……"玛格丽特瞧出来,父亲实在无法前去。他从头到脚,浑身在哆嗦。

"我去。"她说。

"上帝保佑你,小姐,这是一件好事,因为我听说,她身体不大好,这儿的人又没有几个很知道她的。"

玛格丽特敲了敲关着的门,可是门里那么吵闹,就像是有许多个胡闹的小小孩,因此她没有听见回答。说真的,她很怀疑里面的人有没有听见她敲门。由于每耽延一刻就使她对自己的这项工作更感到畏缩,她便推开门,走了进去,把门在身后关上,而且趁那个女人还没看见,便把插销插上了。

鲍彻太太坐在一张摇椅上,在那个乱糟糟的壁炉的另一边。看来屋子里已经有好些日子没有花力气拾掇一下了。

玛格丽特说了一句话,她几乎不知道说的是什么,她的嘴唇和喉咙那么焦干。孩子们的吵闹声使她的话完全无法被人听到。她又试了一遍。

"你好吗,鲍彻太太?身体敢情很虚弱。"

"我好不了啦。"她牢骚不平地说,"我给撇下来单独照管这些孩子,又没有东西好给他们,让他们安安静静。约翰不该离开我的,我身体这么不好。"

"他走了有多久啦?"

"已经四天啦。这儿谁也不给他活儿干,他不得不老远地步行到格林菲尔德去。但是他在走之前本该回来一趟,或者带个口信来给我,要是他找到工作的话。他也该……"

"唉,别责怪他。"玛格丽特说,"他准是心里很不好受……"

"你不要这么吵闹,让我好听见这位小姐所说的话!"她用不太温和的声音对一个一岁左右的小孩说。接着,她很抱歉地对玛格丽特继续说道,"他老是叫唤'爹爹'和'黄油面包',弄得我很烦心。我没有黄油面包给他,爹爹又不在家,他大概把我们全忘了。他是他父亲的宝贝,他是的。"她心情骤然一变,说着,就把那个孩子拖过来,抱到膝上,很心疼地亲起他来。

玛格丽特把一手放在这个女人的胳膊上,去唤起她的注意。她们的眼睛互相对望着。

"可怜的小家伙!"玛格丽特慢吞吞地说,"他曾经是他父亲的小宝贝。"

"他现在还是他父亲的宝贝。"女人说,一面连忙站起身,和玛格丽特面对面站着。有一会儿工夫,她们俩谁也没有开腔。接着,鲍彻太太用咆哮的低声说话,愈说愈激动起来。"喂,他现在还是他父亲的宝贝。穷人和富人一样,也可以爱他们的儿女。你干吗不说话呀?你干吗用这双怜悯的大眼睛瞪着我?约翰在哪儿?"她尽管身体虚弱,却摇晃着玛格丽特,想逼她回答。"哦,上帝啊!"她说,心里已经明白了那个泪汪汪神色的意义。她重又坐倒在椅子上。玛格丽特抱起那孩子,把他放到她的怀里。

"他很爱他。"她说。

"是呀,"女人说,一面摇摇头,"他爱我们大伙儿。我们先前是有一个人爱的。那是很早以前的事啦,可是他活着和我们待在一块儿时,的确还是很爱我们,的确很爱。也许,我们中他最疼的就是这孩子。不过他爱我,我也爱他,尽管五分钟以前我还在骂他。你肯定他是死了吗?"她说,一面想站起身来,"如果他只是生病,可能会死,他们还是可以把他治好的。我自己只是个有病的人——我病了这么久。"

"可他已经死了——他淹死啦!"

"有人淹死过去,又给救活啦。我在想点儿什么,应该忙着做点儿事的时候,却一动不动地坐着?喂,你别吵,孩子——你别吵!把这拿去,把随便什么拿去玩,可是别哭,我的心都要碎啦!啊,我的气力哪儿去啦?啊,约翰——我的男人啊!"

玛格丽特一下把这个女人抱到了怀里,使她没有倒下。她在摇椅上坐下,把这个女人抱在膝上,头伏在她的肩上。其他的孩子惊吓得聚拢来,渐渐明白了这一幕情景的秘密,不过这些想头是慢慢来的,因为他们的头脑全很迟钝,不能很快就理解。等他们猜到实情以后,他们那么绝望地号啕大哭,以致玛格丽特不知道怎么来应付了。小约翰哭得最响,尽管他并不知道自己为什么哭,可怜的小家伙。

那位母亲倚在玛格丽特的怀里,不住地哆嗦。这时候,玛格丽特听见门口有一片嘈杂声。

"把门打开。快把门打开,"她对最大的孩子说。"插销插上啦。别哭喊——安安静静的。哦,爸爸,让他们轻轻地、小心地抬上楼去,也许她不会听见他们。她晕过去啦——就是这么回事。"

"这样对她倒好,可怜的人儿。"一个女人紧跟在抬着死者的那些人的身后,这么说,"可你不能老抱着她。等等,我去取一只枕头来。"

我们把她慢慢放下,让她躺在地上。"

这个热心的邻居使玛格丽特大为轻松。她在这个人家显然是个陌生人,说真的,是新住到这个地区来的一个人,可是她非常厚道,非常体贴,因此玛格丽特觉得人家不再需要她了。屋子里这当儿净是些尽管同情却挺无聊的旁观者,所以玛格丽特还觉得,也许自己树立一个榜样,带头离开这所屋子只有好处。

她四下看看,寻找尼古拉斯·希金斯。他不在那儿。她于是对首先把鲍彻太太平放在地上的那个女人说:

"你能不能向所有这些人暗示一下,说他们最好安安静静地离开?这样,等她醒过来,她就会只看见一两个她认识的人在她身旁。爸爸,您可不可以对男人们说说,请他们离开。这么一大群人围着她,她没法呼吸,可怜的人儿。"

玛格丽特跪在鲍彻太太的身旁,用醋擦她的脸①。几分钟后,吹来的一股清风使她大感惊讶。她回头一看,看见父亲和那个女人正相视而笑。

"怎么回事?"她问。

"没什么,只不过我们这位朋友,"父亲回答说,"忽然想到了一个请大家离开这地方的极好的办法。"

"我叫他们每人带一个孩子出去,并且记住,这些孩子都是孤儿啦,他们的母亲是位寡妇了。这是别人能做的最大的一件好事。孩子们今儿准可以填饱肚子啦,也会被好好照顾啦。她知道他是怎么死的吗?"

"不知道,"玛格丽特说,"我不能一下子全告诉她。"

"为了要做验尸调查,非告诉她不可。你瞧!她清醒过来了。是你还是我来告诉她呢?也许你父亲说最好?"

"不,还是你说,你说。"玛格丽特说。

他们静静地等候着她完全恢复过来。随后,那个邻居女人在地上坐下,把鲍彻太太的头和肩部抱起来搁在她的膝上。

---

① 这是一种使昏晕者清醒过来的方法。

"老邻居,"她说,"你的汉子已经死啦。你猜到他是怎么死的吗?"

"他给淹死啦。"鲍彻太太有气无力地说,由于人家这么粗率地触及了她的伤心事,她才第一次哭出了声来。

"他给人发现淹死啦。他正在回家的路上,对世上的一切都万分绝望。他想到上帝总不会比人更冷酷点儿,也许不会这么冷酷,也许会像一位母亲那么慈祥,也许会更慈祥点儿。我并不是说他做得对,也不是说他做得不对。我要说的就是,但愿我和我的亲人不会感到像他那么痛心,要不然我们也会做出类似的事情来。"

"他撇下我独个儿来照料这些孩子!"寡妇哭泣着,对他去世的方式不像玛格丽特料想的那么伤心,不过主要是从她和子女所受的影响这方面来考虑到他的去世,这一点是和她的软弱无能的个性一致的。

"不是独个儿。"黑尔先生严肃地说,"谁和你待在一块儿?谁会来维护你的利益?"寡妇把眼睛睁得很大,望着这个讲话的人。直到这会儿,她一直没有觉察到这个刚开口的人。

"谁答应做没有父亲的孩子的父亲?"①他继续说下去。

"可我有六个孩子,先生,最大的还不到八岁。我的意思并不是怀疑上帝的威力,先生,——只不过这需要不少信心。"她说到这儿,又哭起来了。

"她明儿就会好点儿,能够好好说话啦,先生。"那位邻居说,"这会儿,最大的安慰就是,心里想到一个孩子。我很抱歉,他们把那个毛娃子也抱走啦。"

"我去把他抱回来。"玛格丽特说。几分钟后,她回来了,怀里抱着小约翰。小约翰吃东西抹了一脸,两手里抓满了贝壳、小块的水晶和一个石膏模型的头,把它们当作宝贝。她把他交到母亲的怀里。

"好!"那个女人说,"现在你们去吧。他们会一块儿哭,一块儿安慰,比随便谁待在这儿都好,这只有一个孩子能办得到。只要他们需要我,我就留在这儿。倘使你们明儿再来,你们可以跟她有条有理地谈会

---

① 指上帝而言。《旧约·诗篇》第六十八篇第五节:"上帝在她的圣所做孤儿的父,做寡妇的申冤者。"

儿。这在今儿她可办不到。"

玛格丽特和父亲顺着那条街慢吞吞地朝前走去时,她在希金斯家关闭着的门外站住了。

"我们要不要进去一下?"父亲问,"我也在想他。"

他们敲了敲门,里面没有回答,他们于是推了一下门。门插上了,可是他们觉得听见他在里面走动。

"尼古拉斯!"玛格丽特说。里面没有回答。他们本来会以为屋子里没有人而走开的,如果屋子里没有一件东西,好像是一本书,恰巧落在地上的话。

"尼古拉斯!"玛格丽特又喊了一声,"只是我们。让我们进来,好吗?"

"不成,"他说,"我把门插上,就说明了我的意思,用不着再多说什么啦。今儿就让我独自个待着吧。"

黑尔先生本来想把他们的心意竭力再说一下,但是玛格丽特把一个手指放到了他的嘴上。

"这并不叫我觉得奇怪。"她说,"我自己也渴望独自一个。经过这样一天以后,这似乎是唯一对人有好处的办法。"

第十二章 向往南方

> 一锹！一耙！一柄锄头！
> 　鹤嘴锄或是钩镰！
> 用镰刀收割,用大镰刀刈草,
> 　用连枷或用你乐意用的家伙打——
> 这里现有熟练的人手,
> 　愿意操起需用的农具,
> 在劳工那艰辛的学校中
> 　受过严格的训练,获得充实的技艺。
>
> 霍德①

第二天,他们去看望鲍彻的寡妇时,希金斯的门还是锁着,不过这一次,他们从一位分外殷勤的邻居那儿听说,他倒的确是不在家。然而,在他这天外出办事之前——且不管他去办的是什么事——他却曾经去看了一下鲍彻太太。这次对鲍彻太太的探望是很不满意的。她认为可怜的丈夫的自杀,使她成了一个遭到不公正待遇的女人。这个想头里有点儿道理,使人很难加以驳斥。虽说这样,看到她的思想多么全面地集中在自己和自己的处境上,还是令人不满的。这种自私心理甚至发展到她和儿女们的关系上。就连在她对儿女的那份有点儿像动物的感情中,她也认为儿女是一些牵累。玛格丽特设法和一两个孩子亲近,她父亲则尽力使寡妇想到一些较为高超的事情,而不只是这样束手无策地满腹牢骚。她发觉孩子们要比寡妇更真挚、更朴实地为他们的

---

① 霍德(Thomas Hood,1799—1845):英国诗人,引文见他的《劳工之歌》(*The Lay of the Labourer*)。

父亲伤心。爹对他们一向是亲切厚道的。每一个人都可以用他们那种热切的、结结巴巴的方式,讲到去世的父亲对他们表示怜爱的一件事,对他们加以宽容的一件事。

"楼上的那人真的是他吗?看来不大像他。那人叫我觉得害怕。我可从来不怕爹。"

玛格丽特听说那位母亲在她自私地寻求同情中,曾经把儿女们领上楼去看他们变了样的父亲,感到十分痛心。这是把出于天性的诚挚悲痛,与粗暴恐怖的情绪掺杂到一起去了。她设法想使他们朝其他方面想,想到他们能为母亲做点儿什么,想到父亲——因为这是一种比较有效的表达方法——父亲会希望他们做点儿什么。玛格丽特的努力,要比黑尔先生的成功。孩子们看到他们的微小的责任,在于在自己的周围采取行动,于是每一个都想法做起一件她提议的整理一下那个凌乱的房间的工作来。可是她父亲却为那个懒散的病人面前树了一个太高的标准,太抽象的目标。那个女人无法在自己迟钝的脑子里很鲜明地想象出,丈夫在采取最后那个可怕的步骤以前,他的痛苦会有多么大。她只能看到这一步对她本人的影响,无法领会上帝的永恒的慈悲,上帝并没有特地进行干预,制止那汪水把她那伏下身去的丈夫淹死。尽管她暗地里责怪丈夫陷进这么使人伤心的绝境,并且不承认他有任何借口应该采取最后这个鲁莽的行为,她在谩骂那些可能被认为是把丈夫逼上这条绝路去的人方面,却是切齿痛恨的。厂主们——特别是桑顿先生:桑顿先生的工厂遭到了鲍彻的袭击,当局发了逮捕令,以闹事罪要逮捕鲍彻,可是桑顿先生又让他们把逮捕令撤回了,——还有工会:在这个可怜的女人看来,希金斯就是工会的代表,——儿女们又这么多,这么饥饿,这么吵闹——这一切构成了她个人的一支"敌对大军",就是这些人的过失,才使她如今成为一个无依无靠的寡妇的。

玛格丽特听了许许多多这种不合理的话,使她满心沮丧。到他们离开的时候,她觉得无法使父亲高兴起来。

"这都怪城市生活。"她说,"不提这些逼仄的、把人拘在里面的房屋,周围的一切的匆促、喧闹和速度,也加强了他们的神经紧张。这些房屋本身就足以惹得人心情郁闷、意志消沉了。在乡间,人们,就连儿童,冬天也大半生活在户外。"

"可是人们必须生活在城市里。在乡间,有些人的思想习惯变得那么呆板,简直成了相信宿命论的人啦。"

"不错,这一点我承认。我想每一种生活方式都产生出自身的苦难和自身的迷人之处来。城市居民必然觉得,要他们平静而有耐心,就和要生长在乡间的人敏捷活跃,要他们应付得了罕见的紧急情况同样困难。双方必然都觉得很难去争取实现另一种未来。一方是因为现在在他四周如此活跃、匆忙、紧迫,一方则是因为他的生活吸引着他去耽溺在单纯的动物生活的自足里,不知道,因而也不想去获得任何有所成就的强烈乐趣,尽管为了获得这种乐趣,他本可以规划、克制和盼望的。"

"正因为这样,需要全力以赴,跟浑浑噩噩地满足于现在,产生了同样的结果。但是这个可怜的鲍彻太太!咱们简直没法为她做上多一点儿事。"

"然而,我们又不敢不费一番力就撒下她不管,尽管我们的气力也许是白费的。噢,爸爸!咱们生活在一个多么艰难困苦的世界上啊!"

"是这样,孩子。无论如何,咱们眼下是觉得这样,不过就连在咱们的悲伤中,咱们一直也很快乐。弗雷德里克的回来,叫人多么高兴啊!"

"是呀,他回来是叫人挺高兴。"玛格丽特欣然地说,"那是一件非常美好、侥幸而又遭到禁止的事情。"可是她突然停住,没说下去。她自己的懦弱,破坏了弗雷德里克这次归来所留下的回忆。在别人的过失中,她最看不起的一件就是缺乏勇气,就是促使人撒谎的那种卑劣心情。现在,她竟然犯下了这样的过失!接着,她又想到桑顿先生知道她撒谎。她不知道要是一个别人知道了,她会不会像现在一半这么在意。她想象到肖姨母和伊迪丝,想象她父亲,伦诺克斯上尉和伦诺克斯先生,想象到弗雷德里克,想试着瞧瞧。她想到最后那个人知道她做了什么事——就算是为了他——最感痛苦,因为兄妹俩这回是第一次互相激发起了手足之情,但是就连弗雷德里克如何看轻她,都及不上她想着再见到桑顿先生时,自己所会感到的那份羞愧,那份令人畏怯的羞愧。

然而，她又渴望看见他，渴望把这件事熬过去，以便知道自己在他的心目中究竟处在什么地位上。她想起自己曾经多么高傲地暗暗提到一条反对商业的理由（那是在他们初认识的日子里），脸上就感到热辣辣的。她反对商业，因为商业往往一方面导致以低劣的商品充当上等货的这种欺骗行为，一方面又用商业信贷来假充实际上并没有的资产和财力。她还记得桑顿先生脸上那种鄙薄、镇定的神色，他没说几句话就使她明白了，在商业这个庞大的体系里，所有不光彩的做法，从长远来说，肯定会证明是有害的，而且单纯按照成功这个低劣的标准来检验，这种种做法，以及商业方面和其他方面的各式各样欺骗行为，都是愚蠢的，不是聪明的。她记得——她自己的诚实那时候还没有受到考验，所以她很坚强——自己曾经问他，他是否认为按最便宜的价格买进，再按最贵的市价卖出，不是光明正大的公道行为，而公道的行为是和诚实这种概念那么密切相关的。她当时用了骑士的品质这个词——父亲纠正了她，用了基督徒的品质这个更为高尚的词，从而把这场争论接了过去，她于是带着一点儿轻蔑的情绪默不作声地坐在一旁。

现在，她不能再感到轻蔑了！——不能再谈论什么骑士的品质了！从今往后，她在他眼里只能是含羞带愧的。但是她什么时候会再见到他呢？每回门铃一响，她的心总担惊受怕地急速跳动起来，然而等心跳平静下来，她的心里对每回的失望总又感到莫名其妙的快闷、伤感。很明显，她父亲指望见到他，对于他不来觉得很惊讶。实际的情形是，他们那天晚上的谈话中有些论点当时没来得及进一步议论，可是两人都知道，如果可能的话，下一天晚上——如果下一天晚上不可能，至少也是在桑顿先生有空的第一个晚上，——他们就会聚到一块儿来作进一步的讨论。自从他们分手以后，黑尔先生一直盼望着这次会面，在他妻子病重的时候，他曾经暂停教授他的学生。目前，他还没有恢复教学，所以比平日更为空闲。过去一两天发生的大事（鲍彻的自杀），使他比先前更为热切地回到了自己沉思的问题上。他整个晚上坐立不安，不断地说，"我本来指望会见到桑顿先生的。我想昨儿晚上送书来的那人，一定带有一封信，忘记留下了。你认为今儿有没有人留下什么口信呢？"

"我去问问,爸爸。"在父亲把这些话用不同的音调说了一两遍以后,玛格丽特说,"等等,有人在拉门铃!"她立刻坐下,低下头全神贯注地对着她做的活计。她听见楼梯上有脚步声,不过只是一个人的。她知道这是狄克逊的,于是抬起头,叹息了一声,自认为觉得很高兴。

"就是那个希金斯,姑老爷。他想要见您,再不然就见黑尔小姐也成。或者也许先见黑尔小姐,再见您,姑老爷,因为他样子很古怪。"

"最好请他上这儿来,狄克逊。那样,他就可以见到我们两个人,然后挑选出他乐意谈话的对象了。"

"哎!那可好,姑老爷。我可以肯定我并不希望听他要说的话。只不过您要是能瞧见他的鞋子,我相信,您管保会说厨房是个更为合适的地方了。"

"我想他可以擦一擦。"黑尔先生说。狄克逊于是气冲冲地走去吩咐他到楼上来。然而,当他神色踌躇地望望自己的脚时,狄克逊稍许平和下去点儿。接着,他在楼梯的最末一级上坐下,把那双讨嫌的鞋子脱掉,一句话没说便走上楼来了。

"是我,牧师!"他说,走进房来时把头发朝后抹了抹,"希望她会原谅我(他望望玛格丽特),光穿着袜子就上楼来了。我整天都在外面跑,街道可不是最干净的。"

玛格丽特心想,他态度的改变也许是由于疲劳,因为他分外安静而有克制。显然,他觉得有点儿为难,不便把他前来想说的话说出口。

黑尔先生时时刻刻都准备对任何羞怯、踌躇的举动或是缺乏镇静的行为表示同情,这使他连忙来给希金斯帮忙。

"我们这就要在楼上这儿吃茶点啦,你和我们一块儿喝一杯茶,希金斯先生。我想你管保累了,要是今儿这么一个令人懒洋洋的阴湿天你多半全在外边的话。亲爱的玛格丽特,你可不可以去叫他们把茶快点儿沏好?"

玛格丽特要把茶快点儿安排好,就得亲自动手去沏,那一来就会使狄克逊很不高兴。由于为已故的女主人伤心,她最近正变得十分急躁、易怒。可是马撒像所有接触到玛格丽特的人那样——就连狄克逊本人归根结底也是如此——觉得促成玛格丽特的任何心愿都是一种乐趣和一份荣誉。她这种欣然乐意的态度,以及玛格丽特的和蔼宽容的作风,不久就使狄克逊感到羞愧起来。

"我真不明白,由打我们到米尔顿来后,姑老爷和你干吗总要邀请这些低三下四的人上楼去。赫尔斯通的人从来没有给请到比厨房更高的地方。在这以前,我曾经让他们有一两个人知道,他们可以认为给请到那儿就是一份荣誉。"

希金斯发觉把自己的心思向一个人说出来,要比向两个人说容易。玛格丽特离开房间以后,他走到门边,看看门是不是关上了,然后走回来,站在黑尔先生身旁。

"老师,"他说,"您大概不会猜到我今儿在奔波的是什么。尤其要是您记得我昨儿讲话的态度的话。我今儿在寻找工作。一直在寻找,"他说,"我对自己说,不管人家乐意说些什么,我说话一定得有礼貌。我得咬紧牙关,不要急着讲话。为了那个人——您明白。"说着,他用大拇指朝一个不可知的方向指了指。

"不,我不明白,"黑尔先生看见他在等候自己表示明白的某种迹象,便这么说,他对于"那个人"会是谁,完全给弄糊涂了。

"躺在那儿的那家伙。"他又指了一下,说,"跑去自己淹死的那家伙,可怜的人儿!我没想到他会想着去静静地躺下,让水浸着他,直到把他淹死。是鲍彻啊,您知道。"

"哦,我现在知道啦。"黑尔先生说,"再回到你刚才说的话上去。你不要说得太急……"

"为了他。可又不是为了他,因为不问他眼下在哪儿,在干什么,他绝不会再知道什么饥寒啦。是为了他的女人和那几个孩子。"

"愿上帝降福给你!"黑尔先生吃了一惊,这么说,接着他镇定下来,上气不接下气地问道,"你这话什么意思?细说给我听听。"

"我已经说给您听啦。"希金斯说,他对黑尔先生的激动有点儿惊讶,"我为我自己决不去寻找工作,可是他们给撇了下来,成了该我养活的人。我想我本该把鲍彻领向一个较好的结局的,可我却使他走上了这条路,所以我非得为他负责。"

黑尔先生抓起希金斯的手,一句话也没有说,就热忱地握着。希金斯显得局促不安,有些害臊。

"哎,哎,老师!我们中随便哪个男子汉,就管他叫男子汉吧,没有一个不会做这样的事的。当然啦,而且还会做得更好,因为,请您相信,我一点儿活儿也没有找到,甚至连一点儿找到活儿的希望也没有见到。尽管把汉珀所要的保证撇开不谈——那我是不能签字的——不,就算为了这个,我也不能签字——我对汉珀再三说,他的厂里要是肯雇我,我会比谁都卖力干活——可他还是绝对不要我——也不肯要别的那些人。我是一个卑劣无用的害群之马——不管我怎么想办法,那些孩子反正要挨饿的,除非,牧师,您肯帮我一下?"

"帮你!怎么样?我什么事都乐意做,——可是我能做点儿什么呢?"

"小姐——"这时玛格丽特已经又走进房来,静悄悄地站在那儿细听——"常常谈到南方多么好,以及那里的情形。我可不知道那里有多远,不过我一直在想着,能不能把他们送到那儿去,那儿的粮食又便宜,工资又好,而且所有的人,不论贫富,不论是厂主还是工人,全很友好。您也许可以帮我找个工作。我还不到四十五岁,身上还有不少气力,老师。"

"可是,你能干什么工作呢,朋友?"

"哦,我大概能铲铲地……"

"靠这种活儿,"玛格丽特走上前来说,"靠你能干的随便什么活儿,希金斯,要是你十分出力地干,你每星期也许会得到九先令,最多也许会得到十先令。粮食的价钱和这儿差不多一样,只不过你可以有一片小园子……"

"孩子们可以在园里干活儿。"他说,"我好歹已经厌恶米尔顿了,米尔顿也厌恶了我。"

"尽管这样,你还是不可以到南方去。"玛格丽特说,"你受不了的。什么样的天气你都得待在外边。那样你会患风湿症送命的。到你这岁数,单是体力劳动就会把你拖垮。伙食也跟你平时习惯的大不一样。"

"我对饮食并不特别挑剔。"他仿佛气恼似的说。

"可是你要是有活儿干,就指望每天吃一顿鲜肉了。从你挣的十先令里付出这笔钱,看看你是不是还能养活那些可怜的孩子。我有必要向你说明——因为是我那样讲话,才使你这样想的——我有必要把一切全向你说清楚。你不会经受得住那种单调的生活的,你不知道那是什么情形。它会把你像生锈那样腐蚀掉。一生都居住在那儿的人,习惯于泡在那一大片停留不动的水里。他们一天天在热气腾腾的田野里那种孤独寂寞的生活中干活儿——始终也不言语,也不抬起低着的、可怜沮丧的脑袋来。那种艰苦的铲地活儿,使他们的脑子失去了活力。他们单一的辛苦的工作,使他们失去了想象力。他们不乐意在干完活儿以后,聚在一块儿,甚至是谈谈最散漫、最荒唐的思想和念头。他们总像牲口那样疲乏地转回家去,可怜的人儿!除了食品和休息以外,什么也不在乎了。在城市里,你和人的交往不问是好是坏——这我可不知道——多得像你呼吸的空气;在那儿,你可没法鼓动起他们去和人家来往。真格的,我确实知道,在所有的人里,你最受不了在那种劳苦人中生活。他们认为是安宁的情况,对你会永远是令人烦闷的。我请你不要再去想这件事吧,尼古拉斯。再说,你要把母亲和孩子全弄到那儿——这是一件好事——你也绝付不起这笔路费的。"

"这我全估计过了。我们大伙儿只好住一所屋子。另一所里的家具卖了可以用上一个长时期。那儿的人准也有家属得养活——也许有六七个儿女。愿上帝帮助他们!"他说,与其说是被玛格丽特的那番话所说服,不如说是由于自己对实际情况有所认识,他突然一下把自己头脑里新近形成的这个想法放弃了(他的头脑给那一天的辛苦和忧虑弄得疲惫不堪),"愿上帝帮助他们!北方和南方每一处都有自己的烦恼。如果说那儿肯定有固定的工作,那么工人的待遇却只够糊口。可在这儿,大量的金钱涌到一处,而另一处却一个法辛①也没有。这个世界的确太混乱了,是我和随便哪个别人都无法理解的。它需要人来理出一个头绪,可是谁来整理呢,如果那些人说它是那样,而我们看见的又是这样的话?"

黑尔先生忙着在切面包,涂黄油。玛格丽特觉得这样很好,因为她

---

① 英国从前的一种硬币,值四分之一旧便士。

瞧出来,眼下最好不要去和希金斯谈话,如果父亲就希金斯的思想这个话题非常平和地谈起来,希金斯就会认为这是要他进行一场辩论,因而觉得有必要坚持自己的立场了。她于是和父亲进行着一些无关紧要的谈话,直到希金斯自己也没注意在不在吃,就不知不觉地饱餐了一顿。然后,他把椅子从桌子面前移开,竭力想对他们所说的话稍感兴趣,然而这并没有用,他又陷入了梦幻般的忧郁状态中。忽然,玛格丽特说道(她已经盘算了一些时候,可是话一直哽在喉咙里),"希金斯,你上马尔巴勒工厂去找过工作吗?"

"桑顿的厂吗?"他问,"是呀,我到桑顿那儿去过。"

"他怎么说呢?"

"一个我这样的人是不大可能见到厂主的。监工叫我走开,活见鬼去。"

"我希望你见到了桑顿先生。"黑尔先生说,"他也许不会派给你工作,可是他决不会使用这样的语言。"

"说到语言,我差不多已经习惯了。这对我并没有什么关系。我给赶走的时候,自己并不软弱。那儿和随便哪一个别的地方一样也不要我,我所在意的就是这个事实。"

"可是我希望你见到了桑顿先生。"玛格丽特重复了一遍,"你乐意再去一次吗——我知道,这个要求太过分了点儿——不过你乐意明儿去试一试吗?你要是乐意去,我觉得很高兴。"

"我恐怕不会有什么用的。"黑尔先生低声说,"最好让我去跟他说说。"玛格丽特仍旧望着希金斯,等候他的回答。她的那双严肃而又温柔的眼睛是难以抗拒的。他长长叹息了一声。

"这样多少有损我的自尊心。如果只是为了我自己,我情愿忍饥挨饿也不去。我宁可把他打翻,也不愿求他施恩。我更愿意自己挨鞭子打。但是你不是个平常的姑娘,请你原谅我这么说,你的举动也不是平平常常的。我就老起脸来,明儿再去一次。你不要以为他会这么做。那个人的性格是,你拿火烧死他,他也不会退让的。我去是为了你,黑尔小姐,这是我生平第一次向一个女人让步。我女人和贝斯都始终没能叫我这样。"

"这么说,我越发要谢谢你啦。"玛格丽特笑嘻嘻地说,"虽然我并不相信你。我相信你也像大多数男人那样,总对女人和女儿作出让步。"

"说到桑顿先生,"黑尔先生说,"我来交一封信给你。我想我可以很冒昧地说,这封信大概保证可以让他接见你。"

"我很感谢您,牧师,不过我宁愿自己去找他。想到由一个不知道这场争吵原委的人来为我说好话,我实在受不了。干涉厂主和工人,不像什么别的,就像干涉人家夫妻那样。要做得有好处,需要有不少智慧,我去守在传达室门口。早上六点就去站在那儿,直到我跟他讲上话为止。不过我宁愿去扫街,要是穷人没有把那项工作包了下来的话。你别抱什么希望,小姐。从燧石里挤出乳汁来,机会还要多点儿哩。我祝你们晚安,多谢多谢。"

"你的鞋子在厨房里火旁边,我拿到那儿去想烘烘干。"玛格丽特说。

他回过身,定睛望着她,接着他用一只瘦手抹了抹眼睛,便走了。

"这个人多么自尊自大啊!"父亲说,他对于希金斯谢绝他去向桑顿先生说项的那种态度,感到有点儿气恼。

"他是这样,"玛格丽特说,"不过他身上具有多少出色的男子汉的品质啊,包括自尊在内。"

"桑顿先生的性格中有种品质就跟他一样。看到他显然多么尊重那种品质,倒是怪有意思的。"

"这些北方人的性格都很倔强,爸爸,是不是呢?"

"我恐怕可怜的鲍彻身上一点儿也没有这种品质,他女人身上也没有。"

"从他们说话的口音看,我猜他们身上有爱尔兰血液。我不知道他明儿会取得什么样的成功。要是他和桑顿先生像男子汉对男子汉那样一块儿把话说清楚——要是希金斯忘了桑顿先生是厂主,对他像对咱们这样说话——要是桑顿先生肯宽厚而耐心地听他说,不端起厂主的架子……"

"你终于对桑顿先生公道点儿啦,玛格丽特。"父亲拧了一下她的耳朵,说。

玛格丽特心里有一种莫名其妙的窒息感,这使她没法回答。"啊!"她想着,"但愿我是个男人,可以去强迫他把他的不以为然表示出来,并且老实告诉他,我知道自己该给人家这样看待。在我刚开始认识到他的价值时,就失掉了他的友谊,这似乎是很不好受的。他对亲爱的妈妈多么体贴啊!就算只是为了妈妈,我希望他会来,那样我至少可以知道我在他的眼里到底给贬低到了什么程度。"

第十三章　诺言履行了

她于是自尊自大地站起身，
　尽管两眼里噙着泪水，
"不管你说什么，不论你如何想，
　从我的嘴里，你绝得不出一句话语！"

苏格兰民谣

桑顿先生不仅知道玛格丽特说了谎话，——虽然她以为自己就是为这个原因，才在他的评价中大为改变了，——而且还认为，她这样说谎显然是跟一个其他的情人有关的。他无法忘却她和另一个男人相互之间那种亲昵、热切的神情——那种就说不是绝对相亲相爱，至少也是亲密无间的态度。这个念头不停地刺痛着他，不论他走到哪儿，不管他在做什么，它都总是他眼前的一幕情景。除此之外（他每想起来，总咬紧了牙），还有那个时间和那个地点。时间是天色朦胧的薄暮，地点则离开她家那么远，又是人们不大常到的地方。他的比较高尚的内心起初曾经说过，后面这一些也许只是偶然无知的，无可非议的举动，而既然承认她有权恋爱并受到人家热爱（他有没有任何理由否认她有这种权利呢？——当她拒绝接受他的爱时，她的话难道不是说得既严厉又明白吗？），那她就很容易会被人诱使去作出比她原来料想的为长的散步，走到比她原来料想的为晚的时刻的。但是那篇谎话！那表明她不幸完全知道有什么事做错了，非得隐瞒起来不可。这可不像她平日的为人。这句公道话他还是替她说了，尽管这时候要是可以认为她完全不配他尊重，那倒会是莫大的安慰。造成这种痛苦的就是这一点——他心里热爱着她，尽管她有种种过失，他却还是认为她比任何其他的女人都可爱，都出众，然而他又认为她那么恋慕着一个别的男人，被她对那个男人的爱那么牵扯着,甚至违反了她的诚实的本性。玷污她人格的这次撒谎,本身就证明她多么盲目地爱着另一个男人——那个肤色黝黑、身材瘦长、文雅漂亮的男人——而他本人却是严肃、粗鲁、身强体壮的。他自寻烦恼地弄得自己满心痛苦,妒忌万分。他想到那种神情,那种态度!——为了得到那种温柔的目光,那种亲昵的挽留,他多么愿意把自己的生命放在她的脚下啊!他嘲笑自己那么珍惜她保护自己,不使自己遭到暴徒们愤怒攻击的那种冷漠呆板的方式。现在,他看到了,她和她当真心爱的一个男人在一起时,显得多么温柔和迷人啊!他一点一滴地想起来,她说的那些尖刻的话——"在那一大群人中,她为任何一个人都愿意做出同样的事情,而且要比为他欣然乐意得多。"在她想要使他和那群暴徒之间避免流血时,他和那群暴徒是地位相同的,但是那个男人,那个神秘的情人,却和别人地位不大一样。他独个儿享有秀丽的姿色、动听的语言、手挽着手依依不舍的惜别,以及隐瞒撒谎。

桑顿先生意识到,他一生中从来没有像眼前这么急躁易怒。对于来问他话的人,他总想给他们一个简慢、粗暴的回答,多少像一声吼叫,不大像一句言语。这种意识损害了他的自尊心,因为他一向对他的克制是很自负的,他一定要克制住自己。因此他把态度和缓下来,变得沉着平静,可是心里这件事却显得更异乎寻常地冷酷、更不好受。他在家比平时更为沉默,晚上总消磨在不停地来回踱步上。要是随便哪个别人这么做,他母亲是会十分气恼的,就连对这个心疼的儿子,她也并没有打算多加宽容。

"你能不能停下——你能不能坐下一会儿?我有话要对你说,要是你能不这样老是走呀走的。"

他立刻在靠墙的一张椅子上坐下。

"我想对你说一下贝特西的事。她说她非得离开咱们啦,说他情人的死亡严重地影响到她的精神,因此她无法全心全意地干活儿。"

"很好。我想咱们总可以另外找到一个厨娘的。"

"这倒真像是一个男人说的话。这并不只是烹调的问题,家里的种种习惯她全都知道。再说,她还告诉了我一件有关你的朋友黑尔小姐的事。"

"黑尔小姐并不是我的朋友。黑尔先生才是。"

"我听见你这么说很高兴，因为如果她是你的朋友，那么贝特西说的话就会使你很气恼。"

"就说给我听听吧。"他态度极为平静地说，最近这几天他一直就保持着这种态度。

"贝特西说，那天晚上她情人——我忘了他的姓了——因为她一向管他叫'他'……"

"伦纳兹。"

"那天晚上伦纳兹最后一次到车站上去——事实上也就是他最后一次去上班的那天——黑尔小姐也在那儿，和一个年轻的男人走来走去。贝特西认为，就是那男人一拳或者一推，才送了伦纳兹的性命的。"

"伦纳兹并不是给人一拳或是一推才送了性命的。"

"你怎么知道？"

"因为我很清楚地拿这个问题去问过医院的那位外科大夫。他告诉我，由于伦纳兹饮酒过度的习惯，他内脏里长期以来就有毛病，又说他的病情在喝了酒的情况下迅速恶化这一事实，解答了最后送命的那次发作究竟是由于饮酒过度，还是由于摔上那一跤这个问题。"

"摔跤！什么摔跤？"

"就是贝特西说的那一拳一推所造成的。"

"这么说是有一拳一推的事啰？"

"大概是的。"

"是谁干的呢？"

"由于医生的意见，结果没有举行验尸调查，所以我也没法告诉您。"

"可是黑尔小姐是在那儿吧？"

没有回答。

"还跟一个年轻的男人一块儿？"

仍旧没有回答。最后，他说，"我告诉您，妈，没有举行验尸调查——没有查问。我是说司法部门没有调查。"

"贝特西说伍尔默(她认识的一个人,这个人在克兰普顿的一家食品铺子里工作)可以发誓,黑尔小姐那时候也在车站上,跟一个年轻的男人一块儿走来走去。"

"我瞧不出咱们跟这件事有什么关系。黑尔小姐乐意怎样完全可以怎样。"

"我听见你这么说很高兴。"桑顿太太热切地说,"这件事的确对咱们没有多大关系——经过了那件事以后,对你更是毫无关系!不过我——我对黑尔太太作了承诺,说我一定要告诫她女儿,规劝她女儿,决不容她走上歪道。我当然得让她知道我对这种行为的看法喽。"

"我并看不出她那天晚上做的事情有什么不好。"桑顿先生站起身,走到母亲身边,说。他站在壁炉台旁边,把脸转过去,没看着房里。

"你总不见得会赞成范妮在天黑以后给人家看见跑出去,待在一个相当僻静的地方,跟一个年轻的男人走来走去吧?她母亲还躺在那儿,没有下葬,她会挑选这样一个时刻去作这样一次散步,对这种做法是否得体我还没有去说它哩。你乐意自己的妹妹给食品铺的店伙计看到在这么做吗?"

"首先,没有多少年以前,我自己也是布店里的一个伙计,一个食品铺的店伙计看到一件什么行为的这一情况,在我眼里并不会改变这一行为的性质。其次,我在黑尔小姐和范妮之间看出了很大的差别。我可以想象到那姑娘可能有一些重要的理由,使她可以并且应该,在自己的行为方面不去在意随便什么表面上似乎不得体的地方。我始终就不知道范妮对什么事情有什么重大的理由。其他的人必须保护着她。我相信黑尔小姐自己能保护她自己。"

"这可真是对你妹妹品格的一个好评价啊!说真的,约翰,人家还以为黑尔小姐所做的事,已经够叫你看清楚一切了呢。她很大胆地装着看重你,引得你去向她求婚,——肯定是想利用你去对付这个年轻人。她的全部行为我现在全明白了。你大概也认为他是她的情人吧——这你总同意喽?"

他回过身来对着他的母亲,脸色苍白、可怕。"是的,妈。我确实认为他就是她的情人。"他说完这句话以后,又回过身去,不安地折腾着,像一个身上疼痛的人那样。他用一手托着脸。接下去,她还没来得及说话,他又骤然回过身来说:

"妈。不管他是谁,他反正是她的情人,不过她也许需要帮助和女性的意见,——也许有些我不知道的困难或是诱惑。我恐怕是有。我并不想知道是些什么困难或是诱惑,可是既然您一向是我的好……是呀!还是一位体贴的母亲,上她那儿去,取得她的信任,告诉她最好该怎么办。我知道有什么事出了毛病,有件担惊受怕的事必然使她非常痛苦。"

"瞧在上帝分上,约翰!"他母亲说,现在真的大为吃惊了,"你这话什么意思?你这话什么意思?你知道点儿什么吗?"

他没有回答她。

"约翰!除非你说出来,要不然我不知道我该怎么想啦。你不可以说你所说的这些话去指责她。"

"不是指责她,妈!我不会指责她。"

"哎!你不可以说你刚说的这些话,除非你再多说上一点儿。这种吞吞吐吐的话会毁了一个女人的名声的。"

"她的名声!妈,您可别……"他回过脸,用炽热的眼睛盯视着她的脸。接下去,他平静、庄严而又坚决地挺直身子,说,"我就说这些,这可是绝对的实情,我想您肯定相信我,——我有充分理由相信,黑尔小姐碰上了什么困难,这和一种爱恋的情感有关。根据我对黑尔小姐的品行所知道的一切,这种情感本身是绝对纯洁的、正当的。我拒绝说明我的理由是什么。不过决不要让我听见有谁指摘她,暗暗含着什么严重的诋毁。她眼前只不过需要一位慈祥亲切的女人的忠告。您答应过黑尔太太要做这位女人!"

"没有!"桑顿太太说,"说来很幸运,我并没有答应待她慈祥、亲切,因为我当时觉得,对一个黑尔小姐那种性格和气质的人,这样待她也许是我办不到的。我答应提供意见,进行劝告,就像我对自己女儿所会做的那样。我要对她像对范妮那样讲,要是她曾经在黄昏时分跟一个年轻的男人胡混的话。我要就我所知道的情况去讲,决不被你不肯告诉我的那些'强有力的理由'所支配。那样,我就履行了我的诺言,尽了我的责任。"

"她绝不会容忍的。"他激动地说。

"她非容忍不可,如果我以她去世母亲的名义讲话的话。"

"好!"他抽身离开时说,"别再跟我提这事啦。我想到这件事,实在受不了。您和她说说,反正比压根儿没有人去和她说要好。——哎!那种爱慕的神情!"他走进自己的房间,闩上房门,从牙缝间这么说下去,"还有那个可恶的谎话。这表明幕后有件非常可耻的事情,必须掩盖起来,不能暴露于我以为她一直生活在里面的那片光明中间!玛格丽特啊,玛格丽特!妈,您折磨得我多么够呛啊!哎!玛格丽特,你难道真没爱过我吗?我只不过粗鲁严厉,可我决不会使你为了我而去撒谎。"

桑顿太太越去细想儿子因为玛格丽特行为不检,恳求她作出宽大判断所说的那一番话,就越对玛格丽特觉得厌恶。她想着借口履行义务,去"把自己的心里话"全向她说出来,就感到一种恶毒的乐趣。她很知道玛格丽特对许多人都具有"魅力",而她想到去表明一下自己不受这种"魅力"的影响,也觉得很得意。她对自己手下这个受害者的那种美的形象很轻蔑地嗤之以鼻。桑顿太太花了大半夜盘算着自己要说的那一席公正而严厉的责备话。玛格丽特的漆黑的头发,光滑、润泽的皮肤,明亮的眼睛,全不会有所帮助,使她肯少说上一句。

"黑尔小姐在家吗?"她知道她在家,因为她在窗外已经看见她了。马撒对她的询问刚回答了半句,她的脚已经跨进了那个小门厅。

玛格丽特正独个儿坐在那儿写信给伊迪丝,告诉她母亲临终前的许多详情细节。这是一件使人伤感的工作,所以当用人通报说桑顿太太来了时,她不得不把忍不住落下的泪水擦去。

她接待客人的态度那么温文尔雅,因此她的客人禁不住有点儿气馁。那一番话想想好,不对人说,倒是很容易,要讲出口却是办不大到的。玛格丽特的圆润、低沉的嗓音比平时还要柔和,她的态度比平时还要亲切,因为她心里很感激桑顿太太,这么殷勤关切地来看望她。她尽力找出一些有趣的话题来谈,夸奖用人马撒——马撒是桑顿太太代他们找来的,又说她已经写信去向伊迪丝要一支希腊小歌曲——这支歌曲是她曾经对桑顿小姐提过的。桑顿太太相当窘困。她的锐利的大马士革刀锋①在玫瑰花瓣中似乎不合适、不顶用。她默不作声,竭力想振作起来,尽她的责任。最后,尽管不大可能,她还是听凭一种猜疑掠过了她的心头,激励自己采取行动。她疑心这份亲切全都是做出来,想要讨好桑顿先生的。那另一场恋爱不知怎么失败了,所以重新得到遭她拒绝的情人,是合乎黑尔小姐的心意的。可怜的玛格丽特!这样的猜疑里也许最多有这样一点真实性:她很重视那一个人的尊敬,生怕失去了它,而桑顿太太却是那个人的母亲。这个想头不知不觉增强了她生性就容易产生的一种愿望,想要对一个前来看望她,对她表示厚道的女人亲切友好。桑顿太太刚站起身要走,但是又似乎还有什么话想说。她清了清嗓子,开腔道:

"黑尔小姐,我有一个责任要尽。我答应过你去世的母亲,根据我的浅薄的判断力,决不让你做出任何错事或是(说到这儿,她把话稍许讲得婉转点儿)粗心大意的事来,而不劝告你,至少也是不提出意见来,不管你接受不接受。"

玛格丽特站在她面前,脸红得像一个罪犯,两只眼睛大张着,凝视着桑顿太太。她以为桑顿太太是要来和她讲她撒谎的那件事——桑顿先生请他母亲来向她说明一下她所会遭到的危险,在坐满人的法庭上遭到驳斥的危险!虽然她想到他没有亲自前来责备她,接受她的忏悔,使她重新获得他的好评,心情不免有些沮丧,可是她却非常恭顺,乐意耐心而温和地忍受人家在这个问题上对她的任何责怪。

桑顿太太说了下去:

"最初,我听见我的一个用人说,有人看见你在晚上那么迟的时候,跟一位先生在离开家那么远的奥特伍德车站上逛荡,我几乎不能相信。但是说来很惋惜,我的儿子证实了她的话。说得最轻,那样也是不够慎重的。以前,有许多年轻的女人都毁了她们的名声……"

---

① 大马士革(Damascus):叙利亚首都,从前以生产制造兵刃用的钢闻名。这里借比锋利的语言。

玛格丽特的眼睛闪射出怒火来。这是一个新想法——这种想法太侮辱人了。如果桑顿太太对她讲到她说的谎话,那倒很好——她会承认下这件事,使自己受到羞辱的。可是来干涉她的行为——来讲到她的名声!她——桑顿太太这么一位陌生人——这未免太冒失啦!她决不回答她——一句话也不回答。桑顿太太在玛格丽特的眼睛里看到了反抗的意志,这也激起了她好斗的脾气。

"为了你的母亲,我认为告诫你不要这样有失检点,是正当的。这种行为最终必然会贬低世上人们对你的尊重,就算实际上并没有使你遭到什么损害的话。"

"为了我的母亲,"玛格丽特哭声地说,"我愿意容忍不少事情,不过我并不能容忍一切。我相信她管保决没有意思要使我受到侮辱。"

"侮辱,黑尔小姐!"

"是的,夫人,"玛格丽特比较镇静地说,"这是侮辱。您对我究竟知道点儿什么,竟然使您来怀疑我——噢!"她说到这儿停顿了一下,用手捂住脸——"我现在知道啦,桑顿先生告诉了您……"

"不,黑尔小姐,"桑顿太太说,她的诚实的个性使她止住了玛格丽特正要作出的表白,尽管她的好奇心却渴望听她说一下,"停住。桑顿先生什么也没有告诉我。你不知道我儿子的脾气。你也不配知道他。他就说了这话。听着,年轻的小姐,这样,可能的话,你就会知道,你拒绝了的是一个什么样的人。这个米尔顿的厂主,他的宽厚体贴的心情实际上遭到了藐视,可就在昨儿晚上,他对我说,'上她那儿去。我有充分理由知道,由于一种爱恋的情感,她碰上了困难,需要女人的忠告。'我想这些就是他说的话。除了这些话以外——除了承认二十六日晚上,你曾经和一位先生待在奥特伍德车站那儿以外——他并没有说什么——没说一句话来指摘你。如果他知道什么使你这么呜咽的事,他也藏在自己心里没告诉我。"

玛格丽特仍旧用手捂着脸,手指都给泪水沾湿了。桑顿太太稍许平和下来点儿。

"哎,黑尔小姐。我承认,经过说明,有些情况也许可以排除掉,不算是从表面上看来有失检点的行为。"

仍旧没有回答。玛格丽特在盘算着,该说点儿什么。她希望取得桑顿太太的好感,然而她又不能,也不会作出任何解释。桑顿太太变得不耐烦了。

"和一位朋友断绝来往,我是很抱歉的,可是为了范妮——像我对我儿子说的那样,要是范妮这么做了,我们就会认为这是一大耻辱——范妮也许会给带着走上……"

"我没法向您解释。"玛格丽特低声说,"我做错了事,不过不是像您以为或知道的那样。我认为桑顿先生对我的判断要比您的宽厚。"——她好不容易才使自己没有给泪水哽噎住——"但是我相信,夫人,您的意思是想做一件正当的事。"

"谢谢你,"桑顿太太挺直身子,说,"我并不知道我的用意还遭到人家怀疑。这是我最后一次来干涉啦。你母亲要我这么做的时候,我并不愿意答应这么做。在我还只是疑心我儿子爱上了你的时候,我就不大赞成。由我看来,你好像不大配他。可是当你像你在那次闹事时所做的那样,使自己受到了伤害,并且听凭自己遭到用人和工人们的议论,我觉得再反对我儿子想向你求婚的愿望,那就是不正当的了。顺带说一句,他以前一直不承认有这种愿望,直到闹事的那天。"玛格丽特心头刺痛了一下,用一种咝咝的声音长长地吸了一口气,但是桑顿太太对这却没有注意,"他来了,你显然又改变了主意。我昨儿对我儿子说,虽然中间的时期很短,我却认为你很可能听说或是知道了这另一个情人的某些情况……"

"您准是把我看成一个什么样的人了,夫人?"玛格丽特傲慢而轻蔑地把头向后一昂,问,她的喉咙像天鹅的脖子那样朝外突出弯曲着,"您别再说什么了,桑顿太太。我拒绝为任何事情来替我自己作什么表白。您必须容我离开这间房。"

说完,她以一位生气的公主庄重文雅的态度,悄没声地快步走出房去。桑顿太太生来倒有那么一点儿幽默感,使她感觉到自己给撇下来的这种滑稽可笑的处境。她除了自行告退外,别无办法。玛格丽特的举动并没有使她特别气恼。她并不十分喜欢玛格丽特,不至于为这气恼。玛格丽特则对桑顿太太的规劝感到十分刺心,正像那位太太指望的那样。她的恼怒立刻使她的客人心平气和下来,这是任何沉默冷淡都远远办不到的。这表明了她的话的影响。"我的年轻的小姐,"桑顿太太暗自想着,"你自己的脾气可真不错。要是约翰和你结了婚,他可得对你严加管束,使你知道自己的身份。不过我想你现在不会急匆匆地再和你的心上人在那样一个时刻出去逛荡了。你生性太高傲,太倔强,不会这么做的。我喜欢看见一个姑娘想到人家议论她,就恼怒起来。这表明她们生性既不轻浮,也不放肆。至于这个姑娘,她也许很放肆,可是她决不会很轻浮。这方面,我得给她说句公道话。至于范妮,她倒会轻浮,不会放肆。她缺乏勇气,可怜的人儿!"

桑顿先生那天上午并没有过得像她母亲那么满意。他母亲至少办完了她决心想做的事。他则很想知道自己的处境,那次罢工给他造成了什么损害。他的资本有不少全投在价格昂贵的新机器上,一动也不能动。他还买了大量的棉花,以便应付手头现有的一笔数目很大的订货单。这次罢工使他在完成这些订货方面大大地误了期。即使用他自己那些做惯了的熟练工人来干,要想履行契约也会碰上一些困难。事实上,爱尔兰工人的不能胜任每天都给他带来烦恼。正当需要特别加紧干的时候,他却不得不去训练这些爱尔兰工人学会干活。

对希金斯来说,这会儿去提出他的要求,可不是一个有利的时刻。不过他答应了玛格丽特,说要不惜任何代价这么做。因此,尽管每一刻都加强了他的厌恶、他的自尊心和他的闷闷不乐,他却一小时一小时靠在那堵阴沉沉的围墙上,一会儿用这一条腿、一会儿又用另一条腿支着身子站在那儿。最后,门闩骤然拉开,桑顿先生走出来了。

"我想跟您说几句话,厂主。"

"我现在不能停下,朋友。事实上,我已经晚啦。"

"哦,厂主,那么我可以等到您回来。"

桑顿先生顺着那条街朝前走了一半路。希金斯叹息了一声。但是毫无用处。在街上碰上桑顿先生,是他见到"厂主"的唯一机会。如果他去拉传达室的铃,或者甚至到他家里去找他,人家就会叫他去找监工。所以他又静静地站在那儿,在午餐时刻大群工人奔出工厂院子时,只朝几个认识他、和他讲话的人点了点头,打了个招呼,一句话也没回答,同时朝着刚招募来的那些爱尔兰"工贼"使劲儿瞪着眼睛。最后,桑顿先生回来了。

"怎么!你还在这儿!"

"是呀,厂主。我得和您谈谈。"

"那么,上里面来。慢着,我们就从院子里穿过去,工人们还没有回来,院子里没有别人。我瞧,这些人全在吃饭。"他把传达室的门关上,这么说。

他停下来对监工说了几句话。监工低声说道:

"您大概知道,厂主,这个人就是希金斯,是工会的一个领袖,就是在赫斯特菲尔德发表那篇讲话的那人。"

"不,我并不知道,"桑顿先生说,一面回过脸锐利地望望跟着他的这人。他知道希金斯是个有名的蛮横闹事的人。

"来吧。"他说,嗓音比先前粗鲁了点儿,"就是这种人,"他心里想,"破坏了商业,损害了自己居住在里面的城市:只是一些蛊惑民心的家伙,是一些爱好权力、不顾别人付出何种代价的人。"

"哦,朋友!你要找我干什么?"他们走进工厂的办公室后,桑顿先生立刻回过脸来对着他问。

"我姓希金斯……"

"这我知道。"桑顿先生打断他的话说,"你想要什么,希金斯先生?我问的是这个。"

"我要工作。"

"工作!你真是个挺不错的人,来找我要工作。你可一点儿也不缺乏鲁莽冒失这种品质,这很清楚。"

"我跟那些比我强的人一样,也有不少对头和背后中伤我的人,不过我从没听见他们哪一个说我过分谦虚。"希金斯说。桑顿先生的态度,而不是他说的话,使他的情绪有点儿激动起来。

桑顿先生看到桌上有一封写给他本人的信,于是拿起来,读了一遍。等读完以后,他抬起脸,说,"你还在等什么?"

"我问的那句话的答复。"

"我已经回答过你啦。别再浪费时间吧。"

"您就我的鲁莽冒失批评了一句,厂主,可是我受的教育是,当人家很客气地问我一件事时,不是说'行'就是说'不行',这才是合乎规矩的。我将很感激您,要是您派给我工作的话。汉珀会证明我是个好工人。"

"我觉得你最好不要让我去找汉珀要一份推荐书,朋友。我也许会听到些你不大乐意听的话的。"

"我情愿冒险。他们能说我的最糟的话就是,我做了我认为最好的事,甚至使我自己受到了害处。"

"那么你最好上他们那儿去试试,看看他们会不会派给你工作。我解雇了一百多个最好的工人,不为别的过失,就因为他们跟随你,以及你这样的人。你想我会用你吗?我还不如放一个火种在废棉堆里哩。"

希金斯转身离开。这时候,他想起了鲍彻,于是带着他可以使自己作出的最大的让步,又回过脸来。

"我向您保证,厂主,我决不说一句会造成损害的话,要是您正正当当对待我们的话。我还可以作出一些其他的保证:我可以保证,如果我看见您做错了,行事不太公正,我就先找您私下谈谈,那将是一个很公平的事先警告。要是您和我对您的行事意见不一,您可以早一小时通知我,把我解雇。"

"嚯,你可真自命不凡!汉珀失去了你,多么可惜。他怎么会放掉了你和你的聪明智慧的?"

"哦,我们互相很不满意地分手了。我不肯作出他们要人作的那项保证。他们无论如何也不会要我。所以我可以另找工作了。如同我先前说的,虽然我不该么说,我可是个好工人,厂主,还是个稳妥可靠的人——尤其当我不喝酒的时候。这一点我现在一定要做到,就算我以前始终没有做到的话。"

"为了你好存起较多的钱,再进行一次罢工吗?"

"不是!要是我可以这么做,那我倒真感激不尽了。我是为了要养活一个工人的寡妇和孩子。他给你们的那些代替罢工工人的工贼逼疯了。一个什么也不懂的帕迪①使他丢了他的工作。"

"哦！要是你脑子里有这样的好意图，你最好去做一件别的工作。我倒劝你不要留在米尔顿，你在这儿太有名气啦。"

"倘若是夏天，"希金斯说，"我就去干帕迪的活儿，出去当个挖土工，翻晒干草或是什么别的，决不再看见米尔顿了。可是如今是冬天，那些孩子会挨饿的。"

"你真可以成为一个很好的挖土工！嗨，你挖起土来，抵不上一个爱尔兰工人干半天的活儿。"

"那么我干十二小时就只拿半天的工资，要是在那时间里我只能干出半天的活儿的话。如果我真是那样一个惹祸精，那除去工厂以外，您知道不知道有什么地方可以试用试用我呢？为了那些孩子，我愿意接受他们认为我值得拿的任何工资。"

"那一来，你瞧不出你会成为一个什么人吗？你就会是一个工贼。你就会拿上比其他工人少的工资——一切都是为了另一个工人的孩子。想想看你会怎样责骂一个可怜人，要是他为了养活自己的孩子，愿意接下他所能得到的任何工作的话。你和你的工会就会马上扑向他去！不成！不成！就算只是为了想到你过去对待代替罢工工人干活儿的那些人的那种方式，我对你问的话也要说'不成！'我不派工作给你。我并不是说，我不相信你来要工作的借口。我对这件事什么也不知道。你的话也许是真的，也许不是。它反正是一篇不太叫人相信的话。让我走过去。我不派给你工作。这就是给你的答复。"

"我听见了，厂主。要不是有人吩咐我来，我是不会来打搅您的。那个人似乎认为您的心地有时候还比较宽厚。她错啦，我错信了她的话。不过我并不是第一个错信了女人的话的人。"

"叫她下次别多管闲事，别来浪费你的时间，还有我的时间。我相信女人是这个世界上所有祸患的根源。你去吧。"

"我很谢谢您的美意，厂主，特别是您这么客气地和我说再会。"

---

① 帕迪（Paddy）：爱尔兰人的绰号，因为爱尔兰人的守护神是圣帕特里克（St. Patrick），帕特里克的昵称即"帕迪"。

桑顿先生不屑回答。但是一分钟后,他朝窗外望去,竟然给走出院子的那个弯着身体的瘦弱的身个儿打动了:那种沉重的步伐,和那个人跟他讲话的那种坚决、明确、果断的态度成了古怪的对照。他走到传达室去。

"希金斯那家伙等着要和我谈话,在这儿等了多少时候?"

"八点钟前他就待在大门外面啦,厂主。我想他后来一直就待在那儿。"

"现在是……?"

"刚一点,厂主。"

"等了五个小时,"桑顿先生想着,"一个人这么长时间什么事不做,先抱着希望,后来又发愁,这可真够他等的。"

第十四章　结为朋友

> 不啊,我曾经尽力,你不再要我。
> 我很高兴,衷心高兴,
> 因为我可以如此全然地抽身离去。
>
> 　　　　　　　　　德雷顿①

玛格丽特离开了桑顿太太以后,回到自己的房里,把门关上。她按着过去心头激动时惯常所做的那样,开始来回踱着。后来,她想到,在这所造得很单薄的房子里,每走一步,声音都会从一间房传到另一间房,于是又坐下,直到她听见桑顿太太安安稳稳地走出了屋子。她强迫自己去回想一遍她们之间的全部谈话,逼着自己一句句去记起那番谈话来。最后,她站起身,用郁闷的音调暗自说:

"她的话无论如何并没有触动我。它们伤不了我,因为她指摘我的所有那些动机,我全是清白无辜的。不过想到有人——有哪个女人——竟然会这么轻易地就相信另一个女人有这种种动机,这是很不好受的。这是既不好受又令人痛心的。我实在做错了的事,她倒并没有指摘我——她并不知道。他始终没有告诉她:我本该知道他不会说的!"

她抬起头来,仿佛对桑顿先生表现出的任何体贴情绪都很得意似的。接下去,一个新的想头掠过了她的心上,她把两手紧紧地对握到了一块儿。

---

① 德雷顿(Michael Drayton,1563—1631):英国诗人,引文见他的第六十一首十四行诗《既然没有援助,来,让我们接个吻,分手吧》(*Since there's no help, come let us kiss and part*)。

"他一定也把可怜的弗雷德里克当成我的情人了。"(在这个词掠过她的心头时,她的脸腾红起来。)"我现在明白了。他不仅知道我说了谎话,而且还相信有一个别人喜欢我,而且我……哎呀!——哎呀!我怎么办呢?我这是什么意思?除了在我说不说老实话这一点上对我失去好感以外,他对我怎么看法,我干吗要在意呢?我真说不明白。但是我很痛苦!唉,过去这一年多么不幸啊!我一离开童年就进入了老年。我没有青春——没有少年。少女们的希望对我说来,已经过去——因为我决不会结婚。我就期待着烦恼和忧伤,就仿佛我是个老女人,具有老女人的胆怯精神。我对这样不断要求我坚强起来,已经厌倦了。为了爸爸,我可以振作起来,因为那是一种生来的、孝顺的本分。我想我还可以振作起来抵制——至少我可以有力量对桑顿太太不公正、不礼貌的怀疑表示愤恨。但是想到他必然如何误解了我,这是很不好受的。出了什么事,使我今儿这么病态?我不知道。我只知道我自己也管不住自己。有时候,我非垮下来不可。不过,不,我决不,"她一下站起身来,说,"我决不——我决不去想我自己和我自己的处境。我不去探究自己的心情。这在目前已经没有意思了。将来某一个时候,如果我活到老年的话,我可以坐在炉火旁边,注视着余烬,看到我本来会过的那种生活。"

这时候,她一直在匆匆地把衣服穿戴好,预备出去,只是不时停下擦擦眼睛,对于不顾她的全部勇气还在涌上来的泪水,做出一个急躁不耐的手势。

"我想有许多女人都像我这样,也会犯下一个大错误,等知道以后,已经太晚了。我那天多么傲慢无礼地对他说话啊!可是我那会儿并没觉察。我这是渐渐知道的,而且也不知道是什么时候开始的。现在,我决不后退。我心里很痛苦地意识到这一切后,再照原先那样对待他,我会觉得很困难的,不过我一定得很镇定、很平静,不多说话。但是,当然,我也许不会看见他了,他显然尽力躲避开我。这比什么别的都糟。然而,他相信了他准会相信的关于我的那件事以后,也难怪他要躲避开我了。"

她出了门,快步朝乡野走去,极力想通过快速的行动把这个思想排开。

回来时,她刚踏上门阶,父亲就迎了上来。

"好孩子!"他说,"你上鲍彻太太家去了? 我刚才也打算上那儿去的,要是午餐前我有时间的话。"

"没有,爸爸,我没有去。"玛格丽特涨红了脸说,"我压根儿没有想到她。不过午餐以后,我立刻就去。您在餐后打盹儿时,我就去。"

因此,玛格丽特去了。鲍彻太太病得很厉害,当真病了——不只是光有点儿不舒服。那一天前来的那位厚道而聪明的邻居,似乎担负起了一切家务。有几个孩子到邻居家去了。玛丽·希金斯在午餐时跑来照料那三个最小的孩子。那时候,尼古拉斯就已经去找过大夫了。可现在还没有来。鲍彻太太快要死了,他们除了等待以外,没有别的办法。玛格丽特想到,她倒很想知道尼古拉斯的意见,而且眼前除了去找希金斯父女外,她也不能做什么较好的事情。她或许还可以听到,尼古拉斯是否向桑顿先生要求到了工作。

她发现那三个小孩儿毫不惧怕地紧紧缠着尼古拉斯,他正忙着把一枚便士在食具柜上旋转,以逗他们玩。这会儿,他和他们一样,也笑嘻嘻地看着一次很长时间的旋转。玛格丽特认为,他对自己所做的事深感兴趣的这种快乐神色,是一个好兆头。等那枚便士停止旋转时,"小宝宝约翰"哭了起来。

"上我这儿来。"玛格丽特说,同时把小约翰从食具柜上抱下来,搂在怀里。她把自己的表放到他的耳旁,一面问尼古拉斯有没有见到桑顿先生。

他脸上的神色顿时变了。

"见到了!"他说,"我不但见到而且听他说的话听得太多了。"

"这么说,他拒绝了你吗?"玛格丽特伤心地说。

"当然啦。我早就知道他会这么做的。指望从厂主们手里得到仁慈,这是没有好处的。你是个陌生人,外地人,不可能知道他们的作风,可是我知道。"

"我叫你去,很抱歉。他很生气吗? 他没有像汉珀那样对你讲话吧,是不是呢?"

"他也并不太客气!"尼古拉斯说,他为了孩子们,也为了自己消遣,把那枚便士又转起来,"你不要烦恼,我不过还是老样子罢了。明儿,我要继续出去走走。当时我也同样回敬了他。我告诉他,我对他并没有那么好的看法,竟然会自动第二次再去找他,可是你劝我去,我是很感激你的。"

"你告诉他是我叫你去的吗?"

"我不知道提没提你的姓名。我想大概没有。我说,有个非常明白事理的女人劝我去看看,他的心地是不是还有几分宽厚的地方。"

"他怎么说呢?"玛格丽特问。

"他说,我该去叫你别多管闲事。——这是到目前为止时间最长的一次旋转了,孩子们。——和他对我用的话来比较,这是很客气的。不过没关系。我们还是和原来一样。我要到路上去砸石头,也不让这些小家伙挨饿。"

玛格丽特把挣扎着的小约翰从怀里又放回食具柜上他先前待的地方。

"我很抱歉,叫你到桑顿先生那儿去。我对他觉得很失望。"

这时候,她身后有一个轻微的声音。她和尼古拉斯同时回过身去,桑顿先生一脸惊讶不快的神色,站在那儿。玛格丽特一时激动,没说一句话,就在他面前走出屋子去,只深深鞠了一躬,以遮掩起她觉得自己脸上突然泛起的那阵苍白色。他也深深鞠了一躬还礼,接着便把门在她身后关上。在她匆匆赶到鲍彻太太那儿去时,她听见了那铿的一下关门声,这似乎使她的情绪受到了更大的伤害。他发觉她在那儿,也感到很烦恼。他的心里也有温柔的一面——"有宽厚的地方",像尼古拉斯·希金斯所说的,不过他相当自尊自大,不肯流露它,总郑重而妥善地把它隐藏起来,对于想要打动它的种种情况总刻意提防。可是如果他害怕把自己温柔的情绪暴露出来,他也同样希望所有的人全认识到,他为人公正。他觉得一个人谦恭而耐心地等了五小时,要和他谈话,而他竟然那么轻蔑地听他说话,这是很不公正的。要说这个人抓住机会曾经对他把话说得很无礼,这在桑顿先生看来倒算不了什么。他为这一点反而相当喜欢尼古拉斯。他知道自己当时脾气很急躁,这一点大概促使他们各不相让。使桑顿先生获得很深印象的,就是那五小时的等候。他自己就抽不出五小时来,然而他倒是花了一小时——两小时体力劳动和艰苦、敏锐的脑力劳动,着手收集证据,证实希金斯所说的话是否可靠,他为人具有什么样的性格,以及他的一般生活作风。他竭力不想相信,但他还是深信希金斯所说的全是实话。接下去,这种信念仿佛通过某种符咒,深入了他的内心,打动了他那潜在的温柔心情。这个人的耐心,那种朴实慷慨的动机(因为他已经听说了鲍彻和希金斯之间的争吵),使他完全把单纯主持公道的理由抛在脑后,而凭着一种更高尚的本能超越了它们。他特地来告诉希金斯,他愿意派给他工作。他发现玛格丽特待在这儿,比听见她最后的那番话更感到烦恼,因为这时候他知道了,她就是敦促希金斯去找他的那个女人。他很怕承认自己想到她,是自己这么做的动机。他这么做,完全因为这样是正当的。

"那么那就是你说成是个女人的那位小姐喽?"他对希金斯气冲冲地说,"你本可以告诉我是谁的。"

"那一来,您也许就会把话说得客气点儿。您有一位母亲,当您讲到女人是一切祸害的根源时,您的母亲原可以使您住嘴不说的。"

"这话你当然也告诉了黑尔小姐吧?"

"我当然告诉了她喽。至少我记得我是说了的。我告诉她,不要再去干涉您的什么事情啦。"

"这是谁的孩子——你的吗?"根据桑顿先生听说的话,他相当清楚这些孩子是谁的,不过他别别扭扭地急着想把谈话从这么令人失望的开端上转开。

"他们不是我的,可又是我的。"

"他们就是你今儿早上对我说起的那些孩子吧?"

"您当时说,"希金斯回过身,以不大掩饰得住的愤慨口气回答道,"我讲的话也许是真的,也许不是,但是那些话不太叫人相信。厂主,我并没有忘掉。"

桑顿先生沉默了一会儿,然后说道:"我也没有忘掉。我记得我说的话。我对你以一种与我无关的口气讲到这些孩子。我那会儿不相信你的话。我自己就不会去照料另一个人的孩子,要是那个人待我像我听说鲍彻待你那样。可是现在,我知道你说的是实话。我请你原谅。"

希金斯并没有回过身,或是对这句话立即作出反应。不过等他再开腔时,他的声调比较温和,虽然说的话还是十分粗暴的。

"您没有权去打听鲍彻和我之间发生的事情。他死了,我很伤心。这就够了。"

"是这样。你乐意接受我那儿的工作吗?我来问你的就是这件事。"

希金斯的固执的脾气动摇了一下,恢复了力量,他又变得很坚定。他不想开口回答。桑顿先生也不想再问。这时候,希金斯的目光射到了孩子们的身上。

"您曾经说我鲁莽冒失,说我是个骗子,是个挑拨是非的人。您的话里也许倒是有点儿实情,因为我偶尔喜欢喝喝酒。我也曾经管您叫作霸道的人,说您是一个老叭喇狗和一个冷酷无情的厂主。事情就是这样。但是为了孩子们。厂主,您认为我们可以相处下去吗?"

"噢!"桑顿先生带笑地说,"我们应该相处下去,这可不是我的提议。不过根据你自己所说的,有一件事很可以叫人安慰。咱们俩谁也不会把另一个想得比现在再糟糕上多少啦。"

"这倒是实话。"希金斯沉思着说,"从我见到您以后,我就在想着,我没被您雇用,这是多么幸运的事,因为我从来没有见过一个我更容忍不了的人啦。不过这也许是一个匆促的判断。对一个我这样的人来说,工作就是工作。所以,厂主,我去。还有,我谢谢您。这是我提出的一笔交易。"他比较坦白地说,突然一下回过身去,第一次正面对着桑顿先生。

"这也是我提出的一笔交易。"桑顿先生说,使劲儿握了一下希金斯的手,"现在,你听着,准时来上班。"他说下去,又重新成为厂主了,"我厂里可不容偷懒的人。我们对罚款办法是严格执行的,而且我要是一发现你在挑拨是非,那么你就立刻得走。所以现在,你大概明白你的处境了。"

"您今儿早上讲到我的聪明智慧。我想我可以把那也带来,或者也许您宁愿要我没有脑子?"

"要你没有脑子,如果你用它来干预我的事的话。要你有脑子,要是你能用它来管你自己的事的话。"

"那我可需要花不少脑力去决定,我的事到哪儿结束,您的事由哪儿开始。"

"你的事还没有开始干,我的事对我说来也还停顿在那儿。所以再会吧。"

桑顿先生刚要走到鲍彻太太的门口,玛格丽特从里面走出来了。她并没有看见他。他跟在她身后走了几码路,赞赏着她的轻快、从容的步伐和顾长、优美的身个儿。可是突然,这种朴实快乐的情绪,却给嫉妒侵蚀与破坏了。他希望赶上她,和她说话,看看她怎样对待他,因为现在,她必然知道他已经晓得她另外有一个情人了。他还希望(不过他对这个希望感到相当害臊)她会知道,自己已经证实她打发希金斯去找他要求工作是明智的,并且对自己早间作出的决定幡然悔改。他走上前去,到了她的身旁。她不禁一怔。

"请允许我说,黑尔小姐,你刚才表示失望还为时过早。我已经接受希金斯啦。"

"我听了很高兴。"她冷冷地说。

"他告诉我,他把今儿早上我所说的话全说给你听了,就是关于……"桑顿先生踌躇了。玛格丽特接口说道:

"关于女人不要干涉。你完全有权表示你的意见。我毫不怀疑,那个意见是很正确的。不过,"她稍许过于热切地说了下去,"希金斯并没有把实话完全告诉你。"她说到"实话"这个词,便想起了自己所说的谎话,于是猛地停住,感到非常不自在。

桑顿先生起先对她的沉默觉得迷惑不解。随后,他想起了她所说的谎话,以及过去的一切。"实话!"他说,"没有几个人把实话全说出来。我已经放弃了听到实话的希望啦。黑尔小姐,你没有什么需要向我解释的吗?你必然看出了我免不了会有的想法。"

玛格丽特默不作声。她在怀疑,能不能有随便什么样的一种解释,能不和自己对弗雷德里克的忠诚相抵触。

"不,"他说,"我不再问下去了。我也许是在诱使你做出不愿做的事情来。目前,请你相信,我绝对帮你保守秘密。不过,请容许我说,你这样不够慎重,冒了很大的风险。我这会儿是以你父亲朋友的身份讲话。要是我有过任何其他的想法或是希望,那当然全都结束了。我完全是超然的。"

"这我知道,"玛丽格特说,她强迫自己用一种冷漠的、不以为意的态度说,"我知道你必然对我有什么样的看法,可是这个秘密是另外一个人的。我不能解释了而不损害到他。"

"我丝毫不想去探听那位先生的秘密。"他愈来愈气愤地说,"我个人对你的关心——只不过是一位朋友的。你可以不相信我,黑尔小姐,但是事实是这样——虽然有一时期,我恐怕曾经使你很为难——可是那已经完全结束了,已经完全过去。你相信我的话吗,黑尔小姐?"

"当然啦。"玛格丽特平静而伤感地说。

"那么,说真的,我瞧不出我们有任何理由再一块儿朝前走啦。我本来以为你也许有什么话要说,可是我瞧我们彼此压根儿算不了什么。如果你深信,我这方面的任何愚蠢的热情都已经完全过去,那么我就和你说再会吧。"他匆促地走了。

"他这是什么意思?"玛格丽特想着——"他这么说是什么意思,就仿佛我一直在想着他喜欢我,而我却知道他并不,也不会。他母亲一定对他说了所有那些关于我的恶毒的话。不过我对他决不在意。我当然完全能够管住自己,控制住这种莫名其妙的、热切痛苦的感情。这种感情甚至引得我想要泄漏出我自己亲爱的弗雷德里克来,为了好重新得到他的好感。这个人这么着力来告诉我,我对他压根儿算不了什么,而我却要得到他的好感。来吧!可怜的弱小的心啊!欢欣鼓舞吧。我们彼此会相依相赖,如果人家把我们抛开,我们给孤孤单单地撇下的话。"

这天上午,她的欢乐几乎使她父亲吃了一惊。她不停地说话,把自己生来的好兴致强行提到了一个异乎寻常的高度。倘若她说的许多话里全有点儿尖刻的意味,倘若她叙述从前哈利街的那伙人时有点儿挖苦的口气,父亲也不忍心制止她,像他往常会做的那样——因为他乐意看见她摆脱了烦恼。那天晚上,她给唤下楼去和玛丽·希金斯讲话。

等她回上楼来时,黑尔先生认为他看到她脸蛋儿上有些泪痕。但是这不可能,因为她带来了好消息——希金斯在桑顿先生的工厂里找到工作了。她的情绪至少很沮丧。她发觉要继续那样说话,是很困难的,尤其是用先前的那种热切的方式。有好几天,她的情绪莫名其妙地变幻不定。父亲开始为她感到关切,这时候从一两个方面传来了消息,有希望让她的生活改变一下,和本来有所不同。黑尔先生收到了贝尔先生的一封信,那位先生在信中主动提出要来看望他们一次。黑尔先生想到他的牛津老友答应来访,会给玛格丽特的思想,如同给他自己的思想一样,带来一种洽意的转变。玛格丽特竭力对于使父亲高兴的事情感觉兴趣,可是她太无精打采,根本不在意什么贝尔先生,即使他代表二十位教父的话。伊迪丝也写了一封信给她,里面充满着对姨母去世的吊慰,使玛格丽特的心情较为振奋。她信上还详尽地叙说了一下她自己、她丈夫和孩子的情况,结尾又说,由于当地的气候对婴儿不大合适,由于肖太太一直谈着想要回英国来,她认为伦诺克斯上尉很可能会退役①,那样他们便可以全去再住在哈利街的老住宅里,不过那样一来,要是没有玛格丽特,就会显得太不美满了。玛格丽特很怀念那所老宅子,以及过去那种安排得井井有条的平静而单调的生活。她发觉在过着那种生活时,那种生活偶尔也令人厌倦,可是从那以后,她就一再遭到打击,给自己新近的这次内心斗争弄得精疲力尽,因此她认为就连死气沉沉地待着不动,也是一种休息和一种消除疲劳的方法。这样,她开始巴望等伦诺克斯夫妇回到英国以后,去对他们作一次长时期的访问,把这一点不是当作希望——不啊,而是当作消遣,她可以在这种心情中重新取得控制自己的力量。目前,她觉得仿佛所有的问题都涉及桑顿先生,仿佛她竭尽全力也忘记不了他。如果她去希金斯家看看,她在那儿也听说他。她父亲已经恢复了和他一起的阅读,所以不断引用他的意见。就连贝尔先生的来访也跟他——贝尔先生的租户的姓名分不开。他写信来说,他认为自己一定得跟桑顿先生一块儿度过很大一部分时间,因为他们正在起草一份新的租约,必须商定租约的条款。

---

① 退役,原文是 sell out,指过去英国军队中将军职出售给别人而退役。

第十五章　不和谐的音调

> 我无过失,也无权利,
> 无所取于我,我也无所有,
> 言及悲痛,我竟不能如此:
> 当另一个人或许会高兴地眼看我,
> 被伤心事弄得满脸忧愁。
>
> 怀亚特①

　　玛格丽特从贝尔先生来访的这件事上,本来并没有指望自己会得到多少乐趣——她只是为了她父亲,才指望它实现,可是等教父到来以后,她立即极为自然地进行了友好的款待。他说她真是一个完全合乎他心意的姑娘,可是她能像这样并不是靠她自己。一进来就赢得他的好感,这完全是因为她身上具有一种遗传的力量。她在回答他的夸奖时,赞美他穿戴着大学评议员的长袍和帽子,显得分外精神和年轻。

　　"我是说在亲切热忱方面显得精神和年轻。可我恐怕不得不说,我认为您的看法是这么长时期以来我所碰上的最最腐朽的了。"

　　"听听你的这个女儿怎么说,黑尔!她住在米尔顿使她完全变坏了。她是个民主主义者,是个赤色的共和主义者,是和平协会会员、社会主义者……"

　　"爸爸,这完全是因为我支持商业的发展。而贝尔先生大概宁愿要它停滞不前,还用野兽皮去交换橡树子。"

　　"不,不。我要去掘地种土豆。我还要修剪野兽的皮,用绒毛织成

---

① 怀亚特(Thomas Wyatt,1503—1542):英国诗人,引文见他的诗篇《你给予我的答复,亲爱的》(Th'answere that ye made to me, my dere)。

细毛呢哩。你可别夸张,小姐。不过这种忙乱我的确厌倦了。每一个人在急匆匆地想发财致富时,都踏着别人身上过去。"

"并不是每一个人都可以舒舒服服地坐在大学的一套房间里,自己不出力就听任自己的财富增长。毫无疑问,这儿有许多人都会感激不尽,如果用不着他们怎么操心,他们的产业就会像你的这样增长的话。"黑尔先生说。

"我不相信他们会。他们喜欢的是那种忙乱和挣扎。至于静坐着不动,从往事中学习,或者通过一种预言家的精神,踏踏实实地工作,制定出未来来——嘻!呸!我就不相信米尔顿有一个人知道怎么静静地坐着。这是一种了不起的艺术。"

"我猜米尔顿人认为牛津人不知道如何行动。如果他们稍许多混合一下,那就会是一件很好的事。"

"那对米尔顿人可能很好。许多事情对其他地方的人会是很不愉快,对他们却可能很好。"

"您自己不也是米尔顿人吗?"玛格丽特问,"我原以为您会为您的家乡城市感到骄傲的。"

"我承认我瞧不出有什么值得骄傲的地方。你要是能到牛津去,玛格丽特,我就会给你看一个大可夸耀的地方啦。"

"哦!"黑尔先生说,"桑顿先生今儿晚上要来和我们一块儿喝杯茶。他对米尔顿就和你对牛津一样感到骄傲。你们俩想法必须使彼此的心地稍许宽大点儿。"

"我可不想心地宽大点儿,谢谢你。"贝尔先生说。

"桑顿先生要来喝茶吗,爸爸?"玛格丽特低声问。

"或是来喝茶,或是稍许晚点儿。他没法说准。他叫我们不要等。"

桑顿先生下定决心,不去问他母亲,她把自己要和玛格丽特谈谈,说她行为不检的那项计划,究竟做到了什么地步。他相当肯定,如果她们俩会面了,那么母亲对经过的叙述,只会使他烦恼、懊丧,尽管他也始终会想到,这件事通过她的头脑反映出来时准会渲染上的色彩。他感到畏缩,怕听见人家提到玛格丽特的姓名。尽管他责怪她——尽管他嫉妒她——尽管他放弃了她——他还是情不自禁地非常爱她。他梦见她,梦见她张开两只胳膊蹦蹦跳跳地朝他跑来,神态轻快、欢乐,使他很憎恨她,虽然一面又诱惑着他。但是玛格丽特这个形态的印象——彻底抽去了玛格丽特的个性,就仿佛一个魔鬼具有了她的形体——那么深刻地铭记在他的脑海里,因此等他清醒过来时,他觉得几乎无法把尤纳和杜萨分开了①。他对后者的厌恶,似乎笼罩住了前者,损毁了前者的形象。然而,他又过分自尊,不肯由于竭力想要避开不看见她而显露出自己的软弱。他既不寻求机会和她待在一块儿,也不避开这样的机会。为了使自己相信他的克制能力,这天下午他慢吞吞地办着每一件公务,迫使一切行动全变得不自然地缓慢和审慎,因此他到达黑尔先生家时,已经八点过了。当时,他有些公务要在书房里和贝尔先生商谈、办理。贝尔先生坐在壁炉旁边,在公务办好以后还逗留了好半天,使人厌倦地谈着,其实他们那会儿本可以走上楼去的。可是桑顿先生不肯说一句挪动地方的话。他焦躁发怒,认为贝尔先生是一个极端啰唆乏味的同伴。同时,贝尔先生也暗地里回敬了他一下,认为桑顿先生几乎是他曾经遇见过的最粗率无礼的家伙,而且在智力与态度方面全变得特别恶劣。后来,楼上房间里的一种轻微的声音,暗示他们到楼上去是合适的。他们看到玛格丽特把一封信摊开放在面前,正热切地和她父亲谈着信的内容。两位先生进房时,那封信立刻给放到了一边,不过桑顿先生的灵敏的感官却听到了黑尔先生对贝尔先生说的几句话。

"是亨利·伦诺克斯写来的一封信。它使玛格丽特充满了希望。"

贝尔先生点点头。当桑顿先生望着玛格丽特时,她的脸红得像一朵玫瑰花。那一刹那,他真想站起身,走出房去,从此不再踏进这所宅子来。

"我们刚才正在想着,"黑尔先生说,"你和桑顿先生大概接受了玛格丽特的意见,每一个都想要使另一个改变看法,因为你们在书房里待

---

① 在斯宾塞的《仙后》第一卷中,尤纳是一个纯洁的少女,代表真正的宗教,杜萨则是一个女巫,是"谎言"的女儿,代表罗马天主教教会。有一时期,杜萨变成了尤纳的样子,欺骗了红十字骑士,使他不相信心爱的尤纳,最后终于被揭穿。

了这么久。"

"你以为我们会变得什么也不剩,只剩下一个意见,像基尔肯尼猫的尾巴那样①。请你说说,你认为谁的意见会具有最顽强的活力?"

桑顿先生不知道他们在说点儿什么,也不屑询问。黑尔先生很有礼貌地告诉了他。

"桑顿先生,今儿上午我们在指责贝尔先生,说他对自己的家乡城市犯下了中古时代牛津人的一种固执看法。我们——我想玛格丽特也是这样——提议跟米尔顿的厂主们稍许来往来往,会对他有点儿好处的。"

"请你原谅。玛格丽特是认为,跟牛津人稍许来往来往,会对米尔顿的厂主们有点儿好处的。是不是这样呢,玛格丽特?"

"我想我是认为,稍许多了解一下对方,对双方都会有好处的——这并不只是我的意见,也是爸爸的意见。"

"所以,你瞧,桑顿先生,我们在楼下的时候应该改进一下彼此的为人,而不应该谈论史密斯家和哈里森家这些消失了的家族。但是现在,我愿意尽我的本分了。我不知道你们米尔顿人什么时候打算生活。你们的一生似乎都花在收集生活的资料上。"

"我想你所说的生活是指享受生活的乐趣。"

"不错,享受生活的乐趣,——我并不详细说明是哪一种,因为我深信,我们俩都认为单纯的玩乐是很低劣的享受。"

"我倒乐意把享受的性质确定一下。"

"嘿!享受悠闲——享受金钱给予的权势。你们全尽力弄钱。你们要钱干吗?"

桑顿先生默不作声了。后来,他说,"我实在也不知道。不过我尽力谋求的并不是金钱。"

"那么是什么呢?"

"这是一个要害性问题。我倒是应当受到这样一次严格的盘问

---

① 基尔肯尼猫的尾巴(the Kilkenny cat's tail):有一篇爱尔兰童话,叙说两只基尔肯尼猫互相打斗,结果只剩下了尾巴和爪子。基尔肯尼是爱尔兰东南部的一座城市。

的,可我不能肯定我是不是已经作好了准备。"

"别这么说!"黑尔先生说,"在我们的询问中,让我们别拉扯到个人。你们俩全都不是代表性人物,你们每个人就这方面来讲,都太独特了。"

"我拿不准该不该把这看作是一句恭维话。我倒乐意做牛津的代表,具有牛津的优美、牛津的学问,以及牛津的古老自豪的历史。你说怎样,玛格丽特,我该受到奉承吗?"

"我不知道牛津的情形。不过一个城市的代表和一个城市居民的代表人物,两者之间是有区别的。"

"很对,玛格丽特小姐。现在,我记起来了,你今儿早上反对我,完全站在米尔顿人一面,比较喜欢制造业。"玛格丽特看到了桑顿先生迅速瞥向她的那种惊讶的目光。她对于他听到贝尔先生这一番话后会作出什么解释来,感到很烦恼。贝尔先生往下说道:

"啊!但愿我能领你去看看我们的大街——我们的拉德克利夫广场。我不提我们的学院,就像我允许桑顿先生在讲到米尔顿的魅力时,不提他的工厂那样。我有权责骂我的诞生地。请记住,我是米尔顿人。"

桑顿先生对贝尔先生所说的话,感到本来不应有的烦恼。他当时的心情不适合开玩笑。在其他的时候,他可能会很欣赏贝尔先生对一个城市的微带急躁的谴责,因为那个城市的生活跟贝尔先生养成的种种习惯大相径庭,可是现在,他却相当气恼,以致竭力想替人家始终并没打算认真攻击的东西进行辩护。

"我并不把米尔顿看成是一座模范城市。"

"在建筑方面不是吧?"贝尔先生狡黠地问。

"对!我们太忙啦,无暇单顾到外表。"

"别说单顾到外表。"黑尔先生平和地说,"外表从童年起——在我们生活中的每一天——一直都给我们大伙儿留下深刻的印象。"

"待会儿,"桑顿先生说,"请记住,我们和希腊人不是同一个种族。在希腊人看来,美就代表一切,贝尔先生可以对他们去讲讲悠闲与宁静享乐的生活,那种生活大部分都是通过他们外在的感官进入的。我并不想轻视他们，就和我不想模仿他们一样。但是我属于条顿族①，在英格兰这一带是不大和其他种族混合在一块儿的。我们保留了不少他们的语言，我们保留了更多他们的精神，我们并不把生活看作是享乐的时期，而看作是一个行动和努力的时期。我们的光荣和我们的美，来自内心的力量。这种力量使我们战胜了物质的抵抗，还战胜了更为艰巨的困难。我们是以另一种方式生活在达克郡这儿的条顿族。我们憎恶人家从远处为我们制订法律。我们希望人家会允许我们自行纠正，而不要不断地用他们并不完善的立法来干涉我们。我们坚持要自治，反对中央集权。"

"总而言之，你是希望再回到七国时期②。不过我至少收回我今儿早上所说的话——说你们米尔顿人不尊重过去。你们其实是雷神的真正崇拜者③。"

"如果我们不像你们在牛津那样尊重过去，那是因为我们想要可以更为直接地适用于现在的东西。对过去的研究，导致了对未来的推断，这是很好的。可是对于在新情况中摸索的人，如果有经验的教导可以指引我们，在和我们关系最亲密、最直接的事务中应当如何行事，那就更好。这类事务中总充满了非碰上不可的困难，而我们的未来也就取决于我们应付那些困难，征服那些困难的方式——不只是把困难暂时推到一旁。过去的智慧帮助我们战胜了现在。但是不啊！人们谈到乌托邦，要比讲到下一天的任务容易得多，然而等别人把那项任务全完成了时，他们又马上会喊道，'咳，真丢脸！'"

"我这会儿一点儿也听不明白你在说些什么。你们米尔顿人肯屈驾把你们今天的困难送交到牛津去吗？你们还没有试过我们哩。"

桑顿先生听到这话，立刻大笑起来。"我想我是在谈到新近一直使我们很烦心的一宗好交易。我在想到我们经历过的那几次罢工，那几次罢工我都烦恼地觉得是麻烦有害的行动。然而，使我吃了苦头的

---

① 条顿族(the Teutons)：居住在北欧的古代部族，日耳曼人的一支。
② 七国时期(the Heptarchy)：5世纪至9世纪，盎格鲁人和撒克逊人在英国成立了七个王国。
③ 雷神(Thor)：古代北欧神话中的雷电、战争和威力之神。

最近这次罢工,却是很体面的。"

"一场体面的罢工!"贝尔先生说,"这话听起来就好像你已经对雷神崇拜至极啦。"

玛格丽特感到(而不是看到),桑顿先生对于这样一再把他认为是严肃认真的事情变为笑谈,觉得十分气恼。眼下的这个话题一方不大在意,另一方却深感兴趣,因为它和个人有关。她竭力想改变一下话题,于是勉强说了一句。

"伊迪丝说,她发现科孚的印花布比伦敦的又好又便宜。"

"她这么说吗?"父亲说,"我想这一定又是伊迪丝的一种夸张的说法。你肯定她是这么说的吗,玛格丽特?"

"我肯定她是这么说的,爸爸。"

"那么我就肯定这是事实。"贝尔先生说,"玛格丽特,我非常相信你的诚实,认为你的诚实甚至可以引申到你表妹的性格上。我不相信你的一位表妹会言过其实。"

"黑尔小姐这么诚实可信吗?"桑顿先生尖刻地说。他这句话刚说出口,自己简直想把舌头咬掉。他是个什么人?他为什么要这样用她的耻辱去刺痛她呢?今儿晚上,他多么恶劣啊!他因为给耽搁了那么久没能见到她而情绪不好,又因为人家提到一个人的姓名而感到气恼,他以为那是一个胜利的情人的姓名。现在,他又性情乖张,因为他没能轻松地应付一个想通过愉快、随意的谈话,使这一晚过得很欢乐的人,——所有在场的人的这位亲切的老朋友。桑顿先生和他认识了这么多年,本应该已经很知道他的为人了。最糟的是,竟然还对玛格丽特像他刚才那样说话!她并没有站起身离开那间房,像以往他的粗鲁无礼,或是他的坏脾气使她感到气恼时,她所做的那样。在最初的一刹那,她目光里露出了伤心惊讶的神色,接下去她一动不动地坐着,使她的眼睛看上去像一个遭到意外挫折的孩子,她的两眼缓缓地张得很大,显出了伤感、嗔怪而又黯淡的神色,随后它们垂下,她全神贯注在自己的活计上,没再说话。但是他却禁不住要去看她。他看到一声叹息震颤着掠过了她的身体,仿佛她在一阵异常的寒冷中哆嗦了一下。他此刻的心情,就好像那位母亲在"摇晃孩子和责骂孩子"①时,还没等看到她孩子那迟缓、信赖的微笑(那丝微笑是表示对母爱的绝对信赖)表明孩子还爱她以前,她就给唤开了似的。他简慢而不客气地回答着别人的话,心情烦躁不安,也分辨不出玩笑和认真来,一心只急于想得到她的一次顾盼、一句话语,好谦恭而悔恨地俯伏请罪。可是她既不看她,也不说话,圆润、纤细的手指在她缝纫的活计上平稳、迅速地一上一下,仿佛那就是她生活中的大事似的。他心想,她准是不把他放在心上,要不然他的炽热的愿望一定会迫使她抬起那双眼睛来——哪怕只抬起一刹那——看出他眼睛里这时闪射出的后悔神色。他在离开以前本可以去打动她,借一个明显粗鲁的出奇举动去赢得机会,把折磨着他内心的这份悔恨告诉她的。可是一次长时间的户外散步却结束了这个夜晚,这倒也好。它使他清醒过来,作出了郑重的决定:从今往后,他要尽可能少见到她,——因为他一看见那张脸和那个模样,一听到那个嗓音(像清亮的曲调的柔声低吟那样),就十分激动起来,失去了平时的镇静。嗐!他这可知道恋爱是怎么回事了——一阵剧烈的痛苦,一种难熬的经历,他在它们的烈火中拼命挣扎!不过通过这只熔炉,他要一路搏斗出去,步入沉着冷静的中年,——因为领略过这种了不起的激情而变得更为成熟、更通达人情。

等他有点儿突兀地离开那间房以后,玛格丽特才从座位上站起身,静悄悄地把活计折叠起来。那些长长的缝合起的地方很沉重,对她的疲乏无力的胳膊显得异常沉重。她脸上的匀称的轮廓呈现出一种较长、较直的形状,整个儿外表是一个十分辛劳地度过了一天的人的神气。在这三个人准备就寝以前,贝尔先生咕哝着稍稍说了几句责备桑顿先生的话。

"我从来没有瞧见过一个给成功这么毁了的家伙。他一句话也受

---

① 引文见英国乐师和剧作家爱德华兹(Richard Edwards,1523—1566)的作品《精致方法的天地》(*Paradise of Dainty Devices*,1576)。这一段的全文大意是这样:
  "我就寝时,听见一个女人在哄孩子睡觉。孩子哭个不停,老要吃奶。女人十分劳累,对孩子感到伤心,她摇晃孩子和责骂孩子,直到孩子朝她笑了。这时候,她说,我现在才知道,老话是对的。忠实朋友之间的争吵,是彼此仍然相爱的表现。"

不了,一句随便什么样的玩笑话也受不了。一切似乎都触痛了他的尊严。以前,他和大白天一样朴实、高尚,你没法触恼他,因为他并不自负什么。"

"他现在也不自负。"玛格丽特从桌子旁边回过身来,用平静、清晰的声音说,"今儿晚上,他有点儿失常。准是在他来之前,有件什么事使他很烦恼。"

贝尔先生从眼镜上面锐利地瞥了她一眼。她十分镇静地由他望着,不过在她离开房间以后,贝尔先生突然问道:

"黑尔!你有没有注意到,桑顿和你的闺女彼此之间具有法国人所谓的一种 tendresse① 呢?"

"一点儿也没有!"黑尔先生说,他起先吃了一惊,后来又给这个新念头弄得很慌乱,"不,我想你一定是看错了。我几乎可以肯定你搞错啦。要是有什么,那也全是桑顿先生方面的。可怜的人儿!我希望并深信他不会对她有意思,因为她管保不会接受他的。"

"哎!我是一个单身汉,一生都避开恋爱的事情,所以我的意见也许是不值得听的。要不然我就会说她具有不少很微妙的征兆!"

"那么我想你一定看错了。"黑尔先生说,"他也许喜欢她,虽然她有时候待他实在近乎无礼。可是她!——嗐,我相信玛格丽特决不会对他有意思!她脑子里压根儿就没有过这样一个念头。"

"心里有就成。不过我只是对可能存在的情况这么提上一句。恐怕我是错啦。不管我是错是对,我反正很倦啦,所以拿我这些不合时宜的幻想搅扰了你今晚的休息(这一点我瞧得出)以后,我自己倒要安安逸逸地去休息啦。"

但是黑尔先生决定不受这样一个无稽的念头的打搅,他于是清醒着躺在床上,决计不去想这件事。

第二天,贝尔先生告辞走了。他吩咐玛格丽特把他看作一个可以在她的种种烦恼中帮助和保护她的人,不管那些困难是什么性质的。他还对黑尔先生说:

---

① 法文,意思是:"柔情""爱情"。

"你的这个玛格丽特太叫我喜欢了。好好照看她,因为她是一个宝贝,——实在太好了,不适合待在米尔顿,——事实上只适合待在牛津。我是说在牛津城,不是指在牛津人当中。我还找不出可以配得上她的人哩。等我找出来的时候,我就把我找到的年轻小伙子领来,和你的年轻小姐并排站好,就像《一千零一夜》里那个妖怪把卡拉尔梅赞王子带去和仙女们的巴杜拉公主结为夫妇那样①。"

"我请你别做什么这样的事。记住接下去的那些灾难。再说,我也少不了玛格丽特。"

"对,我再一细想,咱们就让她从今往后再照料咱们十年,到那时候咱们就成为两个难伺候的老病人啦。说正经的,黑尔!我希望你离开米尔顿。这地方对你挺不合适,尽管最初是我推荐给你的。如果你愿意,我就把我的那点儿怀疑打消,接下大学里的一个圣职。你和玛格丽特就来,住在牧师公馆里——你充当一个在俗的副牧师那样的角色,把下层社会的教徒从我手里接过去。她白天就做咱们的女管家——乡村中的乐善好施夫人②,晚上就读书给咱们听,直读到咱们睡熟。我过这样一种生活会感到很快乐的。你认为这种生活怎样?"

"我决不这样!"黑尔先生斩钉截铁地说,"我已经作了我的一次重大的改变,并且付出了痛苦的代价。我就待在这儿,了此余生。我将来就葬在这儿,隐没在大伙儿中间。"

"我还不放弃我的计划。只不过我眼下不再拿它来逗引你啦。'珍珠'在哪儿?③ 来,玛格丽特,亲我一下,和我告别。记住,好孩子,你上哪儿可以找到一位能竭尽全力帮助你的忠实的朋友。你也是我的孩子,玛格丽特。记住这一点,愿上帝降福给你!"

这样,他们又回到了往后即将重新过起的那种单调平静的生活,既

---

① 在《一千零一夜》里,卡拉尔梅赞王子和中国皇帝的女儿巴杜拉公主结成了夫妇。他们是在一天夜晚由妖怪撮合,秘密会面的,两人一见倾心,互换了戒指。但是妖怪又使他们分开。他们历尽种种苦难,最终才又团圆。

② 乐善好施夫人(Lady Bountiful):英国剧作家法夸尔(George Farguhar,1678—1707)的剧本《纨绔子的计谋》(*The Beaux' Stratagem*,1707)中的人物。

③ 指玛格丽特,玛格丽特这个名字来源于希腊文"珍珠"一词,所以这么说。

不希望也不用担心什么病人的病况,就连希金斯家——那么长时期以来一直是令人深感关切的对象——似乎也退到了一旁,不需要立即加以考虑了。鲍彻的儿女成了失去母亲的孤儿以后,得到了玛格丽特所能给予的照料,她时常去看看负责照管他们的玛丽·希金斯。这两家住在一所屋子里,大的孩子们在一些简陋的学校里上学,小的孩子们则受到了照料。玛丽去上工的时候,就由那位好心肠的邻居照料。在鲍彻去世的时候,这位邻居的好见识曾经给玛格丽特留下了很深的印象。当然,这位邻居的操劳是得到报酬的。真格的,在为这些没有父母的孩子制定的小计划和作出的小安排中,尼古拉斯表现出了很有理智的判断力和有条不紊的思想方法,这和他先前比较古怪的过激行动大不一样。他那么按部就班地干活儿,因此玛格丽特在冬天的这几个月里不常见到他。可是当她见到他时,她看出来他总有点儿畏缩,不愿提起他如此热忱而全面地接受下加以照料的这些孩子的父亲。他也不大肯讲桑顿先生的好话。

"说老实话,"他说,"他着实叫我迷惑。他是两个人。一个人是我早先所知道的地地道道的厂主。另一个人身上没有一点儿厂主的气味儿。这么两个人怎么会结合在一个身体里,这是叫我迷惑不解的。不过这难不倒我。眼下,他常常上这儿来,正因为这样,我才认出了那个是人,而不是个厂主的人来的。我想他对我大吃一惊,并不下于我对他大吃一惊那样,因为他总坐下细听,一面睁大眼睛望着,仿佛我是在某一个地带新给逮住的一种怪兽似的。但是我并没给他吓倒。他知道,在我自己的屋子里,要想吓倒我,可要花不少气力。我还告诉他我的某些想法,我认为他要是年纪再轻点儿,也许会更听得进点儿。"

"他没有回答你的话吗?"黑尔先生问。

"哦!我可不能说光他那方面得到了益处,尽管我挺荣幸地提高了他不少。有时候,他说一两句粗鲁无礼的话,起先看起来不大惬意,可是等你细细一咀嚼,却很奇怪地有点儿道理。我想,为了这些孩子的教育问题,他今儿晚上要来。他对于现状不很满意,想要来考查一下他们。"

"他们在哪方面……"黑尔先生刚开口要说,可是玛格丽特碰了碰他的胳膊,把表给他看看。

"已经快七点啦。"她说,"傍晚如今越来越长了。走吧,爸爸。"等他们走得离开那屋子有一段路以后,她的呼吸才平稳了。这时候,她变得比较镇定下来,又希望自己方才没有那么急着走,因为不知怎么,他们现在难得见到桑顿先生了,如今他有可能要来希金斯家,为了从前的友谊,她今儿晚上倒乐意看见他。

是呀!他难得来了,就连为了上课这个单调、客观的目的,也难得来。黑尔先生因为学生对希腊文学缺乏热忱,很感失望。前不久,他对希腊文学还曾经那么感觉兴趣的。现在,常常到了最后时刻,桑顿先生会派人急匆匆地送一张便条来,说他非常忙碌,那天晚上不能来和黑尔先生一块儿读书了。虽然其他的学生比他占去了更多的时间,但是在黑尔先生的心目中,没有一个是像他的第一位学生的。他们的交往曾经变得对他很有价值,他对这样部分终止了这种交往感到沮丧和伤感。时常,他坐在那儿,默想着可能造成这一改变的原因。

有天晚上,玛格丽特坐在那儿做活计。他使玛格丽特大吃一惊地突然问道:

"玛格丽特!你有没有理由认为,桑顿先生曾经喜欢过你?"

他问这句话时,脸都几乎臊红了,不过他又记起了贝尔先生的那个遭到嘲笑的想法,所以他还不大知道自己要说什么,话已经脱口而出。

玛格丽特并没有立刻回答,可是从她低垂着头的那样子看,他猜出来她的回答会是什么。

"是的,我想——啊,爸爸,我早就该告诉您啦。"说完,她放下活计,用两手捂住脸。

"不是啊,亲爱的,别认为我好奇得不近人情。我相信如果你觉得可以回报他的这种情感,你管保会告诉我的。他向你提过这件事吗?"

起先没有回答,过了一会儿后,她才勉强轻声地说了一个"是"。

"你拒绝了他吗?"

一声长长的叹息,一种多少无可奈何、无精打采的神态。她又说了一声"是"。不过父亲还没能说话,玛格丽特已经抬起头来,红扑扑的脸上带有几分妩媚、羞愧的神色,两眼凝视着他,说道:

"现在,爸爸,我把这告诉了您,我不能再多告诉您什么啦。再说,整个事情使我非常痛苦,和它有关的每一句话、每一个行动全说不出有多难受,因此我不能容忍去多想到它。啊,爸爸,我使您失去了这个朋友,心里很抱歉,可是我没有办法——但是,啊!我是很抱歉。"她在地上坐下,把头伏在他的膝上。

"我也很惋惜,亲爱的孩子,贝尔先生说出了这样的想法,我当时很吃了一惊……"

"贝尔先生!啊,贝尔先生看出来了吗?"

"看出了一点儿,不过他竟然想到你——我该怎么说呢?——想到你对桑顿先生并不是没有一点儿好感。我那会儿就知道这是绝不可能的。我希望整个儿事情不过是一种假想,我太知道你的真实感情了,不会认为你会那样喜欢桑顿先生。但是我觉得很惋惜。"

他们一动不动地静默了几分钟。随后,在他亲热地抚摸着她的脸蛋儿时,他几乎大吃一惊地发现,她脸上给泪水濡湿了。在他摸到她时,她一跳站起身,强作欢颜地笑笑,谈起了伦诺克斯一家,异常热切地想要改变一下话题,因此黑尔先生心肠太软,无法强使谈话再回到原先的方向去。

"明儿——不错,明儿他们就要回到哈利街啦。啊,那会多么不可思议啊!我不知道他们会把哪间房改成婴儿室,肖姨妈见到婴儿会挺快活的。想想看,伊迪丝竟然成了妈妈啦!还有伦诺克斯上尉——他退役以后,我不知道他自己打算怎么办。"

"我来告诉你该怎么办,"父亲说,他急于想让她沉迷在这个很感兴趣的新话题里,"我想我非得放你离开两星期,好到京城里去看看这些刚回来的人。跟亨利·伦诺克斯先生谈上半小时,你还可以比从十二三封弗雷德里克的来信里更多知道点儿他胜诉的机会,所以这事实上是把正经事和玩乐结合起来了。"

"不,爸爸,您不能放我离开。再说,我也不让您放我离开。"接下去,她停了一会儿,又说道,"我对弗雷德里克的事已经一天天大为失望了。他是在慢慢使咱们不存太大希望,不过我瞧得出,伦诺克斯先生本人也没希望把那些事隔多年的证人寻找出来。没有,"她说,"那个气泡很美,在咱们心里很宝贵,可是它像许多其他的气泡那样,也已经爆裂了。咱们非得安慰自己,很高兴地想到弗雷德里克眼下那么幸福,而咱们彼此又这么相依为命。所以别伤我的心,说您可以放我离开,爸爸,因为我告诉您这决不成。"

不过,改变一下环境的想法却在玛格丽特的心里生了根,发了芽,尽管不是像父亲最初提出来的这样。她开始考虑,如果采取这样一件措施,对父亲会是多么可取,因为他的情绪本来就脆弱,这会儿变得时常很沮丧,他尽管从来不曾抱怨,妻子的患病和逝世却严重影响了他的健康。他每天经常花几小时和学生们一块儿读书,但是只输出、不吸收,不再能像以前桑顿先生来跟他读书时那样,称作伙伴关系了。玛格丽特知道缺乏这种关系给他带来的痛苦,这是他自己所不知道的。他缺乏人与人之间的来往。在赫尔斯通,他经常有机会和邻近地方的牧师们相互来往。穷雇工们在田地里干活儿,傍晚悠闲地踱回家去,或者在树林里照看他们的牲口,你全可以和他们聊聊或者听他们说说。可是在米尔顿,所有的人全太忙了,没有工夫静静地谈谈或者和你交换一下成熟的思想。他们所说的都是关于眼前的、实际的事务。等专注在每天事务上的紧张情绪放松以后,他们便悠闲地一直休息到第二天。工人在干完一天的活儿以后,也是见不到的,他们按照自己性格的不同,去听一次演讲或是到一家俱乐部或一爿啤酒铺去。黑尔先生想设法到某个学校、机关里去作一些演讲,不过他考虑到这么做,主要是为了尽自己的本分,他对这项工作和工作的目的实在并没有多少亲切爱好之感,因此玛格丽特肯定,他管保不会把这项工作做得很好的,除非他能够怀着某种兴趣看待这件事的话。

第十六章　旅程的终点

> 我见到自己的路途,犹如飞鸟见到它们无迹的航程——
> 我将到达! 且不问何时何刻,
> 首先如何绕道而行。除非上帝降下雨雪冰雹、
> 令人目眩的流星或沉沉的大雪,
> 到某一时刻——上帝的吉祥时刻——我将到达。
> 他指引着我,还有飞鸟。在他的吉祥时刻!
>
> 布朗宁:《帕拉塞尔萨斯》①

　　冬天这样过了下去,白天渐渐变长了,并没有带来通常伴随着二月阳光而来的任何光辉灿烂的希望。桑顿太太当然根本不上门来了。桑顿先生偶尔来上一次,不过他是来访问她父亲的,所以只待在书房里。黑尔先生像以往一贯的那样讲到他,真格的,他们难得来往这一点,似乎使黑尔先生反而把它看得更有价值。根据玛格丽特从桑顿先生说的话里所能推测出的,他停止访问这件事里丝毫没有一点儿是由于气恼。在那场罢工中,他厂里的业务变得很复杂,需要比去年冬天更多地加以注意。不,玛格丽特甚至可以发现,他还时常提到她,而且据她所能知道的,总是平静、友好地提到她,既不避免也不寻求如何提到她的名字。

　　她的心情并不能提高她父亲的兴致。在当下的这阵烦闷的平静到来以前,有那么长一个时期的忧愁焦虑——甚至还夹杂着一些风暴——因此她的思想失去了它的灵活性。她设法自己找点儿事做,负责教导鲍彻家的两个较小的孩子,并且好心肠地辛苦工作。我说辛苦

---

① 布朗宁(Robert Browning, 1812—1889):英国诗人,《帕拉塞尔萨斯》(*Paracelsus*, 1835)是他写的一部诗剧,引文见第一部《帕拉塞尔萨斯追求真理》。

是一点儿也不含糊的,因为她对自己努力的目的似乎毫不在意。虽然她按时刻苦努力,她却和平日一样一点儿也不快活,她的生活似乎仍旧是忧郁而愁闷的。她做得不错的唯一事情,是她不自觉地出于孝心所做的:默默无语地安慰她的父亲。他的每一种心情总获得玛格丽特的欣然同感,他的每一个愿望,她总尽力预先猜到,予以满足。当然,那全是些私下的愿望,几乎不会毫不踌躇、不加辩白就说出来的。这样,她的温柔顺从的精神格外显得完美无疵。三月间,弗雷德里克结婚的消息传来了。他和多洛雷丝一块儿写信来,她写的是西班牙英文,这是很自然的,他的信上措辞造句也有些不很显眼的倒装式,这表明他的新娘子家乡的习惯用语正在给予他多大的影响。

弗雷德里克收到亨利·伦诺克斯的一封信,说明在缺乏那些失踪了的证人的情况下,想在一个军事法庭上洗清他的罪名,是多么没有希望。他随即写了一封措辞相当激烈的信给玛格丽特,信上宣布放弃了他的英国国籍,——他希望自己可以取消自己的英国公民身份,并且宣称,就算将来赦免他,他也不会接受,就算获得许可,他也不会回国来定居。这一切使得玛格丽特痛哭了一场,因为她初拆开信看时,这一切似乎全那么不自然,但是经过考虑以后,她从这些话里看出来,这样粉碎了他的希望以后他所感到的那种尖刻、强烈的沮丧情绪。她于是觉得对待这种情绪除了耐心以外,别无他法。在下一封信里,弗雷德里克那么欢欣鼓舞地讲到未来,以致他压根儿不再去想过去。因此玛格丽特发觉她一直渴望他具有的那种耐心,她自己倒十分需要。她非得有耐心不可。不过多洛雷丝写来的那些亲热、羞怯、少女般的书信,已经对玛格丽特和她父亲开始具有一种魅力了。那个年轻的西班牙姑娘显然一心想给她爱人的英国亲属留下一个好印象,所以从她擦去的每一处地方都可以看出女性的细心。宣布结婚的信件还附来了一条华美的黑色花边披巾,这是多洛雷丝亲自为没见过面的小姑儿挑选的。弗雷德里克曾经向多洛雷丝把自己的妹妹说成是聪明美貌、端庄文静的姑娘的典范。这场婚姻把弗雷德里克的社会地位提到了他们所能指望的高水平。巴伯公司是西班牙业务范围最为广泛的商行,他给接纳进去,成为一个年轻的合伙人。玛格丽特淡淡地笑了,接着她重新想起自己早先反对商业的长篇激烈的讲话,于是叹息了一声。如今,她自己的一位 preux chevalier①式的哥哥竟然成了一个商人,一个买卖人!但是随后,她又对自己的想法表示反对,默默地对自己把一个西班牙商人和一个米尔顿厂主搅混在一块儿,表示不以为然。嘻!商业不商业,弗雷德里克反正非常快乐。多洛雷丝一定很娇媚,那条披巾的确非常精致!接着,她又回到眼前的生活中来。

今年春天,父亲偶尔感到呼吸困难,这件事一时使他非常烦恼。玛格丽特倒不太惊慌,因为这种困难在不发作时就一点儿迹象也没有了,可是她还是非常希望他完全摆脱这种病因,所以急于想让他接受贝尔先生的邀请,今年四月就到牛津去访问他。贝尔先生邀请玛格丽特也一块儿去。不啊,还不止这样,他还特为写了一封信来,吩咐她去,但是她觉得静悄悄地留在家里,摆脱了不论何种责任,从而以过去两年多来她一直没能做到的方式让自己的头脑休息一下,这似乎对她会是一种较大的安慰。

等父亲乘车上火车站去后,玛格丽特才感到了自己先前在时间与精神方面所受的压力多么大,而且日子又多么久。现在,感到自己这么空闲,这是令人惊讶的,几乎是令人震惊的。现在,没有人依靠她,需要她去悉心照料,以便即便不是绝对快乐的话,也能得到些鼓舞。也没有病人需要她安排考虑了。她可以闲散、沉默,忘却一切,——而且比所有其他的好处似乎更有价值的是——乐意的话,还可以郁郁不快。过去好几个月,她自己的全部忧虑烦恼,不得不都收起来,藏在一只暗柜子里,现在,她却可以从容地把它们取出来,为它们哀悼,探究它们的性质,寻找出真实的方法来克制住它们,使它们成为安宁的要素。这多少个星期,她一直以一种麻木的方式意识到它们的存在,尽管它们给藏得根本就看不见。现在,她要一劳永逸地考虑考虑它们,使它们各自在她生活中起适当的作用。这样,她常在客厅里几乎一动不动地坐着,一坐就是几小时,以一种勇往直前的决心回顾着每一件沉痛的往事。只有一次,她痛心地想到那次背弃虔诚的信仰,因而可耻地说了谎的事,才

----

① 法文,意思是:"英勇的骑士"。

不禁失声哭了出来。

这时候,她甚至不乐意承认,诱使她那么做的那股力量多么强大。她替弗雷德里克安排的计划全部失败了,那次诱惑现在看来只是一次死气沉沉的愚弄,——是一次始终没有生命力的愚弄。根据后来的事情看,那句谎话是非常愚蠢可鄙的,而相信诚实的威力,才是无限明智的!

在紧张激动中,她不知不觉地翻开了父亲放在桌上的一本书——书上进入她眼帘的那些话,似乎正是针对着她当下这种强烈的自贬自卑的心情的:

> Je ne voudrois pas reprendre mon coeur en ceste sorte: meurs de honte, aveugle, impudent, traistre et desloyal à ton Dieu, et sembables choses; mais je voudrois le corriger par voye decompassion. Or sus, mon pauvre coeur, nous voilà tombez dans la fosse, laquelle nous avions tant resolu d'eschapper. Ah! relevons-nous, et quittons-la pour jamais, reclamons la misericorde de Dieu, et esperons en elle qu'elle nous assistera pour desormais estre plus fermes; et remettons-nous au chemin de l'humilité. Courage, soyons meshuy sur nos gardes, Dieu nous aydera. ①

"谦恭的大道啊,"玛格丽特想着,"这正是我失去的!但是鼓起勇气,渺小的人儿。我们回过头去,靠了上帝的帮助,还可以找到失去的路径的。"

她于是站起身,决心立刻着手去做一件会使她忘却自己的工作。

---

① 这段法文引文见法国萨瓦天主教圣徒和作家圣弗朗西斯·德萨尔(St Francis de Sales,1567—1622)的作品《虔诚生活的入门》(*Introduction à la vie dévote*,1608)第三卷第九章,大意如下:

"我不愿这样告诫我的心,说:'含羞带愧地死去,盲目的、冒昧的人,对你的上帝不忠不义'——诸如此类的话。但我愿通过怜悯来加以纠正,说,'来吧,我可怜的心,我们落进了深渊,决意从中逃出。啊!让我们寻求光明,永远离开,让我们祈求上帝的宽恕,希望他从今往后帮助我们,使我们较为坚决,让我们再次走上谦恭的大道。从今往后,鼓起勇气,让我们在上帝的帮助下,时刻警惕。'"

首先,在马撒经过客厅的门口,要上楼去时,她把她唤了进来,想要知道在那种严肃、恭敬、彬彬有礼的态度后面到底蕴藏着什么,因为那种态度总以一种几乎是机械般的服从精神,在她的个性外面形成了一种硬壳。她发觉要使马撒说出什么她个人的兴趣来,是很困难的,但是后来,她提到桑顿太太,到底触动了她的心弦。马撒的脸上欣然现出了喜色。经玛格丽特稍许一鼓励,她便讲出了一篇很长的事情来。原来她的父亲早年跟桑顿太太的丈夫有些关系——不啊,甚至是处在一种可以对他施点儿恩惠的地位上。究竟是怎么个情形,马撒也不大知道,因为那是在她还很小的时候的事情。后来,出现了一些情况,使他们两家分散开,直到马撒快长大成人的时候。当时,她父亲从原来担任的货栈职员的职位上一天天沉沦下去,她母亲也已经去世了,她和妹妹,用马撒自己的话来说,要不是桑顿太太,就会"不知落到什么地步的"。桑顿太太把她们找了来,替她们筹划,对她们多方加以照料。

"我当时发烧,身体很虚弱。桑顿太太,还有桑顿先生,他们全忙得不可开交,直到把我在他们家里护理好,还把我送到海上去这样那样。大夫们说,我发的烧是会传染的,可是他们一点儿也不在意——只有范妮小姐有点儿害怕,她跑到她要嫁过去的那个人家做客去了。所以虽然她当时害怕,结果却很好。"

"范妮小姐就要结婚了吗!"玛格丽特喊着问。

"对,而且还是一位很有钱的先生,只不过年纪比她大很多。他姓沃森,他的厂就在海雷那面什么地方。尽管他头发花白,这却是一场十分美满的婚姻。"

玛格丽特听到这个消息以后,静默了好半天,马撒于是又恢复了她那种彬彬有礼的态度,她那种答话简短的习惯跟着也恢复了。她把炉边打扫了一下,问玛格丽特什么时候要沏茶,接着和走进房来时一样,脸上毫无表情地离开了房间。玛格丽特不得不振作起来,不容自己沉迷在新近陷入的一种坏习惯里。她新近总要去想象,所有她听说到的关于桑顿先生的事情会如何影响到他本人:不问他喜欢不喜欢这些事。

第二天,她先替鲍彻的小小孩儿们上课,随后作了长时间的散步,最后又去看了一次玛丽·希金斯。使玛格丽特有点儿惊讶的是,她发觉尼古拉斯已经下工回家来了。天黑得晚,使她产生了错觉,不知道早就已经到了傍晚了。从尼古拉斯的态度看,他似乎也多少走上了谦恭的道路。他比从前安静,没有那么好逞强了。

"老先生出外旅行去了,是吗?"他说,"孩子们告诉我的。哎!他们是些机灵的小家伙,他们是。我几乎认为他们在机灵方面胜过我的闺女,虽然这么说也许不对,何况一个闺女已经去世了。我想气候里有点儿什么,使人要出去走走。我的厂主,那边那个工厂里的他,也上世上哪地方胡跑去啦。"

"这是你今儿晚上这么早就回家来的原因吗?"玛丽格特很天真地问。

"你什么也不知道,就是这么一回事。"他傲慢地说,"我可不是有两副嘴脸的人——一副对待厂主,一副背着厂主。我数着市里的钟全打响以后,才离开我的工作的。不!那个桑顿,你和他斗斗倒不错,不过他为人太好,你不可以去欺骗他。是你给我找到这工作的,我很谢谢你。经过这一段时期看,桑顿的厂可不是一片坏工厂。歇一下,孩子,把你的好听的赞美歌说给玛格丽特小姐听。对,两条腿站稳了,把右胳膊伸直,像烤肉叉那样。一就停住,二就站稳,三做好准备,四就开始说!"

那个小家伙背诵了一遍卫理公会的一首赞美歌,就语言方面讲,他是绝不会理解的,可是它的轻快的节奏使他觉得很好听,所以他以议会议员那种非常抑扬顿挫的声调背诵了一遍。玛格丽特夸赞了他一番,尼古拉斯又唤过一个孩子来,接着又唤过一个,这使她非常惊讶,因为她发觉,他给这样古怪而不自觉地引得对神圣的事情有了兴趣,而这些从前都是遭到他嘲笑的。

她回到家里时,已经过了通常喝茶的时间,但是她很快慰地感到,并没有谁为了她在等候。她还很快慰地一面休息,一面想着自己的心思,用不着很关切地注意着另一个人,好知道自己应该显得严肃还是显得高兴。喝完茶以后,她决定去检阅一大包信件,把那些需要毁掉的全拣出来。

在这批信件里,她看到了亨利·伦诺克斯先生为弗雷德里克的事情写来的四五封信。她把这些信仔细地又读了一遍,初读时唯一的用意就是,想确切地弄清楚证明哥哥无罪的机会究竟有多大。但是等她看完最后一封,衡量了一下正反两面的情况以后,她免不了注意到,信里显露出的那一点儿个性。显而易见,从措辞的拘谨来看,尽管伦诺克斯先生对信里谈到的问题可能感到一定的兴趣,他却始终没有忘记自己和她的关系。那些信都写得很机敏,玛格丽特一瞬间便看出来了,可是她从它们中看不到那种热诚亲切的语调。不过,她该把这些作为很有价值的信件保存着,所以她很仔细地把它们放到了一边。等这件小事办完以后,她想得出了神。这天晚上,玛格丽特的脑子里莫名其妙地净想到不在家的父亲。她几乎责怪自己把孤独寂寞(因而把他的离开)看作是一种安慰。但是这两天已经使她重新振作起来,有了新的力量和较为光明的希望。新近在她眼里显得像是苦事的一些计划,如今显得像是一些乐事了。她眼前的那些病态的翳障全部落去,她较为真实地看清了自己的处境和工作。只要桑顿先生会恢复和她的失去的友谊,——哦,不,只要他会不时来安慰一下她的父亲,像早先那样,——尽管她决不可以再见到他,——她就觉得仿佛自己未来生活的道路虽然看来并不辉煌,倒也可能是平坦畅达的。她站起身去就寝时,叹息了一声,尽管想到那句"我只要走一步就够了"①,——尽管想到敬爱父亲是自己唯一明明白白的义务,——内心里她还是有一种忧虑和一种痛苦懊丧的感觉。

四月的那天晚上,黑尔先生也同样莫名其妙和持续不断地想到玛格丽特,就和她想到他一样。他去会会一些老朋友,在熟悉的老地方走走,人觉得很劳累。过去,他在思想中夸大了自己见解的改变,也许会使朋友们接待他的态度有所不同,但是虽然他们有些人对于他在理论方面叛道离经可能感到震惊,伤心,或是愤慨,可是等他们一看到他们以前很爱护的这个人的脸孔时,他们立刻忘却了他头脑里的见解,或者记得那些见解,反足以使他们的态度中平添了一种亲切而又严肃的气

---

① 引文见英国作家红衣主教纽曼(John Henry Newman,1801—1890)的诗篇《云彩之柱,仁慈地引来光明》(*The Pillar of Cloud*, *Lead Kindly Light*)。

息。认识黑尔先生的人并不很多,他过去是隶属于一所小学院的,为人一向沉默羞怯,但是在青年时代喜欢去弄清楚他的静默与狐疑下面的那种精细思想和感情的人,却带着一种宽厚爱护的心情非常喜欢他,这种心情是他们对一个女人才会表现出的。经过了这么多年,中间又有了这么许多变迁,这些人对他重新显出的这份厚道,使他简直受不了,这是任何粗暴的行为或不以为然的神态决不能办到的。

"我恐怕我们做得过分了点儿。"贝尔先生说,"你因为在米尔顿那种空气里生活得太久了,所以现在感到不好受。"

"我疲乏啦。"黑尔先生说,"不过这可不是因为米尔顿的空气。我今年五十五岁了,这个小事实本身就说明了体力方面的任何衰退。"

"胡说啦!我都六十多了,不论在体力或是在脑力方面都不觉得有一点儿衰退。别让我听见你这么说。五十五!嘿,你还很年轻哩。"

黑尔先生摇摇头。"近来这几年,特别显老!"他说。他原来半靠在贝尔先生的一张舒适的安乐椅上,停顿了一下后,他撑起身,用一种颤巍巍的恳切的声调说:

"贝尔!你总不见得会认为,我要是能预见到我见解的改变,以及我辞去牧师职位这件事所会带来的一切,——哦!哪怕是我能够知道她会因此而怎样受苦,——我就会不那么做吗?——我指的是,公开承认,我对自己是其中一位牧师的那个教会的信条不再相信这件事。我现在觉得,哪怕我能够预见到我将面临的那场最严酷的苦难牺牲,——通过一个我心爱的人的受苦,——就公然脱离教会这一步来说,我还是会那么做的。至多在随后为我的家庭所做的事情上,我可能会做得不同一些,行动也可能会比较聪明点儿。不过我想上帝并没有赋予我过多的智慧和力量。"他向后靠下,回到了本来的姿势上,又加上一句。

贝尔先生在回答之前,装模作样地先擤了擤鼻子。然后,他说:

"上帝赋予你力量,去做你的良心告诉你是正确的事。我瞧不出我们还需要什么比这更高超、更神圣的力量,或是智慧了。我知道我没有那种力量或是智慧,然而人家在他们那些愚蠢的书里面却把我记载下,算作一个聪明人,一个独立不羁的人,意志坚强,以及所有那些老套。一个遵守着自己朴实的是非规律,哪怕只是进出门必定要在门垫上擦擦鞋的大傻子,也要比我聪明,比我坚强。但是一般人多么容易受骗啊!"

他们静默了一会儿。黑尔先生接着自己的思路,先开口说话:
"关于玛格丽特。"
"哦!关于玛格丽特。怎么样?"
"要是我死了……"
"胡说八道!"
"她会变得怎样——我时常想。我想伦诺克斯夫妇大概会邀她去和他们一块儿生活。我尽力想着他们会这么做。她的肖姨妈总是那么不显眼地疼爱她,不过不在眼前的人她常会忘了去疼爱。"
"这是一个很常见的过失。伦诺克斯夫妇是什么样的人?"
"他人很英俊,能说会道,讨人欢喜。伊迪丝则是一个性情温和、娇生惯养的小美人儿。玛格丽特衷心疼爱她,伊迪丝只要顾得上的话,也是很爱玛格丽特的。"
"哎,黑尔。你知道你的那个闺女几乎叫我喜爱得不得了。这我早就跟你说过啦。当然,作为你的女儿,作为我的教女,我在上次见到她以前,就对她十分关心。可是我到米尔顿去看你的那一次,使我简直成了她的奴隶。我这个老头儿心甘情愿地牺牲自己,愿意跟在征服者的战车后面走。因为,说真的,她的样子那么安详、庄重,就像一个奋斗过,而且可能还在奋斗,然而却已经稳操胜算的人。不错,尽管她当下有种种烦心事,她的脸上却的确是那神气。因此,如果她需要的话,我所有的一切全都听凭她使用,而且等我去世以后,不问她愿意不愿意,都将是她的。再说,我本人就做她的 preux chevalier,虽然我已经六十,还患了痛风病。说正经的,老朋友,你的女儿就是我生活中主要照顾的人,我的智力、我的学识、我的欣然乐意的心情所能给予的帮助,我全都给她。我可不把她挑出来,作为一个烦恼的理由。我从前就知道,你总得有件事让你好烦心,要不然你就不会感到快乐的。不过你会比我多活上许多年。你们这些身材瘦小的人总是在引诱死神,又欺骗死神!只有我这样身材矮胖、血色红润的人,才先走路。"

倘使贝尔先生有先见之明,他也许会看到,火炬已经差不多颠倒过来,那位脸色肃穆、平静的天使正站在很近的地方,对他的朋友招手①。那天夜晚,黑尔先生把头枕在枕头上,从此就不会再带有生气地在枕上移动了。仆人第二天早晨走进房间,问了一句话没有得到答复。他朝床走近了点儿,看到在死亡那抹杀不了的"封印"下,那张惨白而冰凉的仰着的沉静、完美的脸。那种姿态是异常安逸的,没有痛苦——没有挣扎。在他躺下时,他心房的活动必然就停止了。

贝尔先生给这个打击惊得目瞪口呆,只是到他对男仆的所有提议都感到愤怒时,他才渐渐恢复过来。

"验尸?呸!你总不见得认为是我毒死了他!福布斯大夫说,这只是心脏病的自然结局。可怜的老黑尔!你过早就把你那颗好心消耗尽了。可怜的老朋友!他是怎么谈到他的……沃利斯,五分钟内给我收拾起一只旅行包来。我一直在这儿说废话。快把包收拾好,喂。我非得乘下一班火车到米尔顿去。"

在他作出这一决定后二十分钟,旅行包收拾好了,马车也给叫来,他赶到了火车站。伦敦开来的那列火车隆隆地驶过,在几码以外停住,那个急躁的列车员催促贝尔先生赶快上车。他立即在自己的座位上靠坐下,闭上眼睛,竭力想弄明白,一个昨天还活生生的人,怎么会今儿就死了。不一会儿,泪水从花白的眼睫毛间悄悄流了出来,他感觉到后,睁开了那双炯炯的眼睛,尽他的坚定的决心所能做到的程度,竭力显得严肃而有神。他不在一群陌生人面前哭泣,他不是这样的人!

车上并没有一大群陌生人,只有一个人坐在离他很远的同一面。过了一会儿,贝尔先生盯着他看了看,想知道也许瞥见他动了感情的这人是一个什么样的人。他在展开的那一大张《泰晤士报》后面,认出了桑顿先生。

"哟,桑顿!是你吗?"他说,连忙移到较近的地方。他和桑顿先生热烈地握手,后来突然一下松开,因为他要用手去把泪水擦掉。他上次

---

① 火炬是指生命的火炬,颠倒的火炬是死亡的象征;天使是指死亡天使。两者都是西方墓碑上当时常刻的图案。

见到桑顿先生,就是和他朋友黑尔一块儿。

"我上米尔顿去,为了一件令人伤心的事。去把黑尔突然去世的消息,告诉他的女儿。"

"去世!黑尔先生死啦?"

"是的。我不停地对自己说,'黑尔死了!'可是这样并没有使这件事变得真实一点儿。尽管如此,黑尔是死了。昨儿晚上,他去睡觉的时候,外表看来挺好。今儿早上,我的仆人去唤他,人已经冰凉了。"

"在哪儿?我一点儿也不明白!"

"在牛津。他上我那儿去住几天。这十七年他都没有上牛津去过啦——不料这竟然是结局。"

有一刻多钟,谁也没有再说一句话。接着,桑顿先生说:

"那么她呢?"他猛的一下停住。

"你是说玛格丽特。是呀!我正是要去告诉她。可怜的人儿!昨儿晚上,他的心思一直全都在她身上。天啊!就在昨儿晚上。可现在,他离开我们不知多远了!不过我为了他,把玛格丽特当作我的孩子。昨儿晚上我说,为了她本人,我愿意收下她。嗨,我为了他们俩收养下她。"

桑顿先生徒然无益地试了一两次,才把话说出来:

"她会怎么样呢?"

"我想会有两个人等着照看她:我自己就是一个。我情愿接纳一个活生生的恶老太婆住在我的家里,假如请上这样一个女伴①,建立起我自己的家庭,我就可以有玛格丽特这样一个女儿跟着我安度晚年的话。不过还有伦诺克斯家!"

"他们是些什么人?"桑顿先生深感兴趣,激动地问。

"噢,是一些时髦的伦敦人。他们很可能会认为,他们最有权照看她。伦诺克斯上尉娶了她的表妹——就是和她一块儿长大的那姑娘。他们大概是很好的人。还有她的姨妈肖太太。也许,可以有一个办法,

---

① 女伴,原文是 chaperon,指在社交场所陪伴未婚少女的年长妇女。

由我提出和那位可敬的夫人结婚！不过那样就会是一种 pis aller①。再说,还有那个哥哥！"

"什么哥哥？她姨妈的哥哥吗？"

"不是,不是。是伦诺克斯家的一个精明人(上尉是个傻子,你得知道),这是一个年轻的律师,他会去追求玛格丽特的。我知道这五年多来,他心里一直想着她。他的一个好朋友也跟我说过这样的话。只是因为她缺乏财产,才使他有点儿踌躇。如今,这全解决啦。"

"怎么解决啦？"桑顿先生问,他过分热切好奇,没有觉察到他问的话多么不合适。

"噢,我去世以后,我的钱就全给她。倘若这个亨利·伦诺克斯配得上她一半,她也喜欢他——那么,我也许可以另外找个办法,通过一场婚姻来安顿一个家。我特别害怕一时大意,给那位姨妈诱惑住。"

贝尔先生和桑顿先生当时的心情都很沉重,所以贝尔先生说的话里古怪可笑的地方,他们两人都没有注意到。贝尔先生吹了一声口哨,除了一阵长长的咝咝气息外,并没有发出什么声音来。他更换了一下座位,也没有得到安慰或是休息。桑顿先生一动不动地静静坐着,两眼盯在报上一个地方。他又拿起了报纸,以便给自己时间去思考。

"你上哪儿去？"贝尔先生后来问。

"上阿弗尔②去的。想去探听明白棉花价格大涨的秘密。"

"啊！棉花,投机买卖,黑烟,擦拭干净、维护得很好的机器,无知无识、遭到忽视的工人。可怜的老黑尔！可怜的老黑尔！你要是能知道从赫尔斯通搬来给他造成了多大的变化,那就好啦。你知道点儿新森林的情形吗？"

"知道。"(说得很简慢。)

"那么你可以想象得出它和米尔顿的不同啦。你过去住在哪一带？你曾经到过赫尔斯通吗？一个风景如画的小村庄,像奥登瓦尔

---

① 法文,意思是："权宜之计""最后一手"。
② 指勒阿弗尔(Le Havre),法国北部英吉利海峡上的港口城市。

德①的有些村庄那样？你知道赫尔斯通吗？"

"我见到过。离开赫尔斯通到米尔顿来，是一场很大的变化。"

他神情坚决地又把报纸拿起来，仿佛决心避免进一步谈话似的。贝尔不得不像先前那样，又去想着怎样才可以最得当地把这消息告诉玛格丽特。

她当时正站在楼上一扇窗前，看见他走下车来。她本能地脑筋一闪，立刻猜出了实情。她站在客厅中央，仿佛一下抑制住了自己最初想奔下楼去的那阵冲动，仿佛通过同一个抑制的念头，她已经变成了顽石，因为她那么苍白，那么一动不动。

"啊！别告诉我！我从您脸上的神气就知道了！您会差——您不会离开他的——要是他还活着的话！啊，爸爸，爸爸！"

---

① 奥登瓦尔德（Odenwald）：德国境内的一片林木蓊密的山区，在内卡河和美因河之间。

第十七章　孤苦伶仃！

> 一个可爱的声音既响亮又动听,
> 在你的耳旁忽然消失。
> 一片寂静,对之你不敢哭泣,
> 像重病新恙,使你周身疼痛——
> 何种希望?何种帮助?何种乐曲,
> 能打消你感官上的那片寂静?
>
> 布朗宁夫人①

这一冲击非常强烈。玛格丽特陷入了一种衰竭的状态,它并不表现在呜咽哭泣上,甚至也不能从语言倾诉中得到宽慰。她闭上两眼躺在沙发上,一句话也不说,人家对她说话时,她也只小声回答。贝尔先生感到不知所措。他不敢离开她,也不敢叫她跟着自己一块儿回牛津去。这本来是他到米尔顿来路上制定的计划之一,可是这会儿,她体力上的耗竭显然到了极限,使她经不起这样的辛苦——把她本来该去看看遗体的这件事,也变得根本不可能了。贝尔先生坐在壁炉旁,考虑着最好该做点儿什么事。玛格丽特一动不动地躺在他的旁边,几乎不出声息。他不肯离开她,甚至不肯去吃狄克逊为他在楼下安排好的午餐。狄克逊抽抽噎噎地殷勤邀请,很乐意把他引去吃饭。他请她端了一盘吃食上楼来给他。平时,他是很讲究、很挑剔的,极能辨别自己食物中的种种滋味,但是现在,麻辣烤鸡尝起来就像木屑。他切碎了一些鸡肉给玛格丽特吃,还加好了胡椒粉和盐。可是等狄克逊照着他的吩咐,想喂她吃时,她那样失神地摇摇头,表明在玛格丽特当时的那种状态里,

---

① 引文见布朗宁夫人的十四行诗《代替》(*Substitution*)。

食物只会使她哽噎,不会给她什么营养。

　　贝尔先生长长地叹息了一声,从原来很安逸的姿势上抬起了他的硬朗的老胳膊和老腿(因为路上的劳累而感到发僵),跟着狄克逊走出了那间房。

　　"我不能离开她。我非得写信给牛津的人们,叫他们照料着做好准备,他们可以准备起来,等着我回去。伦诺克斯太太能不能上这儿来呢?我来写信告诉她非来一趟不可。这姑娘非得有一位女朋友在她身边,就算只是说动她好好哭上一场也好。"

　　狄克逊在涕泗滂沱——抵得上两个人的,不过等她擦干了眼睛,稳住了嗓音以后,她设法告诉贝尔先生,伦诺克斯太太产期太近,目前不能上路。

　　"嗐!我想我们非得请肖太太来了。她已经回到了英国,是不是?"

　　"是的,老爷,她已经回来了,不过我想她在女儿的怀孕时期,是不会乐意离开伦诺克斯太太的。"狄克逊说,她不大赞同请个陌生人到家里来,分担她对玛格丽特的主要照顾。

　　"见它怀孕时期的……"贝尔先生管住了自己,咳了一声,把这句话的最后部分掩饰过去了,"可在这种怀孕时期的晚期,她倒可以很安心地待在威尼斯、那不勒斯或是天主教的某一个地方——我想她是在科孚有喜的吧。而且那个幸运的小女人的'怀孕时期',和这个可怜的孩子——这个孤苦伶仃、没家没朋友的玛格丽特比起来,又算得了什么呢。玛格丽特正一动不动地躺在沙发上,就好像沙发是一座墓石,她是上面的石头塑像。我告诉你,肖太太得来。明儿晚上以前,你打点着把一间房,或是她需要的不论什么全都准备好。我负责请她来。"

　　就这样,贝尔先生写了一封信。肖太太淌眼抹泪地说,他这封信活脱儿就像亲爱的将军①痛风病就要发作时所写的那样,所以她要把它永远珍藏着。如果他由她选择,请求她或是竭力劝她前来,仿佛她拒绝不来也是可以的,那么她可能就不会来——尽管她对玛格丽特的同情

---

① 指她的丈夫肖将军。

是真挚诚恳的。她正需要这种严厉、直率的命令,才能促使她克服她的 Vis inertiae①,让女用人收拾好箱子后,打发她动身。在伦诺克斯上尉搀扶着她走下楼去上马车时,伊迪丝戴着帽子、围着围巾、眼泪汪汪地走出房来到了楼梯口,说:

"别忘了,妈妈,非得让玛格丽特来和咱们一块儿住。肖尔托星期三上牛津去。您一定要请贝尔先生带个口信给他,说您多会儿回来。还有,如果您需要肖尔托,他可以由牛津再到米尔顿去。别忘了,妈妈,您一定要把玛格丽特接回来。"

伊迪丝回进了客厅。亨利·伦诺克斯先生正待在那儿,把新的一期《评论》②的有几页裁开。他没有抬起头来,说,"你要是不希望肖尔托离开你这么久,伊迪丝,希望你让我到米尔顿去,尽可能出一点儿力。"

"噢,谢谢你,"伊迪丝说,"老贝尔先生大概会把能办的一切都办了。也许,并不需要更多的帮助。只不过,我们并不指望一位驻校大学评议员会有多少 savoir faire③。亲爱的好玛格丽特!她又住到这儿来,这可真好。好几年前,你们俩在辩论中总是站在一边的。"

"是吗?"他若无其事地问,装得好像对《评论》中的一段文章很感兴趣。

"哦,也许并不是这样——我忘了。我那会儿心里净想着肖尔托。不过,结果是不是很好呢?如果我姨父要去世,那就该在现在,因为我们全回国来了,又住在老住宅里,完全可以接待玛格丽特。可怜的人儿,这对她说来,和住在米尔顿是一场多大的改变啊!我要用些新的擦光印花布去把她的睡房布置一下,使房间显得明亮、崭新,好让她稍许高兴点儿。"

肖太太带着同样亲切和善的精神起程到米尔顿去,偶尔对第一次会面觉得很害怕,不知道怎样才能度过去,但是更经常是在盘算着,自己多快才能使玛格丽特离开"那个可怕的地方",回到哈利街那种舒

---

① 拉丁文,意思是:"惰性"。
② 指《爱丁堡评论》(the Edingburgh Review),1802年英国出版的一种很有影响的季刊。
③ 法文,意思是:"机智""处世的手腕"。

适、愉快的环境中去。

"哎呀!"她对女用人说,"瞧瞧那些烟囱!我可怜的姐姐啊!我大概没法在那不勒斯安睡的,要是我知道是怎么个情形的话!我一定会赶来,把她和玛格丽特接走。"她心里暗自承认,她向来认为姐夫是一个相当软弱的人,不过从来没有像她这会儿认为的这么软弱,因为这时候,她看到了他用一个什么样的地方调换了赫尔斯通那个可爱的老家。

玛格丽特仍然是原来的那种情形:脸色苍白、一动不动,既不流泪,也不说话。他们告诉了她,肖姨母这就要来了,可是她对这个既没有表示惊讶、高兴,也没有表示厌恶。贝尔先生的胃口恢复了,他很赞赏狄克逊为了满足他的口味所作的努力,并且白费唇舌地劝说玛格丽特尝点儿牛胰炖牡蛎。她就和前一天一样,平静而固执地摇摇头。他对她的拒绝只好用自己全部吃光的办法来安慰一下自己。不过玛格丽特却是第一个听见把姨母从火车站送来的那辆马车在门口停下的。她的眼皮颤动了一下,嘴唇红起来点儿,微微颤抖。贝尔先生走下楼去会见肖太太。等他们走上楼来时,玛格丽特正站着,竭力想使头晕目眩的自己站立稳。当她看见姨母的时候,她扑到了张开胳膊搂住她的姨母的怀抱里,在姨母的肩上第一次痛痛快快地大哭了一场。惯常不外露的感情,多年的温柔体贴,以及同死者的关系,——似乎同属于一家人的那种在神态、音调、手势等方面的难以理解的相似,这时刻使玛格丽特那么强烈地想起了母亲,——这种种思想浮上心头,使她的麻木的心融化和柔软下去,变成了流不尽的热泪。

贝尔先生悄悄走出房,下楼到书房里去了。他到那儿,吩咐把炉火生起,取下种种不同的书来翻阅,竭力想排遣一下。每一本书都带来对亡友的一个回忆或是一种联想。他花了两天的时间守护着玛格丽特,现在这样也许是改变了一下工作,可是并没有改变思想。这当儿,他很高兴地听到了桑顿先生在门口询问的声音。狄克逊正相当傲慢地在把他打发走,因为随着肖太太女用人的到来,浮现出了许多幻想:从前的豪华生活,贝雷斯福德家族,以及她的年轻的小姐给撵下来,现在,倘使幸运的话,又将重新获得的那种"身份"(她很乐意这样来称呼它)。她在和肖太太的女用人谈话时,一直自鸣得意地贯注在这些幻想上(同时很巧妙地引着对方说出哈利街宅子里富丽而气派的情形来,好让在一旁听着的马撒开窍)。这些幻想使狄克逊在接待米尔顿的任何居民时,多少都有点儿傲慢不逊,所以尽管她素来有几分惧怕桑顿先生,她却竟敢斗胆,很简慢地告诉桑顿先生,那天晚上家里没有谁好接见他。这时候,贝尔先生拉开书房房门,驳斥了她所说的话,这是使她相当窘困的。贝尔先生叫唤道:

"桑顿!是你吗?进来坐上一会儿,我有话要对你说。"于是桑顿先生走进了书房,狄克逊只好退进厨房去,讲了一大篇约翰·贝雷斯福德爵士当郡长时,他的六匹马拉的大马车的情形,这样来恢复一下她对自己的尊重。

"说到头,我也不知道要对你说点儿什么。只是坐在一间房里,件件东西都使你想起一位去世的朋友,这是很令人愁闷的。可是客厅又不能去,得让玛格丽特和她的姨妈单独待一会儿!"

"那么她的——她的姨妈来啦?"桑顿先生问。

"来啦?不错。带着女用人等。原来还以为在这样一个时刻,她总会独自一个人来的!现在,我这就不得不离开,自己上'克拉伦登'①去住啦。"

"你用不着到'克拉伦登'去。我家里有五六间空着的睡房。"

"空气流通吗?"

"我想这一点你可以相信我的母亲。"

"那么我只要跑上楼去,跟那个脸色苍白的姑娘说一声明儿见,向她的姨妈鞠上一躬就行啦,然后马上就跟着你走。"

贝尔先生上楼去了好一会儿。桑顿先生开始觉得时间很长,因为他事情很忙,好不容易才抽出点儿时间跑到克兰普顿来,探问一下黑尔小姐的情况。

等他们出发走到桑顿家去时,贝尔先生说:

"我给客厅里的那两个女人耽搁了。肖太太急着想回家——她说是为了她的女儿,——她要玛格丽特立刻就跟她走。嗨,她眼下不适合

---

① 旅馆名。

上路,就和我不适合飞行一样。再说,她还讲,而且讲得很有道理,她有一些非见一面不可的朋友——她非得去和好几个人告别。接着,她姨母又令她心烦地说了些老话,问她难道忘了老朋友了吗?她于是大哭了一阵,说,她很乐意离开一个她受了这么多痛苦的地方。我明儿非得回牛津去,我真不知道应该替哪一方面说话。"

他停住,仿佛在问一句话那样,但是他从他同伴方面没有得到回答,因为他同伴的思想中不断地回响着这个声音——

"她受了这么多痛苦的地方。"哎呀!在米尔顿的这十八个月,就这样留在她的记忆里,但是对他说来,就连它的辛酸,也是说不出多么宝贵的,那种辛酸抵得上往后生活中的全部乐趣。失去父亲,失去母亲——尽管桑顿先生很爱他的母亲——都不能破坏那多少星期,多少日子,多少时刻留下的回忆,他在那些时日里走上两英里路,每一步都是愉快的,因为每一步都使他越来越接近她,把他带向她的可爱的眼前——每一步都是富有深意的,因为每当他一面回味着一面从她身边走开时,总会回想起她举止中的某种清新娴雅的风度,或是她性格上的锋利明快的脾气。是呀!不论他遭到什么,撇开他对她的关系不谈,他也决不会把那时候说成是痛苦的时候,因为当时他每天都可以见到她——可以说她是他想望得到的。现在,四周一片贫乏,把未来的希望缩减成了平淡的事实,生活中也没有一种希望或忧虑的气氛。和这种贫乏相比,他觉得尽管有种种刺痛与傲慢无礼的言行,那却是一段繁花似锦的大好时光。

桑顿太太和范妮全在饭厅里。范妮有点儿喜形于色,因为女用人正把一块块光彩照人的料子拿起来,凭着烛光,想看看哪一块做结婚礼服最为合适。她母亲确实也想分享到一点儿她的心情,可是没有能够。衣服和衣料的鉴赏不是她爱好的问题。她衷心希望范妮接受哥哥的提议,让伦敦的一个第一流的裁缝去做她的结婚礼服,而不要这样没完没了、惹人厌烦地讨论,不要这样踌躇不定、犹豫不决。这些犹豫不决的讨论,都是由于范妮件件事全想亲自挑选和照料。任何通情达理的人,要是能给范妮的二流姿态与风度吸引住,给她充足的资财,让她可以购买种种华丽的服饰,那么桑顿先生只有太乐意来表明他的感激与赞同了。在范妮看来,那些华丽的服饰即便没有超过,至少也确实和她的爱人同等重要。当哥哥和贝尔先生走进来时,范妮臊红了脸,咿咿地痴笑,同时慌慌张张地去拾掇起她刚做的事情留下的痕迹。那种样子除了贝尔先生外,不可能不引起别人的注意。贝尔先生要是想到她和她的绸缎的话,那也是拿她和她的绸缎去跟他撇在后面的那个脸色苍白、满心悲痛的人儿进行比较。那个姑娘低垂着头,合起两手,一动不动地坐在一间房里,房里一片死寂,你几乎可以想象,你尽力细听的耳朵里那阵突发的嗡嗡声,是由死者的亡灵所造成的,因为他们还在他们心爱的人四周徘徊。贝尔先生第一次上楼去的时候,肖太太躺在沙发上睡着了,所以没有一点儿声音打破那片寂静。

桑顿太太对贝尔先生殷勤而客套地表示欢迎。她在儿子家里接待儿子的朋友时,最殷勤有礼,而这些朋友越是她事先没有料到的,便给予她那令人钦佩的、善于舒适持家的德行越大的荣誉。

"黑尔小姐怎么样?"她问。

"她给最近这个打击弄得不能再伤心啦。"

"她有您这样一位朋友,这对她说来真是太好啦。"

"但愿我是她唯一的朋友,夫人。这话听起来大概很蛮横,不过眼下我是给一位好姨妈取代了,丢掉了我原先安慰她、照料她的差事。伦敦还有些表姐妹等也要她去,就好像她是一个属于她们的巴儿狗。再说她呢,她这会儿人又太软弱,太痛苦,自己没有自己的主意。"

"真格的,她一定很软弱。"桑顿太太说,她话里暗含着另一种意义,这是她儿子心里明白的,"可是,"桑顿太太说下去,"黑尔小姐一直显得就好像一个朋友也没有,而且确实还得容忍不少烦心的事,那时候这些亲戚全上哪儿去了?"不过她对自己这句话的答复并不很感兴趣,所以没等回答,便走出房安排家务去了。

"他们一直住在国外。他们的确可以接她去住。这一点我可要替他们说句公道话。这位姨妈从小把她抚养大的,她和那位表妹就像亲姐妹一样。你瞧,使我烦恼的事情是,我想要把她当作我自己的孩子,我很嫉妒这些人,他们似乎并不重视他们的权利给予他们的特殊好处。要是弗雷德里克接她去,那可就不同啦。"

"弗雷德里克!"桑顿先生喊着问,"他是什么人?他凭什么权利……?"他在热烈询问中,猛地一下停住了。

"弗雷德里克!"贝尔先生惊讶地说,"咳,你不知道吗?他是她的哥哥。你难道没有听说过……"

"我以前从来没有听说过他的名字。他在哪儿?他是个干什么的?"

"他们家初搬到米尔顿来的时候,我一定告诉过你他的事——就是跟那场兵变有牵连的那个儿子。"

"我直到这会儿才第一次听说他。他住在哪儿?"

"住在西班牙。他一踏上英国的土地,立刻就有可能遭到逮捕。可怜的人儿!他会因为不能参加父亲的葬礼而伤心透的。我们只好找伦诺克斯上尉去,因为我不知道该找哪个别的亲戚好。"

"我希望可以让我也去?"

"当然可以,很谢谢你。说到头,你是个好人,桑顿。黑尔很喜欢你。就在前一天,他在牛津还对我讲到你。他很惋惜,新近很少见到你。你希望向他致敬,我很感激。"

"可是关于弗雷德里克。他始终没有回到英国来吗?"

"始终没有。"

"黑尔太太去世前后,他没有回国来吗?"

"没有。咳,我当时在这儿。我好多年好多年都没有看见黑尔了。而且,你要是记得的话,我那会儿来过……不,我是在黑尔太太去世以后过了一阵子才来的。但是那时候,可怜的弗雷德里克·黑尔并不在这儿。是什么使你认为他回来过?"

"有一天,我看见一个年轻男人跟黑尔小姐一块儿散步,"桑顿先生回答,"我想大概就是那时候。"

"啊,那大概是这个年轻的伦诺克斯,就是这个上尉的哥哥。他是一位律师,他们经常和他通信。我记得黑尔先生对我说过,他认为伦诺克斯会上这儿来。你知道吗,"贝尔先生说,一面转过身来,闭上一只眼,以便用另一只眼睛更为锐利地察看桑顿先生的脸色,"我曾经想象你对玛格丽特有点儿好感?"

没有回答,脸色也没有变。

"可怜的黑尔也这么想。起先并没有。是我使他脑子里有了这种想法的。"

"我很爱慕黑尔小姐。人人一定都是这样。她是个美人儿。"桑顿先生给贝尔先生执拗的盘问逼得没有法子,只好这么说。

"就只这样吗?你可以用这种慎重的方式讲到她,说她不过是一个'美人儿'——只是一个惹人注目的人儿。我早先倒希望你具有相当高超的气质,使你能对她倾心。虽然我相信——事实上,我知道,她会拒绝你的,不过得不到报答,仍旧爱她,这就会使你比所有那些始终不知道爱她的人,且不管他们是谁,高超出许多。'美人儿',真格的!你讲到她,就像你讲到一匹马或是一条狗那样吗?"

桑顿先生的眼睛像两团红火那样炯炯发光。

"贝尔先生,"他说,"在你这么说以前,你应该记住,并不是所有的人都像你这样,可以把自己的感觉随意表达出来。让我们谈点儿别的吧。"因为,虽然他的心像听到号声那样,对贝尔先生所说的每一句话都跳了起来,虽然他知道他说的话,从今往后会把牛津这个老评议员的思想和他心里最宝贵的心思紧密地凝结在一起,但是他不愿意被迫把自己对玛格丽特的感情怎样表达出来。他不是跟着人吹捧的反舌鸟①,因为另一个人赞美他敬重和热爱的人,便想在称颂方面胜过他。所以他谈起了贝尔先生和他作为地主与租户之间的一些枯燥无味的租赁事项。

"我们在院子里碰上的那一堆砖和灰泥是干吗的?需要进行什么修理吗?"

"没有,并不需要,谢谢你。"

"你自己花钱在造什么吗?要是这样,那我非常感激你。"

"我在造一个食堂——我是说给工人们用——工厂工人们。"

"我还以为你过分挑剔哩,要是你,一个单身汉,对这间房还嫌不好,觉得不满意的话。"

---

① 反舌鸟,原文为 mocking-bird,是美国南部产的一种善于模仿别种鸟叫声的鸟。

"我结识了一个古怪的家伙。我把他很关心的一两个孩子送进了学校。有天,我碰巧从他的屋子附近经过,我为了要付一笔小费用上那儿去了。我瞧见他们吃的那么粗劣、乌黑的一丁点儿午餐——一小绺油腻腻的肉,这使我初步考虑起来。不过今年冬天,粮食价格变得这么高,我才想到,成批买进食物,一下烧出大量的食品来,可以节省下多少钱,得到多少方便。于是我就对我的朋友——也可以说是我的对头说了——就是我跟你提起过的那人——他对我的计划的每一个细节都找出了点儿岔儿。结果,我把它搁到了一边,因为它不切合实际,还因为要是我硬实行起来,我就会干涉了我的工人们的独立生活。后来,这个希金斯忽然又来找我,很有礼貌地表示赞同一项和我的几乎相同的计划,我简直可以说就是我的计划。此外,他还对几个其他的工人说了,他们也表示赞同。我承认,他的态度当时使我有点儿'发火',我本想把整个儿计划扔开,听其自生自灭。可是把我先前认为明智和完善的一项计划放弃掉,就因为我本人没有得到创始人应得的荣誉与重要性,这似乎是幼稚的。所以我冷静地接下了派给我的一份工作,那多少有点儿像一家俱乐部里的总干事。我去成批买进粮食来,再提供一个合适的女总管或是厨师。"

"我希望你对你的新职务干得令人满意。你对于土豆和洋葱识货吗?不过我想桑顿太太在采购方面总给你帮点儿忙。"

"一点儿也没有。"桑顿先生回答,"她不赞成这整个儿计划。现在,我们彼此绝口不提这项计划。不过我经营得很不错,从利物浦买进大批牲畜来,由我自己家里的屠宰工宰割成鲜肉供应。我可以告诉你,女总管做的热餐一点儿也不叫人看不上眼。"

"你凭你的职权在每种菜出售以前,尝不尝一下呢?我真希望你有一根白色的权杖。"

"我开头谨慎小心,只限于负责采购,而就连在这方面,我也尽量遵照工人们通过女管家递来的订单,而不是自作主张。有一回,牛肉数量太多啦,另一回羊肉又不够肥。我想他们瞧出来,我多么留神注意,让他们自由选择,不把我自己的意见强加给他们,所以有一天,两三个工人——其中有我的朋友希金斯——前来问我,乐意不乐意也去吃上一客。那天我非常忙,不过我瞧出来,如果我作出了这么友好的表示,又不去迁就一下这些工人,他们的感情会受到伤害的,所以我就去了,我一生从来没有吃过一顿更好的饭啦。我告诉他们(我是说我身旁的人们,因为我不善于当众讲话)我多么欣赏这一餐。有好一阵子,遇到他们的伙食中又有那样特菜的时候,这些人管保就来对我说,'厂主,今儿午餐有罐焖土豆牛肉,您来吃吗?'倘使他们没有来邀我,我是不会闯到他们当中去的,就像没有受到邀请,我在营房里也不会上食堂去吃饭那样。"

"我认为你多少限制了你的东道主们的谈话。你坐在那儿,他们就不好辱骂厂主啦。我猜他们在没有罐焖土豆牛肉的日子,大概会发泄一下。"

"哎!到眼前为止,我们一直避开了所有叫人生气的问题。不过要是有什么老争端又给提出来,那么我在下一次有罐焖土豆牛肉的日子,肯定会把我的想法说出来。可是尽管你自己也是我们达克郡人,你却简直不知道达克郡人。他们具有这么一种幽默感,以及这么生动辛辣的一种表达方式!我如今真变得渐渐理解他们中有些人啦,他们在我面前说话相当随便。"

"没有什么事像吃这个动作这么使人平等的了。死亡和它压根儿不能相比。哲学家简洁地死去——伪君子炫耀地死去——心地纯洁的人谦恭地死——可怜的白痴盲目地死,像麻雀坠落到地面上那样。哲学家和白痴,收税人①和法利赛人②,全以同样的方式吃——假使他们的消化都不错的话。你这可有一个理论中的理论啦!"

"真格的,我并没有什么理论,我讨厌理论。"

"请你原谅。为了表示我的忏悔,你可不可以接受一张十英镑的钞票用去采购,让那些可怜人吃一餐好菜呢?"

"谢谢你,但是我还是不接受吧。他们对工厂后面的炉灶和烹饪的地方全付租金给我,对那个新食堂还要再多付些。我可不想让它变

---

① 收税人,原文是 publican,指古罗马的收税人。
② 法利赛人,原文为 pharisee,《圣经》中所描写的伪善者。

成一种施舍。我不要捐款。一回放弃了原则,人家就会出去议论,把整个儿事情的单纯朴实的性质都给毁了。"

"人家对随便什么新计划都会议论。这你实在没有办法。"

"我的敌人,要是我有什么敌人的话,会对这个就餐计划从大发善心的角度大事议论一番,不过你是一位朋友,我指望你对我的实验会用保持沉默来表示尊重。目前,这还不过是一柄新扫帚,打扫得挺干净①,可是不久,我们毫无疑问会碰上许多障碍的。"

---

① 西方谚语有 A new broom sweepsclean(一柄新扫帚可以打扫得很干净),即我国所谓"新官上任三把火"意。

第十八章　玛格丽特移居伦敦

> 我们向最简陋寒碜的东西告别时，
> 那件东西也不再显得简陋寒碜了。
>
> 　　　　　　　　　　　　艾略特①

肖太太尽管是个性情柔和的人，对米尔顿仍旧感到不胜厌恶。市里闹哄哄的，烟雾腾腾，她在街上看到的穷人都穿得很邋遢，有钱的太太小姐们又打扮得太花哨。再说，所有她看到的人，不论高低贵贱，没有一个穿的衣服是合身的。她确信玛格丽特留在米尔顿决不能恢复她的体力，她自己也害怕神经紧张的老毛病再次发作。玛格丽特必须和她一块儿回去，而且要快。这些就算不是她的确切的话，至少也是她竭力要使玛格丽特接受的精神实质。玛格丽特虚弱无力，十分伤心，临了终于勉强答应姨母，等星期三一过，就跟着她回伦敦去，留下狄克逊来料理一切：付账，出售家具，把房屋关闭起来等。在那个星期三以前——那个伤心的星期三，黑尔先生就要在那边下葬了，和他生前熟悉的两处定居的地方，和他的妻子都离得很远，他的妻子孤独寂寞地躺在陌生人当中。（后面这件事使玛格丽特心里非常懊恼，因为她想到，要是自己在最初那段悲痛的日子里没有昏昏沉沉，那么她本可以把下葬的事另行安排一下的）——在那个星期三以前，玛格丽特收到了贝尔先生的一封信。

　　亲爱的玛格丽特：——我原来打算星期四回到米尔顿来的，但是那天偏巧要求我们普利茅斯学院的评议员执行一项义务，这是

---

① 引文见艾略特的长诗《村长》(The Village Patriarch) 第九卷第四部。

难得提出的要求,我不能离开我的岗位。伦诺克斯上尉和桑顿先生全在这儿。上尉看上去是一个英俊潇洒的好心人,他还打算到米尔顿来,帮你找寻一下遗嘱。当然并没有遗嘱,要不然你按照我的指示,这时候已经找到了。上尉还说,他一定要把你和他的岳母接回家去。由于他妻子即将分娩,我看不出你怎么能指望他待得比星期五更晚。不过,你们家的狄克逊是个老成可靠的人,能够替你支撑着一直等到我来。如果没有遗嘱,我就把事情委托我在米尔顿的法律代理人去处理,因为我很怀疑这位英俊潇洒的上尉是不是一个办事老练的人,他的口髭倒修得挺好看。拍卖不久就得举行了,因此把你想要保存的东西挑选出来。再不然你随后送一张单子给我也成,现在还有两件事,我已经做了。你知道——也许你并不知道,你的可怜的父亲反正知道——等我死后,我的钱和财产就全归你,这并不是说我已经要死了,我提到这件事,只是为了解释一下即将发生的事情。伦诺克斯一家眼下似乎很喜欢你,他们也许会这样继续下去,也许不会。因此,最好一开始就和他们达成一个正式协议,那就是,只要你和他们觉得在一起生活很愉快,你就每年付给他们二百五十英镑。(这笔钱,当然也包括狄克逊的工资等。当心,不要受骗,再为她付什么钱。)这样,上尉要是哪天不想留你住在他家里,你就不至于漂泊无依,你可以带着你的二百五十英镑到别地方去,要是,说真的,我没有首先要求你来给我管理家务的话。至于衣服、狄克逊、你个人的开支和糖果等(所有年轻的小姐都爱吃糖果,直到长大懂事了才罢),我要征求一下我认识的一位女士的意见,看看你从你父亲那儿究竟该得到多少再确定。唉,玛格丽特,你还没有看到这儿,是不是已经怒气冲冲地想要知道,这个老头儿凭什么这样放肆,竟然来为你安排你的一切?我毫不怀疑你会这样。然而,这个老头儿确实有权利这么做。他爱护你的父亲整整有三十五年,你父亲举行婚礼的那天,他站在他的身旁;你父亲去世的时候,他合上了他的眼睛。何况他又是你的教父。既然他不能在精神方面给你多大帮助——他暗暗地感到你在这方面是高超卓越的,他就想在物质方面出一点儿力来资助你。这个老头儿在世上也已经没有一个亲人了,"谁又会对亚当·贝尔表示哀悼呢?"他在这一件事上已经打定了主意,而玛格丽特·黑尔也不是一个会拒绝他的要求的姑娘。请即回信,把你的答复告诉我,哪怕只写两行也成,但是不许道谢。

玛格丽特拿起一支笔来,用颤抖的手潦潦草草地写道,"玛格丽特·黑尔不是一个会拒绝他的要求的姑娘。"在她眼下这种虚弱的状态里,她想不出什么别的话来,可是用贝尔先生信上的这句话,她又觉得很不好意思。不过这样稍微一着力,她已经感到十分劳累,所以即使她能够想出另外一种表示接受的答复,她也不能再坐着写上片言只语了。她只好又躺下,竭力不去思索。

"亲爱的孩子!是不是那封信使得你心里烦恼呢?"

"不是!"玛格丽特有气无力地说,"过了明天,我就会好点儿的。"

"宝贝儿,我相信只有等我把你从这个空气恶劣的地方接走,你的身体才能恢复过来。我真想象不出这两年你是怎么熬过来的。"

"我能上哪儿去呢?我不能离开爸爸妈妈。"

"好啦!亲爱的,你别难受,我这完全是一番好意,只是我不明白你们是怎么生活的。我们管家的老婆住的屋子也比这幢好。"

"夏天,它有时候是很美的,你不能凭它现在的样子来作出判断。我在这儿一直过得很快乐。"玛格丽特闭起眼睛,不想再谈下去了。

宅子里比以前舒适多了。夜晚寒气袭人,每间睡房在肖太太的吩咐下,都生起了火。她想方设法尽力安慰玛格丽特,凡是她自己会逃避进去,寻求安慰的珍馐美味或绫罗绸缎,她都把它们买来,但是玛格丽特对所有这些东西全不感兴趣,即使十分勉强地注意一下,那也只是出于对姨母的感激,因为姨母这么不辞劳累地为她着想。尽管她身体十分虚弱,她还是坐立不安。那一整天,她竭力不去想在牛津举行的那场葬礼,从一间房走到另一间房,怏怏无力地把她想要保存的那些东西放在一边。狄克逊遵照肖太太的意思跟着玛格丽特,表面上是来听候她的吩咐,暗地里却是奉命尽快使她安静下来。

"狄克逊,这几本书我要留下。其余的你全给贝尔先生送去,好吗?这批书既是爸爸的遗物,本身又很有价值,贝尔先生会很珍视的。

这一本——我想请你在我走后把它交给桑顿先生。慢着,我来写封短信附在里面。"她急忙坐下,好像害怕思考似的,写道:

亲爱的先生,——附上一本我父亲的藏书,我相信为了他,你一定会很珍视这本书的。

玛格丽特·黑尔谨启

她又开始在屋子里四处走动,翻拣着她从孩提时代就熟悉的那些东西,它们虽然破旧寒碜,不再时兴,但是撇下它们还是使她有些恋恋不舍。她几乎没再说什么话,狄克逊只好向肖太太报告说,尽管她一直在说话,想分散黑尔小姐的注意,可小姐是否把她说的话听进去了一句,她实在拿不太准。玛格丽特走动了一天,晚上身子困倦不堪,睡得十分安稳,比她听到黑尔先生去世以后的任何一晚都睡得安稳。

第二天早餐的时候,她说想去向一两位朋友辞行。肖太太不赞成地说:

"亲爱的,我想你在这儿管保不会有什么十分亲密的朋友,需要你这么早就去拜访,你还没有上教堂去过呢。"

"但是我只有今儿了。如果伦诺克斯上尉下午来,如果咱们明儿——如果咱们明儿当真就得走的话……"

"不错,咱们是明儿走。我越来越感到这儿的空气对你很不好,使你脸色这么苍白难看。再说,伊迪丝也盼着我们回去,她也许正等着我,可在你这岁数,亲爱的,我又不能把你丢下来不管。不成,要是你非要去拜访这些朋友,那么我和你一块儿去。我想狄克逊可以去给咱们叫一辆马车来。"

于是肖太太便去料理玛格丽特的衣帽,还把她的女用人带去照料围巾和气垫。以前,不论早晚,玛格丽特常常独自一人前去访问朋友。现在看到为了去两处人家访问进行所有这些准备,她脸上黯淡得再也露不出一丝笑容来了。她不大敢承认她要去的人家里有一处就是尼古拉斯·希金斯家。她只好希望姨母会不乐意下车,走进那条小巷,让晾在屋与屋之间的绳子上的湿衣服随风拂到她的脸上来。

肖太太内心也在进行着一场小斗争,是舒坦一下呢,还是保持一位主妇应有的礼节,但是结果还是前者占了上风。于是她再三叮嘱玛格丽特,要她小心不要传染上热病(热病总是潜伏在这种地方的),随后便放她下车到那个人家去。以前,她常去那儿,既不用小心提防疾病,也不用得到谁的允许。

尼古拉斯出去了,家里只有玛丽和鲍彻家的一两个孩子。玛格丽特因为自己没有选择好访问的时间,心里十分懊恼。玛丽头脑很迟钝,不过内心却怀有热烈而真挚的感情。等她听明白玛格丽特看望他们的来意以后,她就抽抽噎噎,哭个不停。玛格丽特坐马车来的时候,一路上想起了许许多多琐事,现在看到她这样,觉得把随便哪一件说出来都是毫无益处的。她只好稍许安慰安慰玛丽,含含糊糊地提到她们将来在某一时间、某一地点还可能有机会见面,接着便请玛丽转告她父亲,说她多么希望希金斯先生(如果办得到的话)晚上干完活儿以后去看看她。

在她离开那地方时,她停下来向四周看看,迟疑了一会儿才说:

"我想要一件贝西的小东西,留个纪念。"

玛丽的宽厚的天性立刻很鲜明地显露出来了。他们能拿什么送人呢?玛格丽特挑了一个小酒杯,她记得这是以前一直放在贝西身旁,装着水,供她发烧的嘴唇喝的那个杯子。玛丽看她拿了这么普通的一件东西,就说:

"哦,挑一件好点的吧,那只值四便士!"

"这很好,谢谢你。"玛格丽特说。她赶快离开了,玛丽因为送了人家一件东西,感到很高兴,这时候脸上还洋溢着一点儿喜色。

"现在,该去拜访桑顿太太了,"玛格丽特暗自想着,"那儿是非去不可的。"可是想到这一点,她脸上就显得相当严峻和苍白。她很费了一番劲儿才找到确切的字眼,向姨母说明桑顿太太是什么人,为什么要去向她辞行。

她们(因为肖太太在这儿下了车)被领进了客厅,客厅里炉火刚生起来。肖太太裹着围巾,把身子缩成一团,直打哆嗦。

"好冷的一间房!"她说。

她们等了好一会儿,桑顿太太才走进房来。现在,既然玛格丽特要离开这儿远去了,她对她心里稍许软下来点儿。她回想起玛格丽特在经受长期的、令人劳累的忧患时的那股毅力,她更忘不了玛格丽特在各种不同时间和地点所表现出的勇气。在她招呼玛格丽特的时候,她的脸色比平日要温和。等她注意到那张苍白的、哭肿了的脸蛋儿和那竭力想保持镇定的、发颤的嗓音以后,她的神态间甚至流露出了几分同情。

"我来向您介绍一下我的姨妈肖太太。我明儿就要离开米尔顿了,我不知道您是不是已经知道了,但是我想再见您一面,桑顿太太,想——想为我上次见您时的那种态度向您道歉,还想说明,我相信您是一片好意——不管我们彼此闹了多大的误会。"

肖太太听到玛格丽特说的这一番话,显得非常迷惑。感谢桑顿太太的好意!为自己的失礼向她道歉!可是桑顿太太却回答说:

"黑尔小姐,你对我很公正,我挺高兴。我只不过认为那样规劝你一下是我的责任。我一向想做你的朋友。我挺高兴你对我这么公正。"

"那么,"玛格丽特说,同时脸羞得通红,"您可不可以对我也公正点儿,相信我——尽管我不能,也不愿意为我的行为进行辩解——我并没有像您担心的那样做下什么不体面的事呢?"

玛格丽特的妩媚动人的态度以前一直没能打动桑顿太太的心,可是这一次,她的声音那么柔和,目光那么恳切,以致桑顿太太也给她的态度感动了。

"好的,我相信你。咱们就不再提这件事吧。你打算住到哪儿去呢,黑尔小姐?我从贝尔先生那儿听说你打算离开米尔顿。你始终就不喜欢米尔顿,不是吗?"桑顿太太严肃地笑了笑,说,"但是尽管这样,你可别以为我会因为你离开这儿就祝贺你。你要住到哪儿去呢?"

"去跟着我的姨妈住。"玛格丽特回答,一面把脸转向肖太太。

"我外甥女要和我一块儿住到哈利街去。她几乎就像是我的一个女儿。"肖太太怜爱地望着玛格丽特说,"凡是对她亲切厚道的人,我都很乐意向他们表示感谢。要是多咱您和您丈夫到伦敦去,那我肯定,我女儿女婿,伦诺克斯上尉夫妇和我都非常乐意尽力来款待你们。"

桑顿太太心里明白,玛格丽特并没有十分详细地把桑顿先生和桑顿太太之间的亲属关系告诉她姨母。这当儿这位有教养的阔姨母竟然赏光,对他们发出了邀请。她因此老实不客气地回答道:

"我的丈夫故世了。桑顿先生是我的儿子。我从来没到伦敦去过,所以也不大可能会领受您的这番好意。"

这时候,桑顿先生走进客厅来,他刚从牛津回来,身上穿的丧服说明了他到那儿去的原因。

"约翰,"他母亲说,"这位太太是黑尔小姐的姨妈,肖太太。说来很可惜,黑尔小姐是来向咱们辞行的。"

"那么你要走了吗?"他低声说。

"是的,"玛格丽特说,"我们明儿走。"

"我的女婿今儿晚上来接我们。"肖太太说。

桑顿先生转过身去。他仍然站着,似乎在察看桌上的一件什么东西,就仿佛他发现了一封没有拆开的信,使他忘却了眼前的客人。等玛格丽特和她姨母起身告辞的时候,他也好像没有觉察到。但是,他还是走上前,把肖太太扶下楼去上马车。马车驶过来的时候,他和玛格丽特一块儿站在门阶上,挨得相当近。要他们俩不想起骚乱那天的情景,是不可能的。他想起那天的情景时,联想到了第二天的那次谈话。她愤怒地说,她对那群凶暴、绝望的人里随便哪一个都和对他一样关心。一想起她说的那些奚落人的话,他的脸就沉了下来,不过他的心却因为渴望得到她的爱情而怦怦乱跳。"不!"他说,"我试了一次,完全失败了。让她走吧,——让她带着她的铁石心肠、她的美貌走吧,——现在,她那张标致的脸上的神气多么坚定和可怕啊!她怕我会说出什么需要她严加制止的话来。让她走吧。不管她多么俏丽,不管她继承下多大的财产,她都会发现要遇上一个比我更真心诚意的人是很难的。让她走吧!"

他和她告别时,声音里既没有惋惜的意思,也不带有一点儿情感。他坚定而平静地握住那只伸出来的手,随后漫不经心地把它放掉,就好像那是一朵凋谢枯萎的花儿似的。可是那天,家里谁都没有再见到桑顿先生。他忙着有事,再不然他说是那样。

这两处访问弄得玛格丽特筋疲力尽,她只好听凭姨母照护、抚爱,听着她唉声叹气地说,"我早就跟你说过会这样吧。"狄克逊认为玛格丽特的身体情况简直和她刚听说父亲去世的那天一样糟糕,于是跟肖太太商量想要把第二天的行期推迟一下。但是当姨母不太愿意地向玛格丽特提出晚几天再走的时候,玛格丽特好像十分痛苦似的折腾着,说:

"唉!咱们走吧。待在这儿我受不了,我的身体在这儿也不会好。我想忘记一切。"

于是她们为第二天动身继续进行准备。伦诺克斯上尉来了,带来了伊迪丝和新生的那个小男孩的消息。玛格丽特发觉跟一个人漫不经心地随便谈谈,对她倒有好处,——只要这个人不论多么亲切,并不过分热忱、急切地想向她表示同情的话。她振作起来。到她认为希金斯该来的时候,她已经能平静地离开那间房,在自己的睡房里等着人家来唤她了。

"咳!"她走进客厅时希金斯这么说,"真没想到老先生竟然去世了!他们告诉我的时候,我简直惊得傻了眼。'黑尔先生?'我问,'是那位牧师吗?''是的,'他们说。'那么,'我说,'且不管别人,这个世界上又有一个好心人去了!'我来看你,想告诉你我感到多么悲痛,但是厨房里的那些女人不肯告诉你我来了,她们说你不舒服,——真见鬼,不过你看上去是不像原来的那个姑娘了。你是不是就要到伦敦去成为一位阔小姐呢?"

"不是什么阔小姐。"玛格丽特含笑地说。

"噢!桑顿说——他一两天前说,'希金斯,你去看过黑尔小姐吗?''没有,'我说,'有些女人不容我接近她。要是她病了,我可以等待一个机会去看她。她和我,咱们很熟。我对她家老先生的去世感到很难过,只是因为没法见到她,才不能告诉她,这一点她是不会怀疑的。'他说,'你还是趁早想法去看看她,老朋友。办得到的话,她想尽早离开我们,一天也不肯多耽搁。她有一门阔亲戚,他们要把她接走,我们再也见不到她了。''厂主,'我说,'如果她走之前我见不到她,那么下一个降灵节①到来的时候,我就尽力想法到伦敦去一趟,我一定要去。不管是她的什么亲戚,都阻挡不了我去和她告别。'可是上帝保佑你,我知道你会来的。我只是为了顺着厂主的意思,才假装相信你也许会不来看我就离开米尔顿。"

"你说得很对。"玛格丽特说,"只有你替我主持公道。我相信,你管保不会忘记我的。如果米尔顿没有一个别人记得我,我肯定,你一定会记得我,也记得爸爸。你知道他多么厚道,多么慈祥。你瞧,希金斯!这是他的《圣经》。我留给你的。我很舍不得把它给人,但是我知道你拿去,爸爸是会高兴的。我相信为了爸爸,你管保会喜欢这本《圣经》,并且思考它里面的教义的。"

"你说得不错。就算是魔鬼写的什么乱七八糟的东西,你要我为了你和老先生去读,我也会读的。这是什么,姑娘?我不是为了拿你的钱才来的。千万不要这样。咱们是好朋友,彼此之间不要把钱送来送去。"

"是给那些孩子——给鲍彻的孩子的。"玛格丽特赶紧说,"他们可能需要钱。你没有权利替他们拒绝。我一个便士也不给你,"她笑着说,"别以为这里面有一点儿是给你的。"

"那么,姑娘!我只好说,愿上帝保佑你!保佑你!——阿门。"

---

① 复活节后的第七个星期日为降灵节。

第十九章　舒适并非平静

> 沉闷的生活循环往复,永不停息,
> 昨天的面貌,跟今天的全无区别。
>
> 考珀①

> 人人都应当如何举止,他看到了理应遵循的礼节与规矩,只有自己也达到了这一点,他心里才会充满欢乐。
>
> 吕克特②

在伊迪丝坐月子的时候,哈利街的宅子里非常清静,让玛格丽特得到了必要的休息,这对她很有好处。这还使她有时间去了解一下最近这两个月里她周围环境中突然发生的变化。她发觉自己突然住进一所非常舒适的宅子里,这儿的人对于世间的一切忧愁烦恼几乎一无所知。日常生活这架机器的车轮上好了油,平平稳稳地向前驶去。肖太太和伊迪丝在玛格丽特回到她们坚持要称作她的家的地方以后,对她百般爱护。因而她感到自己心里的一种秘密想法简直是忘恩负义的。她认为赫尔斯通的牧师公馆——不,甚至是米尔顿的那所破旧的小住宅,里面住着她的忧愁的父亲和有病的母亲,以及由于家境相当贫寒在操持家务方面需要作出的种种考虑,构成了她对家庭的概念。伊迪丝急着想要恢复健康,好把玛格丽特的睡房也弄得放满舒适的用品和漂亮的小摆设,就和她自己的房里一样。肖太太和她的女用人费了不少心思,

---

① 考珀,见第19页注③。这两行诗引自他的长诗《希望》(*Hope*)。
② 吕克特(Friedrich Rückert,1781—1866),德意志诗人。引文见他的长诗《万神殿》(*Pantheon*)第五部《一串珍珠》。

想使玛格丽特的服装重新变得款式多样，雅致大方。伦诺克斯上尉为人很随便，既殷勤又和蔼。他每天在梳妆室里陪他妻子坐上一两个小时，再和他的小男孩玩上一小时，随后如果没有约会，不出去吃饭，就在俱乐部里消磨掉一天余下的时间。玛格丽特需要安静和休息，她的身体还没有完全恢复过来——她还没有开始感觉到她的生活空虚、沉闷。就在这时，伊迪丝已经起床，下楼来重新担负起她平时在家里担负的那份工作。玛格丽特渐渐恢复了她的老习惯，又像以前那样在一旁观看、称赞和帮助她的表妹，她欣然地从伊迪丝手里接过了所有那些表面看来是伊迪丝分内的事情：为她复信，提醒她跟人家的约会，在没有娱乐的时候便去照护她，因而玛格丽特弄得反而以为自己病了。那时正是伦敦的社交季节，大家都忙于社交。玛格丽特常常一个人留在家里。她于是回想起了米尔顿，莫名其妙地感到那儿的生活和这儿的有多大差别。她沉溺在这片平静无事、不需要斗争或努力的舒适环境中，很担心自己会变得懒懒散散，麻木不仁，忘却所有的事，只知道环绕着她的这种奢华生活。伦敦也许有些辛苦工作的劳动人民，可是她从来没有瞧见过他们，就连那些仆人，她也不知道他们的希望和忧虑，他们生活在自己的一个不公开的世界里，只有在主人和主妇忽然心血来潮需要他们的时候，他们好像才存在。在玛格丽特的心里和她的生活方式中，有一片不可思议的、无法填补的空白。有一次，玛格丽特含含糊糊地把她的这种感觉告诉了伊迪丝。当时，她正像过去那样坐在伊迪丝旁边，——坐在伊迪丝躺着的那张沙发旁的一张脚凳上，伊迪丝头天晚上跳舞跳得身子很困乏，正懒洋洋地用手抚摸着她的脸蛋儿。

"可怜的姐姐！"她说，"大家都在这样纵情欢乐的时候，你却天天晚上给撇在家里，这是不太好受。但是不久——等亨利从巡回审判中回来以后，咱们立刻就举行宴会，那会给你的生活带来一点儿乐趣和变化。你感到烦闷这也难怪，可怜的姐姐！"

玛格丽特并不觉得宴会是什么灵丹妙药。但是伊迪丝却对自己的宴会感到很得意。按照她的说法，她的宴会和妈妈以将军遗孀的身份举行的那些老太太的宴会截然不同。不过肖太太本人在合乎伦诺克斯上尉夫妇口味的这种大不相同的安排下，在与他们趣味相投的这些不同的客人中,就和在自己以前常常举行的那些较正式、较沉闷的宴会上同样感到很愉快。伦诺克斯上尉待玛格丽特始终像兄长那样非常亲切,非常友好。玛格丽特确实也很喜欢他,只是嫌他过分注意伊迪丝的衣着和外表。他那样,是为了想使伊迪丝秀美的容貌给世人留下相当深刻的印象。遇到这种时候,玛格丽特身上内在的那种倔强脾气①就给激了起来。她几乎按捺不住,想说出自己的看法来。

玛格丽特的一天是这样度过的。早餐吃得很迟,早餐前先安安静静地消磨上一两小时。这一餐没有一定的时间,就餐的人半醒半睡,困乏无力,可是尽管它拖上很长时间,他们却总希望她在座,因为餐后马上就要讨论种种计划。虽然这些计划都和她毫不相关,他们却指望她表示赞同,倘使她不能提出什么有帮助的意见的话。接下去有无数的短信要写,伊迪丝一成不变地总把信交给她回,对她写的 éloquence du billet② 总说上许多亲热称赞的话。等肖尔托午前散步回来以后,她便和他玩上一会儿,在仆人们吃饭的时候,还要照看好孩子们。随后,不是乘车出去,就是有客来访,她姨母和表妹夫妇出去赴约或参加宴会。这一来,玛格丽特当然可以闲散一下了,可是她本来就心情沮丧,身体虚弱,这种时候反而因为无事可做而感到相当厌倦。

她虽然没有说出口,心里却殷切地盼望着狄克逊从米尔顿回来这件平平常常的事。直到现在,那个老仆人一直在那儿忙着了结黑尔家的全部事务。玛格丽特的心忽然感到一阵空虚,她在米尔顿的那些人中间生活了那么久,可这会儿他们的音信她却一点儿也没有。不错,狄克逊在写来的几封事务性的信里倒常常引述桑顿先生的意见,比如她最好怎样处置家具,或是她应该如何应付克兰普顿街那所宅子的房主人。不过这个姓名,或者说真的,米尔顿其他人的姓名,在信上只是偶尔出现一下。一天晚上,玛格丽特独自一人坐在伦诺克斯家的客厅里,

---

① 原文是 the latent Vashti in Margaret,直译是:"玛格丽特身上内在的瓦实提脾气"。瓦实提是波斯王亚哈随鲁的王后,长得容貌甚美。亚哈随鲁有次在宫中大宴群臣,想叫王后出来显示一下她的绰约风姿,博得群臣的赞美,于是派太监去召她前来,可是她拒绝遵旨,后被废,见《旧约·以斯帖记》第一章第一节至第十二节。

② 法文,意思是:"娓娓动人的信"。

手里拿着狄克逊写来的信,但是并没有在看,只是在凝神思索。她回想着过去那些日子,想象着自己投身进去、从来没有错过的那种忙碌生活,同时不知道一切是否仍然还在那种纷乱中进行着,就仿佛她和她父亲从来没有到过那儿一样。她暗自寻思,不知道那一大群人中是否没有一个人想念她(不是希金斯,她并没有想到他)。这时候仆人忽然进来通报说贝尔先生来了。她连忙把信放进针线篮,蓦地站起身,涨红了脸,好像做了什么错事似的。

"啊,贝尔先生!真没想到会见到您!"

"不过我希望正如你一开始感到这么意外这样,你也同样感到十分欢迎。"

"您吃过饭吗?您怎么来的?我来叫人给您准备晚餐。"

"如果你也吃,我就吃一点儿。要不然,你知道,没有人比我对饮食更无所谓的了。其他的人都到哪儿去啦?出去吃晚餐了吗?把你一个人丢在家里?"

"是呀!这是一次很好的休息。我正在想——但是你肯在这儿吃晚餐吗?我不知道家里有没有什么东西。"

"嘿,老实告诉你,我在俱乐部里吃过了。只是那儿的厨师烧得不如以前好,所以我原来想,你要是吃的话,我也许可以凑合着再吃一点儿。不过没关系,没关系!在英国,要临时准备一顿晚餐,可靠的厨师十个还不到。即使他们的手艺不错,火候掌握得也恰到好处,他们的脾气却不好。你给我沏杯茶吧,玛格丽特。噢,你刚才在想什么?你不是预备告诉我的吗?你飞快藏起来的那些信是谁写的,教女?"

"只是狄克逊写来的信。"玛格丽特回答,她的脸变得很红。

"哟!就是她写的信吗?你猜猜谁跟我同车来啦?"

"我不知道。"玛格丽特说,她决计不去猜测。

"是你的……你该管他叫什么呢?对一个表妹夫的哥哥究竟应该怎么称呼?"

"是亨利·伦诺克斯先生吗?"玛格丽特问。

"对。"贝尔先生回答,"你以前认识他,是吗?他是个什么样的人呢,玛格丽特?"

"我从前很喜欢他,"玛格丽特说,两眼向下望了一会儿,接着她抬起头,望着贝尔先生,态度十分自然地继续说道,"您知道后来为了弗雷德里克的事,我们一直互相通信,不过我差不多三年没有见到他了,他可能变了样。您认为他是个什么样的人呢?"

"我说不上来。他开头急着想打听出我是谁,接着又想知道我是干什么的,可他自己是干什么的,他却一点儿也没有透露。他拐弯抹角地想要知道跟他攀谈的是个什么人,这可不太好,这相当清楚地表明了他的性格。真格的,除此以外,别的什么也看不出来。你认为他长得很英俊吗,玛格丽特?"

"没有!当然没有。您认为他是这样吗?"

"我可没有。我原来以为你也许认为他长得很英俊。他常上这儿来吗?"

"我想只要在伦敦,他是会常来的。我来到这儿以后,他为了巡回审判一直在外面跑。但是——贝尔先生——您是从牛津还是从米尔顿来的呢?"

"从米尔顿。你没有看出我给烟熏得又干又黑了吗?"

"当然看出来啦。可我以为那也许是牛津的古迹产生的影响。"

"嗐,别犯傻啦!要是在牛津,我就可以应付当地所有的房主人,照着我的意思安排,不至于像你们在米尔顿的房主人给我添出那么许多麻烦,最终还把我打败了。他非要等到明年六月才肯从我们手里把房子收回去。幸亏桑顿先生找到了一个要租房子的人。你怎么不问问桑顿先生呢,玛格丽特?他真是你们家的一位很得力的朋友,给我省去了不少麻烦。"

"他好吗?桑顿太太好吗?"玛格丽特急忙问,尽管她想大声说出来,但声音还是很低。

"我想他们都很好。我就住在他们家里,后来因为老听见他们喋喋不休地谈论桑顿小姐的婚事,我才不得不离开了那儿。这叫桑顿先生自己也实在受不了,尽管她是他妹妹,他总坐到自己的房里去。不论是为了自己,还是为了家里的别人,他都快超过关心这种事情的年龄了。我瞧见那位老太太把她的全副精神都用在这件事上,给她女儿对香橙花和花边的爱好搅得晕头转向,觉得很奇怪。我本来以为桑顿太太是个铁石心肠的人哩。"

"她会装出一副很有感情的样子来遮掩起女儿的短处,"玛格丽特低声说。

"也许是这样。你仔细观察过她,是吗?她好像不太喜欢你,玛格丽特。"

"这我知道。"玛格丽特说,"哦,茶总算沏好了!"她大声说,好像心里轻松了点儿。这当儿,亨利·伦诺克斯先生来了,他很晚才吃晚餐,吃好便走到哈利街来,显然以为他弟弟和弟媳妇准在家。自从在赫尔斯通那难忘的一天,他的求婚遭到玛格丽特拒绝以后,这是他们第一次见面,玛格丽特觉得他大概和自己一样,也因为有另外一个人在场而感到很欣慰。她开头简直不知道该说什么好,幸亏她要安放茶桌,这使她可以保持沉默,也使亨利有机会镇定下来。因为,说实在的,这天晚上他到哈利街来是相当勉强的,主要是想把一次尴尬的会面应付过去。本来这次会面即使有伦诺克斯上尉和伊迪丝在场,也会是很尴尬的,何况如今他发现玛格丽特是家里唯一的女人,自己对她当然免不了要说上许多话,所以觉得更为尴尬。玛格丽特首先恢复了镇定。她等最初的那阵窘困羞涩过去以后,开始谈起了脑子里首先想到的话题。

"伦诺克斯先生,我非常感谢你为弗雷德里克所做的一切。"

"这件事没有办成,我感到很抱歉。"他回答,一面迅速向贝尔先生瞥了一眼,仿佛想试探一下,自己在他面前究竟可以把话说到什么地步。玛格丽特好像看出了他的心事,于是就向贝尔先生说起来,这样既不把贝尔先生排除在这场谈话之外,又好向伦诺克斯先生表明,贝尔先生完全清楚为了洗清弗雷德里克的罪名而作的种种努力。

"那个霍罗克斯——证人中最后的那一个,他跟所有其他的人一样,也毫无用处。伦诺克斯先生发现他去年八月已经坐船到澳大利亚去了,而弗雷德里克两个月以后才回英国来,把那些人的姓名告诉了我们……"

"弗雷德里克回到英国来!这件事你可从来没有告诉过我?"贝尔先生吃惊地嚷起来。

"我还以为您知道这件事哩,我以为爸爸一定告诉了您。当然,这是一件绝密的事,也许我现在不该提到它。"玛格丽特有点儿慌乱地说。

"我始终没有对我的弟弟和你的表妹提过这件事。"伦诺克斯先生说,在他这种职业上惯用的冷冰冰的口气里有几分嗔怪的意思。

"没有关系,玛格丽特。我并不是生活在一个喜欢说长道短议论人家是非的圈子里,也不是生活在一些想要从我身上探听出什么事情的人当中。你不必显得这么惊慌,因为你是向我这么一个可靠的老隐士说出了这个秘密。我决不会提起他曾经回英国来过。我不会受到什么诱惑,因为没有人会问我。慢着!"(他相当突然地截住了自己的话)"是不是在你母亲举行葬礼的时候?"

"妈妈临终的时候,他守在旁边。"玛格丽特柔和地说。

"这就对了!这就对了!嗨,有个人曾经问过我他当时有没有回来,我坚决否认了,就是没有几个星期以前,是谁呢?哦!我想起来啦!"

但是他并没有说出那个人的姓名来。尽管玛格丽特非常想知道自己的怀疑是否正确,尽管她很想开口问贝尔先生,向他打听的是不是桑顿先生,可她还是没有说出口来。

他们沉默了一会儿。随后,伦诺克斯先生问玛格丽特,"我想既然贝尔先生现在知道了你哥哥不幸陷入的全部困境,我最好原原本本把我们对证人的调查情况全告诉他,我们曾经希望找出这些对你哥哥有利的证人来的。所以,如果他明儿肯赏光和我共进早餐的话,我们就可以一块儿仔细看一下这些下落不明的人的姓名。"

"假如没什么不便,我倒很想听听所有的细节。你们不能上这儿来吗?我不敢邀你们两位来吃早饭,不过我想你们管保会受到欢迎的。即使眼下看起来毫无希望,还是请你让我尽可能知道一些弗雷德里克事情的情况吧。"

"我十一点半有个约会。但是如果你希望那样,我一定来。"伦诺克斯先生带着点儿恍然有所领悟的欣然神色这么回答。这使玛格丽特又沉默下来,几乎希望自己没有提出这个很自然的要求。贝尔先生站起身,四处寻找他的帽子,为了安放茶点,那顶帽子已经给放开了。

"好啦,"他说,"我不知道伦诺克斯先生想要做什么,可是我打算回家啦。我今儿作了一次旅行,旅行使我开始感到自己毕竟已经六十多岁了。"

"我想我还是留下来看看我的弟弟和弟媳妇。"伦诺克斯先生说,没有露出一点儿要走的迹象,玛格丽特突然感到又羞又窘,生怕自己一个人给撇下来和他待在一块儿。在赫尔斯通花园里那片小斜坡上的那幕情景,这会儿老浮现在她的脑海里,使她不能不认为他一定也是这样。

"请您别走,贝尔先生。"她急忙说,"我想要您见见伊迪丝,也想让伊迪丝认识认识您。请您别走!"她说,一面用一只手轻轻地但坚决地拉住贝尔先生的胳膊。他望着她,看出了她脸上那种激动慌乱的神情,于是又坐下来,仿佛她这样轻轻的一触具有不可抗拒的力量似的。

"你看她怎样把我制服了,伦诺克斯先生。"他说,"我希望你注意到她选词用字多么巧妙。她想要我'见见'伊迪丝。我听说她的这个表妹是一个非常标致的美人儿。但是说到我的时候,她就很老实地换了一个词儿——伦诺克斯太太要'认识'我一下。我想我是没有什么好给人'见见'的,玛格丽特,是吗?"

在他说要走的时候,他发觉玛格丽特的态度上有一种微微不安的神情,于是他开个玩笑,好使她有时间恢复镇定。玛格丽特听出了他的口气,就也回了他几句。伦诺克斯感到很纳闷,不知道他的兄弟那个上尉,怎么会说玛格丽特已经容光黯淡了。当然,她穿着朴素的黑色丧服,和穿着白纱丧服的伊迪丝大不相同。伊迪丝步履轻盈,金色长发飘垂着,浑身上下显得柔和而华丽。当伊迪丝被介绍给贝尔先生的时候,她脸上非常合适地赧然露出了两个酒窝,她知道自己得保住美人的名声,不应该使一个末底改①拒绝崇拜和赞美她,即使这个末底改只是一个谁都没有听说过的某一学院的老评议员。肖太太和伦诺克斯上尉各

---

① 末底改把父母双亡的以斯帖收为养女,后来以斯帖被选入宫,成为亚哈随鲁的王后,见《旧约·以斯帖记》第二章和第三章。

人以各人的方式向贝尔先生表示了热诚、友好的欢迎,几乎使他不由自主地喜欢上了他们,特别是当他看到玛格丽特多么自然地成了他们家的姐姐和女儿的时候。

"我们没有在家接待您,真不应该。"伊迪丝说,"还有你,亨利!不过我事先不知道我们本该为了你而待在家里。也为了贝尔先生!为了玛格丽特的贝尔先生……"

"真不知道还有什么事是你不愿意牺牲的,"她的大伯子说,"甚至牺牲一场宴会,以及穿上这种挺合身的衣服所感到的喜悦!"

伊迪丝不知道是该皱起眉头来好呢,还是该露出笑容来。但是伦诺克斯先生并不想逼得她在这两种选择中挑选前一种,所以他接着说:

"明儿早上,你是不是乐意作出牺牲:第一,请我来吃早餐,让我跟贝尔先生会会面;第二,把进餐的时间从十点钟改到九点半?我有一些信和文件想给黑尔小姐和贝尔先生看看。"

"我希望贝尔先生待在伦敦期间,把我们的家就当作他自己的家。"伦诺克斯上尉说,"我只是很抱歉,我们不能提供给他一间睡房。"

"谢谢你。我很感谢你们。假如你们有房间的话,那你们也只会发现我是一个脾气乖僻的人,因为我相信,尽管我很想和这样一些令人愉快的朋友待在一块儿,但我还是会谢绝的。"贝尔先生说完就向四周的人们欠身致意,为他自己能把话说得这样巧妙而暗暗得意。这句话如果直白地说出来,多少就是这样的意思:"我可受不了这些人的这种举止得体、说话斯文的拘束劲儿。那就像没有放盐的肉一样淡而无味。幸好他们没有一张床。我的话说得多么婉转啊!我完全掌握了如何显得温文有礼的秘诀。"

他到了外面街上,和亨利·伦诺克斯并排向前走着,心里还感到很得意。这时候,他忽然想起玛格丽特请求他多待一会儿时脸上的那种恳求神情,又想起很久以前伦诺克斯先生的一个熟人曾经向他作过的暗示,就是伦诺克斯对她很倾心。这使他的脑子里豁然开朗。"你大概早就认识黑尔小姐了吧,你觉得她今儿脸色怎样?我觉得她的脸色苍白、难看。"

"我认为她的脸色非常好。我初进屋的时候,也许不是这样觉得——现在我觉得是这样。不过当然啦,等她兴奋起来以后,她看上去跟以前没什么两样。"

"她遭到了很多的不幸。"贝尔先生说。

"是呀!我听说她遭到的那些事感到很难受。她不单为了父亲故世像一般人那样感到悲伤,而且她父亲的行为一定也使她觉得很烦恼,还有……"

"她父亲的行为!"贝尔先生说,语调显得有点儿惊讶,"你一定是听了某种错误的传闻。他表现得十分光明磊落,他比我以前所认为的要坚强果断得多。"

"也许我听到的话不正确。但是接替他的那个牧师——一个精明而有理性的人,一个工作十分积极的牧师——告诉我,并没有谁要黑尔先生那么做;放弃掉他的牧师职务,到一个工业城市里去靠当家庭教师来维持自己一家人的生活。主教当然提议派给他另外一个圣职,但是,就算他心里有了某些怀疑,他本来也可以留在他的职位上,没有必要辞职。实际上,这些乡村牧师都过着十分孤独的生活——我是说,和那些跟他们具有同样教养的人毫无往来,而他们本来可以借助那些人的思想来调节一下自己的思想,发现自己什么时候步子太快,什么时候又太慢了——所以,他们往往对信条会产生一些无中生有的怀疑而感到很烦恼,并且为了他们自己的一些十分渺茫的空想而放弃某些做好事的机会。"

"我跟你的意见不一样。我认为他们并不是往往会像我这位可怜的朋友黑尔那么做。"贝尔先生内心里感到很恼怒。

"也许我说'往往',这个词儿太笼统了。不过他们的生活的确孤独得常常使他们不是自负得不得了,就是良心上过分敏感,"伦诺克斯先生非常冷静地说。

"那么,比方说吧,你在律师当中就没有碰到过一个傲慢自负的人吗?"贝尔先生问,"我想良心上过分敏感的人就更少喽。"他变得越来越恼火,把新近掌握的那种温文有礼的秘诀完全忘了。伦诺克斯先生看出来他把自己的同伴惹恼了。他说这些话为的是在他们同行的这段路上讲点话,消磨时间,对于自己在这个问题上的确切立场并不在意,所以平静地转口说道:"当然啦,一个人到了黑尔先生那种年龄,为了一种可能是错误的——但那没有关系——一种不可捉摸的思想,离开他居住了二十年的家乡,放弃了所有那些固定的老习惯,这是很了不起的。我们不能不钦佩他,这种钦佩里带有几分怜悯,就像我们同情堂吉诃德①那样。再说他还是那样一位有教养的先生! 我永远忘不了,他在赫尔斯通最后的那段日子给予我的那种朴实而雅致的款待。"

贝尔先生只是稍许气平了点儿,不过为了打消自己心头的某些疑虑,他也急于想相信黑尔先生的行为是带有几分堂吉诃德的色彩,他粗声粗气地说——"当然啰! 你不知道米尔顿。那地方和赫尔斯通大不相同! 我好多年都没到过赫尔斯通了——但是我担保,它目前还在那儿——一切都还跟上个世纪一样。可米尔顿呢,我每过四五年就上那儿去一次——我是在那儿出生的——然而我敢向你保证,我还是常常在从前是我父亲果园的地方造起的一排排货栈间迷了路。我们是在这儿分手吗? 那么,再会,先生。我想我们明儿上午还要在哈利街会面的。"

---

① 堂吉诃德(Don Quixote):西班牙作家塞万提斯(Miguel de Cervantes Saavedra,1547—1616)所著同名小说中的主人公,是一个脱离实际、耽于幻想,想单枪匹马去匡世济人的人物。

第二十章 并非全是梦境

> 我年轻时,在轻盈的大气里
> 飘扬的乐声,如今安在?
> 最后那声震颤已经消逝,
> 听到过的人也不在尘世;
> 啊!让我闭上眼,进入梦乡吧。
>
> 沃·萨·兰道①

贝尔先生跟伦诺克斯先生谈话时,清醒地想到了赫尔斯通,不料那天整个晚上,赫尔斯通老出现在他的梦境里。在那所目前他已成为评议员的学院里,他又变成了一名导师。那时候正是漫长的暑假,他到他的新婚未久的朋友,那位扬扬得意的丈夫,赫尔斯通幸福的牧师家去小住。他们常常不管三七二十一,跳过潺潺流动的小溪,这使他们好像整天都高悬在半空中。时间和空间全不存在,可是所有其他的事物似乎都是真实的。每一件事都是根据人的情感来衡量,不是根据它的实际状况,因为并没有什么实际状况。但是枝叶繁茂的树木却显出一片斑斓的秋色——花草的温暖芬芳的气息阵阵袭来——那位年轻的妻子在自己家里忙来忙去,一方面,就收入而言,对自己的处境有点儿烦恼,一方面又为自己有个英俊、忠实的丈夫而感到得意,这就是贝尔先生二十五年前在现实生活中看到的一切。这个梦境那么栩栩如生,所以他醒来的时候,眼前的生活反而倒像是一场梦了。他在哪儿?在伦敦一家旅馆的窗门紧闭、陈设漂亮的房间里!一刹那前和他说话、在他周围走

---

① 沃·萨·兰道,见第 125 页注①。这是他的诗集《老树上落下的最后果实》中《警语》第二十四篇,诗的最后一行给略去。

动、跟他接触过的那些人都在哪儿呢？死了！埋了！永远永远消失了。不久以前他还那么精力充沛，兴高采烈，眼下他却成为一个老人了。那种孤独寂寞的生活想想是令人难以忍受的。他赶紧起床，匆匆穿好衣服，预备上哈利街去吃早餐，同时想借此来忘却那永远不能再来的一切。

他看到，凡是可以表明弗雷德里克无罪的证据，都命中注定地，或者似乎像是命中注定地，一件接一件从玛格丽特的脚下消失了。这时候，玛格丽特的眼睛张得很大，嘴唇变得没有一点儿血色，可是他却不能全神贯注地细听律师说的所有那些细节。伦诺克斯先生在快要粉碎玛格丽特的最后一线希望时，他职业上惯用的那种平稳的声音里也不免带有一种较为柔和亲切的腔调。玛格丽特并不是以前一点儿也不知道这种结果。只是因为这些接连使她失望的细节，那样精确而无情地打消了她的所有希望，因此她终于忍不住落下泪来。伦诺克斯停下不读了。

"我最好还是不读下去吧。"他用关切的声音说，"我的这个提议真愚蠢。黑尔上尉……"虽然弗雷德里克给海军那么残酷地开除出去，可是现在听到伦诺克斯先生使用这个军衔称呼他，玛格丽特心里还是感到相当宽慰，"黑尔上尉现在很幸福，不论从财产上，还是从前程上看，都比他在海军里服役要稳妥得多，他大概已经选定他妻子的国家作为他自己的国家了。"

"正是这样。"玛格丽特说，"我多么自私啊，竟然还为这事感到惋惜。"她竭力想笑一下，"但是我失去了他，多么孤单啊！"伦诺克斯先生翻了翻文件，希望自己有朝一日能像自认为应有的那么有钱和顺遂。贝尔先生擤了擤鼻子，可是并没有说话。过了一两分钟，玛格丽特似乎恢复了平时的镇静。她很有礼貌地为伦诺克斯先生出的这一番力向他道谢。同时她感到，伦诺克斯先生可能会从她的态度上以为自己给了她一些不必要的痛苦，所以显得格外谦和有礼。其实，这种痛苦是她自己不想避免的。

贝尔先生走过来向她告别。

"玛格丽特！"他摸索着把手套戴上时这么说，"我明儿要到赫尔斯通去看看那个老地方。你乐意和我一块儿去吗？这样会不会使你觉得太痛苦？大胆说吧，别害怕。"

"哦，贝尔先生。"她叫道——再也说不下去了。不过她拿起老人那只因患痛风而肿胀的手，吻了吻。

"得啦，得啦，这可够了。"他说，窘得涨红了脸，"我想你的肖姨妈会把你托付给我的。我们明儿上午动身，两点左右大概就可以到那儿了。我们先吃点儿东西，在一家过去叫'伦纳德纹章'的小客店里订好晚餐，然后到树林里去走走，引起食欲。这你受得了吗，玛格丽特？我知道，这对咱俩都是一场考验，可是不管怎样，这对我总是一件愉快的事情。咱们在那儿吃晚餐——那也只不过是鹿肉，如果咱们能够吃到的话——随后我打个盹，你就出去看看老朋友。我要把你平安无事地送回来，除非铁路上发生什么意外事故，为此动身之前，我还要付一千英镑为你的生命保险，这也许会给你的亲戚们一点儿安慰。如果没什么意外，我就在星期五午餐的时候，把你领回来交给肖太太。所以，你要是愿意，我就上楼去提出来。"

"我简直没法说我是多么想去！"玛格丽特泪汪汪地说。

"好，那么以后两天你不准流眼泪，这样来表示你的感激。如果你不这样，我的泪管也会觉得不舒服的，我可不喜欢那样。"

"我不会掉一滴眼泪的。"玛格丽特说，她眨了眨眼睛，想把眼睫毛上的泪水眨掉，一面勉强地露出了一丝微笑。

"这才是个好姑娘。那我就上楼去把这件事说定。"贝尔先生跟肖姨母商量他的这个计划时，玛格丽特一直战战兢兢地期待着。姨母先是吃了一惊，接着又迟疑不决，无所适从，最后才给贝尔先生那番激烈有力的话说得答应了，可她心里依旧有些疑虑，因为说到头，不管这么做对不对，合适不合适，在玛格丽特平安归来以前，她一直心神不定，不知怎么才好，直到这个计划顺利地完成以后，她才肯明确地说，"她早就认为贝尔先生的这个主意挺不错，她也正希望玛格丽特这样出外走走，好使这姑娘在经过那段忧虑不安的日子以后，得到她需要的那种改变。"

第二十一章　昔日与今朝

> 每当我再一次大胆地想起
> 往昔的那一段快乐的时期，
> 我心里必然怀念着那些可靠的良友，
> 死神已然割断了我和他们的交游。
>
> 但是一旦结下了真诚的友谊，
> 就应在精神上相辅相依；
> 在精神上我们找到了福祉，
> 在精神上我依然和他们紧密相连。
>
> 乌兰德①

玛格丽特早在约定的时间到来以前，就准备好了，所以她可以从从容容在人家不注意的时候悄悄地哭上一会儿，等人家看着她时，就欢快地露出了笑容。她最后只担心他们去得太晚，赶不上火车。可是没有，他们到得正是时候。她终于安下心来，高高兴兴地在车厢里贝尔先生的对面坐下，风驰电掣地驶过那些熟悉的车站，看到一座座古老的南方城镇和村庄静悄悄地躺在温暖洁净的阳光下，这使这些城镇和村庄里铺瓦的屋顶显出了一片更为鲜艳的红色，和北方那种见了令人感到寒冷的石板瓦屋顶截然不同。一窝一窝的鸽子在这些尖尖的古色古香的山形墙四周盘旋，慢慢地东一处西一处落下来，竖起柔软、发光的羽毛，

---

① 乌兰德(Johann Ludwig Uhland, 1787—1862)，德国诗人，引文见他的诗篇《渡过溪流》(*Ueber diesen Strom vor Jahren*)。盖斯凯尔夫人很喜欢这首诗，为了纪念去世的儿子，她曾把其中的一节题在《玛丽·巴顿》初版的卷首。

仿佛想使它们的整个身体都暴露在这片温暖可爱的阳光下面。车站上几乎没有什么人，这儿的人似乎大都心满意足，实在懒得出门上路。玛格丽特在伦敦—西北铁路线上的两次旅行中看到的那种繁忙热闹的景象，这儿却一点儿也没有。要到近年尾的时候，这条铁路线上才会热闹起来，充满有钱的寻欢作乐的人，但是，就那些忙忙碌碌、经常穿梭往来的商人而言，这条铁路线和北方的铁路线还是有很大差别的。路上经过的每一个车站上，几乎总有那么一两个闲人站在那儿观看，他们把手插在口袋里，就那样愣呆呆地看着，旅客们见了都很纳闷，不知道火车驶过以后，眼前剩下光秃秃的路轨、几所小屋和远处的一两片田地时，他们还有什么事好做。炽热的空气在一片金黄色的寂静田野上荡漾。一片片农场给撇在后面，每一片都使玛格丽特想起德国的田园诗——想起《赫尔曼与窦绿苔》①——想起《伊万杰琳》②。等她从这种白日的梦境中清醒过来，他们已经该下火车，改乘轻便马车上赫尔斯通去了。这时候，她的心头涌起了一股股相当强烈的感情，是痛苦？是快乐？她也说不上来。每一英里路都引起了种种联想，这是她无论如何也不肯失去的。可是每一个联想都使她带着难以言传的怀念之情，为"韶光一去不复返"③而落泪。上次经过这条大路，是她跟父母一块儿离开这个地方的时候——那一天，那个季节，都是阴沉沉的，她心里也很沮丧，但是他们却和她在一起。如今，她没有父母，只剩下一个人，他们全莫名其妙地离她而去，从地面上消失了。赫尔斯通的大路上充满了阳光，每一个转角、每一棵熟悉的树木都和它们从前在盛夏的日子里完全一样，显得光辉灿烂。她看到这一切心里很伤感。自然界并没有感到发生了什么变化，它永远显得生气蓬勃。

---

① 《赫尔曼与窦绿苔》(*Hermann und Dorothea*, 1797)：德国诗人歌德(J. W. von Goethe, 1749—1832)写的一首长篇叙事诗，叙述法国革命军队占领德意志莱茵河以西地区后，德意志人大批向莱茵河东岸逃亡时，半天内发生的一段爱情故事。

② 《伊万杰琳》(*Evangeline*, 1847)：美国诗人朗费罗(Henry Longfellow, 1807—1882)写的一首长篇叙事诗，描写阿卡迪亚的一个和平村庄遭到法国殖民者的焚烧，少女伊万杰琳及其未婚夫被迫离开家乡，中途流落失散，经过辗转寻觅，终于在临死之前团聚。

③ 见丁尼生的诗《公主》(*The Princess*)。

贝尔先生多少知道玛格丽特的心里会有些什么感触,所以他乖觉、体贴地保持缄默。他们乘着马车到了"伦纳德纹章",这幢一半是农舍一半是客店的房子并不在大路边上,就好像是说,店主人并没有为了得到旅客的光顾而采取什么炫耀的方式来招揽生意似的。相反地,旅客得自己去找到它。客店朝着村里的一片绿草地,门前有一棵多年的老椴树,树周围安放了一圈凳子,伦纳德家族的那个难看的饰有纹章的盾就挂在这棵树的茂密的树叶深处。店门大开着,可是并没有人殷勤地跑出来接待客人。等女店主走出来时——他们那时真可以偷走很不少东西——她对他们热诚地表示欢迎,好像他们是应邀前来的客人。她为自己拖了这么久才出来表示歉意,说眼下正是收割干草的季节,庄稼人吃的东西都得送到田里去,她正忙着把食品装进篮子,所以没有听见路上的车轮声。自从离开大路以后,他们的马车就在又软又短的草地上行驶。

"哟,我的天哪!"她大声嚷着,因为在她表示完了歉意以后,一道阳光正好射到了玛格丽特的脸上,使她看清了在光线很暗的休息室里先前一直没有注意的那张脸,"原来是黑尔小姐。詹妮,"她喊着,一面跑到门口去叫唤她的女儿,"上这儿来,快来,黑尔小姐来啦!"随后,她走到玛格丽特面前,带着母亲般慈爱的神情和她握了握手。

"你们一家人都好吗?牧师和狄克逊小姐好吗?特别是牧师!愿上帝降福给他!我们对他的离开一直感到很难受。"

珀基斯太太没有提她母亲的名字,显然已经知道她不在了。玛格丽特想要开口把父亲的死讯告诉她,可是喉咙里哽哽咽咽,她只摸了摸身上穿的正式丧服,说出了"爸爸"两个字。

"真格的,先生,这不是真的吧?"珀基斯太太说,同时转脸向着贝尔先生,要想证实一下她心中所起的那种莫大的怀疑,"有位先生春天——或许是去年冬天——来这儿,告诉了我们许多有关黑尔先生和玛格丽特小姐的事。他说黑尔太太去世了,可怜的太太。可是他一句也没有提,说牧师身体不好!"

"可这是真的。"贝尔先生说,"他死得很突然,是在他到牛津去看我的时候去世的。他是一个好人,珀基斯太太,我们中有好些人要是能像他那样平静地死去，肯定会感到十分欣慰。嗨，亲爱的玛格丽特！她父亲是我最老的朋友，她又是我的教女，所以我想我们就一块儿来看看这个老地方。我早就知道你能给我们一套舒适的房间，让我们吃一顿精美的晚餐啦。我看出来你不记得我了。我姓贝尔，以前有一两次，牧师公馆里住不下的时候，我就在你这儿安歇，喝过一点儿你的味道很好的淡啤酒。"

"当然啦，真对不起。不过您瞧，我净顾着跟黑尔小姐说话了。我来领您到一间房里去。玛格丽特小姐，您在那儿可以脱下帽子，洗洗脸。就在今儿早上，我把一些新采来的蔷薇花头向下浸在水罐里，因为我想，说不定有人会上这儿来。没有什么比浸过一两支麝香蔷薇的泉水更芳香馥郁的了。真没想到牧师竟然去世了！当然，我们都不免一死，只是那位先生说，牧师在遭到他太太去世的这个不幸以后，又振作起来了。"

"珀基斯太太，你照料好黑尔小姐以后，就下楼上我这儿来。我想和你讲一下我们吃点儿什么。"

玛格丽特睡房的小窗子外面几乎爬满了蔷薇和葡萄藤，但是把藤蔓推到一旁，稍微向外探一探身，就可以看见树木上面牧师公馆的烟囱顶，透过树叶还可以辨别出不少处熟悉的轮廓。

"唉！"珀基斯太太说，她铺好床，还打发詹妮去抱了一摞用薰衣草熏香的毛巾来，"时代不同啦，小姐。我们的新牧师有七个孩子，正在造一间幼儿室，预备更多的孩子出世，就造在从前的凉亭和工具房外面。她还在壁炉上安上了新炉格，客厅里装了一扇厚玻璃窗。他和他的妻子都是热心人，做了不少好事，至少他们说那就是做好事。要不，我就要说，那只是瞎起劲，把事情搞得乱七八糟。新牧师是一个主张戒酒的人，小姐，也是地方上的一位治安法官。他妻子有许多经济烹饪的方法，主张不用酵母做面包。他们俩说起话来滔滔不绝，而且两人总同时开口，所以似乎总和另一个碰撞。等他们走后，你才能稍许安静下点儿，想到有些话你本来可以说出来，为自己辩护一下的。牧师总上干草地里去寻找那些庄稼人放饮料的罐子，偷偷朝里面瞅瞅，然后因为里面不是姜汁啤酒而大惊小怪，但是我也没办法。我的母亲和姥姥以前总给翻晒干草的人送去上好的麦芽酒,她们要是有哪儿不舒服,总吃些泻盐和番泻叶。我非得照着她们的办法做,尽管赫普沃思太太想给我一些糖果来代替药。据她说,那比药要好吃得多,可我还是不相信。我得走了,小姐,尽管我还想听许多许多事情。我一会儿再来。"

贝尔先生要了奶油草莓、一只黑面包和一壶牛奶(还为自己单要了一块斯蒂尔顿干酪①和一瓶红葡萄酒),准备等玛格丽特下楼来吃。他们吃完这顿具有乡村风味的午餐以后,便出去散步,也不知道往哪个方向去是好,每个地方都有那么许多吸引他们前去的从前熟悉的事物。

"我们从牧师公馆门前走过去,好吗?"贝尔先生问。

"不,先别往那儿走。我们往这边走,绕一个圈子,这样回来的时候再从牧师公馆前面走过。"玛格丽特回答。

四处,有几棵老树在去年秋天被人砍倒了,或者有一所占用公地的人造的简陋、残破的小屋不见了。玛格丽特对所有这些东西都非常怀念,像失去老朋友那样感到悲伤。他们走过了她和伦诺克斯先生绘画的那个地点。那棵老山毛榉(她和伦诺克斯曾经坐在它的树根上)受过雷殛的发白的树身已经不见了。那个老头儿,那所倾圮的村舍里的居民,也早已死了,村舍也早已拆掉,那地方盖了一所整洁美观的新房子,那棵山毛榉以前生长的地方是一片小花园。

"没想到我已经这么大了。"玛格丽特沉默了一会儿说。她转过脸去,叹息了一声。

"是啊!"贝尔先生说,"正是从熟悉的事物中最初感到的这种变化,才使年轻人觉得时光如此神秘,往后我们就失去这种神秘的感觉了。我把我在各处见到的变化都看成是理所当然的事。人事的沧桑我已经见惯了,那对你说来自然是新奇的、难以忍受的。"

"咱们去看看小苏珊吧。"玛格丽特说,把她的同伴拉上了一条从一片林中空地旁经过的长满青草的车道。

---

① 斯蒂尔顿(Stilton)是英国亨廷顿郡的一个镇市,因为销售莱斯特郡制造的一种干酪而闻名。

"我十分愿意去,不过我可不知道小苏珊究竟是谁。但是为了纯朴的苏珊①,我对所有叫苏珊的人都有好感。"

"我离开这儿的时候,没有跟小苏珊告别,她很失望。从那以后,我因为使她痛苦,心里一直感到内疚。当时我只要稍许辛苦一下,本来可以使她不痛苦的。可是去那儿要走很长一段路,您真的不会觉得累吗?"

"不会,那就是说,只要你不走得太快的话。你瞧,这儿又没有什么美丽的景色可以给人一个停下来喘口气的借口。要是我是丹麦王子哈姆雷特②,你就会觉得和一个'肥胖的、气喘吁吁'的人一块儿走路很有浪漫色彩啦。为了他,可怜一下我的虚弱的身体吧。"

"为了您,我一定走得慢点儿。我喜欢您远远超过我喜欢哈姆雷特。"

"根据的原则是否就是活驴总比死狮子强呢?"③

"也许是的。我这会儿不来分析我的情感。"

"我得到你喜欢,已经很满足啦,用不着过分好奇地去考察你喜欢我的原因。只不过咱们不必像蜗牛似的走得这么慢。"

"好吧,那就照着您的速度走,我跟着。或者要是我走得太快了,您就像您自比的哈姆雷特那样,停下来默默细想。"

"谢谢你。可是我的母亲并没有杀害我的父亲,尔后又嫁给我的叔叔,所以我不知道该想些什么④,除非盘算一下咱们是否有可能吃到一顿烧得很好的晚餐。你认为怎样呢?"

"我很乐观。就赫尔斯通大伙儿的意见来看,她一向被认为是一

---

① 纯朴的苏珊(the simple Susan):爱尔兰女作家玛丽·埃奇沃思(Maria Edgeworth, 1767—1849)所著同名小说中的人物。这篇小说收在她的小说集《父亲的助手》(*The parent's Assistant*, 1796—1800)中。

② 哈姆雷特(Hamlet):莎士比亚所著同名悲剧中的人物。

③ 《旧约·传道书》第九章第四节:"与一切活人相连的,那人还有指望,因为活着的狗,比死了的狮子更强。"

④ 在《哈姆雷特》中,丹麦王子哈姆雷特回国时,他父王已经暴死,母后葛忒露德改嫁了他的叔父新王克罗迪斯。他父亲的鬼魂后来在他面前出现,告诉了他克罗迪斯谋杀自己的罪行,嘱咐他为自己复仇,于是哈姆雷特便盘算着如何采取行动,所以这里这么说。

个挺好的厨师。"

"可是你有没有考虑到翻晒干草分了她多少心思呢?"

贝尔先生兴冲冲地谈些无关紧要的事情,竭力想使玛格丽特不去多想到过去,他的这番好意玛格丽特当然感觉到了,但是,如果这时候希望自己是独自一人确实不算忘恩负义的话,那么玛格丽特倒宁愿默默地走过这些十分可爱的小路。

他们走到了苏珊的寡母居住的那所村舍。苏珊不在那儿。她到教区附属学校上课去了。玛格丽特感到很失望,那个可怜的女人看了出来,就对她表示了一下歉意。

"哦!这没关系。"玛格丽特说,"我听了很高兴。我本该想到的。不过她过去总是和你一块儿待在家里。"

"是呀,是这样。我很想念她。我过去总在晚上把我知道的一点儿东西教给她。那当然没多少。可她现在成了一个那么得力的姑娘,我很想念她。如今她的学问远远超过我了。"那位母亲叹了一口气。

"我完全错了。"贝尔先生抱怨说,"别把我的话放在心上。我比世上的人们落后了一百年。可是我以为,那孩子待在家里,帮助她的母亲,每晚在她身边学着读一章《新约全书》,这样受的教育要比她从世上所有的正规学校里受到的教育更好、更朴实,也更自然。"

玛格丽特没有搭腔,她不想逗得他继续说下去,当着那位母亲的面和他多去议论,所以她转脸对着那位母亲,问道:

"老贝蒂·巴恩斯好吗?"

"我不知道。"那个女人相当简慢地回答,"我们不是朋友。"

"为什么不是呢?"玛格丽特问,她以前是村里的和事佬。

"她偷了我的猫。"

"她知道是你的猫吗?"

"我不知道。我想她并不知道。"

"咳!那你告诉她猫是你的,不就可以要回来了吗?"

"不成!因为她已经把猫烧死了。"

"烧死了!"玛格丽特和贝尔先生两人都嚷起来。

"把它烤了!"那个女人解释说。

这并不能说明什么。玛格丽特经过仔细询问,才从她的嘴里打听出了这件可怕的事。原来贝蒂·巴恩斯在一个算命的吉卜赛人的诱骗下,把她丈夫星期天穿的礼服借给了他,他保证在星期六晚上送回,免得巴恩斯大爷发觉。结果,礼服并没有送回去,贝蒂心里很惊慌,怕她丈夫生气。根据乡间的某种野蛮的迷信,一只给活生生地烧死或烤死的猫在痛苦挣扎中发出的叫声,能迫使(似乎是这样)魔鬼满足那个杀猫人的愿望。她于是就求助于这种迷信方法。这个可怜的女人显然也相信这种方法很灵验,她唯一感到气愤的是,偏偏单挑中了她的猫来献祭。玛格丽特毛骨悚然地听着,她白费唇舌地想开导这个女人,使她不要迷信,但是终于不得不绝望地放弃了这种努力。她先还逐步逐步使这个女人承认了某些事实。在玛格丽特看来这些事实在逻辑上的联系和因果性是一清二楚的,但是临了,这个给搞糊涂了的女人还是干脆重复了一遍她开头所说的话,也就是,"那么做确实很残忍,她可不乐意那么做。不过一个人要想使他的愿望实现,没有什么别的方法像它那么灵验的了,她早就听说过这种方法。可是这么做终究很残忍。"玛格丽特绝望地放弃了说服她的念头,十分沮丧地离开了。

"你真是个好姑娘,没有来扬扬得意地奚落我。"贝尔先生说。

"怎么?您这是什么意思?"

"我承认我对正规学校教育的那种看法是错误的。随便什么,总比让那孩子在这种实实在在的异教气氛中长大要强。"

"哦!我想起来了。可怜的小苏珊!我非得去看看她。咱们到学校去一次,您没意见吧?"

"一点也没有。我倒很想看看她受到些什么教育。"

他们没有再多说什么,便穿过许多树木丛生的小山谷。尽管这些山谷呈现出一片片柔和的绿色,它们却没有能使玛格丽特摆脱听完苏珊母亲叙述的这桩残忍的事情后心里的震惊和痛苦。那个女人讲述这桩事的方式也显示出她既完全缺乏想象力,因而也完全缺乏对受苦的动物的同情。

他们刚走出树林,来到村里学校所在的那片相当开阔的草地上,就听见一片闹哄哄的人声,犹如一窝忙碌的有人性的蜜蜂发出的嗡嗡声。

学校的门大开着,他们走了进去。一个穿着黑衣服在四处张罗的活跃的女人看见他们,便带着几分女主人的神气上前来向他们表示欢迎。玛格丽特想起过去要是偶尔有些客人信步走进学校来参观,她母亲也常常摆出这种神气,只是样子显得温和和疲乏。她立刻猜到这就是现在这位牧师的妻子,接替她母亲的那个人。倘若可能的话,她真想避开这次会面,但是,刹那间她就克服了这种心情,端庄地走上前去,迎着许多认识她的明亮的目光,听见许多学生压低嗓门咕哝说,"是黑尔小姐。"牧师太太听到这个名字,态度立刻变得更为和蔼,同时又变得更端起来了,玛格丽特真希望自己没有感觉到这一点。那位太太向贝尔先生伸出一只手来,同时说:

"是你的父亲吧,黑尔小姐,我从外表上看出来啦。见到您我真高兴,先生,牧师见到您也会很高兴的。"

玛格丽特解释说这不是她的父亲,又结结巴巴地说她的父亲已经去世了。这时候,她一直在想着,不知道黑尔先生如果真像牧师太太所想的那样重访赫尔斯通,那么他会怎样经受得住。她没有听见赫普沃思太太在说些什么,就让贝尔先生去回答她,同时自己向四周看看,想寻找她的熟人。

"啊!黑尔小姐,我瞧你很乐意教上一课。这不用人说我就瞧得出。一年级站起来,跟黑尔小姐上一节语法分析课。"

可怜的玛格丽特,她到学校来原是出于个人的情感,根本不是来视察的。这会儿她觉得自己上了当。可是这么一来,她多少可以和以前很熟悉的那些一脸热切神情的孩子们——她父亲为他们举行过庄严的洗礼的孩子们——接近,所以她坐下来,有点儿入神地想辨别出那些姑娘们的改变了的容貌。她把苏珊的手握了一两分钟,大家都没有注意到。这时候,一年级的学生在找他们的书,牧师太太不失身份地拖住贝尔先生在说话,向他解释语音学的体系,把自己和督学谈过的那一番话再和他谈上一遍。

玛格丽特低头对着书,什么也没看见,只看到——她听到孩子们读书的嗡嗡声,从前的时光又浮现到了她的眼前,她想起了那段岁月,眼睛里充满了泪水,突然他们全停顿下来——有一个姑娘结结巴巴,不知道该把那个表面看来十分简单的"a"字叫作什么词。

"'a'是一个不定冠词。"玛格丽特温和地说。

"请原谅,"正在一旁聚精会神听着的牧师太太说,"但是米尔索姆先生教我们把'a'这个字叫作一个——有谁记得吗?"

"一个绝对形容词①。"五六个声音同时回答。玛格丽特羞愧地坐在那儿。孩子们知道的比她多。贝尔先生转过脸去,笑了。

玛格丽特在那堂课上没有再说什么。不过等课结束后,她悄悄地绕到一两个她从前喜欢的学生面前,和她们谈了一会儿。她们都从孩子长成大姑娘了。她们长得那么快,她都记不起她们来了,就和她在外地待了三年以后,也从她们的记忆中消失了一样。可是又见到她们大伙儿,还是令人高兴的,尽管她的愉快里带有几分惆怅。那天午后放学的时候,因为是夏天,所以时间很早。赫普沃思太太提议邀贝尔先生和玛格丽特跟她一起到牧师公馆去,看看现任牧师作的一些——她刚要说出"改进"这个词,连忙换成了"改变"这个比较慎重的词。玛格丽特对自己从前的家有着美好的回忆,她一点儿也不乐意去看看会破坏她这种回忆的改变,不过她却渴盼着再去看看那所老宅子,尽管她又颤抖着想要避开她知道自己会感到的那阵痛苦。

牧师公馆从里到外有了很大的变化,因此玛格丽特实际上并没像她预料的那么痛苦。它不像原来的那所宅子了。从前收拾得那么干净、整洁,连一片零落的蔷薇花瓣也会被视为污点的那座精致的花园、那片草地,现在丢满了孩子们的玩具,这边一袋弹子,那边一只铁环。一顶草帽给盖在一棵蔷薇树上,就像挂在一只帽钉上那样,把一条开满花的长长的、美丽的嫩枝压坏了。从前,这样一枝花总要给当作心爱的东西仔细修剪一番。那个四四方方、铺着草垫的小门厅里,也同样充满了快乐、健康、吵闹的孩子活动的痕迹。

"啊!"赫普沃思太太说,"请你原谅这种乱七八糟的样子,黑尔小姐,等幼儿室造好以后,我一定要稍许整理一下。我们在造一间幼儿

---

① 在英文中,某些形容词可以单独使用,后面不必跟名词,但是 a 却不能这样用,所以称作"绝对形容词"。

室,我想就是利用你原来住的那间房。你们没有幼儿室怎么过的,黑尔小姐?"

"我们就两个孩子,"玛格丽特说,"您大概有很多孩子吧?"

"七个。瞧这儿!我们在这边朝着大路开了一扇窗。赫普沃思先生在这所宅子上花了一大笔钱。我们刚来的时候,这所宅子确实不大适合居住——当然我是就我们这一大家人来讲。"宅子里的每一间房都作了改变,除了赫普沃思太太提到的那一间,那原来是黑尔先生的书房。房里的那种绿荫荫的舒适、幽静的气氛,如同她父亲所说的,可以使人养成一种沉思默想的习惯,但是在某种程度上,它也可能使一个人的性格变得善于思考而不善于行动。那扇新开的窗子能望见大路,并且像赫普沃思太太指出的,还具有许多好处。从那扇窗子里可以看见她丈夫的那群迷途的羔羊①,他们疏疏落落地走到诱人的啤酒店里去,满以为自己没有被人看到,可是实际上却并不是这样,因为工作勤奋的牧师老是用眼睛望着大路,即使在他写最最正统的讲道文时也是这样。他总把帽子和手杖挂在伸手就可以拿到的地方,随时准备冲出去追赶他的教区居民。要是有人想在这个主张戒酒的牧师抓住他之前躲进"乔利·福雷斯特"②去,那他非生着一双飞毛腿不可。这一家人都活泼好动,性情随和,说话粗声大气,而且都没有感觉过于灵敏这种毛病。贝尔先生对于他认为特别俗气的东西,觉得都应该夸赞上几句,玛格丽特生怕赫普沃思太太会从他的赞叹中发现他是在糊弄她。但是没有!她完全按照字面去理解他的话,露出一副坦然无疑的样子,因此在他们从牧师公馆慢慢走回客店去的时候,玛格丽特忍不住数落了贝尔先生几句。

"别怪我,玛格丽特。这都是因为你。如果她没带着那种优越的、得意扬扬的神气向你指出每一处改变,得意扬扬地认为这样那样改进全多么了不起,那么我的举止原可以很庄重的。可是如果你非要说大道理,那么就到晚餐以后再说,因为那时就好催我入睡,帮助我消

---

① 基督教用"迷途的羔羊"比拟误入歧途的罪人,如《旧约·耶利米书》第五十章第六节:"我的百姓做了迷失的羊"等。

② 酒店字号。

化了。"

他们两人都很疲乏,玛格丽特疲乏得甚至不愿意像她原来打算的那样走出屋子,再到她童年的家园附近那片树林和田野里去漫步了。不知怎么,她对赫尔斯通的这次访问,并不完全——并不确确实实像她期望的那样。到处都发生了变化,虽然是很微小的,可是却遍及各处。很多家庭都起了变化:有人搬走了,有人亡故了,也有人结了婚,还有岁月带来的那种种自然的变迁。时光使我们不知不觉从童年进入青年,又从壮年进入老年,到那时我们就像熟透了的果子,落入寂静的大地里去。不少地方也起了变化——这边少了一棵树,那边少了一根大树枝,使从前亮光照不到的地方透进了一道长长的亮光——一条大路经过修整,变狭窄了,两旁岔出去的绿色小路都给圈起来耕种了。这就是所谓巨大的改进。但是玛格丽特却因为失去了昔日的那片秀丽的景色,那种幽暗的角落,以及那长满青草的路边而嗟叹不已。她坐在窗前一张小巧的高背长靠椅上,惆怅地凝视着窗外越来越深的夜色,这片夜色和她忧郁的思想是十分协调的。贝尔先生经过一天不同寻常的活动以后,酣畅地睡着了。最后,一个面色红润的乡下姑娘端着茶盘进来,才把他吵醒。那个姑娘平常一直做侍者,今天跑到干草地里去帮忙,显然是想换个活儿干干。

"喂!谁在那儿!我们在哪儿?那是谁,——是玛格丽特吗?哦,我全记起来了。我先真想不出是哪个女人样子那么忧伤地坐在那儿,两手笔直伸出去,紧紧抱着自己的膝盖,眼神那么专注地望着前方。你在看些什么?"贝尔先生问,他走到窗口,站在玛格丽特的背后。

"没有什么。"她说,连忙站起身,尽力显得乍看像很高兴的样子说起话来。

"真格的,是没有什么!远处一片萧瑟的树林,蔷薇树篱上挂着几条白床单,还有一大片潮湿的空气。把窗关上吧,过来沏杯茶喝。"

玛格丽特沉默了一段时间。她摆弄着茶匙,并没有特别留神去听贝尔先生所说的话。贝尔先生方才反驳过她,她也同样面带笑容地听着他的意见,就像他同意她的说法似的。随后,她叹了一口气,放下茶匙,突如其来地高声说道,"贝尔先生,您记得咱们昨儿晚上谈到弗雷德里克的那些话吗?"那种声音通常总表明说话的人对他想要提出的话题已经考虑了一些时候了。

"昨儿晚上。我昨儿晚上在哪儿?哦,我想起来了!嗨,那好像是一个星期以前的事。是的,一点儿不错,我想起来了,我们谈到过他的,可怜的人儿。"

"对呀——伦诺克斯先生说起他在亲爱的妈妈去世时上国内来过,这您不记得了吗?"玛格丽特问,说到这里她的嗓音比平时放低了一些。

"我想起来了。我先前一直没有听说过这件事。"

"可我以为——我一直以为爸爸已经告诉过您了。"

"没有!他始终没有告诉我。但是这件事怎么啦,玛格丽特?"

"我想告诉您,那时候我做了一件很不应该的事,"玛格丽特说,猛地抬起头来,用诚实、明亮的眼睛望着他,"我说了一个谎!"她的脸涨得通红。

"我承认那确实很不好。然而我一生中也撒过好多次谎,不仅用明明白白的语言——我想你大概就是这样——而且用行动,或者用一种不体面的婉转曲折的方式,使得人们要么怀疑事实,要么相信谎言。你知道谁是撒谎的老祖宗①吗,玛格丽特?咳!有许多人自认为品行端正,可是他们都和撒谎、私结婚姻,以及攀远亲有种种奇怪的联系。我们都沾染上了撒谎的坏习气。我本来以为你像大多数人一样决不会这么做的。怎么!哭了,孩子?不,如果结果是这样,咱们就不谈这件事吧。我看你为这件事很难受,不会再这么做的。再说,事情已经过了很久啦。总而言之,今儿晚上我要你高高兴兴,不要悲悲切切。"

玛格丽特擦干了眼泪,想要谈一件别的事,可是突然她又哭了起来。

"贝尔先生,请您让我把一切都告诉您——也许您能帮我一下,不,不是帮我,而是等您知道了实情后,您也许可以替我洗刷清楚——不,并不是这意思。"她说,同时因为自己没能像希望的那样比较确切

---

① 指撒旦。

地把自己的意思表达出来而十分失望。

贝尔先生的态度完全变了。"把一切都告诉我,孩子。"他说。

"说来话可长啦。弗雷德回来的时候,妈妈已经病得很厉害,我焦急得不得了,又担心我是把弗雷德拖入了危险的境地。就在妈妈死后,我们受到了一场惊吓,因为狄克逊在米尔顿碰到一个人——一个叫伦纳兹的人——他认识弗雷德,而且好像对他怀恨在心,或者至少是想到那笔逮捕他的赏金而动了心。在受了这场新的惊吓以后,我想最好还是催促弗雷德赶快到伦敦去,他在伦敦,像您那天晚上从我们的谈话中听到的那样,就好去向伦诺克斯先生请教一下他出庭受审胜诉的可能性。所以我们——那就是说,他和我,——就到火车站去。那是一天傍晚,天色刚要暗下去,不过还可以使人互相辨认得出。我们去得太早,就在车站旁边的一片田野里散步。我对那个伦纳兹一直提心吊胆,我知道他就在附近某个地方。我们在田野里的时候,落日的红光正照在我的脸上,有个人骑马从大道上走过,正好来到我们旁边的那个石磴下面。我看见他望着我,但是我开始并没认出来是谁,斜阳把我的眼睛照花了。一刹那后,我才看出来那人原来是桑顿先生,我们互相打了个招呼……"

"他当然瞧见弗雷德里克了。"贝尔先生照他想的那样帮她说下去。

"是的。后来在车站上,有个人走过来——他喝醉了酒,摇摇晃晃,——想抓住弗雷德的衣领,给弗雷德一下子挣脱了。他失去了平衡,从月台边上跌下去,那地方既不远,也不深,月台离地面还不到三英尺。可是,哦!贝尔先生,不知怎么,那一跤就把他跌死了!"

"真糟糕!我想就是那个伦纳兹吧。弗雷德是怎么脱身的呢?"

"噢!他在那个人跌下去后立刻走掉了。我们绝没想到那一跤对那个可怜的家伙会造成什么伤害,那似乎算不上什么伤害。"

"那么他没有当场就死吗?"

"没有!两三天后才死。接下去——哦,贝尔先生!现在到了事情最坏的那部分了。"她说,一面非常激动地把两只手绞在一起,"一个警官来找我,指控我和一个年轻人待在一块儿,说伦纳兹就是因为给那个人推了一下,或打了一下才送命的。您也知道,这是诬告,可是我们还没有听说弗雷德坐船走了,他也许还在伦敦,很可能会由于这个不真实的罪名而被捕,这样他的身份就要暴露,人家就会知道他是那个被控引起那场兵变的黑尔上尉,他可能会被枪决。所有这些念头都从我的脑子里一闪而过。我就说那不是我。那天晚上我没到火车站去。我一点儿也不知道这件事。那时我脑子里除了想救弗雷德里克外,什么别的念头或想法都没有。"

"你做得很对。换了我也会这么做的。你只顾为别人担心,忘了你自己。我希望我也能这么做。"

"不,您不会这么做的。这是错误的、违心的,也是不诚实的。就在那时,弗雷德平安无事地离开了英国。我竟然糊里糊涂地忘了另外还有一个证人可以证明我当时在场。"

"谁呢?"

"桑顿先生。您知道他在车站附近看见了我,我们互相还打了个招呼。"

"哎!他根本不会知道这个醉汉的死引出来的这场乱子。我想调查并没有得出什么结果来。"

"没有!他们在调查时开始谈到的起诉后来被阻止了。桑顿先生对全部情况都知道。他是地方治安法官,他发现伦纳兹并不是因为跌了那一跤才送命的。不过那是在他知道了我说的话以后。哦,贝尔先生!"她忽然用双手捂住脸,仿佛想躲避开出现的这种回忆似的。

"你有没有向他解释一下呢?有没有把那个强烈的、出于本能的动机告诉他呢?"

"说我本能地毫无信义,知过不改,免得自己身遭祸事吗?"她沉痛地说,"不!我怎么能这么做呢?他对弗雷德里克的事一点儿也不知道。为了纠正他脑子里对我的错误看法,我就得把我们家的秘密告诉他吗?这些秘密如同外表看来那样,牵涉到可怜弗雷德里克能不能得到彻底昭雪的问题。弗雷德的最后一番话就是叫我不要把他回来的事告诉任何人。您瞧,爸爸甚至对您都没有说。不!我可以忍受耻辱——至少我想我可以忍受。我也的确忍受了。桑顿先生从那以后就不再看得起我啦。"

"他很尊重你,这我可以肯定。"贝尔先生说,"当然啦,你说的事多少说明了……但是他总是带着非常敬重的样子谈到你,尽管现在我明白了他的态度里为什么总有些保留。"

玛格丽特默不作声,也无心再去细听贝尔先生接下去所说的话。她什么都听不进去了。过了好一会儿,她才说:

"您可不可以告诉我,您所谓的他在谈到我的时候态度里'有些保留',指的是什么呢?"

"哦!只是他对我称赞你的话不置可否,使我不很痛快。我当时像一个老傻瓜那样,以为每个人的看法都会和我的一样,可他显然不同意我的话。那时候,我真摸不着头脑。但是这件事要是一点儿也得不到解释,那么他一定也很纳闷。首先,你跟一个小伙子在光线很暗的时候一块儿上外面去散步……"

"可那是我的哥哥呀!"玛格丽特惊讶地说。

"不错。可是他怎么知道呢?"

"我不知道。我从来没有想到过这类事。"玛格丽特满脸绯红地说,显出一副受了委屈、很不高兴的样子。

"也许他也不会想到,要不是有那个谎话——我还是认为,在那种情况下,那个谎话是必要的。"

"它不是必要的。我现在知道啦,非常懊悔。"

沉默了很长一段时间,玛格丽特才又开口说话。

"我可能不会再见到桑顿先生了……"她说到这儿又停住了。

"我得说有不少事情比这更不可能。"贝尔先生回答。

"可是我想我绝不会再见到他了。然而,一个人总不希望自己在——在一个朋友的眼里显得这么低下,就像我在他眼里那样。"她的眼睛里充满了泪水,不过她的声音却很平静,贝尔先生并没有望着她,"既然弗雷德里克已经放弃了洗清身上背的罪名、返回英国来的一切希望,以及一切愿望,那就只有把这件事解释清楚对我才是公正的。要是您乐意,要是您办得了,万一有一个好机会(请您不必硬对他去解释),要是您办得了,您能不能告诉他这件事的全部情况,也告诉他是我让您这么做的？因为，即使我可能再也见不到他了，我感到为了爸爸，我不想失去他对我的尊重。"

"当然可以。我认为也应该让他知道。哪怕你只是给蒙上一层行为不检的阴影，我也不希望你不声不响就算啦。他瞧见你单独和一个小伙子待在一块儿，不知道会怎么想。"

"关于这一点，"玛格丽特相当高傲地说，"我认为，Honi soit qui Mal y pense。① 不过如果出现一个可以从容解释的机会，我还是乐意把它解释清楚。但那并不是说，我希望他知道这事，是为了好洗清我身上什么行为不检的嫌疑——要是我认为他怀疑我，我也就不会在乎他对我的看法的好坏了——不！我是为了要让他知道我是出于什么动机才落入那个陷阱的，总之，我为什么要撒那个谎。"

"我一点儿也不为这个责备你。你放心，这并不是我偏袒你。"

"我自己深深知道，也衷心相信这是错误的，别人认为是对是错，跟我的这种认识和信念相比压根儿算不了什么。不过咱们不要再谈这件事吧，事情已经做了——我犯的过错也已经犯了。现在，我非得把它置诸脑后，办得到的话，今后永远说真话。"

"很好。要是你喜欢这样不自在、不舒服，那就这样吧。我总是把自己的良心像关在一个玩偶盒里的玩偶那样紧紧地关在里面，因为要是它跳出来，它的体积就会把我吓一跳。所以我总又把它哄骗进去，就像那个渔人哄骗那个妖怪那样。② 我说，'想到你在这么小的瓶子里藏了这么长的时间，可我一点儿也不知道你存在，真令人感到奇怪。先生，请你不要再一刻不停地越变越大，用你的模模糊糊的轮廓吓唬我吧。你能不能再把你自己缩到原来那么大呢？'等我把它骗进去后，我难道还不赶快在瓶口盖上封印，对于再次打开瓶子，违背所罗门的意愿多加小心吗？因为就是所罗门这个最最英明的人把那个妖怪关在瓶里的。"

但是，这对玛格丽特说来并不是什么好笑的事。她几乎没有留神

---

① 法文，这是铸在英国骑士最高勋位的勋章嘉德勋章上的箴言，意思是："凡是专爱对别人的行为往坏处想的人是可耻的。"
② 见《一千零一夜》中《铜城和胆瓶的故事》。

细听贝尔先生说的话。她的脑子里老想着一个念头,一个她以前有过、如今变得坚信不疑的念头。那就是桑顿先生对她不再保有以前的那种美好的看法了——他对她很失望。她并不认为经过一番解释能使自己重新得到——不是得到他的爱情,因为对于他的爱,以及她是否会加以回报这一点,她已经下定决心永远不去细想了,她坚定不移地保持着她的这种决心——而是得到他的尊重和关切,她曾经希望这种尊重和关切有天会使他乐意带着杰拉尔德·格里芬的美丽的诗句描述的那种心情,

> 在听到人家喊我的名字时,
> 回过头来看看。①

她一直把这种想法憋在心里没说出来。她认为他对她的为人怎么个看法,并不能改变她的实际为人,她试图这样来安慰一下自己。但这是老生常谈,只是一个幻象,在沉重的悔恨心情下完全破灭了。她有许多问题就在嘴边,想要问问贝尔先生,可是她一个问题也没有说出来。贝尔先生以为她倦了,很早就叫她回房去安歇。她在自己房里敞开的窗口坐了很久,凝神望着窗外紫红色的天空,天空里出现了一些星星,亮晶晶的,在她上床前消失在一大片浓荫茂密的树木后面。整个夜晚,大地上只有一星灯火:她从前的睡房里点着的一支蜡烛,在新的幼儿室造好以前,那儿就是牧师公馆里现在住的那家人的幼儿室。玛格丽特心里充满了一种世事无常的感觉,一种个人渺不足道的迷惘、惆怅的感觉。什么都变得和以前不大一样了。如果一切都变得叫她根本认不出来,那反而没有这种微小的、遍及各处的变化给她带来的痛苦大。

"我现在渐渐明白天国是怎么个情形了——哦!那是一句多么庄严而泰然自若的话啊!——'昨日今日一直到永远是一样的。② 永远不变!''从亘古到永远,你是上帝。'③我头上的天空看上去好像绝不

---

① 这是爱尔兰作家杰拉尔德·格里芬(Gerald Giffin, 1803—1840)的诗篇《亲爱的,你记忆中的一个地方》(*A place in thy Memory, Dearest*)中的两行。
② 见《旧约·希伯来书》第十三章第八节。
③ 见《旧约·诗篇》第九十篇第二节。

会变,但它还是要变的。在我的生活中,没有一件东西紧守着我,没有一个人,没有一个地方是永远不变的。我十分厌倦——十分厌倦,不愿再被席卷着穿过我生活中的所有这些阶段了。这就像置身于地狱的那个圈子里,那个人世间情欲的受害者在其中永不停息地旋转的圈子里①似的。我的心情就跟那些信奉另一种宗教的妇女去当修女时的心情一样。我在人世间的单调生活中寻求天国的永恒不变。如果我是一个天主教徒,能使自己在某种巨大的打击下变得心如死灰,毫无感觉,那我就可以当一个修女。但是我渴望见到和我同类的人,不,不是和我同类的人,因为我的心永不能仅仅满足于对人类的爱,而把我对个人的爱完全排除在外。这也许是应该的,也许不应该。我今儿晚上可没法决定。"

她疲乏地上床睡觉,过了四五个小时又疲乏地起来。不过随着早晨的到来,出现了希望,她对于事物又有了比较乐观的看法。

"不管怎么说,这毕竟是正确的。"她穿衣服的时候听到孩子们玩耍的声音,这么说,"如果世界停滞不前,那它就会衰退和腐朽,倘若这话不算鲁莽的话。我客观地撇开自己那种世事无常的痛苦感觉细看,周围的那些发展都是正确的、必要的。如果我想要作出一个正确的判断,或者具有一颗满怀希望、信任他人的心,那我就不能老想着环境给了我怎样的影响,而应该想着环境给了别人怎样的影响。"她眼睛里含着一丝几乎要使嘴唇也翕动起来的笑意,走进休息室去向贝尔先生问安。

"哟,大小姐!你昨儿晚上很迟才睡吧,所以今儿早上起迟了。我有一条小消息要告诉你。有人请咱们去吃饭,你说怎样?是午前的一次出访,不折不扣是在露水没干的清晨所作的一次出访。牧师在去学校的时候路过这儿,我刚见到了他。他为了那些翻晒干草的人,想对咱们的女店主发表一通戒酒的讲话,我不知道他的这种愿望和他这么早来拜访究竟有多大关系,反正我九点前下楼来的时候,他已经来啦。

---

① 指但丁《神曲》中所叙述的地狱的第二圈。

他请我们今儿去他家吃饭。"

"可是伊迪丝等着我回去——我不能去。"玛格丽特说,对自己有这么好一个借口感到很高兴。

"不错,这我知道,所以我告诉了他。我想你不会乐意去的。但是如果你想去,还是可以去。"

"不!"玛格丽特说,"咱们还是照着咱们的计划做吧,十二点就动身。他们这样真太热情啦,可是我确实没法去。"

"很好。不要坐立不安,一切我会安排好的。"

在他们离开以前,玛格丽特悄悄地绕到牧师公馆的花园后面,采了一点儿蔓生的忍冬。前一天,她一朵花也没肯采,生怕给人看见,议论她这么做的动机和感情。在她回来穿过公地时,整个地方又充满了从前的那种迷人的气氛。世上任何其他地方都没有这儿的寻常生活的声音这么悦耳,阳光这么灿烂,生活这么宁静,这么充满了梦一般令人快乐的情趣。玛格丽特想起自己昨天的那些感触,暗自说道:

"我也在不断改变——一会儿这样,一会儿那样——一会儿因为一切并不完全像我想象的那样而惆怅、烦躁,一会儿又突然发现现实比我想象的要美丽得多。哦,赫尔斯通!我永远不会像爱你这样去爱任何别的地方了。"

几天以后,她终于心平气和地断定自己很高兴到赫尔斯通去这一趟,她又看到了那个地方,而且那个地方对她说来,永远是世上最美丽的去处,但是那儿引起她对从前的日子,特别是对她父母的种种联想,所以如果一切能重现的话,那么要她像这次跟贝尔先生这样再到赫尔斯通去一次,她是会畏缩不前的。

第二十二章　若有所失

>　　经验,像一个脸色苍白的乐师,
>　　手里抱着一把坚韧的弦琴,
>　　以凄婉、繁复的小音阶弹奏出
>　　我们不能理解的乐曲,
>　　表明了上帝在他的世界中的意愿。
>
> 　　　　　　　　　　　　布朗宁夫人①

　　大约就在这时,狄克逊从米尔顿回来,开始来伺候玛格丽特。她带来了米尔顿流传的无数新闻:马撒怎样在桑顿小姐结婚以后去跟着她生活。讲这件事的时候顺带还叙述了那场有趣的婚礼上的女傧相,结婚的礼服,以及喜宴的情景;人家怎样觉得桑顿先生把那场婚事办得太盛大了,因为他们想到罢工使他受了很大的损失,他没能履行合同,又得付出很大一笔赔偿费;狄克逊一直很珍爱的那些家具在拍卖时怎样三文不值两文地卖掉了,就米尔顿的有钱人而论,这真可耻;桑顿太太怎样有天去了,很便宜地买了两三件东西,桑顿先生下一天也去了,想买上一两件东西,他自己连连提价,使旁观的人觉得很有意思。照狄克逊的说法,他那样一来才使得那笔账两清了:要是桑顿太太出得太少,那么桑顿先生可又出得过多了。贝尔先生对于怎样处理那些书籍发出了种种指示;她真不明白他的意思,他是那么挑剔;如果他亲自前去,那就好了。写信总是那么没必要地叫人难以理解。关于希金斯家的情况,狄克逊并没有多少可说的。她脑子里有一种贵族人家的偏见,每当

---

① 引文见布朗宁夫人的十四行诗《繁复的乐曲:献给 E. J.》(*Perplexed Music. Affectionately Inscribed to E. J.*)。

她试图去回想起世上那些地位比她低的人的情况时,她总是记不太清。她想尼古拉斯大概很好。他到那所房子来过好几次,打听黑尔小姐的消息。除了桑顿先生问过一次外,他是唯一问起小姐的人。玛丽呢?哦!她当然很好,如今是个高大、结实、蓬头垢面的姑娘啦!狄克逊还听说——也许这只是她做的一场梦,不过她竟然梦到希金斯那样的人家,真是奇怪——玛丽到桑顿先生的工厂去工作啦,因为希金斯先生希望他女儿学着烧菜做饭,不过她简直说不清这件事有多么荒唐。玛格丽特相当同意她自己的说法,认为这些话毫无条理,就像一场梦。但是现在能和一个人谈谈米尔顿和米尔顿的人们,玛格丽特还是很高兴的。狄克逊却不十分喜欢这个话题,很想把她的这段生活隐瞒起来。她倒喜欢详细谈谈贝尔先生所说的一些话,那些话使她想到贝尔先生的真正意图是什么,那就是要让玛格丽特成为他的继承人。可是不管她装出一副怀疑还是肯定的样子,怎么委婉含蓄地探听,小姐总是既不加以鼓励,也不予以满足。

玛格丽特在这段时期里一直莫名其妙地渴望听到贝尔先生到米尔顿去作一次事务性访问的消息,因为他们上次在赫尔斯通谈话时,互相已经说得很明白,她想对桑顿先生作出的解释只应是口头上的,而且决不能显得像是硬去向他解释。贝尔先生不是一个勤于写信的人,可是他还是根据自己的心情,不时写来一些长短不一的信。玛格丽特收到他的来信时并没有感到什么明确的希望,然而她总是带着一点儿失望的感觉把他的信放开。他并没有准备到米尔顿去,至少他没有提这件事。唉!她必须有耐心,雾霭迟早总会消散的。贝尔先生的信变得和他平常写的不大一样了,信都很短,老是抱怨,往往还带着点儿不同寻常的抱怨意味。他不再瞻望未来,倒似乎很怀念过去,厌倦现在。玛格丽特认为这一定是他身体不好,就写信去问候他。贝尔先生回了她一封短信,说有一种从前叫作忧郁症的毛病,他患的就是这种病,至于是精神上的因素居多还是身体上的因素居多,那得由她决定。可是他倒情愿痛痛快快地发一通牢骚,而不想每次都不得不发一份病情公告。

玛格丽特接到这封信后,就不再去问候他的健康了。有天,伊迪丝偶然泄露出贝尔先生上次在伦敦时和她进行的一次谈话的片段。玛格丽特这才知道,他打算秋天带她到加的斯去看看她的哥哥和新嫂嫂。她一个劲儿地追问下去,把伊迪丝问烦了,说她再也想不起什么别的话来了,贝尔先生说的只是他有点儿想到那儿去,亲耳听弗雷德里克说说那次兵变的经过,而且这也是玛格丽特认识她的新嫂嫂的一个好机会,他暑假里反正总要到一个地方去,他看不出来为什么不可以到西班牙去。他就说了这些话。伊迪丝希望玛格丽特不要离开他们,她对这件事心里很着急。接下去,她想不出什么别的办法,就哭起来,说她知道玛格丽特对她不像她对玛格丽特那么喜欢。玛格丽特竭力安慰伊迪丝,但是她很难向伊迪丝讲清楚,到西班牙去的这个想法,尽管可能只是 château en Espagne①,却使自己感到欢欣和喜悦。伊迪丝则认为,凡是把她排除在外的乐事,对她都是一种无言的侮辱,最少也是一种漠不关心的表示。因此玛格丽特只好把她的快乐藏在心里不说出来。直到换衣服准备去吃饭的时候,她才问狄克逊是否真的乐意去看看弗雷德里克少爷和新少奶奶,借此来流露一下自己内心的喜悦。

"她是一个天主教徒,是吗,小姐?"

"我想——哎,那还用说!"玛格丽特说,她因为想起这事,一时感到有点儿沮丧。

"那他们是住在一个信奉天主教的国家里啰?"

"是呀。"

"那么我恐怕得说,我的灵魂比弗雷德里克少爷,比他本人对我更为宝贵。小姐,我会一直提心吊胆,生怕自己会给弄得改变宗教信仰的。"

"哦,"玛格丽特说,"我也不知道我去不去。要去的话,我倒也不是一个少了你就不能出门的娇小姐。不!亲爱的老狄克逊,要是我们到西班牙去,你就可以有一个很长的假期啦。不过我恐怕这只是一个十分渺茫的设想。"

狄克逊不喜欢玛格丽特的这几句话。首先,她不喜欢玛格丽特在她特别表示亲热的时候惯常把她叫作"亲爱的老狄克逊"。她知道小

---

① 法文,意思是:"空中楼阁"。

姐专爱管自己喜欢的人叫作"老某某",作为一种表示亲热的方式,可是狄克逊刚刚五十出头,觉得自己正当盛年,一向不喜欢别人对她使用这个字眼。第二,她不喜欢人家这么轻易地就把她的话当真。她一方面提心吊胆,一方面又对西班牙、宗教法庭和天主教的仪式暗暗地怀有一种好奇心。所以,她清了清嗓子,似乎表示她愿意克服一切困难,然后问黑尔小姐,假如她小心在意,既不去见一位神甫,也不进入一座教堂,那么玛格丽特是否还认为有很多危险,会使她改变宗教信仰。当然,弗雷德里克少爷已经莫名其妙地改变了他的信仰。

"我想是爱情首先促使他改变信仰的。"玛格丽特叹息着说。

"是啊,小姐!"狄克逊说,"咳!我能管住自己不见神甫,不进教堂,可是爱情会不知不觉地抓住人的心的!我想我还是不去的好。"

玛格丽特生怕自己把心思过分集中在到西班牙去的这项计划上,但是这倒使她脑子里可以不至于急不可耐地老去想到把一切对桑顿先生解释清楚的那个愿望。贝尔先生当时似乎不打算离开牛津,并没有马上到米尔顿去的意思。玛格丽特似乎暗暗地受到某种约束,使她不能再向贝尔先生问一声,或者婉转地提一句他是否有可能到那儿去。她也觉得不可以随便说出伊迪丝已经把他的那个到西班牙去的想法——那可能在他脑子里只逗留了五分钟——告诉了她。他在赫尔斯通那个悠闲、晴朗的假日里,一句也没跟她提过。这很可能只是他一时的幻想,——可是如果他确实有这种想法的话,那倒真是一个改变她目前的沉闷生活的好机会,这种生活已经开始使她感到厌倦了。

这时候,玛格丽特生活中的最大乐趣之一就是伊迪丝的那个男孩儿。这孩子乖巧的时候是他父母引以为豪的小宝贝,但是他的脾气很犟。每当他使起性子大吵大闹的时候,伊迪丝总垂头丧气、毫无办法地直往后退,一面叹息着说,"哎呀,我拿他怎么办呢!哎,玛格丽特,请你快打铃叫汉利来。"

可是玛格丽特并不喜欢他乖巧听话的时候那种无精打采的样子,反倒喜欢他这样表现出自己的个性来。她总把他带进一间房去,两人在那儿单独较量,她凭着自己的一股坚定的力量迫使他安静下去,一面把她要孩子听话时具有的各种魅力和手段都施展出来。临了,那孩子把他的热烘烘的、满是泪痕的小脸贴到她的脸上,于是她对他又是亲吻,又是抚爱,直到他常常在她的怀里或者靠在她的肩上睡着了。这就是玛格丽特感到最最惬意的时刻,因为这种时刻她体验到了一种她认为自己永远不会享有的感情。

亨利·伦诺克斯先生常来走动,这给他们的家庭生活增添了一种愉快的新气氛。玛格丽特觉得他比以前显得冷漠,如果才气更加纵横的话,不过他的高超的鉴赏力和相当渊博的多方面的知识,使本来枯燥无味的谈话有了几分风趣。玛格丽特偶尔看出来他有点儿瞧不起他的弟弟和弟媳妇,看不惯他们的生活方式,好像认为他们生活得太无聊,一点儿没有意义似的。有一两次,他当着玛格丽特的面,用一种相当锋利的质问口气对他的弟弟说话,问他是否打算彻底放弃他的职业。当伦诺克斯上尉回答说,他如今有足够的钱可以维持生活时,玛格丽特看见伦诺克斯先生撇了撇嘴,说,"你活着就是为了这个吗?"

但是他们弟兄俩还是十分友爱的,就和随便哪两个情谊深厚的人一样,聪明的那一个总领着另一个,而另一个也总甘心情愿地让他领着。伦诺克斯先生在他的业务工作方面力求上进,深谋远虑地和所有那些将来对他可能有用的亲友建立起了联系。他为人精明自负,目光犀利,富有远见,好挖苦人。玛格丽特自从在贝尔先生来的那第一天晚上和他就弗雷德里克的事作了那次长谈以后,除了因为和他都是这个家庭的近亲而有所接触外,跟他没有什么进一步的交往。不过这已足以消除她的羞怯,消除伦诺克斯先生方面任何表明自尊心与虚荣心受到伤害的迹象。他们当然经常见面,可是她感到他总避免单独和她待在一起。她认为他像自己一样,也看到他们在许多看法和所有的兴趣上,都莫名其妙地漂离了他们原来共同停泊的锚地。

然而,每当他把话说得妙趣横生,或者讲出什么简洁精辟的论点时,她总感到他用眼睛首先看看她脸上的神情,就算只看上一刹那。她还感到,在他们经常见面的那种家庭间的交往中,唯独在她发表意见时,他才带着十分敬重的样子细听。这种敬重因为他尽力掩饰,不愿意流露出来,反而倒显得毫无保留。

第二十三章 "再也见不到他的踪影"[1]

> 我和我父亲的老友,
> 我不能与你分离!
> 我从没表示,你也从不知道,
> 你对我多么可贵。
>
> 佚名

伦诺克斯太太举行的宴会是由下面这些要素组成的:她的朋友们呈现出自己美丽的容颜,伦诺克斯上尉提供他毫不费力听来的时下的种种新闻,亨利·伦诺克斯先生和为了他而邀来的他的那几个前程远大的朋友,带来了他们的聪明机智和高深广博的知识,他们很懂得怎样利用这些知识,而又不显得迂腐,使流畅的谈话变得沉闷下去。

这些宴会使人很愉快,但是就连在这种宴会上,玛格丽特也并不感到十分满意。每一种才能,每一种感情,每一种学识,不,甚至每一种崇尚德行的倾向,都像放烟火的材料那样烧光了。那种隐秘、神圣的火花在噼啪闪耀了一下以后,就熄灭了。他们只从感官方面谈论艺术,细细分析艺术品的外部效果,而不去弄清楚它有什么教训。他们在一起时慷慨激昂地谈论着种种重大的话题,等他们独自一人时,就再也不去考虑它们。他们把自己的鉴赏力浪费在洋洋洒洒地说一些应景的话上。

---

[1] 这可能是引用英国剧作家马洛(Christopher Marlowe,1564—1593)的剧本《浮士德博士的悲剧》(*Faustus*)中的一行。原剧本中是这样写的:
> 幽灵啊,化成一滴滴小水珠,
> 落进浩瀚的大海,再也见不到踪影,
> 上帝,上帝,别这么严厉地望着我。

有一天,等那些先生们上楼来走进客厅后,伦诺克斯先生来到玛格丽特身旁,和她谈起话来。自从玛格丽特回到哈利街来生活以后,这几乎是他第一次主动来和她说话。

"你好像不大赞同舍莱在晚餐时说的那些话。"

"是吗?我脸上一定明白显示出来了。"玛格丽特回答。

"你脸上一向总是这样,始终富于表情。"

"我是不赞同他那种对自己明知不对的事——那样明摆着是不对的事强行辩解的作风,即使那只是说着玩儿的。"玛格丽特赶快说。

"但是那些话说得很俏皮,个个字都很中肯!你还记得那些用得十分贴切的形容词吗?"

"记得。"

"你还想加上一句说,这不值一提。请你不要有顾虑,尽管他是我的朋友。"

"啊!这正是你说话的口气,就是……"她忽然停下不说了。

他听了一会儿,想看看她是否会把这句话说完。可是她只是涨红了脸,转过身去。然而,在她转身以前,她听见他用十分低沉、清晰的声音说:

"要是你不喜欢的正是我说话的口气,或是我的思想方法,那么你可不可以明白告诉我,给我一个机会去学会博得你的欢心呢?"

这几个星期一直没有贝尔先生到米尔顿去的消息。他在赫尔斯通谈到这次旅行时,好像他不日就要前去。玛格丽特认为他一定通过写信已经把他的事务处理掉了,她知道只要办得到的话,他总避免到他不喜欢的地方去,而且他也不大理解她内心里为什么对这个只能通过口头作出的解释这么重视。她知道他只感到必须把这件事对桑顿先生解释清楚,但是究竟是在夏天、秋天,还是冬天,那没有多大关系。眼下正是八月,他来信并没有提他向伊迪丝透露过的那个去西班牙的旅行,玛格丽特对于这个幻想的消失竭力显得心平气和。

但是有天早上,她收到了贝尔先生的一封信,说他下星期打算到京城里来,为了他想到的一个计划想找她谈谈。另外,他还想请大夫医治一下他的毛病,因为他已经转过来同意她的意见,每当他发现自己烦躁不快的时候,就设想这不怪自己而全怪自己身体不好,这样毕竟还比较愉快些。正如玛格丽特后来注意到的那样,整封信用的都是一种强作高兴的语气。可是当时伊迪丝的一声惊叫吸引了她的注意力。

"到京城里来!哎呀天哪!天这么热,我一点儿力气也没有,我想我没有精力再举行一场晚宴啦。再说,大伙儿全都离开了,只有我们这些傻瓜决不定上哪儿去是好。没有人来会会他。"

"我想他管保宁愿一个人来和我们吃顿饭,而不愿和你能够挑选来的那些最讨人欢喜的客人一块儿吃饭。再说,要是他身体不好,那他也不想人家邀请。我很高兴他总算承认啦。从他写来的这些信的语气上看,我肯定他在生病,可是我问他的时候,他又不肯回答,我又没有哪个别人好去打听一下他的消息。"

"噢!他病得并不重,不然他不会想到西班牙的。"

"他根本没有提西班牙。"

"不错!不过他要提出来的那个计划显然跟西班牙有关。你真的想在这种天气上西班牙去吗?"

"哦!天气会一天天凉爽起来的。对了!想想看!我只怕自己一心一意净想着这个计划,对它抱有太大的希望,结果肯定会落空的——要不然,也只是从字面上得到满足,精神上并不愉快。"

"可是玛格丽特,我认为这完全是迷信。"

"不,我认为不是迷信。只是它应当告诫我,管住自己,不要心里充满这么强烈的希望。这就像'你给我孩子,不然我就死了'①那句话一样。我怕自己也会喊叫说,'让我到加的斯去,不然我就死了。'"

"亲爱的玛格丽特!他们会尽力劝你留在那儿的,到那时候我怎么办呢?哦!我希望能在这儿给你找个丈夫,这样我想你管保就会回来了!"

"我决不结婚。"

"胡说八道!噢,就像肖尔托说的那样,你在这所宅子里那么富有

---

① 见《旧约·创世记》第三十章第一节。

魅力,因此他知道有很多人就为了你明年都乐意到这儿来访问我们。"

玛格丽特高傲地挺直了身子。"你知道吗,伊迪丝?我有时候觉得,你在科孚的生活使你学得……"

"怎么样呢?"

"稍许有点儿鄙俗。"

伊迪丝抽抽搭搭地哭了起来,说玛格丽特一点儿也不爱她,不再把她当成朋友了。她哭得那么伤心,说得那么激烈,因此玛格丽特不禁觉得她为了使自己受到伤害的自尊心得到宽慰,是把话说得太狠了点儿,于是在那一天余下的时间里竭力迎合伊迪丝的意思,而这位小姐呢,她因为人家伤了她的感情,难受极了,像个无辜受难者那样躺在沙发上,偶尔长长地叹上一口气,最后才睡着了。

贝尔先生到他第二次推迟的那个日期还是没有前来访问。第二天早上,他的仆人沃利斯写了一封信来,说他主人近来一直感到身体不舒服,这就是他推迟行期的真正原因,今天他正打算起程到伦敦去的时候却突然中了风。沃利斯在信里还说,医生们认为他活不到明天了,很可能黑尔小姐收到这封信的时候,他的可怜的主人已经不在了。

玛格丽特在早餐的时候收到了这封信,看后脸色变得煞白,接着她便默默无语地把信递到伊迪丝的手里,走出房去了。

伊迪丝看了信后感到非常震惊,像个受了惊吓的孩子那样抽抽搭搭地哭起来,使她的丈夫十分烦恼。肖太太在自己的房里吃早饭,因此劝说妻子平静地对待这件不幸的事的工作,就落到了上尉的身上,伊迪丝似乎平生第一次和死亡有了这么近的接触。这个人原来约定今天来和他们一块儿吃饭的,现在却躺在那儿死了,或者快要死了!她过了一些时候才想到了玛格丽特,于是跳起身来,跟着玛格丽特上楼去,走进了她的房。狄克逊正在收拾起几件梳妆用具,玛格丽特匆匆忙忙地在戴帽子,眼泪扑簌簌地直往下掉,两手颤抖得连帽带也系不起来了。

"哦,亲爱的玛格丽特!多么令人吃惊啊!你在干吗?要出去吗?肖尔托会去打电报的,你想做什么他都会去做的。"

"我这就到牛津去。半小时内有一班火车。狄克逊提出要陪我一块儿去,我其实一个人也可以去的。我非得再见他一面。再说,他可能会好一点儿,需要人照料。他对我就像父亲一样。别阻拦我,伊迪丝。"

"但是我不得不阻拦你。妈妈决不愿意你去。来,问问她吧,玛格丽特。你不知道你要去的是个什么地方。如果他自己有所宅子,我就不反对了,可是去他的评议员宿舍里!来,到妈妈那儿去,问她一声再走。这用不了多长时间。"

玛格丽特听从了她的话,结果误了那班火车。肖太太听到这个突如其来的消息以后,变得手足无措,发起歇斯底里病来,宝贵的时间就这样悄悄地过去了。但是两小时后还有一班火车。他们围绕着玛格丽特去牛津究竟适当不适当讨论了一番以后,决定由伦诺克斯上尉陪她前去,因为她始终坚持的一点就是,无论是她一个人,还是有人陪同,她都要搭下一班火车到牛津去,不管别人说她这么做得当不得当。她和她父亲的朋友快要死了。这种想法那么清晰地出现在她的脑海里,以致她对自己的意志那么坚决都感到很惊奇。就是凭着这种意志,她才多少维护了自己独立行动的权利。在出发前五分钟,她发现自己坐在一节车厢里,对面坐的是伦诺克斯上尉。

虽然他们到后就听说他已经在夜里死了,但是玛格丽特想到自己去了,心里还是得到了一些安慰。她看见了他住的那套房间,此后脑子里一直非常亲切地把那套房间和她父亲与父亲的这位忠实可爱的朋友联系在一起。

动身以前,他们答应了伊迪丝,要是他像他们担心的那样已经故去了,那么他们就回去吃晚饭。因此玛格丽特只好不再流连不去,久久地环顾她父亲在里面去世的那间房。她默默地问那个时常喜欢说些出人意料、诙谐风趣的话的和善的老人告别。

伦诺克斯上尉在他们回家的途中睡着了。这样,玛格丽特就可以尽情地哭泣,想到这不幸的一年,以及这一年里她碰上的所有这些伤心事。她刚充分意识到自己失去了一位亲人,紧接着就又丧失了一位朋友——这并没有取代她失去父亲的哀伤,不过却重新揭开了还没有愈合的感情的创伤。可是到家的时候,听到姨母和伊迪丝亲切的声音,听到小肖尔托欢快的叫唤,看到灯光明亮的房间,以及那位脸色苍白、带着一副忧伤、关切的神气的漂亮的女主人①,玛格丽特才振作起来,不再黯然神伤地沉浸在几乎带点迷信色彩的绝望心情之中了。她开始感到,自己周围仍然可以有欢乐和喜悦。她靠到了沙发上伊迪丝常躺着的地方。肖尔托遵照大人的吩咐,非常小心地给玛格丽特姨母端来了一杯茶。等到上楼换衣服准备就餐时,她已经能为她的老朋友没有患一种长期的、痛苦的疾病而感谢上帝了。

但当静夜来临,满屋阒然无声的时候,玛格丽特仍旧坐在那里,望着在这样一个夏天深夜时刻伦敦的美丽的天空。从滞留在四周天际的那片朦胧、燠热中腾起的万家灯火,投射在银白色月光中悄然飘过的淡淡浮云上,映出了粉红色的反光。玛格丽特的房间是她小时候日间活动用的幼儿室,那时她正从幼年渐渐进入少女时代,心灵和感觉正开始苏醒、活跃。记得也是在这样的夜晚,她曾暗自下决心,一定要像她读到过或听说过的小说女主人公一样,过她们的那种高尚勇敢的生活,那种 sans peur et sans reproche② 的生活;那时她觉得只要自己立志,就一定可以过这样的生活。现在她才知道不只是立志,而且还要祈求,这是过真正英勇生活的一个必要条件。她已经由于自恃而失了足。这全是她咎由自取,使她在那个人心目中一落千丈,一切缘故,一切诱因,都永远无须让他知道了。她终于正视自己犯下的过错。她明白它的性质,尽管贝尔先生好意地诡辩说,几乎所有的人都不免有暧昧的行为,动机高尚就可以减轻罪恶,她却从来不曾拿这番话当过真。她最初想到如果自己早知道当时的情况,本来是会毫不畏惧地说出真话的,但后来觉得这种想法既可怜又可鄙。是啊,就是现在,当死亡教她懂得了应当如何生活以后,她急于想使自己真诚的本性能在桑顿眼中得到部分的谅解——而贝尔先生也曾答应去做——这种念头也显得是多么渺小而无聊啊。即使世上的人全在怀着欺骗的目的说话,行动,或者保持沉默也

---

① 指伊迪丝。
② 法文,意思是:"正直无畏"。

罢,即使你有切身的利害遭到了威胁,亲人的生命危在旦夕也罢,即使永远没有人会了解你究竟是真诚或是虚伪,并由此决定对你是尊敬还是鄙视也罢,她衷心祈求自己能有力量独自昂首泰然地面对上帝,从此永远只说真话,不做假事。

第二十四章　平静的休息

> 她漫步在阳光照耀的海滩上,
> 边走边疑疑惑惑地停下,
> 悲伤竟有如此默默与神圣的影响。
>
> 霍德①

伦诺克斯上尉陪着玛格丽特十分伤感地由牛津回来以后,晚上和伊迪丝一块儿回到了自己的房里。这时,伊迪丝低声问他说,"玛格丽特是不是继承人呢?"她在问这句话以前,先踮起脚尖,把他高昂着的头拉低下来,求他不要感到吃惊。可是伦诺克斯上尉却一点儿什么也不知道。就算他听说过,他也记不得了。一所小学院的评议员留下的财产不会有多少。不过他可从来没有要玛格丽特付她的伙食费,她一年付两百五十英镑,实在有点荒唐,你想她连酒都不喝。伊迪丝放下脚跟,感到有点儿失望,她的美丽的幻想破灭了。

一星期以后,她神气十足地朝她的丈夫走过去,对他深深地行了一个屈膝礼,说:

"我是对的,你错啦,上尉阁下。玛格丽特收到了一个律师的来信,她是剩余遗产的承受人——她继承的动产大概有两千英镑,剩下的不动产,照米尔顿目前地产的市价算,大约有四万英镑。"

"真格的!她怎么看待她的好运气呢?"

"哦,她似乎早就知道她要得到这笔财产啦,只是她不知道数目有这么多。她脸色十分苍白,说她感到害怕,但那是傻话,你知道,她很快

---

① 霍德,见第 343 页注①。引文见他的长诗《英雄与利安德》(*Hero and Leander*)中的第一一四节。

就会不这么说了。我任凭妈妈去喋喋不休地向她祝贺,悄悄地溜出来告诉你。"

大伙儿似乎都认为,今后由伦诺克斯先生来做玛格丽特的法律顾问是最自然不过的事了。她对法律事务上的所有手续都一无所知,所以几乎每件事都只好委托他去办理。他替她挑选出了代理人,常把一些文件拿来给她签署。当他把表示法律上所有秘密的那些符号和标志教给她的时候,他感到前所未有的快乐。

"亨利,"有天伊迪丝狡黠地说,"你知道我希望和期待着你和玛格丽特的这些长谈会产生什么结果吗?"

"不,我不知道。"他涨红了脸说,"而且我也请你不要告诉我。"

"很好。那么我就用不着叫肖尔托不要常请蒙塔古先生①到家里来了。"

"这随便你。"他带着勉强做出来的冷静态度说,"你在想着的事,可能会发生也可能不发生。但是这一次,我在表明自己的态度以前,先要看清楚是否有这种可能。你爱请谁来就请谁来。这么说可能不太礼貌,伊迪丝,但是如果你一插手,你一定会把事情搞糟。她以前一直对我很 farouche②,现在才开始摆脱了点儿季诺碧亚③的作风。她可以成为一个克利奥佩特拉④,只要她不那么笃信宗教的话。"

"至于我,"伊迪丝有点儿恶作剧地说,"我很高兴她是一个基督徒。我认识的基督徒太少了!"

那年秋天,玛格丽特没能去成西班牙,尽管直到最后,她都希望出现一个良机,使弗雷德里克到巴黎去,这样人家很容易就能把她护送到那儿会面。她没有能到加的斯去,只好满足于去克罗默⑤。肖姨母和伦诺克斯夫妇正准备到那地方去。他们一直希望她陪他们一块儿去,

---

① 蒙塔古先生(Mr. Montagu):指莎士比亚悲剧《罗密欧与朱丽叶》中的男主人公罗密欧。
② 法文,意思是:"羞涩的"。
③ 季诺碧亚(Zenobia):古代巴勒米拉(Palmyra)王后,夫死子幼,代行国事,自称为东方之后。
④ 克利奥佩特拉(Cleopatra,公元前69—前30):古代埃及女王,以妖艳、机智闻名。
⑤ 克罗默(Gromer):英国诺福克郡东北海岸的一处海滨胜地。

所以按照他们的个性,他们并不热心去促进她个人愿望的实现。也许,克罗默就某种意义讲,对她倒是一个最为合适的地方。她既需要休息,又需要增强体力,振作精神。

在种种已经落空了的希望中有这一个希望,也是一种信托,认为贝尔先生会把导致伦纳兹死亡的那件不幸事故发生前她家里的情况全如实告诉桑顿先生。不管桑顿先生有什么样的看法,不管这种看法和他早先的看法多么不同,她总希望这种看法是建立在一种对她所做的事真正理解的基础上,明白她为什么要那么做。这会使她感到高兴,让她获得一点儿安宁。如今,她对这件事一辈子都会心神不定的,除非她能横下心不去想它。现在时间已经过了那么久,她没法再把发生的那一切去向桑顿先生解释清楚,唯一的一条途径也因为贝尔先生的去世而失去了。她只得像许多人那样,忍受别人的误解,不过,尽管她说服自己相信,她的这种情况没什么与众不同,她心里却仍然渴望将来有一天——年复一年之后——至少在他死前,他能知道自己是在什么不得已的情况下才撒谎的。她认为只要自己能确信总有这一天,就用不着听到一切全向他解释清楚了。可是这种希望也像她的许多别的希望一样,全是徒劳的。等她使自己习惯于这种信念以后,她就把自己的身心全部转向眼前的生活,决心尽力充分过好这段时期。

她经常在海滩上一连坐上好几小时,目不转睛地看着海浪不断冲刷布满卵石的海岸,——或者望着远处翻腾的波涛在天空下闪闪发光,听到,不自觉地听到那连续不断的永恒的赞美歌声。她心里变得很平静,自己也不知道这是什么缘故。她懒洋洋地坐在那儿的地上,双手抱着膝盖。这时候,肖姨母总去买一些小东西,伊迪丝和伦诺克斯上尉骑着马在海岸和内陆到处游逛。那些领着孩子散步的保姆老从她的身边经过,悄声低语着想知道,她连日这么久久地注视着究竟能看到什么。全家聚齐了吃饭的时候,玛格丽特那样出神地一声不吭,使伊迪丝认为她很烦闷,所以听到丈夫的一个提议,就非常满意地表示赞同。她丈夫说,等亨利·伦诺克斯先生十月里从苏格兰回来以后,就请他也到克罗默来玩一星期。

但是这段时期的思索,使玛格丽特能把自己生活中的那些事情按照它们的起因,以及它们在她过去和未来生活中的意义,分别安放到适当的位置上。她在海边度过的那些时刻并没有白费,正像任何一个具有辨别力或理解力的人都可以从她脸上渐渐显出来的神态中看出来的那样。这种变化给伦诺克斯先生留下了极为深刻的印象。

"据我看,大海对黑尔小姐的身体非常有好处。"在他到后玛格丽特初次走出房去时,他对他们家的人这么说。"她看上去比在哈利街时年轻了十岁。"

"那是因为我给她买的那顶帽子!"伊迪丝得意扬扬地说,"我一看到那顶帽子就知道她戴上准合适。"

"请你原谅,"伦诺克斯先生用他对伊迪丝说话时通常使用的那种半轻蔑、半宽容的口气说,"不过我想我知道一件漂亮的衣服和一个漂亮的女人之间的分别。没有一顶帽子会使黑尔小姐的眼睛显得那么明亮,而又那么柔和,使她的嘴唇显得那么红润,那么丰满——她的整个脸上都充满了一种安详恬静的神气。——她就像,"——他压低了声音,——"更像赫尔斯通时期的玛格丽特·黑尔了。"

从这时候起,这个精明强干、雄心勃勃的男人就全力以赴地想要得到玛格丽特的爱情。他爱她妩媚的容貌。他看出她内心潜在的领悟力,认为这种领悟力可以轻而易举地给引导着去理解他所致力以求的一切目标。他把她的财产只看作是她本人和她的身份完满、卓越的性质的一部分,然而他又充分意识到她的财产能使他这个可怜的辩护律师,在社会上立刻崭露头角。他最终会取得巨大的成功与荣誉,使他可以加倍偿还开始时在财力的提高方面所欠下她的情。他从苏格兰回来的时候,为了与她的产业有关的事务,曾经到米尔顿去了一趟。他带着一个老练的律师的敏锐目光,准备观察和衡量种种意外情况,他看到玛格丽特在那个日益兴旺的城市里拥有的地产和房屋,正在逐年增加价值。他高兴地发现,玛格丽特和他之间的这种委托人和法律顾问的关系,目前正慢慢地消除了他们俩对于赫尔斯通那个令人扫兴的不幸的日子的回忆。除了亲戚间的一般往来外,他还得到了和她亲密交往的特殊机会。

只要他谈起米尔顿,玛格丽特就非常乐意听下去,尽管她特别熟悉的那些人,他一个也没有见到。她姨母和表妹一直用一种厌恶、轻蔑的口气谈到米尔顿。玛格丽特初住到那儿去的时候,也曾产生过、表示过这样的感觉,如今使她想起来就十分羞愧。但是伦诺克斯先生比玛格丽特更欣赏米尔顿和当地居民的个性。他们的干劲、他们的精力、他们一往无前奋斗的勇气和他们那种生动活泼的生活把他完全吸引住了。他谈起他们来从不感到厌倦,也没有看出来他们自己提出的许多目的是多么自私,多么讲求实利,他们把这些目的作为自己不断付出巨大努力所追求的结果。玛格丽特心里很舒泰,但她还是坦率地向他指出了这一点,认为这是他们的许多崇高的、值得称道的品质中的一个瑕疵。当她对别的话题感到厌烦,只对许多问话作出简短的回答时,亨利·伦诺克斯发现,只要一问起达克郡人的某些性格特点,她的眼睛就会又闪亮起来,脸色就会又变得很鲜艳。

等他们回到伦敦以后,玛格丽特实现了她在海边作出的一项决定,自己来安排她的生活。在他们到克罗默去以前,她一直很听姨母的话,好像她仍然是那个初到哈利街的那天晚上在幼儿室里一直哭到睡着的受惊的陌生小孩儿。可是她在海边思索的那段肃穆的时刻里,已经认识到有一天她总要对自己的生活负责,对自己为生活所作的安排负责。因此她要试着去解决妇女所面临的那个最困难的问题:哪些方面应该完全顺从,哪些方面可以自由行事。肖太太的脾气好得不能再好了。她的这种可爱的喜欢家庭生活的品质也传给了伊迪丝。玛格丽特在她们三个人中大概脾气最坏,她那敏锐的感觉和异常丰富的想象力使她性情急躁,而很早就回避人家的同情,又使她很骄傲,可是她有一颗难以形容的天真可爱的心,从前使她的举止即便在她偶尔使性子的时候也令人难以抵挡,何况现在由于世人所谓的那种好运气,已经变得更为动人了。她姨母这时候虽然不太愿意,还是给她哄得答应了她的愿望。这样,玛格丽特按照她自己对责任的看法行事的权利,就获得了承认。

"只是不要太好强。"伊迪丝恳求着,"妈妈希望你自己有一个男仆人。当然,家里这些仆人你可以随意使唤,只是他们都很讨厌。为了叫我高兴,亲爱的,你可不要事事好强。这是我请求你的唯一一件事。不管用不用男仆人,不要太好强。"

"别害怕,伊迪丝。在仆人们吃饭的时候,我一有机会就晕倒在你的臂弯里。可话说回来,要是肖尔托玩火,毛娃子又哭起来,你就会希望有一个能应付一切紧急情况的性格坚强的女人了。"

"你不会变得一本正经,不再轻松愉快地开玩笑了吗?"

"不会。我会比以前更轻松愉快,因为现在我自己可以爱怎样就怎样了。"

"你不会端起来,不让我给你去买衣服吧?"

"说真的,我打算自己去买。你要是乐意,陪我一块儿去也行。可是只有我自己买的我才会中意。"

"唉!我原来是怕你会净穿些棕色的和灰褐色的衣服,好不显出你上那些乱七八糟的地方去跑沾上的尘土。我很高兴你打算保留一两分虚荣心,来作为人类劣根性的惯例。"

"我往后就和以前一样,伊迪丝,要是你和姨妈肯这么想的话。不过我既没有丈夫,又没有孩子要我尽妻子和母亲的义务,所以我除了定做衣服以外,必须还为自己尽点儿义务。"

伊迪丝、她母亲和她丈夫一家人聚在一起商议的时候,断定玛格丽特的所有这些计划也许只会使她更加十拿九稳地会和亨利·伦诺克斯结婚。到他们家来访的朋友,只要有个品貌不错的儿子或兄弟,他们就不让玛格丽特碰到他们。他们还认为,在他们全家以外,玛格丽特只有在和亨利交谈时才感到愉快。其他那些爱慕她的人,有的看上了她的容貌,有的听说她有财产,都被她不自觉地流露出的那种轻蔑含笑的神气赶跑了,去和别的不难讨好的漂亮女人或者可以继承更大一笔钱财的姑娘们交际。亨利和玛格丽特的关系渐渐变得亲密起来,但是他和她都不能容忍别人对他们的行动稍加注意。

第二十五章　米尔顿的变化

> 我们上升，上升，上升；
> 我们下降，下降，下降，
>
> 儿歌①

　　这时候，米尔顿工厂的烟囱冒着烟，四下里不停地传来轰鸣和有力的敲击声，机器令人目眩地飞速旋转，永远在那儿奋力挣扎。木头、铁和蒸汽在它们不断发挥作用的时候，并没有感觉和目的，但是它们在那种一成不变的工作中表现出的坚忍不拔，真可以和身强力壮的工人们孜孜不倦的耐力相匹敌，这些工人有感觉、有目的，忙忙碌碌、永不休息地在寻求——寻求什么呢？街上几乎没有几个闲人，——没有人单单为了消遣而散步。每个人的脸上都具有坚定的、有所希求或有所渴望的纹路，他们异常急切地探听消息，在市场上和交易所里相互排挤，正如他们在生活中处处为了自身的私利而竞争一样。整个城市都阴沉沉的，几乎没有什么人出来买东西，而那些来买东西的人也总受到商人们猜疑的注视，因为信用并不稳定，就连那些享有最可靠的信誉的人，他们的财产也可能受到附近大港口上那几家航运公司倒闭的影响。到这时为止，米尔顿还没有哪家企业倒闭，不过美国有些巨大的投机事业结果暴露出来很糟糕，又和英国比较接近，根据这种情况看，大伙儿全都知道，米尔顿的一些商行一定受到严重的损失，因此每天人们的脸上都仿佛在问（如果他们没有开口的话），"有什么消息？谁完了？那对我会有什么影响？"两三个人聚在一起说话时，总是谈论那些没有风险的人，不敢去提那些他们认为可能快要完蛋的人。因为在这种时候，一句

---

① 见《牛津儿歌词典》(*Oxford Dictionary of Nursery Rhymes*) 第 255 页。

没根据的话就可能会使一个原来可以渡过难关的人垮掉,而一个人一垮,就会拖倒一大批人。"桑顿很安稳。"他们说,"他的买卖做得很大——一年年还在扩大。他多么有见识啊,既大胆,又慎重!"接着,有个人把另一个人拉到一边,稍许走开了点儿,低下头,附在他同伴的耳朵上说道,"桑顿的买卖做得很大,不过他把利润全用去扩大他的企业,没有存什么资金。在这两年里,他的机器都是新的,花了他不少钱——我们不愿说什么!——聪明人一句话就够了!"可是这位哈里森先生是一个爱说不吉利话的人,他生怕改变经营方式来扩大自己的企业范围,会使他失去他继承下的父亲经商得来的那笔财产,然而他对于别的比他大胆和富有远见的人赚到的每一便士,又总很眼红。

说实在的,桑顿先生的处境也很窘迫。他的弱点——他为自己树立起的那种商业信誉所感到的自负,使他特别感到了自己这时的困境。他是白手起家挣下自己的家业的。他认为这并不是因为自己有什么特别的优点或是长处,而是由于商业赋予每个勇敢、诚实、不屈不挠的人的那种力量。他认为这种力量使他能够高瞻远瞩,在世上的这场重大竞争中看清如何去取得成功。说实在的,凭着这种远见,他还可以比在任何其他的生活方式下,发挥更大的力量与影响。远处,在东方和西方,人家绝不会认识他这个人,可是他的姓名却受到注意,他的愿望也得到满足,他的话像金子一样可贵。这就是桑顿先生开始从商的时候对商业生活的想法。"他的商家是王子①。"他的母亲大声地念着《圣经》,好像吹着号角那样鼓励儿子努力奋斗。他只不过像其他许多人——男人、女人和孩子那样,注意到了远处的事,而忽略了眼前的事。他想使自己的姓氏在外国和遥远的海外也具有影响,——成为一家名扬后世的商行的创办人。可就连他如今获得的一点儿声名——在他所在的城市里,在他自己的工厂内,在他的工人们中间——也花了他多少个漫长、寂静的年头。以前,他和他的工人们过着一种并行不悖的生活——非常接近,但又毫无接触——直到他偶然(或者似乎是偶然地)结识了希金斯。等他面对面、以一个人对一个人的那种态度和他周围

---

① 见《旧约·以赛亚书》第二十三章第八节。

的工人中的一个人接触,(请注意)第一次不再讲什么厂主和工人的身份以后,他们每个人才开始认识到,"我们都有一颗人类的心。"①这是打开的一个良好的缺口。现在,当他担心和他新近作为人结识的两三个工人失去联系时,——担心他极为关心的一两项作为实验的计划还没有一试就草率地遭到否定时,——他不时感到的那种不可名状的忧虑就变得从未有过的强烈了。他作为一个厂主,近来对自己的地位感到的兴趣是那么大,那么浓,因为他的地位使他和工人有了那么密切的接触,使他有机会在一大群陌生、精明、无知而又富有个性、情感强烈的人中间享有那么大的力量,可是他以前却从来就没有认识到这一点。

他检讨了一下自己作为米尔顿一个厂主的处境。一年半以前,或者还要早一点儿的那场罢工(当时正是暮春时节那种反常的寒冷天气)——那时候他还年轻,现在他已经老了——使他没有完成当时接下的几批很大的订货。为了履行那批订货合同,他把大部分资金用在添置价格昂贵的新机器上,还买进了很多棉花。他所以没能完成那些订货,多少是由于他雇来的那些爱尔兰人工作不够熟练,他们把很多产品都做坏了,不能由一家素负盛誉、只生产一流产品的厂家送出去。有好多个月,罢工引起的困难始终是桑顿先生道路上的障碍。常常,当他的目光落到希金斯身上的时候,他会无缘无故气冲冲地对他说话,就因为他感到希金斯参与的那件事竟然造成了这么严重的危害。可是等他意识到自己的这种突然发作的愤怒时,他就决心把它压下去。避开希金斯,并不能使他心里感到满意,他必须确信他是按捺得住自己的怒火的,所以只要不违反严格的厂规,只要他有空闲,他总特别细心地让希金斯来接近他。不久,他就消除了对他的一切怨恨,很惊讶地想到,像他和希金斯这样两个人怎么会以这么迥然不同的方式看待各自的地位和责任,尽管他们全靠着同一种行业生活,全以不同的方式朝着同一个目标在工作。接下来,就发生了那段交往,虽然并不能完全防止以后必要时在意见与行动方面的冲突,至少使厂主和工人都能以较为宽容和

---

① 这是英国诗人华兹华斯(William Wordsworth,1770—1850)的诗《坎伯兰郡的老乞丐》(*The Old Cumberland Beggar*)中的一行。

同情的态度相互对待，使他们都能较为耐心和友好地相互忍让。除了这种情感上的改进以外，桑顿先生和他的工人还发现他们对于以前只有一方了解而另一方不了解的确切事实全不清楚。

可是现在，一个生意不好的时期来了，市场萧条，使所有大厂的股票价格都跌了下去。桑顿先生的也跌了将近一半。没有哪个地方来订货，因而他失去了用在添置机器上的那笔钱的收益。真格的，就连已完成的订货也很难得到付款，可是为了经营他的厂，仍然要不断花钱。随后，他购买棉花的账单到了付款的日期，他手里没有现钱，只好去借高利贷，然而他又不能变卖自己的产业来换取现钱。但是他并没有绝望，他日夜努力，想要预先见到一切，作好应付一切紧急情况的准备。对于家里的女人，他仍然显得平静、温和，对于厂里的工人，他却很少说话，不过他们这时候倒很了解他。他们看出来压在他心头的那种烦恼，都用同情的态度对待他的许多粗率、专断的答复，而不是像以前那样，胸中郁积着一股怨气，随时准备报以严厉的批评和指摘。有一天，希金斯听见桑顿先生粗暴、严厉地质问，为什么他的一道命令没有执行，他还听见他穿过工人们在那儿干活的那间房时发出的低微叹息声，于是说道，"要厂主烦心的事太多啦。"那天晚上，希金斯和另一个工人下班后留下来，神不知鬼不觉地把那件忽略了的活儿做好了。桑顿先生始终还以为就是他的监工，他先前对着下达命令的那个监工本人把那件活儿做了的。

"嗯，我想我知道谁看见我们的厂主脸色惨淡地这么坐着会感到难受！那位老牧师要是看到我在我们厂主脸上看到的那种忧伤神色，那么他那颗女人般柔和的心一定要急坏了。"有天希金斯在马尔巴勒街上走近桑顿先生时这么想。

"厂主。"他喊了一声，他的雇主正以坚定、快速的步子走着，他一下唤住了他，使那位先生猛吃了一惊，烦恼地抬起头来，仿佛他正在出神地想着别的事情似的。

"您最近有没有收到玛格丽特小姐的什么消息？"

"哪位小姐呀？"桑顿先生说。

"玛格丽特小姐——黑尔小姐——老牧师的女儿——你很清楚我

指的是谁,只要你想一想……"(这种说话的口气并没有什么不恭敬的意思。)

"噢,不错!"桑顿先生脸上的那种冷若冰霜的烦恼神色忽然消失了,好像夏日的和风把他心里的忧虑一股脑儿都吹走了。虽然他的嘴仍旧像以前一样抿得紧紧的,眼睛却对希金斯温和地露出了笑意。

"你知道,希金斯,她现在是我的房主啦。我通过她在这儿的代理人时时听到点儿她的消息。她很好,生活在朋友们当中——谢谢你,希金斯。"这句"谢谢你"是在最后才迟疑地说出来的,但是却说得十分恳切,这使精明的希金斯有了一个新的看法。虽然这可能只是一星鬼火,可是他却认为他还是要跟着它,弄清楚它会把自己领向哪儿。

"她还没有结婚吗,厂主?"

"还没有。"桑顿先生的脸又沉了下来,"据我知道,有些关于这件事的传说,说她要和她姨妈家的一个亲戚结婚。"

"这么说她大概不会再到米尔顿来啦。"

"不会再来啦!"

"慢着,厂主。"他好像要说什么机密话那样凑近前去,说,"那位年轻的先生洗清了他身上的罪名吗?"他眨了眨眼,进一步表示他深知内情,可是这只使桑顿先生对这种情况更迷惑不解。

"我是指那位年轻的先生——他们管他叫弗雷德里克少爷——就是曾经上这儿来过的她的哥哥,您知道。"

"上这儿来过?"

"哎,当然啦,就在牧师太太去世那会儿。您听了我告诉您的话不必感到害怕,因为我和玛丽,我们早就知道啦,只是我们一直没说出来。玛丽那会儿在他们家干活,这件事就是从她那儿知道的。"

"他上这儿来过?是她的哥哥?"

"当然啦,我还以为您知道这事,要不然我绝不会说出来的。您知道她有一个哥哥吗?"

"知道,我对他的事情全都知道。他在黑尔太太去世时上这儿来过吗?"

"不!我不想再多说什么啦。我可能已经害了他们,因为他们瞒得很紧。我只是想知道他们有没有使他洗清他的罪名。"

"这我可不知道。我什么也不知道。我只从黑尔小姐的律师那儿听说她现在是我的房主啦。"

他突然停止和希金斯谈话，又去想希金斯过来和他搭话时他一心在想着的那件事，撇下想弄清一切的希金斯一无所获。

"那是她的哥哥，"桑顿先生暗自想着，"我很高兴。我也许再也见不到她了，不过知道这一点总是一件令人轻松、快慰的事。我知道她不会行为不检的，然而我渴望得到证实。现在，我真高兴！"

这是穿过当前笼罩着他的那张黑魆魆的厄运之网的一条金丝，那张网正变得越来越阴暗。他的代理商把美国的业务主要委托给一家商行，那家商行就在这个时候和另外几家一起倒闭了。那情形就跟一副纸牌一样，一家商行的倒闭使别的几家也跟着破产。桑顿先生的债务怎么办呢？他挺得过去吗？

一晚接一晚，他把账本和票据拿到自己的房间里，在家里人都上床睡觉以后还在那儿熬夜。他以为谁也不知道他这样用去了他理应睡觉的时间。有天早上，晨光透过百叶窗的缝隙悄悄地射了进来，他一夜没睡，怀着绝望、冷漠的心情想着他休息一两小时也成，——在忙乱的日常工作开始以前他只有这点儿时间了。这时候房门打开，他的母亲站在门口，身上仍然穿着前一天穿的那身衣服。她像他一样也一直没有躺下睡觉，他们的目光碰到了一起，久久地互相望着。他们的脸色苍白，都露出了一副冷漠、严峻的神情。

"妈！您为什么不睡呢？"

"约翰，"她说，"你满脑子忧虑，坐着不睡，我怎么能安安逸逸地去睡呢？你没有告诉我你为什么烦心，可是过去这多少天你一直非常烦恼。"

"生意不好。"

"你怕……"

"我什么也不怕。"他回答，同时昂起头来，脖子挺得笔直，"我现在知道，没有人会因为我而受到损失。这就是我所关心的事。"

"但是你怎么维持下去呢？你这就要……工厂会倒闭吗？"她的平

静的嗓音反常地颤抖起来。

"不是倒闭。我必须放弃我的买卖,不过我要付清每个人的钱。我本来也许能挽救一下自己——我很想……"

"怎么样呢?哦,约翰!保住你的名誉——为了这个,不管冒多大风险也要试一试。怎么挽救呢?"

"通过人家向我提出的一笔充满风险的投机买卖。如果成功了,我就能保住自己的地位,那一来,谁也不必知道我眼下的困难处境啦。可是如果失败了……"

"如果失败了。"她说,一面朝前走了一步,抓住他的胳膊,眼睛里充满了急切的光芒。她屏住呼吸,想听他把话说完。

"很多正直的人会给一个流氓搞得倾家荡产的。"他阴郁地说,"我现在还没有倒下,所以我的债权人的钱是安全的——一文也不少,但是我不知道上哪儿去弄到我自己的钱——我的钱可能全完了,我现在身无分文。因此得拿我的债权人的钱去冒险。"

"可是如果成功了,根本就不必让他们知道。难道这是一笔孤注一掷的投机买卖吗?我想管保不是这样,要不然你绝不会想到的。如果成功了……"

"我就会成为一个有钱人,可是我的良心就再不会得到安宁!"

"这为什么?你并不会损害到哪个人。"

"是的。但是我为了自己增加一点儿可鄙的财富,竟然使许多人都冒破产的危险。妈,我已经决定了!您不会因为咱们要搬出这幢房子而感到很难受,对吗,亲爱的妈妈?"

"不会!不过看到你成为一个和现在的身份完全不同的人,我会很伤心的。你怎么办呢?"

"不论在什么境况下,永远是原来的约翰·桑顿,竭力想把一切做得正正当当,结果犯了一些大错误,于是想要勇敢地重新开始。但是这很不好受,妈。我拼命工作和筹划,最近我发现了我的处境里有一些新的力量,可是已经太晚啦——现在一切全完了。我年纪也太大,不能再以同样的勇气重新开始。这很不好受,妈。"

他转过身去,用两手捂住脸。

"我真不明白这是怎么发生的。"她说,声调里有一种郁闷不平的意味,"这是我的孩子——既孝顺,又正直,心肠又好——凡是他全心全意去做的事都遭到了失败:他找到一个他爱慕的女人,可是那个女人就像对待随便哪个普通人那样,一点儿也不把他的爱情放在心上;他埋头苦干,可是他的努力全白费了。其他的人却生意兴隆,富裕起来,他们卑微的姓氏一点儿没有蒙受耻辱。"

"我也从来没有蒙受过耻辱。"他低声说。可是她接着说了下去:

"有时候我很想知道,正义究竟在哪儿,现在我再也不相信世上有正义这件事了,——现在你落到了这种境地,你还是我的约翰·桑顿,尽管我和你可能变成叫花子——亲爱的孩子!"

她扑到了他的脖子上,老泪纵横地吻着他。

"妈!"他说,温柔地抱住了她,"我生活中的好运气和坏运气是谁赐给我的?"

她摇摇头,这时候,她不愿意谈论什么有关宗教的话。

"妈,"他看到她不想开口,便接着说下去,"我也曾经反抗过,但是现在,我尽力不再那样了。帮帮我,就像我是孩子的时候您帮助我那样。那时候,您说了许多宽慰话——父亲死后,咱们有时候十分缺乏生活用品——现在,咱们决不会那样啦。那时候,您说了许多勇敢、高尚、充满信心的话,妈,这些话可能藏在我的内心深处,可是我永远没有忘记。妈,你像以前那样再对我说说吧,不要让咱们想到世道已经使咱们的心变冷了。要是您肯说一句以前您说过的宽慰话,您就会使我感到一点儿我童年时的天真纯朴。我对自己说些宽慰话和您说出来的效果不同,因为我想到您曾经忍受过那么许多烦恼和痛苦。"

"我曾经忍受过很多烦恼和痛苦,"她抽泣着说,"但是从没有像这件事这么叫我痛心。眼看着你从你应该待的地位上跌下去!我可以对自己说些宽慰话,约翰,可是不能对你说,不能对你说!上帝认为对你应该十分严厉。"

她像一个老年人哭泣时那样抽搐得很厉害,身子抖个不停。后来,她忽然感到周围一片寂静,连忙止住哭听了听,一点儿声音也没有,她抬头一看,只见儿子坐在桌旁,头低着,脸朝下,胳膊平伸到了桌子的半当中。

"约翰啊!"她喊道,同时把他的脸捧起来。那张脸上的忧郁神色那么古怪,那么苍白,使她有一刹那觉得那是死亡的前兆,可是等到那种呆滞的神色消失以后,脸上又出现了血色,她看到儿子又是原来那样了。这时候,她意识到儿子的生存就是上帝赐给她的最大的幸福,世上的一切耻辱在她的这种意识下都化为乌有。她为了这种幸福,就为了这种幸福,热烈地感谢上帝,那股热忱把她内心的所有反抗情绪都打消了。

他不愿意说话,走过去把百叶窗推开,让黎明的红光照进房间。可是外面刮着东风,天气寒冷砭骨,这样已经一连好几星期了。今年用做夏季服装的浅色布不会有什么销路。商业重振的那种希望必须完全放弃。

他和他母亲的这次谈话使他得到了很大的安慰,因为他现在确信,尽管他们今后对所有那些烦心事会如何保持缄默,然而他们都明白对方的感情,而且在看待那些事的方式上虽然不尽一致,至少也没有什么很不协调的地方。范妮的丈夫对于桑顿拒绝参加他提出来的那笔投机买卖感到很恼火,撤回了据认为他可以用现款来帮助桑顿的任何可能。真格的,他为了自己做的投机买卖也确实需要那些现款。

最后,到了山穷水尽的地步。桑顿为此已经担心了好几星期了。他不得不放弃他信誉卓著、十分成功地经营了这么多年的这家工厂,去找一个次要的职位干。马尔巴勒工厂和毗连的那个寓所的租期都很长,如果可能,必须转租出去。这时候,桑顿先生必须对人家提供给他的职位立即进行选择。汉普先生在附近的镇上花了一大笔资金为他的儿子办了一家厂,要是桑顿先生这样一个稳健的、有经验的人肯做他儿子的合伙人,那他只有太高兴了,但是那个年轻人见闻不广,除了知道赚钱以外,对于其他的责任一无所知,不管是快乐还是痛苦,都像个畜生一样蛮横。桑顿先生破产以后,心里还有不多几项计划。他没有答应和汉普先生的儿子合伙,因为那样就会把他的计划全部破坏。他不愿附和一个专横跋扈的有钱的合伙人(他相信不出几个月自己管保就会和他发生争吵),宁愿只当一名经理,那样除了赚钱以外,他还可以获得相当大的权力。

所以他等待着,十分谦恭地待在一旁,听着这时传遍了交易所的那个消息,说他妹夫靠着那场大胆的投机,发了一大笔财。这件事轰动一时。随着成功而来的是世上的一片赞扬。大伙儿全把沃森先生看作是最聪明、最有远见的人了。

第二十六章　重　逢

> 打起精神来,勇敢的人！我们要坚强、沉着。
> 真的,我们能管住自己的眼睛、面庞或舌头,
> 不让脸上泄露出一点儿内心的感触,
> 她过去是,现在是,将来永远是一个心爱的人儿。
>
> 诗剧

夏天的一个炎热的傍晚,伊迪丝走进玛格丽特的睡房,第一次她是骑马的装束,第二次换穿上夜礼服,预备去进餐。第一次房间里没有人,第二次伊迪丝发现狄克逊把玛格丽特的礼服摊在床上,可是玛格丽特并不在那儿。伊迪丝坐立不安地待在一旁。

"哟,狄克逊！别拿那些难看透了的蓝花来配这件暗黄色的礼服。那多俗气！等一下,我给你拿些石榴花来。"

"小姐,这件礼服的颜色不是暗黄色,而是淡黄色,蓝色总是和淡黄色配在一起的。"可是伊迪丝没等狄克逊申辩完,就把鲜红夺目的石榴花拿来了。

"黑尔小姐在哪儿?"伊迪丝看了一下这种服饰的效果以后,问,"我想象不出,"她不高兴地继续说下去,"姨妈怎么会让她在米尔顿养成这种闲逛的习惯的！我真的一直想着会听到她在她闯进去的那些破烂肮脏的地方碰上什么可怕的事。没有用人跟着,有几条街我是绝不敢去的。上等女人不宜于到那种地方去。"

狄克逊因为伊迪丝看不起她的审美力,仍然很生气。她于是相当不客气地回答道：

"我看这就难怪,我常听见一些上等女人大谈特谈应该怎样使自己有教养——可她们又那么胆小、那么娇气、那么挑剔,——我是说眼

下世上难怪不再有什么圣人了……"

"哦,玛格丽特!你总算回来啦!我多么需要你。可是你的脸蛋儿热得有多红哪,可怜的姐姐!想想那个讨厌的亨利都干了些什么事。他真不像一个大伯子的样。我的宴会安排得非常齐全——完全适合科尔瑟斯特先生的意思——可这时候亨利来了,当然表示了一下歉意,还用你的名义作为借口,问我可不可以把米尔顿的那位桑顿先生——你知道,就是你的租户——领来,他为了一件法律事务正在伦敦。这一来就要多出人来,弄得我很不好安排。"

"晚餐吃不吃我倒不在乎。我什么也不要。"玛格丽特低声说,"狄克逊可以给我送杯茶到这儿来。你们上楼来的时候我再到客厅里去。我真的很想躺上一会儿。"

"不成,不成!那绝对不成。你的脸色的确显得十分苍白,不过这只是因为天气太热,我们无论如何不能没有你。(把这些花戴得低点儿,狄克逊。玛格丽特,这些花戴在你的黑头发上看过去就像是闪闪发光的火焰。)你知道我们打算让你向科尔瑟斯特先生谈谈米尔顿的情形。哎呀!不错!那个人是从米尔顿来的。我想这也许更好。科尔瑟斯特先生关心的所有问题都可以从他嘴里得到答复。科尔瑟斯特先生下次在议院里发表演说时,咱们去从他的演说词中找出你的感受和这位桑顿先生的精明的言论,那一定怪有意思。我觉得亨利有一句话说得真妙。我问他桑顿先生是不是一个会使人感到丢脸的人,他回答说,'你要是有头脑的话就不是,我的小弟妹。'所以我想那个人大概能发出'h'的声音,这是一个普通的达克郡人办不大到的——对吗,玛格丽特?"

"伦诺克斯先生没有说桑顿先生为什么到京城里来吗?他是不是为了和那些产业有关的法律事务呢?"玛格丽特用一种不自然的声音问。

"哦!他破产了,或者也跟破产差不多。亨利那天告诉过你,就是你头疼得挺厉害的那天,——那叫什么来着?(你瞧,狄克逊,这样好极啦。黑尔小姐会使咱们脸上很有光彩的,不是吗?)但愿我也能像一位女王一样长得那么高,像个吉卜赛人一样皮肤那么黝黑,玛格丽特。"

"但是桑顿先生怎么啦?"

"哦!我的脑子对于法律事务真是一窍不通。亨利会挺乐意把这一切全告诉你的。他的话给我留下的印象就是桑顿先生的情况很不好,但他是一个很正派的人,所以我应该十分殷勤有礼地接待他。我不知道该怎么办是好,就来请你给我帮忙啦。现在和我一块儿下楼去,在沙发上休息一刻钟。"

那个享有特权的大伯子来得很早。玛格丽特对于桑顿先生的事情有些问题很想知道。这时候,她就红着脸开口问起亨利·伦诺克斯先生来了。

"他到伦敦来是为了把那些产业——我指的是马尔巴勒工厂,厂房以及附属的那些房屋转租出去。他没法再租下去了,需要查看一些契约和租约,还要拟订协议。我希望伊迪丝好好接待他,但是我瞧得出来,我很冒昧地请她邀桑顿先生也来吃饭,她很不高兴。不过我想你一定乐意稍许招待他一下:对于一个落魄的人尽一切应尽的礼数特别不能马虎。"他坐在玛格丽特旁边,压低了声音跟她说,说完立刻跳起身来。桑顿先生这时候正好走进房来,他于是过去把他介绍给伊迪丝和伦诺克斯上尉。

玛格丽特在桑顿先生忙着和上尉夫妇寒暄的时候,用关切的目光望着他。她已经有一年多没看见他了。在这段时间里,发生的一些事情使他有了很大的改变。他的壮健的身材使他仍然显得比一般人稍微高点儿,从容的举止一点儿没有矫揉造作的地方,处处显露出他的出众的仪表,可是他的脸因为忧思苦虑,看上去苍老了些,然而仍旧显出一副安详平静的神态,使那些刚听说他改变了处境的人获得了深刻的印象,觉得他具有一种天生的庄严风度和一种男子汉的坚强气概。他一进门朝四下扫上一眼时就发现玛格丽特在那儿,而且也看到了她听亨利·伦诺克斯先生说话时的那种专心致志的神情。他以一位老朋友十分得体的态度走到她面前。她听到他开始不慌不忙地说的几句话以后,脸蛋儿上蓦地泛起了一片红晕,那天晚上一直都没有消退。她似乎并没有很多话和他说,只平静地问了问她在米尔顿的那些老朋友。他感到有点儿失望,因为在他看来,这不过是一些免不了要问的话。其他的客人接着来了——都比他跟主人们更熟悉——他于是退到一旁,不时和伦诺克斯先生一块儿说上几句。

"你觉得黑尔小姐的气色很不错,是不是呢?"伦诺克斯先生说,"米尔顿那地方敢情对她不大合适,因为她初到伦敦的时候,我觉得简直没见过哪个人变得那么厉害的。今儿晚上,她显得容光焕发。她的身体现在强健多了。去年秋天,她走上两三英里路就感到很疲劳。可是星期五傍晚,我们一直走到汉普斯特德①,再从那儿走回来,星期六她显得就跟现在一样精神。"

"我们!"谁呢?就他们两个人吗?

科尔瑟斯特先生为人精明强干,是议会里一个崭露头角的议员。他目光敏锐,善于识人,桑顿先生在餐桌上说的一句话引起了他的注意。他就向伊迪丝打听这位先生是谁。使伊迪丝感到相当意外的是,他听了她的回答以后竟然说,"原来是他!"伊迪丝从科尔瑟斯特先生的这种口气里发现,米尔顿的桑顿先生并不像她想象的那样,对他可不是一个无名之辈。她的晚宴进行得很顺利。亨利兴致很好,洋洋洒洒地说了好些冷冰冰的诙谐调侃的话。桑顿先生和科尔瑟斯特先生发现了一两个他们共同感兴趣的问题,他们当时只好稍微谈上几句,把那些问题留到餐后再私下去谈。玛格丽特戴着石榴花,显得很俏丽。她虽然靠在椅子里,很少说话,伊迪丝却并没有生气,因为用不着她开口,谈话也进行得很欢畅。玛格丽特瞧着桑顿先生的脸。他始终没有望她,所以她可以悄悄地端详他,注意到这段短短的时间里他的脸上所起的种种变化。后来,桑顿先生听到伦诺克斯先生说的几句意想不到的俏皮话,脸上才又闪现出从前的那种十分赞赏的神情,眼睛里也露出了快乐的光彩,绽开的嘴唇使人想起往日那种开朗的微笑。有一刹那,他本能地去寻找她的目光,好像想得到她的同情似的。可是当他们的目光相遇时,他的脸色一下子又全变了,他重新显得严肃、焦躁。他狠下心,在进餐时没有再朝她这边看。

---

① 汉普斯特德(Hampstead):伦敦西北的一个镇市。

除了他们自己家的妇女外,只有两位女客人。等她上楼走进客厅以后,姨母和伊迪丝就陪着她们说话,玛格丽特于是懒洋洋地做起自己的事来。不一会儿,先生们也上楼来了,科尔瑟斯特先生和桑顿先生谈得很投机。伦诺克斯先生走到玛格丽特身边,低声说道:

"真格的,伊迪丝为了我对她的宴会所作的贡献应该好好谢谢我。你不知道你的这个租户是个多么讨人喜欢的有见识的家伙。他正是那个能把科尔瑟斯特想要讨教的事全告诉他的人。我想象不出他怎么会把自己的事业弄失败的。"

"要是你有他那样的实力和机会,你是会成功的。"玛格丽特说。他不大喜欢她说话的这种语气,尽管这句话说出了当时掠过他心头的一种想法。他没再开口,所以他们听到壁炉旁边科尔瑟斯特先生和桑顿先生谈话的声音一下响了起来。

"我确实听见人家带着很大的兴趣——也许我得说,是带着对它的结果的好奇心谈到它。我在附近短期逗留时,经常听人提起你的姓名。"随后,他们有几句话没有听到。等他们又听得清楚时,桑顿先生正在说话。

"哪儿会有那么多人知道我——如果他们那样讲到我,那他们是搞错了。我慢慢才设想出新的计划来,我发现很难让别人理解我,甚至那些我想认识、愿意毫无保留地把我的想法告诉他们的人,也不大理解我。然而,尽管有这许多缺点,我还是觉得我走的是条正道,而且通过和一个人的友谊,我结识了许多人。我们彼此都受益不浅:我们曾经有意无意地互教互学。"

"你说'你们曾经',我相信你打算继续这样做吧?"

"我得拦住科尔瑟斯特,不让他再说下去啦。"亨利·伦诺克斯急忙说。接着,他贸然而又及时地提出了一个问题,改变了谈话的方向,免得叫桑顿先生难堪,承认他在商业方面失败了,因而地位发生了变化。但是等那个新开始的话题结束以后,桑顿先生立刻又从刚才中断的那个地方说起,对科尔瑟斯特先生的询问作出了答复。

"我在商业方面失败了,只好不当厂主。眼下,我正在米尔顿寻找一个职位,使我可以在一个乐意让我在这类事情上照着我的方式行事的人手下得到一个工作。我并没有什么先进的理论会很鲁莽地付诸实行,这我可以相信。我唯一的愿望就是,除了和工人的那种'现金交易关系'①以外,还有机会和他们建立起某种交往。但是,从我们的一些厂主对这件事重视的程度看,它也许是阿基米德想由那儿推动大地的一个点②。每当我提出一两个我想进行的实验时,他们总神情严肃地摇摇头。"

"我注意到你把那些做法称为'实验'。"科尔瑟斯特先生说,他的态度里又微微增添了几分敬意。

"因为我相信它们只是实验。我对于它们可能产生的结果没有什么把握。不过我认为应该去试一下。我有一种信念,认为没有一种体制——不管它多么周密,不管需要花多少心思去组织和安排——没有一种体制能够使两个阶级像应该的那样相互依存,除非这种体制的制定可以使不同阶级的人进行实际的个人间的接触。这种交往是必不可少的。不可能强使一个工人体会和明白雇主为了他的工人的利益,在拟订计划时费了多大的心思。一项完整的计划就像是一部机器,似乎可以应付各种紧急情况。但是工人们接受那项计划时就像他们接受机器一样,一点儿也不知道使计划那么完善,得付出多少心血,经过多少周密的考虑。我倒有一个想法,这个想法要付诸实行,就需要个人间的交往,刚开始可能不顺利,可是每遇到一个障碍,对它感兴趣的人就会多一些,最终它的成功就会成为大伙儿期望的事情,因为大伙儿对于这个计划的形成都出了一份力。但即使这样,我想一旦这个计划不再受到大伙儿的关心时,它管保马上就会失去活力,不再存在,因为那种共同关心总使人们想方设法地互相了解,互相熟悉各自的性格和为人,甚至熟悉各自脾气的好坏和说话的方式。我们应该更好地互相了解,而

---

① "现金交易关系"(cash nexus):这是英国作家卡莱尔(Thomas Carlyle,1795—1881)爱用的一个短语,他在《宪章运动》(*Chartism*,1839)第二章中说:"在新时代里,现金支付成了人与人之间唯一的关系。"
② 阿基米德(Archimedes,公元前287—前212):古希腊学者,曾发现杠杆定律和阿基米德定律,据传他曾说过:"给我一个点,让我站定,我就可以推动大地。"桑顿在这儿借用了来指不能实现的事。

且,冒昧地说一句,我们应该互相更融洽一点儿。"

"你认为这样就可以使罢工不再发生吗?"

"一点儿也不是。我最大的希望只是想达到这一点——那就是使罢工不再像以前那样,成为刻骨怨恨的源泉。一个比较乐观的人可能会以为阶级间的这种比较亲密友好的交往可以消除罢工。我可不是一个乐观的人。"

突然,他好像有了一种新想法,走到玛格丽特坐的这边来,仿佛知道她一直在听着他们的谈话那样,不用什么开场白就说道:

"黑尔小姐,我收到我的一些工人联名写给我的一封信——我猜是希金斯的笔迹——说他们愿意替我工作,假如什么时候我自己又要雇用工人的话。这很好,是吗?"

"是的,很好。我听了很高兴。"玛格丽特说,同时抬起头来,用她的富于表情的眼睛盯视着他的脸,接着在他意味深长的目光下又垂下了眼睛。他回望了她一会儿,仿佛并不确切地知道自己在干什么。随后,他叹了一口气,说,"我知道你会高兴的。"说完便转身走开,在临走向她正式告别前没再跟她说话。

伦诺克斯先生告辞的时候玛格丽特禁不住羞红了脸,迟迟疑疑地说:"我明儿能和你谈谈吗?我有——有件事要你帮忙。"

"当然可以。你随便说个时间,我就来。只要对你有点儿用处,我就最最高兴啦。十一点吗?很好。"

他的眼睛高兴得闪闪发亮。她已经知道她要多么依靠他啊!看来现在随时都有可能会使他感到事情已有把握了,他早先曾经下定决心,如果没有这种感觉,他是绝不会再向她求婚的。

第二十七章 "云开雾散"①

> 任它是欢乐或是悲哀,是希望或是忧虑,
> 今生如此,来世也是如此,
> 不管在和睦中还是在争吵时,不管是疾风骤雨还是
> 阳光和煦。
>
> 佚名

第二天上午,伊迪丝踮着脚走来走去,还不准肖尔托大声说话,好像任何一个突然发出的声音都会打断在客厅里举行的商谈。两点钟到了,他们仍然关着门坐在里面。随后,只听见一个男人下楼去的脚步声。伊迪丝朝客厅外望了一眼。

"喂,亨利?"她带着询问的神气说。

"嗯!"他爱理不理地应了一声。

"进来吃午饭吧!"

"不,谢谢你,我没工夫。我在这儿耽搁的时间已经太多啦。"

"那么事情并没有完全解决喽。"伊迪丝失望地说。

"对!一点儿也没有。它永远不会得到解决,如果你指的就是我猜想的那件事,那绝对不会实现的,伊迪丝,所以别再想着它了。"

"可是那对我们大伙儿都很好。"伊迪丝辩解说,"要是能使玛格丽特在附近安个家,那我对孩子们就会永远感到放心了。说实在的,我一直怕她到加的斯去。"

"我要是结婚,一定想法找一个知道怎样管孩子的女人。我能做

---

① 这是英国剧作家托马斯·海伍德(Thomas Heywood,1575—1657)所作的一首歌的歌名,见他的剧本《鲁克丽丝受辱记》(The Rape of Lucrece,1605)。

的就只有这一点。黑尔小姐不想和我结婚,我也不会去向她提。"

"那么你们谈了些什么呢?"

"许许多多你不明白的事情:投资、租约和地价。"

"哦,如果就是这些,那你走吧。如果你和她这段时间里一直在谈论这些无聊的事情,那你们真傻透啦。"

"很好。我明儿还要来,把桑顿先生带来,再和黑尔小姐谈一次。"

"桑顿先生!他跟这有什么关系呢?"

"他是黑尔小姐的租户。"伦诺克斯先生转过脸去说,"他想放弃他的租借权。"

"啊!很好。我搞不懂这些细节,所以别来告诉我。"

"我只要你明白一点,那就是让我们像今儿这样,待在后客厅里不受人打扰。平时孩子们和仆人老是出出进进,弄得我无法很满意地把事情解释清楚。我们明儿要做的那些安排是很重要的。"

谁也不知道伦诺克斯先生第二天为什么没有守约。桑顿先生准时到来了,他在客厅里等了将近一小时,玛格丽特才走进去,显得脸色苍白,十分忧虑。

她急忙开口说:"很抱歉,伦诺克斯先生没有来,——他可以把事情办得比我好得多。他是我的法律顾问,在这……"

"我来了,如果打扰了你,那很抱歉。要不要我到伦诺克斯先生的事务所去找找他呢?"

"不必啦,谢谢你。我想告诉你,发现我这就要失去你这样一个租户,我感到多么难受。但是,伦诺克斯先生说,事情肯定会好起来的……"

"伦诺克斯先生对我的事并不怎么了解。"桑顿先生平静地说,"他在一个人在意的那些事情上一直很快乐、很幸运,所以不明白一个人发现自己年纪已经不轻会觉得怎样。——一个人年纪已经不轻了,却给抛回到需要青年人信心十足的干劲的起点——他感到半辈子已经过去,却一事无成——失去的时机什么也没有留下,除了那些痛苦的回忆。黑尔小姐,我宁愿不听伦诺克斯先生对我的事情表示的看法。快乐成功的人,往往会把别人的不幸看得微不足道。"

"这你说得可不对。"玛格丽特柔和地说,"伦诺克斯先生只是说,他认为你收回——不只是收回——你失去的一切财产,是非常有可能的——等我说完了你再说——请你不要说话!"她又镇定下来,继续忙乱地、哆哆嗦嗦地翻着一些法律文件和账目清单,"哦!在这儿!——他还替我草拟了一份提议——我真希望他在这儿解释一下——说明如果你乐意接受我的一笔钱,——现在我有一万八千零五十七英镑存在银行里不用,每年只有百分之二点五的利息,——那么你既可以付给我高得多的利息,又可以继续经营马尔巴勒工厂。"她说话的声音这时已经很清楚,而且变得更加平静。桑顿先生没有说话。她继续寻找上面写着贷款提议的那份文件,因为她急着想把一切办得看上去只像是一种事务性的安排,主要是对她这方面有利。当她寻找这份文件的时候,桑顿先生说话的那种声调使她的心紧张得一下子停住了。他的声音嘶哑、颤抖,充满了爱情。他喊道:"玛格丽特!"

有一刹那,她抬起头来,随后便把脸埋在手里,想要遮住她的闪闪发亮的眼睛。他走近了点儿,再次用热切、颤抖的声音叫唤她的名字恳求她。

"玛格丽特!"

她的头更垂了下去,脸藏得更加看不见,几乎贴到了她面前的桌子上。他走到了她的身旁,跪下身去,使自己的脸正对着她的耳朵,气喘吁吁地低声说出了这些话:

"听着。——你要是不开口——我就要以一种特别的、放肆的方式认为你已经同意啦。——立刻把我打发走,如果我非走不可的话,——玛格丽特!……"

这第三声叫唤使她把那张仍然用雪白的小手捂着的脸转过来朝着他,靠到了他的肩上,藏在那儿。他感到她的娇嫩的脸蛋儿靠着他的脸,心里觉得十分甜蜜,也不想去看她那羞得通红的脸和脉脉含情的眼睛了。他紧紧地搂住她,两人都没有开口说话。最后,她用低沉的声音咕哝说:"哦,桑顿先生,我实在并不好!"

"不好!我才觉得很不配哩,别嘲弄我吧。"

一两分钟以后,他轻轻地把她的手从她的脸上移开,让她的胳膊像先前那次保护他不受暴民攻击时那样放着。

"你记得吗,亲爱的?"他小声说,"我第二天是怎么粗暴无礼地报答你的?"

"我记得我多么不公正地对你说话,——就是这些。"

"你瞧!快抬起头来。我有一件东西要给你看!"她慢慢地把那张羞答答的十分俏丽的脸对着他。

"你认识这些蔷薇吗?"他说,一面掏出他的皮夹子,里面珍藏着一些枯萎的花儿。

"不认识!"她带着天真好奇的神情回答,"是我给你的吗?"

"不是!你没有把这些毫无价值的东西给我。你倒很可能戴过同类的其他蔷薇花。"

她望着它们,纳罕了一会儿,随后微微地笑了笑,说:"这些是赫尔斯通的蔷薇,对吗?我是从这些锯齿形的叶子上认出来的。哟!你上那儿去过吗?你什么时候去的?"

"就连在我最不幸的时候,在我没有希望把玛格丽特称作我妻子的时候,我还是想要去看看她长大成人的地方。我是从勒阿弗尔回来的时候上那儿去的。"

"你一定得把这些蔷薇给我。"她说,一面稍微使了点劲儿,想把花儿从他手里拿过去。

"好的,只是你得酬劳我一下!"

"我怎么去对肖姨妈说呢?"玛格丽特经过一阵喜悦的沉默以后,小声地这么说。

"让我去和她说。"

"哦,不!应该由我去告诉她,——可是她会说什么呢?"

"我猜得出来。她一听说后,准会吃惊地大喊一声道,'那个男人!'"

"嘘!"玛格丽特说,"要不然我可要学给你看看你母亲说话的那种愤怒的声调:'那个女人!'"

"名著名译丛书"书目

（按著者生年排序）

第 一 辑

书　名	著　者	译　者
荷马史诗·伊利亚特	[古希腊]荷马	罗念生 王焕生
荷马史诗·奥德赛	[古希腊]荷马	王焕生
伊索寓言	[古希腊]伊索	王焕生
一千零一夜		纳训
源氏物语	[日]紫式部	丰子恺
十日谈	[意大利]薄伽丘	王永年
堂吉诃德	[西班牙]塞万提斯	杨绛
培根随笔集	[英]培根	曹明伦
罗密欧与朱丽叶	[英]莎士比亚	朱生豪
鲁滨孙飘流记	[英]笛福	徐霞村
格列佛游记	[英]斯威夫特	张健
浮士德	[德]歌德	绿原
少年维特的烦恼	[德]歌德	杨武能
傲慢与偏见	[英]简·奥斯丁	张玲 张扬
红与黑	[法]司汤达	张冠尧
格林童话全集	[德]格林兄弟	魏以新
希腊神话和传说	[德]施瓦布	楚图南

高老头 欧也妮·葛朗台	[法]巴尔扎克	张冠尧
普希金诗选	[俄]普希金	高 莽 等
巴黎圣母院	[法]雨果	陈敬容
悲惨世界	[法]雨果	李 丹 方 于
基度山伯爵	[法]大仲马	蒋学模
三个火枪手	[法]大仲马	李玉民
安徒生童话故事集	[丹麦]安徒生	叶君健
爱伦·坡短篇小说集	[美]爱伦·坡	陈良廷 等
汤姆叔叔的小屋	[美]斯陀夫人	王家湘
大卫·科波菲尔	[英]查尔斯·狄更斯	庄绎传
双城记	[英]查尔斯·狄更斯	石永礼 赵文娟
雾都孤儿	[英]查尔斯·狄更斯	黄雨石
简·爱	[英]夏洛蒂·勃朗特	吴钧燮
瓦尔登湖	[美]亨利·戴维·梭罗	苏福忠
呼啸山庄	[英]爱米丽·勃朗特	张 玲 张 扬
猎人笔记	[俄]屠格涅夫	丰子恺
包法利夫人	[法]福楼拜	李健吾
昆虫记	[法]亨利·法布尔	陈筱卿
茶花女	[法]小仲马	王振孙
安娜·卡列宁娜	[俄]列夫·托尔斯泰	周 扬 谢素台
复活	[俄]列夫·托尔斯泰	汝 龙
战争与和平	[俄]列夫·托尔斯泰	刘辽逸
海底两万里	[法]儒勒·凡尔纳	赵克非
八十天环游地球	[法]儒勒·凡尔纳	赵克非
马克·吐温中短篇小说选	[美]马克·吐温	叶冬心
汤姆·索亚历险记	[美]马克·吐温	张友松
爱的教育	[意大利]埃·德·阿米琪斯	王干卿
莫泊桑短篇小说选	[法]莫泊桑	张英伦
契诃夫短篇小说选	[俄]契诃夫	汝 龙
泰戈尔诗选	[印度]泰戈尔	冰 心 等
欧·亨利短篇小说选	[美]欧·亨利	王永年

名人传	［法］罗曼·罗兰	张冠尧 艾珉
童年 在人间 我的大学	［苏联］高尔基	刘辽逸 等
绿山墙的安妮	［加拿大］露西·蒙哥马利	马爱农
杰克·伦敦小说选	［美］杰克·伦敦	万紫 等
卡夫卡中短篇小说全集	［奥地利］卡夫卡	叶廷芳 等
罗生门	［日］芥川龙之介	文洁若 等
了不起的盖茨比	［美］菲茨杰拉德	姚乃强
老人与海	［美］海明威	陈良廷 等
飘	［美］米切尔	戴侃 等
小王子	［法］圣埃克苏佩里	马振骋
钢铁是怎样炼成的	［苏联］尼·奥斯特洛夫斯基	梅益
静静的顿河	［苏联］肖洛霍夫	金人

第 二 辑

威尼斯商人	［英］莎士比亚	朱生豪
忏悔录	［法］卢梭	范希衡 等
罪与罚	［俄］陀思妥耶夫斯基	朱海观 王汶
哈克贝利·费恩历险记	［美］马克·吐温	张友松
漂亮朋友	［法］莫泊桑	张冠尧
斯·茨威格中短篇小说选	［奥地利］斯·茨威格	张玉书
海浪 达洛维太太	［英］弗吉尼亚·吴尔夫	吴钧燮 谷启楠
日瓦戈医生	［苏联］帕斯捷尔纳克	张秉衡
大师和玛格丽特	［苏联］布尔加科夫	钱诚
太阳照常升起	［美］海明威	周莉

第 三 辑

神曲	［意大利］但丁	田德望
吉尔·布拉斯	［法］勒萨日	杨绛
都兰趣话	［法］巴尔扎克	施康强

叶甫盖尼·奥涅金	[俄]普希金	智 量
笑面人	[法]雨果	郑永慧
红字 七个尖角顶的宅第	[美]纳撒尼尔·霍桑	胡允桓
死魂灵	[俄]果戈理	满 涛 许庆道
南方与北方	[英]盖斯凯尔夫人	主 万
莱蒙托夫诗选 当代英雄	[俄]莱蒙托夫	余 振 等
前夜 父与子	[俄]屠格涅夫	丽 尼 巴 金
白鲸	[美]赫尔曼·梅尔维尔	成 时
米德尔马契	[英]乔治·爱略特	项星耀
小妇人	[美]路易莎·梅·奥尔科特	贾辉丰
娜娜	[法]左拉	郑永慧
一位女士的画像	[美]亨利·詹姆斯	项星耀
十字军骑士	[波兰]亨利克·显克维奇	林洪亮
樱桃园	[俄]契诃夫	汝 龙
约翰-克利斯朵夫	[法]罗曼·罗兰	傅 雷
我是猫	[日]夏目漱石	阎小妹
嘉莉妹妹	[美]德莱塞	潘庆舲
月亮与六便士	[英]威廉·萨默塞特·毛姆	谷启楠
人性的枷锁	[英]威廉·萨默塞特·毛姆	叶 尊
人类群星闪耀时	[奥地利]斯·茨威格	张玉书
尤利西斯	[爱尔兰]詹姆斯·乔伊斯	金 隄
好兵帅克历险记	[捷克]雅·哈谢克	星 灿
城堡	[奥地利]卡夫卡	高年生
喧哗与骚动	[美]威廉·福克纳	李文俊
老妇还乡	[瑞士]迪伦马特	叶廷芳 韩瑞祥
金阁寺	[日]三岛由纪夫	陈德文
万延元年的 Football	[日]大江健三郎	邱雅芬